W9-CDG-098

Capítulo 3:   FAMILIA Y AMISTAD   57

Capítulo 4:   CANTOS Y BAILES   85

Capítulo 5:   SABORES Y COLORES   115

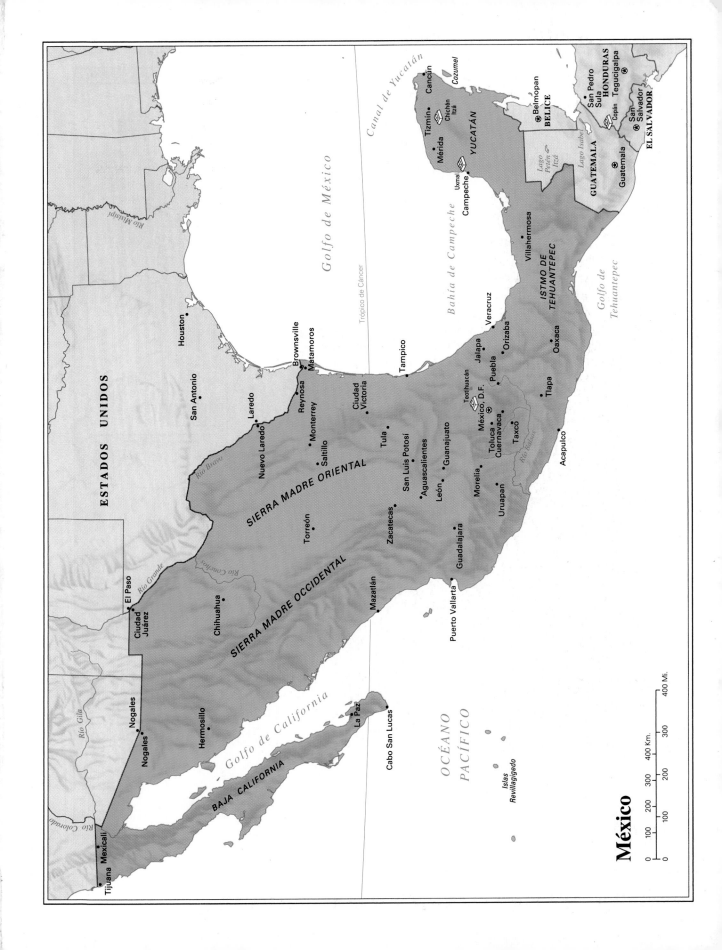

México

ESTADOS UNIDOS

Golfo de México

Bahía de Campeche

Canal de Yucatán

Golfo de Tehuantepec

OCÉANO PACÍFICO

Golfo de California

BAJA CALIFORNIA

SIERRA MADRE OCCIDENTAL

SIERRA MADRE ORIENTAL

ISTMO DE TEHUANTEPEC

Trópico de Cáncer

Rio Mississipi

Rio Grande

Rio Bravo

Rio Conchos

Rio Gila

Rio Colorado

Rio Balsas

Islas Revillagigedo

Houston
San Antonio
Brownsville
Matamoros
Reynosa
Laredo
Nuevo Laredo
Monterrey
Saltillo
Ciudad Victoria
Tampico
Tula
San Luis Potosí
Aguascalientes
Guanajuato
León
Zacatecas
Torreón
Morelia
Uruapan
Guadalajara
Puerto Vallarta
Mazatlán
Chihuahua
Ciudad Juárez
El Paso
Nogales
Nogales
Hermosillo
La Paz
Cabo San Lucas
Tijuana
Mexicali
Acapulco
Taxco
Cuernavaca
Toluca
México, D.F.
Teotihuacán
Puebla
Jalapa
Orizaba
Veracruz
Oaxaca
Tlapa
Villahermosa
Campeche
Uxmal
Mérida
Tizmín
Chichén Itzá
Cancún
Cozumel
YUCATÁN
CAMPECHE

Belmopan
BELICE
San Pedro Sula
HONDURAS
Tegucigalpa
Copán
San Salvador
EL SALVADOR
GUATEMALA
Guatemala
Lago Petén Itzá
Lago Isabel

0   100   200   300   400 Km.
0   100   200   300   400 Mi.

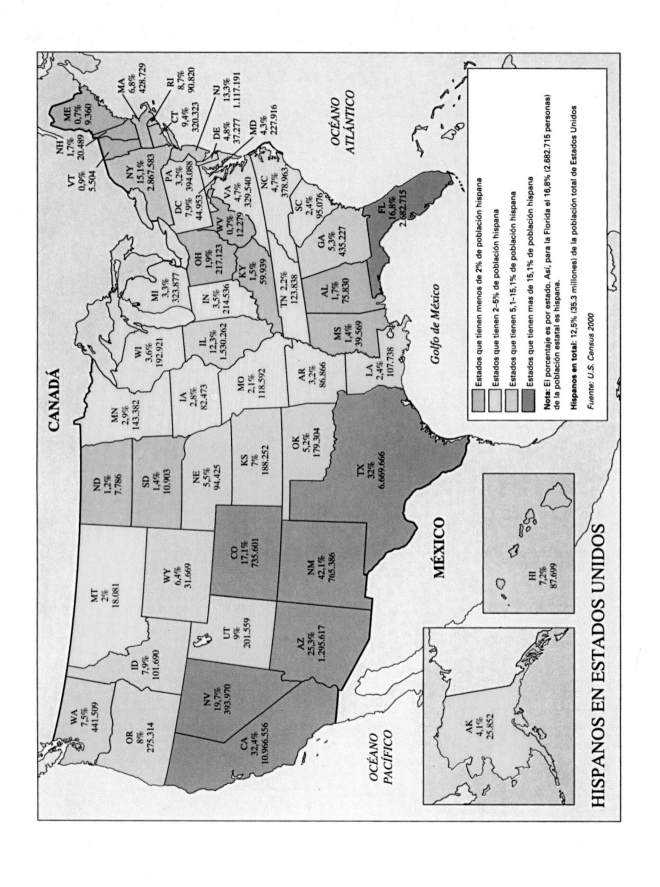

HISPANOS EN ESTADOS UNIDOS

CANADÁ

OCÉANO ATLÁNTICO

Golfo de México

MÉXICO

OCÉANO PACÍFICO

WA 7,5% 441.509
OR 8% 275.314
CA 32,4% 10.966.556
NV 19,7% 393.970
ID 7,9% 101.690
MT 2% 18.081
WY 6,4% 31.669
UT 9% 201.559
AZ 25,3% 1.295.617
NM 42,1% 765.386
CO 17,1% 735.601
ND 1,2% 7.786
SD 1,4% 10.903
NE 5,5% 94.425
KS 7% 188.252
OK 5,2% 179.304
TX 32% 6.669.666
MN 2,9% 143.382
IA 2,8% 82.473
MO 2,1% 118.592
AR 3,2% 86.866
LA 2,4% 107.738
WI 3,6% 192.921
IL 12,3% 1.530.262
MS 1,4% 39.569
MI 3,3% 323.877
IN 3,5% 214.536
KY 1,5% 59.939
TN 2,2% 123.838
AL 1,7% 75.830
OH 1,9% 217.123
WV 0,7% 12.279
VA 4,7% 329.540
NC 4,7% 378.963
SC 2,4% 95.076
GA 5,3% 435.227
FL 16,8% 2.682.715
DC 7,9% 44.953
PA 3,2% 394.088
NY 15,1% 2.867.583
VT 0,9% 5.504
NH 1,7% 20.489
ME 0,7% 9.360
MA 6,8% 428.729
RI 8,7% 90.820
CT 9,4% 320.323
NJ 13,3% 1.117.191
DE 4,8% 37.277
MD 4,3% 227.916

HI 7,2% 87.699

AK 4,1% 25.852

Estados que tienen menos de 2% de población hispana

Estados que tienen 2–5% de población hispana

Estados que tienen 5,1–15,1% de población hispana

Estados que tienen mas de 15,1% de población hispana

Nota: El porcentaje es por estado. Así, para la Florida el 16,8% (2.682.715 personas) de la población estatal es hispana.

Hispanos en total: 12,5% (35.3 millones) de la población total de Estados Unidos

Fuente: U.S. Census 2000

REFLEJOS

JOY RENJILIAN-BURGY

Wellesley College

SUSAN M. MRAZ

University of Massachusetts, Boston

ANA BEATRIZ CHIQUITO

Massachusetts Institute of Technology
University of Bergen, Norway

VERÓNICA DE DARER

Wellesley College

Houghton Mifflin Company   *Boston   New York*

Publisher: Rolando Hernández
Sponsoring Editor: Van Strength
Development Manager: Sharla Zwirek
Editorial Assistant: Erin Kern
Senior Project Editor: Florence Kilgo
Production Editorial Assistant: Kendra Johnson
Senior Production/Design Coordinator: Jodi O'Rourke
Senior Manufacturing Coordinator: Florence Cadran
Senior Marketing Manager: Tina Crowley Desprez
Associate Marketing Manager: Claudia Martinez

Printed in the U.S.A.

Library of Congress Catalog Card Number: 2001133334

Student Text ISBN: 0-395-81544-4

Instructor's Edition ISBN: 0-395-81545-2

3 4 5 6 7 8 9 — QV — 09 08 07 06 05

Welcome to the Spanish-speaking world and the *Reflejos* program.

You are about to continue your adventure with the dynamic Hispanic cultures of the past and present through listening, speaking, viewing, reading, and writing in Spanish at the intermediate level. As you have already acquired basic Spanish language skills, *Reflejos* gives you tools and strategies to refine your linguistic capacities so that you may communicate more effectively in Spanish with people in different fields on varied topics of importance in social, personal, and professional contexts. The lively readings in the *Reflejos* text and activities manual include magazine articles on culture as well as prose and poetry in Spanish; they will give you many opportunities for reflection, reaction, and interaction in pairs and groups. You will express your thoughts, values, feelings, and attitudes also via compositions and essays. You will see short video segments that focus on authentic Hispanic cultural traditions around the globe. With classmates, you will do many Internet activities that also expand your knowledge, critical thinking, and cultural perspectives as a contemporary student/citizen. Be dedicated to the tasks, be bold, take risks, and enjoy what we hope will be an enlightening and exhilirating experience in Spanish.

¡A disfrutar!

JR-B, SMM, ABC, VZD

CONTENIDO

Capítulo 8:   NEGOCIOS Y FINANZAS   203

Capítulo 9:   SALUD Y BIENESTAR   232

An overview of your textbook's main features

Welcome to *Reflejos*, an intermediate level program designed to encourage you to reflect upon your previous knowledge of Spanish language and cultures while you refine your linguistic skills. The main goals of the *Reflejos* program are to expose you to the sights and sounds of the Spanish-speaking world and to help you communicate more effectively in Spanish on varied topics of importance in social, personal, and professional contexts.

Capítulo 3

FAMILIA Y AMISTAD

TEMAS Y CONTEXTOS
Una boda en Sevilla entre dos
dinastías de España
"El valor de la amistad"

CULTURA
Enrique Iglesias y su familia
internacional

LENGUA
Comparative and superlative forms
Direct and indirect object pronouns
Gustar and similar verbs

ARTE
La bendición en el día de la boda,
Carmen Lomas Garza

LITERATURA
"El recado", Elena Poniatowska

Una fiesta de cumpleaños

CHAPTER OPENER

Provides an overview of chapter material.

The *Reflejos* text consists of 12 chapters. Each chapter begins with:

● A compelling visual opener that helps prepare you for the lessons that follow;

● Clearly organized overview of the vocabulary, culture, grammar, art, and literature in each chapter.

INTRODUCCIÓN AL TEMA

Una boda en Sevilla entre dos dinastías de España

Una boda en Sevilla entre dos dinastías en España

El día de la boda de Eugenia Martínez de Irujo Fitz-James, con su esposo Francisco Rivera Ordóñez, acompañados de sus padrinos.

La Infanta Elena, hija de los Reyes de España, y su esposo.

Los niños asisten a la boda.

La aristócrata Eugenia Martínez de Irujo Fitz-James se casó con el torero Francisco Rivera Ordóñez. Cuando se casaron en la Catedral de Sevilla, ella tenía veinte y nueve años y él, veinticuatro. Según *Vanidades*, esta boda representó la unión de dos dinastías: la dinastía de la mamá de la novia, la Duquesa de Alba de España, que tiene más de 40 títulos nobiliarios; y la otra dinastía del papá del novio, el torero Paquirri Rivera y de su famosísimo abuelo, el torero Antonio Ordóñez, quien inspiró muchos personajes de los libros de Ernest Hemingway. Entre los mil trescientos invitados figuraban miembros de la aristocracia, del *jet set*, gente de muchas clases sociales: duquesas, reyes, artistas, toreros, modelos y cantantes. Comieron y bailaron en un restaurante elegante. Francisco dijo de su nueva esposa, "La mujer de mi vida es Eugenia. Donde ella pisa (*walks*), yo beso."

INTRODUCCIÓN AL TEMA

This culturally rich presentation introduces the chapter theme.

The **Introducción al tema** taps into your background knowledge while recycling and expanding upon material learned in previous courses. Each lively presentation is accompanied by activities for reading comprehension, listening comprehension, and group discussion.

TEMAS Y CONTEXTOS

El valor de la

AMISTAD

La **amistad** es una de las relaciones más importantes y hermosas en la vida. Somos afortunados cuando **contamos con** amigos verdaderos; este vínculo nos brinda **confianza, solidaridad** y **apoyo**, tanto en los momentos buenos como en los malos, y nos hace sentir entendidos y aceptados incondicionalmente. Todos queremos tener y ser amigos excepcionales. Pero... ¿Quiénes son nuestros verdaderos amigos?

El filósofo inglés Sir Francis Bacon, en su artículo "Of Friendship" de su obra *Los Ensayos*, nos expresa lo siguiente: "Un amigo es como un otro yo. Un verdadero amigo tiene mucho más que dar que su interés **por sí mismo**.

Por otro lado, en el ensayo *On Friendship* de las antropólogas Margaret Mead y Rhoda Metraux... enfatizan el concepto de elección: "Un amigo es alguien que escoge y que es escogido, en contraste con los parientes, lo que presupone la libertad de elección. Cada amigo le da al otro el sentido de ser un individuo especial, no importa el terreno sobre el cual

se fundamenta el reconocimiento de su relación. Entre los amigos verdaderos existe la igualdad para dar y recibir", concluye.

En una de sus encuestas semanales, un periódico de difusión internacional preguntó recientemente a sus lectores "¿Qué es lo que más **aprecias** en la vida?" El 88% de los lectores que respondió señala que la amistad es lo que realmente le llena de este mundo. ¿Estás tú entre ese por ciento?

TEMAS Y CONTEXTOS

Thematic vocabulary presentations feature authentic texts that exemplify the natural use of language.

New vocabulary is introduced contextually in culturally authentic readings. Each reading is followed by a series of sequenced activities that encourage communication in Spanish.

CULTURA

A strong focus on culture leads to an understanding of the Spanish-speaking world.

The **Cultura** box highlights a cultural topic corresponding to the chapter theme and includes a group discussion activity that elicits further exploration of the topic.

Cultura | ENRIQUE IGLESIAS Y SU FAMILIA INTERNACIONAL

Enrique Iglesias Preysler nació el 8 de mayo de 1975 en Madrid, pero a los siete años se fue a vivir a Miami con su padre, donde se educó en medio de dos culturas, la española y la norteamericana. Enrique tiene su residencia permanente en Miami.

Su mayor orgullo, fuera de su carrera musical, es su extensa familia. Del matrimonio de su padre, Julio José Iglesias de la Cueva y su hermosa madre filipina Isabel Preysler Arrastia, Enrique tiene una hermana y un hermano: Chábeli (Isabel) está casada y es madre de un niño y Julio José es cantante como él. Del segundo y tercer matrimonio de su madre, tiene dos media hermanas. La mayor es Tamara Falcó, hija del famoso productor de vinos españoles, Carlos Falcó. La hermana menor es Ana Boyer, hija de Miguel Boyer, un conocido político e intelectual español.

Del segundo matrimonio de su padre con la holandesa Miranda Rijnsburger, tiene cuatro medio hermanos nacidos en los Estados Unidos: Miguel Alejandro, Rodrigo y las gemelas Victoria y Cristina.

La familia de la madre de Enrique es española y filipina, pero su bisabuelo materno era de familia [...] viene el apellido Preysler. Su [...] Madrid y es muy conocida en la alta [...]la. Toda la familia paterna es [...]ola. Su padre reside en Miami, [...]én residencias en España y en la [...]nicana.

[...] familia de Enrique es muy unida y [...]al. Se caracteriza también por sus [...]nes sociales, por sus múltiples [...]ales y por la fama que tienen varios [...]s, en especial, Enrique y sus

Discusión en grupos En grupos, realicen una de estas tres tareas: (a) Elaboren un árbol familiar de la familia de Enrique. Si desean mayor información sobre sus abuelos, pueden consultar las biografías de sus padres en Internet. (b) Investiguen la vida de uno de los familiares de Enrique y su relación personal con él. (c) Escriban un resumen biográfico sobre la familia de un personaje nacional o internacional que ustedes admiran.

LENGUA

Comparative and superlative forms

El mío es mejor que el tuyo

FELICIA: Mi casa es mejor que tu casa. Es la mejor casa del barrio.
ROBERTO: Mi casa es menos grande que la tuya pero es más íntima que tu casa.
FELICIA: Mi casa tiene más ventanas que tu casa.
ROBERTO: Pero mi casa tiene tantas chimeneas como la tuya.
FELICIA: Yo tengo más de dos flores en mi jardín.
ROBERTO: Mi jardín no tiene más de dos flores pero son más bonitas que las tuyas.
FELICIA: Mi coche es mejor que tu coche.
ROBERTO: Pero mi coche usa menos gasolina que el tuyo.

Enfoque: Comparaciones
Read the dialogue above. First decide which house belongs to Roberto and which belongs to Felicia. Find all the comparisons and divide them into these groups: comparisons of equality, comparisons of inequality, and superlatives. What do you notice to be special characteristics of these expressions? What do they have in common? What is different? When do you use *de* and *que* in comparisons? Read the information in **El uso** to check your answers.

LO ESENCIAL For comparisons of equality use **tan/tanto + como**. To show inequality use **más/menos + que**. For superlatives (the extremes in comparisons), the definite article is used plus the expressions of inequality followed by **de**.

LENGUA

Grammar presentations encourage you to actively observe and analyze language in context.

Each grammar structure is presented inductively through a brief passage that highlights the structure and is followed by discovery tasks.

- **Lo esencial,** which focuses on grammar form, is also included in the *Reflejos* CD-ROM where you can go for additional practice.

- **El uso** explains, with examples, how the grammar structures are used in contemporary Spanish. Each structure is actively practiced through individual, pair-, and group-work activities.

EL USO ❶ **Equality:** Use these structures in Spanish to compare people, things, or actions that are equal.

Nouns	**tanto/a/os/as** + noun + **como**
Adjectives and adverbs	**tan** + adjective / adverb + **como**
Verbs	(subject) / verb + **tanto como** + other subject

Tengo **tantos** amigos **como** tú.
I have as many friends as you do.

Enrique Iglesias es **tan** famoso **como** su padre.
Enrique Iglesias is as famous as his father.

Shakira canta **tan** bien **como** Carlos Vives.
Shakira sings as well as Carlos Vives.

Marta Meléndez escribe **tanto como** Isabel Allende.
Marta Meléndez writes as much as Isabel Allende.

Actividad 15: Amigos. Trabajen en grupos de tres o cuatro personas y hagan una lista de las mejores y peores características de sus amigos. Usando las siguientes expresiones, compartan sus opiniones con la clase.

Ejemplo: *No nos importa la apariencia física.*
Nos caen bien los amigos divertidos.

1. (No) nos gusta/n…
2. (No) nos importa/n…
3. (No) nos parece/n…
4. (No) nos molesta/n…
5. (No) nos entusiasma/n…
6. (No) nos fastidia/n…
7. (No) nos cae/n bien/mal…

RISAS Y REFLEXIONES

 DICHOS

En parejas, lean los dichos en voz alta y den un ejemplo que ilustre el sentido de cada uno, según los temas del capítulo.

1. Aquéllos son ricos que tienen amigos.
   Ejemplo: *Los amigos nos dan algo tan importante como el dinero: la amistad que nos hace la vida más agradable.*
2. Hoy por ti, mañana por mí.
3. Donde hay amor, no hay temor.

 UNA COMIQUITA

Con otro/a estudiante, discutan las ideas y actitudes que expresa el artista.

 UNA ADIVINANZA

¿Qué soy?

Sigo a la tarde
y llego contenta,
trayendo sombras,
luna y estrellas.

Adivinanza: la noche

RISAS Y REFLEXIONES
Enlivens learning with humor.

Visual humor, jokes, and common sayings related to the chapter theme foster cultural observations and spirited class discussions.

 VIDEO

Estás invitado/a a una boda en Puerto Rico. Participa en el matrimonio de Melisa y Peter, disfruta con ellos la ceremonia religiosa y la fiesta y comparte con Melisa y su madre los recuerdos de esta fecha tan importante.

Previsión

 Actividad 1: Recuerdos. Piensa en una boda que recuerdas. En parejas, contesten las siguientes preguntas.

1. ¿Cómo estaba vestida la novia?
2. ¿Cómo estaba vestido el novio?
3. ¿Quiénes formaron parte del cortejo?
4. ¿Dónde fue la boda?
5. ¿Cuántos invitados asistieron?
6. ¿Cómo fue la ceremonia?
7. ¿Cómo fue la comida?
8. ¿Cómo fue la música?
9. ¿Qué tradiciones siguieron los novios?
10. ¿ ? (Inventa tu propia pregunta.)

 Actividad 2: Mi pareja ideal. Haz una lista de las cualidades que buscas en tu pareja ideal. Menciona cinco características físicas y cinco adjetivos para describir su personalidad. Comparte tus respuestas con las de tus compañeros.

Visión

Actividad 3: La boda de Melisa. Mientras miras el video anota la siguiente información sobre la boda de Melisa.

Nombre de los novios
Nombre de la mamá de la novia

VIDEO
Images and voices of the Spanish-speaking world are brought to life through authentic video.

Varied previewing, viewing, and postviewing activities in the student text accompany each video segment to foster cultural expansion and class discussion.

A R T E

La bendición en el día de la boda, Carmen Lomas Garza (Estados Unidos)

Actividad 1: La artista. Carmen Lomas Garza es una artista de Texas. En su libro *En mi familia*, dice que sus pinturas son "memorias de cuando era niña en Kingsville, Texas, cerca de la frontera de México". Trabajando en parejas, estudien la pintura de *La bendición en el día de la boda*. Luego, contesten las preguntas.

1. ¿Cuántas personas están con la novia en su cuarto? ¿Cuántos años crees tú que tiene ella?
2. ¿Qué es una bendición? ¿Quién hace la bendición a la novia? En tu opinión, ¿qué le va a decir a la novia?
3. Describe los colores y diseños de la ropa de la familia. ¿Qué más lleva la niña en la mano?
4. ¿Dónde se sienta la abuela? ¿Cómo es? ¿Qué cosas están en la cama?
5. ¿Qué hace la muchacha sentada en la caja? ¿Cuáles son los instrumentos de su oficio?
6. Nombra los objetos en la cómoda. ¿De quién puede ser la foto?
7. Los muñecos en la pared llevan tradicionales trajes mexicanos. ¿Cómo se sabe que son de México?
8. ¿Qué hay en el estante de la pared sobre la cama?
9. H

10. ¿Qué emociones produce en ti esta pintura? Explica.

Actividad 2: Investigación internética. En Internet, busca información sobre el arte y los relatos de la artista chicana Carmen Lomas Garza. Luego, haz una presentación oral a la clase sobre otra de sus pinturas; si hay narración, inclúyela también. Finalmente, escribe en un párrafo tu propia descripción e interpretación de la pintura.

Actividad 3: ¡Una celebración memorable! Imagínense que son artistas y van a pintar o dibujar una ocasión especial de su familia o sus amigos. Trabajen en grupos y expliquen lo siguiente.

1. cuál es la celebración
2. quiénes van a estar presentes
3. dónde están
4. qué hacen
5. cómo van a ir vestidos
6. los colores que ustedes van a emplear, los objetos que van a representar
7. el tema de la ocasión especial

ARTE

Fine art reproductions provide a springboard and a cultural context for discussion of Hispanic art.

Thematically related selections of fine art from the Spanish-speaking world are presented to promote classroom discussion and heighten your appreciation of art and culture.

LITERATURA

Prelectura

ANTICIPACIÓN

Actividad 1: Amor y amistades. Con otro/a estudiante, contesten las preguntas a continuación.

1. Describe un jardín bonito. ¿Qué tiene? ¿En qué ocasiones das o recibes flores?
2. ¿Quiénes son tus vecinos y qué hacen? ¿Hay muchos niños en tu barrio? ¿De qué edades? ¿Dónde juegan y con quiénes?
3. ¿A quién/es escribes cartas o recados? ¿Por correo electrónico o a mano? ¿Sobre qué temas escribes? ¿Con qué frecuencia?
4. ¿Qué regalos das para los cumpleaños? ¿Cuál es un regalo especial que recibiste tú el año pasado? ¿En qué ocasión?
5. ¿Cuáles son las características de unos/as buenos/as amigos/as y un/a buen/a novio/a? Da ejemplos. ¿En quién tienes más confianza? ¿Por qué?
6. ¿Qué te guía más en la vida, tu intuición o tu pensamiento? ¿Puedes intuir los sentimientos de tus seres queridos? Da ejemplos.

ESTRATEGIA DE LECTURA

Determinando el punto de vista Los textos literarios se escriben desde puntos de vista específicos. A veces seguimos la trama y los temas por los ojos del protagonista, o a veces, del autor. Es importante determinar el punto de vista para comprender mejor la temática y la historia y determinar cuál es el punto de vista. Lee la primera línea de "El recado". Después, lee el cuento poniéndole atención a este punto de vista.

Lectura

LA AUTORA: Elena Poniatowska es una escritora mexicana que empezó su carrera como periodista y ganó el Premio Nacional de Periodismo. Además de cuentos, ha escrito ensayos, novelas y crónicas. En algunas obras revela los problemas

LITERATURA

Authentic literature promotes critical thinking.

Authentic Latin American, Spanish, and U.S. Latino literary selections from the genres of short story, novel, theater, essay, and poetry are accompanied by a variety of oral and written activities that encourage literary appreciation and critical thinking. The literary texts chosen give you the opportunity to read and analyze increasingly sophisticated literature, including a complete one-act play. A reading strategy, as well as pre- and post-reading activities for pairs and groups accompany each selection. Activities elicit analyses of authentic literature and encourage you to engage in oral presentations and role-plays in Spanish.

REFLEXIONES
Y MÁS

Actividad 14: Soldado/a. La narradora compara a Martín con un soldado. ¿Con qué características y valores de un/a soldado/a te comparas tú? ¿Cómo eres diferente?

Actividad 15: Lealtad y más. ¿Cómo expresas el amor (la sinceridad, la lealtad, la confianza) por tu universidad y por tu país? Da ejemplos.

Actividad 16: Mi situación. Dramatiza una de las siguientes escenas, con algunos miembros de la clase.

1. En el café del pueblo, Martín, un amigo y una amiga hablan sobre la narradora. ¿Qué les explica Martín sobre su relación con la narradora y cómo reaccionan los amigos?
2. Martín, la vecina y su hija tienen una conversación sobre la visita de la narradora. Las vecinas le cuentan de su visita y de la nota que estaba escribiendo en el peldaño. Interpreten si finalmente la narradora ha dejado un recado para Martín o no.

Actividad 17: Opiniones. Escribe una composición de tres párrafos sobre uno de los siguientes temas. Explica las citas con referencia al cuento y a tu vida personal.

1. La narradora comenta: "Sé que todas las mujeres aguardan". ¿Qué aguardan las mujeres? ¿Cómo lo sabe la narradora y qué significa esta afirmación en el cuento? Según tu opinión, ¿qué aguardan los hombres? Da ejemplos.
2. La narradora declara que "… la juventud lleva en sí, la imperiosa, la implacable necesidad de relacionarlo todo al amor". ¿Por qué lo dice ella en el cuento? ¿Estás de acuerdo? ¿En qué aspectos? Da ejemplos.

EXPANSIÓN

COMPRENSIÓN

Actividad 1: Señorita Sentimiento. Escucha la carta emocional de un joven que pide consejos de amor por Internet. Escucha su carta y escoge la respuesta a cada pregunta.

1. ¿Cuánto tiempo hace que la pareja se conoce?
   a. tres meses   b. siete meses   c. seis meses
2. ¿Cómo se conocieron?
   a. en una discoteca   b. en una sala chat   c. en la sala de su casa
3. ¿Qué se envían?
   a. fotos   b. tarjetas   c. dinero
4. ¿Cómo se sienten el uno al otro?
   a. Están enojados.   b. Están destrozados.   c. Están enamorados.
5. ¿Cuál es el problema que ha surgido?
   a. Ella no quiere tener   b. Ella ya tiene una   c. Él ya tiene una hija.
      hijos.   hija.
6. ¿Por qué es un problema?

REDACCIÓN   Comparación y contraste I

Actividad 2: Escríbela. Muchos buscadores de Internet y revistas en español tienen un lugar donde las personas pueden pedir consejos como la carta a la Señorita Sentimiento de la actividad 1. Sigue estas etapas para escribir una composición que compare y contraste las situaciones de dos personas distintas.

Etapa 1: *Preparar*
Usa Internet o lee una revista para escoger dos cartas diferentes que piden consejos. Asegúrate de que su situación tenga algo en común, por ejemplo: problemas con amigos, problemas con la pareja, una situación sin resolver en el trabajo, etcétera.

Etapa 2: *Hacer la comparación*
Usa este diagrama "Venn" para organizar tus ideas para la comparación.

La situación de persona A   Cosas que tienen en común   La situación de persona B

Etapa 3: *Escribir la composición*
Después de hacer todas las listas, usa tus apuntes para escribir una composición de tres párrafos. Usa esta organización.

   Primer párrafo Describe la situación de la persona A.
   Segundo párrafo Describe la situación de la persona B.
   Tercer párrafo Compara las dos situaciones y sugiere cómo se pueden resolver.

Aquí hay algunas palabras que te pueden ayudar para hacer comparaciones.

más… que	*more than*
menos… que	*less than, fewer than*
tan… como	*as . . . as*
tanto/a/s… como	*as much/many . . . as*
sin embargo	*however*
no obstante	*however*
también	*also*
pero	*but*
por otra parte	*on the other hand*

POR INTERNET

Puedes encontrar muchos sitios usando tu buscador favorito en la Red. Aquí hay unas combinaciones de palabras para facilitar tu búsqueda.

Palabras clave: yupimsn + consejos, consultorio sentimental, corazones rotos

For specific web pages to help you in your search, go to the *Reflejos* website:
http://college.hmco.com/languages/spanish/students

EXPANSIÓN

These capstone activities provide you with a sense of growth and accomplishment.

Each chapter culminates with a listening comprehension activity (**Comprensión**), a writing workshop (**Redacción**), and an Internet activity (**Por Internet**).

- Each **Redacción** guides you through diverse techniques and stages of process writing, and leads you through a variety of guided writing activities.
- The **Por Internet** section encourages you to search for information that will help you complete the writing task.

COMPONENTES

In-Text Audio CD

A **free** student audio program containing the listening activities in the student text. This audio CD is necessary for completing the contextualized, audio-based exercises in the student text. The program is available on audio CD.

Activities Manual

The Activities Manual contains a workbook and laboratory manual. The workbook parallels the chapter structure of the student text and contains additional vocabulary, grammar, culture, and writing activities for each chapter. The laboratory manual contains listening comprehension activities that reinforce vocabulary, structures, and thematic content of each chapter. Each chapter contains an **Autoprueba** self-test so students can monitor their own progress. Activities to accompany films in Spanish are included and tied to chapter themes. These assignments may also be used as a springboard for class discussion. Additional suggestions for films and songs are included in the appendix complete with a list of where they may be ordered.

Workbook Answer Key

The Answer Key may be packaged with the Activities Manual at the discretion of your school.

Quia Online Activities Manual

An online version of the Activities Manual contains the same content as the print version in an interactive environment that provides immediate feedback on many activities.

Audio Program

Available on audio CDs, the audio program contains the listening input that corresponds to each chapter of the laboratory manual portion of the Activities Manual. Listening activities include dialogs, narration, radio announcements, microstories, and cultural snippets. The audio program is available in your Language Lab or for purchase so that you can listen to the recordings at any time.

Video Program

The video program contains 12 cultural units (of 5 to 8 minutes in length) that correspond to each chapter in the *Reflejos* text. Shot on location in the United States, Mexico, Puerto Rico, Costa Rica, Spain, and Ecuador, the video contains interviews with a variety of Spanish speakers and cultural segments that include pastimes and sports, music, ecology, weddings and celebrations, art museums, food and cooking, and business and finance.

Student CD-ROM

To address the needs in classrooms where there are often students of various levels of preparation, the dual platform multimedia CD-ROM provides additional grammar and vocabulary practice, additional practice with short video clips and games, and provides immediate feedback so that you can check your progress in Spanish. Students who require extra review can have access to it outside of class, thus allowing for a more communicative classroom experience. Each chapter includes art- and listening-based activities and the opportunity to record selected responses to help you develop your reading, writing, listening, and speaking skills. Access to a grammar reference and Spanish-English glossary is available for instant help. The CD-ROM also contains complete chapter segments from the *Reflejos* video with related activities.

Reflejos Website: The website written to accompany *Reflejos* contains search activities, ACE practice tests, and chapter cultural links.

The **Search Activities** are designed to give you practice with chapter vocabulary and grammar while exploring existing Spanish-language websites. Although the sites are not written for students of Spanish, the tasks that you will be asked to carry out are, and you are not expected to understand every word.

The **ACE Practice Tests** contain a series of chapter-specific exercises designed to help you assess your progress and practice chapter vocabulary and grammar. These exercises provide immediate feedback and are ideal for practicing chapter topics and reviewing for quizzes and exams.

The cultural links offer additional cultural information on places and topics related to each chapter. These sites may be in English or Spanish.

To access the site, go to http://college.hmco.com/languages/spanish/students.

SmarThinking: SmarThinking provides you with online, text-specific tutoring when you need it.

- Work one-on-one with an online tutor using a state-of-the-art whiteboard.
- Submit a question anytime and receive a response, usually within 24 hours.
- Access additional study resources at any time.

AGRADECIMIENTOS

We would like to thank the World Languages Group of Houghton Mifflin Company, College Division, for supporting us throughout the different stages of development and production of *Reflejos*. Our appreciation also is extended to Sharla Zwirek, Development Manager; Erin Kern, Editorial Assistant; Florence Kilgo, Senior Project Editor; Kendra Johnson, Production Editorial Assistant; Tina Crowley Desprez, Senior Marketing Manager; and Claudia Martínez, Associate Marketing Manager.

To Mary-Anne Vetterling, we express our deepest admiration as well as our appreciation for her multifaceted contributions to this project. In addition, most special thanks go to our Development Editor and colleague, Kris Swanson, for her wisdom, generosity, patience, sense of humor, and continual support through this project. Her contributions have been invaluable.

I am grateful to the Wellesley College Spanish Department for decades of reflejos and consejos; to the Knapp Media &Technology Center and its excellent staff, for help with interactive teaching and learning initiatives; to all of my students, and especially to Angela Carpenter, Nicole Barraza, Natalie Drorbaugh, María García, and Patricia Uniacke, for your assistance; and most of all, to my loving Donísimo, Lucien, Sarkis and Mukhul.

—Joy Renjilian-Burgy

At MIT, I would like to express my gratitude to Steven Lerman and to all my colleagues at the Center for Educational Computing Initiatives for their continuous support and for providing such a creative environment for my work. I also want to thank my colleagues at the Spanish Departments of MIT and the University of Bergen, especially to Douglas Morgenstern at MIT, and to Miguel Quesada Pacheco in Bergen, for their unconditional help and friendship. Mi gratitud infinita para Ivar, Edvard, Viviana, Ofelia, Lucio, Lucrecia y Marta por su cariño y por nunca cansarse de contestar mis preguntas y de despejar mis dudas.

—Ana Beatriz Chiquito

At the University of Massachusetts, Boston, I would like to thank the Department of Hispanic Studies for creating such a collegial atmosphere in which to teach and learn; to my colleagues Reyes Coll-Tellechea, Clara Estow, Jacobo Gutiérrez, and Peggy Fitzgerald for their support. A special thanks to my friends for their encouragement and patience throughout this project; to my loving family, Margie Mraz, Mary Beth, Terry, P.J., Angela, Charles, Malissa, and Jason; and to my loyal companion Jesse who reminds me that no day is complete without a long walk and lively play.

—Susan M. Mraz

To Enrique, Gisela and Mónica for all you are and all you do; to Alegría, my guide and mentor, and to the teachers and learners in my life: you make it worthwhile.

—Verónica de Darer

We would like to gratefully acknowledge the contributions of our reviewers:

Roy F. Allen, Wartburg College

Gail Ament, Morningside College

Lydia M. Bernstein, Bridgewater State College

An Chung Cheng, University of Toledo

Maxine Cirac, Western Nevada Community College

Robert W. Dash, University of the Pacific

Christopher J. Donahue, Bloomsburg University of Pennsylvania

Linda C. Fox, Indiana University-Purdue University Fort Wayne

Ellen Haynes, University of Colorado

Josef Hellebrandt, Santa Clara College

Susan Janssen, Mendocino College

Barbara L. Kruger, Finger Lakes Community College

Ping Mei Law, McMaster University

Mary Morrisard-Larkin, College of the Holy Cross

Jeffrey T. Reeder, Sonoma State University

Teresa P. Smotherman, University of Georgia

Marta Elena Stone, Quincy University

Kathleen Wheatley, University of Wisconsin-Milwaukee

Capítulo 1

PASATIEMPOS Y DEPORTES

TEMAS Y CONTEXTOS
"Informe sobre la salud: España"
"Sport tu bien"

CULTURA
Sammy Sosa

LENGUA
Ser and *estar*
Present indicative tense (regular /
  irregular / stem-changing verbs)
Reflexive verbs

ARTE
La carrera de bicicletas, Texcoco,
Antonio M. Ruiz

LITERATURA
"El centerfielder", Sergio Ramírez
"Jogging", Juan Antonio Ramos

¡¿Goool?!

INTRODUCCIÓN AL TEMA

Informe sobre la salud: España

PRÁCTICA DEPORTIVA

"The Discovery Channel" encargó a la organización Gallup la realización de un estudio de conocimiento sobre diversos aspectos relacionados con la salud en Latinoamérica, la Península Ibérica y Estados Unidos. Aquí están los resultados que encontraron en cuanto a los deportes.

Tres cuartos (75%) de los españoles afirman tener un estilo de vida "físicamente activo". Más de un tercio (35%) afirman llevar a cabo un estilo de vida muy activo y un porcentaje similar (40%) afirma ser algo activo. Quienes practican deporte semanalmente tienden a considerarse a sí mismos más activos (84%) que quienes no lo hacen, entre los cuales el porcentaje se sitúa en el 58%.

Cerca de la mitad (48%) hace ejercicio tres o más veces a la semana, pero el 28% afirma que nunca hace ejercicio. El segmento más sedentario es el compuesto por personas de 30 a 49 años, de los cuales el 38% nunca hace deporte.

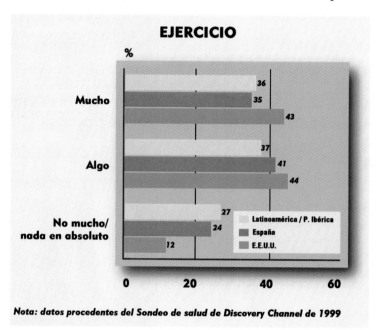

EJERCICIO

%

	Latinoamérica / P. Ibérica	España	E.E.U.U.
Mucho	36	35	43
Algo	37	41	44
No mucho/ nada en absoluto	27	24	12

Nota: datos procedentes del Sondeo de salud de Discovery Channel de 1999

Actividades

Actividad 1: Intercambio de ideas. Conversa con otro/a estudiante, usando las siguientes preguntas. Comparen sus respuestas con la información de arriba.

1. ¿Tienes una vida físicamente activa? ¿Cuáles son tus actividades favoritas?
2. ¿Haces ejercicio? ¿Cuántas veces por semana?
3. ¿Practicas algún deporte? ¿Cuál(es)?
4. En tu opinión, ¿quiénes son más activos? ¿los españoles o los estadounidenses?
5. ¿Qué deportes son populares en tu universidad?
6. ¿Qué equipos deportivos hay para las mujeres en tu universidad?
7. ¿Cuáles son tus otros pasatiempos favoritos?

Actividad 2: Deportes practicados. El informe Gallup le preguntó al público cuáles eran los deportes y ejercicios que practicaba. Escucha el informe y determina si las frases siguientes son verdaderas o falsas. Escribe V si la frase es verdadera y F si la frase es falsa. Si es falsa, corrígela.

_____ 1. A la mayoría de los españoles le gusta caminar.
_____ 2. Más del setenta por ciento camina frecuentemente.
_____ 3. El cinco por ciento de la gente nada regularmente.
_____ 4. Al dos por ciento del público le gusta ir al gimnasio.
_____ 5. También les gusta montar a caballo.
_____ 6. Los españoles y los franceses van mucho al gimnasio.
_____ 7. La gente mayor va mucho al gimnasio.
_____ 8. El veinticinco por ciento de los españoles y portugueses son socios de un gimnasio.

Actividad 3: A comparar. Compara el programa deportivo de tu universidad con el de dos universidades diferentes. Puedes escoger universidades locales, regionales o de América Latina o España. Puedes usar tu conocimiento actual o buscarlas en el sitio web. Después de hacer tu investigación, contesta estas preguntas.

1. ¿Qué similaridades hay entre los programas? ¿Cuáles son algunas diferencias?
2. ¿Qué programa es el más grande? ¿el más pequeño?
3. ¿Qué deportes hay para mujeres? ¿Cuáles son algunas diferencias?
4. ¿Qué universidad tiene el mejor programa? ¿Por qué?
5. ¿Qué universidad tiene el peor programa? ¿Por qué?

TEMAS Y CONTEXTOS

¿Qué haces en tu tiempo libre? ¿Practicas algún deporte? ¿Te gusta ir al museo o te gustan más las actividades sociales? En este artículo de la revista *Quo* vas a leer sobre los beneficios de practicar algún deporte o ejercicio físico.

Sport tu bien

Desarrollo muscular

El **entrenamiento** de **fuerza** y la gimnasia
son beneficiosos para el cuerpo, ya que
los músculos entrenados alivian la ten-
sión diaria en los huesos y articula-
ciones, en especial en la columna verte-
bral, que es una de las partes del cuerpo
más proclives a sufrir lesiones o defor-
maciones con la edad.

Este reportaje está basado en un estudio
realizado por 40 especialistas alemanes.
Los deportes están puntuados en una
escala de 0 (nota mínima) a 10 (nota
máxima).

Mejora de enfermedades

Ningún medicamento previene tan efi-
cazmente las afecciones coronarias y cir-
culatorias como la práctica de un
deporte. Además, el ejercicio físico
reduce los factores de riesgo de enfermedades como la arteriosclerosis y
retrasa los procesos de envejecimiento.

Beneficios mentales

El deporte no sólo influye sobre el
corazón y la circulación: también actúa
directamente sobre el funcionamiento
del cerebro, fomentando la inteligencia,
la creatividad y la relajación. Está
demostrado que las personas que practican algún deporte rinden más en el trabajo y **mantienen** mejores relaciones
sociales.

Abdominales

Body building	9,25
Gimnasia deportiva	8,25
Boxeo	7,50
Gimnasia	7,00
Judo	6,75

Espalda

Squash	9,50
Boxeo	8,25
Badminton	800
Kárate	6,75
Balonmano	6,75

Perder grasa

Correr	9,00
Esquí de fondo	8,50
Ciclismo	8,45
Bicicleta de montaña	8,25
Remo	7,75
Aeróbic	7,50
Boxeo	7,25
Natación	7,20
Squash	7,00
Patinaje en línea	6,50
Fútbol	6,25
Baloncesto	6,20
Patinaje sobre hielo	6,20
Voley-playa	5,75

Concentración y capacidad mental

Tiro con arco	8,75
Tenis de mesa	8,00
Golf	7,50
Badminton	7,45
Boxeo	7,45
Kárate	7,30
Alpinismo	7,25
Squash	7,00
Judo	6,95

Piernas

Body building	9,50
Ciclismo	8,50
Gimnasia deportiva	8,40
Bicicleta de montaña	8,10
Boxeo	7,50
Patinaje sobre hielo	7,50
Esquí alpino	7,50

Brazos

Body building	9,00
Boxeo	8,75
Gimnasia deportiva	8,75
Remo	8,60
Alpinismo	8,50
Balonmano	7,25
Kárate	7,25
Natación	7,00
Esquí de fondo	6,25
Windsurfing	6,20
Gimnasia	5,80
Esquí acuático	5,60

Problemas cardiovasculares

Esquí de fondo	9,75
Correr	9,50
Ciclismo	9,40
Natación	9,00
Remo	8,75
Bicicleta de montaña	8,70
Aeróbic	7,50
Patinaje en línea	6,75
Patinaje sobre hielo	6,00

Relajación mental

Correr	7,50
Bicicleta de montaña	7,45
Esquí de fondo	6,90
Baile	6,75
Esquí alpino	6,50
Aeróbic	6,45
Remo	6,40
Golf	6,40

Vocabulario activo:

Hablando de deportes y pasatiempos

Cognados

acampar	la bicicleta de montaña	la liga
activo/a	el dominó	mantener
el adversario	el esquí acuático	el maratón
el/la atleta	el gol	el punto
el backgammon	el kárate	el surfeo

Familia de palabras

Verbos	*Sustantivos*
aplaudir	el aplauso
bucear (*to scuba dive*)	el buceo
dedicarse	la dedicación
desarrollar (*to develop*)	el desarrollo
entrenarse	el entrenamiento
ganar (*to win*)	el/la ganador/a
jugar (ue)	el juego, el/la jugador/a, la jugada
lanzar (*to throw, to pitch*)	el/la lanzador/a

Sustantivos

el ajedrez *chess*	el esquí alpino *downhill skiing*
el alpinismo *mountain climbing*	el esquí de fondo *cross-country skiing*
el/la árbitro/a *umpire*	la fuerza *strength*
el automovilismo deportivo *motor racing*	el jonrón *home run*
el balonmano *handball*	el juego de mesa *board game*
el campo *field*	el juego de pelota *ball game*
la canasta *basket*	la lucha libre *wrestling*
la carrera *race*	el ocio *leisure, free time*
las cartas, los naipes (*playing*) *cards*	el paracaidismo *parachuting*
el/la comentarista *sportscaster*	el patinaje en línea *in-line skating*
las damas (chinas) (*Chinese*) *checkers*	la regla *rule*
los dardos *darts*	el remo *rowing*
los deportes extremos *extreme sports*	el tiro con arco *archery*
el equipo *team; equipment*	el videojuego *video game*

Verbos

escalar *to climb* (*mountains*)	
golpear *to hit*	
gritar *to yell, scream*	
hacer parapente *to hang-glide*	
lastimar(se) *to injure* (*oneself*)	
lograr *to achieve*	
meter *to get in*	
perder (ie) peso *to lose weight*	
retrasar *to delay, postpone*	

Adjetivos

brusco/a *rough*
deportivo/a *sport*
diestro/a *skillful, cunning*
divertido/a *fun*
eficaz *efficient*
emocionante *exciting*
relajante *relaxing*
sobresaliente *outstanding*

Vocabulario básico: Ver la página 352 en el Apéndice A.

Actividades

Actividad 1: ¿Qué actividad describe? Identifica el deporte o pasatiempo que va con cada grupo de palabras.

1. pelota, bate, uniforme
2. agua, peces, nadar
3. balón, gol, camiseta de rayas
4. río, lancha, gritar
5. manos, pies, cinturón negro
6. coche, pista, rápido
7. balón, canasta, zapatos de tenis
8. fuerza, árbitro, en parejas
9. montaña, nieve, frío
10. aire, volar, colores brillantes

Actividad 2: Un análisis completo. Escoge dos deportes que te gustan y haz un análisis de todos los beneficios de esos deportes, el promedio y una comparación entre los dos. Presenta tu información a la clase.

> **Ejemplo:** el boxeo
>
> | | | |
> |---|---|---|
> | Abdominales = 7,50 | Espalda = 8,25 | Piernas = 7,50 |
> | Brazos = 8,75 | Concentración = 7,45 | Perder grasa = 7,25 |
> | **Promedio** = 7,78 | | |
>
> El boxeo es un buen deporte para desarrollar los músculos, especialmente la espalda y los brazos. También es bueno para perder peso y aumentar la concentración. Es mejor que... y peor que...

Actividad 3: ¿Qué deporte consume más kilocalorías? En parejas, pongan los deportes en orden según las calorías que consumen en diez minutos. Después comparen su secuencia con las respuestas y digan si están de acuerdo.

alpinismo · baile · baloncesto · balonmano · caminar · carrera de fondo · ciclismo · esquí alpino · fútbol · golf · natación · tenis de mesa · vólibol

Respuestas: 1. fútbol, 2. carrera de fondo, 3. baloncesto / balonmano, 4. natación, 5. esquí alpino, 6. alpinismo, 7. ciclismo, 8. vólibol, 9. baile, 10. tenis de mesa, 11. golf, 12. caminar

Actividad 4: ¿Qué te gusta? Escoge dos deportes o pasatiempos que te gustan y dos deportes que no te gustan. Después, trabajando con otro/a estudiante, explícale por qué te gustan o no.

Actividad 5: ¿Cómo se juega? Escoge un deporte que te gusta y descríbelo por escrito. Usa estas preguntas para guiar tu descripción.

1. ¿Es un deporte de equipo o individual?
2. ¿Cuántas personas participan en el deporte?
3. ¿En qué estación se hace?
4. ¿Requiere algún equipo especial? ¿un bate, una pelota, uniformes?
5. ¿Dónde se juega?
6. ¿Es difícil? ¿fácil?
7. ¿Cuáles son las reglas?
8. ¿Por qué te gusta?

Cultura | SAMMY SOSA

Sammy Sosa es un héroe en los Estados Unidos y en su tierra natal, la República Dominicana. Su madre y todos sus familiares están muy orgullosos de él. Sammy es jugador en los Cubs de Chicago como jardinero derecho. A él le gusta ser conocido como una buena persona, más que como un buen jugador, y es muy generoso con su dinero. Ha donado muchas de sus ganancias a varios proyectos educativos y de salud en su país y en los Estados Unidos. La Fundación Sammy Sosa trabaja continuamente para mejorar la vida de los niños en ambos países.

Su nombre completo es realmente Samuel Peralta Sosa, pero se le conoce por su apodo Sammy. Nació el 12 de noviembre de 1968 en San Pedro de Macoris, República Dominicana, en una familia de muy pocos recursos económicos. Sammy perdió a su padre cuando tenía siete años y tuvo que empezar a trabajar para ayudarle a su madre a sostener a los siete hijos que tenía. Sammy se ganaba la vida haciendo muchos oficios humildes como lavar pisos y autos, lustrar zapatos y vender frutas en las calles.

Sammy empezó su carrera deportiva con el boxeo, un deporte que no le agradaba a su madre. Empezó a interesarse por el béisbol cuando tenía catorce años y en poco tiempo se convirtió en un gran jugador. A los dieciséis años, firmó su primer contrato como jugador de los Texas Rangers. Desde entonces, su carrera lo ha llevado a la fama internacional.

Sammy tiene cuatro hijos con su esposa Sonia. Según dice él mismo, las dificultades económicas que tuvo en su niñez contribuyeron a darle la motivación necesaria para trabajar por el bien de la comunidad. Es uno de los mejores jugadores de béisbol de los Estados Unidos.

Discusión en grupos Investiguen en Internet o en otras fuentes deportivas a cuáles equipos de béisbol ha pertenecido Sammy Sosa y qué récords posee en ese deporte. En pocas palabras, hagan una descripción de Sammy Sosa como deportista y expliquen por qué es un ejemplo para los jóvenes.

LENGUA

Ser and *estar*

Son atletas

En nuestra universidad muchos estudiantes **son** atléticos. Unos **están** en el equipo de baloncesto y otros **están** en el equipo de fútbol americano. Unos **son** magníficos en la natación y otros **son** muy rápidos en el correr. Mi amigo Paco **es** capitán del equipo de tenis y mi amiga Elena **es** capitana del equipo de vólibol. Yo **estoy** muy contenta de tener tantos amigos que **son** deportistas talentosos.

Enfoque: *Ser* y *estar*

State whether each of the verbs in boldface in the passage above is a form of **ser** or **estar** and explain why. Then turn to your neighbor and describe your favorite sports or pastimes using **ser** and **estar**.

LO ESENCIAL

 Additional information on these forms can be found on the **Reflejos** CD-ROM.

Verbo	Conjugación
ser	soy, eres, es, somos, sois, son
estar	estoy, estás, está, estamos, estáis, están

EL USO

1 **Ser** describes the essential characteristics normally associated with people, events, things, and places. **Estar** describes how people, places, or things appear or what they look like at a certain time.

Pedro Martínez **es** famoso.	*Pedro Martínez is famous.*
Madrid **es** una ciudad importante.	*Madrid is an important city.*
Las jugadoras de baloncesto **son** altas.	*Basketball players are tall.*
El equipo **está** muy débil en este partido.	*The team is weak in this game.*
Miguel **está** enfermo.	*Miguel is ill.*

2 The meaning of some adjectives is different when they are linked to **ser** or **estar**. Here are some of the most common ones.

Adjetivo	Con el vebo *ser*	Con el verbo *estar*
aburrido/a	to be boring	to be bored
bonito/a	to be pretty	to look (to appear) pretty
bueno/a	to be good (*characteristic*)	to be fresh (*food*); to taste good; to be good (*condition*)
divertido/a	to be funny/enjoyable	to be amused
guapo/a	to be handsome/pretty	to look handsome/pretty
listo/a	to be intelligent/bright	to be ready
malo/a	to be bad or evil (*people and animals*); to be of poor quality or useless (*things*)	to be sick; to be spoiled (*food*); to be out of service (*things*)
vivo/a	to be outgoing/lively	to be alive

Los partidos de tenis **son** aburridos. — *Tennis matches are boring.*

Yo **estoy** aburrida cuando miro un partido de tenis. — *I am bored when I watch a tennis game.*

Roberto **es** muy listo en el dominó. — *Roberto is very intelligent (clever) in dominoes.*

Roberto **está** listo para jugar al dominó. — *Roberto is ready to play dominoes.*

❸ **Ser** is also used to tell time (hour and dates); to describe a person's profession, nationality, origin, or religion; or to state where or when an event takes place. **Estar** is also used to indicate location.

Es el tres de diciembre. — *It's December third.*

El partido **es** a las dos. — *The game is (takes place) at two.*

Martín **es** tenista. — *Martín is a tennis player.*

Pablo **es** de Nicaragua. — *Pablo is from Nicaragua.*

Los jugadores **están** en el gimnasio. — *The players are in the gymnasium.*

Actividades

Actividad 1: Laura y yo. Elige la forma correcta de **ser** o de **estar** en el siguiente párrafo.

Yo _____ (1) una estudiante bastante lista y _____ (2) muy entusiasmada con todos los deportes que _____ (3) para personas que _____ (4) buenas con sus pies. Mi deporte favorito _____ (5) el correr. Mis amigos y yo _____ (6) muy aficionados a todos los deportes donde las personas corren y nosotros siempre _____ (7) presentes como público en los partidos de fútbol, fútbol americano, básquetbol y béisbol en nuestra escuela.

Laura, mi prima, _____ (8) una persona muy equilibrada, pero hoy tiene un partido de tenis y _____ (9) muy nerviosa. Su familia _____ (10) segura de que Laura va a ganar porque piensan que ella _____ (11) una gran deportista. Sin embargo, Laura cree que no _____ (12) preparada para este partido; ella piensa que su oponente _____ (13) mucho mejor que ella.

Actividad 2: Opinión subjetiva. Lee las siguientes situaciones y decide qué comentario es más apropiado en cada situación.

1. Tú estás en una fiesta y entra una persona muy elegante que no reconoces inmediatamente. Después te das cuenta de que es tu compañero de clase.
   a. ¡Qué elegante eres!   b. ¡Qué elegante estás!

2. Hoy es el examen de matemáticas y Laura tiene mucho miedo. ¿Qué dice Laura?
   a. ¡Soy muy nerviosa!   b. ¡Estoy muy nerviosa!

3. Quiero comprar un refresco en una máquina de monedas, pero hoy no funciona. ¿Qué digo?
   a. ¡Esta máquina es mala!   b. ¡Esta máquina está mala!

4. Tus compañeros de estudios compran una computadora que funciona muy, muy bien. Les gusta mucho esa marca (*brand*) porque es muy eficiente. ¿Qué dicen?
   a. ¡Esta marca de computadoras es   b. ¡Esta marca de computadoras
      excelente!   está excelente!

5. Tus amigos están en un restaurante y el camarero sirve una sopa de pollo muy fría que no les gusta. ¿Que le dicen?
   a. ¡La sopa está fría!   b. ¡La sopa es fría!

6. Tu profesor de natación siempre habla mucho pero nunca entiendes nada. ¿Qué les dices a tus amigos?
   a. Mi profesor es muy aburrido.   b. Mi profesor está muy aburrido.

7. Marta Mendoza es muy inteligente y siempre sabe la respuesta correcta. ¿Qué les dices a tus compañeros?
   a. Ella es muy lista.   b. Ella está muy lista.

Actividad 3: La fiesta de Anita. Describe cómo son las personas y lo que hacen, usando una expresión con **ser** y otra con **estar** para cada persona.

 Actividad 4: Los deportes. En parejas, seleccionen dos deportes de la lista siguiente y describan cómo son, según sus opiniones. Mencionen, por ejemplo, las siguientes características: el precio, el equipo necesario, el nivel de dificultad, el sitio donde se practica el deporte (canchas, montañas...), si es popular o exclusivo.

Describan también a las personas que típicamente practican estos deportes: ¿Son mujeres u hombres? ¿altos/as, fuertes, rápidos/as? ¿profesionales o aficionados/as? Usen los verbos **ser** y **estar** en sus descripciones.

alpinismo	fútbol
balonmano	gimnasia deportiva
correr	natación
esquí alpino	tenis de mesa

Actividad 5: Anuncio deportivo. Elige un deporte o un pasatiempo que practicas y crea un anuncio para el evento. Incluye la siguiente información.

día	deporte o pasatiempo
hora	quiénes participan
lugar	detalles especiales

Present indicative of regular, irregular, and stem-changing verbs

En el gimnasio

Todos los días yo voy al gimnasio. Mi entrenador me da lecciones y hago muchos ejercicios aeróbicos para perder peso: monto en bicicleta, levanto pesas y nado en la piscina. Tengo que perder diez libras para poder estar en el equipo de remo de mi universidad.

También me gusta jugar a un deporte una vez por semana. Mi amigo Pepe quiere jugar todos los días. Nosotros preferimos jugar juntos pero no puedo jugar durante la semana porque tengo que entrenar para el equipo de remo. Pepe entiende mi situación y muestra mucha paciencia conmigo.

Enfoque: El tiempo presente

Identify the verbs in the present tense in the preceding paragraph. Which ones are regular? Which ones are irregular? What are the infinitives of these verbs? Create original sentences for three of these verbs to describe the activities of a friend.

LO ESENCIAL

1 Regular verbs follow the patterns indicated below.

Verbo	Conjugación
ganar	gano, ganas, gana, ganamos, ganáis, ganan
correr	corro, corres, corre, corremos, corréis, corren
subir	subo, subes, sube, subimos, subís, suben

2 These common verbs are irregular in the present indicative.

Verbo	Conjugación
ir	voy, vas, va, vamos, vais, van
tener	tengo, tienes, tiene, tenemos, tenéis, tienen
venir	vengo, vienes, viene, venimos, venís, vienen
oír	oigo, oyes, oye, oímos, oís, oyen

3 Some verbs are irregular only in the first person singular **yo** form. All other forms are regular.

-**go** verbs	salir, poner, traer, hacer	yo sal**go**, pon**go**, trai**go**, ha**go**
-**zco** verbs	conocer, conducir, traducir	yo cono**zco**, condu**zco**, tradu**zco**
spelling change	escoger, recoger	yo esco**jo**, reco**jo**
other verbs	dar, ver, saber	yo **doy, veo, sé**

4 Many Spanish verbs have stem changes on the stressed syllable in all forms of the present indicative except **nosotros** and **vosotros**.

pensar (e → ie)		**volver** (o → ue)		**pedir** (e → i)	
pienso	pensamos	vuelvo	volvemos	pido	pedimos
piensas	pensáis	vuelves	volvéis	pides	pedís
piensa	piensan	vuelve	vuelven	pide	piden

Some common stem-changing verbs with changes from e to ie are: com**e**nzar, conf**e**sar, n**e**gar, ent**e**nder, p**e**rder, qu**e**rer, adv**e**rtir, m**e**ntir, s**e**ntir, sug**e**rir, pref**e**rir.

Common stem changes from o to ue are: alm**o**rzar, c**o**star, enc**o**ntrar, rec**o**rdar, s**o**ñar, d**o**ler, m**o**rder (*to bite*), p**o**der, v**o**lver, d**o**rmir, m**o**rir.

Common stem changes from e to i with -ir verbs are: comp**e**tir, corr**e**gir, p**e**dir, imp**e**dir, rep**e**tir, s**e**rvir, sonr**e**ír.

5 Some stem-changing verbs also have irregular forms or spelling changes in the **yo** form.

decir	**digo**, dices, dice, decimos, decís, dicen
corregir	**corrijo**, corriges, corrige, corregimos, corregís corrigen
conseguir	**consigo**, consigues, consigue, conseguimos, conseguís, consiguen

EL USO

1 The present indicative tense is used in Spanish to express daily activities, plans, generalizations, facts, and habits or customs in the present. There are several English equivalents. **Ellos juegan al tenis.** = *They play, do play, are playing, will play tennis.*

Los jugadores profesionales de fútbol americano **ganan** mucho dinero.	*Professional football players earn a lot of money.*
Hay dos grandes ligas de béisbol en los Estados Unidos.	*There are two major leagues in baseball in the United States.*
Los atletas **hacen** ejercicio todos los días.	*Athletes exercise every day.*

2 To express one thought with two verbs, the infinitive follows the conjugated form or impersonal expression.

Pienso esquiar en Colorado este invierno.	*I intend to ski in Colorado this winter.*
Es divertido mirar los Juegos Olímpicos.	*It's fun to watch the Olympics.*

3 The irregular form **hay** from the infinitive **haber** is used to express *there is, there are.* **Hay** is used when the subject is indefinite or unknown. Compare its use with the use of **estar.**

Hay muchos aficionados en el estadio.	*There are many fans in the stadium.*
Muchos aficionados **están** en el estadio.	*Many fans are in the stadium.*

4 **Ir** + **a** + *infinitive* expresses a future action in a similar way to the English *going to* + verb, present progressive or *will* + verb.

Voy a jugar al tenis mañana.	*I am going to play tennis tomorrow.*
Los **vamos a visitar** el año entrante.	*We are visiting them next year.*
¡Vamos a ganar!	*We will win!*

5 **Tener** is also used in numerous idiomatic expressions.

tener calor	*to be hot*
tener celos de	*to be jealous of*
tener frío	*to be cold*
tener ganas de + *infinitive*	*to feel like (doing something)*
tener hambre	*to be hungry*
tener miedo de	*to be afraid of*
tener prisa	*to be in a hurry.*
tener que + *infinitive*	*to have to (do something)*
tener razón	*to be right*
tener sed	*to be thirsty*
tener sueño	*to be sleepy*
tener vergüenza	*to be ashamed*

6 In expressions referring to weather conditions, **hacer** is used impersonally in the third person singular.

En invierno **hace** mucho frío.	*It's very cold in the winter.*
Hoy **hace** bastante calor.	*It's quite hot today.*

Actividades

Actividad 6: Mis sábados. Completa las oraciones con la forma correcta del verbo indicado en el presente.

Todos los sábados yo <u>voy</u> (1. ir) a un partido de fútbol americano en mi universidad. <u>Vienen</u> (2. Venir) conmigo muchos de mis amigos también aficionados al fútbol americano. A veces yo le <u>doy</u> (3. dar) mi billete para el partido a mi amigo Antonio cuando yo <u>tengo</u> (4. tener) mucha tarea, pero normalmente yo no <u>hago</u> (5. hacer) mi tarea hasta el domingo. Yo <u>prefiero</u>(6. preferir) asistir a todos los partidos porque <u>es</u> (7. ser) divertido estar con amigos. <u>Hay</u> (8. Haber) un partido este sábado y yo <u>estoy</u> (9. estar) seguro que nosotros <u>vamos</u> (10. ir) a ganar.

Actividad 7: Circunstancias. Selecciona la mejor frase para completar el sentido del texto.

~~tiene razón~~   ~~tener suerte~~   ~~tenemos prisa~~   ~~tiene ganas~~
~~tengo ganas~~   ~~tengo miedo~~   ~~tenemos que~~   ~~tengo que~~

Hoy es nuestro entrenamiento. Es muy tarde y nosotros <u>tenemos prisa</u> (1) porque <u>tenemos que</u> (2) llegar a las cinco de la tarde al estadio. Mi entrenador dice que yo <u>tengo que</u> (3) entrenar mucho para estar en forma y ganar la competencia de natación. Creo que él <u>tiene razón</u> (4). ¡Necesito entrenar más! Pero yo <u>tengo miedo</u> (5) de mis competidores porque todos son muy buenos. De todos modos, espero <u>tener suerte</u> (6) y ganar la competencia. Yo <u>tengo ganas</u> (7) de ganar. ¡Mi entrenador también <u>tiene ganas</u> (8) de una victoria!

Actividad 8: Decisiones difíciles. En parejas, decidan lo que cada uno de ustedes va a hacer en las siguientes situaciones.

1. Estás en un partido de fútbol americano y empieza a llover.
2. Estás en un examen y tu compañero de clase copia tus respuestas.
3. Estamos en la sala de clase y hay un incendio en el edificio.
4. Sammy Sosa está en la cafetería de tu universidad.
5. El equipo de béisbol de tu ciudad juega contra el equipo de tu mejor amigo.

Actividad 9: Preguntas personales. Con otro/a estudiante, háganse y contesten las siguientes preguntas.

1. ¿Qué pasatiempo quieres hacer pero no puedes hacer? ¿Por qué?
2. ¿Qué deporte puedes jugar pero no quieres jugar? ¿Por qué?
3. ¿Cuándo tienes que estudiar pero no tienes ganas de estudiar?
4. ¿Cuáles deportes ves por la televisión pero no practicas?
5. ¿Cuáles deportes practicas pero no ves por la televisión?
6. En tu tiempo libre, ¿adónde vas con tus amigos?

Actividad 10: Mi fin de semana ideal. ¿Cómo prefieres pasar los fines de semana? De la lista de deportes, pasatiempos y diversiones en las páginas 4–5 haz una lista de cinco actividades que vas a hacer a menudo los sábados y los domingos este año escolar. Comparte tu lista con otro/a estudiante.

Reflexive verbs

La rutina de Enrique

Enrique <u>se despierta</u> a las cinco de la mañana. <u>Se levanta</u> a las cinco y cuarto, se ducha, <u>se viste</u> y <u>se va</u> de su casa a las cinco y media para correr en la pista de la universidad. Después de correr por media hora vuelve a casa, <u>se desviste</u>, se baña y <u>se lava</u> bien porque a las siete tiene una cita con su entrenador.

Enfoque: Verbos reflexivos

Find each one of the reflexive verbs in the above reading passage and explain why they are reflexive. What pronouns go with the different forms of the verbs?

LO ESENCIAL

Verbo	Conjugación
lavarse	**me** lavo, **te** lavas, **se** lava, **nos** lavamos, **os** laváis, **se** lavan

With reflexive verbs, the subject and the object are the same. Note that the appropriate reflexive pronouns **me, te, se, nos, os,** and **se** must always accompany these types of verbs. They either appear before the conjugated verb or they may be attached to an infinitive.

EL USO

❶ **Daily routines.** Some common reflexive verbs refer to daily routines (action on oneself).

afeitarse (*to shave*)
cepillarse (*to brush* [*one's teeth, hair*])
despertarse (ie) (*to wake up*)
(des)vestirse (i) (*to get* [*un*]*dressed*)
dormirse (ue) (*to fall asleep*)
ducharse (*to shower*)

lavarse (*to wash oneself*)
levantarse (*to get up*)
maquillarse (*to put on makeup*)
ponerse (la ropa) (*to put on* [*clothes*])
peinarse (*to comb* [*one's hair*])
quitarse (la ropa) (*to take off* [*clothes*])

Definite articles are normally used with words referring to the body and clothing.

Yo me lavo **la** cara.	*I wash my face.*
Ella se cepilla **los** dientes.	*She brushes her teeth.*
Nosotros nos quitamos **el** sombrero.	*We take off our hats* (each one of us has one hat).

2 **Change of state.** Another group of reflexive verbs indicates a change of physical, social, or emotional state. Many reflexive forms are used to express a change in emotions.

Change of physical state	Change of social state	Change of emotional state
caerse (*to fall down*)	casarse (con) (*to get married* [*with*])	enamorarse (de) (*to fall in love* [*with*])
levantarse (*to get up*)	divorciarse (de) (*to get divorced* [*from*])	enojarse (*to become angry*) con alguien
sentarse (ie) (*to sit down*)	separarse (de) (*to get separated* [*from*])	preocuparse (por) (*to worry* [*about*])

3 **Reflexive / nonreflexive forms.** Other verbs have different meanings when they are reflexive and nonreflexive.

Reflexive form	Meaning	Nonreflexive form	Meaning
acostarse (ue)	*to go to bed*	acostar (ue)	*to put to bed*
divertirse (ie)	*to have a good time*	divertir (ie)	*to amuse*
dormirse (ue)	*to fall asleep*	dormir (ue)	*to sleep*
enojarse	*to get angry*	enojar	*to make someone else angry*
irse	*to go away, to leave*	ir	*to go*
llamarse	*to be named, to call oneself*	llamar	*to call* (*someone*)
sentarse (ie)	*to sit down*	sentar (ie)	*to seat* (*someone else*)
sentirse (ie)	*to feel* (*sick, well, etc.*)	sentir (ie)	*to feel, to perceive*
vestirse (i)	*to get dressed*	vestir (i)	*to dress* (*someone*)

4 **Reciprocal forms.** Some verbs are used in the reflexive form to express a reciprocal action. In English, this is often expressed with "each other" or "one another."

abrazarse	besarse	llevarse bien / mal
amarse	comprometerse	pelearse
ayudarse	escribirse	respetarse

With these verbs, **el uno al otro** (**la una a la otra**) or **mutuamente** can be added for clarity.

Ellos **se** ayudan **el uno al otro.**	*They help each other.*
Nosotras **nos** escribimos **la una a la otra.**	*We write to each other.*

Actividades

Actividad 11: El ajedrez y la computadora. Completa las oraciones con la forma correcta del verbo indicado en el presente.

Yo no _me quejo_ (1. quejarse) mucho pero mi novio Miguel siempre _se preocupa_ (2. preocuparse) por el ajedrez. Él _se levanta_ (3. levantarse) temprano para jugar antes del desayuno; después _se afeita_ (4. afeitarse) y juega una vez más. Él _se ducha_ (5. ducharse) y después juega; _se viste_ (6. vestirse) y juega otra vez. Creo que juega unas diez veces por día. Su oponente es un programa de ajedrez en la computadora. Nosotros _nos casamos_ (7. casarse) pronto, pero tengo celos de esa máquina. De todos modos, nosotros _nos amamos_ (8. amarse) y siempre _nos divertimos_ (9. divertirse) cuando Miguel no juega al ajedrez.

Actividad 12: Los deportes. Completa las oraciones con la forma correcta del verbo indicado en el presente.

1. Tú _____ (irse) temprano cuando tu equipo no juega bien.
2. Ellos _____ (lavarse) la cara después de hacer deportes.
3. Ella _____ (despertarse) temprano para correr en la pista.
4. Yo _____ (sentirse) bien cuando mi equipo gana.
5. Nosotros _____ (dedicarse) al juego de golf.

Actividad 13: Un día ocupado. Completa las oraciones con el verbo indicado. ¿Cuál es reflexivo y cuál no lo es?

1. (despertar / despertarse) María _se despierta_ a las siete y _despierta_ a su hija Paula a las siete y media.
2. (vestir / vestirse) Ella _viste_ a Paula y después ella _se viste_.
3. (divertir / divertirse) Las dos _se divierten_ y María siempre _divierte_ a Paula con sus juegos infantiles.
4. (llamar / llamarse) Yo _me llamo_ David y yo _llamo_ a María y a Paula todos los días.
5. (sentir /sentirse) Yo no _me siento_ bien cuando no puedo estar con mi esposa María y mi hija Paula y ellas _se sienten_ mi ausencia porque tengo que trabajar lejos de mi casa.
6. (acostar/ acostarse) Después de un largo día de trabajo la pobre María primero _acuesta_ a Paula y luego ella _se acuesta_ totalmente cansada.

Actividad 14: Un día típico. Describe un día típico para ti usando los verbos siguientes y diciendo cuándo haces las actividades asociadas con estos verbos: **acostarse, despertarse, ducharse, levantarse, peinarse, vestirse.**

Actividad 15: ¿Qué hago? Te levantaste tarde para tu primera clase y sólo tienes tiempo de hacer tres cosas para llegar a tiempo. Entre los verbos reflexivos en las páginas 15–16, escoge los tres más importantes para ti. Usa el presente de los verbos reflexivos, por ejemplo: **Me cepillo los dientes, me peino y me desayuno.** Luego, compara tus respuestas con las de otro/a estudiante.

Actividad 16: A hacer teatro. Formen un círculo de seis a ocho estudiantes. La primera persona actúa la acción de un verbo reflexivo mientras las otras adivinan el verbo (por ejemplo, se levanta). La segunda persona tiene que actuar el verbo de la primera y actuar otra acción reflexiva lógica (se levanta y se lava la cara). Otra vez todos adivinan y repiten oralmente. Sigan así hasta actuar una cadena de acciones.

•••••••• RISAS Y REFLEXIONES ••••••••

DICHOS

En parejas, lean los dichos en voz alta y den un ejemplo que ilustre el sentido de cada uno, según los temas del capítulo.

1. Entre las gentes, hay mil gustos diferentes.
   Ejemplo: *A mi hermana le gusta patinar en línea; yo prefiero patinar sobre hielo.*
2. El que persevera, triunfa.
3. Cada loco con su tema.

UNA COMIQUITA

Con otro/a estudiante, discutan las ideas y actitudes que el artista expresa.

UNA ADIVINANZA

¿Qué es?

Habla y no tiene boca,
Oye y no tiene oído,
Es pequeño y hace ruido,
Muchas veces se equivoca.

Adivinanza: El teléfono

En la vida moderna, es difícil encontrar tiempo libre para dedicar a nuestros deportes o pasatiempos favoritos. Por lo tanto, todos aprecian y disfrutan los ratos de descanso. En tu opinión, ¿te parece que el tiempo de ocio es para practicar deportes o para dedicarlo a un pasatiempo favorito? O más bien, ¿piensas que el tiempo libre es simplemente para descansar y recargarte de energías para luego volver al trabajo o al estudio? Vamos a ver lo que piensan algunas personas del mundo hispano.

Previsión

Actividad 1: A predecir. De la siguiente lista de deportes y pasatiempos, trata de predecir los que van a ser mencionados por los entrevistados en el video. Agrega un deporte y un pasatiempo que no están incluidos en la lista.

Deporte	Sí	No	Pasatiempo	Sí	No
fútbol	____	____	ver la televisión	____	____
fútbol americano	____	____	ir a fiestas	____	____
natación	____	____	tocar un instrumento	____	____
remo	____	____	salir con amigos	____	____
boxeo	____	____	bailar	____	____
golf	____	____	navegar por Internet	____	____
baloncesto	____	____	escuchar música	____	____
surfing	____	____	leer	____	____
patinaje	____	____	dibujar/pintar	____	____
hacer caminatas	____	____	visitar museos	____	____
trotar/jogging	____	____	ir de viaje	____	____
alpinismo	____	____	ir de compras	____	____
vólibol	____	____	hacer teatro	____	____
lucha libre	____	____	juegos electrónicos	____	____
béisbol	____	____	ir al cine	____	____
esquí acuático	____	____	juegos de mesa	____	____
gimnasia rítmica	____	____	jugar cartas	____	____
¿?	____	____	¿?	____	____

Actividad 2: Nuestras opiniones. Usando el mismo diagrama de la actividad 1, conversa con otro/a estudiante sobre qué deportes y pasatiempos te gustan y cuáles no te gustan. Explícale las razones de tus preferencias.

Visión

Actividad 3: A corregir. Mientras miras el video, corrige en el mismo diagrama tus predicciones sobre los deportes y pasatiempos mencionados por las personas en el video.

Actividad 4: En sus propias palabras. Llena la siguiente planilla sobre los deportes y pasatiempos de cada persona entrevistada. Algunos participantes hablan más de una vez.

Persona	Deportes	Pasatiempos	Comentarios
1. México	El fútbol	X	Es él más importante y no es caro.
2. México		X	
3. Puerto Rico (4 veces)			
4. Puerto Rico		X	
5. Puerto Rico (2 veces)			
6. Puerto Rico		X	
7. España (2 veces)			
8. España (2 veces)			
9. España		X	
10. España (2 veces)			
11. España (2 veces)			
12. Puerto Rico	X		
13. Puerto Rico	X		
14. España	X		
15. España	X		

Posvisión

Actividad 5: Somos parecidos. Escoge a la persona del video con quien más te identificas y explica la razón de tu selección.

Actividad 6: En mi universidad. Haz una lista de los deportes y pasatiempos más populares de tu universidad. Compara las listas de los deportes y pasatiempos más populares que mencionan ustedes con los mencionados en el video.

A | R | T | E

La carrera de bicicletas, Texcoco, **Antonio M. Ruiz (México)**

Actividad 1: Deporte mexicano. Antonio M. Ruiz fue un artista mexicano que vivió entre los años 1897–1964. Fue arquitecto y también profesor universitario. En esta pintura, *La carrera de bicicletas, Texcoco*, Ruiz representa una carrera que forma parte de una feria en el pueblo de Texcoco, donde él nació. El pintor la creó en 1938. En parejas, estudien esta pintura. Luego, contesten las preguntas.

1. ¿Qué pasa en la escena representada en la pintura? ¿Cuáles son los temas expresados?
2. ¿Quiénes son las personas que están bajo el baldaquín (*canopy*)? ¿Cómo se visten?
3. ¿Dónde se sientan otros espectadores para mirar la carrera? ¿De qué edades son? ¿Cómo están vestidos?
4. ¿Qué detalles en el cuadro nos indican que la carrera tiene lugar en México?
5. ¿Qué hacen el perro y la cabra (*goat*) en la pintura?
6. Describe los árboles. ¿Cómo son? ¿Qué efecto producen en el cuadro?
7. El chico con la bicicleta que no está en la carrera, ¿qué crees que piensa?
8. ¿Cómo son los ciclistas? ¿Qué ciclista va a ganar la carrera? ¿Por qué?
9. ¿Qué opinas tú de esta pintura? Explica.

Actividad 2: Investigación internética. Hoy en día hay muchas carreras de bicicleta importantes como el Tour de Francia, que el extraordinario ciclista español Miguel Indurain ganó cinco veces. En Internet, busca información sobre Indurain, su carrera deportiva y su vida personal. Prepárate para darle una breve presentación oral a la clase.

Actividad 3: ¡Qué impresionante! Hay muchas fotografías sobre el tema de los pasatiempos y las diversiones. Busca tres fotos en una revista, un libro, un periódico o en Internet. ¿De qué es? ¿Quiénes figuran? ¿Qué pasa y en dónde? ¿Cómo es? ¿Por qué te impresiona? Escribe una descripción breve de cada una.

LITERATURA

Prelectura

Actividad 1: Opiniones y preferencias. En parejas, contesten las preguntas.

1. En tu opinión, ¿cuál de los deportes de la lista produce más estrés? ¿Por qué?
   a. el boxeo   b. la lucha libre   c. el fútbol   d. el ciclismo

2. En tu opinión, ¿qué deporte reduce el estrés? ¿Cómo lo reduce?
   a. el tenis   b. la natación   c. el golf   d. el kárate

3. ¿Qué actividad quita más energía? Explica. ¿Cuál te gusta?
   a. decorar el cuarto   b. leer el periódico
   c. ir de compras   d. lavar el coche

4. De las actividades que generalmente haces con tu familia, ¿cuál te divierte más y por qué?
   a. comunicarse por   b. hablarse por teléfono
      correo electrónico
   c. comer en restaurantes   d. mirar videos

5. Un sábado de noche, ¿qué prefieres hacer con amigos/as?
   a. tener una fiesta   b. asistir a un concierto de música rock
   c. bailar en una discoteca   d. ir a un partido de deportes

6. De la lista, ¿cuál es el juego más fácil? ¿el más difícil? ¿Cuál prefieres jugar? ¿Con quién? ¿Cuándo?
   a. el ajedrez   b. el backgammon   c. el juego de damas   d. el dominó

7. ¿Qué diversión o pasatiempo incorporas más frecuentemente en tu rutina general? Describe tres aspectos diferentes.

Actividad 2: Diversiones. Organiza las actividades en orden de la más divertida a la menos divertida y prepárate para explicar por qué.

a. ____ un domingo de jugar videojuegos con tu compañero/a de cuarto
b. ____ un partido de fútbol en un estadio grande
c. ____ una fiesta de cumpleaños de un amigo universitario
d. ____ la boda de tu primo/a favorito/a
e. ____ un fin de semana en la playa con amigos

Reconociendo cognados   Un cognado es una palabra (verbo, sustantivo, adjetivo) que es igual o similar al inglés en forma y significado. Para leer más rápidamente, es efectivo reconocer los cognados de una lectura. Antes de leer las dos selecciones literarias que siguen, identifica los cognados, indica si son verbos, sustantivos o adjetivos, y di qué significan. Entonces, lee los textos.

Lectura A

En las secciones que siguen, vas a leer selecciones sobre deportes y diversiones.

EL AUTOR: Sergio Ramírez es un autor de Nicaragua. También, fue vicepresidente de su país. Nació en 1942. Escribe poesía, ensayo y novela. En el cuento "El centerfielder" el autor presenta ciertas actitudes sobre el béisbol desde el punto de vista del jugador de béisbol, su mamá y un oficial del gobierno. En este trozo, el centerfielder narra la acción y cuenta cómo se siente él durante el partido.

"El centerfielder"

Desde el fondo° del campo el golpe de la bola contra el guante del cátcher se escucha muy lejanamente, casi sin sentirse. Pero cuando alguien conecta, el golpe seco del bate estalla° en el oído y todos los sentidos se agudizan° para esperar la bola. Y si el batazo es de aire y viene a mis manos, voy esperándola con amor, con paciencia, bailando debajo de ella hasta que llega a mí y poniendo las manos a la altura de mi pecho la aguardo° como para hacerle un nido°.

back

explodes / sharpen

wait for it
nest

Lectura B

EL AUTOR: Juan Antonio Ramos es un autor puertorriqueño que escribe cuentos, poesía y libros infantiles. El título de este cuento es "Jogging" y este trozo describe las ideas y los sentimientos de Alfredo, un nuevo jogger del barrio.

"Jogging"

Alfredo no recuerda cuándo vio los primeros joggers en la urbanización°, pero lo cierto es que le parecieron ridículos y absurdos, y no se imaginaba patrocinando esa fiebre que duraría, como todas las fiebres, seis meses a lo sumo°. Los seis meses pasaron y la urbanización siguió poblándose de trotadores° a toda hora, con distintos estilos e indumentarios°, en distintos grupos y rutas, y de distintos sexos y edades.

Asimismo°, los periódicos se fueron contaminando de partes insignificantes, que pronto ganaron categoría de artículos y finalmente de reportajes, con fotos y testimonios de individuos saludables y contentos, que echaban bendiciones a la medicinal costumbre de correr. La primera vez que Alfredo corrió fue en una tarde calurosa de junio. Seleccionó como punto de partida la avenida colindante a° Villa Olga, la cual está retirada de° su vecindario inmediato. Se fue a espaldas de su mujer en el coche (los nenes° estarían jugando en el parque). Lucía° un suit verde y unos tenis atléticos.

residential development

at the most

runners / clothes

Likewise

adjacent to / behind
niños / He wore

Poslectura

ASOCIACIONES

Actividad 3: Palabras relacionadas. Basándose en la literatura, en parejas indiquen las palabras asociadas. Luego, digan si cada una es verbo, adjetivo o sustantivo.

1. guante   a. pecho
2. mano   b. fiebre
3. oído   c. bola
4. caluroso/a   d. oír
5. escuchar   e. sentido

Actividad 4: Ideas contrarias. Basándose en la literatura, ahora indiquen las palabras opuestas. Luego, usen cada una en una frase.

1. saludable
2. llegar
3. mujer
4. contento/a
5. insignificante

a. hombre
b. importante
c. enfermo/a
d. salir
e. triste

Actividad 5: Categorías. Con referencia a la literatura, escribe las palabras asociadas con cada categoría. Luego, compara tu lista con la de otro/a estudiante. Sigue el ejemplo.

Ejemplo: el béisbol: *cátcher, bola, batazo*

1. los deportes
2. el periódico
3. el jugador
4. el cuerpo

ENFOQUES LITERARIOS

Actividad 6: Comprensión. Con otro/a estudiante, contesten las preguntas sobre "El centerfielder".

1. ¿Qué jugadores se mencionan en la selección?
2. ¿Qué se escucha desde el fondo del campo?
3. ¿En dónde estalla el golpe seco del bate?
4. ¿Con qué espera el centerfielder la bola?
5. ¿Dónde pone las manos el centerfielder? ¿Para qué?

 Actividad 7: Comprensión. Trabajando en parejas, contesten las preguntas sobre "Jogging".

1. ¿Dónde vive Alfredo? ¿Está casado? ¿Tiene hijos?
2. ¿Qué adjetivos usa Alfredo para describir a los joggers en la urbanización?
3. ¿Cuántos meses pasan mientras él observa a más y más joggers allí?
4. ¿Qué estilo de ropa usan los joggers?
5. ¿Son los joggers de la misma edad? ¿Son todos hombres?
6. ¿Cómo describe el periódico a los joggers? ¿enfermos, saludables, tristes, contentos?
7. ¿En qué mes empieza a correr Alfredo? ¿Qué ropa y zapatos usa?
8. ¿Corre cerca de su casa?

 Actividad 8: Dos hombres y dos deportes. Comparen y contrasten la situación del centerfielder y la de Alfredo el jogger. ¿Con quién simpatizan más? ¿Por qué?

 Actividad 9: Somos actores. En parejas, dramaticen una escena imaginada entre el centerfielder y el cátcher antes de empezar el partido de béisbol. ¿Qué se dicen?

Actividad 10: Soy cuentista. Escribe una composición de dos párrafos inventando el resto de la historia de Alfredo el jogger. Incluye información sobre los siguientes detalles.

1. ¿Por qué empieza a correr Alfredo? ¿Cómo es física y mentalmente?
2. La esposa de Alfredo no sabe que él es uno de los joggers. Al saberlo, ¿cómo reacciona ella?
3. ¿Va a seguir haciendo jogging Alfredo en seis meses? ¿Va a conocer a otros/as joggers? ¿O va a empezar otro deporte?
4. ¿Va a empezar a correr su esposa? Explica. ¿Cómo termina tu historia?

REFLEXIONES
Y MÁS

Actividad 11: Carrera. Describe una carrera que vas a organizar. ¿Dónde va a tener lugar? ¿Cuántas millas tienen que correr? ¿Quiénes van a participar y de qué edades? Cuando termines tu descripción, compártela con otro/a estudiante, y comparen sus ideas.

Actividad 12: Somos actores. En grupos de tres o cuatro, dramaticen una de las siguientes escenas.

1. _____ una recepción en casa del/de la presidente de tu universidad
2. _____ una noche de jugar al ajedrez con la familia
3. _____ la celebración del aniversario de bodas de tus abuelos
4. _____ una noche de baile en una discoteca
5. _____ un viernes con amigos/as para ver una película nueva

Actividad 13: En cierto momento determinado. Escribe un párrafo sobre un momento particular de un partido desde el punto de vista del/de la atleta. ¿Cuál es el deporte? ¿Qué pasa? ¿Quién juega? ¿Cómo se siente él/ella? Si tú eres el/la atleta, ¿cómo te sientes tú? Luego, compara tu descripción con la de otro/a estudiante.

EXPANSIÓN

COMPRENSIÓN

Actividad 1: ¿Quién es? Escucha la descripción de un personaje sobresaliente en el deporte de baloncesto. Después de escucharla, completa la tabla con esta información para averiguar quién es.

Descripción física:
Nacionalidad:
Pasatiempos:
Logros especiales:
Equipo:
Deseos para el futuro:
¿Quién es?

¿Quién es? Rebecca Lobo

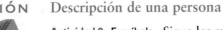

REDACCIÓN   Descripción de una persona

Actividad 2: Escríbela. Sigue las etapas siguientes para escribir una descripción de un/a deportista hispano/a.

Etapa 1: *Escoger a tu personaje*
Escoge a un/a deportista hispano a que te interese.
    Ejemplos: Raúl Alcalá, Sergio García, Miguel Indurain, Diego Maradona, Arantxa Sánchez-Vicario, Pedro Martínez, Nomar Garcíaparra, Gabriela Sabatini, Óscar de la Hoya, Nancy López, Rudy Galindo, Derek Parra

Etapa 2: *Buscar información*
Para escribir una buena descripción, es importante investigar el tema usando revistas, periódicos o sitios web (ver **Por Internet** u otras fuentes de información).

Etapa 3: *Coleccionar información*
Una buena descripción contiene información personal, una breve historia de sus logros sobresalientes y una conclusión que resume la información y que habla del futuro de esta persona. Usa la tabla a continuación para organizar tu información.

> Descripción física y de personalidad:
> Nacionalidad / Origen:
> Pasatiempos:
> Logros especiales:
> Equipo / Deporte:
> Deseos para el futuro:

Etapa 4: *Organizar tu reportaje*
La organización típica incluye por lo menos tres párrafos. Recuerda que una estrategia para agregar un elemento de suspenso al lector es dejar la información más específica para el final de la descripción. (Escucha la descripción en la actividad 1 para un ejemplo de esta estrategia.)

> **Primer párrafo** *Introducción:* Una descripción incluye sus aspectos físicos, su personalidad, sus gustos y pasatiempos favoritos.
> **Segundo párrafo** *Detalles:* Incluye un desarrollo más amplio con datos específicos y logros de su vida.
> **Tercer párrafo** *Conclusión:* Incluye información más detallada, deseos para el futuro o las razones por su éxito.

POR INTERNET

Puedes encontrar mucha información sobre los deportes y deportistas famosos usando tu buscador favorito en Internet. Aquí hay unas sugerencias para facilitar tu búsqueda.

Sugerencias:
Busca información en español para facilitar el uso de vocabulario.
Pon el nombre de la persona entre comillas (ejemplo: "Derek Parra") para buscar la frase y no las palabras individuales.

Palabras clave: deportes, deportistas, (nombre de la persona), (nombre del deporte)

For specific web pages to help you in your search, go to the *Reflejos* website: http://college.hmco.com/languages/spanish/students

Capítulo 2

PUEBLOS
Y CULTURAS

Un restaurante popular hispano, Chicago

INTRODUCCIÓN AL TEMA

Los hispanos en los Estados Unidos

Carlos Fuentes

De ascendencia mexicana, Carlos Fuentes es autor, intelectual, profesor universitario y embajador. Durante su distinguida carrera, ha ganado muchos honores prestigiosos, incluyendo el Premio Cervantes, el más importante dado a un escritor de lengua española. Esta lectura es un trozo de la introducción del libro *Americanos*.

"INTRODUCCIÓN"   *See them.* Míralos. *They are here.* Están aquí. *They were always here.* Siempre estuvieron aquí. *They arrived before anyone else.* Llegaron antes que nadie. Nadie les pidió pasaportes, visas, tarjetas verdes, señas de identidad. No había guardias fronterizas en los Estrechos de Bering cuando los primeros hombres, mujeres y niños cruzaron desde Alaska hace quince mil a treinta mil años.

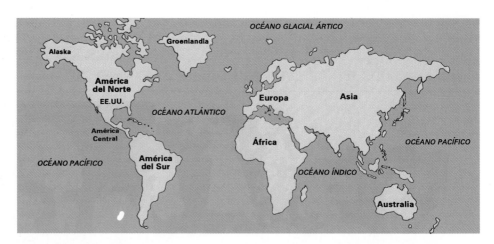

No había nadie aquí. *There was no one here. We all came from somewhere else.* Todos llegamos de otra parte. Y nadie llegó con las manos vacías. Las primeras migraciones de Asia a América del Norte trajeron la caza, la pesca, el fuego, la fabricación del adobe, la formación de familias, la semilla del maíz, la fundación de los pueblos, las canciones y los bailes al ritmo de la luna y el sol para que la tierra no se detuviese nunca.

Mestizos, indios, negros, europeos, indo-afro-euro-americanos, latinos, hispánicos, llámenlos como quieran: son los hijos del movimiento y el encuentro, citados por el amor pero sujetos al sufrimiento en barcos esclavistas y plantaciones, en minas y en iglesias, en carnavales y en talleres.

Actividades

Actividad 1: Comprensión. En parejas, contesten las preguntas basadas en el texto de Carlos Fuentes.

1. ¿De dónde eran los americanos?
2. ¿Qué documentos necesitaban para entrar a los Estados Unidos?
3. Describe los componentes culturales que trajeron aquí.
4. ¿Qué razas y etnicidades representaban los americanos?
5. ¿Cuál era una de las causas de sufrimiento entre los americanos?

Actividad 2: A escuchar. Escucha el programa *El libro del mes* que se trata del libro *Americanos.* Escribe si las siguientes frases son verdaderas o falsas. Cuando termines, corrige las falsas.

___F___ 1. Edward James Olmos es un actor puertorriqueño.
___V___ 2. El libro es parte de un proyecto multimedios.
___F̶V̶___ 3. El proyecto se trata de los cuentos de Carlos Fuentes.
___V___ 4. El proyecto incluye una exhibición de fotografías y un disco compacto.
___F___ 5. También hay un documental en la cadena de televisión por cable *Showtime.*
___F___ 6. La exhibición de fotografías fue mostrada en el estado de Washington.
___V___ 7. Olmos intenta mostrar la diversidad de la comunidad latina.
___F___ 8. Olmos dice que los mexicanos de Texas no saben de los salvadoreños de Los Ángeles.
___V___ 9. El proyecto intenta mostrar que la cara de América incluye la cara de los latinos.

Actividad 3: Comparaciones y contrastes. Trabajando con otro/a estudiante, comparen y contrasten la llegada de otro grupo a los Estados Unidos con la de los latinos. Incluyan información sobre sus orígenes, características raciales y étnicas, y sus contribuciones culturales al país. Luego, denle un informe a la clase.

TEMAS Y CONTEXTOS

Así curo la nostalgia por mi tierra

Por Bárbara Durán

Estos famosos viven en USA lejos de su **patria** y como a cualquier **emigrante les hace falta** su país. Todos contaron cómo hacen para aminorar esas ganas de estar allá.

"Me siento muy cerca de Chile. Mantengo contacto diario con mi madre a través de fax, teléfono y correo. Ella me manda recortes de prensa (*press clippings*) y me comenta las noticias del día. A veces cocino comida chilena y oímos música de mi país. Voy a Chile una vez al año a ver a mi madre y a reencontrarme con mis raíces".

— ISABEL ALLENDE

"**Nací** en la República Dominicana y estoy muy **orgulloso** de mis **raíces**, de mi país. **Amo** a mi gente y adoro a mi isla... es la más bonita del mundo. Por eso, tengo una casa en Punta Cana, uno de los lugares más bellos del planeta, y allá voy cada vez que puedo".

— ÓSCAR DE LA RENTA

"**Recuerdo** a mi país porque yo sí cocino comida mexicana... Y de verdad que voy muy **seguido** a México. Pero la nostalgia de mi tierra la **supero** hablando diariamente con mis seres queridos".

— SALMA HAYEK

"Me conecto con España a través de la Internet y así leo todos los periódicos diariamente. También llamo mucho a mis amigos para que me **cuenten** todo lo que está pasando por allá y, por supuesto, semanalmente, compro todas las revistas españolas, desde las de tema político... hasta las del corazón".

— ENRIQUE IGLESIAS

Vocabulario activo:

Hablando de los hispanos en los Estados Unidos

Cognados

aceptar	la dignidad
el beneficio	la generación
bilingüe	generalmente
el/la chicano/a	el remedio
el/la contrabandista	simultáneamente

Familia de palabras

Verbos	*Sustantivos*
amar	el amor
asimilarse	la asimilación
contar (ue) (*to tell*)	el cuento (*story*)
emigrar	el/la emigrante
esperar	la esperanza
exiliar	el exilio
inmigrar	el/la inmigrante
legalizar	la legalización
rechazar (*to reject*)	el rechazo
recordar (ue) (*to remember*)	el recuerdo
residir	el/la residente

Sustantivos

la aduana   *customs*
la ascendencia   *heritage*
la ciudadanía   *citizenry, citizenship*
el/la ciudadano/a   *citizen*
el/la coyote   *person who takes an undocumented immigrant over the border in exchange for money*
el/la extranjero/a   *stranger, foreigner*
la fábrica   *factory*
la frontera   *border*
el/la indocumentado/a   *undocumented immigrant*
el logro   *achievement*
la migra   *immigration police* (colloq.)
la patria   *homeland*
la pobreza   *poverty*
la raíz   *root*
la riqueza   *wealth*
la tierra   *land, earth*

Verbos

agradecer   *to be thankful, to appreciate*
ahorrar   *to save*
conseguir (i, i)   *to obtain, to get*
criar   *to raise (children)*
dejar   *to leave behind; to permit*
dejar de (+ *infinitive*)   *to stop, to discontinue (doing something)*
despedirse (i, i)   *to say goodbye*
establecerse   *to establish oneself*
estar harto/a (de)   *to be fed up (with)*

Vocabulario básico: Ver la página 352 en el Apéndice A.

estar rodeado/a de   *to be surrounded by*
extrañar, echar de menos   *to miss (someone, something)*
gastar   *to spend/waste (time/money)*
hacerle falta (a alguien, algo)   *to miss (someone, something), to lack*
hallarse   *to find oneself, to be*
nacer   *to be born*
olvidar   *to forget*
realizarse   *to become true*
reunir   *to reunite*
soler (ue)   *to be used to, to be accustomed to*
superar   *to overcome*
trasladar   *to move*

Adjetivos y expresiones útiles
a través de   *through, by means of*
al mismo tiempo, a la vez   *at the same time*
cercano/a   *close*
de vez en cuando   *from time to time*
en el extranjero   *abroad*
en seguida   *right away, immediately*
lejano/a   *far*
orgulloso/a   *proud*
seguido   *often*

Actividades

Actividad 1: Opuestos. ¿Cuáles son las palabras opuestas de las palabras en la columna A? Escribe la letra de la columna B en la línea de la columna A.

	A	B
j	1. ciudadano	a. pobreza
f	2. gastar	b. emigrante
b	3. inmigrante	c. morir
g	4. seguida	d. problema
c	5. nacer	e. cercano
i	6. rechazar	f. ahorrar
h	7. recordar	g. de vez en cuando
a	8. riqueza	h. olvidar
d	9. remedio	i. aceptar
e	10. lejano	j. extranjero

Actividad 2: Definiciones. En parejas, definan en español las palabras de la actividad 1. El/la estudiante A define las palabras de la columna A y el/la estudiante B define las palabras de la columna B. Luego, lean sus definiciones para ver si la otra persona puede adivinar la palabra.

Ejemplo: *Es cuando la gente no tiene suficiente dinero para las necesidades de la vida.*
Es la pobreza.

Actividad 3: ¿Qué les hacen falta? Trabajen en grupos para hacer una lista de las cosas que les hacen falta a los hispanos de la lectura en la página 31. ¿Cómo lo superan? ¿Qué tienen en común? Preséntenle la información a la clase.

Actividad 4: Una entrevista. Con otro/a estudiante, hagan la siguiente entrevista.

Estudiante A: Haz el papel de una de las personas de la lectura. Tu pareja te va a entrevistar para adivinar quién eres.

Estudiante B: Tu compañero/a va a hacer el papel de una de las personas de la lectura. Prepara preguntas para tu entrevista para adivinar quién es.

Ejemplo:

¿Cuándo emigraste? ¿Por qué?
¿Cómo mantienes contacto con tu familia? ¿con tus amigos?

Actividad 5: Una carta. Imagínate que acabas de emigrar de tu país a otro. Escríbele una carta a tu familia y cuéntale de tu viaje, dónde vives ahora, las cosas que te hacen falta y tus esperanzas para el futuro.

Cultura | EL MUSEO DEL BARRIO

El museo posee una gran colección permanente de ocho mil obras artísticas de América Latina y del Caribe, desde objetos precolombinos hasta obras contemporáneas de diversos estilos. Las colecciones más importantes son las de artesanías tradicionales, pintura, escultura, fotografía y video. Las colecciones especiales incluyen obras de artistas jóvenes de varios países hispanos y de artistas hispanos de los Estados Unidos.

En 1969, algunos puertorriqueños interesados en promover la cultura de Puerto Rico y de América Latina decidieron fundar un museo. Así nació el Museo del Barrio en Harlem, en la ciudad de Nueva York. En los primeros años de funcionamiento, las colecciones del museo se exhibían en un salón de clase de una escuela de Harlem. Posteriormente, el museo se trasladó a varios locales entre la Tercera Avenida y la Avenida Lexington; es decir, al corazón del "Barrio". Allí tiene ahora su propio edificio.

Discusión en grupos Comparen el Museo del Barrio de Nueva York con un museo de la ciudad donde ustedes. viven u otro museo que conocen. Si lo prefieren, busquen información en Internet. Luego, contesten estas preguntas: ¿Dónde está el museo? ¿Quiénes lo fundaron? ¿Cuándo? ¿Qué objetos de arte hay en la colección y de dónde son? ¿Cuáles son las obras de arte de ese museo que más le gustan a la gente? ¿Cómo son esas obras?

LENGUA

Preterite of regular and irregular verbs

Un nuevo país

Queridos tíos,

Ya estamos en Los Ángeles. Llegamos el lunes pasado a las tres de la tarde y todos estamos bien. Mi papá empezó a trabajar el miércoles en la nueva compañía y yo empecé en mi nueva escuela el jueves. El viaje desde Monterrey hasta aquí me pareció muy largo y llegué bastante cansado, pero sentí mucha alegría cuando vi la ciudad porque es tan bonita. En ese momento pensé: "Ésta es la ciudad donde mi familia y yo vamos a vivir durante muchos años".

Cariñosamente,
Néstor

Enfoque: El pretérito

There are eight verbs in the preterite in the reading. Three of them are highlighted. Identify the remaining preterite forms. Why are these verbs in the preterite? Identify their subjects by examining their endings. What are the infinitives of these verbs? How many verbs end in -ar? -er? -ir? What are the entire conjugations of these verbs? Read the information in **Lo esencial** to check your answers.

LO ESENCIAL

1 Regular verbs

Verbo	Conjugación
hablar	hablé, hablaste, habló, hablamos, hablasteis, hablaron
comer	comí, comiste, comió, comimos, comisteis, comieron
vivir	viví, viviste, vivió, vivimos, vivisteis, vivieron

2 Verbs with spelling changes in the **yo** form of the preterite

	Verbs ending in **-gar** (llegar)	Verbs ending in **-car** (explicar)	Verbs ending in **-zar** (empezar)
	g to gu	c to qu	z to c
yo	llegué	expliqué	empecé

Common verbs with spelling changes: **abrazar, buscar, comenzar, cruzar, jugar, practicar, sacar, tocar.**

❸ Verbs with -y- in the stem

	leer	**construir**
él, ella, usted	leyó	construyó
ellos, ellas, ustedes	leyeron	construyeron

Other verbs with similar changes: *-er*: caer, creer, poseer; *-ir*: concluir, destruir, disminuir, distribuir, huir, influir, oír, substituir, incluir.

❹ Irregular verbs: **ir, ser,** and **dar**

Verbo	**Conjugación**
ir / ser	fui, fuiste fue, fuimos, fuisteis, fueron
dar	di, diste, dio, dimos, disteis, dieron

❺ Other common irregular verbs

Infinitive	**Preterite stems**	**Preterite endings**	
*Verbs with **u** in the stem:* andar, estar, poder, poner, saber, tener	anduv-, estuv-, pud-, pus-, sup-, tuv-	-e -iste -o	-imos -isteis -ieron
*Verbs with **i** in the stem:* hacer, querer, venir	hic-, quis-, vin-		
*Verbs with **j** in the stem:* conducir, decir, producir, traer	conduj-, dij-, produj-, traj-	-e -iste -o	-imos -isteis -eron

Notes:

- These irregular verbs do not have accents.
- The third person singular of **hacer** has a spelling change: **hizo.**
- **j-stem verbs** end in -eron in the third person plural: **condujeron, dijeron, trajeron.**
- **Haber:** The impersonal form of this verb has one form in the preterite: **hubo** (*there was, there were*).

❻ Stem-changing verbs

Stem-changing verbs ending in **-ar** and **-er** do not change their stems in the preterite. Verbs ending in **-ir** have a single vowel stem change in the preterite, but only in the third person singular and plural forms.

	e to **i** sentir	**o** to **u** dormir
él, ella, usted	sintió	durmió
ellos, ellas, ustedes	sintieron	durmieron

Some **-ir** stem-changing verbs: **pedir, preferir, repetir, seguir, conseguir, sentir, servir.**

7 **Reír** (*to laugh*) and **sonreír** (*to smile*) have irregular stem changes in the third person singular and plural.

	reír	**sonreír**
él, ella, usted	rió	sonrió
ellos, ellas, ustedes	rieron	sonrieron

Note that these forms also have written accents: (**son**)**reí**, (**son**)**reíste**, (**son**)**reímos**, (**son**)**reísteis**.

EL USO

1 The preterite is used . . .

A **to emphasize the start or completion** of a past action, event, or state (physical or mental).

Empecé a buscar trabajo hace una semana.	*I started to look for work a week ago.*
Tuve mi primera entrevista ayer y me **ofrecieron** el puesto.	*I had my first interview yesterday and they offered me the job.*
Dejé de buscar trabajo después de aceptar el puesto.	*I stopped looking for work after accepting the job.*

B **to narrate past actions that occurred within a delimited time period** or that were repeated a number of times.

Viví en San Antonio por dos años.	*I lived in San Antonio for two years.*
Visité a mi familia en Monterrey muchas veces.	*I visited my family in Monterrey many times.*

C **to narrate a sequence of completed past actions.** This implies that one action or event finishes before the next begins.

Salimos para la estación de trenes muy temprano, **nos montamos** al tren y **viajamos** muchas horas hasta que **llegamos** a California.	*We left for the train station very early, boarded the train, and traveled many hours until we arrived in California.*

D **to summarize opinions, attitudes, and beliefs** about past physical and mental states, actions, and events.

El viaje **me pareció** muy largo.	*The trip seemed very long to me.*
Emigrar **fue** una decisión importante.	*To emigrate was an important decision.*

2 The preterite form of **haber** is **hubo** when the meaning is *there was, there were*. Like the present indicative form (**hay**), **hubo** is invariable in person and number. **Hubo** is used to summarize.

No **hubo** problemas con los pasaportes en México.	*There were no problems with the passports in Mexico.*
Hubo mucha gente en el partido de fútbol.	*There were many people in the soccer game.*

3 Here are some useful words to connect preterite actions in the past.

primero	*first*
después	*after*
luego	*later*
entonces	*then*
finalmente	*finally*
por último	*the last thing*

Actividades

Actividad 1: En la frontera. Completa cada frase con la forma correcta del verbo en el pretérito.

1. Ellos dijeron (decir) muchas cosas a los inmigrantes.
2. Tú trajiste (traer) mucha comida en el viaje.
3. Ellos leyeron (leer) muchos libros sobre el nuevo país antes de emigrar.
4. Ellos sonrieron (sonreír) cuando vieron a sus parientes.
5. Yo llegué (llegar) temprano a la aduana.
6. Yo crucé (cruzar) la frontera ayer.
7. Nosotros comimos (comer) en el restaurante.
8. Yo empecé (empezar) a hablar con los refugiados.
9. El inmigrante durmió (dormir) en la casa de su amigo.
10. Nosotros pudimos (poder) guiar a los refugiados.
11. Pepe fue (ir) a la aduana con Paco.
12. Hubo (Haber) muchas generaciones en la fiesta.
13. Tú anduviste (andar) por la frontera anoche.
14. Sara hizo (hacer) su trabajo con dificultad.

Actividad 2: El exiliado. Completa el siguiente texto con la forma correcta del pretérito de los verbos entre paréntesis.

Nosotros conocimos (1. conocer) ayer a Román, un exiliado cubano. Román llegó (2. llegar) a los Estados Unidos en los años setenta. Él decidió (3. decidir) salir de la isla con la ayuda de sus amigos y se estableció (4. establecer) en Boca Ratón, en la Florida. Su esposa no pudo (5. poder) viajar a los Estados Unidos y se quedó (6. quedar) en Cuba. Sus dos hijos también se quedaron (7. quedar) con su madre. Poco después, cuando ella supo (8. saber) que su marido estaba enfermo, también ella viajó (9. viajar) a los Estados Unidos y desde entonces, viven todos en Boca Ratón, Florida.

Actividad 3: ¿Qué pasó? Hazle preguntas a otro/a estudiante sobre lo que les pasó a Román y a su familia.

Ejemplo: *¿Cuándo llegó Román a los EE.UU.?*

Actividad 4: Mi pasado. Cuéntale a otro/a estudiante los eventos más importantes de tu pasado lejano y cercano. Luego, le toca a tu amigo/a contártelo a ti. Usa la forma del pretérito y las siguientes sugerencias para guiar la conversación.

1. ¿Cuándo y dónde naciste?
2. ¿Adónde fuiste a la escuela?
3. ¿Qué te gustó sobre tu niñez?
4. ¿Qué materias estudiaste en la secundaria?
5. ¿Qué evento interesante ocurrió cuando cumpliste _____ años?

6. ¿Qué evento importante pasó en tu escuela secundaria?
7. ¿Qué evento inolvidable ocurrió en tu vida universitaria? ¿y el año pasado? ¿y la semana pasada?
8. ¿Qué hiciste ayer? ¿anoche? ¿antes de venir a clase hoy?
9. ¿Qué evento tuvo más influencia en tu vida?

 Actividad 5: Un personaje contemporáneo. Lee las descripciones de los latinos famosos que viven en los Estados Unidos (página 31). Basándote en la información que tienes allí, describe a otro personaje conocido y crea cinco frases en el pretérito sobre eventos importantes en su vida.

Actividad 6: Mis antepasados. Escoge a un antepasado real o imaginario. Luego escribe un párrafo de seis líneas sobre lo que hizo ayer. (Por ejemplo: Ayer, mi _____ fue a trabajar en la fábrica...)

Imperfect of regular and irregular verbs

Recuerdos

Cuando yo **tenía** 10 años, mi familia y yo vivíamos en México y me **gustaba** mucho jugar al básquetbol con mis hermanos, todos los días por la tarde. En nuestra calle **había** muchos árboles y las casas tenían pequeños jardines. Yo era un poco baja, tenía el pelo largo y casi siempre llevaba mi vestido azul favorito. Mi hermano Luis era el mayor y Roberto el menor.

Enfoque: El imperfecto

There are three highlighted imperfect forms in the conversation and six other verbs in the imperfect. Among them, there are two forms of **ser**. You can spot them easily by their context. Find the other six imperfect forms and make a list of them. Why are these verbs in the imperfect? What are their subjects? What are their infinitives? What are the entire conjugations of each of the verbs? Read the information in **Lo esencial** to check your answers.

LO ESENCIAL

1 **Regular verbs**

Verbo	Conjugación
estar	estaba, estabas, estaba, estábamos, estabais, estaban
tener	tenía, tenías, tenía, teníamos, teníais, tenían
vivir	vivía, vivías, vivía, vivíamos, vivíais, vivían

2 **Irregular verbs:** There are only three irregular verbs in the imperfect.

Verbo	Conjugación
ir	iba, ibas, iba, íbamos, ibais, iban
ser	era, eras, era, éramos, erais, eran
ver	veía, veías, veía, veíamos, veíais, veían

EL USO

1 The imperfect is used . . .

A **to provide background information,** such as weather and time, in which events or actions evolved or occurred in the past.

Eran las diez de la mañana. **Hacía** mucho calor ese día. **No había** nadie en el aeropuerto.	*It was ten o'clock in the morning. It was very hot that day. There wasn't anybody in the airport.*

B **to describe actions in progress** in the past without emphasis on when they started or ended.

Todos **esperábamos** en la cola con paciencia para subir al avión.	*We all were waiting patiently in line to board the plane.*

C **to express repetitive or habitual actions** in the past—what one used to do.

La señora Rosas **iba** mucho a El Paso para visitar a su hija que **vivía** allí.	*Señora Rosas used to go to El Paso a lot to visit her daughter who was living there.*

D **to describe things or people** (emotions, opinions, attitudes, or beliefs).

Cuando yo **era** niña, nuestra casa **era** pequeña, pero mi hermana y yo **creíamos** que **era** la casa más bonita del pueblo.	*When I was young, our house was small, but my sister and I thought that it was the prettiest house in town.*

E **to anticipate what was going to happen** with **ir a** + *infinitive.*

Nuestra familia **iba a emigrar** a los Estados Unidos en 1998.	*Our family was going to emigrate to the United States in 1998.*

F **to describe one's age.**

En 1998, yo **tenía** quince años.   *In 1998, I was fifteen years old.*

❷ The imperfect form of **haber** is **había** when the meaning is *there was, there were.* Like the present indicative and preterite forms (**hay, hubo**), **había** is invariable in person and number. **Había** is used to describe a scenario or background.

Había mucha gente en el aeropuerto cuando llegamos.

There were many people at the airport when we arrived.

No **había** cola para los vuelos internacionales.

There wasn't a line for international flights.

❸ Here are some useful expressions to discuss imperfect actions in the past.

a menudo	*sometimes*
con frecuencia	*frequently*
mientras	*while*
todo el tiempo	*always, all the time*
todos los días	*every day*
siempre	*always*

a veces

Actividades

Actividad 7: ¡A repasar! ¿Qué pasaba antes? Completa las frases con la forma correcta del verbo en el imperfecto.

1. Nosotros _conducíamos_ (conducir) al centro con frecuencia.
2. Ellas _iban_ (ir) a recibir a sus amigos en el aeropuerto pero no pudieron.
3. Ustedes _conocían_ (conocer) a todos los compañeros del colegio.
4. Nosotros _estábamos_ (estar) contentos en la nueva ciudad.
5. Ellos _veían_ (ver) a muchos inmigrantes en la estación de autobús.
6. Él _oía_ (oír) las noticias en la radio por la noche.
7. Tú _eras_ (ser) una persona feliz.
8. Yo _comía_ (comer) chile con carne muy a menudo.

Actividad 8: El trabajo de Florencia. Lee la descripción del trabajo que tenía Florencia anteriormente. Completa el siguiente párrafo con el imperfecto de los verbos entre paréntesis.

Anteriormente, Florencia _trabajaba_ (1. trabajar) en la oficina de inmigración del aeropuerto. Ella _empezaba_ (2. empezar) a trabajar a las ocho de la mañana y _salía_ (3. salir) a las seis de la tarde, pero también _tenía_ (4. tener) una pausa para almorzar al mediodía. Ella _revisaba_ (5. revisar) los pasaportes de los pasajeros que _llegaban_ (6. llegar) y le _ayudaba_ (7. ayudar) a la jefe de inmigración en la oficina. ¡Ese trabajo le _gustaba_ (8. gustar) mucho y todos los días _iba_ (9. ir) al trabajo con una sonrisa!

Actividad 9: ¿Qué hacía Florencia? Hazle preguntas a otro/a estudiante sobre el trabajo de Florencia.

Ejemplo: *¿Dónde trabajaba Florencia?*

Actividad 10: Así era el pasado. En parejas, háganse preguntas sobre lo que ustedes hacían cuando tenían diez años.

> **Ejemplo:** —*¿Qué hacías durante tus vacaciones?*
> —*Durante mis vacaciones jugaba al fútbol casi todos los días.*

1. durante tus vacaciones
2. todos los días
3. siempre, tú y tus amigos
4. por la mañana
5. por la noche
6. en la universidad
7. con frecuencia
8. los domingos, normalmente

Actividad 11: Mi ciudad. Utilizando el imperfecto, describe el lugar donde vivías antes de venir a la universidad. Incluye la siguiente información.

Nombre del lugar (estado, ciudad, país)
Descripción física del sitio (pequeño/grande, urbano, etcétera)
Clima
Lugares de interés (tiendas, restaurantes, escuela, etcétera)
Descripción de la población (profesiones, personalidad, etcétera)
Tus actividades rutinarias (adónde ibas, qué hacías, con qué frecuencia, etcétera)

Ahora, en parejas, lean las descripciones y compárenlas.

> **Ejemplo:** *Yo vivía en una ciudad pequeña pero tú vivías en una ciudad grande.*

Actividad 12: Mis tradiciones. Toda familia tiene tradiciones relacionadas con su cultura. Usando el imperfecto, escribe un párrafo para describir cinco tradiciones de tu familia.

> **Ejemplo:** *Siempre celebrábamos _____, comíamos _____, etcétera.*

Preterite and imperfect: comparison and contrast

Selena

Cuando era niña siempre me gustaba la música tejana. Selena era mi cantante favorita. Fui a mi primer concierto de Selena en 1985. Después de ese año, siempre iba a sus conciertos y compraba todos sus discos compactos. Era maravilloso escuchar sus canciones, su hermosa voz y el ritmo de su música.

Los primeros años de la carrera profesional de Selena fueron de mucho éxito. En esa época, todo era idílico. Selena era famosa, sus aficionados la adoraban y sus éxitos llegaban uno tras otro. Su carrera terminó trágicamente cuando ella estaba en la cumbre del éxito. Ella fue una gran representante de la música latina en los Estados Unidos.

Enfoque: El pretérito y el imperfecto

The story of Selena contains both preterite and imperfect forms. Underline the verbs in the preterite and circle the verbs in the imperfect. Review the uses of the preterite and the imperfect above and identify their uses in the story. Read the information in **El uso** to check your answers and to learn additional uses.

LO ESENCIAL   Review the forms of the preterite and the imperfect on pages 35–37 and page 40.

EL USO   ❶ The preterite and the imperfect convey different points of view of the past. Here are the main differences between these two tenses.

The preterite is used . . .	The imperfect is used . . .
1. to talk about a completed action in the past. Fui a mi primer concierto de Selena en 1985. *I went to my first Selena concert in 1985.*	1. to set the background or the scene of the narrative. Cuando era niña siempre me gustaba la música tejana. Selena era mi cantante favorita. *When I was young I always liked Tejano music. Selena was my favorite singer.*
2. to narrate a series of completed actions, one after the other. Fui a uno de sus conciertos, unos amigos me la presentaron y después de la función conversé con ella. *I went to one of her concerts, some friends introduced her to me and after her performance, I talked with her.*	2. to talk about habitual actions or actions that were repeated a number of times in the past. Después de ese año, siempre iba a sus conciertos y compraba todos sus discos compactos. *After that year, I always used to attend her concerts and I would buy all her compact disks.*
3. to talk about the beginning or the end of a past action. Desde el primer momento, me pareció una persona encantadora. *From the start, she seemed to be a charming person.*	3. to describe past actions without referring to their beginning or their completion. Era maravilloso escuchar sus canciones, su hermosa voz y el ritmo de su música. *It was wonderful to listen to her songs, her beautiful voice, and the rhythm of her music.*
4. to describe an event or action that occurred during a specific period of time. Los primeros años de la carrera profesional de Selena fueron de mucho éxito. *The first years of Selena's professional career were very successful.*	4. to describe how things used to be. En esa época, todo era idílico. Selena era famosa, sus aficionados la adoraban y sus éxitos llegaban uno tras otro. *At that time, everything was idyllic. Selena was famous, her fans adored her, and her hits came one after the other.*

The preterite is used . . .	The imperfect is used . . .
5. to sum up how actions, events, things, or persons were in the past.	5. to describe ongoing events, actions, or states in the past.
Ella fue una gran representante de la música latina en los Estados Unidos. *She was a great representative of Latin music in the United States.*	Selena era la más famosa representante de la música latina en los Estados Unidos. *Selena was the most famous representative of Latin music in the United States.*
6. to describe actions that interrupt ongoing actions in the past.	6. to describe ongoing states or events that were interrupted by other events in the past.
Su carrera terminó trágicamente... *Her career ended tragically . . .*	... cuando ella estaba en la cumbre del éxito. *. . . when she was at the height of her success.*
7. to talk about turning a definite number of years old in the past, usually with the verb **cumplir**.	7. to talk about age in the past.
Selena cumplió 30 años poco antes de morir. *Selena turned 30 years old just before she died.*	Al morir, Selena tenía solamente 30 años. *When Selena died, she was only 30 years old.*

2 Distinguishing meaning of certain verbs in the past

The English equivalents of the following Spanish verbs are different when they are used either in the preterite or the imperfect. Below are the most common English equivalents of these expressions.

Infinitive	Preterite	Imperfect
conocer	*met a person or visited a place for the first time*	*knew, was familiar with, used to know*
poder	*was able to / managed to do something*	*was (being) able to, was allowed to, could* (unknown outcome)
no poder	*was not able to and didn't do it, didn't manage to*	*was not able to do it, could not do it*
querer	*intended to; wanted to, but didn't do it at that time*	*wanted to* (unknown outcome)
no querer	*refused to do something*	*didn't want to, wasn't feeling up to it* (unknown outcome)
saber	*found out; realized*	*used to know, knew, was familiar with*
tener que	*had to and did*	*had to do, was supposed to do* (unknown outcome)

Actividades

Actividad 13: Cosas que pasaban y pasaron. En cada frase uno de los verbos debe estar en el pretérito y el otro en el imperfecto. Completa las frases con las formas correctas de los verbos indicados.

1. Ayer yo _____ (saber) que la migra _____ (estar) en mi pueblo.
2. Yo ya _____ (conocer) a Teresa pero ayer yo _____ (conocer) a su esposo Javier.

3. Ayer ellos _____ (poder) estudiar para su examen aunque _____ (querer) ir a un partido de béisbol.
4. Aunque yo _____ (tener) el dinero no _____ (querer) pagar la cuenta de mi ex novio.
5. Ayer mi amiga _____ (cumplir) 21 años y todos nosotros _____ (estar) muy felices.
6. Cuando yo _____ (salir) de la oficina yo _____ (ver) a Enrique.

Actividad 14: Mis parientes. Éste es el relato de Ángela, una chicana de 18 años, sobre el viaje que hizo a Tijuana para conocer a sus parientes mexicanos. Completa el relato con la forma correcta del pretérito o del imperfecto.

Cuando mi hermana Liliana y yo _____ (1. llegar) al aeropuerto en Tijuana, mi tío Rubén _____ (2. estar) esperándonos. Yo no _____ (3. conocer) a mi tío, pero mi hermana sí. Cuando ella _____ (4. tener) diez años, _____ (5. ir) por primera vez a Tijuana donde ella lo _____ (6. conocer). Tío Rubén nos _____ (7. saludar) con mucho entusiasmo y de inmediato nos _____ (8. presentar) a toda la familia —a los primos Tomás y Robertito, y a las primas Alicia y Juana Inés. Ellos nos _____ (9. saludar) con mucho cariño y nosotros _____ (10. ir) a la casa del tío Rubén.

LENGUA *cont. next page*

• • • • • • • RISAS Y REFLEXIONES • • • • • • •

👥 DICHOS

En parejas, lean los dichos en voz alta, y den un ejemplo que ilustre el sentido de cada uno, según los temas del capítulo.

1. Quien habla dos lenguas vale por dos.
   Ejemplo: *Si eres abogado/a y hablas español e inglés, puedes tener muchos clientes hispanos.*
2. Hay que tomar lo bueno con lo malo.
3. A buen hambre, no hay pan duro.

👥 UNA COMIQUITA

Con otro/a estudiante, discutan las ideas y actitudes que expresa el artista.

👥 UNA ADIVINANZA

¿Qué es?

Me rodea, me rodea,
me sigue por donde voy;
y aunque jamás lo vea,
él está donde yo estoy.

Adivinanza: El aire

Actividad 15: El ayer. Muchos dicen que el ayer fue mejor, especialmente para los inmigrantes. Y tú, ¿qué piensas? Usando el vocabulario de las páginas 32–33, haz una lista de ventajas y de desventajas de la vida de tus antepasados. Usa el imperfecto o el pretérito de acuerdo con las reglas que aprendiste.

> **Ejemplo:** *Ventaja: Había menos prejuicios contra los inmigrantes.*
> *Desventaja: Mis antepasados no tuvieron muchas oportunidades de ir a la universidad.*

Actividad 16: La inmigración de mi antepasado. Tuviste un sueño sobre la inmigración de uno de tus antepasados, real o imaginario. Dibuja una escena del viaje, de su llegada o de una de sus aventuras. Escribe una descripción de la escena y tu antepasado en el imperfecto, y luego habla sobre sus acciones usando el pretérito. Usa el vocabulario del capítulo.

VIDEO

El grupo más numeroso de hispanos en los Estados Unidos es de origen mexicano. Los mexicanos y los mexicano-estadounidenses se establecieron principalmente en los estados del oeste y del suroeste de los Estados Unidos. Es importante recordar que muchos de los antepasados de los mexicanos que se encuentran hoy viviendo bajo la bandera estadounidense en estos estados, vivieron en esta misma tierra por muchas generaciones bajo la bandera mexicana.

Previsión

Actividad 1: Primeras impresiones. Mira la foto de la familia González y comparte con otro/a estudiante tus primeras impresiones y predicciones.

1. ¿De dónde piensas que es originalmente la familia González?
2. ¿En qué estado de los Estados Unidos crees que vive la familia González?
3. Adivina la relación familiar entre las personas de la foto.
4. ¿Por qué te imaginas que inmigraron a los Estados Unidos?

Actividad 2: A pensar. Antes de mirar el video, utiliza los siguientes temas para pensar sobre tus experiencias y conocimientos en cuanto a los inmigrantes hispanos en los Estados Unidos.

1. Describe brevemente de dónde es la población hispana en tu región, estado o ciudad.
2. En tu opinión, ¿por qué inmigran los hispanos a los Estados Unidos?

Visión

Actividad 3: ¿Quién dijo qué? Indica si las siguientes afirmaciones son de la madre del señor González, del señor González o de ambos.

Afirmaciones	Madre	Señor	Ambos
1. Soy viuda/o.			
2. Inmigré a los Estados Unidos en 1977.			
3. Terminé mi bachillerato en México.			
4. Trabajé como sirvienta.			
5. No pude conseguir otro trabajo porque no sabía hablar inglés.			
6. En México hay mucha pobreza.			
7. Inmigré para buscar mejores oportunidades económicas.			

Actividad 4: Cantemos. Escucha la canción del video y completa la letra (*lyrics*) con las palabras que faltan.

Buenas noches, dije a mi ——— ———,
cuando al mirarlo me sorprendió.
Entonces me dijo con clara ———:
Papá, ¿de qué ——— es la piel de Dios?
¿De qué color es la ——— de Dios?
Dije negra, ———, roja, y ——— es.
Todos son ——— a los ojos de Dios.

Posvisión

Actividad 5: Ventajas y desventajas. Desde el punto de vista de los participantes del video, en parejas hagan una lista de las ventajas y las desventajas de vivir en los Estados Unidos que mencionan en la entrevista. Vuelvan a mirar el video otra vez si es necesario.

Actividad 6: Raíces. Entrevista a otro/a estudiante sobre su historia familiar. Luego cuéntale la historia de tu compañero/a a otra pareja. Usa las siguientes preguntas como guía.

1. ¿Por qué inmigraron tus antepasados al país donde viven ahora?
2. ¿Cuál fue su idioma natal? ¿Sabes el idioma de tus antepasados?
3. ¿Qué tradiciones de tus antepasados sobreviven hoy día en tu familia?
4. ¿Has visitado el país de tus antepasados?
5. ¿Qué sabes sobre tus antepasados?

A R T E

***Éxodo de una familia de Sertâo**, José Francisco Borges (Brasil)*

Actividad 1: El artista. José Francisco Borges es un artista muy versátil de Brasil. Su arte de grabados en madera (*woodcuts*) aparece en folletos con cuentitos, leyendas o poesía popular. También es poeta talentoso. Este grabado en madera se titula *Éxodo de una familia de Sertâo* (1990) y revela la salida de una familia de la región noroeste hacia la costa de Brasil a causa de las sequías (*droughts*) muy severas en su pueblo. En parejas, estudien este grabado en madera. Luego, contesten las preguntas.

1. ¿Cuántos miembros hay en esta familia? ¿Cuántos hijos tiene? ¿De qué edades son?
2. ¿Cuáles son los animales que los acompañan?
3. ¿Qué transporte usan para su éxodo? ¿Qué nos indica sobre su clase social?
4. ¿Por cuántas horas, especulas tú, van a estar viajando hasta llegar del noroeste de Brasil hasta la costa?
5. ¿Qué ropa llevan los familiares? ¿En qué estación del año salen de su región?
6. ¿Qué tiene el padre en la boca? ¿Qué lleva en la mano? ¿Por qué, en tu opinión?
7. ¿Dónde está la madre en el grabado? ¿Cómo es ella? ¿En dónde tiene ella la mano? ¿Qué puede significar?
8. ¿Cuántos años crees que tienen ella y su esposo?
9. Describe la composición de esta obra de arte.
10. En tu opinión, ¿qué mensaje tiene este grabado? Explica.

Actividad 2: Investigación internética. En Internet, busca información sobre el artista brasileño José Francisco Borges y su arte. Escoge una obra que te guste y descríbela en una composición. Incluye datos sobre su vida y describe la obra con los distintos temas representados, las formas, los colores y los símbolos que usa el artista.

Actividad 3: El éxodo es duro. Imagínense que son artistas y van a pintar o dibujar el éxodo de un grupo de personas de un lugar a otro. Trabajen en grupos e incluyan la siguiente información.

1. quiénes salen de su región y por qué
2. de dónde y adónde emigran
3. las razones de su salida
4. qué transporte usan
5. cómo están vestidos y en qué estación están
6. los objetos y animales que van a llevar al nuevo territorio
7. sus edades, relaciones, etcétera

Empiecen con la frase, "Somos artistas y vamos a representar el éxodo de..."

LITERATURA

Prelectura

ANTICIPACIÓN

Actividad 1: Pueblos y culturas. Habla sobre tu pueblo con otro/a estudiante, usando las preguntas a continuación como guía.

1. ¿Qué diferentes grupos culturales hay en tu pueblo? ¿Cuáles son sus orígenes? ¿Qué idiomas hablan?
2. ¿De dónde eran tus abuelos? ¿Qué tradiciones practicaban ellos?
3. ¿En dónde nacieron tus padres? ¿Y tú? ¿Qué idioma hablaban en tu casa?
4. Describe una tradición cultural que practican los distintos grupos étnicos de tu pueblo.

ESTRATEGIA DE LECTURA

Anticipando temas basados en los títulos   Muchas veces se puede anticipar el tema o contenido de un texto literario al leer el título. Antes de leer los siguientes poemas, escribe uno o dos posibles temas basándote solamente en los títulos.

Lectura

Poemas: Entre los muchos temas de los siguientes poemas hay el problema del éxodo y del exilio, por razones económicas, políticas, religiosas o personales. Piensa en los dilemas de la emigración y la inmigración mientras lees los poemas.

EL CORRIDO: Un corrido es una canción popular de México que narra los altibajos de la vida de la gente del campo. También se llama **ranchera**. Éste se titula "Corrido del inmigrante", por un autor anónimo.

"Corrido del inmigrante"

México, mi patria,
Donde nací mexicano,
Dame la bendición°   *blessing*
De tu poderosa mano.

Voy a Estados Unidos
Para ganar la vida;
Adiós, mi tierra querida,
Te llevo en mi corazón.

No me condenen
Por dejar así mi tierra;
La culpa° es de la pobreza   *blame*
Y de la necesidad.

Adiós, lindo Guanajuato
Estado en que nací,
Voy a Estados Unidos,
Lejos, muy lejos de ti.

EL AUTOR: De padres españoles, el intelectual cubano José Martí nació en 1853 y murió en 1895. A los quince años tuvo que vivir en exilio en España. Vivió en México, Guatemala y Venezuela antes de vivir unos años en Nueva York. Fue un escritor prolífico de prosa y poesía sobre el tema de la libertad. Escribió los "Versos sencillos" en 1891.

"Versos sencillos"

I
Yo soy un hombre sincero
de donde crece° la palma   grows
y antes de morirme, quiero
echar mis versos del alma

Yo vengo de todas partes
y hacia todas partes voy:
arte soy entre las artes,
en los montes, monte soy.

Oculto en mi pecho° bravo   chest
la pena que me lo hiere°;   hurts
el hijo de un pueblo esclavo
vive por él, calla y muere.

XXXIX
Cultivo una rosa blanca,
en julio como en enero,
para el amigo sincero
que me da su mano franca.
Y para el cruel que me arranca°   pulls out
el corazón con que vivo,
cardo° ni ortiga° cultivo;   thistle/nettle
cultivo la rosa blanca.

LA AUTORA: Uva A. Clavijo es de una familia que salió de Cuba en 1959 para exiliarse en los Estados Unidos cuando comenzó la Revolución cubana. Escribe cuentos, ensayos y poesía, y es ganadora de muchos premios literarios. Hoy día vive en Miami. Este poema es de 1974.

"Declaración"

Yo, Uva A. Clavijo,
    que salí de Cuba todavía una niña,
que llevo exactamente declaro,
la mitad de mi vida en el exilio,
que tengo un marido con negocio propio,
dos hijas nacidas en los Estados Unidos,
una casa en los "suburbios"
(hipotecada° hasta el techo)   mortgaged

y no sé cuántas tarjetas de crédito.
Yo, que hablo el inglés casi sin acento,
que amo a Walt Whitman
y empiezo a soportar el invierno,
hoy último lunes de septiembre,
que en cuanto pueda° lo dejo todo   *as soon as I can*
y regreso a Cuba.
Declaro, además, que no iré
a vengarme° de nadie,   *to take revenge*
ni a recuperar propiedad alguna,
ni, como muchos, por eso
de bañarme en Varadero°.   *beach area in Havana*

Volveré, sencillamente,
porque cuanto soy°   *whatever I am*
a Cuba se lo debo.

LA AUTORA: Emma Sepúlveda nació en 1950 en la Argentina y se crió en Chile. Se exilió a los Estados Unidos dos años después del golpe militar del general Augusto Pinochet en 1974. Es poeta, activista por derechos humanos y profesora universitaria en Nevada. Este poema describe el dilema del exilio.

"Aquí estoy yo ahora"

Aquí
estoy
yo
ahora
Emma
y
una
suerte de apellidos°   *burdened with last names*
sin nada de lo que traje
y bien poco de todo
esperando que me den respuesta
a un exilio que tanto dura°   *lasts*
y nada borra
esperando que me den un certificado
que diga que no me voy
y que no vuelvo hasta que los huesos°   *bones*
decidan
si es aquí
o es allá
el lugar en donde las cruces callan°   *the crosses are silent*
y son los muertos los que hablan.

LA AUTORA: Alma Flor Ada es una escritora latina de prosa y poesía. También es profesora de inglés y español.

"México"

De México vinieron
mis abuelos.
A México regresaron
mis padres.
Con ir a México sueño yo.
Y tú, ¿con qué sueñas?

"Orgullo°"

Pride

Orgullosa de mi familia
Orgullosa de mi lengua
Orgullosa de mi cultura
Orgullosa de mi raza
Orgullosa de ser quien soy.

EL AUTOR: Francisco X. Alarcón vive y escribe en el estado de California. Dice que las canciones que le cantaba su abuela le inspiraron a escribir poesía. Autor de siete libros de poesía, enseña en la Universidad de California, Davis. Este poema se titula "Raíces".

"Raíces°"

Roots

Mis raíces
las cargo
siempre
conmigo
enrolladas°
me sirven
de almohada°.

rolled up

pillow

Poslectura

ASOCIACIONES

Actividad 2: Palabras relacionadas. Basándose en la literatura, indiquen las palabras asociadas.

1. alma   a. patria
2. regresar   b. franco/a
3. sincero/a   c. hablar
4. lengua   d. corazón
5. nación   e. volver

Actividad 3: Ideas contrarias. Basándose en la literatura, ahora indiquen las palabras opuestas. Luego, usen cada una en una frase.

1. nacido/a   a. aquí
2. callar   b. salir
3. declarar   c. muerto/a
4. venir   d. ocultar
5. allá   e. hablar

Actividad 4: Categorías. Con referencia a los poemas, escribe palabras asociadas con cada categoría. Luego, compara tu lista con la de otro/a estudiante. Sigue el ejemplo.

Ejemplo: el cuerpo: *mano, corazón, huesos*

1. la naturaleza
2. la familia
3. los países

ENFOQUES LITERARIOS

Actividad 5: Comprensión. En parejas, contesten las preguntas sobre los poemas indicados.

1. "Corrido del inmigrante"
   a. ¿Para qué va a Estados Unidos el inmigrante mexicano?
   b. ¿Qué se siente hacia México?

2. "Versos sencillos" I & XXXIX
   a. ¿Cómo es el estado de ánimo del narrador?
   b. ¿Cuál es su relación con la naturaleza?

3. "Declaración"
   a. ¿De qué condiciones y cosas disfruta la inmigrante en el nuevo país?
   b. ¿Por qué quiere volver a Cuba? Explica.

4. "Aquí estoy yo ahora"
   a. ¿Cómo describe la inmigrante su exilio?
   b. Emma espera dos cosas. ¿Qué son?

5. "México"
   a. ¿Quiénes de la familia vivían en México?
   b. ¿Con qué sueña el/la narrador/a?

6. "Orgullo"
   a. ¿De qué está orgullosa la persona?
   b. ¿Cuál es el impacto de repetir el adjetivo "orgullosa"?

7. "Raíces"
   a. ¿Cómo carga las raíces?
   b. ¿Qué significa "almohada" con referencia al poema?

Actividad 6: Tema y tono. En dos frases, resume el contenido y el tono de cada poema. Trabaja con otro/a estudiante.

Actividad 7: Títulos. ¿Revelan los títulos los verdaderos temas? Compara las ideas que tenías antes y después de leer los poemas.

Actividad 8: Quiero a mi patria. ¿Qué sentimientos tiene el narrador con respecto a su patria natal en "Corrido del inmigrante"?

Actividad 9: La muerte. Analiza diferentes perspectivas hacia la muerte en "Versos sencillos" y "Aquí estoy".

Actividad 10: Dos mujeres y el exilio. Compara y contrasta la vida de las dos exiliadas, Emma y Uva. ¿Qué efecto tiene que las dos poetas—mujeres exiliadas—usen sus propios nombres? ¿Cuál está más frustrada? Explica.

Actividad 11: Somos actores. En parejas, dramaticen una escena entre las exiliadas Emma de Chile y Uva de Cuba hoy en día. ¿Qué dicen sobre el pasado, el presente y el futuro?

Actividad 12: Opuestos. ¿Qué poemas expresan profunda tristeza y cuáles revelan profunda felicidad? Escribe una composición breve contrastando un poema "triste" a uno "feliz".

REFLEXIONES
Y MÁS

Actividad 13: Nuestra vida. En grupos pequeños, dramaticen una de las siguientes escenas.

1. una conversación en su universidad entre unos jóvenes recién llegados a este país
2. un diálogo entre oficiales de la inmigración y unos emigrantes que desean entrar al país

Actividad 14: Ayer y mañana. ¿Cuáles eran los sueños de diferentes miembros de sus familias? ¿Qué sueños tienen ustedes para el futuro?

Actividad 15: Soy escritor/a. Escribe un poema de ocho versos sobre uno de los siguientes temas. Imita el estilo de uno de los poemas que leíste.

1. las raíces étnicas/raciales
2. la identidad nacional
3. la inmigración

Actividad 16: Mi pasado, mi presente, mi futuro. Escribe un ensayo de tres párrafos reflexionando sobre tu vida. En el primer párrafo, describe tu niñez y adolescencia; en el segundo, tu vida actual; y en el tercero, ofrece una evaluación de tu vida hasta ahora, con posibilidades para los próximos diez años.

EXPANSIÓN

COMPRENSIÓN

En el año 1986, el gobierno de los Estados Unidos ofreció amnistía a inmigrantes que ya habían vivido en los Estados Unidos desde 1982 o antes. Aunque los mexicanos componían la vasta mayoría de los que buscaron legalización, los salvadoreños eran el segundo grupo más grande por nacionalidad.

Actividad 1: La familia Tiznado. Escucha la siguiente narración tomada de un artículo del *Houston Chronicle* para conocer la historia de una familia inmigrante de El Salvador. Mientras escuchas, completa el texto con las palabras que oyes.

El padre de María Ortiz, Humberto Tiznado, _____ (1) harto. Era 1979 y El Salvador _____ (2) siendo destrozado por la guerra civil. Su esposa y seis hijos, quienes _____ (3) en el campo en la provincia Usulután, _____ (4) atrapados en medio de un ataque violento. Su fábrica de zapatos estaba en peligro. No _____ (5) futuro.

Entonces, al igual que miles de centroamericanos en los 1970 y 1980, Humberto se _____ (6) a los Estados Unidos. _____ (7) a través de El Salvador y Guatemala hacia Ciudad de México, luego _____ (8) un tren hasta Matamoros. Allí _____ (9) a un *coyote*, o contrabandista, para que lo guiara a través del Río Grande hacia Brownsville. Luego, un día después, un carro lo _____ (10) y lo _____ (11) a Houston.

Humberto _____ (12) a Houston porque _____ (13) la ciudad americana más cercana a su país, y uno de sus antiguos zapateros _____ (14) para una compañía local de mantenimiento de edificios. Con la ayuda de su amigo, Humberto en poco tiempo se _____ (15) limpiando oficinas de noche y ganando muy buen dinero.

Episodios de la vida

Actividad 2: Escríbela. Vas a inventar los episodios de la vida de la familia Tiznado. Hay que incluir el orden cronológico de los eventos y una descripción del ambiente para darle interés al cuento. Para crear tu propio cuento, sigue estas etapas.

Etapa 1: *Lluvia de ideas*
Lee la historia de la familia Tiznado otra vez. ¿Qué sucedió después de que Humberto consiguió un trabajo? Escribe cinco eventos más que ocurrieron en su vida.

Pista: Se usa el pretérito principalmente para hablar de estos eventos.

> **Ejemplo:** *La familia de Humberto Tiznado salió de El Salvador.*

Etapa 2: *Buscar información*
Para escribir un cuento que suene auténtico, es importante investigar la vida de otros hispanos en los Estados Unidos. Usa revistas, periódicos, sitios web (ver **Por Internet**) u otras fuentes de información.

Etapa 3: *Agregar detalles*
Para mantener el interés del lector, inventa algunos detalles de la vida de la familia Tiznado.

Pista: Se usa el imperfecto principalmente para añadir detalles y descripciones.

> **Ejemplo:** *La familia de Humberto lo echaba de menos y quería estar con él. Él tenía una esposa...*

Etapa 4: *Escribir el cuento*
Junta los apuntes que notaste y escribe un párrafo que termine el cuento. Usa la información de los eventos y las descripciones. Revisa el párrafo con cuidado antes de entregárselo al/a la profesor/a.

Se puede encontrar mucha información de la vida de los hispanos en los Estados Unidos usando tu buscador favorito en Internet. Aquí hay unas sugerencias para facilitar tu búsqueda.

Sugerencias: Hay muchos sitios web que se especializan en información para los hispanos en los Estados Unidos. Muchos sitios tienen páginas exclusivamente en un idioma mientras otros son bilingües. Usa las palabras clave para hacer tu búsqueda.

Palabras clave: prensa hispana, periódicos hispanos, revistas hispanas, noticieros, noticias del día, hispanos famosos, biografía de (nombre de persona), cantantes hispanos, página oficial de (nombre de persona).

También puedes hacer una búsqueda de sitios específicos como *Hispanic magazine online, Vistas magazine online, Hispanic online, Cristina online.*

For specific web pages to help you in your search, go to the *Reflejos* website: http://college.hmco.com/languages/spanish/students

Capítulo 3

FAMILIA
Y AMISTAD

Una fiesta de cumpleaños

INTRODUCCIÓN AL TEMA

Una boda en Sevilla entre dos dinastías de España

El día de la boda de Eugenia Martínez de Irujo Fitz-James, con su esposo Francisco Rivera Ordóñez, acompañados de sus padrinos.

Una boda en Sevilla entre dos dinastías en España

La Infanta Elena, hija de los Reyes de España, y su esposo.

El público felicita a los novios.

La aristócrata Eugenia Martínez de Irujo Fitz-James se casó con el torero Francisco Rivera Ordóñez. Cuando se casaron en la Catedral de Sevilla, ella tenía veinte y nueve años y él, veinticuatro. Según *Vanidades*, esta boda representó la unión de dos dinastías: la dinastía de la mamá de la novia, la Duquesa de Alba de España, que tiene más de 40 títulos nobiliarios; y la otra dinastía del papá del novio, el torero Paquirri Rivera y de su famosísimo abuelo, el torero Antonio Ordóñez, quien inspiró muchos personajes de los libros de Ernest Hemingway. Entre los mil trescientos invitados figuraban miembros de la aristocracia, del *jet set,* gente de muchas clases sociales: duquesas, reyes, artistas, toreros, modelos y cantantes. Comieron y bailaron en un restaurante elegante. Francisco dijo de su nueva esposa, "La mujer de mi vida es Eugenia. Donde ella pisa (*walks*), yo beso."

Actividades

Actividad 1: Verdadero amor. En parejas, contesten las preguntas basadas en el texto sobre la boda.

1. ¿Quiénes se casaron y en dónde?
2. ¿Por qué es famosa la mamá de la novia Eugenia?
3. ¿Quién era el abuelo del novio Francisco? ¿Por qué es importante él?
4. ¿Cuántos invitados había en la ceremonia? Nombra a algunos grupos.
5. ¿Qué opinas sobre la boda de esta pareja?
6. ¿Quieres una boda como la de Eugenia y Francisco? ¿Por qué?

Actividad 2: Ballet y boda. Escucha esta historia de amor entre Adriana Suárez y Gianni di Marco. Escribe si las siguientes frases son verdaderas (V) o falsas (F). Luego, corrige las falsas.

_____ 1. Adriana y Gianni son bailarines.
_____ 2. Ella es mayor que él.
_____ 3. Los dos nacieron en diferentes países.
_____ 4. Se conocieron en los Estados Unidos.
_____ 5. Él estaba viviendo en Colombia cuando le propuso matrimonio a Adriana.
_____ 6. Gianni aceptó un trabajo con el Boston Ballet para estar con Adriana.

Actividad 3: ¿Un futuro feliz? Comparen y contrasten la relación entre Eugenia y Francisco con la de Adriana y Gianni. Inventen algunos detalles de su vida en diez años. ¿Van a tener un futuro feliz? ¿Van a divorciarse? ¿Van a tener hijos? Si lo prefieren, pueden hacer una investigación por Internet sobre su vida actual. Presenten su trabajo a la clase.

El valor de la

AMISTAD

La **amistad** es una de las relaciones más importantes y hermosas en la vida. Somos afortunados cuando **contamos con** amigos verdaderos; este vínculo nos brinda **confianza, solidaridad** y **apoyo**, tanto en los momentos buenos como en los malos, y nos hace sentir entendidos y aceptados incondicionalmente. Todos queremos tener y ser amigos excepcionales. Pero... ¿Quiénes son nuestros verdaderos amigos?

El filósofo inglés Sir Francis Bacon, en su artículo "Of Friendship" de su obra *Los Ensayos*, nos expresa lo siguiente: "Un amigo es como un otro yo. Un verdadero amigo tiene mucho más que dar que su interés **por sí mismo**.

Por otro lado, en el ensayo *On Friendship* de las antropólogas Margaret Mead y Rhoda Metraux... enfatizan el concepto de elección: "Un amigo es alguien que escoge y que es escogido, en contraste con los parientes, lo que presupone la libertad de elección. Cada amigo le da al otro el sentido de ser un individuo especial, no importa el terreno sobre el cual se fundamenta el reconocimiento de su relación. Entre los amigos verdaderos existe la igualdad para dar y recibir", concluye.

En una de sus encuestas semanales, un periódico de difusión internacional preguntó recientemente a sus lectores "¿Qué es lo que más **aprecias** en la vida?" El 88% de los lectores que respondió señala que la amistad es lo que realmente le llena de este mundo. ¿Estás tú entre ese por ciento?

Vocabulario activo:

Hablando de amor y amistad

Cognados

adoptar
apreciar
la familia extendida
la familia nuclear
íntimo/a
materno/a
paterno/a

Familia de palabras

Verbos	*Sustantivos*
abrazar (*to embrace, to hug*)	el abrazo
acariciar (*to caress*)	la caricia
aconsejar (*to advise*)	el consejo
casarse	el casamiento
chismear (*to gossip*)	el chisme
cuidar(se) (*to take care of* [*oneself*])	el cuidado
despreciar (*to disdain*)	el desprecio
divorciarse	el divorcio
heredar (*to inherit*)	la herencia
independizarse (de)	la independencia
nombrar	el nombre
respetar	el respeto
separarse	la separación

Sustantivos

la amistad   *friendship*
el apoyo   *support, protection*
la bondad   *goodness*
el carácter   *character, personality*
el cariño   *affection, fondness*
los celos   *jealousy*
la confianza   *trust*
la desconfianza   *distrust*
la envidia   *envy*
la (in)fidelidad   *(un)faithfulness*
los lazos familiares   *family ties/connections*
la niñera   *nanny*
el noviazgo   *courtship*
el/la novio/a   *boy/girlfriend; groom/bride*
la pareja   *pair, couple; partner*
los recién casados   *newlyweds*
el sentimiento   *feeling*
la solidaridad   *unity, solidarity*
el/la viudo/a   *widower/widow*

Vocabulario básico: Ver la página 352 en el Apéndice A.

Verbos

arrepentirse (ie, i)   *to repent, to be sorry*
consolar (ue)   *to console*
contar (ue) con   *to rely on, to count on*
dar por sentado   *to take for granted*
desempeñar un papel   *to play a role*
destrozar   *to destroy*
enfadarse, enojarse   *to become angry*
fallecer   *to die*
llevarse bien / mal   *to get along well / poorly*
malcriar   *to spoil, pamper*
pelear   *to fight*
pensar (ie) en   *to think about*
prestar atención   *to pay attention*
romper (con)   *to break (up with)*
soñar (ue) con   *to dream about*
sospechar   *to suspect*
tener celos   *to be jealous*

Adjetivos y expresiones útiles

amistoso/a   *friendly*
amoroso/a   *loving*
(in)fiel   *(un)faithful*
junto/a   *together*
por sí mismo/a   *for oneself*
sabio/a   *wise*

Actividades

Actividad 1: ¿Qué es? Contesta las preguntas usando el vocabulario nuevo.

1. Cuando el esposo fallece, ¿qué estado civil tiene su esposa? viuda
2. Cuando un/a amigo/a no te aprecia, ¿cómo te trata? desprecia
3. Tu tío favorito falleció. ¿Qué te dejó? herencia
4. Cuando un/a hijo/a quiere vivir en su propio apartamento y no vivir con sus padres, ¿qué hace? independizarse
5. Cuando un/a amigo/a te da buenos consejos, ¿cómo es tu amigo/a? amistoso(fiel)
6. Cuando una pareja ya no quiere estar casada, ¿qué hace? romper/divorciarse
7. Cuando una pareja quiere criar a un/a niño/a que no es suyo/a, ¿qué hace? adoptar
8. Cuando unos amigos no se llevan bien, ¿qué hacen? enojarse/pelear/infdarse
9. Cuando los padres trabajan y no pueden cuidar a sus hijos durante el día, ¿quién los cuida? niñera
10. Cuando ves a tu novio/a con otra persona en una situación romántica, ¿cómo te sientes? los celos / desconfianza

Actividad 2: Reflexiones. Reflexiona sobre los siguientes temas y discute con otro/a estudiante cómo poner en práctica tus ideas para fortalecer el valor de la amistad en tu vida.

1. Escribe tu definición personal de la amistad. ¿Cuáles son las características más importantes de la amistad?

2. Haz una lista de tres personas que consideras amigos/as. ¿Cómo y dónde se conocieron? ¿Qué papel desempeñan estos amigos en tu vida?
3. ¿Alguna vez has perdido a una amiga o a un amigo verdadero? ¿Qué pasó? ¿Cómo marcó esa experiencia tu vida? ¿Qué aprendiste?
4. ¿Cómo puedes ser el/la mejor amigo/a de alguien?
5. ¿Crees que la amistad es básicamente igual a través del mundo o que existen diferencias culturales?

 Actividad 3: ¿Somos diferentes? Aquí hay algunas características de grupos de muchachos y de muchachas. Trabajando en grupos, indiquen cuáles pertenecen a muchachos, cuáles pertenecen a muchachas y cuáles pertenecen a los dos.

Características	Muchachos	Muchachas	Los dos
1. Se miran cuando se hablan.			
2. Hay una jerarquía explícita.			
3. Los intereses del grupo son más importantes que los intereses individuales.			
4. Juegan en grupos pequeños o en parejas.			
5. Su vida social se concentra en tener un/a mejor amigo/a con quien lo comparte todo.			
6. Hay mucha competencia.			
7. Juegan en grupos grandes.			
8. Pasan más tiempo haciendo actividades que hablando.			
9. Cuando juegan juntos/as, la cooperación es esencial.			
10. Lo importante es ganar.			

 Actividad 4: Estereotipos. Ahora, en grupos examinen sus respuestas a la actividad anterior y discutan si algunas de las características son estereotipos o si son características verdaderas. ¿Crees que existen las mismas diferencias en otras culturas?

 Actividad 5: Un álbum familiar. Trae unas fotos de tu familia o de unos amigos a la clase. Compártelas con otro/a estudiante y descríbeselas. Después de hablar de las fotos, prepara una presentación de la familia o los amigos de tu compañero/a para la clase.

Cultura | ENRIQUE IGLESIAS Y SU FAMILIA INTERNACIONAL

Enrique Iglesias Preysler nació el 8 de mayo de 1975 en Madrid, pero a los siete años se fue a vivir a Miami con su padre, donde se educó en medio de dos culturas, la española y la norteamericana. Enrique tiene su residencia permanente en Miami.

Su mayor orgullo, fuera de su carrera musical, es su extensa familia. Del matrimonio de su padre, Julio José Iglesias de la Cueva y su hermosa madre filipina Isabel Preysler Arrastía, Enrique tiene una hermana y un hermano: Chábeli (Isabel) está casada y es madre de un niño y Julio José es cantante como él. Del segundo y tercer matrimonio de su madre, tiene dos media hermanas. La mayor es Tamara Falcó, hija del famoso productor de vinos españoles, Carlos Falcó. La hermana menor es Ana Boyer, hija de Miguel Boyer, un conocido político e intelectual español.

Del segundo matrimonio de su padre con la holandesa Miranda Rijnsburger, tiene cuatro medio hermanos nacidos en los Estados Unidos: Miguel Alejandro, Rodrigo y las gemelas Victoria y Cristina.

La familia de la madre de Enrique es española y filipina, pero su bisabuelo materno era de familia austríaca y de allí viene el apellido Preysler. Su madre vive en Madrid y es muy conocida en la alta sociedad española. Toda la familia paterna de Enrique es española. Su padre reside en Miami, pero tiene también residencias en España y en la República Dominicana.

La numerosa familia de Enrique es muy unida y muy internacional. Se caracteriza también por sus extensas relaciones sociales, por sus múltiples herencias culturales y por la fama que tienen varios de sus miembros, en especial, Enrique y sus padres.

Enrique Iglesias de niño con sus padres.

Discusión en grupos En grupos, realicen una de estas tres tareas: (a) Elaboren un árbol familiar de la familia de Enrique. Si desean mayor información sobre sus abuelos, pueden consultar las biografías de sus padres en Internet. (b) Investiguen la vida de uno de los familiares de Enrique y su relación personal con él. (c) Escriban un resumen biográfico sobre la familia de un personaje nacional o internacional que ustedes admiran.

LENGUA

Comparative and superlative forms

El mío es mejor que el tuyo

FELICIA: Mi casa es mejor que tu casa. Es la mejor casa del barrio.
ROBERTO: Mi casa es menos grande que la tuya pero es más íntima que tu casa.
FELICIA: Mi casa tiene más ventanas que tu casa.
ROBERTO: Pero mi casa tiene tantas chimeneas como la tuya.
FELICIA: Yo tengo más de dos flores en mi jardín.
ROBERTO: Mi jardín no tiene más de dos flores pero son más bonitas que las tuyas.
FELICIA: Mi coche es mejor que tu coche.
ROBERTO: Pero mi coche usa menos gasolina que el tuyo.

Enfoque: Comparaciones

Read the dialogue above. First decide which house belongs to Roberto and which belongs to Felicia. Find all the comparisons and divide them into these groups: comparisons of equality, comparisons of inequality, and superlatives. What do you notice to be special characteristics of these expressions? What do they have in common? What is different? When do you use **de** and **que** in comparisons? Read the information in **El uso** to check your answers.

LO ESENCIAL

For comparisons of equality use **tan/tanto** + **como**. To show inequality use **más/menos** + **que**. For superlatives (the extremes in comparisons), the definite article is used plus the expressions of inequality followed by **de**.

EL USO

1 **Equality:** Use these structures in Spanish to compare people, things, or actions that are equal.

Nouns	**tanto/a/os/as** + noun + **como**
Adjectives and adverbs	**tan** + adjective / adverb + **como**
Verbs	(subject) / verb + **tanto como** + other subject

Tengo **tantos** amigos **como** tú.
Enrique Iglesias es **tan** famoso **como** su padre.
Shakira canta **tan** bien **como** Carlos Vives.
Marta Meléndez escribe **tanto como** Isabel Allende.

I have as many friends as you do.
Enrique Iglesias is as famous as his father.
Shakira sings as well as Carlos Vives.
Marta Meléndez writes as much as Isabel Allende.

2 **Inequality:** Use these structures in Spanish to compare people, things, or actions that are not equal.

Nouns, adverbs, and adjectives	**más/menos** + noun / adverb / adjective + **que**
Verbs	verb + **más/menos** + **que**

¿Tienes **más** amigos **que** yo?
El dinero es **menos** importante **que** la amistad.
Teresa estudia **más** regularmente **que** Roberto.
Ustedes trabajan **menos que** ellos.

Do you have more friends than I?
Money is less important than friendship.
Teresa studies more regularly than Roberto.
You work less than they do.

3 **Irregular adjectives:** Some adjectives have both regular and irregular comparative forms. They are used to describe different qualities.

Adjective	Irregular comparative form		Regular comparative form	
bueno/a	**mejor**	*better*	más bueno/a	*nicer, kinder*
malo/a	**peor**	*worse*	más malo/a	*more mischievous*
joven	**menor**	*younger*	más joven	*(appears / seems) younger*
viejo/a	**mayor**	*older* (people)	más viejo/a	*older* (things)

4 **Irregular adverbs:** Some adverbs have irregular comparative forms.

Adverb	Irregular comparative form	
bien	**mejor**	*better*
mal	**peor**	*worse*
mucho	**más**	*more*
poco	**menos**	*less*

⑤ Comparisons with numbers: When the comparison is with numbers, **que** is replaced by **de**.

En mi familia somos **más de** veinte personas, contando a todos mis primos.	*We are more than twenty persons in my family counting all my cousins.*
Había **menos de** cien personas en la conferencia.	*There were fewer than a hundred people at the lecture.*

⑥ The superlative: The superlative forms (in English *the most, the least,* and so on) have the following structure in Spanish.

el/la/los/las + (noun) + **más / menos** + adjective + **de**
el/la/los/las + **mejor/es / peor/es** + (noun) + **de**

Sara es **la** chica **más** inteligente **de** la clase.	*Sarah is the most intelligent girl in the class.*
Clara es **la mejor** tía **de** todas.	*Clara is the best aunt of all.*
Esta computadora es **la peor de** todas.	*This computer is the worst of all.*

Note: In the third example above, the noun in the superlative expression can be omitted if it has appeared earlier in the sentence or is understood from context.

⑦ Exclamations: Either **más** or **tan** can be used in exclamations.

¡Qué día **más** bonito!	*What a beautiful day!*
¡Qué bebé **tan** precioso!	*What a beautiful baby!*
¡Qué amiga **tan** generosa!	*Such a generous friend!*
¡Qué niño **más** malo!	*What a mischievous boy!*

⑧ Possessive pronouns: To avoid redundancy the possessive pronouns **el/la/los/las mío/a/s; tuyo/a/s; suyo/a/s; nuestro/a/s; vuestro/a/s** are often used.

Actividades

Actividad 1: Familia y amigos. Tú dices varias cosas de tu familia y de tus amigos. Completa las oraciones seleccionando las palabras apropiadas para hacer comparaciones.

1. Yo tengo _____ dinero _____ Donald Trump.
2. Mi hermana es _____ guapa _____ Jennifer López.
3. Mis abuelos son _____ cariñosos _____ unos recién casados.
4. Yo trabajo _____ _____ mi novio/a.
5. Yo tengo _____ primas _____ mi mejor amiga.
6. Soy _____ interesante _____ mi primo/a.

Actividad 2: Son hermanos. Mira el dibujo y describe a estas tres personas. Son hermanos pero ¿cuáles son las semejanzas y diferencias entre ellos? Escribe por lo menos dos comparaciones de igualdad, dos comparaciones de desigualdad y dos oraciones superlativas.

Actividad 3: Personas excepcionales. Compara a estas personas con tres comparaciones de igualdad, tres comparaciones de desigualdad y tres oraciones superlativas. Sigue el ejemplo.

Ejemplo: *Derek Parra corre más rápidamente que Pedro Martínez.*

Salma Hayek	Pablo Picasso
Jennifer López	Salvador Dalí
Penélope Cruz	Shakira
Derek Parra	Plácido Domingo
Pedro Martínez	Benicio del Toro
Miguel Indurain	Óscar de la Hoya

Actividad 4: Mis amigos son súper. Escoge a cinco de tus mejores amigos y usando el superlativo indica las cualidades que posee cada uno. Comparte tus opiniones con la clase.

Ejemplo: *María es la más fiel de mis amigas.*

Actividad 5: Mi árbol genealógico. Dibuja el árbol genealógico de tu familia. Si tienes una familia muy grande, sólo incluye a los miembros más importantes de tu vida. Usa expresiones comparativas para hacer una presentación oral sobre tu árbol genealógico. La lista de vocabulario de adjetivos y verbos en la página 66 te puede servir de guía. Incluye expresiones comparativas de igualdad y desigualdad.

Ejemplo: *Mi hermana Yvonne es mayor que mi hermana Bárbara.*
Mi hermana Bárbara es tan simpática como mi hermana Yvonne.

Direct and indirect object pronouns

Un anillo para ella

Enfoque: Pronombres de complemento directo e indirecto

What highlighted word indicates which person received a gift? Which one indicates the gift itself? Which expression does the girl use to say that she likes the gift? Which word refers to the person whom Eduardo loves? Read the information in **Lo esencial** to learn more about object pronouns.

LO ESENCIAL

❶ Object pronouns

Indirect object pronouns	Direct object pronouns	Prepositional pronouns	English
me	me	a mí	*me*
te	te	a ti	*you*
le	lo, la	a él, a ella, a usted	*him, her, you*
nos	nos	a nosotros, a nosotras	*us*
os	os	a vosotros, a vosotras	*you*
les	los, las	a ellos, a ellas, a ustedes	*them, you*

❷ **Position of direct and indirect object pronouns:** Object pronouns appear before the conjugated verb or attached to the infinitive or present participle in a verb phrase. The indirect object pronoun precedes the direct object pronoun when used together.

Object pronouns	With conjugated verbs	With infinitives and present participles
Direct	Lo compro.	Voy a comprarlo. Lo voy a comprar. Lo estoy comprando. Estoy comprándolo.
Indirect	Le compro el regalo.	Voy a comprarle el regalo. Le voy a comprar el regalo. Le estoy comprando el regalo. Estoy comprándole el regalo.
Both indirect and direct	Me lo compra.	Va a compármelo. Me lo va a comprar. Me lo está comprando. Está comprándomelo.

Note: Indirect object pronouns are normally required. They are included regardless of whether or not a prepositional phrase is used.

❸ **Combining third person indirect and direct object pronouns.** Indirect object pronouns **le/les** change to **se** when they appear before the direct object pronouns **lo/la/los/las.**

¿**Le** compraste un regalo de cumpleaños a tu mejor amigo?	*Did you buy a birthday present for your best friend?*
Sí, **se lo** compré.	*Yes, I bought it for him.*

❹ Some verbs that often take an indirect object are **dar, decir, enviar, escribir, hablar, mandar, pagar, pedir, preguntar, servir,** and **vender.**

EL USO

❶ Use direct or indirect object pronouns to refer to a noun or idea previously mentioned.

¿Tus padres compraron **la nueva casa?**	*Did your parents buy **the new house?***
Sí, **la** compraron.	*Yes, they bought **it.***

¿Tus amigos **te** mandan **correo electrónico** todos los días?	*Do your friends send **you e-mail** every day?*
Sí, **me lo** mandan.	*Yes, they send **it to me**.*

2 Prepositional phrases are optional and are used for emphasis or clarification of the object pronoun.

La llamé **a ella**, no a él.	*I called **her**, not him.*
¿**Las fotos**? Ya **se las** dimos **a ustedes**.	*The photos? We already gave **them to you**.*
Le dije **a usted** toda la verdad.	*I told **you** the whole truth.*

3 When the direct or indirect object is a proper name, a pronoun, or a noun and it precedes the verb, the corresponding direct or indirect object pronoun must be added to the sentence. This structure is normally used to draw attention to the object, making it the focus of the sentence.

<u>A Carolina</u> **la** llamé el domingo, no el lunes.	*I called **Carolina** on Sunday, not on Monday.*
<u>A mí</u> **me** pareció buena la película, pero <u>a ellos</u> **les** pareció mala.	*I liked the film very much, but **they** thought it was bad.*
<u>A nadie</u> **le** gustan las personas oportunistas.	***No one** likes opportunistic people.*
<u>Los regalos</u> ya **se los** dimos a ustedes.	*We already gave you **the gifts**.*

Actividades

Actividad 6: Los viajeros. Llena los espacios con el pronombre directo que corresponde a las palabras subrayadas.

1. Luisa y Manuel necesitan <u>una maleta</u>. Luisa y Manuel __la__ necesitan.
2. Ellos van a empacar <u>sus cosas</u> en la nueva maleta. __Las__ van a empacar en la nueva maleta.
3. El día antes de viajar, los chicos van a invitar <u>a sus amigos</u> a cenar. Van a invitar __los__ a cenar.
4. Ya tienen lista <u>la vivienda en los Estados Unidos</u>. Ya __la__ tienen lista.
5. Tienen listos <u>los documentos</u> para entrar a la universidad. __Los__ tienen listos.
6. Ya compraron <u>el billete de avión</u>. Ya __lo__ compraron.

Actividad 7: Política de inmigración. Lee las declaraciones de María Luisa, la portavoz de un grupo hispano. Completa las oraciones con el pronombre de objeto indirecto que corresponde a las palabras subrayadas.

[margin notes: dárselas, enseñárselo, asegurárselo, me lo envió]

1. María Luisa nos recuerda que nosotros __les__ tenemos que dar <u>a los hispanos</u> <u>las mismas</u> oportunidades que a otras personas.
2. En las escuelas, es importante enseñar __les__ inglés a los niños.
3. Estoy segura de que estas medidas __les__ van a <u>asegurar</u> <u>a todos los hispanos y a sus familias</u> <u>una mejor vida</u>.
4. María Luisa __me__ envió <u>a mí</u> uno de <u>los artículos</u> que ella escribió sobre las minorías.
5. Los políticos __le__ contestaron <u>a María Luisa</u> que su esfuerzo es muy importante.

6. <u>A todos nosotros</u> <u>nos</u> interesan mucho las actividades de María Luisa.
7. ¿<u>Te</u> interesan <u>a ti</u> estos temas?
8. Por supuesto, <u>a mí</u> <u>me</u> interesan estos temas.

Actividad 8: Mi familia. Lee lo que Linda dice sobre su familia y vuelve a expresar sus ideas usando los pronombres de complemento directo e indirecto.

> **Ejemplo:** Mis abuelos siempre <u>me</u> dan <u>dinero</u> para mi cumpleaños.
> *Mis abuelos siempre me lo dan para mi cumpleaños.*

1. Mis mejores amigos nunca <u>me</u> piden <u>favores</u> a mí.
2. La familia de Viviana <u>le</u> paga <u>todas sus cuentas</u>.
3. La familia de José y María siempre <u>les</u> manda <u>a ellos</u> <u>una tarjeta de Navidad</u>.
4. Nuestra niñera siempre <u>nos</u> dice <u>la verdad</u> <u>a nosotros</u>.
5. Mi padre <u>me</u> va a dar <u>a mí</u> <u>un coche magnífico</u> dentro de una semana.

Actividad 9: Planes. Tú eres responsable por los preparativos para recibir a algunos estudiantes extranjeros. Contesta las preguntas usando los pronombres directos, indirectos o ambos, según el caso. Sigue el modelo.

> **Ejemplo:** ¿Nos reservaste las habitaciones de hotel?
> *Sí, se las reservé.*

1. ¿Les enviaste las invitaciones a todos?
2. ¿Confirmaste la llegada del vuelo?
3. ¿Conseguiste el taxi para ir al aeropuerto?
4. ¿Tienes dinero para el taxi?
5. ¿Les diste a ellos el número de teléfono de la universidad?
6. ¿Vas a recibir a los estudiantes personalmente?

 Actividad 10: Uno para todos y todos para uno. ¿Quién hace qué y para quién en tu familia? Con otro/a estudiante, contesten las siguientes preguntas sobre cómo se ayudan los familiares. Al contestar las preguntas usen los pronombres de objeto directo e indirecto.

> **Ejemplo:** ¿A quién le das regalos?
> *Se los doy a mi hermana en su cumpleaños.*

¿Quién te da regalos?
¿A quién ayudas?
¿Quién te lava los platos?
¿Quién te da consejos?
¿Quién te presta dinero?
¿Quién te compra la ropa?
¿Quién te cocina la cena?
¿A quién le das consejos?
¿A quién le prestas dinero?
¿Quién te ayuda?

Gustar and similar verbs

Nuestros gustos

A mi hermano le gusta bailar y sobre todo le entusiasma el tango.

A mi hermana menor le gusta estudiar y recibir buenas notas.

A mi madre le fascina trabajar en su jardín. Le gustan las flores.

A mí y a mi amigo David no nos gusta estudiar, pero nos parece importante. Nos falta solamente un año de estudios universitarios.

Enfoque: Gustos

Read the text above and find all the examples of **gusta** and **gustan**. Explain why they are singular or plural. What pronouns are associated with these verbs? Why? Read the information in **Lo esencial** and **El uso** to check your answers.

LO ESENCIAL

1 Sentences with the verb **gustar** have a special construction that uses indirect object pronouns. In English, this verb means *to like, to please,* or *to be pleasing to.*

Indirect object	Verb	Singular Subject	Indirect object	Verb	Plural Subject
Me Te Le Nos Os Les	gusta	este libro. escribir. escribir y leer.	Me Te Le Nos Os Les	gustan	estos libros. el arte y la literatura.

2 Common verbs with a similar structure.

caer bien / caer mal	*to like / to not like (someone)*
dar asco	*to sicken, to disgust*
dar igual	*to not matter, to be all the same*
encantar	*to delight, to love (to like very much)*
entusiasmar	*to be enthusiastic, to excite*
faltar	*to lack, to need; to be left (to do)*
fascinar	*to fascinate*
fastidiar	*to bother, to annoy*
importar	*to matter*
interesar	*to interest*
molestar	*to bother, to annoy*
parecer	*to seem, to appear*
preocupar	*to worry*
quedar	*to be left, to remain*

[handwritten margin note: dar rabia = to make angry]

[handwritten margin note: doler = to hurt]

EL USO

1 When the subject is a singular noun, an infinitive, or a series of infinitives, these verbs use the third person singular form. Note that an infinitive in Spanish is usually translated as a gerund in English.

Me **cae bien** mi primo Antonio.	*I like my cousin Antonio.*
No nos **interesa** estudiar química.	*Studying chemistry doesn't interest us.*
A mi hermana le **fascina** escuchar música y hacer ejercicio.	*Listening to music and exercising fascinates my sister.*

2 When the subject is a plural noun or a series of nouns, these verbs use the third person plural form.

A mi compañera de cuarto le **preocupan** las notas.	*My roommate worries about her grades.*
A ti te **gustan** el arte y la literatura.	*You like art and literature.*

3 The prepositional phrase **a** + prepositional pronoun or noun is often used to clarify or emphasize the indirect object. With these verbs, this phrase usually precedes the verb and the subject usually follows the verb.

A nosotros nos entusiasma mucho la idea de pasar las vacaciones con nuestros amigos.	*The idea of spending our vacation with our friends is very exciting to us.*
A mí no me interesa oír chismes sobre mis amigos.	*Listening to gossip about my friends doesn't interest me.*

Actividades

Actividad 11: Gustos. Joaquina habla de sus gustos y disgustos. Completa las oraciones con la forma correcta de **gustar**.

Yo tengo muchos amigos. Me _gusta_ (1) tener tantos amigos porque nunca estoy sola. A mi amigo Carlos le _gustan_ (2) los partidos de fútbol americano y a mi amiga Carlota le _gusta_ (3) ir al cine. A todos nosotros nos _gustan_ (4) las cenas especiales en los mejores restaurantes de nuestra ciudad. No me _gusta_ (5) comer siempre en la cafetería de nuestra universidad aunque es mejor que muchas otras cafeterías. Tampoco me _gustan_ (6) los platos con mucha carne. Pero sí, a mí me _gusta_ (7) un buen postre, con muchas calorías. A mis amigos les _gusta_ (8) hablar mucho y muchas veces gastamos una hora en la cafetería. No nos _gusta_ (9) hacer esto cuando tenemos mucha tarea pero cuando no la tenemos nos _gusta_ (10) bailar y cantar en las discotecas cerca de la universidad.

Actividad 12: La amistad. La amistad es importante para una vida equilibrada y feliz. Llena los espacios con la forma apropiada del verbo entre paréntesis.

La amistad me _parece_ (1. parecer) esencial en la vida. Según le _parece_ (2. parecer) a Guillermo, uno de mis amigos, "la amistad es un afecto recíproco y desinteresado". Creo que tiene razón porque a nadie le _gustan_ (3. gustar) las personas oportunistas, las que sólo son tus amigos cuando a ellos les _interesa_ (4. interesar) conseguir algo de ti. Tengo mucha suerte porque mis amigos son verdaderos amigos. En la amistad, la distancia no es importante. Me _fastidia_ (5. fastidiar) mucho escuchar a la gente que dice que "la verdadera amistad depende de verse todos los días". No es así. A la amistad verdadera no le _importa_ (6. importar) ni el tiempo ni el espacio. Por supuesto, no me _entusiasma_ (7. entusiasmar) la idea de estar lejos de mis amigos y a ellos tampoco les _gusta_ (8. gustar) esto, pero cuando estamos juntos, nos _entusiasma_ (9. entusiasmar) compartir nuestras experiencias y nos _fascina_ (10. fascinar) pensar que nuestra amistad va a resistir el paso del tiempo.

Actividad 13: Preferencias. Escribe frases completas sobre las preferencias de estas personas. Usa cada verbo solamente una vez.

fascinar	dar asco	gustar
interesar	caer mal	encantar

1. A mi mejor amigo/a…
2. A nosotros/as…
3. A mí…
4. A ti…
5. A mi familia…
6. A mi tía favorita…

Actividad 14: Entre gustos y disgustos. Entrevista a una persona de la clase sobre las cosas que les gustan o disgustan a sus familiares y amigos. Después, esta persona te entrevista a ti. Toma apuntes y luego presenta la información a la clase.

1. ¿Quién te cae bien / mal de tu familia? ¿y de tus amigos?
2. ¿Qué te molesta de tu familia? ¿de tus amigos?
3. ¿Qué te fascina hacer con tu familia? ¿y con tus amigos?
4. ¿Qué cosas hacen tus amigos que te fastidian, molestan o irritan?
5. ¿Por qué te importan tu familia y tus amigos?

Actividad 15: Amigos. Trabajen en grupos de tres o cuatro personas y hagan una lista de las mejores y peores características de sus amigos. Usando las siguientes expresiones, compartan sus opiniones con la clase.

> **Ejemplo:** *No nos importa la apariencia física.*
> *Nos caen bien los amigos divertidos.*

1. (No) nos gusta/n…
2. (No) nos importa/n…
3. (No) nos parece/n…
4. (No) nos molesta/n…
5. (No) nos entusiasma/n…
6. (No) nos fastidia/n…
7. (No) nos cae/n bien/mal…

RISAS Y REFLEXIONES

DICHOS

En parejas, lean los dichos en voz alta y den un ejemplo que ilustre el sentido de cada uno, según los temas del capítulo.

1. Aquéllos son ricos que tienen amigos.
   Ejemplo: *Los amigos nos dan algo tan importante como el dinero: la amistad que nos hace la vida más agradable.*
2. Hoy por ti, mañana por mí.
3. Donde hay amor, no hay temor.

UNA COMIQUITA

Con otro/a estudiante, discutan las ideas y actitudes que expresa el artista.

UNA ADIVINANZA

¿Qué soy?

Sigo a la tarde
y llego contenta,
trayendo sombras,
luna y estrellas.

Adivinanza: la noche

 VIDEO

Estás invitado/a a una boda en Puerto Rico. Participa en el matrimonio de Melisa y Peter, disfruta con ellos la ceremonia religiosa y la fiesta y comparte con Melisa y su madre los recuerdos de esta fecha tan importante.

Previsión

 Actividad 1: Recuerdos. Piensa en una boda que recuerdas. En parejas, contesten las siguientes preguntas.

1. ¿Cómo estaba vestida la novia?
2. ¿Cómo estaba vestido el novio?
3. ¿Quiénes formaron parte del cortejo?
4. ¿Dónde fue la boda?
5. ¿Cuántos invitados asistieron?
6. ¿Cómo fue la ceremonia?
7. ¿Cómo fue la comida?
8. ¿Cómo fue la música?
9. ¿Qué tradiciones siguieron los novios?
10. ¿ ? (Inventa tu propia pregunta.)

 Actividad 2: Mi pareja ideal. Haz una lista de las cualidades que buscas en tu pareja ideal. Menciona cinco características físicas y cinco adjetivos para describir su personalidad. Comparte tus respuestas con las de tus compañeros.

Visión

Actividad 3: La boda de Melisa. Mientras miras el video anota la siguiente información sobre la boda de Melisa.

Nombre de los novios
Nombre de la mamá de la novia

Lugar de la boda
Luna de miel
Damas del cortejo
Tradiciones
Comida
Música
Baile
Emociones de la madre

Actividad 4: Verdadero o falso. Decide si las siguientes oraciones son verdaderas o falsas de acuerdo con lo que escuchaste y viste en el video sobre la boda de Melisa. Corrige las oraciones falsas.

_____ 1. Fueron de luna de miel a Europa.
_____ 2. Melisa usó algo prestado, algo nuevo y algo azul.
_____ 3. En la ceremonia, hubo una misa completa.
_____ 4. Había muchos hombres en el cortejo de Melisa.
_____ 5. En la boda de Melisa hubo un *disc jockey*.
_____ 6. Bailaron el vals tradicional.
_____ 7. Melisa vivía con sus abuelos.
_____ 8. La madre de Melisa llegó a tiempo a la boda.
_____ 9. La madre de Melisa lloró de la emoción.

Posvisión

Actividad 5: Debate. ¿Estás o no estás de acuerdo con las siguientes afirmaciones? Habla de tus opiniones con las otras personas de tu grupo. ¿Es posible hacerles cambiar de punto de vista?

1. El matrimonio es una institución anticuada que se debe cambiar.
2. El matrimonio es mejor para los hombres que para las mujeres.
3. La fiesta de boda es un gasto innecesario.
4. Es bueno casarse con una pareja que tenga las mismas tradiciones familiares.

Actividad 6: ¿Cómo es la boda de tus sueños? Describe tu boda ideal. Escribe una descripción breve que incluya la siguiente información.

lugar
estación (primavera, verano, otoño, invierno)
miembros de tu cortejo
número de invitados
tipo de música
tradiciones especiales
luna de miel
otros detalles

| A | R | T | E |

La bendición en el día de la boda, Carmen Lomas Garza (Estados Unidos)

Actividad 1: La artista. Carmen Lomas Garza es una artista de Texas. En su libro *En mi familia*, dice que sus pinturas son "memorias de cuando era niña en Kingsville, Texas, cerca de la frontera de México". Trabajando en parejas, estudien la pintura de *La bendición en el día de la boda*. Luego, contesten las preguntas.

1. ¿Cuántas personas están con la novia en su cuarto? ¿Cuántos años crees tú que tiene ella?
2. ¿Qué es una bendición? ¿Quién hace la bendición a la novia? En tu opinión, ¿qué le va a decir a la novia?
3. Describe los colores y diseños de la ropa de la familia. ¿Qué más lleva la niña en la mano?
4. ¿Dónde se sienta la abuela? ¿Cómo es? ¿Qué cosas están en la cama?
5. ¿Qué hace la muchacha sentada en la caja? ¿Cuáles son los instrumentos de su oficio?
6. Nombra los objetos en la cómoda. ¿De quién puede ser la foto?
7. Los muñecos en la pared llevan tradicionales trajes mexicanos. ¿Cómo se sabe que son de México?
8. ¿Qué hay en el estante de la pared sobre la cama? ¿Qué valores culturales simbolizan?
9. Hay dos maletas enfrente de la cama, una azul y otra de color café ¿Por qué?

10. ¿Qué emociones produce en ti esta pintura? Explica.

Actividad 2: Investigación internética. En Internet, busca información sobre el arte y los relatos de la artista chicana Carmen Lomas Garza. Luego, haz una presentación oral a la clase sobre otra de sus pinturas; si hay narración, inclúyela también. Finalmente, escribe en un párrafo tu propia descripción e interpretación de la pintura.

Actividad 3: ¡Una celebración memorable! Imagínense que son artistas y van a pintar o dibujar una ocasión especial de su familia o sus amigos. Trabajen en grupos y expliquen lo siguiente.

1. cuál es la celebración
2. quiénes van a estar presentes
3. dónde están
4. qué hacen
5. cómo van a ir vestidos
6. los colores que ustedes van a emplear, los objetos que van a representar.
7. el tema de la ocasión especial.

Empiecen con la frase, "Somos artistas y vamos a representar una celebración inolvidable..."

LITERATURA

Prelectura

ANTICIPACIÓN

Actividad 1: Amor y amistades. Con otro/a estudiante, contesten las preguntas a continuación.

1. Describe un jardín bonito. ¿Qué tiene? ¿En qué ocasiones das o recibes flores?
2. ¿Quiénes son tus vecinos y qué hacen? ¿Hay muchos niños en tu barrio? ¿De qué edades? ¿Dónde juegan y con quiénes?
3. ¿A quién/es escribes cartas o recados? ¿Por correo electrónico o a mano? ¿Sobre qué temas escribes? ¿Con qué frecuencia?
4. ¿Qué regalos das para los cumpleaños? ¿Cuál es un regalo especial que recibiste tú el año pasado? ¿En qué ocasión?
5. ¿Cuáles son las características de unos/as buenos/as amigos/as y un/a buen/a novio/a? Da ejemplos. ¿En quién tienes más confianza? ¿Por qué?
6. ¿Qué te guía más en la vida, tu intuición o tu pensamiento? ¿Puedes intuir los sentimientos de tus seres queridos? Da ejemplos.

ESTRATEGIA DE LECTURA

Determinando el punto de vista Los textos literarios se escriben desde puntos de vista específicos. A veces seguimos la trama y los temas por los ojos del protagonista, o a veces, del autor. Es importante determinar el punto de vista para comprender mejor la temática y la historia y determinar cuál es el punto de vista. Lee la primera línea de "El recado". Después, lee el cuento poniéndole atención a este punto de vista.

Lectura

LA AUTORA: Elena Poniatowska es una escritora mexicana que empezó su carrera como periodista y ganó el Premio Nacional de Periodismo. Además de cuentos, ha escrito ensayos, novelas y crónicas. En algunas obras revela los problemas sociopolíticos de su país y cuestiona los papeles tradicionales del hombre machista y la mujer sumisa en México. Ella nació en 1933. El título de este cuento es "El recado°".

The message

"El recado"

Vine Martín, y no estás. Me he sentado en el peldaño° de tu casa, recargada° en tu puerta y pienso que en algún lugar de la ciudad, por una onda que cruza el aire, debes intuir que aquí estoy. Es este tu pedacito de jardín; tu mimosa° se inclina hacia afuera y los niños al pasar le arrancan° las ramas más accesibles. En la tierra, sembradas° alrededor del muro, muy rectilíneas y serias veo unas flores que tienen hojas como espadas°. Son azul marino, parecen soldados. Son muy graves, muy honestas. Tú también eres un soldado. Marchas por la vida, uno, dos, uno, dos... Todo tu jardín es sólido, es como tú, tiene una reciedumbre° que inspira confianza.

Aquí estoy contra el muro de tu casa, así como estoy a veces contra el muro de tu espalda. El sol da también contra el vidrio° de tus ventanas y poco a poco se debilita° porque ya es tarde. El cielo enrojecido° ha calentado tu madreselva° y su olor se vuelve aún más penetrante. Es el atardecer. El día va a decaer. Tu vecina pasa. No sé si me habrá visto°. Va a regar° su pedazo de jardín. Recuerdo que ella te trae una sopa de pasta cuando estás enfermo y que su hija te pone inyecciones... Pienso en ti muy despacito, como si te dibujara° dentro de mí y quedaras allí grabado°.

Quisiera° tener la certeza de que te voy a ver mañana y pasado mañana y siempre en una cadena° interrumpida de días; que podré mirarte lentamente aunque ya me sé cada rinconcito° de tu rostro; que nada entre nosotros ha sido provisional o un accidente.

Estoy inclinada ante una hoja de papel y te escribo todo esto y pienso que ahora, en alguna cuadra° donde camines apresurado, decidido como sueles hacerlo, en alguna de esas calles por donde te imagino siempre: Donceles y Cinco de Febrero o Venustiano Carranza, en alguna de esas banquetas° grises y monocordes° rotas sólo por el remolino de gente° que va a tomar el camión°, has de saber° dentro de ti que te espero. Vine nada más a decirte que te quiero y como no estás te lo escribo. Ya casi no puedo escribir porque ya se fue el sol y no sé bien lo que te pongo. Afuera pasan más niños, corriendo. Y una señora con una olla advierte° irritada: "No me sacudas° la mano porque voy a tirar° la leche..." Y dejo este lápiz, Martín, y dejo la hoja rayada y dejo que mis brazos cuelguen° inútilmente a lo largo de mi cuerpo y te espero. Pienso que te hubiera° querido abrazar. A veces quisiera ser más vieja porque la juventud lleva en sí, la imperiosa°, la implacable° necesidad de relacionarlo todo al amor.

Ladra° un perro; ladra agresivamente. Creo que es hora de irme. Dentro de poco vendrá la vecina a prender° la luz de tu casa; ella tiene llave y encenderá el foco de la recámara° que da hacia afuera porque en esta colonia° asaltan mucho, roban mucho. A los pobres les roban mucho; los pobres se roban entre sí... Sabes, desde mi infancia me he sentado así a esperar, siempre fui dócil, porque te esperaba.

Te esperaba a ti. Sé que todas las mujeres aguardan°. Aguardan la vida futura, todas esas imágenes forjadas° en la soledad, todo ese bosque que camina hacia ellas; toda esa inmensa promesa que es el hombre; una granada° que de

step (stairway) / planted

mimosa tree / pull off
scattered
swords

strength

glass
weakens / red
honeysuckle
if she could have seen me /
to water
as if I drew you
etched
I would like
chain
little corner

block

sidewalks
monotonous / crowd / bus /
you must know

warns / touch / spill
hang
I would have

urgent / relentless
barks
to turn on
bedroom light / neighbor-
hood

wait
forged
pomegranate

pronto se abre y muestra sus granos° rojos, lustrosos; una granada como una   *seeds*
boca pulposa° de mil gajos°. Más tarde esas horas vividas en la imaginación,   *fleshy / sections*
hechas horas reales, tendrán que cobrar peso y tamaño y crudeza. Todos esta-
mos—oh mi amor—tan llenos de retratos° interiores, tan llenos de paisajes no   *portraits*
vividos.

    Ha caído la noche y ya casi no veo lo que estoy borroneando° en la hoja   *I am scribbling*
rayada. Ya no percibo las letras. Allí donde no le entiendas en los espacios blancos, en los huecos°, pon: "Te quiero"... No sé si voy a echar esta hoja debajo de   *spaces, holes*
la puerta, no sé. Me has dado un tal respeto de ti mismo... Quizá ahora que me
vaya, sólo pase a pedirle° a la vecina que te dé° el recado; que te diga que vine.   *Perhaps now that I am leaving, I may only stop to ask / that she give you*

Poslectura

ASOCIACIONES

Actividad 2: Palabras relacionadas. Basándose en el cuento, indiquen las palabras asociadas.

1. cara   a. lentamente
2. dibujar   b. retrato
3. barrio   c. pared
4. despacio   d. rostro
5. muro   e. colonia

Actividad 3: Ideas contrarias. Basándose en el cuento, ahora indiquen las palabras opuestas. Luego, usen cada una en una frase.

1. tierra   a. juventud
2. irse   b. afuera
3. infancia   c. cielo
4. ahora   d. quedarse
5. dentro de   e. más tarde

Actividad 4: Categorías. Con referencia al cuento, escribe palabras asociadas con cada categoría. Luego, compara tu lista con la de otro/a estudiante. Sigue el ejemplo.

    Ejemplo: la naturaleza: *sol, cielo, bosque*

1. la casa
2. la gente
3. el amor

ENFOQUES
LITERARIOS

Actividad 5: Comprensión. En parejas, contesten las preguntas sobre los elementos del cuento.

La narradora en el peldaño
1. Según la narradora, ¿quién no está en su casa?
2. ¿En dónde se sienta la narradora? ¿Qué piensa ella?

El jardín de Martín

3. ¿De qué color son las flores que ve la narradora? ¿Cómo son las hojas?
4. ¿Con qué compara la narradora las flores? ¿y a Martín?
5. ¿Cómo inspiran confianza Martín y el jardín?

Contra el muro

6. ¿Quién está contra el muro de la casa de Martín?
7. ¿Qué hora del día puede ser?

El papel

8. ¿Qué hace la narradora con la hoja de papel? ¿En qué calles se imagina ella a Martín caminando? ¿Cómo son?
9. ¿Qué cree la narradora que debe saber Martín? ¿Por qué tiene problemas en escribir ella?

La narradora piensa irse

10. ¿Cómo ladra el perro? ¿Qué cree la narradora?
11. Según la narradora, ¿qué aguardan las mujeres?
12. Según la narradora, ¿de qué tipo de retratos estamos llenos todos?
13. ¿Qué quiere poner ella en los espacios blancos de la hoja de papel?
14. ¿Va a echar la hoja debajo de la puerta?
15. ¿A quién le pide la narradora que le dé el recado a Martín?

Actividad 6: Punto de vista. ¿En qué persona está escrito el cuento? ¿Qué punto de vista revela? ¿Cuántos años, crees tú, tiene la narradora?

Actividad 7: Opiniones. Señala la frase más romántica, la más triste y la más irónica de este cuento, según tu interpretación. Explica cómo se relacionan con la historia de Martín y la narradora.

Actividad 8: Palabras clave. ¿Qué verbos, sustantivos y adjetivos usa la autora para indicar el efecto que tienen el tiempo y la oscuridad en la narración? ¿Por qué no puede ver bien la narradora? ¿Hay alguna razón simbólica?

Actividad 9: ¿Qué pasó al final? ¿Finalmente, le dejó o no le dejó la narradora un recado por escrito a Martín? ¿Por qué interpretas que sí o que no?

Actividad 10: Verbos. La autora empieza el cuento así: "Vine Martín, y no estás". ¿Por qué usa el tiempo presente para el segundo verbo? En su opinión, ¿tenía Martín una cita con la narradora y simplemente no apareció? ¿Por qué, creen ustedes, que él no llegó mientras la narradora estaba enfrente de su casa?

Actividad 11: Mujeres y hombres. ¿Qué manifiesta este relato sobre las mujeres y los hombres en cuanto al amor? Con otro/a estudiante, busquen ejemplos concretos del cuento.

Actividad 12: Somos actores. Imagínate que Martín llega a casa y encuentra a la narradora en el peldaño de la casa, escribiendo un recado. Ella le expresa su amor y él responde positiva o negativamente. En parejas, dramaticen la escena.

Actividad 13: Misterio. ¿Qué infieres tú de esta narración sobre la personalidad de Martín? Escribe una composición describiendo qué clase de persona es él.

REFLEXIONES
Y MÁS

Actividad 14: Soldado/a. La narradora compara a Martín con un soldado. ¿Con qué características y valores de un/a soldado/a te comparas tú? ¿Cómo eres diferente?

Actividad 15: Lealtad y más. ¿Cómo expresas el amor (la sinceridad, la lealtad, la confianza) por tu universidad y por tu país? Da ejemplos.

Actividad 16: Mi situación. Dramatiza una de las siguientes escenas, con algunos miembros de la clase.

1. En el café del pueblo, Martín, un amigo y una amiga hablan sobre la narradora. ¿Qué les explica Martín sobre su relación con la narradora y cómo reaccionan los amigos?
2. Martín, la vecina y su hija tienen una conversación sobre la visita de la narradora. Las vecinas le cuentan de su visita y de la nota que estaba escribiendo en el peldaño. Interpreten si finalmente la narradora ha dejado un recado para Martín o no.

Actividad 17: Opiniones. Escribe una composición de tres párrafos sobre uno de los siguientes temas. Explica las citas con referencia al cuento y a tu vida personal.

1. La narradora comenta: "Sé que todas las mujeres aguardan". ¿Qué aguardan las mujeres? ¿Cómo lo sabe la narradora y qué significa esta afirmación en el cuento? Según tu opinión, ¿qué aguardan los hombres? Da ejemplos.
2. La narradora declara que "... la juventud lleva en sí, la imperiosa, la implacable necesidad de relacionarlo todo al amor". ¿Por qué lo dice ella en el cuento? ¿Estás de acuerdo? ¿En qué aspectos? Da ejemplos.

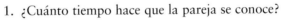

EXPANSIÓN

COMPRENSIÓN

Actividad 1: Señorita Sentimiento. Escucha la carta emocional de un joven que pide consejos de amor por Internet. Escucha su carta y escoge la respuesta a cada pregunta.

1. ¿Cuánto tiempo hace que la pareja se conoce?
   a. tres meses   b. siete meses   c. seis meses
2. ¿Cómo se conocieron?
   a. en una discoteca b. en una sala chat   c. en la sala de su casa
3. ¿Qué se envían?
   a. fotos   b. tarjetas   c. dinero
4. ¿Cómo se sienten el uno al otro?
   a. Están enojados.   b. Están destrozados.   c. Están enamorados.
5. ¿Cuál es el problema que ha surgido?
   a. Ella no quiere tener   b. Ella ya tiene una   c. Él ya tiene una hija.
   hijos.   hija.
6. ¿Por qué es un problema?
   a. Ella no quiere tener   b. Él no quiere tener   c. Él es muy joven para
   más hijos.   más hijos.   ser padre.

REDACCIÓN Comparación y contraste I

Actividad 2: Escríbela. Muchos buscadores de Internet y revistas en español tienen un lugar donde las personas pueden pedir consejos como la carta a la Señorita Sentimiento de la actividad 1. Sigue estas etapas para escribir una composición que compare y contraste las situaciones de dos personas distintas.

Etapa 1: *Preparar*
Usa Internet o lee una revista para escoger dos cartas diferentes que piden consejos. Asegúrate de que su situación tenga algo en común, por ejemplo: problemas con amigos, problemas con la pareja, una situación sin resolver en el trabajo, etcétera.

Etapa 2: *Hacer la comparación*
Usa este diagrama "Venn" para organizar tus ideas para la comparación.

Etapa 3: *Escribir la composición*
Después de hacer todas las listas, usa tus apuntes para escribir una composición de tres párrafos. Usa esta organización.

> **Primer párrafo** Describe la situación de la persona A.
> **Segundo párrafo** Describe la situación de la persona B.
> **Tercer párrafo** Compara las dos situaciones y sugiere cómo se pueden resolver.

Aquí hay algunas palabras que te pueden ayudar para hacer comparaciones.

más... que	*more than*
menos... que	*less than, fewer than*
tan... como	*as . . . as*
tanto/a/s... como	*as much/many . . . as*
sin embargo	*however*
no obstante	*however*
también	*also*
pero	*but*
por otra parte	*on the other hand*

POR INTERNET

Puedes encontrar muchos sitios usando tu buscador favorito en la Red. Aquí hay unas combinaciones de palabras para facilitar tu búsqueda.

Palabras clave: yupimsn + consejos, consultorio sentimental, corazones rotos

For specific web pages to help you in your search, go to the *Reflejos* website: http://college.hmco.com/languages/spanish/students

Capítulo 4

CANTOS
Y BAILES

Maná en concierto

Instrumentos folclóricos

El bandoneón: Este instrumento de viento llegó a la Argentina en algún momento del siglo XIX y se convirtió en la voz del tango. Este legendario acordeón argentino permanece sobre la rodilla de su intérprete, quien lo abre y lo cierra siguiendo el ritmo característico del tango, ya famoso en todo el mundo.

El bombo: Este instrumento de percusión es un tambor de unos 50 centímetros de diámetro. Se ha usado en muchos países del mundo, en muy variados estilos, como parte de orquestas y bandas militares. Se fabrica de un tronco de árbol ahuecado (hollowed out). Antiguamente se cubría con piel de llama o vicuña, pero actualmente se adorna con piel de res o de cabra.

El güiro: Muchos ritmos latinos bailables de origen africano requieren la presencia de este instrumento que puede tener muchas formas. Puede ser una calabaza larga, un palo o un pedazo de metal. El sonido característico se produce raspando con un palito las estrías que se hacen en la superficie de estos objetos. El güiro tiene muchos nombres a través del mundo hispano, como por ejemplo charrasca, raspa y rasca.

La quena: Uno de los sonidos más dulces de la música andina lo produce la quena, una flauta de unos 30 centímetros de largo, con unos siete a ocho orificios que producen hermosas notas musicales. Antiguamente se fabricaba de barro, oro, plata o de hueso. En la actualidad, la quena se fabrica con trozos de caña o bambú.

La zampoña: Los músicos andinos pueden mostrar su virtuosismo tocando la zampoña, un instrumento de viento compuesto de varias flautas juntas de diferentes tamaños, con un solo orificio cada una. Produce diferentes tonos profundos e hipnotizantes. Es otro de los instrumentos más antiguos de América y pertenece a las llamadas "flautas de Pan".

Actividades

Actividad 1: Comprensión. Después de leer el texto sobre los instrumentos folclóricos, en parejas contesten las siguientes preguntas.

1. ¿Cuáles son los instrumentos de viento que se mencionan? ¿Cuáles son los instrumentos de percusión? ¿Con qué partes del cuerpo se toca cada uno de los instrumentos mencionados?
2. ¿Qué instrumento puede tener más formas y cuáles son?
3. ¿Cuáles son algunos de los materiales que se mencionan para fabricar los instrumentos?
4. Entre estos instrumentos hay uno que se ha usado en variados estilos en bandas de todo el mundo. ¿Cuál es? ¿Cómo es?
5. Hay un instrumento que permite que los músicos andinos demuestren su habilidad musical. ¿Qué instrumento es y cómo es?
6. ¿Qué instrumento es la voz del tango?

Actividad 2: La música en el mundo hispano.

Parte A: Escucha esta breve descripción sobre la música hispana y elige la frase más adecuada para terminar las siguientes ideas.

1. La música en los países hispanos...
   a. es muy variada.
   b. es muy parecida la una a la otra.
2. La música caribeña tiene raíces culturales...
   a. árabes, hebreas y gitanas.
   b. africanas, españolas e indígenas.
3. La música folclórica tradicional...
   a. se baila y se canta en reuniones sociales formales.
   b. es reflejo de la cultura y las tradiciones de un país.
4. Los boleros se refieren generalmente a...
   a. temas de protestas.
   b. temas amorosos.
5. El intercambio entre...
   a. la música latina y la norteamericana ha aumentado.
   b. los artistas latinos ha aumentado.

Parte B: Ahora, compara tus respuestas de la parte A con las de otro/a estudiante. Después, en parejas, encuentren uno o dos ejemplos del intercambio que ha ocurrido entre la música latina y la norteamericana en los Estados Unidos.

Actividad 3: Artistas y música. En grupos de tres, elijan una de estas dos tareas.

1. Describan a un/a artista latino/a que les guste mucho, su música, por qué es conocido/a y otros datos de interés.
2. Describan un tipo de música latina que conozcan, cómo es y quiénes son sus intérpretes más importantes.

UNA HISTORIA DE LA MÚSICA SALSA

las congas

el charango

las claves

el contrabajo

Según el diccionario de la Real Academia Española, la salsa es una composición o mezcla de varias sustancias comestibles que se hace para condimentar las comidas.

Pero en realidad no vamos a hablar de esta clase de salsa, sino de una cuyos ingredientes son "condimentos musicales": desde su base el **son** cubano, hasta las contribuciones de los estilos del **merengue** dominicano, la **cumbia** colombiana, el **jazz** norteamericano, la **samba** brasileña y otros ritmos musicales del Caribe.

No podemos hablar de la **salsa** sin mencionar el género que constituye su raíz: el son cubano. Este ritmo nació en los campos del oriente cubano en la segunda mitad del siglo pasado, teniendo como antecedentes la influencia hispánica, francesa y por supuesto africana.

El formato que predominó en las agrupaciones de esta época era: guitarra, **contrabajo**, tres (guitarra que tiene tres pares de **cuerdas**), **clave**, **maracas**, **voz** y una trompeta (opcional).

En los años 40 aparece un señor llamado Arsenio Rodríguez que modifica los formatos de septeto e incluye en su **orquesta** (además de los instrumentos antes mencionados) el piano, y trompetas, apareciendo el formato de conjunto musical muy similar al de las agrupaciones actuales.

Los años 50 se destacan por la aparición del máximo intérprete del género de todos los tiempos: el gran Beny Moré con su Banda Gigante. Beny continúa hoy siendo un referente para todos los soneros (salseros).

Con la Revolución cubana de 1959 y la aparición del bloqueo económico norteamericano, la historia de esta música sigue por caminos diferentes: lo que sucedió fuera de Cuba (principalmente en Nueva York) y su evolución dentro de la isla.

Podemos decir que la salsa, a partir de Cuba (el país que sirvió de raíz) y el Caribe como zona generadora de sus condimentos, nos **brinda** universalidad; ya que el Caribe es una de las regiones donde se encuentran a través de la historia europeos, asiáticos, norteamericanos y por supuesto africanos, que le dan a esta música sensualidad, belleza estética y mucho sabor.

Por eso la salsa llega a todas las partes del mundo para quedarse.

las maracas

—por Alberto Bonne

el bongó

Vocabulario activo:

Hablando de música y baile

Cognados

la armonía	la cumbia	la melodía	rítmico/a
la balada	la fama	el merengue	el ritmo
el bongó	el flamenco	el micrófono	la salsa
el charango	el jazz	la ópera	la samba
las claves	las maracas	la orquesta	el son
las congas	el mariachi	la percusión	la voz

Familia de palabras

Verbos	*Sustantivos*
cantar	el canto (*singing, chant, song*)
	la canción
	el/la cantante
componer	la composición
conducir	el/la conductor/a
grabar	la grabación
	la grabadora
interpretar	la interpretación
	el/la intérprete
reconocer (*to recognize*)	el reconocimiento

Sustantivos

la batería	*drum set*	el género	*genre*
el/la cantautor/a	*singer-songwriter*	la gira	*tour*
las castañuelas	*castanets*	la letra	*lyrics*
el contrabajo	*bass*	el premio	*prize*
el coro	*chorus*	el/la salsero/a	*salsa music singer*
la cuerda	*chord*	el/la sonero/a	*son music singer*
el espectáculo	*show*	el tambor	*drum*

Verbos

brindar	*to offer, to drink a toast*	raspar	*to scrape, scratch*
destacar	*to feature, highlight*	tratarse de	*to deal with*

Vocabulario básico: Ver las páginas 352–353 en el Apéndice A.

Actividades

Actividad 1: ¿Verdadero o falso? Di si las frases son verdaderas (V) o falsas (F). Si son falsas, corrígelas.

_____ 1. La música caribeña incluye el merengue, el flamenco y la salsa.
_____ 2. Muchas canciones latinas están asociadas con eventos históricos.
_____ 3. Se escucha la cueca, el joropo y la bamba en España.
_____ 4. La salsa tiene sus raíces en Cuba.
_____ 5. Algunos instrumentos que predominan en la salsa son la guitarra, el contrabajo y las maracas.
_____ 6. La música de los Estados Unidos no influye en la música de Cuba.
_____ 7. El bloqueo económico de Cuba por los Estados Unidos ocurrió en 1909.
_____ 8. La influencia africana contribuye al énfasis de la base rítmica de la música.

Actividad 2: ¿Sinónimos? Empareja las palabras.

1. —— batería   a. quena
2. —— micrófono   b. guitarra
3. —— grupo   c. sonero
4. —— charango   d. espectáculo
5. —— flauta   e. tambor
6. —— canción   f. castañuelas
7. —— armonía   g. conjunto
8. —— salsero   h. melodía
9. —— flamenco   i. letra
10. —— concierto   j. voz

Actividad 3: A platicar. En parejas, hablen sobre sus conocimientos y gustos musicales.

1. ¿Qué características tiene la música de las diferentes regiones de tu país?
2. ¿Cuáles son los bailes más populares entre los jóvenes de hoy?
3. ¿De dónde vienen los ritmos de tu música favorita?
4. Describe la música popular y la música tradicional de tu país.
5. ¿Bailas a menudo en las fiestas o vas a las discotecas para bailar?
6. ¿Qué cantante hispano/a conoces? ¿Qué tipo de música canta?
7. ¿Quién es tu cantante favorito/a? ¿Por qué?
8. ¿Cuál es tu canción favorita? ¿Por qué?

Actividad 4: Escúchala. No se puede hablar de la música sin escucharla. Hay varios lugares donde puedes conseguir ejemplares de la música salsa.

- Muchas tiendas de música ofrecen la oportunidad de escuchar la música antes de comprarla.
- La biblioteca o el laboratorio de lenguas de tu universidad frecuentemente tiene copias de música latina.
- En Internet hay una selección abundante de música salsa. Busca un sitio que tenga música y video en línea o busca por nombre de un/a artista específico/a.

Mientras escuchas la música, contesta estas preguntas.

1. Describe el ritmo de la música. ¿Cómo es? ¿lento? ¿alegre? ¿rápido?
2. ¿Qué instrumentos reconoces?
3. ¿Cuántas personas cantan?
4. ¿Puedes entender la letra? ¿De qué se trata?
5. ¿Te gusta la música? Explica.
6. Compárala con la música que sueles escuchar. ¿Cuáles son algunas de las semejanzas? ¿diferencias?

Actividad 5: Investígalos más. Escoge uno de estos temas. Escribe una breve composición y preséntasela a la clase.

1. Escoge a un/a artista de la música salsa y haz una investigación de su vida.

Tito Puente	Juan Formell
Celia Cruz	Jennifer López
Beny Moré	Tito Nieves
La India	Victor Manuelle
Marc Antony	Gilberto Santarosa
Shakira	Rubén Blades

2. Hay mucha variedad de música latina. Haz una investigación de otro tipo de música. Escoge de esta lista.

cumbia	jazz latino
merengue	música andina
música ranchera	música de protesta
mariachi	música folclórica
tango	flamenco
tejano	banda

Cultura | EL CORRIDO MEXICANO

El corrido es un canto épico narrativo que viene del romance castellano. Los romances eran relatos poéticos que cantaban los trovadores (*troubadours*) de hace varios siglos para llevar los acontecimientos importantes de pueblo en pueblo. En la tradición musical mexicana, el corrido sobresale porque su origen es estrictamente popular. Su música tiene poca variación rítmica y sonora y está destinada solamente a darle realce (*highlight*) a la letra, cuyos recursos poéticos son también sencillos.

El corrido relata sucesos cotidianos o eventos noticiosos, históricos o románticos. Estas historias circulaban de boca en boca y sus hechos y personajes se convertían en leyendas. El corrido tuvo su época de oro durante la Revolución mexicana y muchos corridos inmortalizaron las batallas y los héroes de esa época. Estos son los primeros versos de un extenso corrido sobre cómo murió Pancho Villa, el legendario héroe de la Revolución mexicana.

Corrido a la muerte de Pancho Villa

Señores, tengan presente
y pongan mucho cuidado
que en el día veinte de julio
Villa ha sido asesinado.

Año de mil novecientos
en el veintitrés actual,
mataron a Pancho Villa
en Hidalgo del Parral.

El gran escritor mexicano Carlos Fuentes inició su novela *La muerte de Artemio Cruz* con la cita de un popular corrido mexicano: "No vale nada la vida / la vida no vale nada / comienza siempre llorando / y así llorando se acaba", insinuando así la suerte que correrá su protagonista.

Además de tener un lugar en la literatura, el corrido moderno conserva la tradición narrativa popular y narra las circunstancias de la vida moderna, como los dramas cotidianos, las catástrofes, los problemas de la violencia, el terrorismo y el narcotráfico.

 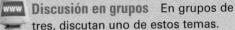 **Discusión en grupos** En grupos de tres, discutan uno de estos temas.

1. Investiguen en Internet o en la biblioteca la letra de un corrido sobre acontecimientos importantes en el mundo de hoy o de ayer. Después, presenten los corridos a la clase.

2. ¿Hay algún tipo de música de los Estados Unidos similar a los corridos?

3. Expliquen cuál es la música favorita de ustedes en este momento y por qué la prefieren: por su ritmo, por sus intérpretes, por las posibilidades de bailarla, por su letra.

LENGUA

Present subjunctive with noun clauses

En la clase de música

MAESTRA: Yo recomiendo que **practiques** las cuerdas básicas de la guitarra por lo menos una hora al día.

ESTUDIANTE: Pero no quiero practicar tanto cada día. Tengo muchas otras cosas que hacer.

MAESTRA: Lamento que **tengas** tanto que hacer, pero si esperas ser buen músico, es importante que lo **hagas**.

ESTUDIANTE: Pues, espero tener mi propio grupo de rock y deseo ser muy famoso algún día.

MAESTRA: Es verdad que **tienes** bastante talento, pero si practicas mucho, no dudo que **logras** tus sueños.

ESTUDIANTE: Usted tiene razón. Quizás **pueda** practicar más si dejo de ver tanta televisión.

Enfoque: El presente del subjuntivo

Indicate which of the verbs in boldface are in the present indicative and which are in the present subjunctive. Underline the expressions in the main clause of each sentence that trigger the use of the subjunctive, and circle the ones that trigger the indicative. What do these expressions have in common? How are they different? Read the information in **El uso** to check your answers.

LO ESENCIAL

① To form the present subjunctive, follow these steps.

Infinitive	1. Start with the present indicative of the *yo* form.	2. Drop the *-o*.	3. Add the subjunctive ending (*see the following table*).
cantar	canto	cant-	cante
comer	como	com-	coma
recibir	recibo	recib-	reciba
salir	salgo	salg-	salga
conocer	conozco	conozc-	conozca

All verbs with irregular first person singular (**yo** forms) in the present indicative will retain the irregular stem in all persons of the present subjunctive.

The present subjunctive uses the following endings. Note that the endings of **-er** and **-ir** verbs are the same.

	-ar verbs	*-er* and *-ir* verbs
yo	-e	-a
tú	-es	-as
él/ella/usted	-e	-a
nosotros/as	-emos	-amos
vosotros/as	-éis	-áis
ellos/ellas/ustedes	-en	-an

② Verbs with orthographic changes

Verb ending	Spelling change	Example	*yo* form	Present subjunctive
-car	c to **qu** before e	tocar	toco	toque
-gar	g to **gu** before e	pagar	pago	pague
-zar	z to **c** before e	empezar	empiezo	empiece
-ger	g to **j** before o, a	escoger	escojo	escoja
-guar	**gu** to **gü** before e	averiguar	averiguo	averigüe

③ Stem-changing verbs in the present subjunctive

A Stem-changing **-ar** and **-er** verbs in the present indicative maintain the same stem changes in the present subjunctive.

pensar (*e* → *ie*)		probar (*o* → *ue*)	
piense	pensemos	pruebe	probemos
pienses	penséis	pruebes	probéis
piense	piensen	pruebe	prueben

B Stem-changing **-ir** verbs have the same stem changes as they do in the present indicative. In addition to these changes, these verbs have a vowel change in the first and second persons plural. In verbs with an **e** to **ie** stem change, the **e** changes to **i**. In verbs with an **o** to **ue** stem change, the **o** changes to **u**.

mentir (*e → ie*) → i		morir (*o → ue*) → u	
mienta	mintamos	muera	muramos
mientas	mintáis	mueras	muráis
mienta	mientan	muera	mueran

4 Irregular verbs

The following verbs have irregular present subjunctive forms.

dar	estar	haber	ir	saber	ser
dé	esté	haya	vaya	sepa	sea
des	estés	hayas	vayas	sepas	seas
dé	esté	haya	vaya	sepa	sea
demos	estemos	hayamos	vayamos	sepamos	seamos
deis	estéis	hayáis	vayáis	sepáis	seáis
den	estén	hayan	vayan	sepan	sean

Note that **dé** has a written accent to distinguish it from the preposition **de**.

EL USO **1** The present subjunctive is a mood that expresses:

Requests, wishes, needs, and desires
Emotions and subjective feelings
Doubt and uncertainty

Note that remembering the mnemonic device RED can help you remember the categories of verbs that trigger the use of the present subjunctive in noun clauses.

2 Not only does the subjunctive express these moods, but it appears within a particular sentence structure. It is the meaning of the verb or verb phrase in the main clause that triggers the use of the subjunctive in the dependent clause.

main clause with a verb in the indicative	que	dependent clause with a verb in the subjunctive
Sugiero		vengas a mi casa a las siete.
Me alegro de	que	vayas al concierto conmigo.
Dudo		Enrique Iglesias cante con su padre.

(See the **Vocabulario básico** on page 353 for additional verbs and impersonal expressions that trigger the subjunctive.)

3 The subjects of both sentences are usually different and refer to different people; otherwise an infinitive is used.

Queremos que toques este piano.   *We want you to play this piano.*

BUT

Queremos tocar este piano.   *We want to play this piano.*

4 The exclamation **ojalá** (*I / let's hope*) + (**que**) is always used with the subjunctive. Its origin is Arabic and it means *God (Allah) willing*. The use of **que** is optional.

Ojalá toquen música de Albéniz en la fiesta.   *I hope they play music by Albéniz at the party.*
Ojalá que el conductor **llegue** pronto.   *Let's hope the conductor arrives soon.*

5 The following verbs that are conjugated like **gustar** are used in the third person singular indicative when followed by **que** and a subordinate clause in the subjunctive.

encantar	*to love (to like very much), to delight*	irritar	*to irritate*
enojar	*to anger*	molestar	*to bother, to annoy*
fascinar	*to fascinate*	preocupar	*to worry*
gustar	*to like, to please*	sorprender	*to surprise*
fastidiar	*to annoy, to bother*	frustrar	*to frustrate*

Me encanta que mis amigos **toquen** la música caribeña.   *I am delighted that my friends play Caribbean music.*
¿A usted **le molesta** que yo **cante** en la ducha?   *Does it bother you that I sing in the shower?*
¿**Les sorprende** que yo **baile** el tango?   *Does it surprise you that I dance the tango?*

6 Verbs and impersonal expressions of doubt and uncertainty such as **dudar, es imposible**, and **no creer**, trigger the subjunctive when they appear in the main clause of the sentence structure above. (See the **Vocabulario básico** on page 353 for additional expressions.)

7 Verbal expressions of certainty in the main clause usually require the indicative in the dependent clause. These expressions are often the opposite of the expressions of doubt or uncertainty.

Es verdad que **tenemos** un examen mañana.   *It is true that we are having an exam tomorrow.*
No niego que ellos **pueden** tocar el violín.   *I do not deny that they can play the violin.*

8 When **creer** and **pensar** are used in the negative or to ask a question, the subjunctive is often used. It implies that the speaker is unsure of what the answer will be.

¿**Crees** que Jennifer López **cante** en Nueva York este verano?

Do you think that Jennifer López will sing in New York this summer?

9 When **quizás** and **tal vez** are used to express doubt, the subjunctive is generally used. Note that the word **que** is omitted.

Me encanta Jennifer López. **Quizás cante** en julio.

I love Jennifer López. Perhaps she'll sing in July.

Actividades

Actividad 1: Consejos musicales. Este fin de semana vas a ir a tu primer concierto de música latina y tus amigos comentan sus expectativas sobre el evento. Completa las oraciones con la forma correcta del subjuntivo o del indicativo.

1. Yo prefiero la música rock, pero espero que nosotros divirtamos *(nos divirtamos)* (divertirse) mucho esta noche en el concierto de música latina.
2. Mi novia y yo te sugerimos que compres (comprar) unos discos compactos.
3. Ojalá sepas (saber, tú) dónde los venden.
4. Nosotros no te permitimos que compres (comprar) muchos discos compactos porque podemos prestarte los nuestros.
5. Te rogamos que estudies (estudiar) lo que hay sobre la música latina en nuestra biblioteca.

Actividad 2: Opiniones. Estas son las opiniones de varias personas sobre muchos temas cotidianos y de actualidad. Reemplaza los verbos entre paréntesis con la forma correspondiente del indicativo o del subjuntivo.

1. Yo me alegro (alegrarse) mucho de que todos tengan (tener) buenas notas este año.
2. A los músicos les gusta (gustar) que la gente escuche (escuchar) sus conciertos sin hablar.
3. Me sorprende (sorprender) que las entradas para muchos conciertos no sean (ser) más baratas.
4. Nosotros sentimos (sentir) mucho que la cantante principal no pueda (poder) cantar hoy.
5. ¿Tú esperas (esperar) que Marc Antony dé (dar) un concierto en la universidad?
6. Ojalá los instrumentos musicales sean (ser) de buena calidad.

Actividad 3: Dudas y certezas. Completa las oraciones con la forma correcta del verbo indicado en el subjuntivo o el indicativo.

1. Dudo que ellos _____ (llegar) a tiempo al concierto.
2. No niego que ella _____ (cantar) muy bien pero no puede recordar la letra de las canciones.
3. No creo que Paquito _____ (poder) tocar bien el violonchelo. Es demasiado joven.
4. Estoy segura de que mi saxofón _____ (estar) roto.
5. No dudo nunca que ella siempre _____ (decir) la verdad. Es muy honesta.

Actividad 4: Consejos. Algunos amigos te cuentan sus preocupaciones. Tienes que aconsejarles sobre lo que deben hacer. Trabajando con otro/a estudiante, denles consejos, usando expresiones impersonales (**es bueno, es mejor, es importante**).

1. Tengo mucho estrés por mis exámenes.
2. No tenemos tiempo de estudiar todo el libro antes del examen.
3. Tengo una gripe terrible.
4. El concierto es muy caro.
5. Ricky Martin va a cantar mañana.
6. Ayer perdí mi billetera en un concierto de Rubén Blades.

Actividad 5: Eventos. Crea situaciones en las que puedas usar estas expresiones. Usa tu imaginación y completa las oraciones.

1. Me irrita que...
2. Nos sorprende que...
3. A mi mejor amigo/a le frustra que...
4. A ti te molesta que...
5. A todos nos encanta que...
6. Nos gusta que...
7. Me preocupa que...
8. A mis padres les enoja que...
9. Es bueno que...
10. Es terrible que...

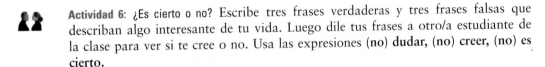

Actividad 6: ¿Es cierto o no? Escribe tres frases verdaderas y tres frases falsas que describan algo interesante de tu vida. Luego dile tus frases a otro/a estudiante de la clase para ver si te cree o no. Usa las expresiones (**no**) **dudar**, (**no**) **creer**, (**no**) **es cierto**.

Ejemplo: —*Enrique Iglesias es mi primo.*
—*Dudo que Enrique Iglesias sea tu primo.*
—*Canto muy bien.*
—*Creo que cantas muy bien.*

Actividad 7: Opiniones. A diferentes personas les gustan diversos tipos de música y de músicos. Usando los verbos **dudar**, **creer**, **pensar**, **negar** y el vocabulario en la página 89, discute tus gustos musicales (artistas favoritos, bailes, estilo musical). Pregúntale a un/a amigo/a si tiene las mismas opiniones.

Ejemplo: —*Pienso que la música de Amaury Gutiérrez es muy romántica. ¿Y tú?*
—*No, no creo que su música sea muy romántica.*

Actividad 8: Consejos para el éxito. En parejas, imagínense que un/a amigo/a mutuo/a quiere ser cantante o músico/a profesional y les pide consejos. Escriban una lista de seis consejos para su amigo/a.

Ejemplo: *Es bueno que practiques mucho.*
Te aconsejo que escuches música clásica.

Present subjunctive with adjective clauses

En la tienda de discos

—Queremos comprar unos discos que **tengan** música bailable para nuestra fiesta.

—Tenemos un surtido que **representa** todo el mundo de habla española.

—Buscamos algo especial. ¿Tiene un disco que **incluya** música mexicana?

—Claro que sí. En la sección de música mariachi tenemos el último disco de Joan Sebastián que **es** muy bueno.

—Y ¿tiene usted el último disco de los Gypsy Kings?

—Lo siento, señorita, pero no hay ninguna copia que nos **quede**. Se nos acabaron todas por ahora, pero vamos a recibir más si quieren regresar mañana.

—¡Qué buena idea! Regresamos mañana.

Enfoque: El presente del subjuntivo en cláusulas adjetivales

Indicate which of the verbs in boldface are in the present indicative and which are in the present subjunctive. Which are used to describe indefinite, unknown, or nonexistent things? Which are used to describe a specific or existent thing? How are these sentences different from those that you learned previously? Read the information in **Lo esencial** and **El uso** to check your answers.

LO ESENCIAL

1 The subjunctive is used in adjective clauses that modify indefinite, unknown, or nonexistent things or people.

noun	que or donde	present subjunctive verb that describes noun
Busco **un espectáculo**	que	**sea** divertido.
Quiero ir a **un concierto**	donde	**haya** cantantes famosos.

2 The indicative is used in adjective clauses that modify definite, known, or existent things or people.

noun	que or donde	present indicative verb that describes noun
Tengo **un disco compacto**	que	me **gusta.**
Conozco **un restaurante**	donde	**podemos** comer buenos tacos.

EL USO

1 Indefinite, unknown, or nonexistent things or people are often referred to with expressions such as:

Quiero algo / alguien que…
Busco algo / alguien que…
Necesito algo / alguien que…

2 Nonexistent people or things are often described with double negatives.

No hay nadie que…
No conozco a nadie que…
No hay nada que…

3 In questions when doubt is expressed the subjunctive must be used.

¿**Conoces a alguien** que **toque** la quena?	*Do you know anyone who plays the quena?*
¿**Hay alguien** aquí que **sepa** tocar las congas?	*Is there anyone here who knows how to play the congas?*

4 The personal **a** is usually used before a direct object that is specific or definite or before the words **alguien, alguno, nadie,** and **ninguno** when they refer to specific people. The personal **a** is usually omitted when referring to someone who is nonexistent or indefinite. Notice that the use of the definite article indicates that the person is specific.

Busco un maestro de música que **viva** cerca de aquí.	*I'm looking for a music teacher who lives close to here.*
Busco **al** maestro de música que **vive** cerca de aquí.	*I'm looking for the music teacher who lives close to here.*
Conozco **a alguien** que canta muy bien.	*I know someone who sings very well.*

Actividades

Actividad 9: Irrealidades. No estás muy seguro/a del futuro. Para cada fragmento de la columna A escoge otro de la columna B, cambiando el verbo al subjuntivo para crear una frase lógica.

A	B
1. No hay nadie que	ir a muchos espectáculos
2. Busco una persona que	cantar tan bien como Gloria Estefan
3. ¿Hay alguien que	saber bailar con castañuelas
4. Quiero un amigo que	hacer una grabación de un concierto
5. Conozco a alguien que	escribir óperas
	poder tocar el piano y la flauta simultáneamente

Actividad 10: Tus deseos. En parejas, expresen lo que desean para hacer la vida más fácil y más alegre.

1. Quiero un/una _____ que _____.
2. Busco un/una _____ que _____.
3. Necesito un/una _____ que _____.
4. ¿Hay alguien que _____?
5. ¿Conoces un animal que _____?
6. ¿Tienes una máquina que _____?

Actividad 11: La persona ideal. Escribe un anuncio clasificado para el periódico de tu universidad sobre el amigo o la amiga ideal que buscas para ser tu compañero/a de cuarto.

Actividad 12: ¿Qué buscas? Tienes una fiesta especial y necesitas un grupo musical y/o disc jockey. Usando los siguientes verbos, escribe un aviso para el periódico local describiendo los músicos ideales que buscas. Usa verbos como **esperar, querer, necesitar** y **buscar.**

Ejemplo: *Busco un conjunto que sepa tocar música bailable.*

Demonstrative adjectives and pronouns

¿Qué piano es mejor?

JOSÉ: **Este** piano es el mejor del mundo.
LINDA: **Ese** piano produce muy buen sonido.
CAROLINA: **Aquel** piano es magnífico.

Enfoque: Adjetivos y pronombres demostrativos

Explain the differences between the first words each person says in the sentences above. What would happen to these adjectives if the musical instruments were a **trompeta** or **maracas**? Read the information in **Lo esencial** and **El uso** to check your answers.

LO ESENCIAL

Review the following list of demonstrative adjectives and pronouns.

Demonstrative adjectives	Demonstrative pronouns	Neuter demonstrative pronouns	
este, esta	éste, ésta	esto	*this (one)*
estos, estas	éstos, éstas		*these*
ese, esa	ése, ésa	eso	*that (one)*
esos, esas	ésos, ésas		*those*
aquel, aquella	aquél, aquélla	aquello	*that (one) (over there)*
aquellos, aquellas	aquéllos, aquéllas		*those (over there)*

EL USO

❶ Demonstrative adjectives change in number and gender to match the nouns they modify.

Me gustan **estas** flautas.   *I like these flutes.*
Ese tambor es muy caro.   *That drum is very expensive.*

❷ Masculine and feminine forms carry a written accent when they function as pronouns.

Éste es más interesante que **aquél**.   *This one is more interesting than that one over there.*

Ésas son mejores que **éstas**.   *Those are better than these.*

❸ **Esto, eso,** and **aquello** are pronouns that do not change form and refer to general ideas usually stated in the previous sentence. They have no written accent.

Eso es algo interesante.   *That is something interesting.*
Esto es importante.   *This is important.*

Actividades

Actividad 13: De compras. Estás en una tienda de música y quieres comprar unos regalos para tus amigos. Tienes que seleccionar entre cosas que están (a) muy cerca de ti (b) bastante cerca y (c) lejos, al otro lado de la tienda. Llena los espacios con los adjetivos demostrativos apropiados.

1. Me gusta _esta_ (a) flauta pero prefiero _esa_ (b) quena y tal vez _aquellas_ (c) zampoñas.
2. Voy a comprar _este_ (a) güiro, _esas_ (b) castañuelas y _aquellas_ (c) maracas.
3. Necesito _este_ (a) tambor, _ese_ (b) bongó y _aquel_ (c) micrófono.
4. ¿Vende usted _estas_ (a) guitarras, _esos_ (b) charangos y _aquellos_ (c) violonchelos?

Actividad 14: ¿De qué hablas? Inmediatamente después de un concierto, dos amigos tratan de averiguar de quiénes son los instrumentos que algunos de los músicos han dejado en el auditorio. Llena los espacios del diálogo de Ricardo con el adjetivo demostrativo o el pronombre demostrativo más adecuado.

RICARDO: este trombón tan viejo, ¿de quién es?

MARCELO: Ese es mío; este trombón nuevo es de Pedro.

RICARDO: Y estas claves, ¿de quién son?

MARCELO: Creo que esas son de Viviana. Ella viene mañana por ellas.

RICARDO: ¿Sabes de quién son aquellos castañuelas?

MARCELO: No, no sé de quién son _____. ¿Lo sabes tú?

RICARDO: No, no lo sé. ¿Y de quién son _____ maracas?

MARCELO: Creo que _____ son de Viviana también. Aquí viene ella por sus instrumentos.

Actividad 15: Estos objetos. Trabajando con otro/a estudiante, seleccionen cuatro objetos de las cosas que ustedes tienen en su mochila y sáquenlas. Luego, conversen sobre estos objetos usando los pronombres demostrativos para describirlos.

Ejemplo: *Tú: ¿Cómo es este libro?* (pointing to the book close to you)
         Tu compañero/a: Ese libro es interesante.

RISAS Y REFLEXIONES

DICHOS

En parejas, lean los dichos en voz alta, y den un ejemplo que ilustre el sentido de cada uno, según los temas del capítulo.

1. De músico, poeta y loco, todos tenemos un poco.
   Ejemplo: *Cada persona tiene muchos talentos y características personales.*
2. Sobre gustos, no hay nada escrito.
3. Quien canta, su mal espanta.

UNA ADIVINANZA

¿Qué soy?

Delgada y larga soy,
Bellos sonidos doy;
Dedos me abrazan
Pero no se me casan.

Adivinanza: Una flauta

UNA COMIQUITA

Con otro/a estudiante, discutan las ideas y actitudes que el artista expresa.

VIDEO

En este segmento sobre la música hispana, vas a aprender sobre música e instrumentos del Caribe. Los integrantes de un conjunto de música popular de Puerto Rico nos hablarán sobre los instrumentos típicos de su música tradicional.

Previsión

 Actividad 1:   La música folclórica.   En parejas, contesten las siguientes preguntas.

1. ¿Cuál es la música folclórica de tu país/región?
2. ¿Cuáles son las danzas tradicionales de tu país/región?
3. ¿Qué sabes sobre la historia de la música folclórica de tu país/región?
4. ¿Cuáles son los instrumentos utilizados en la música folclórica de tu país/región?
5. ¿Usualmente escuchas/bailas la música folclórica o la música popular de tu país/región? ¿Por qué sí o por qué no?
6. ¿Hay alguna relación entre la música folclórica y la música popular en tu país/región?
7. ¿Está en peligro de desaparecer la música folclórica de tu país/región? Explica las razones.

Actividad 2:   ¿Qué piensas?   Indica si las siguientes palabras se refieren a un estilo musical o a un instrumento. Después de ver el video corrige tu trabajo.

Palabra	Instrumento	Estilo musical / Baile
la bomba		
el atabal		
la pandereta		
el tambor		
las congas		
el bajo		
el güiro		
el laúd		
la plena		
el cuatro		
la vihuela		
el merengue		
la salsa		

Visión

Actividad 3:   ¿Es verdad o no?   Mientras miras el video indica si cada frase es verdadera (V) o falsa (F).

_____ 1. Hay cinco integrantes en el conjunto.
_____ 2. Las congas y la pandereta son tambores.
_____ 3. La plena comunica información.
_____ 4. Para la plena sólo se necesitan panderos y voces.
_____ 5. Para tocar el güiro se necesita un puyero.
_____ 6. El güiro sólo se toca en Puerto Rico.
_____ 7. Atabal significa tambor.
_____ 8. El cuatro es una guitarra de cuatro cuerdas.

Actividad 4: Instrumentos caribeños. Ahora, vuelve a la actividad 2 y corrige tus respuestas. Después, llena la siguiente tabla sobre los instrumentos mencionados por los integrantes del conjunto Atabal.

Nombre	Descripción/ Sonido	Historia	Parecido a... (otro instrumento)
la pandereta			
el güiro			
el cuatro			

Posvisión

Actividad 5: ¿Eres músico/a? ¿Cuál es tu talento musical? Comparte con otro/a estudiante tus experiencias musicales. Utiliza estas preguntas como guía.

1. ¿Qué instrumento musical estudias/estudiaste?
2. ¿Tocas algún instrumento musical ahora?
3. ¿Te gusta/gustaba practicar?
4. ¿Has tocado algún instrumento en público?
5. ¿Has tomado cursos de teoría musical?
6. ¿Qué tipo de baile te gusta (ballet clásico, jazz, moderno)?
7. ¿Te gustan/gustaron tus clases de baile o de música?
8. ¿Qué otras experiencias musicales puedes contar?

Actividad 6: Me gustaría tocar... Haz una búsqueda en Internet sobre la historia de algún instrumento musical que te interese aprender. Prepárate para presentar la información en clase. Si puedes, imprime la foto del instrumento o dibújalo para tu presentación.

A | R | T | E

Baile en Tehuantepec, **Diego Rivera (México)**

Actividad 1: El artista. El artista mexicano Diego Rivera vivió entre los años 1887–1959. Es uno de los artistas de mayor impacto en la historia del arte. Es muy famoso por las obras artísticas relacionadas con la Revolución mexicana. A través de sus pinturas y murales, representó la fuerza de la cultura mexicana del pasado y del presente y al mismo tiempo, las injusticias sociales sufridas por el pueblo latino. Después de visitar la ciudad de Tehuantepec en el sur de México, Rivera pintó el cuadro, *Baile en Tehuantepec,* en el cual integra temas indígenas. Trabajando en parejas, contesten las siguientes preguntas sobre el cuadro.

1. ¿Cuántos bailadores hay en esta pintura? ¿Cuántos años tienen, en tu opinión?
2. ¿De dónde son? ¿Cómo lo sabes?
3. ¿Qué zapatos usan para su baile?
4. ¿Cómo están vestidos las mujeres y los hombres?
5. ¿Qué llevan los hombres en la cabeza? ¿Cómo son? ¿y las mujeres?
6. ¿Qué hacen las mujeres que no bailan?
7. Describe las bananas y las hojas de las plantas. ¿Qué función tienen en el cuadro?
8. ¿Cuántos colores usa el artista? ¿Cuáles son y qué impacto tienen en la pintura?

9. ¿Qué tono, crees tú, quiere dar Rivera a esta pintura? Comenta el estilo que el artista utiliza para crear ese tono.
10. ¿Qué piensas de esta obra de arte? Explica.

Actividad 2: Investigación internética. En Internet, busca información en español sobre el arte de Diego Rivera. Después, escribe una composición breve describiendo sus diferentes épocas artísticas. Luego, prepara una presentación oral sobre los temas representados, las ilustraciones y los colores.

Actividad 3: ¡Música y más! Imagínense que ustedes son artistas y van a ilustrar un anuncio para un espectáculo musical sobre una celebración nacional o regional de su país. Antes de diseñarlo, hay que especificar lo siguiente.

1. el tema del espectáculo musical
2. quiénes van a aparecer en el anuncio
3. qué instrumentos van a tocar
4. qué ropa van a llevar los músicos
5. los colores y las palabras en el arte
6. el nombre del espéctaculo

Empiecen con la frase, "Somos ilustradores y vamos a crear un anuncio que se titula…"

LITERATURA

Prelectura

ANTICIPACIÓN

Actividad 1: Hablando de cantos y bailes. En parejas, contesten las preguntas a continuación.

1. ¿Qué canciones infantiles cantabas tú en tu familia o en la escuela?
2. Cuando tenías dieciséis años y viajabas con tu familia en el coche, ¿qué música escuchaban?
3. ¿Qué danzas te gustaban cuando eras un/a niño/a de diez años?
4. ¿Qué bailan hoy en día en las discotecas o los clubes en tu ciudad? ¿Vas a las discotecas o clubes con tus amigos/as? ¿Qué haces allí?
5. ¿Qué clase de música te gusta y cuál te molesta? Explica.
6. ¿Cuál es tu estación de radio preferida? ¿Qué música tocan? ¿Cómo es? ¿Escuchas música por Internet? ¿Cómo es diferente de la radio?

ESTRATEGIA
DE LECTURA

Analizando el uso de la repetición en la poesía   Muchos poetas usan la técnica de la repetición para crear efectos deseados. En los poemas que vas a leer aquí, los poetas utilizan diferentes clases de repetición. Al leer, examina qué efecto/s tiene la repetición de palabras individuales, de preguntas-respuestas y de frases repetidas en los tres poemas. Después, lee los poemas en voz alta para oír el impacto de las repeticiones.

Lectura

En los poemas que siguen, la música y la danza figuran de una manera importante. Evocan distintos pensamientos y sentimientos sobre varios temas: el amor, la niñez, la naturaleza, la religión, la nostalgia, la vida, la muerte, la tristeza, la desilusión y la esperanza. Lee las selecciones y luego, con otro/a estudiante, contesta las preguntas.

LA AUTORA: La escritora chilena Gabriela Mistral ganó el Premio Nobel de literatura en 1945. Además de ser poeta extraordinaria, ella fue maestra de escuela y diplomática. El amor es el tema más palpitante en su poesía, llena de humanismo y pasión. Este poema se titula "Los que no danzan".

"Los que no danzan"

Una niña que es inválida°
Dijo: "¿Cómo danzo yo?"
Le dijimos que pusiera
A danzar su corazón.

physically challenged

Luego dijo la quebrada°:
"¿Cómo cantaría yo?"
Le dijimos que pusiera
A cantar en su corazón...

mountain stream

Dijo el pobre cardo° muerto:
"¿Cómo danzaría yo?"
Le dijimos que bajara
A danzarnos en la luz.

thistle

Dijo Dios desde la altura°:
"¿Cómo bajo del azul?"
Le dijimos: "Pon el viento
A volar tu corazón..."

heights

Todo el valle está danzando
En un corro° bajo el sol.
A quien falte se le vuelve
De ceniza° el corazón...

circle (a round)

in ashes

EL AUTOR: Federico García Lorca
(1898–1936) nació en un pueblo de Granada,
España. Además de escritor de poesía y drama,
Lorca fue también artista y músico. Viajó por
Europa y por los Estados Unidos. Integra en su
poesía temas andaluces, el folclor e imágenes
fuertes y apasionadas. Lorca fue asesinado al
principio de la Guerra Civil española. Este
poema fue inspirado por el cante jondo
(*dramatic singing*) de la música flamenca.

"La guitarra"

Empieza el llanto°de la guitarra.   *crying, weeping*
Se rompen las copas°de la madrugada°.   *tree tops / dawn*
Empieza el llanto de la guitarra.
Es inútil callarla°.   *silence it*
Es imposible callarla.
Llora monótona
como llora el agua,
como llora el viento
sobre la nevada°.   *snowfall*
Es imposible
callarla.
Llora por cosas
lejanas.
Arena° del Sur caliente   *sand*
que pide camelias blancas.
Llora flecha° sin blanco°,   *arrow / target*
la tarde sin mañana,
y el primer pájaro muerto
sobre la rama°.   *branch*
¡Oh guitarra!
Corazón malherido°   *seriously wounded*
por cinco espadas°.   *swords*

EL AUTOR: Nicolás Guillén (1902–1989) nació en Cuba de sangre africana y española. La vida y las creencias del pueblo negro hispano son temas importantes en su poesía. Hay referencias a los dioses, ritos y voces de origen africano. En este poema, que se titula "Sensemayá°", Guillén usa jitanjáforas, o palabras inventadas musicales. También usa onomatopeyas, o palabras que imitan los sonidos de las cosas que significan. De esa manera, expresa el autor el canto religioso usado en el rito afrocubano para matar una culebra°.   *serpent-goddess* ... *snake*

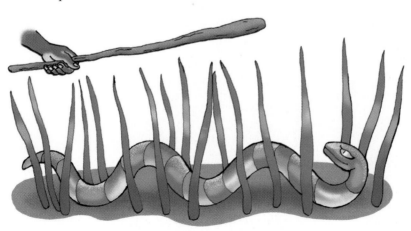

"Sensemayá"
(Canto para matar a una culebra)

Mayombe°-bombe-mayombé!   *religión afrocubana*
¡Mayombe-bombe-mayombé!
¡Mayombe-bombe-mayombé!
La culebra tiene los ojos de vidrio°;   *glass*
la culebra viene, y se enreda° en un palo°;   *gets tangled / stick*
con sus ojos de vidrio en un palo,
con sus ojos de vidrio.
La culebra camina sin patas°;   *feet*
la culebra se esconde en la yerba°;   *grass*
caminando se esconde en la yerba,
¡caminando sin patas! ¡Mayombe-bombe-mayombé!
    Mayombe-bombe-mayombé!
    Mayombe-bombe-mayombé!

Tú le das con el hacha°, y se muere: *you strike it with the ax*
   ¡dale ya! ¡No le des con el pie, que te muerde°,   *will bite you*
   no le des con el pie, que se va!

Sensemayá, la culebra,
sensemayá.
Sensemayá, con sus ojos,
sensemayá.
Sensemayá, con su lengua,
sensemayá.
Sensemayá, con su boca,
sensemayá.

La culebra muerta no puede comer;
la culebra muerta no puede silbar°:   *hiss*
¡no puede caminar,
no puede correr!
La culebra muerta no puede mirar;
la culebra muerta no puede beber:
¡no puede respirar,
no puede morder°!   *bite*
¡Mayombe-bombe-mayombé!
Sensemayá, la culebra...
¡Mayombe-bombe-mayombé!
Sensemayá, no se mueve...
¡Mayombe-bombe-mayombé!
Sensemayá, la culebra...
¡Mayombe-bombe-mayombé!
¡Sensemaya, se murió!

Poslectura

Actividad 2: Palabras relacionadas. Basándose en los poemas, indiquen las palabras asociadas.

1. bailar	a. llanto
2. cesar	b. mañana
3. llorar	c. lluvia
4. tarde	d. danzar
5. agua	e. acabar

Actividad 3: Ideas contrarias. Basándose en los poemas, ahora indiquen las palabras opuestas.

1. noche	a. callar
2. caminar	b. madrugada
3. muerto/a	c. vivo/a
4. venir	d. correr
5. cantar	e. volver

Actividad 4: Categorías. Con referencia a los poemas, escribe las palabras asociadas con cada categoría. Luego, compara tu lista con la de otro/a estudiante. Sigue el ejemplo.

> **Ejemplo:** verbos de acción: *caminar, beber, correr*

1. la naturaleza
2. el cuerpo
3. la música

Actividad 5: Comprensión. En parejas, contesten las preguntas sobre los poemas indicados.

1. "Los que no danzan"
   a. ¿Qué preguntó (dijo) una niña inválida? ¿Y la quebrada? ¿Y el cardo muerto? ¿Cómo les contestaron?
   b. ¿Desde dónde habló Dios? ¿Qué dijo y cuál fue la respuesta?
   c. En la última estrofa, ¿quién está danzando? ¿Cómo y dónde?

2. "La guitarra"
   a. ¿Cuándo empieza el llanto de la guitarra y cómo es? ¿Cuándo termina?
   b. ¿Con qué compara Lorca el llanto de la guitarra?
   c. ¿Por qué cosas llora la guitarra?

3. "Sensemayá"
   a. ¿Para qué sirve este canto?
   b. ¿Qué partes del cuerpo de la culebra nombra el poema? ¿Cómo son los ojos de la culebra?
   c. ¿Con qué golpean a la culebra? ¿Qué no puede hacer una culebra muerta?

Actividad 6: Poemas y música. Trabajando con otro/a estudiante, categoricen las referencias a la música en cada poema.

Actividad 7: Imágenes memorables. Señala la frase descriptiva más inolvidable de los poemas. Luego, explica cómo la relacionas al tema de cada poema.

Actividad 8: Tono. ¿Qué tono tiene cada poema? ¿Qué adjetivos, verbos y sustantivos utilizan los tres poetas para crear el tono?

Actividad 9: Impacto. ¿Cuál es el efecto de las repeticiones en los poemas?

Actividad 10: La naturaleza. Categoriza los diferentes elementos de la naturaleza en los poemas. ¿Qué papel tienen?

Actividad 11: Lingüística. ¿Qué verbos, sustantivos y adjetivos usan los poetas para pintar las sensaciones de soledad y de sufrimiento? ¿Cuáles utilizan para indicar la solidaridad y la alegría?

Actividad 12: Personificación. Describe el efecto literario de la personificación en uno de los poemas.

Actividad 13: Somos actores. En parejas, dramaticen una de las siguientes escenas.

1. *Dos elementos.* Inspirados por los poemas, inventen un diálogo entre dos de estos elementos: el viento, el agua, el sol, la luz, la mañana, la tarde. ¿Cómo interpretan su función? ¿Cómo se sienten sobre su vida?
2. *Música y más.* Creen una conversación entre una guitarra y una flauta, comparando los aspectos positivos de su música y de su vida.

Actividad 14: Ideas. Escribe una composición sobre uno de los siguientes temas. Explica los argumentos con referencia a los poemas y a tu vida personal.

1. *Sí, puedo.* ¿Qué nos revelan estos poemas sobre el canto y el baile relacionados con la capacidad de tomar control sobre los aspectos difíciles de nuestras vidas?
2. *Soy cantante.* Escribe una canción para MTV en español. Primero, explica el tema de la canción: el amor, la amistad, la patria, la soledad, la inmigración. Segundo, escribe la letra de doce versos (*lines*). Tercero, indica los instrumentos que la acompañarán. Finalmente, describe quién/es la va/n a cantar y bailar.

REFLEXIONES Y MÁS

Actividad 15: La música y yo. ¿Cuál es el papel de la música en tu vida? Da ejemplos. En tu opinión, ¿debemos censurar los temas o la letra de la música contemporánea? ¿Por qué? Discute estos temas con un grupo de estudiantes de la clase.

Actividad 16: Estados de ánimo. ¿Qué tipo de música escuchas cuando te sientes contento/a? ¿triste? ¿espiritual? ¿pensativo/a? ¿sentimental? ¿enojado/a? ¿cansado/a?

Actividad 17: Somos actores. Trabajando en grupos de tres o cuatro, dramaticen una de estas escenas.

1. Dramaticen el poema "Los que no danzan". En el drama, incluye una introducción corta que resuma el tema.
2. Representen un recital del poema "Sensemayá".
3. Presenten un recital dramático del poema "La guitarra".

Actividad 18: Soy crítico/a. Escribe una composición comparando y contrastando los temas y el estilo de dos programas musicales de televisión o video.

EXPANSIÓN

COMPRENSIÓN

Actividad 1: Música y más música. Escucha la descripción de estas selecciones de música latina y escoge el disco compacto que corresponde.

a. _____

c. _____

d. _____

b. _____

e. _____

Una carta de consejos

Actividad 2: Escríbela. Tu universidad está planeando eventos para celebrar la diversidad de estudiantes en tu campus y quiere organizar un concierto de música el semestre que viene. Por eso les pide sugerencias a los estudiantes para saber qué artistas o conjuntos representarían la mayor diversidad de la población estudiantil. Tienen bastante dinero para contratar a tres diferentes artistas o conjuntos. Cada estudiante tiene que escribir una carta a la universidad con tres sugerencias sobre a quiénes invitar y por qué. Sigue las etapas siguientes para escribir tu carta de consejos. Usa algunas expresiones con subjuntivo.

Etapa 1: *Preparar*

Usa Internet (ver **Por Internet**), lee una revista o usa tus propios conocimientos de música para escoger a tres artistas o conjuntos con diversos estilos de música.

Etapa 2: *Hacer un análisis*

Usa este gráfico para organizar tus ideas.

	Artistas		
	1	2	3
Nombre del artista o conjunto			
Estilo musical			
Idioma principal			
Por qué invitarlo/la			
Por qué no invitarlo/la			
Cosas que tiene en común con los otros artistas			
Qué diferencias ofrece			

Etapa 3: *Escribir la composición*

Después de hacer todas las listas, usa tus apuntes para escribir una carta de tres párrafos. Usa esta organización.

Primer párrafo Describe las tres selecciones musicales.
Segundo párrafo Explica por qué son representativas de la diversidad del campus.
Tercer párrafo Dale consejos a la universidad para apoyar tus selecciones.

Puedes encontrar muchos sitios de música usando tu buscador favorito en Internet. Puedes escuchar selecciones de música en sitios como amazon.com o cdnow.com. También puedes usar tu sitio favorito con archivos tipo MP3 para escuchar canciones de artistas diferentes.

For specific web pages to help you in your search, go to the *Reflejos* website: http://college.hmco.com/languages/spanish/students

SABORES
Y COLORES

Un mercado típico

Comidas hispanas

Antojitos

La empanada Casi todos los países hispanos tienen su propio tipo de empanada, horneada o frita. La masa se hace de maíz, como en Colombia y Venezuela, o de harina de trigo, como en Chile. Las empanadas chilenas son grandes y tienen un relleno de carne, cebollas, aceitunas y huevos, mientras que en Colombia, las empanadas se rellenan con una mezcla de papa y condimentos y a veces, carne.

La tortilla española Éste es un plato sencillo y muy popular en España. Sus ingredientes principales son los huevos, las cebollas y las papas o patatas, como se llaman en España. Su sabor característico se lo da el aceite de oliva, que no puede faltar en las mesas españolas.

Burritos y tacos Estos platos prácticos y nutritivos se parecen mucho, pero se diferencian en su forma e ingredientes. Los burritos se consumen en el norte mexicano y en la comida Tex-Mex, mientras que los tacos son populares en todo México, además de serlo internacionalmente. La tortilla de los tacos es de maíz y se dobla una vez o se enrolla, mientras que en los burritos, la tortilla es de harina, es muy grande y cubre totalmente el relleno. Estos deliciosos platos pueden contener machaca, es decir, carne seca de res, carnes de pollo o cerdo, frijoles, chiles y muchos otros ingredientes, según la región.

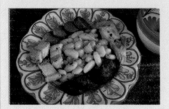

Los frijoles Estos pequeños granos son multifacéticos, tanto en su apariencia como en su uso. En España, el plato de frijoles más conocido es la fabada asturiana, una sopa de frijoles blancos con chorizo. En América Latina son populares los frijoles pintos o los negros y se comen en sopas como el chile con carne o secos, como los frijoles refritos mexicanos y centroamericanos.

La arepa En Colombia y Venezuela, las tortillas mexicanas se transforman en arepas, tortillas de maíz grandes o pequeñas, que son más gruesas que las mexicanas. En Colombia se comen calientes con mantequilla y con queso y en Venezuela se comen rellenas de carne y huevo. En general, las arepas se consumen para acompañar otros platos típicos o las sopas, sin embargo, las arepas rellenas pueden llegar a ser el plato principal de una comida.

Actividades

Actividad 1: Delicias de la cocina. En parejas, estudien los platos típicos descritos en *Antojitos* y contesten las siguientes preguntas.

1. ¿Cuáles son los ingredientes que se repiten en algunos de los platos descritos? ¿Cuál crees que es la razón?
2. Según lo que has leído y tu experiencia personal, ¿cuáles son las diferencias entre las tortillas mexicanas y las arepas colombianas y venezolanas? ¿En qué se parecen estos tres platos?
3. Explica cuáles son los tipos de empanadas que se mencionan en el texto. Descríbelas. ¿Conoces algún otro plato similar en la cocina norteamericana?
4. Varios de los platos mencionados se pueden comer fácilmente. Menciona cuáles son y por qué no es necesario usar tenedor y cuchillo para comérselos.
5. Varios platos tienen relleno. Describe cuáles son y qué ingredientes contiene el relleno.
6. En uno de los platos se menciona el chorizo. ¿Qué es el chorizo y qué tipo de producto norteamericano se parece a él?

Actividad 2: Costumbres. Escucha la descripción de algunas características de la alimentación en los países hispanos y completa estas frases correctamente, según lo que has escuchado.

1. La dieta en el mundo hispano...
   a. está integrada por productos congelados naturales.
   b. no contiene muchos productos enlatados.
2. El guiso es...
   a. una salsa que acompaña las carnes.
   b. un plato tradicional.
3. La carne de res proviene en general de animales...
   a. que pastan naturalmente.
   b. que se alimentan de pasto con aditivos.
4. Las frutas y vegetales que se cultivan sin pesticidas...
   a. a veces no tienen una buena apariencia, pero tienen buen sabor.
   b. tienen una buena apariencia, pero no saben bien.
5. En México, el almuerzo se llama...
   a. la comida.
   b. la cena.

Actividad 3: Comidas rápidas. En el mundo moderno, se habla mucho sobre las *comidas rápidas*. Investiguen este tema entrevistando a algunos adultos y jóvenes o en la biblioteca o por Internet para contestar las siguientes preguntas: El término comida rápida, ¿se percibe de una manera positiva o negativa? ¿Por qué? ¿Qué son exactamente las comidas rápidas? ¿Dónde se venden? ¿Quién las produce? ¿Quién las consume? ¿Cuándo se consumen?

La paella valenciana es una comida tradicional de España, pero sus ingredientes reflejan una verdadera mezcla de la cultura española con la árabe, la africana y la indígena de las Américas. Cada región tiene una receta especial según los ingredientes que se encuentran allí. Aquí hay una receta de la paella que se sirve en Valencia.

Paella valenciana
Ingredientes para 6 personas

Para el arroz:
- 1 lb. de arroz
- 1 lb. de mejillones
- 1/2 lb. de almejas
- 5 oz. de guisantes congelados
- 1/2 lb. de langostinos o camarones
- 1 pimiento rojo
- 1 pimiento verde
- 3 tomates medianos
- 6 dientes de ajo
- 2 cebollas
- 4 cucharadas de aceite de oliva
- 3 lb. de pollo
- 3 limones
- 2 cucharadas de aceite de maní
- sal al gusto
- pimienta

Para el caldo de azafrán:
- 2 hojas de laurel
- 1/2 cebolla
- 1 zanahoria grande
- 1 cucharada de azafrán
- 1 tallo de apio picado
- 2 cubos de caldo de pollo

Para la guarnición:
- ramitas de perejil
- trozos de limón

Caldo:
En una sartén, ponga dos litros de agua, media cebolla, una zanahoria pelada, dos cubos de caldo de pollo, apio picado, dos dientes de ajo póngalo a hervir por 3/4 de hora.

Pollo:
Lave y limpie el pollo, después córtelo en piezas. En una sartén agregue dos cucharadas de aceite de maní, y fría las piezas de pollo; posteriormente agregue cuatro ajos picados, un poco de sal y evite que las piezas de pollo se quemen.

Verduras:
Corte los pimientos en trozos y elimine todas las semillas; a su vez, pique una cebolla. Mientras tanto, en una sartén ponga tres cucharaditas de aceite de oliva a fuego lento, ponga la cebolla y el pimiento hasta que se frían.

Mariscos:
Limpie muy bien los mejillones, almejas y camarones, colóquelos en un recipiente y agregue jugo de limón, un poquito de orégano y una cucharadita de aceite de oliva. Asegúrese de revolver bien. Déjelos marinar por media hora.

Preparación:
En una sartén grande ponga el pollo frito, pimienta, las cebollas y pimientos, 3/4 del caldo de azafrán y al empezar a hervir, agregue el arroz, ajo y un poco de perejil. Deje que se cocine por 15 minutos. Corte los tomates en pequeños trozos y póngalos en la sartén. Agregue una taza del caldo de azafrán y los otros condimentos con excepción de los mariscos. Después de cinco minutos ponga y distribuya en la sartén los mejillones, almejas y los camarones. Deje que se cocine hasta que el arroz esté en su punto, agregue un poquito de caldo de azafrán si hace falta. Sírvase bien caliente, acompañado de mitades de limón y perejil como guarnición. Para beber es recomendable un buen vino blanco.

¡Buen provecho!

Vocabulario activo:

Hablando de la comida y la cocina

Cognados

la cacerola	el litro
la especia, el condimento	marinar
el kilo	el/la vegetariano/a

Sustantivos

la aceituna *olive*	la hoja (de laurel) *(bay)leaf*
el aguacate *avocado*	la lata *can*
el (diente de) ajo *(clove of) garlic*	el maní, cacahuate, cacahuete *peanut*
la almeja *clam*	el mejillón *mussel*
el aperitivo *appetizer*	la nuez *nut*
el (tallo de) apio *(stalk of) celery*	la pechuga *breast*
el azafrán *saffron*	el pedazo *piece*
la caja *box*	el perejil *parsley*
el caldo *broth*	la raja *slice*
la cazuela *casserole dish (usually made of clay)*	la ramita *sprig*
la docena *dozen*	la receta *recipe*
la empanada *turnover*	el recipiente *container*
el fideo *noodle*	el sabor *flavor*
el frasco *jar*	la semilla *seed*
el guisante, chícharo *pea*	el trozo *piece*

Verbos

agregar *to add*	medir (i) *to measure*
apetecer *to crave, to be appetizing*	pelar *to peel*
cocer (ue) *to cook*	picar *to chop*
colocar *to put*	quemar(se) *to burn, to get burned*
dorar *to brown*	rallar *to shred*
echar a perder *to spoil*	remojar *to soak*
estar en su punto *to be ready*	revolver (ue) *to stir*
evitar *to avoid*	saber (a) *to taste (like)*
guisar *to stew*	saborear *to taste*

Adjetivos y expresiones útiles

a fuego lento   *on a low heat*
agridulce   *sweet and sour*
agrio/a, ácido/a   *sour*
amargo/a   *bitter*
¡Buen provecho!   *Enjoy!*
congelado/a   *frozen*
fresco/a   *fresh*
helado/a   *cold*
medio cocido/a   *partially cooked*
para chuparse los dedos   *finger-licking good*
salado/a   *salty*
soso/a   *bland*

Vocabulario básico: Ver las páginas 353–354 en el Apéndice A.

Actividades

Actividad 1: ¿Qué ingredientes? Indica qué ingredientes de esta lista corresponden a la receta de paella en la página 118.

_____ aceite de oliva   _____ nuez   _____ pollo
_____ ajo   _____ cebollas   _____ tomates
_____ almejas   _____ guisantes   _____ frijoles
_____ arroz   _____ maíz   _____ aguacate
_____ azafrán   _____ mejillones   _____ aceituna
_____ camarones

Actividad 2: Libros de cocina. Combina la descripción de los libros de cocina con la ilustración. Escribe la letra del libro que corresponda en la línea apropiada.

a   b   c   d   e

_____ 1. Más de 100 suculentas recetas que la famosa pintora mexicana sirvió a su familia y amistades en la casa que compartió con su esposo en Coyoacán, México.

_____ 2. Si quiere aprender a hacer la famosa tortilla española, hongos rellenos o patatas y chorizo en cazuela este libro es esencial. Compre un buen vino tinto y goce de nuestras recetas.

_____ 3. Descubra el secreto mejor guardado de este país sudamericano: su excelencia culinaria. Recetas auténticas, instrucciones paso a paso, ingredientes fáciles de encontrar.

_____ 4. Dividido en los meses del año, aquí encontrará las recetas para todos los platillos que pueda imaginar que adornen su vista y su mesa en cualquier festejo. Y así, hasta diciembre, platillos especiales para cualquier ocasión o festejo... ¡Delicioso!

_____ 5. Descubra el sabor de las comidas más sabrosas de los países americanos desde México a la Patagonia. Con comida tan diversa como sus multiples culturas, este libro es esencial para su cocina.

Actividad 3: Preguntas. Trabajando con otro/a estudiante, contesten las preguntas y hablen de los siguientes temas.

1. Describe los alimentos que comes para el desayuno, el almuerzo y la cena.
2. ¿A qué hora comes el desayuno, el almuerzo y la cena?
3. ¿Sabes cocinar? ¿Te gusta? ¿Por qué sí o por qué no?
4. ¿Quién cocina en tu casa? ¿Sabe esta persona cocinar bien?
5. ¿Cuál es tu receta favorita? ¿Por qué?
6. ¿Qué plato parecido a la paella preparan en tu casa? ¿Cuáles son los ingredientes?
7. ¿Qué otras comidas hispanas conoces? ¿Cuáles son los ingredientes principales?
8. ¿Qué comidas de influencia hispana son tus favoritas?
9. ¿Cuáles son algunos platos tradicionales de tu región o país? Describe los ingredientes y cómo se preparan.

Actividad 4: Una cena inolvidable. Escribe un párrafo que describa la cena de una ocasión especial (un cumpleaños, un día de fiesta, una boda). Describe la comida que se sirvió, las personas que estaban allí, y algo interesante que ocurrió durante la cena.

Cultura | ALIMENTOS MAYAS

Los mayas eran una sociedad agrícola que cosechaba muchos productos para su alimentación. Sus comidas se componían principalmente de maíz, frijol, calabaza, yuca, maguey y camote (*sweet potato*). Además de estos productos vegetales, los mayas consumían la carne de los animales que cazaban (*hunted*). En las regiones de las costas y donde había ríos, también era común incluir el pescado en las comidas.

Entre los productos agrícolas, el maíz era tan importante en la sociedad maya, que tenía su propio dios, Yum Kax, quien también era el señor de los bosques. El maíz era y sigue siendo la base de una multitud de exquisitos platos como los tamales y las tortillas, los cuales son actualmente muy populares en México y en la cocina Tex-Mex de los Estados Unidos.

Otro alimento de importancia religiosa para los mayas era el chocolate, que se produce de la semilla del árbol del cacao. El nombre viene de la palabra náhuatl *cacahuacuahuitl*, compuesta de *cacahut* (cacao) y *cuahuitl* (árbol) es decir, "cacao de árbol", en contraste con el *tlalcacahuatl*, o "cacao de la tierra (*tlalli*)", lo que hoy se llama cacahuate en México y Centroamérica, y cacahuete en España.

El chocolate era una bebida amarga y se conocía como "bebida de los dioses" porque solamente los

altos sacerdotes mayas la podían tomar. Cuando el cacao pasó a Europa, se modificó su original sabor amargo con azúcar, leche y vainilla.

En México existen actualmente salsas y bebidas regionales típicas hechas de chocolate —como la salsa mole— y hechas de maíz, como el *tascalate*, una deliciosa bebida de Chiapas, que contiene chocolate, achiote (*annato*) para darle color, piñones (*pine nuts*), vainilla y azúcar.

 Discusión en grupos El maíz y el cacao son alimentos de uso universal. Trabajen en grupos y describan dos o tres productos que contengan maíz o cacao. Expliquen qué tipo de productos o platos son, dónde se venden y quién los consume. Incluyan si les gustan a ustedes estos platos y por qué. Después, investiguen en la biblioteca o en Internet cuáles son las cualidades nutritivas del maíz y del cacao.

LENGUA

Formal and informal commands

¿Qué pasó?

PROFESORA: **Miren**. Este restaurante sirve mole poblano.

MAKIKO: Ay, ¡qué bueno! Me encanta el mole.

DENZEL: A mí me gustan más las enchiladas verdes o el pollo asado.

MAYA: A mí también. No me decido.

DENZEL: Entonces, Maya, **pide** las enchiladas y yo pido el pollo asado y **compartamos** los dos platos. ¿Qué te parece?

MAYA: Buena idea. ¿Y tú, Kevin?

KEVIN: Me gusta de todo, pero no conozco la comida mexicana muy bien. Profesora, **pida** Ud. algo sabroso para mí.

PROFESORA: Está bien.

MESERO: Buenas tardes. ¿Están listos para ordenar?

PROFESORA: Sí, estamos listos. **Tráigame** un mole poblano para mí, y **sírvale** unos tacos al carbón con salsa para el señor, pero **no le traiga** una salsa muy picante.

MAKIKO: Y a mí, **tráigame** un plato de mole poblano.

MAYA: Y **sírvanos** unas enchiladas verdes y un pollo asado para nosotros.

MESERO: Muy bien. Aquí están las bebidas que pidieron. **Avísenme** si necesitan algo más.

Enfoque: El imperativo (Mandatos formales e informales)

In the dialog all the command forms are in boldface. Which are formal and which are informal? What are the infinitives of these verbs? Where are the pronouns located? Read the information in **Lo esencial** and **El uso** to check your answers.

LO ESENCIAL

1 Formation of formal, informal, and *nosotros* command forms

	Affirmative	**Negative**
Formal *Ud.*	present subjunctive	present subjunctive
	Cocine	*No cocine*
	Coma	*No coma*
	Despiértese	*No se despierte*
Formal *Uds.*	present subjunctive	present subjunctive
	Cocinen	*No cocinen*
	Coman	*No coman*
	Despiértense	*No se despierten*
Nosotros ("let's" command)	present subjunctive	present subjunctive
	Cocinemos	*No cocinemos*
	Comamos	*No comamos*
	Despertémonos	*No nos despertemos*
Informal *tú*	Third person singular of present indicative tense (plus irregulars)	present subjunctive
	Cocina	*No cocines*
	Come	*No comas*
	Despiértate	*No te despiertes*
Informal *vosotros*	Omit the final **-r** of the infinitive and add **d**.	present subjunctive
	Cocinad	*No cocinéis*
	Comed	*No comáis*
	Despertaos	*No os despertéis*
Position of reflexive and other object pronouns	Attached to command	Appear before conjugated command form.

- It is not necessary to use subject pronouns with the imperative forms, but if they are used, they follow the verb.
- Object pronouns must be attached to affirmative commands. When needed written accents must be added to commands to maintain the original stress pattern: compre / cómpre**lo.**
- Object pronouns must appear before negative commands: no **lo** compre.
- The final **-s** of the **nosotros** command form is dropped when the reflexive pronoun **nos** is added: **lavemos / lavémonos.** Note that a written accent is also required in this situation.
- The final **-d** of the **vosotros** command form is dropped when the reflexive pronoun **os** is added: **sentad / sentaos.**
- Normally instead of **vayámonos, vámonos** (*let's go*) is used for the **nosotros** command of **irse.** The negative command uses the present subjunctive form: **no nos vayamos** (*let's not go*).

2 Irregular informal affirmative commands (*tú*)

decir	**di**	poner	**pon**	tener	**ten**
hacer	**haz**	salir	**sal**	venir	**ven**
ir	**ve**	ser	**sé**		

EL USO

1 To give orders, express requests, or give directions and instructions, use imperative (or command) forms.

Pásame la mantequilla, por favor.	***Pass me*** *the butter, please.*
¡**Díganos** la verdad!	***Tell us*** *the truth.*
Primero, **pasen** el puente y luego, **doblen** a la derecha.	*First,* ***cross*** *the bridge and then,* ***take*** *a right.*
Ponlo en el horno.	***Put it*** *in the oven.*

2 You can also use command forms to express courtesy when handing out something to someone.

Tenga / Ten / Tome / Toma	*Here (There) you go; Here you have it.*

You can also use the present indicative with the same meaning: **Aquí tiene, aquí tienes.**

3 Verbs of perception, such as **oír, mirar,** and **ver,** are also used as commands to introduce an idea into a conversation.

Oye, ¿quién es ese chico?	*Hey, who is that boy?*
Mire/Vea, señor Ruiz, no puedo decirle nada.	*Look, Mr. Ruiz, I can't tell you anything.*

4 Most social situations require us to express our wishes in a softened manner to avoid being perceived as too direct or bold. Several communication strategies can be used to motivate other people to act favorably towards our requests.

A Courtesy expressions

Add **por favor** either before or after the command:

Llámame a las cinco, por favor.	*Call me at 5:00, please.*

Use courteous imperatives such as:

Hágame / Háganme / Hazme el favor de + *infinitive*   *Be so kind as to...*
Tenga / Tengan / Ten la bondad de + *infinitive*

Use the imperfect subjunctive or conditional forms: **Quisiera, pudiera, podría, me gustaría.**

B Impersonal expression

The form **hay que** + *infinitive* expresses an impersonal command. Sometimes it is used to avoid referring to who is giving the order, or to refer to laws, rules, impending needs, and so on.

Hay que enviar los informes enseguida.	*One must send the reports right away.*

C Infinitive expressions

The expression **a** + *infinitive* is common in spoken Spanish to motivate or even to urge someone to start doing something.

> **¡A trabajar!**   *To work!*

No + *infinitive* is common in public signs to warn about prohibitions.

No fumar	*No smoking*
No tirar basura	*No littering*
No aparcar	*No parking*

Actividades

Actividad 1: La receta perfecta. Estos son los pasos para preparar un arroz delicioso. Crea frases usando el imperativo para darle instrucciones a la persona que está preparando el arroz. Usa la forma de **usted.**

1. medir el arroz   *mida*
2. usar una parte de arroz y dos de agua   *use*
3. poner a hervir el agua en una olla   *ponga*
4. echar un poco de aceite de oliva en la olla   *eche*
5. lavar muy bien el arroz con agua   *lave*
6. poner un poco de sal en el agua hirviendo (*boiling water*)   *ponga*
7. echar el arroz en el agua hirviendo   *eche*
8. bajar el fuego   *baje*
9. tapar la olla   *trape*
10. esperar quince o veinte minutos   *espere*
11. servir el arroz muy caliente   *sirva*

Actividad 2: Por supuesto. Mauricio y Ángela conversan sobre el trabajo de investigación que están haciendo sobre las comidas mexicanas. Trabajando con otro/a estudiante, llenen los espacios con el imperativo indicado de los verbos entre paréntesis.

MAURICIO: Bueno, ¡ *empecemos* (1. empezar, nosotros) el trabajo de una vez!

ÁNGELA: Por supuesto, *ve* (2. ir, tú) a la biblioteca y mientras tanto, yo consulto los libros que ya tenemos.

MAURICIO: Muy bien. Entonces, *tomemos* (3. ~~ponerse~~, nosotros) ~~a tomar~~ *tomar* notas y hablaremos más tarde.

ÁNGELA: De acuerdo. Ah, *ten* (4. tener, tú) en cuenta que debemos escribir un mínimo de 20 páginas.

MAURICIO: Sí, ya lo sé y necesitamos un horario de trabajo. *Hazlo* (5. Hacerlo, tú), por favor.

ÁNGELA: Sí, lo haré, pero ¡ *Recuerda* (6. recordar, tú) que debemos seguirlo!

MAURICIO: Ah, Ángela, *dime* (7. decirme, tú), ¿ya leíste el libro de Laura Esquivel, *Como agua para chocolate?*

ÁNGELA: Claro, ya lo leí. ¡ *léelo* ! (8. Leerlo, tú) Es útil para nuestro trabajo.

MAURICIO: Lo leeré, no lo dudes. Ahora, *salgamos* (9. salir, nosotros) y *vengamos* (10. ~~encontrarse~~ *venir*, nosotros) aquí mismo a las cuatro de la tarde.

ÁNGELA: Perfecto, a las cuatro estaré aquí. Hasta luego y ¡ *ponte* (11. ponerse, tú) a trabajar!

Actividad 3: Avisos públicos. Eres guardia en un museo. Allí hay muchos avisos con instrucciones para los visitantes y tú tienes que repetir estas instrucciones en forma personal varias veces durante el día. Convierte estos avisos en mandatos personalizados. Sigue el ejemplo.

> **Ejemplo:**   No fumar. (usted)
> *Por favor, no fume usted.*

1. No tirar basuras al piso. (ustedes) *No tiren.*
2. Por favor, pagar aquí. (usted) *pague*
3. No hablar en voz alta. (tú) *no hables*
4. Por favor, seguir las instrucciones. (ustedes) *sigan*
5. No comer en las salas de exhibición. (tú) *no comas*
6. No tocar las esculturas. (ustedes) *no toquen*
7. Seguir las reglas del museo. (usted) *siga*
8. No jugar en los corredores. (tú) *no juegues*

Actividad 4: ¿Qué tengo que hacer? Estás en una clase de cocina y tu maestra te dice lo que tienes que hacer. Construye los mandatos formales (*usted*), siguiendo el ejemplo.

> **Ejemplo:**   Debe lavarse las manos.
> *Por favor, lávese las manos.*

1. Debe mantener la cocina en orden. *mantenga*
2. Debe hacer las tareas todos los días. *haga*
3. Debe comprar las especias en el mercado. *compre*
4. Debe freír las cebollas en el aceite. *~~fríela~~ fría*
5. Debe poner la comida en el refrigerador. *ponga*
6. Debe escribir las recetas nuevas. *escriba*

Actividad 5: Órdenes. ¿Qué le dices a tu compañero/a de cuarto que no quiere hacer nada? En parejas, cambien las oraciones, usando mandatos afirmativos de **tú** y los pronombres de complemento directo para indicarle qué tiene que hacer.

> **Ejemplo:**   No quiero leer <u>este libro</u>.
> *Léelo.*

1. Prefiero no comer <u>aguacate</u>. *Cómelo.*
2. No quiero ponerme <u>la chaqueta</u>. *Pontla* *Pónla*
3. No voy a terminar <u>el trabajo</u>. *Termínalo*
4. No quiero comer <u>comida española</u>. *Cómela*
5. No deseo usar <u>salsas de chile</u> con la carne. *Úsalas*
6. No pienso seguir <u>la receta del mole poblano</u>. *Síguela*
7. No voy a lavar <u>los platos</u>. *lávalos*
8. Prefiero no arreglar <u>la cocina</u>. *arréglala*

Actividad 6: Consejos. Tu tía quiere preparar una tortilla española para una fiesta mañana y no recuerda cómo prepararla. Usa los mandatos formales (**usted**) y los pronombres de complemento directo para contestar las preguntas.

> **Ejemplo:**   ¿Cuándo preparo la receta?
> *Prepárela mañana.*

1. ¿Compro los huevos hoy?
2. ¿Corto las patatas en trozos pequeños o grandes?
3. ¿Caliento la sartén a fuego lento?
4. ¿Mezclo los ingredientes antes de freírlos?
5. ¿Cómo sirvo la tortilla española?

Actividad 7: Una gira culinaria. En parejas identifiquen tres de los mejores y tres de los peores restaurantes que han visitado y los mejores y peores platos que han comido en esos restaurantes. Usen los mandatos informales (de **tú**, positivo y negativo) para darle consejos a tu amigo sobre adónde debe ir a comer. Usen los siguientes verbos: **comer, pedir, probar, ir, ver.**

> **Ejemplo:** *Ve a... porque...*
> *No vayas a... porque...*

Negative and affirmative expressions

Ni como ni cocino

A mí no me gusta cocinar. Yo nunca tengo tiempo para preparar una comida complicada. Tampoco me gusta comer mucho. Jamás invito a nadie a comer en mi casa. Siempre comemos con algunos de nuestros amigos en algún restaurante elegante en nuestro pueblo. No me gusta ni comprar la comida ni lavar los platos después. No hay casi nada en nuestro refrigerador. A mi marido le encantan las comidas de microondas porque tampoco le gusta cocinar. Estamos felices con comidas sencillas y rápidas.

Enfoque: Expresiones negativas y afirmativas

Find all the affirmative and negative expressions in the passage above. If the negative is after the verb, where does the **no** go? Take all the negative sentences and make them affirmative and all the affirmative sentences and make them negative using the expressions below. Read the information in **Lo esencial** and **El uso** to check your answers.

LO ESENCIAL

Negative expressions		Affirmative expressions	
no	*not, no*	**sí**	*yes*
nada	*nothing, anything*	**algo**	*something, anything*
nadie	*no one*	**alguien**	*someone, somebody*
ninguno/a	*no one, nobody, none, not any*	**alguno/a/os/as**	*any, some*
(ni)... ni	*neither . . . nor*	**(o)... o**	*either . . . or*
nunca, jamás	*never*	**siempre**	*always*
tampoco	*neither, not . . . either*	**también**	*also, too*

① When **alguno** comes before a masculine singular noun, it becomes **algún** and, likewise, **ninguno** becomes **ningún**.

② **Ninguno/a** rarely appears in the plural.

EL USO

① To form a simple negation, **no** is added before the verb. **Sí** is used to answer a simple yes-no question and to emphasize that an answer is affirmative or that something is true.

No me gusta la salsa picante.	*I don't like hot salsa.*
A Roberto **sí** le gusta la salsa picante.	*Roberto does like hot salsa.*
Ella **no** cocina. ¿Te gusta cocinar?	*She doesn't cook. Do you like to cook?*
Sí, me gusta cocinar.	*Yes, I like to cook.*

② To make sentences negative or affirmative, the corresponding expression may be placed before or after the verb. When negative expressions are placed after the verb, **no** must be added before the verb (double negation).

La salsa me gusta y el ajo **también**.	*I like salsa and garlic, also (too).*
Tampoco me gustan las nueces.	*I don't like nuts, either.*
No me gustan las nueces **tampoco**.	
Siempre voy al restaurante los sábados.	*I always go to the restaurant on Saturdays.*
Nunca voy al restaurante los domingos.	*I never go to the restaurant on Sundays.*
No voy **nunca** al restaurante los domingos.	

❸ When indefinite words such as **nadie**, **alguno**, and **ninguno** refer to people, they require the **a** when they are direct objects (personal **a**) or when used with **gustar** or similar verbs (prepositional **a**).

A nadie le gustan los restaurantes malos.	*Nobody likes bad restaurants.*
¿Quieres invitar **a algunos** de tus amigos?	*Would you like to invite some of your friends?*

❹ **Algún/alguna/os/as** and **ningún/ninguna** are adjectives that are usually placed before the noun, and must agree in gender and number with the noun they modify. **Ninguno** and **alguno** are used as pronouns.

Algunas veces ceno en casa.	*Sometimes I have dinner at home.*
¿Tuvieron **algún problema técnico** en el banquete?	*Did they have any technical problems at the banquet?*
No, no tuvieron **ninguno**.	*No, they didn't have any.*

❺ To express *some of / any of / none of* + *noun*, use the expressions: **alguno/a/os/as de** + *noun/pronoun* and **ninguno/a de** + *noun/pronoun*.

¿**Algunos de** los estudiantes saben cocinar comida cubana?	*Do any of the students know how to cook Cuban food?*
No, no creo que **ninguno de** ellos sepa cocinar.	*No, I don't believe any of them knows how to cook.*
Algunas de mis amigas saben cocinar muy bien.	*Some of my girlfriends know how to cook very well.*
Ninguna de mis recetas es vegetariana.	*None of my recipes is vegetarian.*

Actividades

Actividad 8: El crimen invisible. Te han llamado como testigo de un crimen en tu vecindario, pero no viste nada y tienes que contestar todas las preguntas negativamente. Sigue el ejemplo.

Ejemplo: ¿Vio usted a alguien sospechoso en el vecindario?
No, no vi a nadie.

1. ¿Oyó usted alguna cosa anoche? No, no oí nada.
2. ¿Vio usted a alguna de las personas que llegaron de visita? No, no vi a nadie.
3. ¿Habló usted con alguien antes de hablar con la policía? No, no hablé con nadie.
4. ¿Vio usted algo extraño en la casa vecina? No, no vi nada extraño.
5. ¿Sus vecinos siempre permanecen en casa por la noche? No, nunca permanecen...

Actividad 9: Algo que me gusta. Usa la siguiente lista para describir tus preferencias. Sigue el ejemplo y habla de tus preferencias con otro/a estudiante.

Ejemplo: Me gusta cocinar.
Algo que me gusta mucho es cocinar. ¿Y a ti?
A mí también me gusta cocinar. / No, a mí no me gusta cocinar.

1. Me encanta comer comida española.
2. Me interesa estudiar la cocina boliviana.
3. Nos molesta recoger las basuras después de una fiesta.
4. Nos preocupa la contaminación ambiental.
5. Me da lástima la pobreza de algunas personas hambrientas.

Actividad 10: Lo bueno y lo malo. Llena la tabla con las comidas que más te gustan y que menos te gustan. Después, haz frases usando las expresiones negativas y positivas sobre las comidas. En tus frases usa las siguientes palabras: **nunca / jamás, nadie, todos, ni... ni, o... o, algunos, ninguno.**

> **Ejemplo:** *Siempre como espinacas. Nunca pruebo pasteles con chocolate.*

Nombre de la comida	Me gusta	No me gusta

Actividad 11: Mis hábitos de comer. Usando las expresiones afirmativas y negativas, responde a las siguientes preguntas personales.

1. ¿Qué comes siempre para el desayuno? ¿el almuerzo? ¿la cena? ¿Qué no comes nunca para el desayuno / el almuerzo / la cena?
2. ¿Qué sirven siempre en la cafetería de tu universidad? ¿Qué no les gusta servir nunca?
3. ¿Alguno o ninguno de tus compañeros come mucho?
4. ¿Prefieres la carne o el pescado? ¿No prefieres ninguno?
5. ¿Te apetece comer algo temprano por la mañana o tarde por la noche?
6. ¿Dónde comen algunos de tus amigos? ¿Dónde no come ningún amigo tuyo?

Pero / sino / sino que

Preferencias

BÁRBARA: Me gusta mucho el helado **pero** sé que las verduras son buenas para la salud.

TOMÁS: No quiero pollo **sino** pescado.

CATALINA: No es bueno comer solamente pastel de chocolate **sino que** hay que comer una dieta balanceada.

Enfoque: *Pero, sino, sino que*

Look at the three statements. Why does Bárbara use **pero**, Tomás **sino**, and Catalina **sino que**? Which expressions are used with negative ideas? Read the information in **Lo esencial** and **El uso** to check your answers.

LO ESENCIAL

pero	*but, however*
sino	*but rather, on the contrary*
sino que	*but rather* + verb clause

EL USO

In Spanish, *but* is expressed as **pero** or **sino**. **Pero** is used to mean *but (however)*, while **sino** means *but rather* or *on the contrary*. It is used when the first element is negative and the second clause contradicts it. **Sino** joins grammatically parallel nouns or phrases, whereas **sino que** connects clauses.

Por lo general, no me gusta la comida mexicana, **pero** me encantan las enchiladas.	*I don't generally like Mexican food, but I love enchiladas.*
No me gustan los tacos **sino** las enchiladas.	*I don't like tacos, but rather enchiladas.*
No me gustan los tacos, **sino que** prefiero las enchiladas.	*I don't like tacos, but rather I prefer enchiladas.*

Actividades

Actividad 12: Contrastes. Tus amigos tienen gustos muy particulares. Completa las oraciones con **pero**, **sino** o **sino que**, según el contexto.

1. A mí me gusta el ajo, _____ no lo como si voy a ir al cine con mi amigo Paco.
2. No quiero una tortilla española _____ mexicana.
3. Felicia no come manzanas _____ mangos.
4. Pepe come papas al horno, _____ prefiere comer papas fritas.
5. No voy a ir a un restaurante para comer, _____ voy a cocinar una paella en mi casa.

Actividad 13: Sopa de palabras. Expresa tus preferencias. Trabaja con otro/a estudiante y escriban frases con **pero**, **sino** o **sino que** usando los siguientes pares de palabras.

1. aceitunas / frijoles
2. galletas / chocolate
3. pizza / empanada
4. hervir / freír
5. fresco / helado
6. frutas / vegetales
7. agua / leche

Actividad 14: Opiniones. Completa las siguientes frases con tus opiniones. Decide si debes usar **pero, sino** o **sino que**. Luego, entrégale tus respuestas a otro/a estudiante que te dirá si está de acuerdo contigo o no.

1. Mis amigos (no) comen _____ (pero / sino / sino que) _____.
2. Yo (no) voy a restaurantes _____ (pero / sino / sino que) _____.
3. Cuando (no) tengo mucha hambre _____ (pero / sino / sino que) _____.
4. La comida que (no) nos gusta en mi casa es _____ (pero / sino / sino que) _____.
5. Para desayunar / almorzar / cenar _____ (pero / sino / sino que) _____.

•••••••••• RISAS Y REFLEXIONES ••••••••••

DICHOS

En parejas, lean los dichos en voz alta, y den un ejemplo que ilustre el sentido de cada uno, según los temas del capítulo.

1. Barriga llena, corazón contento.
   Ejemplo: *Comer es importante para el cuerpo y, a la persona, la hace sentir feliz.*
2. El árbol se conoce por sus frutos.
3. Contigo, pan y cebollas.

UNA COMIQUITA

Con otro/a estudiante, discutan las ideas y actitudes que expresa el artista.

UNA ADIVINANZA

¿Qué soy?

Blanca soy,
nací en el mar,
Y en tu comida
voy a estar.

Adivinanza: la sal

En este segmento sobre la comida hispana, vas a aprender sobre el mole, una salsa típica mexicana. Aprenderás sobre su historia, verás los ingredientes y la preparación de este alimento tan único.

Previsión

Actividad 1: Enlaces. Indica la palabra relacionada. Hay más de una repuesta correcta.

1. _____ cerdo	a. salsa
2. _____ jitomate	b. chocolate
3. _____ plátano	c. banana
4. _____ especias	d. pimienta
5. _____ mole	e. chile
6. _____ tortilla	f. puerco
7. _____ picante	g. tomate
8. _____ dulzón	h. maíz

Actividad 2: Comida mexicana. En parejas, contesten las siguientes preguntas.

1. ¿Qué platos típicos mexicanos has probado?
2. ¿Cuáles son los ingredientes principales de la comida mexicana?
3. ¿Te gusta la comida picante?
4. ¿Prefieres las comidas dulces o saladas?
5. ¿Qué tipo de salsas te gustan?
6. ¿Qué tipo de salsas has preparado?
7. ¿Has probado el mole?

Visión

Actividad 3: Ingredientes. Mientras miras el video, marca los ingredientes del mole.

———— 1. chile   ———— 6. verduras   ———— 11. canela
———— 2. semilla de cilantro   ———— 7. pollo   ———— 12. tortilla
———— 3. cebolla   ———— 8. chocolate   ———— 13. plátano
———— 4. ajo   ———— 9. nuez moscada   ———— 14. arroz
———— 5. papa   ———— 10. pescado   ———— 15. jitomate

Actividad 4: El mole. Escoge la mejor respuesta a las siguientes preguntas sobre el video.

1. ¿En qué se diferencian los moles?
   a. los ingredientes básicos
   b. el tipo de chile
   c. ambos
2. ¿Cuál es el origen del mole?
   a. de un convento de monjas
   b. fue hecho en honor de un visitante
   c. ambos
3. ¿En qué ocasiones se come el mole?
   a. en las bodas
   b. en los bautizos
   c. en ambas ocasiones
4. ¿Cuál es la especia más importante del mole?
   a. la canela
   b. la semilla de cilantro
   c. ambas
5. ¿Con qué se acompaña el mole?
   a. una cerveza fría
   b. arroz
   c. ambos
6. ¿Qué se utiliza para espesar el mole?
   a. tortilla quemada
   b. pan duro
   c. ambos

Posvisión

Actividad 5: Hábitos estadounidenses. Con dos compañeros/as, hagan una lista de las dos comidas y/o bebidas más representantivas/típicas de los Estados Unidos. Describan lo que saben de los alimentos en cuanto a lo siguiente.

- historia
- ingredientes
- preparación

- variación por región
- ocasiones en que se consumen
- otra información de interés

A R T E

Bodegón con frutas y botella, Ginés Parra
(España)

La ofrenda, José Agustín Arrieta
(México)

 Actividad 1: Dos pintores. El pintor español Ginés Parra nació en Almería, España en 1896 y murió en París en 1960. Sus pinturas muestran la influencia del movimiento cubista. El pintor francés Cézanne le influenció mucho. Esta obra se titula *Bodegón con frutas y botella.*

El pintor mexicano José Agustín Arrieta nació en 1802 y murió en 1874 en México. De una familia humilde, recibió un premio para estudiar en Puebla en la Academia de Bellas Artes. Se conoce como el "pintor del pueblo" por el estilo costumbrista de sus pinturas y sus naturalezas muertas. Esta obra se titula *La ofrenda.*

En parejas, contesten las preguntas sobre estas obras de arte.

1. Estas dos obras son naturalezas muertas. ¿Qué frutas y vegetales ves en la pintura española? ¿Y en la mexicana?
2. ¿Qué otros elementos hay generalmente en las naturalezas muertas?
3. Compara los colores de cada una. ¿Qué impresión dan?
4. Caracteriza los estilos de las dos. ¿Cómo afectan al observador?
5. ¿Qué tipo de luz y sombra observas en ellas? ¿De dónde viene?
6. ¿Qué ocasión evoca en ti cada naturaleza muerta? Explica.

7. ¿En qué siglos pintaron los dos artistas?
8. ¿Cuál de estas obras de arte te parece más interesante? ¿Por qué?

Actividad 2: Investigación internética. En Internet, busca información en español sobre las naturalezas muertas de estos artistas: Salvador Dalí, Pablo Picasso, Fernando Botero, Frida Kahlo y Amelia Peláez. Luego, da una presentación oral sobre su arte. Muéstrale a la clase una o dos fotos de su arte encontrado en Internet (en colores, si es posible). Después, usando esta información internética, escribe una composición corta sobre las obras de arte de dos de los/las artistas.

Actividad 3: ¡Sabores y colores! Imagínense que son artistas y van a crear un cartel sobre un festival de comida nacional o regional de su país. Antes de diseñarlo, hay que especificar lo siguiente.

1. qué comidas, frutas, vegetales y bebidas van a aparecer en el cartel
2. qué ingredientes van a representar
3. los colores que van a emplear
4. quiénes van a asistir
5. el nombre del evento

Empiecen con la frase, "Somos artistas y vamos a crear un cartel para una noche de comida y baile que se titula... "

LITERATURA

Prelectura

ANTICIPACIÓN

Actividad 1: Comida y vida. Trabajando con otro/a estudiante, contesten las preguntas.

1. Describe unos platos típicos que tu familia preparaba hace diez años. ¿A qué hora comían la comida principal del día?
2. Cuando eras niño/a, ¿llevabas tu almuerzo a la escuela? ¿Qué comías? ¿una comida caliente? ¿un sándwich? ¿una ensalada? ¿Qué postres te gustaban? ¿Y ahora?
3. Cuando eras más joven, ¿quién cocinaba en tu familia? ¿Preparabas parte de las comidas? ¿Qué hacías? ¿Por qué? ¿Qué comes ahora para el almuerzo? ¿En dónde? ¿Quién lo prepara?
4. ¿Con quién comes fuera de casa? ¿Con qué frecuencia? ¿En dónde? ¿Qué clase de comida prefieren? ¿Por qué?
5. ¿Cuál es el papel que tiene el arroz en la dieta de distintas culturas? Compara el arroz y la pasta. ¿Cuál prefieres y por qué?
6. ¿Quiénes eran las figuras de autoridad en la escuela cuando tenías ocho años y quince años? ¿Cómo eran? ¿Cómo era tu comportamiento en esas épocas?

ESTRATEGIA
DE LECTURA

Siguiendo narración en primera persona   Al leer textos literarios, nota la fuerza de una narración en primera persona. El/la protagonista nos indica sus pensamientos y sentimientos de una manera directa utilizando la persona **yo**. Con frecuencia, a través de la primera persona conocemos también los placeres y problemas de otros personajes del cuento. Al leer esta narración, nota el uso de la primera persona para contarnos la historia y para conectarnos más directamente como lectores.

Lectura

LA AUTORA: Sandra Cisneros es una excepcional escritora latina estadounidense de ascendencia mexicana. Escribe poesía y narraciones que han ganado muchos premios literarios. Su libro *The House on Mango Street (La casa en la*

Calle Mango) fue traducido al español por la ilustre escritora de México, Elena Poniatowska. A través de varios episodios en este relato, nos describe el barrio de Chicago en donde se crió, su escuela, a sus amigos y a su familia. En el episodio "Un sándwich de arroz," la autora retrata sus días escolares.

"Un sándwich de arroz"

Los niños especiales, los que llevan llaves colgadas del cuello°, comen en el refectorio°. ¡El refectorio! Hasta el nombre suena importante. Y esos niños van allí a la hora del lonche porque sus madres no están en casa o porque su casa está demasiado lejos. *(hanging around their neck / dining hall)*

Mi casa no está muy lejos pero tampoco muy cerca, y de algún modo se me metió un día en la cabeza pedirle a mi mamá que me hiciera un sándwich y le escribiera una nota a la directora para que yo también pudiera comer en el refectorio.

Ay no, dice ella apuntando hacia mí el cuchillo de la mantequilla como si yo fuera a empezar a dar la lata°, no señor. Lo siguiente° es que todos aquí van a querer una bolsa de lonche. Voy a estar toda la noche cortando triangulitos de pan: éste con mayonesa, éste con mostaza°, el mío sin pepinillos° pero con mostaza por un lado por favor. Ustedes niños sólo quieren darme más trabajo. *(to be annoying / The result — mustard / pickles)*

Pero Nenny dice que a ella no le gusta comer en la escuela —nunca— porque a ella le gusta ir a casa de su mejor amiga Gloria, que vive frente al patio de la escuela. La mamá de Gloria tiene una tele grande a color y lo único que hacen es ver caricaturas°. Por otra parte, Kiki y Carlos son agentes de tránsito infantiles. Tampoco quieren comer en la escuela. A ellos les gusta pararse° afuera en el frío, especialmente si está lloviendo. Desde que vieron esa película *300 espartanos* creen que sufrir es bueno. *(cartoons / stand around)*

Yo no soy espartana y levanto una anémica muñeca° para problarlo, ni siquiera puedo inflar un globo° sin marearme°. Y además, sé hacer mi propio lonche. Si yo comiera en la escuela habría menos platos que lavar. Me verías menos y menos y me querrías más. Cada mediodía mi silla estaría vacía. Podrías llorar: ¿Dónde está mi hija favorita?, y cuando yo regresara por fin a las tres de la tarde, me valorarías. *(wrist — balloon / getting dizzy)*

Bueno, bueno, dice mi madre después de tres días de lo mismo. Y a la siguiente mañana me toca ir a la escuela con la carta de Mamá y mi sándwich de arroz porque no tenemos carnes frías.

Los lunes y los viernes da igual, las mañanas siempre caminan muy despacio y hoy más. Pero finalmente llega la hora y me formo en la fila° de los niños que se quedan a lonchar. Todo va muy bien hasta que la monja° que conoce de memoria a todos los niños del refectorio me ve y dice: Y a ti ¿quién te mandó aquí? Y como soy penosa° no digo nada, nomás levanto mi mano con la carta. Esto no sirve, dice, hasta que la madre superiora dé su aprobación. Sube arriba y habla con ella. Así que fui. *(line / nun / distressed)*

Espero a que les grite a dos niños antes que a mí, a uno porque hizo algo en clase y al otro porque no lo hizo. Cuando llega mi turno me paro frente al gran escritorio con estampitas de santos bajo el cristal mientras la madre superiora lee mi carta, que dice así:

Querida madre superiora:

Por favor permítale a Esperanza entrar en el
salón comedor porque vive demasiado lejos y se
cansa. Como puede ver está muy flaquita °. Espero,   *skinny*
en Dios no se desmaye°.   *faint*

Con mis más cumplidas° gracias,   *sincere*

Sra. E. Cordero

Tú no vives lejos, dice ella. Tú vives cruzando el bulevar. Nada más son
cuatro cuadras°. Ni siquiera. Quizá tres. De aquí son tres largas cuadras.   *blocks*
Apuesto° a que alcanzo° a ver tu casa desde mi ventana. ¿Cuál es? Ven acá,   *I bet / I am able*
¿cuál es tu casa?

Y entonces hace que me trepe en° una caja de libros. ¿Es ésa? Dice, señalan-   *I climb onto*
do una fila de edificios feos de tres pisos, a los que hasta a los pordioseros° les   *beggars*
da pena entrar. Sí, muevo la cabeza aunque aquella no era mi casa y me echo a°   *I begin to*
llorar. Yo siempre lloro cuando las monjas me gritan, aunque no me estén
gritando.

Entonces ella lo siente y dice que me puedo quedar —sólo por hoy, no
mañana ni el día siguiente. Y yo digo sí y por favor, ¿podría darme un Kleenex?
—tengo que sonarme°.   *blow my nose*

En el refectorio, que no era nada de otro mundo, un montón de niños y
niñas miraban mientras yo lloraba y comía mi sándwich, el pan ya grasoso° y el   *greasy*
arroz frío.

Poslectura

Actividad 2: Palabras relacionadas. Basándose en el cuento, indiquen las palabras asociadas.

1. sándwich   a. directora
2. desayuno   b. cafetería
3. escuela   c. afuera
4. frío   d. mostaza
5. refectorio   e. plato

Actividad 3: Ideas contrarias. Basándose en el cuento, ahora indiquen las palabras
opuestas.

1. vacío/a   a. lejos
2. hija   b. allí
3. aquí   c. llegar
4. cerca   d. madre
5. regresar   e. lleno/a

Actividad 4: Categorías. Con referencia a la obra literaria, escribe las palabras asociadas con cada categoría. Luego, compara tu lista con la de otro/a estudiante. Sigue el
ejemplo.

Ejemplo: la ciudad: *la escuela, la casa, el edificio*

1. la escuela   2. el sándwich

ENFOQUES LITERARIOS

Actividad 5: Comprensión. Basándose en la narración literaria, contesten las preguntas en parejas.

1. ¿Quiénes son los niños especiales? ¿En dónde comen ellos en la escuela y por qué?
2. ¿Por qué le pide la narradora a su mamá que le haga un sándwich? ¿Cómo le responde la mamá?
3. ¿A quién no le gusta comer en la escuela? ¿Por qué?
4. ¿Qué tiene en casa la mamá de Gloria? ¿Qué hacen los niños allí?
5. ¿Cómo son Kiki y Carlos? ¿Qué les gusta hacer? ¿Desde cuándo creen los chicos que "sufrir es bueno"?
6. ¿Cómo se describe la narradora a sí misma? ¿Qué sabe hacer ella? ¿Qué argumentos le da a su madre sobre comer el almuerzo en la escuela? ¿Qué le da la mamá a su hija?
7. ¿Quién nota que la narradora no debe estar en la fila de los niños que se quedan a lonchar? ¿Qué le dice a la narradora?
8. ¿Qué explicación le da la mamá a la madre superiora sobre el permiso de comer en el salón comedor (el refectorio)?
9. ¿En qué le insiste la monja a la narradora? ¿Cómo son los edificios que le señala?
10. ¿Qué observan los niños y las niñas desde el refectorio?

Actividad 6: Familia. ¿Cómo es la relación que tiene Esperanza con su madre? ¿Cómo lo sabes? ¿Cómo caracterizas tu relación con tu madre o tu padre cuando eras niño/a?

Actividad 7: Lenguaje. ¿Cómo es el lenguaje de Sandra Cisneros en "Un sándwich de arroz"? ¿Qué tono crea la autora y qué efecto produce en ti?

Actividad 8: Lágrimas. ¿Por qué, crees tú, llora Esperanza cuando la monja le hace preguntas? ¿Qué sensación evoca? ¿Te recuerda de algún episodio similar de un/a compañero/a tuyo/a en la escuela primaria?

Actividad 9: Problemas. Discute los problemas reales que tiene la narradora en "Un sándwich de arroz". ¿Cómo los comparas con los problemas más serios de tu vida en aquel entonces? ¿Y los de ahora?

Actividad 10: Somos actores. En parejas, dramaticen una de las siguientes escenas.

1. *Autoridad.* Inventa un intercambio entre la madre de Esperanza y la madre superiora sobre los episodios recientes en la escuela y en la casa.
2. *El pasado.* Imagínate que eres Esperanza diez años más tarde. ¿Qué le dices a la madre superiora sobre el episodio de comer en el refectorio?

Actividad 11: Nuestras vidas. Dramaticen una escena inventada entre la narradora Esperanza, Kiki y Carlos sobre los aspectos agradables y difíciles de su vida.

Actividad 12: Yo. Esperanza nos relata su historia en primera persona. ¿Qué impacto tiene este hecho en los lectores? ¿Qué podemos inferir sobre los pensamientos y sentimientos que la narradora tiene con respecto a su experiencia en la escuela y en casa? Escribe tus ideas en una composición de tres párrafos.

REFLEXIONES Y MÁS

Actividad 13: La comida. ¿Qué papel tiene la comida en tu vida? Haz una encuesta, preguntándoles a tus compañeros/as, "¿Qué comes y bebes cuando estás contento/a? ¿apurado/a? ¿cansado/a? ¿deprimido/a? ¿emocionado/a?

Actividad 14: Comida y cuerpo. En tu opinión, ¿cuáles son las comidas que curan y las comidas que causan caos para el cuerpo? ¿Qué comidas y bebidas recomiendas para disfrutar de una vida larga y sana? Explica. Trabajen en grupos.

Actividad 15: Independencia. ¿Cuáles son las ventajas y desventajas de vivir independientemente en un apartamento? Explica. Trabajen en parejas.

Actividad 16: Conexiones. ¿Cuál crees tú que es la relación entre la comida y la moda? ¿Y la comida y la autoimagen y la autoestima? Explica. Trabajen en parejas.

Actividad 17: Mis ideas. Escribe una composición sobre uno de los siguientes temas. Explica los argumentos con referencia al cuento y a la vida.

1. *Sociedad.* ¿Qué nos revela este relato sobre las distintas realidades socioeconómicas de nuestra vida contemporánea?
2. *Conflictos.* Contrasta los conflictos en "Un sándwich de arroz" con algunos que observaste en tu escuela cuando eras más joven. ¿Qué conflictos existen hoy en día en las escuelas y en el mundo?

EXPANSIÓN

COMPRENSIÓN

Actividad 1: La comida nicaragüense. Escucha la descripción de la historia de la comida en Nicaragua y completa los párrafos con las palabras que faltan.

Antes de la ocupación española, en Nicaragua se comían muchas comidas de _____ (1) y muchas _____ (2). Otros alimentos originarios de esta zona son, por ejemplo, el pavo, el chile, el cacao y el _____ (3). Anterior a la llegada de los españoles, aparte del _____ (4) y las frutas, los pueblos que vivían en Nicaragua comían _____ (5) y gambas, carne de armadillo, y la carne de otros animales de bosque. Aún hoy en día, se considera que la carne de iguana es una gran delicia.

El _____ (6) nacional de Nicaragua es seguramente el gallo pinto, hecho de _____ (7) y _____ (8). Los frijoles se _____ (9) en remojo mucho tiempo, y se _____ (10) a _____ (11) lento durante varias horas. Luego se _____ (12) en aceite vegetal. Se cuece el arroz, y se pone en la misma _____ (13) con los frijoles, la cebolla y el pimiento. Se fríe todo junto en el aceite vegetal y se _____ (14) sal al gusto. El gallo pinto ya está listo.

Cada familia tiene su manera de preparar el gallo pinto, pero todo el mundo tiene en común el hecho de que se come gallo pinto casi todos los días y a veces dos veces al día.

REDACCIÓN   Una receta

Actividad 2: Escríbelo. Sigue estas etapas para escribir una receta.

Etapa 1: *Preparar*

Usa Internet (ver **Por Internet**), lee una revista, habla con un pariente o usa tus propios conocimientos de comida para escoger una receta que te guste. Si encuentras tu receta por Internet, imprime una copia para dársela al / a la profesor/a junto con tu propia receta.

Etapa 2: *Organizar*

Organiza tu receta en estas categorías.
>**Ingredientes**
>**Procedimiento**
>**Sugerencias para servirla**

Etapa 3: *Ilustrar*

Para hacer la receta más interesante, puedes ilustrarla de una manera original. Si hay ingredientes nuevos o interesantes, es buena idea usar dibujos recortados de revistas o para usar tu talento artístico, dibujos originales. También puedes ilustrar las etapas de preparar la comida para hacerla más visual.

Etapa 4: *Escribir la receta*

Organiza tu receta según la sugerencia anterior. Para la parte del procedimiento, usa mandatos formales (*usted*).

POR INTERNET   Puedes encontrar muchos sitios de comida usando tu buscador favorito en la Red. Por Internet, se puede hacer una búsqueda con estas palabras clave: comida regional, comida de "país", gastronomía, arte culinario.

For specific web pages to help you in your search, go to the *Reflejos* website: http://college.hmco.com/languages/spanish/students

EL MEDIO AMBIENTE Y LA ECOLOGÍA

La rana de ojos rojos, Costa Rica

Introducción al tema

¡Usted sí puede ayudar el medio ambiente!

¡Usted sí puede ayudar el medio ambiente!

Lave la ropa con agua fría.
lavar

Ahorre el agua que Ud. usa para lavarse.
Ahorrar

Apague la luz cuando no es necesaria.
Apagar

No use productos de limpieza cáusticos.

No compre abrigos de piel, o pieles de animales silvestres.
comprar

Use sólo la electricidad solar.

Ande en bicicleta.
Andar

Use transporte público.

Recicle las botellas, el aluminio y el plástico.
Reciclar

No use pequeños electrodomésticos innecesarios.
usar

No use calentadores de gas natural o butano.

No use pañales desechables.

Coma frutas y vegetales orgánicos.
comer

No use pesticidas o insecticidas.

Actividades

Actividad 1: Soluciones ecológicas. Trabajando con otro/a estudiante, discutan cuáles de las soluciones del folleto son mejores para reducir la tasa (*rate*) de contaminación. Pónganlas en orden de importancia de 1 a 14.

Actividad 2: A escuchar. Mientras escuchas, indica el orden de las frases de la primera columna y luego, encuentra la segunda parte de la frase de la segunda columna.

_____ _____ El crecimiento constante de la población humana...

_____ _____ Lo más importante...

_____ _____ La tierra está sometida a un ataque que...

_____ _____ Cada vez somos más y...

_____ _____ Y en nuestra búsqueda de nuestro justo sustento...

a. transformamos el orden natural.

b. necesitamos más espacio y más comida.

c. es modificar las tecnologías de producción.

d. resulta intolerable y que podría convertirse en una catástrofe global.

e. mantiene una presión en aumento sobre los recursos del planeta.

Actividad 3: Acciones responsables. Trabajen en grupos de cuatro estudiantes. Comparen las listas que ustedes hicieron en la actividad 1 y decidan cuáles son las cinco cosas que ustedes pueden hacer hoy en día para ayudar el medio ambiente. Después, preséntenle su lista a la clase y expliquen por qué esas cinco cosas son las más importantes.

TEMAS Y CONTEXTOS

¿Sabías qué?

ton

cutting

bleaching

diapers

tree-covered

acres

will still exist

- En la obtención de una tonelada° de papel **reciclado** se ahorran 140 litros de petróleo y tres metros cúbicos de **madera**, o lo que es lo mismo, se evita la tala° de una docena de árboles.

- La **contaminación** que origina la obtención de papel reciclado es menor en un 75 % a la que se genera en el proceso de fabricación y blanqueo° del papel habitual.

- Con la pasta de madera de un solo árbol se obtienen 45 kilos de papel de periódico.

- Cada año se cortan en todo el mundo más de 1000 millones de árboles para la fabricación de pañales° **desechables**.

- Para fabricar los pañales desechables que necesita un niño en un año se talan tres árboles adultos.

- En los últimos cincuenta años la superficie arbolada° de la tierra ha disminuido más de un 35 %.

- Un 5% de la tasa de contaminación **atmosférica** se debe a los 400.000 aviones que circulan en el mundo.

- El número de hectáreas° ocupadas por los **bosques** en todo el mundo es de 3.300 millones.

- Si continúa el actual ritmo de destrucción de las selvas tropicales, estos **desaparecerán** dentro de 50 años.

- En los últimos 10 años se perdió el 10% de las **selvas tropicales** del mundo.

- La vida útil de las centrales nucleares es tan sólo de 25 años.

- Los residuos **radioactivos** que produce una central nuclear perdurarán° en nuestro planeta unos 250.000 años.

- Los Estados Unidos dejó de construir **centros nucleares** hace 20 años.

- El 99% de toda la contaminación acústica **proviene** del tráfico. La contaminación acústica afecta negativamente la salud física y psíquica y es una de las causas determinantes en el deterioro de la calidad de vida.

Vocabulario activo:

Hablando del medio ambiente y de la ecología

Cognados

acelerado/a
el aluminio
la atmósfera
atmosférico/a
el carbón
el centro nuclear, la central
   nuclear

el insecticida
el pesticida
el plástico
radioactivo/a
reciclado/a
solar
tóxico/a

Familia de palabras

Verbos	*Sustantivos*
amenazar (*to threaten*)	la amenaza
cazar (*to hunt*)	la caza
conservar	la conservación
contaminar	la contaminación
deforestar	la deforestación
desaparecer	la desaparición
desechar (*to dispose of*)	el desecho (*rubbish, junk*)
desintegrarse	la desintegración
desperdiciar (*to waste*)	el desperdicio
destruir	la destrucción
emitir	la emisión
extinguirse	la extinción
fabricar (*to manufacture, to make*)	la fábrica (*factory*), fabricación
hacer ruido (*to make noise*)	el ruido
preservar	la preservación
prevenir	la prevención
proteger	la protección
purificar	la purificación
reducir	la reducción
reemplazar (*to replace*)	el reemplazo
reparar	la reparación
rescatar (*to rescue*)	el rescate
sobrepoblar (*to overpopulate*)	la sobrepoblación

Sustantivos

el arrecife   *coral reef*
el bienestar   *well-being*
el bosque (lluvioso)   *(rain) forest*
la capa de ozono   *ozone layer*
el cartón   *cardboard*
la ceniza   *ash*
el derrame de petróleo   *oil spill*
el efecto invernadero   *greenhouse effect*
el escape de auto   *car exhaust*
las fuentes renovables de energía   *renewable energy sources*

Vocabulario básico: Ver la página 354 en el Apéndice A.

el guardacostas   *coast guard*
los humos irritantes, el smog   *smog*
la lluvia ácida   *acid rain*
la madera   *wood*
el peligro   *danger*
el plomo   *lead*
la selva tropical   *rainforest*
la sequía   *drought*

Verbos

aguantar   *to put up with, to tolerate*
echar, botar   *to throw away, to throw out*
encender (ie), prender   *to turn on*
perjudicar   *to harm*
provenir   *to come from, to arise from*
recargar   *to recharge*
restringir   *to restrict*
talar   *to cut down* (trees in a forest)
tirar   *to throw out*

Adjetivos y expresiones útiles

ambiental   *environmental*
dañino/a, nocivo/a   *harmful*
desechable   *disposable*
inalcanzable   *unattainable*
potable   *drinkable* (water)
temible   *fearful*

Actividades

Actividad 1: ¿Qué es? Combina las definiciones con la palabra que describen. Escribe la letra de la palabra enfrente de la definición correcta.

a. deforestar
b. la ceniza
c. potable
d. fuentes renovables de energía
e. el pesticida

f. el plomo
g. el escape de auto
h. los humos irritantes
i. purificar
j. el aluminio

_C_ 1. Es el agua limpia y pura que se puede beber.
_J_ 2. Es la materia que se usa para fabricar latas.
_F_ 3. Es la materia que es dañina al desarrollo del cerebro de los niños.
_G_ 4. Es la causa principal de la contaminación del aire en las ciudades grandes.
_A_ 5. Es el acto de talar todos los árboles de un bosque.
_B_ 6. Es la sustancia que cae del cielo cuando hay mucha lluvia ácida.
_I_ 7. Es el proceso de convertir el agua sucia a agua potable.
_D_ 8. Incluye la electricidad solar y la geotermal.
_E_ 9. Es un químico tóxico que se usa para matar a animales no deseables.
_H_ 10. Las fábricas de acero emiten estas sustancias al aire.

Actividad 2: Problemas y soluciones. Trabajen en grupos para decidir cuáles son las causas y posibles soluciones de tres de estos problemas.

Ejemplo: la deforestación de los bosques

Causas

Gastamos demasiado papel, cosas desechables y madera para construir casas.

Soluciones posibles

Debemos usar los dos lados de una hoja de papel y reciclarlo después.
Tenemos que usar menos cosas desechables.
Es necesario construir casas con materiales reciclados para no usar tanta madera.

1. las centrales nucleares
2. la sobrepoblación
3. la contaminación atmosférica
4. la contaminación de la tierra
5. los animales en peligro de extinción
6. el efecto invernadero
7. las selvas tropicales en peligro
8. los océanos amenazados
9. la energía escasa
10. la contaminación acústica

Actividad 3: Invenciones. Trabajando en grupos, creen un producto que solucione uno de los problemas ecológicos y que no le haga daño al medio ambiente. Describan qué es, cómo se hace y cómo pueden solucionar el problema.

Cultura | LA CAPA DE OZONO

El ozono es un gas que cubre la atmósfera de la tierra a una altura que varía entre 15 y 40 kilómetros. Su papel principal es el de filtrar las radiaciones solares ultravioletas (UV) y sin ese filtro, la vida no sería posible en la tierra. Aunque el ozono se renueva constantemente en la atmósfera, los científicos saben que hay un deterioro progresivo en todo el mundo. Este fenómeno es más notorio en la Antártida y al sur de Chile y Argentina, donde la capa de ozono está muy delgada y hay un "agujero" en la atmósfera.

Sin una cantidad de ozono adecuada, las radiaciones ultravioletas pueden causarnos enfermedades como cáncer de la piel y cataratas en los ojos; pueden impedir el crecimiento de las plantas, y pueden afectar a los animales y la vida submarina hasta 20 metros de profundidad. Actualmente, la falta de ozono y el efecto invernadero están dismi-nuyendo la masa de hielo en la Patagonia chilena.

Para conservar el ozono, debemos limitar el uso de substancias químicas que lo destruyen, como los clorofluorocarbonos (CFC) que se usan todavía en algunos refrigeradores, en unidades de aire acondicionado, atomizadores en aerosol y fertilizantes a base de nitrógeno. La Comisión Nacional del Medio Ambiente (CONAMA) en Chile realiza regularmente campañas de conscientización para advertir sobre los efectos dañinos del uso inapropiado de esos productos.

Discusión en grupos Discutan qué tipo de campañas harían ustedes para limitar la destrucción del ozono. ¿A quién dirigirían ustedes las campañas? ¿Qué medios de comunicación emplearían? ¿Qué tipo de materiales informativos utilizarían? ¿Creen que su esfuerzo tendría efecto?

Actividad 4: Publicidad. Crea un anuncio para una revista sobre el producto que tu grupo inventó. Aquí hay un ejemplo de un anuncio de la revista española *Ecología*.

> # Papelera Peninsular
>
> Nosotros SÍ
> Cerramos el ciclo
> ...y conservamos el medio ambiente
>
> **Fabricación de papel y cartón reciclado,
> Recuperación selectiva,
> Consumidor, Producto 100% reciclado**
>
> Papelera Peninsular Premio Medio Ambiente
> Papel reciclado fabricado en España
> Papelera Peninsular, S.A. P. I. La Cantueña, s/n. 28940 Fuenlabrada (Madrid)
> Apdo. Correos 218 Tel.: 91-642 06 03. Fax.: 91- 642 27 85

LENGUA

Future tense

Planes de limpieza

Enfoque: El futuro

Can you identify the subjects of the highlighted forms? What is the present tense form of **habrá**? This form indicates a conjecture. How would you say this in English? Read the information in **Lo esencial** to check your answers.

LO ESENCIAL

❶ Future of regular verbs

Verb	Future tense
limpiar	limpiaré, limpiarás, limpiará, limpiaremos, limpiaréis, limpiarán
comer	comeré, comerás, comerá, comeremos, comeréis, comerán
subir	subiré, subirás, subirá, subiremos, subiréis, subirán

- There is one set of verb endings for all verbs in the future tense.
- All forms but **nosotros** have accents.

❷ Future of irregular verbs

Irregular verbs use the same endings as regular verbs but have irregular stems that fall into one of three categories.

Irregularity	Infinitive	Irregular future stem
Drop the vowel of the infinitive ending	caber	cabr-
	haber	habr-
	poder	podr-
	querer	querr-
	saber	sabr-
Replace the vowel of the infinitive ending with the letter **d**	poner	pondr-
	salir	saldr-
	tener	tendr-
	valer	valdr-
	venir	vendr-
Drop the letters **c** and **e** in the infinitive	hacer	har-
	decir	dir-

- **Haber** has one form as an active verb. **Habrá** means *there will be.*
- Verbs like **mantener, componer, prevenir,** and so on, have the same irregularity as the root verb.

EL USO

❶ Expressing future actions

There are three ways of expressing the future in Spanish.

A Use the present indicative for the immediate future.

Mañana **viene** el servicio de reciclaje municipal.	*Tomorrow the municipal recycling service is coming.*

B Use **ir a** + *infinitive.*

El martes próximo **van a recoger** la basura.	*Next Tuesday they are going to collect the garbage.*

C Use the future tense.

Mañana **habrá** una reunión sobre la contaminación ambiental.

Tomorrow there will be a meeting about environmental pollution.

2 Expressing probability or conjecture

The future tense can also be used to express probability or conjecture, usually referring to a current situation. This use often corresponds to English expressions such as "I wonder + if / how / when," "probably," "maybe," and "I suppose."

¿**Podré** nadar en este lago o **estará** contaminado?

I wonder if I can swim in this lake, or could it be contaminated?

¿Cuál **será** la causa del aumento del asma en las ciudades modernas?

What could be the cause of the increase of asthma in modern cities?

¿Qué hora **será**?

I wonder what time it is. (What time do you suppose it is?)

The present indicative of **deber** + *infinitive* is also used in Spanish to express probability.

Debe ser el viento.

It must be (it probably is) the wind.

Actividades

Actividad 1: La ciudad del futuro. Llena los espacios con el futuro de los verbos entre paréntesis para describir la ciudad del futuro.

La ciudad del futuro _será_ (1. ser) una ciudad verde. _Tendrá_ (2. Tener) árboles y jardines por todas partes y los medios de transporte _estarán_ (3. estar) sólo en zonas restringidas. Posiblemente no _habrá_ (4. haber) autos y todo el transporte _será_ (5. ser) colectivo. En la ciudad del futuro, todos nosotros _tendremos_ (6. tener) vivienda y trabajo. Las escuelas del futuro _podrán_ (7. poder) enseñar a los estudiantes a través de telecomunicaciones avanzadas y en sus casas. Todos nosotros _tendremos_ (8. tener) aparatos domésticos controlados por computadora. En la ciudad del futuro, las generaciones futuras _vivirán_ (9. vivir) una vida mejor que la nuestra.

Actividad 2: ¿Qué harán? Estás en la puerta del teatro esperando a tus familiares para entrar a un concierto de Maná, pero están atrasados y tú tratas de adivinar cuál puede ser la razón. Sigue el ejemplo.

Ejemplo: Tulia (tomar) el autobús.
Tulia *tomará* el autobús.

1. Mi hermana y su novio (conversar) por teléfono. _conversarán_
2. Mis padres ya (venir) en camino. _vendrán_
3. Seguramente mi novia/o (salir) más tarde de sus clases. _saldrá_
4. Tal vez, mi hermano Carlos no (poder) salir del trabajo a tiempo. _podrá_
5. ¿(Tener) que entrar yo solo/a al concierto? _Tendré_

Actividad 3: Contribución. Todas las personas pueden poner un poco de su parte para luchar contra la contaminación. Mira la lista y crea oraciones completas en el futuro sobre lo que harán estas personas.

1. yo / ahorrar / agua cuando me ducho *ahorraré*
2. mi hermano mayor / usar / transporte público *usará*
3. todos los alumnos de la universidad / apagar la luz / para ahorrar electricidad *apagarán*
4. nadie / comprar / abrigos de piel *comprará*
5. mis padres / no prender / electrodomésticos innecesarios *no prenderán*
6. nuestros vecinos / instalar / un sistema de electricidad solar *instalararán*
7. todos nosotros / reciclar / botellas de vidrio / aluminio / plástico *reciclaremos*
8. los jardineros / no abusar / de pesticidas ni insecticidas *no abusarán.*

Actividad 4: Nuestros propósitos. Imagina que tú y tus amigos están haciendo sus propósitos para mejorar su vida en el futuro, para ser mejores estudiantes (mejor hijo/a, mejor amigo/a, mejor persona, etcétera). Escribe el futuro de las acciones siguientes. Usa la forma de **nosotros**.

1. (Levantarse) temprano todos los días. *Nos levantaremos*
2. (Mantenerse) en forma haciendo ejercicio con frecuencia. *Nos mantendremos*
3. (Asistir) a todas las clases. *Asistiremos*
4. (Hacer) todas nuestras tareas sin excepción. *Haremos*
5. (Ir) a caminar, al cine o a otros entretenimientos los fines de semana. *Iremos*
6. (Visitar) a nuestros amigos y familiares con frecuencia. *Visitaremos.*

Actividad 5: Medidas necesarias. Trabajando con otro/a estudiante, imaginen lo que harán las personas responsables del medio ambiente en su ciudad. Creen diez oraciones sobre las cosas que harán para mantener limpia su ciudad. Empleen algunos de los siguientes verbos: **ahorrar, reutilizar, apagar, limpiar, comprar, producir, reciclar, mantener, transformar, consumir, evitar, ayudar.**

Actividad 6: La bola de cristal. En parejas, hagan una lista de diez cambios que creen que ocurrirán en los próximos veinte años con respecto al medio ambiente y a la ecología. Escriban cinco cambios positivos y cinco cambios negativos. Usen el vocabulario de las páginas 145–146 y los verbos irregulares en el tiempo futuro.

Ejemplo: Positivo: *En veinte años, los coches funcionarán con energía solar.*
Negativo: *En veinte años no habrá más gasolina.*

Conditional tense

Contaminación

JUANITA: **¡Deberíamos** tener más conciencia ecológica! Mira, aquí hay una rana con cinco patas.

LEÓN: Sí, me dijeron que aquella fábrica de químicos **podría** ser la causa del problema.

RAQUELITA: Por favor, ¿podrías anotar el sitio donde encontramos la ranita?

LEÓN: Por supuesto... ¡Yo nunca viviría en un sitio tan contaminado!

RAQUELITA: No entiendo por qué **construirían** una fábrica de químicos en este sitio.

Enfoque: El condicional

The three highlighted forms are examples of the conditional. There are two more conditional forms in the dialog. What are the subjects of these five forms? Look at the verb endings. What is the pattern here? One of the verbs has an irregular stem. Which is it? Which one of the conditional forms is used as a polite expression? Read the information in **Lo esencial** and **El uso** to check your answers.

LO ESENCIAL

① Conditional of regular verbs

Verb	Conditional tense
limpiar	limpiaría, limpiarías, limpiaría, limpiaríamos, limpiaríais, limpiarían
comer	comería, comerías, comería, comeríamos, comeríais, comerían
subir	subiría, subirías, subiría, subiríamos, subiríais, subirían

There is one set of verb endings for all verbs in the conditional tense.

② **Conditional of irregular verbs.** Irregular verbs use the same endings as regular verbs, but have irregular stems. They have the same irregularity as they do in the future. (See page 149 for the table of irregular verb stems.)

EL USO **①** **Expressing conditional or hypothetical situations.** The conditional is used to express what one *would* do or what *would* happen in a real or imagined future situation.

¿**Apoyarías** la construcción de centrales nucleares?	*Would you support the construction of nuclear power plants?*
Yo **lucharía** por los animales en peligro de extinción.	*I would fight for endangered animals.*

② **Being polite.** The conditional is used with **querer, poder,** and **deber** to express politeness.

¿**Querrías** ayudarme a clasificar la basura?	*Would you please help me classify the trash?*
¿**Podríamos** dejar este tema para otra ocasión?	*Could we leave this topic for another time?*
Deberías ir a clases de baile.	*You should consider taking dance classes.*

③ **Expressing probability or conjecture in the past.** The conditional may be used to speculate or express probability about events in the past.

—¿Por qué **estaría** Luisa tan cansada ayer?	*I wonder why Luisa was so tired yesterday.*
—Tal vez **trabajaría** demasiado antenoche.	*Maybe she worked a lot the night before last.*
—¿Qué hora **sería** cuando se durmió?	*I wonder what time it was when she fell asleep. (What time do you suppose it was?)*

④ **Reporting past actions (Indirect discourse).** The conditional may be used with a past tense to express what someone said, did, or thought in the past. Note that the two ideas are usually joined by **que**.

No sabíamos que la capa de ozono **podría** desaparecer.	*We didn't know that the ozone layer could disappear.*

Yo pensé que **sería** fácil limpiar el petróleo de las playas.	*I thought that **it would be** easy to clean the oil from the beaches.*
Catalina dijo que **compraría** un disco compacto de música bailable.	*Catalina said that **she would buy** a CD of dance music.*

Note: When *would* means *used to* you **cannot** use the conditional and must, instead, use the imperfect tense.

Cuando era joven, yo **miraba** la televisión todos los días. Siempre **llegaba** a casa después de la escuela para ver mi programa favorito.	*When I was young, I **used to** watch TV every day. I **would** always come home after school to watch my favorite program.*

Actividades

Actividad 7: ¿Qué harías tú? Imagina que estás leyendo los anuncios en una revista. ¿Cuáles serían tus reacciones al leer los anuncios a continuación? Trabajando en parejas, expresen sus reacciones y expliquen por qué ustedes reaccionaron así. Sigan el ejemplo.

> **Ejemplo:** ¿Hay cucarachas en su casa? **Usar** el insecticida "Matalotodo" es una buena alternativa.
> *Yo no / yo sí usaría insecticidas. ¿Los usarías tú?*
> *Yo no los usaría porque los insecticidas dañan la naturaleza.*

1. Como jefe del zoológico, yo **lucho** por nuestras plantas y animales en peligro de extinción.
2. ¿Tiene frío en invierno? **Usar** abrigos de piel "Zorro" es la mejor solución.
3. **Coma** productos orgánicos "Oro". ¡Son excelentes!
4. **Compre** nuestros muebles de las mejores maderas tropicales. ¡Son únicas y escasas!
5. Nuestra fábrica **recicla** todos los frascos de vidrio y aluminio.
6. ¿Quiere más energía en su casa? **Apoye** la construcción de la nueva central nuclear en su ciudad.
7. ¿Cuida usted la naturaleza? **Escriba** en papel "Letras", el papel reciclado de calidad.
8. Las personas modernas **compran** "Bebitín", ¡el mejor pañal desechable para su bebé!

Actividad 8: Cortesía. Imagina que éstas son las respuestas que recibes cuando haces algunas preguntas. Construye las preguntas usando los verbos **querer** y **poder.** Mira el ejemplo como guía.

> **Ejemplo:** *¿Querrías ir conmigo al concierto mañana?*
> *Por supuesto que iría contigo al concierto mañana.*

1. No, creo que no puedo ayudarte el domingo, pero el lunes sí puedo. *podría*
2. Por supuesto, te prestaré el libro de matemáticas. *prestaría*
3. No, no será posible terminar el proyecto hoy. *sería*
4. No, desgraciadamente no podemos darle un precio más bajo. *podríamos*

Actividad 9: Soluciones. Usando el condicional y el vocabulario de las páginas 145–146, en grupos de tres personas, digan lo que podrían hacer para solucionar los siguientes problemas del medio ambiente.

> **Ejemplo:** la contaminación del aire
> *Caminaríamos más, montaríamos en bicicleta y viviríamos más cerca del trabajo.*

1. la falta de fuentes de energía *podríamos conservar*
2. los animales y plantas en peligro de extinción *prevendríamos la deforestación*
3. el efecto invernadero *reduciríamos la emisión de gases.*
4. la contaminación del agua
5. la lluvia ácida
6. la extinción de recursos naturales

Actividad 10: Derrame de petróleo. Imagina que tú estás investigando un derrame de petróleo en las costas de la Florida. Tienes muchas preguntas, pero tu testigo (*witness*) no está muy seguro de nada y contesta siempre con conjeturas. Trabajando con otro/a estudiante, háganse y contesten las siguientes preguntas. Sigan el ejemplo.

> **Ejemplo:** ¿Qué hora era cuando vio usted pasar el barco "M.S.S. Petra"?
> *Serían las tres de la mañana.*

1. ¿Qué hora era cuando el barco empezó a derramar el petróleo?
2. ¿Cuánto tiempo duró el incidente?
3. ¿Había muchas personas en el barco?
4. ¿Cuántas personas había en la playa?
5. ¿Cuándo llamó usted al guardacostas?
6. ¿A qué hora llegó el guardacostas?

Actividad 11: Yo creí que se podría. A veces las personas prometen unas cosas pero no cumplen con estas promesas, y esto les puede causar una reacción de sorpresa y frustración a los demás. Trabajando con otro/a estudiante, escriban un diálogo reaccionando a las siguientes frases. Sigan el ejemplo.

> **Ejemplo:** Lo siento, pero hoy no tengo tiempo para una reunión.
> *Pero usted me dijo (informó/aseguró/prometió) que hoy tendría tiempo para una reunión.*

1. No fue posible reciclar estos envases aquí.
2. No podemos darle otra oportunidad.
3. Es imposible salvar estos pájaros tropicales.
4. Lo siento, pero el pesticida resultó muy peligroso.
5. No conseguí los recursos económicos para ayudar a limpiar el río.
6. Tenemos que talar los árboles para construir la casa.
7. Las baterías solares no funcionaron bien.
8. Las fuentes de energía alternativa serán muy caras.

Actividad 12: Mi mundo ideal. ¿Cómo sería tu mundo ideal? En parejas, usen su imaginación para hacer una lista de las imágenes que tienen sobre su mundo ideal en relación con el medio ambiente. Luego, compartan su lista con otra pareja, comparando lo que tienen en común sus mundos.

> **Ejemplo:** *En mi mundo ideal, las personas sólo cultivarían comidas naturales.*

Diminutive and augmentative forms

Un circo especial

Y aquí tenemos al **elefantote** de **trompita** muy pequeña, al payaso de **orejotas** grandes y **sombrerito** negro con pantalones **grandotes**, y al **leoncito** más **pequeñito** de África que no se haya visto nunca.

Enfoque: Diminutivos y aumentativos

The highlighted forms are diminutives and augmentatives describing the persons and animals in the drawing. Do you find a pattern in their endings? Are the endings attached to the complete words? Do some of them drop any letter before attaching the diminutive or augmentative ending? What is the difference between the diminutive endings and the augmentative ones? Change each dimunitive or augmentative to the regular form of the noun or adjective. Look at **Lo esencial** to review your answers.

LO ESENCIAL

1 Diminutives

These are the most common diminutives.

A For words ending with **-o** or **-a**, drop the final vowel and add **-ito/a** or **-illo/a**.

librito   casita   pajarillo   cocinilla

If a word ends in **-co, -ca, -go,** or **-ga** the dimunitive form has a spelling change.

c to **qu**	chico	chiquito	chica	chiquita
g to **gu**	lago	laguito	liga	liguita

B Add **-cito/a** or **-cillo/a** to multi-syllabic words ending with **-n, -r,** and **-e.**

joven**cito**   cancion**cita**   corazon**cillo**   calle**cilla**

C Add **-ecito/a** or **-ecillo/a** to one-syllable words ending in a consonant or to two-syllable words with diphthong in the first syllable.

pane**cito**   sale**cita**   hueve**cillo**   flore**cilla**

If a word ends in **-z,** the dimunitive form has a spelling change.

z to **c**   voz   vo**c**ecita   pez   pe**c**ecillo

2 **Augmentatives**

Add **-ón/-ona** or **-ote/-ota** to words ending in a consonant. If the word ends in a vowel, drop the vowel before adding these endings.

sombrer**ón**   cas**ona**   reloj**ote**   man**ota**

EL USO   Some diminutives and augmentatives express an increase or decrease in size or volume, while others add positive or negative value judgments.

Diminutives and augmentatives are used:

1 to indicate size and affection

This is the most common use. However, diminutives can also convey a subjective feeling of attachment or endearment to a person or object.

Diminutives

Me voy a mi casita ahorita.	*I'm going to my little house right now.*
Esa chica tiene una **vocecilla** que no se le oye nada.	*That girl has a tiny little voice that one can't hear at all.*
Tengo un **gatito chiquitito** que adoro con toda mi alma.	*I have a tiny little kitty that I adore with all my heart.*

Augmentatives

Los Romero viven en una **casona**.	*The Romeros live in a huge house.*
Los chicos les dieron un **regalote** a sus padres.	*The boys gave their parents a really big gift.*

2 to indicate a negative emotion or attitude

Augmentatives are often used to convey disdain or contempt.

Su novel**ota** es muy aburrida.	*His huge (awful) novel is very boring.*
Mira el **sombrerón** que lleva la señora Méndez.	*Look at that big (ugly) hat that Mrs. Méndez is wearing.*

3 to emphasize the meaning of adjectives, adverbs, and other words

This is used in spoken Spanish and is especially common in Latin America.

ahora	*now*	**ahorita**	*right now*
cerca	*close*	**cerquita**	*very close*
hasta luego	*see you soon*	**hasta lueguito**	*see you very soon*
mismo	*the same*	**mismito**	*exactly the same*
nuevo	*new*	**nuevecito**	*brand new*
temprano	*early*	**tempranito**	*very early*

Actividades

Actividad 13: El ambiente. Estás construyendo un modelo de cartón para una presentación que vas a dar a un grupo de niños sobre el ambiente y todas las cosas que vas a mostrar tienen que ser muy pequeñas. ¿Cuáles son los diminutivos de estas cosas e ideas? Escoge entre las siguientes posibilidades: **-ito/a, -cito/a, -ecito/a.**

> **Ejemplo:** *Ponemos unas plantitas en el jardincito.*

1. bosque	4. árbol	7. cartón
2. botella	5. mesa	8. carro
3. libro	6. casa	9. papel

Actividad 14: Pequeñísimo y grandísimo. Reemplaza los sustantivos con el aumentativo **-ote, -ota** o el diminutivo **-ito/a, -cito/a** según el sentido de la oración. Mira el ejemplo.

> **Ejemplo:** *Tenemos una casa muy grande. Tenemos una **casota**.*
> *Ustedes tienen una casa muy pequeña. Tienen una **casita**.*

1. Ayer compramos un gato pequeño. Compramos un _____.
2. El caballo de Milena es altísimo. Milena tiene un _____.
3. Acabo de leer una novela de mil páginas. Acabo de leer una _____.
4. Ellos conducen un coche muy pequeño. Ellos conducen un _____.
5. Liliana tiene solamente tres meses de edad. El perro de Liliana es tan grande como ella. Es un _____.
6. Nosotros dimos un paseo larguísimo por toda Europa. Dimos un _____.
7. Los amigos de Tomasito tienen cinco años. Son sus _____.
8. ¡Elena me escribió tres cartas muy cortas! Me escribió unas _____.

Actividad 15: Ruegos. Reemplaza en esta carta las palabras en rojo, para despertar la benevolencia de la persona que la recibe. Usa los diminutivos.

De: gatita@hotmail.pe
Para: elefantote@yahoo.es
Asunto: Hasta prontito
Fecha: 1 de febrero de 2005

Mi _____ (1) elefante:

    Siento mucho no haber tenido _____ (2) tiempo para ti, pero te prometo que _____ (3) pronto lo tendré, cuando termine el _____ (4) trabajo que estoy haciendo para la compañía farmacéutica aquí en el Perú. Por ahora, nos tenemos que comunicar a través de _____ _____ (5) mensajes cortos por Internet, mientras nos volvemos a ver en nuestra _____ (6) casa, al lado del mar. Allí, en la _____ (7) playa, es donde puedo descansar de verdad. Dale un _____ (8) saludo a nuestra _____ (9) querida _____ (10) mascota y muchos _____ (11) besos y _____ (12) abrazos para ti. ¡Contéstame _____ (13) rápido!

Te quiere, tu _____ (14) gata,
_____ (15) Ana

Actividad 16: Quejas. Reemplaza en esta carta las palabras en rojo, para expresar las opiniones de una persona a quien no le gusta nada su trabajo. Usa los aumentativos.

De: elefantote@yahoo.es
Para: gatita@hotmail.pe
Asunto: Re: Hasta prontito
Fecha: 2 de febrero de 2005

Gatita mía:

¡Ay, queridita, no puedes tener ni una idea del _____ (1) trabajo que tengo! Tengo un _____ (2) jefe muy exigente con una _____ (3) cabeza llena de _____ (4) ideas para nosotros. Estoy muy cansado de sus _____ (5) órdenes. Y la _____ (6) gente con quienes trabajo apenas puede leer una _____ (7) palabra. Espero poder salir de esta _____ (8) oficina pronto. ¡Muchos _____ (9) besos y _____ (10) abrazos!

Con amor, tu _____ (11) elefante.
_____ (12) Mingo

•ₒ•●•ₒ●•ₒ• RISAS Y REFLEXIONES •ₒ•●•ₒ●•ₒ•

🐾🐾 DICHOS

En parejas, lean los dichos en voz alta, y den un ejemplo que ilustre el sentido de cada uno, según los temas del capítulo.

1. Saber es poder.
   Ejemplo: *Aprender sobre los peligros y abusos del planeta nos da la información necesaria para tomar acciones correctivas.*
2. Nadie sabe lo que vale el agua hasta que falta.
3. Ver es creer.

🐾🐾 UNA COMIQUITA

Con otro/a estudiante, discutan las ideas y actitudes que expresa el artista.

🐾🐾 UNA ADIVINANZA

¿Qué soy?

A veces vengo del cielo,
y otras veces de la tierra,
y hago grandes beneficios
sin distinción por dondequiera.

Adivinanza: El agua

VIDEO

En los países de habla española existen algunas de las zonas más importantes y frágiles de la ecología mundial. Más del 25 por ciento de los bosques del mundo —los valiosos bosques lluviosos— se encuentran en América Central y en América del Sur. Escuchemos a un ecólogo de Puerto Rico que nos habla de la vitalidad de las selvas tropicales de su isla.

Previsión

Actividad 1: Primeras impresiones. Trabajando con otro/a estudiante, comenten sobre el paisaje que se ve en esta página. Incluyan la siguiente información en sus comentarios.

1. el tipo de paisaje (montañoso, tropical, etc.)
2. los rasgos específicos de la foto (caída de agua, árboles tropicales, etc.)
3. el tipo de clima
4. el tipo de problemas ecológicos que puedan afectar este paisaje (tala, lluvia ácida, contaminación.)
5. otros paisajes similares que han visto

Actividad 2: El peor. Pongan en orden de importancia (1 siendo el más importante, 6 el menos importante) los siguientes problemas del medio ambiente. Preséntenle su lista a la clase.

_____ la tala de árboles
_____ la sequía
_____ el abuso de la tierra cultivada
_____ la caza y la pesca de animales en peligro de extinción
_____ la desaparición de las selvas tropicales
_____ la contaminación del escape de vehículos

Visión

Actividad 3: Los hechos. Escoge la mejor respuesta para completar cada oración mientras miras el video.

1. Alexis Molinares es _____.
   a. director de programas de conservación
   b. un ecólogo
   c. ambos

2. La responsabilidad de Alexis Molinares es _____.
   a. el diseño y la planificación del uso público de los parques nacionales y zonas naturales
   b. la investigación y la protección de estas áreas y su flora y fauna
   c. ambos

3. La reserva biosférica más importante en Puerto Rico es _____.
   a. el bosque seco de Guánica
   b. el bosque lluvioso de El Yunque
   c. ambos

4. Los problemas ecológicos de Puerto Rico que menciona Alexis Molinares son _____.
   a. la falta de espacios naturales y la tala
   b. la extinción de plantas y animales únicos y la sequía
   c. ambos

Actividad 4: Cada problema tiene solución. Llena la siguiente ficha con los problemas y las soluciones sugeridas por el ecólogo Alexis Molinares. Si necesitas, mira el segmento varias veces.

Problema ecológico	Soluciones
Falta de espacios naturales	Controlar el desarrollo y el crecimiento urbano

Posvisión

Actividad 5: Opiniones personales. Piensa en el problema ecológico más peligroso que existe en tu ciudad o región y por qué. Luego compara tu contestación con la de cinco estudiantes de tu clase. Escribe sus respuestas en el siguiente gráfico. Presenta los resultados de tu encuesta a la clase.

Yo pienso que el mayor problema ecológico del mundo es _____ porque _____.

Nombre del estudiante	Problema ecológico	¿Por qué?

Conclusión: La mayoría de los alumnos piensan que el mayor problema ecológico del mundo es _____.

Actividad 6: En acción. Escríbele una breve carta al ecólogo Dr. Alexis Molinares. Comparte con él tus opiniones sobre los problemas ecológicos de tu región y de Puerto Rico. Puedes seguir el siguiente formato.

1. saludos (**Estimado Dr. Molinares**)
2. presentación de dos problemas que tienen en común Puerto Rico y tu región
3. comentarios sobre lo que dijo él sobre estos dos problemas
4. soluciones/consejos diferentes de los que ofreció el Dr. Molinares
5. despedida (**Sinceramente**)

A | R | T | E

Paisaje de San Antonio, **José Antonio Velásquez (Honduras)**

 Actividad 1: El artista. El artista hondureño José Antonio Velásquez, que vivió entre los años 1903–1983, creó esta pintura al óleo en 1971. Es parte de la colección del Museo de Arte de las Américas, en Washington. Se titula *Paisaje de San Antonio*. En parejas, estudien la pintura. Luego, contesten las preguntas.

1. Describe los elementos de la naturaleza en la pintura.
2. ¿Qué tiempo hace? ¿Cuál sería la estación del año?
3. ¿Qué animales hay? ¿En dónde están? ¿Por qué no hay coches?
4. ¿Qué ropa llevan las personas? ¿Qué nos indica la ropa sobre la época cronológica?
5. ¿Cómo son las casas? ¿y los techos? ¿Qué otro edificio hay en el pueblo y cómo es?
6. ¿Para qué sirven las piedras en este pueblo?
7. Comenta el título de la pintura. ¿Qué otro título podría tener? Explica.
8. ¿Qué adjetivos usarías para describir la pintura? ¿Por qué?
9. ¿Qué sensación te da este paisaje sobre el medio ambiente y la ecología? Explica.

Actividad 2: Investigación internética. En Internet, busca información sobre el arte de los pintores de Honduras o de Centroamérica del siglo XX. Luego, da una presentación oral en grupos sobre un/a artista que pinte o dibuje temas sobre la naturaleza o escenas del campo. Compara y contrasta a tu artista y sus obras con los/las de tus compañeros/as: el contenido, las formas, los colores, los símbolos. Después, usando la información internética, escribe una composición corta sobre dos de los artistas.

Actividad 3: ¡Ambientes! ¿Dónde viven ustedes, en la ciudad o en el campo? Imagínense que se mudan de ese lugar porque creen que el otro ambiente les será mejor. Son artistas y van a pintar o dibujar un nuevo ambiente. Antes de diseñarlo, hay que especificar lo siguiente.

1. los aspectos negativos del medio ambiente en donde vives ahora
2. las características positivas del nuevo lugar
3. quiénes van a mudarse contigo
4. qué tipo de actividades van a ilustrar para proteger el medio ambiente
5. qué prácticas preventivas van a seguir en la casa
6. los colores y los objetos que van a emplear para ilustrar sus ideas

Empiecen con la frase "Somos artistas y vamos a representar una mudanza por razones ecológicas..."

LITERATURA

Prelectura

Actividad 1: Hábitos ecológicos. En parejas, contesten las preguntas sobre el medio ambiente y la ecología.

1. Cuando eras pequeño/a, ¿qué te enseñaban tu familia y tus profesores sobre los peligros ecológicos que sufre nuestro planeta?
2. Cuando estudias, ¿qué te gusta beber, café, té o una gaseosa? ¿Usas tazas o vasos plásticos? Y en la cafetería, ¿usan platos reciclables? ¿Por qué?
3. Al salir de tu cuarto de noche, ¿dejas las luces o la computadora encendidas?
4. ¿Cuántas veces a la semana te duchas o te bañas? ¿Usas tú la misma toalla más de una vez? ¿Por qué?
5. En la universidad, ¿dónde y cómo reciclan hojas de papel? ¿y los metales y el plástico?
6. ¿En qué clases aprendes sobre animales en peligro de extinción, el medio ambiente y cómo proteger nuestro planeta?

ESTRATEGIA
DE LECTURA

Identificando los detalles Al leer una obra, es una buena idea enfocarte en los detalles importantes de acuerdo con el contexto y usar la información para comprender mejor la literatura y sus temas.

 ## Lectura

Los siguientes poemas se tratan de varios elementos relacionados con la naturaleza y el medio ambiente. Los poemas nos dan la oportunidad de reflexionar sobre algunos ejemplos de la flora y la fauna que existen en nuestro planeta.

LA AUTORA: Claribel Alegría nació en Nicaragua en 1924, pero se crió en El Salvador. Sus publicaciones incluyen diez libros de poesía, varios cuentos y tres novelas. Es una voz fuerte por los derechos humanos en Centroamérica. Estos dos poemas se titulan "Alegría" y "Tristeza".

"Alegría"

Alegría:
Un durazno°
en todo su esplendor.

"Tristeza"

Tristeza:
Un durazno
picoteado° por pájaros.

peach

pecked at

LA AUTORA: La escritora peruana Dida Aguirre García nació en 1953. Escribe poesía y cuentos que se publican en quechua y en español. En el poema "Arbolito flores amarillas" la autora nos aconseja sobre el futuro de la tierra.

"Arbolito flores amarillas"

Arbolito flores amarillas
dice lloras solito
entre las chamanas° y las tayas°   shrubs / trees
de loma°   knoll
en loma
así no lloraremos

no
a nuestros
trapos hilachándose°   unravelling rags
¡como ríos temibles
nuestras lágrimas hervirán!

¡gritando!
¡llamando!
¡iremos ya,
viajaremos ya
llevando tristeza
llevando pobreza hermana
de la mano
iremos
en turba°   as a mob
en masa.

nos iremos ya,
viajaremos ya,

para que esta tierra madrecita
vuelva a vivir
con nosotros
¡vámonos ya
como águilas y galgas°   greyhounds
hirviendo°!   seething

LA AUTORA: La autora Lily Flores Palomino, del Perú, nació en 1937. Esta autora ha publicado tres colecciones de poesía quechua y ha recibido premios nacionales peruanos. El poema "Incineración" explora la relación entre la muerte y la naturaleza.

"Incineración"

Cuando yo muera
otra vez polvo seré
sepulcro sin cadáver
cadáver sin cuerpo
tumba sin cruz
sin visitas ni flores
ceniza esparcida°   *scattered ashes*
sobre el mar
y las rosas
perenne° estaré   *everblooming roses*

EL AUTOR: Nacido en 1915, el poeta peruano Porfirio Menenses Lazón escribe en quechua y en español. En el poema "Vete ya, señor" el poeta se preocupa por ciertos elementos de la naturaleza.

"Vete ya, señor"

En nombre de la piedra
te hablo, señor.
Aquí muere tu soberbia.°   *arrogance*

La luna es nuestra, y su luz
es más hermosa
sobre nuestros sueños.

La nube es nuestra,
nos enjuaga las sienes°   *rinses our brows*
en la brega° de los días.   *struggle*
Y el sol, el sol
—mariposa de tiempo y oro—
descubre el alma de las cosas
y nos siembra
de flechas° y rumbos°   *arrows / paths*
el corazón.

Nuestra es la tierra.
Vete ya, señor.

EL AUTOR: Antonio Machado fue un gran poeta español que vivió entre los años 1875 y 1939. Su poesía se caracteriza por su liricismo. En el poema "XI", el poeta sueña con la naturaleza y el amor.

"XI"

Yo voy soñando caminos	
de la tarde. ¡Las colinas°	hills
doradas, los verdes pinos,	
las polvorientas encinas°!...	oak trees
¿Adónde el camino irá?	
Yo voy cantando viajero	
a lo largo del sendero°...	path
—La tarde cayendo está—.	
"En el corazón tenía	
la espina° de una pasión;	thorn
logré arrancármela° un día;	to tear it out
ya no siento el corazón".	
Y todo el campo un momento	
Se queda, mudo y sombrío, meditando.	
Suena el viento en los álamos° del río.	poplar trees
La tarde más se oscurece;	
Y el camino que serpea°	winds
Y débilmente blanquea	
Se enturbia° y desaparece.	darkens
Mi cantar vuelve a plañir°:	grieve
"Aguda espina dorada,	
quién te pudiera sentir	
en el corazón clavada°".	stuck

Poslectura

ASOCIACIONES

Actividad 2: Comprensión. Con una pareja, contesten las preguntas.

1. "Alegría" y "Tristeza"
   a. ¿Cómo define la poeta la alegría? ¿Y la tristeza?
   b. ¿Por qué utiliza un durazno la poeta? ¿Qué otras frutas se podría utilizar para expresar las emociones contrastantes de estos dos poemas? Explica.
   c. En tu opinión, al picotear el durazno, ¿cómo se sienten los pájaros?

2. "Arbolito flores amarillas"
   a. ¿De qué color son las flores del arbolito?
   b. ¿En qué persona está escrito el poema? ¿Qué efecto tiene?
   c. ¿A qué condición económica se refiere la poeta? ¿Y a qué estado emocional? ¿Con qué motivo, en tu opinión?

3. "Incineración"
   a. ¿Cuál es el tema principal del poema?
   b. ¿De qué religión puede ser el narrador del poema? ¿Cómo se sabe?
   c. Comenta el título del poema. ¿Qué otro título podría tener?

4. "Vete ya, señor"
   a. Según el poeta, ¿por qué son importantes la luna, la nube y el sol?
   b. ¿Cómo es el "señor" del poema? El poeta le dice "vete" al señor. ¿Por qué?
   c. ¿Con qué insecto compara el sol? Caracteriza la comparación.

5. "XI"
   a. ¿Con qué partes de la naturaleza sueña el narrador del poema?
   b. Cuando el campo está meditando, ¿cómo se queda? ¿Qué se oye?
   c. Al hablar del corazón, ¿está contento o triste el narrador? Explica.

Actividad 3: Palabras relacionadas. Basándose en los poemas, indiquen las palabras asociadas. Luego, digan si son verbos, adjetivos o sustantivos. Trabajen en parejas.

1. sendero   a. polvo
2. alma   b. camino
3. sepulcro   c. corazón
4. gritar   d. tumba
5. polvoriento/a   e. llamar

Actividad 4: Ideas contrarias. Basándose en los poemas, indiquen las palabras opuestas. Luego, usen cada una en una frase. Trabajen en parejas.

1. morir   a. sol
2. nube   b. en masa
3. oscurecer   c. irse
4. quedarse   d. blanquear
5. solito/a   e. nacer

Actividad 5: Categorías. Con referencia a los poemas, escribe tres palabras asociadas con cada categoría. Luego, compara tu lista con la de un/a compañero/a. Sigue el ejemplo.

> **Ejemplo:** los colores: *verde, amarillo, dorado*

1. la naturaleza
2. el viaje
3. los árboles

ENFOQUES LITERARIOS

Actividad 6: Detalles planetarios. Con un/a compañero/a, hagan un resumen breve de los poemas. Mencionen un detalle clave que nos indique el tema y el tono de cada uno.

Actividad 7: Pájaros. Describe el significado de los pájaros en "Tristeza" y las águilas en "Arbolito". Trabajen en parejas.

Actividad 8: Comparación y contraste. Menciona algunas imágenes positivas de la naturaleza. ¿Qué poema lamenta el tratamiento de la naturaleza?

Actividad 9: Viajero, viaja. ¿Cómo interpretas la importancia de los caminos y los viajes en los poemas? ¿Cómo terminan los viajes y qué significan?

Actividad 10: Preocupaciones planetarias. En su poema "Incineración", Lily Flores Palomino dice: "Cuando yo muera otra vez polvo seré". ¿Estás de acuerdo? Explica.

Actividad 11: Análisis. ¿Qué flora aparece en los poemas "Incineración" y "XI" y cuál es el sentimiento que producen? ¿Cómo figura el cuerpo en los dos poemas? ¿En qué persona está escrito cada uno y qué efecto tiene?

Actividad 12: Mi función. Inventen un diálogo entre un árbol y una impresora computadorense sobre su función en el universo. Dramatícenlo en parejas.

Actividad 13: Poder de poesía. Inventa un poema de tres versos para recitar a la clase. Imita el estilo de "Alegría" o "Tristeza" de Claribel Alegría. Sigue esta estructura.

Título
1er verso: una emoción
2o verso: una fruta, una flor o un animal
3er verso: una condición resultante

Actividad 14: Una editorial. Escribe una editorial para el periódico de tu pueblo, explicando una de las siguientes citas con referencia a los poemas y a tu vida personal.

1. "Nuestra es la tierra."
2. " ...viajaremos ya para que esta tierra madrecita vuelva a vivir con nosotros."

REFLEXIONES Y MÁS

Actividad 15: Yo. Analiza cómo perjudicaste y cómo protegiste el medio ambiente la semana pasada, en tu vida diaria. Luego, compara tu información con los análisis de tus compañeros de clase.

Actividad 16: Un contraste. En grupos, dibujen un planeta en peligro y otro en armonía.

Actividad 17: Oigan, nietos. ¿Qué les dirás a los hijos de tus hijos sobre sus responsabilidades con respecto al medio ambiente? Conversen en grupos y preséntenle sus ideas a la clase.

Actividad 18: Caminos y yo. Escribe un ensayo de tres párrafos en que revelas tus observaciones al caminar por la naturaleza. Incluye la flora y fauna vistas, los sonidos, la hora, el clima y tus pensamientos y sentimientos. Usa vocabulario de los poemas.

EXPANSIÓN

COMPRENSIÓN

Actividad 1: El reciclaje. Mientras escuchas este programa sobre el reciclaje, pon las frases en orden.

_____ Si se quema, contamina el aire.

_____ Para ayudar a la conservación de nuestro medio ambiente, podemos empezar por revisar nuestros hábitos de consumo.

_____ Al comprar, evita los empaques excesivos, y prefiere los que están hechos de material reciclado o reciclable, pregúntate si realmente lo necesitas, después, si lo puedes reutilizar, o bien, reciclar.

_____ **Reducir:** Evitar todo aquello que de una u otra forma genera un desperdicio innecesario.

_____ Día a día se consumen más productos que provocan la generación de más y más basura, y cada vez existen menos lugares en donde ponerla.

_____ **Reutilizar:** Volver a usar un producto o material varias veces sin tratamiento. Darle la máxima utilidad a los objetos sin la necesidad de destruirlos o deshacerse de ellos.

_____ Lo que compras, comes, cultivas, quemas o tiras, puede establecer la diferencia entre un futuro con un medio ambiente sano, o una destrucción de la naturaleza con rapidez asombrosa.

_____ **Reciclar:** Utilizar los mismos materiales una y otra vez, reintegrarlos a otro proceso natural o industrial para hacer el mismo o nuevos productos, utilizando menos recursos naturales.

_____ Si se entierra, el suelo.

_____ Tú puedes ser parte de la solución al problema de la basura al reducir y no mezclar (separar) para que ésta se pueda reutilizar y reciclar.

_____ Y si se desecha en ríos, mares y lagos, el agua.

REDACCIÓN

Causa y efecto

Actividad 2: Escríbela. Sigue las etapas siguientes para escribir una composición sobre las causas de un problema ambiental y cómo podría resolverse en el futuro.

Etapa 1: *Preparar*
Escoge un área que te interese del medio ambiente.
   Ejemplos: *la deforestación en un lugar en particular, un animal en peligro, un lugar con problemas de contaminación*

Etapa 2: *Hacer listas y organizar tus ideas*
Haz una tabla de tres columnas. En la primera columna, escribe una lista de frases que describan los problemas que tiene esa área hoy en día. En la segunda columna, escribe la causa de cada problema. Finalmente, en la tercera columna describe cómo será cada problema en el futuro.

Etapa 3: *Escribir la composición*

Usa la lista que preparaste en la etapa 1 para guiarte mientras escribes tu composición. Cada columna representa las ideas que vas a utilizar para escribir tu ensayo.

Primer párrafo   Describe el problema.
Segundo párrafo   Enumera las causas del problema.
Tercer párrafo   Describe cómo será el problema en el futuro.
Cuarto párrafo   Presenta un resumen que incluya tus ideas personales sobre cómo se podría resolver ese problema.

POR INTERNET

Puedes encontrar mucha información sobre la ecología y el medio ambiente usando tu buscador favorito en la Red. Aquí hay unas sugerencias para facilitar tu búsqueda.

Palabras clave: medio ambiente, ecoturismo, ecología, contaminación, animales en peligro, capa de ozono

For specific web pages to help you in your search, go to the *Reflejos* website: http://college.hmco.com/languages/spanish/students

Capítulo 7

PASADO

Y PRESENTE

Una pareja precolombina, México

INTRODUCCIÓN AL TEMA

Pueblos indígenas

¿A qué civilizaciones pertenecen?

¿Azteca?   ¿Inca?   ¿Maya?

¿Inca?

¿Azteca?

1

2

¿Maya?

¿Inca?

3

¿Maya?   ¿Inca?

¿Azteca?

4

¿Inca?

¿Azteca?   ¿Maya?

5

6

Respuestas: 1. azteca, 2. maya, 3. todos, 4. azteca, 5. inca, 6. maya

Actividades

Actividad 1: ¿Qué son? Trabajando en parejas, identifiquen el posible uso de los objetos de las civilizaciones antiguas presentados en las fotos. Usen preguntas como éstas para guiar su conversación.

¿Qué es y quién lo inventó? ¿Quiénes lo usaban y para qué? ¿Dónde y cómo lo usaban?

Actividad 2: A escuchar. Escucha la información sobre los primeros habitantes de las Américas y contesta las siguientes preguntas.

1. ¿Cómo llegaron las primeras personas a las Américas?
2. ¿De dónde vinieron?
3. ¿Qué culturas eran las más conocidas?
4. ¿Cómo desaparecieron las civilizaciones indígenas?
5. ¿Cuántos indígenas viven en las Américas hoy día?
6. ¿Dónde están los grupos más grandes?

Actividad 3: En el año 3000. Imagínate que las personas del año 3000 encuentran algunos objetos de nuestra civilización. ¿Qué cosas encuentran? ¿Qué teorías tendrían sobre su uso? Con otro/a estudiante, hagan una lista de cinco cosas importantes de nuestra civilización y describan cómo ayudarían a interpretar la cultura de nuestra época.

TEMAS Y CONTEXTOS

TRES GRANDES CIVILIZACIONES

Los mayas: 300 A.C. a 900 D.C.

Organización social y política

La vida política estaba dirigida por la alta clase civil y por los **sacerdotes** en quienes se concentraba el **conocimiento** meteorológico y el de la agricultura. Probablemente ellos fueron quienes **crearon** el **calendario** y la **escritura** jeroglífica, y **dirigieron** grandes **obras** públicas como las **pirámides**.

Arquitectura y arte

Los mayas eran grandes **constructores** de palacios, templos y pirámides grandes. Desde la **cumbre** de estas estructuras se divisa la naturaleza virgen de la selva tropical.

Logros

Esta civilización **alcanzó** increíbles logros matemáticos y **astronómicos.** Entre ellos se encuentran la **invención** del cero, los calendarios, el observatorio astronómico de Chichén Itzá, la construcción de enormes pirámides y un sistema de escritura jeroglífica.

Religión y creencias

La religión maya comprendía un gran número de sacerdotes, **adivinos** y **curanderos**. Unas de las **deidades** más importantes de los mayas eran Itzxamná, que era el **dios creador,** y Kukulkán, la serpiente emplumada (*feathered*).

Organización económica

La base de la economía fue la agricultura. El maíz fue el principal cultivo pero también **cultivaron** el henequén (fibra textil) para la **elaboración** de canastas, ropa y otros artículos.

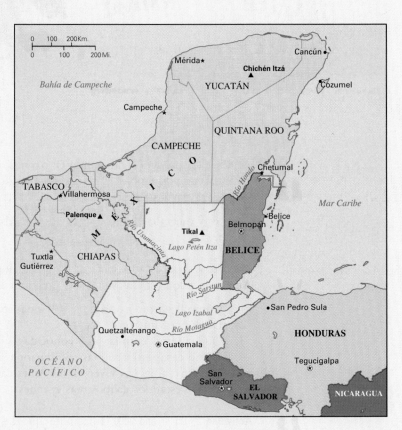

La civilización maya **ocupaba** los actuales estados mexicanos de Tabasco, Yucatán y Chiapas; la República de Guatemala, Honduras, El Salvador y Belice. Algunos centros importantes son Chichén Itzá y Palenque en México, Tikal en Guatemala y Copán en Honduras.

Los incas: 1250 D.C. a 1532 D.C

Organización social y política

El estado inca estaba **jerarquizado** por clases con una estructura social piramidal. En la cúspide (*top*) se hallaba el Inca que era el jefe, Señor del Imperio y representante en la Tierra del principal **poder** divino, el Sol.

Arquitectura y arte

Los incas fueron grandes constructores. Usando piedras enormes que pesaban (*weighed*) hasta veinte toneladas, construyeron torres para protegerse de invasores.

Otro sitio impresionante es Machu Picchu que es una de las ciudades perdidas que no fue invadida por los españoles. El sitio quedó "perdido" hasta 1911 cuando el arqueólogo Hiram Bingham lo descubrió.

Logros

De todas las civilizaciones de las Américas, los incas fueron brillantes **ingenieros**. La construcción del "Camino del Inca" es uno de los logros de ingeniería más impresionantes de las Américas. Los caminos estaban cerrados y sólo los recorrían ciertos mensajeros y mercaderes que llevaban noticias y hacían negocios entre las ciudades del imperio.

Religión y creencias

Los incas adoraban a Inti, el dios Sol. El **emperador** o "Inca" del pueblo era el punto de contacto entre el mundo de los dioses y el de los hombres.

Organización económica

La economía estuvo basada en la agricultura con el cultivo del maíz. Los animales, y especialmente las llamas, fueron importantes por su **lana, cuero** y carne. También fueron esenciales para el transporte.

La civilización inca **se extendía** a lo largo del Pacífico y a través de los Andes desde la frontera norte de lo que es Ecuador, hasta el río Maule, en Chile.

Los aztecas: 1325–1521 D.C.

Organización social y política

La sociedad estaba dividida en tres clases bien definidas: los nobles de nacimiento, los ciudadanos que formaban la mayor parte de la población y los **esclavos**, principalmente de tribus **conquistadas**.

Arquitectura y arte

La cultura azteca representa la culminación del desarrollo de todos los pueblos que la antecedieron. Sus pirámides fueron monumentales. La pirámide del Sol, en Tenochtitlán, constituye el **apogeo** de su arquitectura.

Logros

Sus logros más importantes incluyen el calendario azteca y un sistema de escritura jeroglífica que conocemos a través de sus **códices**.

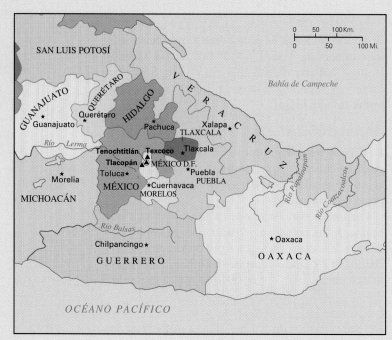

La región azteca se extendía por el territorio que hoy día forma parte de México central. Unos centros importantes son Tenochtitlán, Texcoco y Tlacopán.

Religión y creencias

Para los aztecas, las fuerzas del bien estaban permanentemente en **lucha** contra los espíritus del mal. El combate eterno requería sacrificios humanos para revitalizarse. Este drama se aplicaba especialmente al Sol, que debía trabar (*unite*) la lucha diaria con las tinieblas (*darkness*).

Organización económica

La organización económica estuvo basada en la agricultura. Sus productos incluían el algodón, el cacao, el incienso de copal y el tabaco.

La región también era rica en recursos naturales como obsidiana, basalto (una piedra volcánica), bosques de pino, sal y peces. También usaban piedras preciosas como el jade y la turquesa.

Vocabulario activo:

Hablando de culturas y civilizaciones

Cognados

astronómico/a	el/la habitante
el calendario	ocupar
el códice	la pirámide
el emperador	las ruinas
extender(se) (ie)	

Familia de palabras

Verbos	*Sustantivos*
adivinar (*to guess, to predict*)	el/la adivino/a (*fortuneteller*)
	la adivinanza
conquistar	la conquista
	el conquistador
construir	el/la constructor/a
	la construcción
crear (*to create*)	el/la creador/a
cultivar	el cultivo
elaborar (*to manufacture*)	la elaboración
inventar	la invención
jerarquizar	la jerarquía
luchar (*to fight*)	la lucha

Sustantivos

el apogeo *height*	el/la esclavo/a *slave*
el conocimiento *knowledge*	la escritura *writing*
el cuero *leather*	el/la ingeniero/a *engineer*
la cumbre *summit, pinnacle*	la lana *wool*
el/la curandero/a *healer*	la obra *work*
la deidad *deity*	el poder *power*
el/la dios/a *god / goddess*	el sacerdote *priest*

Verbos

alcanzar *to reach*	
dirigir *to direct*	
vencer *to conquer*	

Vocabulario básico: Ver la página 354 en el Apéndice A.

Actividades

Actividad 1: Definiciones. Escoge la definición que mejor define cada palabra.

_i_	1. calendario	a. la parte más alta
_c_	2. códice	b. una persona que practica la medicina tradicional
_g_	3. cultivar	c. un manuscrito antiguo
_a_	4. cumbre	d. se refiere a un ser divino
_b_	5. curandero/a	e. el jefe máximo del imperio
_d_	6. deidad	f. una antigua ciudad destruida
_e_	7. emperador	g. laborar la tierra para producir plantas
_j_	8. escritura	h. dominar o superar a otra persona o nación
_f_	9. ruinas	i. manera de dividir el tiempo
_h_	10. vencer	j. efecto o acción de escribir

Cultura │ LOS YANOMAMOS

El grupo amerindio de los yanomamos habita en el corazón de la Sierra Parima, entre el sur de Venezuela y el norte de Brasil. Los primeros contactos con este grupo étnico ocurrieron a fines del siglo XVIII, pero este territorio es tan poco accesible que solamente en el siglo XX se empezó una relación estable entre ellos y la civilización occidental. En la Reserva de la Biósfera del Alto Orinoco, un gran río venezolano, viven aproximadamente catorce mil yanomamos. Otros diez mil viven en Brasil, cerca de la frontera venezolana.

Los yanomamos han podido conservar sus tradiciones, su lengua y sus costumbres por haber vivido aislados de la civilización occidental durante tanto tiempo. Sin embargo, actualmente, la cultura está en peligro de extinción por el avance de la civilización, por la destrucción de las zonas selváticas y por el aumento de colonos en las regiones despobladas. Solamente algunos grupos muy aislados siguen viviendo como lo hacían hace varios siglos.

La mayor parte de las comunidades de los yanomamos practican la recolección, la agricultura, la pesca y la caza. Tienen, además, grandes conocimientos sobre las plantas medicinales de la Amazonia. Sus animales preferidos en la alimentación son los monos, los tapires, los venados (*deer*), las aves, los armadillos y las anacondas. También se alimentan de plátanos, yuca, frutas, nueces (*nuts*), papas y maíz. Entre sus animales domésticos están los perros, los que entrenan para la caza y para cuidar sus pueblos.

Desde hace unos cuarenta años, los indígenas venezolanos han empezado a organizarse políticamente y actualmente el CONIVE (Comité Nacional Indio de Venezuela) une a las organizaciones de las diferentes etnias de ese país. Este comité trabaja por mantener el respeto a las tierras, religiones, idiomas y costumbres de las etnias amerindias venezolanas.

Discusión en grupos ¿Creen ustedes que existen las condiciones necesarias para que sobreviva la cultura de los yanomamos? Expliquen las razones en pro y las razones en contra para su supervivencia. ¿Qué saben ustedes sobre las condiciones de vida de las comunidades indígenas de los Estados Unidos? ¿Qué organizaciones los representan políticamente? ¿Tienen estos grupos amerindios de los Estados Unidos posibilidades de conservar sus tradiciones, su lengua y sus costumbres?

Actividad 2: Verdadera o falsa. En grupos, hagan una lista de cinco frases verdaderas o falsas de una de las tres grandes civilizaciones. Después, lean las frases en clase y sus compañeros deciden si son verdaderas o falsas. Si son falsas, corríjanlas.

Actividad 3: Semejanzas y diferencias.
Parte A: En parejas, hagan una comparación de las semejanzas y las diferencias entre las civilizaciones de los mayas, los incas y los aztecas.
Parte B: Expliquen por qué creen ustedes que esas civilizaciones eran similares o diferentes.

> **Ejemplo:** *La organización social: Todas las civilizaciones tenían una estructura jerarquizada. Tenían ese tipo de organización porque creyeron en el poder divino de sus líderes y...*

Actividad 4: La civilización nuestra. Usando las mismas categorías de la presentación de los aztecas, los incas y los mayas, escribe una descripción de nuestra civilización. Incluye además, estas nuevas categorías: geografía, diversiones, deportes y medios de comunicación.

LENGUA

Progressive tenses

¿Qué están haciendo Tina y Mauricio?

Read their conversation on the next page to find out.

TINA: Hola Mauricio, ¿qué tal?

MAURICIO: Bien, pero **estoy trabajando**.

TINA: ¿Todavía **sigues trabajando**? Te vi en la biblioteca anoche y **estabas trabajando** también. ¿Qué **estabas haciendo**?

MAURICIO: **Estaba haciendo** investigaciones sobre los taínos de Puerto Rico para mi clase de español.

TINA: Parece interesante, pero tengo ganas de ir al cine esta noche. ¿Quieres ir conmigo?

MAURICIO: Lo siento, pero no puedo. Tengo que entregar mi ensayo mañana. **Estoy escribiéndolo** ahora.

TINA: Hombre, pero **te pasas la vida trabajando**. Necesitas aprender a relajarte.

MAURICIO: Y tú, mi amiga, **te pasas la vida festejando**.

Enfoque: Los tiempos progresivos

The conversation above highlights different forms of progressive tenses. What do these forms have in common? How are they different? What are the infinitives of these verbs? Where do the object pronouns go? To review these forms, read the sections **Lo esencial** and **El uso**.

LO ESENCIAL

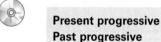

❶ Present and past progressive formation

Present progressive	estar (*present tense*)	+ present participle (**gerundio**)
Past progressive	estar (*imperfect tense*)	

❷ Present participles: regular verbs

-ar verbs		**-er** verbs		**-ir** verbs	
-ando	hablando	**-iendo**	comiendo	**-iendo**	subiendo

❸ Present participles: stem-changing *–ir* verbs. All stem-changing -**ar** and -**er** verbs have regular present participles. The present participles of stem-changing -**ir** verbs have these changes.

e to i		**o to u**	
divertirse	divirtiéndose	dormirse	durmiéndose
sentir	sintiendo	morir	muriendo

Similar verbs include: d**e**cir, pred**e**cir, v**e**stirse, p**e**dir, s**e**rvir, rep**e**tir, m**e**dir.

❹ Present participles: verbs with spelling changes (*e* to *y*, *i* to *y*)

Infinitive	Present participle	Infinitive	Present participle
caer	cayendo	huir	huyendo
creer	creyendo	ir	yendo
traer	trayendo	oír	oyendo
		construir	construyendo

⑤ **Position of object pronouns.** Reflexive, indirect, and direct object pronouns can be placed in front of **estar** or can be attached to the end of the participle. When they are attached to the participle a written accent must be used.

¿Estás durmién**dote**?
¿**Te** estás durmiendo?
Are you falling asleep?

Estoy enviándo**telo** en este momento.
Te lo estoy enviando en este momento.
I am sending it to you right now.

EL USO

① **The present progressive**

The present progressive tense is used in Spanish to emphasize an action in progress.

Estamos divirtiéndonos en esta fiesta.   *We are having fun at this party.*
Estoy muriéndome de cansancio.   *I am dying of exhaustion.*

② **The past progressive**

The past progressive is used in Spanish to emphasize or highlight a moment in the past when the action was taking place.

¿Qué **estabas haciendo** cuando te llamé anoche?   *What were you doing when I called you last night?*

Estaba estudiando la historia maya.   *I was studying Mayan history.*

③ Other verbs can be substituted for **estar** to describe continuous or repetitive actions.

andar	Luis **anda buscando** su libro.	*Luis is going around looking for his book.*
continuar / seguir	**Continuamos excavando** los artefactos mayas. **Sigo jugando** al fútbol los fines de semana.	*We keep excavating Mayan artifacts.* *I continue playing soccer on weekends.*
ir	**Va creciendo** el número de hispanos en los Estados Unidos.	*The number of Hispanics in the U.S. keeps growing.*

Note: English often uses a gerund (an *-ing* form used as a noun) while Spanish uses an infinitive.

Walking is more healthy than running.   Es más sano **caminar** que **correr**.
Seeing is believing.   Ver para creer.

Actividades

Actividad 1: Lo que están haciendo. Estás mirando una película sobre los incas, los mayas y los aztecas y quieres describir unas de las acciones que están realizando en este momento. Cambia los verbos del presente al presente progresivo.

1. El astrónomo maya **predice** los días de lluvia. prediciendo *está*
2. El códice maya les **sirve** como fuente de información. está sirviendo
3. Los incas **creen** en el poder del sol. están creyendo
4. Los sacerdotes **organizan** la construcción de sus pirámides. están organizando
5. Algunos aztecas **mueren** como sacrificios a los dioses. están muriendo
6. Los incas **construyen** ciudades de piedra. están construyendo
7. Los aztecas **escriben** jeroglíficos. están escribiendo
8. Los artesanos aztecas **usan** turquesa para sus bellos collares. están usando.

Actividad 2: ¿Qué estaban haciendo? Trabajen en parejas y conversen de lo que estaban haciendo ustedes en estas ocasiones.

Ejemplo: —¿Qué estabas haciendo anoche a la medianoche?
—Estaba durmiendo. ¿Y tú?
—Estaba estudiando para mi examen de cálculo.

1. anoche a las diez
2. el 11 de septiembre de 2001
3. a las seis de la mañana hoy
4. el sábado pasado
5. durante las vacaciones
6. tu último cumpleaños
7. el 31 de diciembre del año pasado
8. la última vez que fuiste de compras

Actividad 3: Preguntas personales. Trabajando en parejas, contesten las preguntas basándose en la información presentada en este capítulo. Usen una forma apropiada de **seguir** o **continuar** y el gerundio.

Ejemplo: ¿Todavía hablan maya quiché en Guatemala?
Sí, siguen / continúan hablando maya quiché en Guatemala.

1. ¿Todavía construyen pirámides en el Perú?
2. ¿Todavía vive gente indígena en las Américas?
3. ¿Todavía usan escritura jeroglífica en México?
4. ¿Todavía hacen sacrificios humanos los aztecas?
5. ¿Todavía cultivan maíz los mayas?
6. ¿Todavía tienen las mismas prácticas religiosas los incas?

Actividad 4: Una foto personal. Trae a la clase una foto personal o una foto interesante de una revista. En grupos hablen de qué estaban haciendo las personas en la foto en ese momento.

Perfect tenses (indicative)

Exposición

CLARA: ¿**Habremos terminado** con todo para mañana? ¡Son las cuatro y no **hemos abierto** todas las cajas todavía!

PEPÍN: Pues, no lo sé. No nos **ha llegado** la lista de la cerámica. ¡**Hemos pedido** esa lista muchas veces!

CLARA: Pero hablé con el museo ayer y me dijo el jefe que ya **había mandado** la lista por fax.

PEPÍN: Allí está el problema. No la **he buscado** en el fax. ¡**Hemos tenido** muchos problemas hoy!

CLARA: Lo comprendo, hoy no **hemos hecho** mucho. Sin tantos problemas, ya **habríamos terminado**.

Enfoque: Los tiempos perfectos

There are four different perfect tenses in the dialog. What do they have in common? What are their differences? What conclusions can you draw about the conjugation of the perfect tenses from the examples you find in the conversation above? Read **Lo esencial** and **El uso** for further information.

LO ESENCIAL

1. The perfect tenses are formed using the auxiliary verb **haber** (*to have*) and the past participle.

Present perfect	Pluperfect (imperfect of *haber*)	Future perfect	Conditional perfect	Past participle
he	había	habré	habría	**hablado**
has	habías	habrás	habrías	**hablado**
ha	había	habrá	habría	**hablado**
hemos	habíamos	habremos	habríamos	**hablado**
habéis	habíais	habréis	habríais	**hablado**
han	habían	habrán	habrían	**hablado**

2 Past participles: regular verbs

	-ar		-er		-ir
hablar	hablado	comer	comido	vivir	vivido

3 Past participles: irregular verbs

Irregularity	Infinitive	Past participle
ie in the stem	abrir	abierto
	cubrir	cubierto
	descubrir	descubierto
ue in the stem	morir	muerto
	poner	puesto
	resolver	resuelto
	volver	vuelto
t in the stem	describir	descrito
	escribir	escrito
	romper	roto
	ver	visto
ch in the stem	decir	dicho
	hacer	hecho

4 All indirect, direct, and reflexive object pronouns must precede the conjugated auxiliary verb **haber.**

El niño **se ha** lavado la cara y las manos.

The child has washed her face and hands.

¿El pasaporte? **Lo habré** conseguido antes de salir para España.

The passport? I will have gotten it before leaving for Spain.

EL USO **1** Use the present perfect:

A to talk about recent past actions

The present perfect refers to actions that relate somehow to the present. This reference to the present is implicit, but it is often highlighted by adverbial expressions such as **todavía no, aún no, por ahora, hasta ahora/hoy,** and so on.

Todavía no he visto a Carolina esta semana.

I haven't yet seen Carolina this week.

Aún no he empezado a estudiar para el examen.

I haven't started to study for the exam yet.

B to describe or inquire about life experiences

This use is similar to English.

¿**Has visitado** Madrid?
He estudiado toda la vida.

Have you visited Madrid?
I have studied all my life.

2 Use the pluperfect (past perfect) to describe something in the past that had happened before a previous past action.

¿**Habías leído** sobre el Popul Vuh antes de ver la película?	*Had you read about the Popul Vuh before seeing the film?*
Los indígenas ya **habían escrito** sus leyendas antes de la llegada de Cristóbal Colón.	*The indigenous people had already written their legends before the arrival of Christopher Columbus.*

3 Use the future perfect:

A to describe events in the future that will have occurred by a specific time in the future

Para mañana **yo habré escrito** mi trabajo sobre Machu Picchu.	*By tomorrow I will have written my paper on Machu Picchu.*

B to express probability

Ellos ya **habrán llegado** a su ciudad natal.	*I imagine that they have already arrived at their birthplace.*

4 Use the conditional perfect:

A to describe what would have happened in the past

Sabiendo que tenía un examen hoy, yo **no habría salido** anoche.	*Knowing that I had an exam today, I wouldn't have gone out last night.*
Quizás ellos se **habrían casado** antes de graduarse.	*Perhaps they would have gotten married before graduating.*

B to express probability

Yo **habría comprado** el artefacto con el dinero del señor Suárez.	*I probably would have bought the artifact with Mr. Suárez's money.*

Actividades

Actividad 5: Este año. Este año, tú y tus compañeros/as de estudios asisten a un curso sobre culturas antiguas. Completa el texto con el presente perfecto de los verbos entre paréntesis.

Este año nosotros _____ (1. aprender) muchas cosas interesantes sobre las culturas antiguas de España y de América Latina. Las clases de historia _____ (2. ser) las mejores de todo el curso. Nosotros _____ (3. leer) sobre los íberos, los fenicios y los romanos que habitaron la península ibérica en la antigüedad. Ya nosotros _____ (4. estudiar) sobre los mayas y los incas, pero nuestra profesora todavía no nos _____ (5. dar) clase sobre los incas y los aimaras de América del Sur. Sin embargo, ella ya nos _____ (6. prometer) que empezaremos a estudiar esas culturas la semana entrante. Todos nosotros _____ (7. estar) tan ocupados que no _____ (8. tener) tiempo para nada más fuera del estudio. A pesar de esto, nosotros _____ (9. planear) tomar una semana libre para ir al área de Yucatán, en México.

Actividad 6: Experiencias. Trabajando con otro/a estudiante, háganse preguntas sobre lo que han hecho en su vida alguna vez. Sigan el ejemplo.

> **Ejemplo:**   decir mentiras
> *¿Has dicho mentiras alguna vez?* OR *¿Alguna vez has dicho mentiras?*
> *Sí, muchas veces he dicho mentiras.* OR *No, nunca he dicho mentiras.*

1. leer una novela en español
2. escribir un artículo para el periódico
3. estar preocupado/a por los exámenes
4. ir a una exposición de arte
5. hacer algo por las personas pobres
6. ganarse la lotería
7. volver a la ciudad natal
8. nadar en el mar Mediterráneo

 Actividad 7: La entrevista. Eres reportero/a y entrevistas a un/a arqueólogo/a que había hecho un hallazgo importante sólo unas semanas antes de un terremoto. En parejas, túrnense para hacerse preguntas, siguiendo el ejemplo.

> **Ejemplo:**   pagar la expedición
> —*¿Ya pagó usted toda la expedición?*
> —*Sí, ya había pagado toda la expedición.* OR
> —*No, todavía no había pagado toda la expedición.*

1. terminar la excavación
2. excavar todos los objetos
3. determinar la edad de las cerámicas
4. abrir todas las tumbas
5. guardar las figuras de oro en un lugar seguro
6. hacer un inventario de los objetos encontrados
7. resolver el enigma de la momia
8. tomar la decisión de continuar el trabajo

 Actividad 8: ¿Qué habrías hecho? En parejas, digan lo que habrían hecho en cada una de las situaciones descritas.

> **Ejemplo:**   Ayer mi mejor amigo me invitó a cenar pero no quería ir. Le dije que no podía ir porque estaba enferma. ¿Qué habrías hecho tú?
> *Yo le habría dicho que tenía otros planes.*

1. Ayer estuve en un restaurante con unos amigos míos. Cuando el camarero llegó con la cuenta nadie quería pagarla. Yo saqué mi tarjeta de crédito y pagué toda la cuenta. ¿Qué habrías hecho tú?
2. Yo estaba leyendo un libro sobre Chichén Itzá y mis amigos querían ir a una discoteca donde cantaba Enrique Iglesias. Yo dije que no quería ir y seguí leyendo mi libro. ¿Qué habrías hecho tú?
3. Mis padres me llamaron por teléfono y yo les dije que todo estaba bien. Pero no era verdad. Tenía fiebre muy alta, había sacado una nota mala en un examen y no tenía dinero. ¿Qué les habrías dicho tú?
4. Yo conocí a un chico que me dijo que yo me parecía a una princesa inca y que tenía los ojos de una diosa maya. Me escribió muchos poemas la semana

pasada y me invitó a ir al cine, pero le dije que no quería verlo nunca más y que era un mentiroso. ¿Qué habrías hecho tú?

5. El semestre pasado mi compañera de cuarto hablaba mucho por teléfono y miraba la televisión toda la noche. Saqué muy malas notas porque no estudiaba ni dormía. No le dije nada a mi compañera de cuarto durante todo el semestre porque soy muy tímida y no quiero tener problemas. ¿Qué habrías hecho tú?

 Actividad 9: En el futuro. ¿Qué habrás hecho para el año 2020? Crea una lista de logros y metas que piensas que habrás logrado para esa fecha. Después enséñale la lista a un/a compañero/a y conversa sobre si tus metas serán posibles o no.

Prepositions

Alrededor de una tumba milenaria

TERE: Debemos sentir respeto ante una momia milenaria.

NICO: Junto a ella hay una pequeña llama de oro. Encima de ella, hay una figurita de plata.

RITA: Alrededor de la momia hay objetos de cerámica. Bajo ninguna circunstancia debemos tocarlos ahora.

ADÁN: La momia estaba debajo de estas piedras, cerca de una roca.

Enfoque: Las preposiciones

The conversation contains numerous prepositions. Some of these prepositions describe the location of people and objects while others are used figuratively. Underline the prepositions of location and circle the others. Read the information in **Lo esencial** and **El uso** to learn more about how to use prepositions.

1 Simple prepositions

a	*to*	**entre**	*between, among*
ante	*before, in front of*	**hacia**	*towards*
bajo	*beneath, under*	**hasta**	*until*
con	*with*	**para**	*for*
de	*from*	**por**	*for*
desde	*from, since*	**según**	*according to*
durante	*during*	**sin**	*without*
en	*in, on, at*	**sobre**	*on, above*

2 Compound prepositions

a la derecha /	*to the right /*	**dentro de**	*inside of, within*
izquierda de	*left of*	**después de**	*after*
al lado de	*beside, near,*	**detrás de**	*behind, in back of*
	next to	**en vez de /**	*instead of*
alrededor de	*about, around*	**en lugar de**	
antes de	*before*	**encima de**	*on top of*
cerca de	*close to, near*	**enfrente de**	*facing, in front of*
debajo de	*below,*	**frente a**	*facing, in front of*
	under(neath)	**fuera de**	*outside of*
delante de	*before,*	**junto a**	*beside, next to, near*
	in front of	**lejos de**	*far from*

EL USO

Prepositions join two or more parts of a sentence and establish some kind of a relationship (physical or figurative) between them.

1 Prepositions of location

encima de, sobre	These prepositions may be used instead of **en** to emphasize that there is physical contact with the surface they are on top of.	Las llaves están **encima de / sobre** la mesa. *The keys are on top of the table.*
debajo de, bajo	**Debajo de** refers to a position below or beneath something else. **Bajo** is used in concrete and figurative contexts.	La momia está **debajo de** las piedras. *The mummy is under the rocks.* Estamos actualmente **bajo** mucha presión. *We are now under a lot of pressure.* Mi perro siempre está **bajo** la cama. *My dog is always under my bed.*
detrás de, contra	**Detrás de** refers to a position behind or after something or someone. **Contra** can be used both figuratively and literally to mean *against*.	Mi libro está **detrás** de la bolsa. *My book is behind the purse.* Los revolucionarios luchan **contra** la injusticia. *The revolutionaries fight against injustice.* La mesa está **contra** la pared. *The table is against the wall.*

delante de, frente a, ante	**Delante de** refers to a general position in front of or before something or someone.	No puedo creer lo que pasó **delante de** mis ojos. *I can't believe what happend before my eyes.*
	Frente a is used when people or things are facing each other.	El Hotel Solar está **frente al** mar. *Hotel Solar faces the sea.*
	Ante refers to figurative face-to-face positions.	Estoy **ante** un terrible dilema. *I am facing a terrible dilemma.*
dentro de	In contrast with **en**, this preposition makes it clear that something is inside or within physical or logical boundaries.	Los ladrones están **dentro de** la casa. *The thieves are inside the house.*
al lado de, junto a, cerca de	These three prepositions are nearly synonymous. They describe degrees of closeness, the closest one being **al lado de**.	Mi amigo se sienta **junto a / cerca de / al lado de** la ventana. *My friend sits next to the window.*

② Prepositions of time

antes de / después de	These prepositions refer to an action happening before or after another one.
dentro de / en	When referring to time, **dentro de** is more concrete than **en**; it emphasizes that there is a deadline or time limit to an event or action.

③ Prepositions followed by the infinitive

antes de	Vamos a preparar el viaje **antes de** irnos. *We are going to prepare for the trip before leaving.*
después de	Llámame **después de** llegar a casa. *Call me after arriving home.*
en vez de / en lugar de	Iremos al cine **en vez de** ir al museo. *We will go to the movies instead of going to the museum.*
para	Tenemos dinero **para** hacer la construcción. *We have money in order to do the construction.*
por	Tenemos dinero **por** hacer la construcción. *We have money because we did the construction.*
sin	Roberto se quedó **sin** ver la mejor película del año. *Roberto wound up not seeing the best film of the year.*

④ Prepositional pronouns

In all persons except the **yo** and **tú** forms, the prepositional pronouns are the same as the subject pronouns (**él, ella, usted, nosotros/as, vosotros/as, ellos/as, ustedes**). The prepositional pronouns of **yo** and **tú** are **mí** and **ti**.

A   With the preposition **con**, the prepositional pronouns of the first and second persons singular are **conmigo** and **contigo**.

¿Estás enfadado **conmigo**?	*Are you angry with me?*
No, no estoy enfadado **contigo**.	*No, I am not angry with you.*

The object pronouns for all other persons are regular.

¿Estás enfadado **con ella**?	*Are you angry with her?*

B   After the prepositions **entre** and **según**, use subject pronouns, not object pronouns, for all persons.

Entre tú y **yo** hay una amistad sincera.	*There is sincere friendship between you and me.*
Según él no existen desacuerdos.	*According to him there are no disagreements.*

Actividades

Actividad 10: Investigando. Completa las oraciones con el equivalente en español de las palabras indicadas sobre un viaje de investigación a México.

Yo estoy haciendo investigaciones sobre una misteriosa tumba azteca que está _____ (1. near) la casa de mi amigo Raúl en México. _____ (2. Around) la tumba hay muchas rocas y _____ (3. next to) ella hay una iglesia anciana en ruinas. _____ (4. Behind) la tumba hay unas montañas muy altas y _____ (5. to the right) hay un río. _____ (6. Between you and me) no me gustaría hacer esta investigación solo/a. ¿Quieres ir _____ (7. with me) _____ (8. after speaking) un poquito más sobre los detalles?

Actividad 11: La búsqueda. A Gloria se le perdió en su casa un anillo de plata que compró en Machu Picchu. Describe la posición de los objetos del cajón y explica dónde está el anillo.

Actividad 12: En la excavación. Mira el dibujo de la primera parte de esta sección (ver la página 187) y describe la posición de estas personas: el chico de pelo negro, el chico de pelo rubio, la chica de pelo corto y la chica de pelo largo. ¿Dónde están las rocas y la tierra? ¿Quién/es está/n cerca y quién/es está/n lejos? Describe la posición de los objetos que ves en la escena.

Actividad 13: Preguntas personales. Contesta las preguntas, usando preposiciones.

1. ¿Qué hiciste durante las vacaciones del verano pasado?
2. ¿Van tus padres al trabajo en tren, en coche o andando?
3. ¿Vives cerca o lejos de la universidad? ¿Cuántos días a la semana tienes clases?
4. ¿Qué tiene tu compañero/a de cuarto encima de su escritorio?
5. Antes de tomar un examen de ciencias, ¿cuántas horas estudias?
6. Según el presidente, ¿cuáles son los peores peligros para nuestro país?
7. ¿Qué tienes dentro de tu mochila?
8. Después de graduarte, ¿qué planes tienes?

•••••••• RISAS Y REFLEXIONES ••••••••

 DICHOS

En parejas, lean los dichos en voz alta, y den un ejemplo que ilustre el sentido de cada uno, según los temas del capítulo.

1. No hay mejor escuela que la que el tiempo da.
   Ejemplo: *Reflexionar sobre hechos del pasado nos enseña mucho en el presente.*
2. Quien no sabe de abuelo, no sabe de bueno.
3. Viajar es pasear un sueño.

UNA COMIQUITA

Con otro/a estudiante, discutan las ideas y actitudes que expresa el artista.

 UNA ADIVINANZA

¿Qué es?

Nunca para, ni de noche,
Este buen trabajador.
Callado marca el paso
todo el día, un-dos, un-dos.
Cuando todo está en
silencio puedes escuchar su voz.

Adivinanza: El reloj

Entre el gran número de grupos indígenas que formaron y forman parte del mundo hispano se encuentran los taínos, pobladores de las islas del Caribe, y los aztecas, la conocida cultura precolombina mexicana. Gracias al trabajo de los arqueólogos e historiadores que investigan estas culturas, estamos conociendo más profundamente a los primeros habitantes que poblaron el continente americano.

Previsión

Actividad 1: Eres historiador. Imagínense que son historiadores. Conversen sobre lo que pueden deducir sobre las culturas de las fotos en esta página. Pueden incluir la descripción de los materiales, la zona geográfica, el posible significado, el tipo de vida de los habitantes, el tipo de creencias y cualquier otro tema de interés.

Actividad 2: Lo que ya sabes. Escoge la definición de estas palabras que se refieren a las culturas indígenas de los aztecas y de los taínos.

____ 1. Tenochtitlán
____ 2. arqueólogo
____ 3. los aztecas
____ 4. los taínos
____ 5. precolombinas

a. persona que descubre y cataloga ruinas
b. civilización indígena del Caribe
c. civilización indígena muy conocida en el Valle de México
d. ciudad antigua sobre la cual está construida la capital de México
e. civilizaciones establecidas antes de la llegada de Cristóbal Colón

Visión

Actividad 3: ¿Aztecas o taínos? Mientras miras el video, decide si las siguientes observaciones se refieren a los taínos, a los aztecas o ambos.

1. La civilización era agrícola y pescadora.
   a. los taínos   b. los aztecas   c. ambos
2. La civilización tenía una organización jerárquica.
   a. los taínos   b. los aztecas   c. ambos
3. Las mujeres deben andar vestidas con faldas que tienen que llegar hasta los tobillos.
   a. los taínos   b. los aztecas   c. ambos
4. Había dos tipos de escuelas, una para nobles y otra para gente del pueblo.
   a. los taínos   b. los aztecas   c. ambos
5. Es un pueblo bélico.
   a. los taínos   b. los aztecas   c. ambos
6. Le dieron el nombre al país.
   a. los taínos   b. los aztecas   c. ambos

Actividad 4: Comparaciones. Usa el siguiente cuadro para comparar y contrastar las culturas azteca y taína. Vuelve a mirar el segmento del video para obtener la información.

Temas	Taínos	Aztecas
Vestimenta (*clothes*)	No hay información	
Educación / Diversiones		
Organización social		
Aportes (*contributions*)		

Posvisión

Actividad 5: Temas de discusión. Con otro/a estudiante, discute uno de los siguientes temas.

1. ¿A quién pertenecen los objetos precolombinos encontrados en las zonas arqueológicas? ¿a los pueblos indígenas sobrevivientes o a los museos?
2. ¿Los pueblos indígenas deben respetar las leyes de la población de los países donde habitan o deben tener el derecho de seguir las leyes tradicionales de su cultura?
3. En los países de habla española, ¿crees que la gente debe aprender uno de los idiomas de las culturas autóctonas del país?

Actividad 6: Usando el presente para descubrir el pasado. Busca en Internet sitios que muestren las contribuciones de otras civilizaciones precolombinas. Por ejemplo: los nazcas, la cultura moche, los mapuches, los guaraníes y los olmecas. Haz una lista de las cinco contribuciones que en tu opinión son las más cruciales para el mundo de hoy.

| A | R | T | E |

Vasija de agua de la cultura moche

Actividad 1: Una vasija antigua. Esta vasija de agua (*water jar*) tiene aproximadamente dos mil años. Es de la civilización moche, un grupo que vivía en la costa norteña del Perú. Los artesanos representaban a diferentes miembros de la comunidad en las vasijas, como a los príncipes, curas, prisioneros, músicos, tejedores y médicos. Estudia esta vasija de cerámica. Luego, en parejas, contesten las preguntas.

1. ¿Cuántas personas aparecen en esta vasija?
2. Describe a la familia. ¿Qué edad podrá tener el/la bebé?
3. ¿Qué están haciendo las personas?
4. ¿Es la otra figura un miembro de la familia? ¿Por qué piensas así?
5. ¿Cómo son la cara y las orejas de la figura?
6. ¿Qué ropa lleva esta figura? ¿Cuántos años tendrá?
7. ¿Qué tiene la figura en la mano? ¿Para qué se usará este objeto?
8. En tu opinión, ¿de qué tamaño es la vasija?
9. ¿Qué nos indica esta vasija sobre la civilización moche?
10. ¿Qué opinas de esta cerámica? ¿Por qué?

Actividad 2: Investigación internética. La clase se divide en dos grupos para aprender más sobre otras dos civilizaciones antiguas del Perú. En Internet, un grupo busca información sobre la cerámica de los incas de las montañas, y el otro grupo investiga la cerámica de los nazcas de la costa sureña. Cada grupo busca información sobre a) las formas de la cerámica, b) las imágenes, c) los colores, d) los símbolos y e) la vida diaria. Después, usando la información internética, escribe una composición corta sobre la pieza más interesante. Después, presenta la información al otro grupo.

Actividad 3: La cerámica del futuro. Imagínense que son historiadores de arte. Describan los objetos de cerámica que existirán en el tercer milenio en las montañas y en las costas de su país. ¿Cómo van a ser en contenido y forma? ¿De qué materiales serán? ¿Tendrán usos prácticos? ¿Qué importancia tendrán en la comunidad? ¿Dónde estarán? Trabajando en grupos, empiecen con la frase *"Somos historiadores de arte y vamos a ilustrar y describir la cerámica del tercer milenio..."*

LITERATURA

Prelectura

ANTICIPACIÓN

Actividad 1: Ayer y hoy. Trabajando con otro/a estudiante, contesten las siguientes preguntas.

1. ¿Cuáles fueron las primeras civilizaciones de tu región? ¿Qué lengua/s hablaban? ¿En qué parte del estado vivían? ¿Cómo era su vida diaria? ¿Qué costumbres practicaban? ¿Qué obras de arte hacían?

2. ¿Cuál es el grupo étnico de tu familia? ¿Cómo son algunos objetos de artesanía que hacen los miembros de tu grupo étnico?

3. ¿Qué grupos nuevos culturales hay en tu región hoy en día? ¿De dónde han venido? ¿Qué idiomas hablan? ¿Qué religiones practican? ¿Qué contribuciones han hecho a la comunidad?

4. ¿Vives cerca de las montañas, del océano, de unas islas? Describe la naturaleza de tu zona.

5. Describe a un/a escritor/a famoso/a de tu grupo cultural y explica que ha escrito.

ESTRATEGIA
DE LECTURA

Identificando sustantivos temáticos Al leer la poesía, es útil identificar los sustantivos. Muchas veces, los sustantivos nos indican los temas poéticos y nos ayudan a anticipar las ideas principales de cada poema.

Actividad 2: Sustantivos temáticos. Mientras lees los poemas que siguen, busca dos sustantivos clave para cada uno que revelen los posibles temas. Indica la información en la tabla.

Poema	Sustantivos	Posibles temas literarios
"Tortuga"		
"Piedras labradas"		
"Alturas de Machu Picchu VI"		
"Isla Negra"		

Lectura

EL AUTOR: El chileno Raúl Carimán Bustamante nació en 1944. Cuando era estudiante de arquitectura, dibujó pictogramas de animales, aves, insectos y anfibios. Veinte años más tarde, escribió poemas breves como el siguiente sobre la tortuga. También, tradujo los poemas al kallaway, el idioma secreto de los incas.

"Tortuga"

Con delicado y...
flexible cuello envejecido°   *ancient*
escondes tu cuerpo amuñonado°   *bent*

EL AUTOR: El poeta y folclorista Víctor Montejo, de origen maya, nació en 1952, en Guatemala. Después del asesinato de su hermano por razones políticas, él se exilió en los Estados Unidos donde ahora es profesor de antropología.

"Piedras labradas°"   *Sculpted stones*

Perdidos en la jungla
varios milenios
de historia.
Y olvidados por el hombre
brillantes milenios
de victoria.
Los Mayas y los glifos,

uno sólo
como padres e hijos
midiendo° el presente   *measuring*
en los ojos bobachones°   *easygoing*
del turista
que junto a la estela°   *monument*
manosea° en Tikal   *touches*
un glifo redondo
que a los curiosos
enseña los dientes
como diciendo:
"Después de dos mil años,
caminante,
aquí seguimos de pie
vigilantes
entre las sedas°   *silk*
de las telarañas°   *spiderwebs*
del tiempo".

EL AUTOR: Pablo Neruda es uno de los poetas más ilustres de la hispanidad. Nació en Chile en el año 1904 y murió en 1973. Ganó el Premio Nobel de literatura en 1971. Escribió poesía sobre varios temas: el amor, la muerte, la cultura, la política. Le importaba mucho luchar por los derechos humanos de los pueblos americanos. Este fragmento es del poema "Alturas° de Machu Picchu VI".   *Heights*

"Alturas de Machu Picchu VI"

Entonces en la escala° de la tierra he subido
entre la atroz maraña° de las selvas perdidas
hasta ti, Machu Picchu.

Alta ciudad de piedras escalares°
por fin morada° del que lo terrestre
no escondió en las dormidas vestiduras°.
En ti, como dos líneas paralelas,
la cuna° del relámpago° y del hombre
se mecían° en un viento de espinas°.

ladder
thicket

stepped
home
clothes

cradle / lightning
rocked / thorns

LA AUTORA: Marjorie Agosin es una escritora chilena que vive en los Estados Unidos y trabaja como profesora de literatura latinoamericana en Wellesley College. También, trabaja por los derechos humanos, por lo cual ha ganado muchos premios. Esta poeta prolífica ha escrito más de treinta libros de poesía. Este poema se trata de "Isla Negra", una isla chilena que le fue importante al poeta Pablo Neruda.

"Isla Negra"

En Isla Negra
Pablo Neruda
camina por el agua.
De sus pies brotan°:
anémonas° violetas,
victoriosas
mariposas,

spring
sea anemones

soñolientas°	*sleepy*
y redondas.	
En Isla Negra	
Don Pablo	
camina	
danzante°, danzando,	*dancer*
sus pies son	
dos campanas°, vertinosas° y dulces;	*bells / giddy*
su voz	
una palabra,	
un manantial°	*spring*
un trozo de agua	
descendiendo, hasta el origen	
del cielo	
que palpita.	

Poslectura

ASOCIACIONES

Actividad 3: Palabras relacionadas. Basándose en los poemas, indiquen las palabras asociadas. Luego, indiquen si son verbos, adjetivos o sustantivos.

1. tierra   a. danzante
2. manantial   b. soñoliento/a
3. alto/a   c. agua
4. dormido/a   d. terrestre
5. danzar   e. altura

Actividad 4: Ideas contrarias. Basándose en los poemas, ahora indiquen las palabras opuestas. Luego, usen cada una en una frase.

1. pie   a. encontrado/a
2. subir   b. historia
3. perdido/a   c. descender
4. presente   d. fuerte
5. delicado/a   e. cabeza

Actividad 5: Categorías. Con referencia a los poemas, escribe dos palabras asociadas con cada categoría. Luego, compara tu lista con la de otro/a estudiante. Sigue el ejemplo.

Ejemplo: ciudades antiguas: *Machu Picchu, Tikal*

1. la naturaleza
2. el tiempo

Actividad 6: Más sustantivos temáticos. Trabajando en parejas, añadan más sustantivos temáticos a la lista de la actividad 2 para cada poema.

Actividad 7: Comprensión. En parejas, contesten las preguntas sobre los poemas indicados.

1. "Tortuga"
   a. ¿Cómo es la tortuga de este poema?
   b. ¿En qué persona está escrito el poema? ¿Qué efecto tiene?

2. "Piedras labradas"
   a. ¿Cuántos años menciona el poema con respecto a los glifos de Tikal? ¿Cómo son los glifos?
   b. ¿A qué país se refiere esta obra poética?

3. "Alturas de Machu Picchu VI"
   a. ¿Cómo llega el narrador a Machu Picchu? ¿Cómo es el viaje, fácil o difícil? Explica.
   b. ¿Qué es Machu Picchu, según el poeta?

4. "Isla Negra"
   a. ¿Quién está caminando en este poema? ¿En dónde?
   b. ¿Qué emociones siente el caminante? Explica.

Actividad 8: Pasado y presente. ¿Qué ideas globales sobre el pasado y el presente sacas de los poemas?

Actividad 9: Preguntas sobre los poemas.

1. Compara la función de las "piedras" en "Machu Picchu" y en "Piedras labradas".
2. ¿Cuál es el papel del agua en "Isla Negra"?
3. ¿Qué es un caminante? ¿Cómo interpretas la importancia de "caminar" en "Machu Picchu"?
4. En "Piedras labradas", el turista es un caminante. ¿Qué le dicen los mayas y los glifos al turista sobre su existencia?

 Actividad 10: Estilo. En grupos, comparen y contrasten el estilo de los cuatro poemas con referencia a la rima y al lenguaje.

Actividad 11: Poeta Nobel. Al leer "Isla Negra" y "Machu Picchu", ¿cómo interpretas la personalidad del poeta chileno Pablo Neruda?

 Actividad 12: Imaginando el pasado. Trabajando con otro/a estudiante, inventen un diálogo entre Isla Negra y Pablo Neruda. ¿Qué se dicen?

 Actividad 13: Caminantes. Trabajando con miembros de la clase, dramaticen una escena entre tres turistas (caminantes) en Latinoamérica, reflexionando sobre las grandes civilizaciones del pasado.

Actividad 14: Animal admirado. ¿Qué animal admiras? ¿Cuáles son sus características? Si tienes uno en casa, ¿en dónde puede caminar? ¿Cuál es el animal favorito de otro miembro de tu familia? ¿Por qué?

Actividad 15: Inmortalizando el presente. Con tres compañeros/as, dibujen algunas piedras labradas con imágenes y símbolos para futuras generaciones sobre la vida de los jóvenes de este milenio. Describan sus obras de arte a la clase. Sean imaginativos/as.

Actividad 16: Soy poeta. Escribe un poema original, estilo libre, de 10–12 versos, sobre uno de los siguientes temas. Incluye algunos sustantivos para indicar los temas. Inventa el título después de escribir el poema.

1. un animal, un insecto, una araña o una mariposa
2. un aspecto de la naturaleza: una isla, una selva, un río o un jardín

EXPANSIÓN

COMPRENSIÓN

Actividad 1: Los mapuches. Mientras escuchas la descripción de los mapuches, pon una X enfrente de las palabras mencionadas.

____ maíz	____ agricultura	____ culto	____ bebidas
____ sacerdotes	____ cerámica	____ calendario	____ astronomía
____ deportes	____ pirámides	____ capulli	____ tierra
____ jefe	____ pillán	____ frijoles	____ antepasados
____ militar	____ ritos religiosos	____ flecha	____ geografía

REDACCIÓN

Comparación y contraste II

Actividad 2: Escríbela. Sigue las etapas siguientes para escribir una composición incluyendo comparaciones y contrastes entre dos distintas civilizaciones antiguas.

Etapa 1: *Preparar*
Decide cuáles son las dos civilizaciones que vas a comparar y qué aspectos de ellas quieres examinar. Puedes escoger entre las civilizaciones presentadas en este capítulo o puedes investigar otras civilizaciones de las Américas o del Caribe. (Ver las sugerencias en **Por Internet.**)

> **Ejemplo:**   La sociedad, política y economía de los aztecas y los mayas

Etapa 2: *Hacer la comparación*
Examina la información que tienes de las civilizaciones y haz una lista de las semejanzas y las diferencias entre los dos grupos. Sigue el ejemplo.

Ejemplo:

Tema	Azteca	Maya
la sociedad	jerarquía social: tres clases distintas	jerarquía social: el Inca era el jefe divino

Etapa 3: *Organizar la composición*
Después de hacer todas las listas, ponlas en un orden lógico. Usa esta organización.

Primer párrafo   Describe los aspectos de la civilización A.
Segundo párrafo   Describe los aspectos de la civilización B.
Tercer párrafo   Compara las dos civilizaciones.

Etapa 4: *Escribir la composición*
Usa tus apuntes para escribir una composición de tres párrafos.

POR INTERNET

Puedes encontrar mucha información sobre pueblos indígenas usando tu buscador favorito en la Red. Aquí hay unas sugerencias para facilitar tu búsqueda.

Palabras clave: civilizaciones indígenas, mesoamérica, pueblos indígenas; nombres propios de culturas como: olmeca, taíno, aimara, moche, mapuche, zapoteca, etc.; historia de (nombre del país: México, Perú, etc.)

For specific web pages to help you in your search, go to the *Reflejos* website: http://college.hmco.com/languages/spanish/students

Capítulo 8

NEGOCIOS
Y FINANZAS

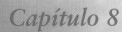

TEMAS Y CONTEXTOS
Mujeres y hombres en el mundo
del trabajo
Opciones de carreras

CULTURA
Los negocios hispanos

LENGUA
Imperfect subjunctive
Special uses of the definite article
Perfect tenses (subjunctive)

ARTE
Campesino, Daniel Desiga

LITERATURA
"Naranjas", Ángela
McEwan-Alvarado

La bolsa de Santiago, Chile

INTRODUCCIÓN AL TEMA

Mujeres y hombres en el mundo del trabajo

Para las mujeres mexicanas, los empleos más comunes son los de vendedora, agricultora, empleada de mostrador, artesana, oficinista y trabajadora doméstica, entre todos.

La incorporación de la mujer al mercado de trabajo no ha significado igualdad en oportunidades de ingreso. Generalmente son segregadas y, aún cuando tengan más educación, ganan menos que un hombre.

EJEMPLOS DE DISCRIMINACIÓN SALARIAL DE MUJERES				
GRUPO DE OCUPACIÓN	SALARIO POR HORA (PESOS)		PROMEDIO DE AÑOS DE ESTUDIO	
	MUJERES	HOMBRES	MUJERES	HOMBRES
Profesionales	13.53	18.05	16.21	16.12
Funcionarios públicos y gerentes privados	22.22	26.10	14.16	14.38
Oficinistas	7.87	9.23	11.15	11.06
Vendedores dependientes	3.66	12.80	8.43	8.44
Trabajadores domésticos	3.09	4.14	5.29	5.72

LA MUJER EN PUESTOS DE DECISIÓN

Pese a los obstáculos, la mejor educación y los ingresos mayores han permitido avances en la importancia de los cargos ocupados por mujeres.

MUJERES EN PUESTOS DE RESPONSABILIDAD			
FUNCIONARIAS DE ALTO NIVEL	TOTAL	MUJERES	% (APROXIMADO)
Poder Ejecutivo	673	60	8.9
Secretarias en Gabinete	17	2	11.7
Senadoras	128	21	16.4
Diputadas Federales	500	88	16.2
Asambleístas del Distrito Federal	66	17	25.7
Suprema Corte de Justicia	11	1	9.0
Presidentes municipales	2,418	85	3.5
Presidentes de partidos políticos	11	2	20.0
Dirigentes de sindicatos	1,134	39	3.0

Actividades

Actividad 1: Mujeres y trabajos. Trabajando en parejas, contesten las preguntas basándose en lo que acaban de leer sobre las mujeres y el trabajo en México. Concluyan con una discusión de las mujeres y los trabajos típicos y salarios en su región.

1. ¿Qué tipos de ocupaciones se consideran trabajos profesionales?
2. ¿En qué ocupación les pagan más a las mujeres? ¿y a los hombres? ¿En qué ocupación les pagan menos?
3. ¿En qué trabajo hay más discriminación entre el salario de hombres y mujeres? ¿Por qué?
4. ¿Qué ocupación requiere más años de estudio? ¿Quiénes estudian más para cada ocupación?
5. ¿En qué puesto de responsabilidad hay un mayor porcentaje de mujeres? ¿y de hombres?
6. ¿Qué ocupación te parece más interesante? ¿Qué ocupación te parece menos interesante? ¿Por qué?

Actividad 2: A escuchar. Mientras escuchas la historia de Sergio Martínez, indica si las frases son verdaderas (**V**) o falsas (**F**). Corrige las frases falsas.

Sergio Martínez, ingeniero

_____ 1. Sergio Martínez es de Bolivia.
_____ 2. Es ingeniero eléctrico.
_____ 3. Se especializó en el almacenamiento (*storage*) de metales.
_____ 4. Ha tenido mucho éxito en Sudamérica.
_____ 5. Tiene más de treinta años.
_____ 6. Su negocio creció un 25 por ciento.
_____ 7. Es ex-campeón nacional de fútbol.
_____ 8. Le afecta la pobreza de la gente del Perú.

Actividad 3: Comparaciones. En grupos de tres, hagan una lista de trabajos comunes para hombres y para mujeres en los Estados Unidos. ¿Cuáles son las diferencias? ¿Qué tienen en común? ¿En qué ocupación se gana más dinero? ¿Cuáles de estos puestos requieren más años de estudio?

TEMAS Y CONTEXTOS

Opciones de carreras

Las opciones de carreras empiezan con los sueños de la niñez. Las alternativas tempranas pueden usarse como guía. Dado que **tienden a** no tener limitaciones, los sueños de la niñez **suplen** una comparación importante al madurar y nuestras **metas** se hacen un poco más prácticas. Lo primero en recordar es que ya sea que quieras ser bailarina de ballet, **empresario** o analista de sistemas para computadora, cualquier carrera puede realizarse.

Puede ser que encontrar la carrera donde te realices sea la primera prioridad, pero un trabajo bien pagado es también una importante consideración. Algunos trabajos ofrecen tanto dinero como satisfacción, otros más del uno que del otro. El dinero y la educación van mano a mano. Una **licenciatura** es casi lo mejor mientras que una maestría en un campo no académico aún **permanece** opcional, más bien que esencial. Sin embargo, las carreras como la medicina y el derecho requieren años adicionales de estudio y para la mayoría de trabajos de directivos de nivel medio, una maestría en administración es considerada necesaria. ■

Eligiendo la carrera debida

Una carrera que es popular actualmente es posible que ya no lo sea al graduarte. No es sorprendente que los campos de alta tecnología tienen demanda y la seguirán teniendo en el futuro. Dado que el futuro **mercado** de trabajo depende de la alta tecnología, la educación adicional a la escuela preparatoria será cada vez más y más importante. La Oficina de Estadísticas del Trabajo de los Estados Unidos (*U.S. Bureau of Labor Statistics—BLS*) proyecta un incremento de empleo de 92 por ciento para analistas de sistemas y de 90 por ciento para ingenieros en computación. En una organización los analistas de sistemas **asesoran** en los sistemas de información y como muchas organizaciones se están automatizando, las oportunidades para ellos estarán **disponibles** en diferentes grados en casi todos los sectores industriales.

La era tecnológica no es exclusiva de las carreras técnicas; se espera que los graduados en artes liberales encuentren más oportunidades en campos tecnológicos en funciones de **consultoría, mercadeo**, entrenamiento, **relaciones públicas, ventas** o **soporte técnico**.

Siendo el **webjefe** es también una buena alternativa de trabajo. Muchos de esos webjefes empezaron como **diseñadores de artes gráficas**, expandiendo sus conocimientos al estar familiarizados con la red mundial. **Habilidades** como escritor son asimismo de gran valor para esa **responsabilidad** y como los lenguajes de programación se han simplificado, ya no es necesario ser un técnico experto.

Otro campo que podrá expandirse en el futuro es en el sector salud, particularmente en el servicio a domicilio. Profesionales como los terapeutas físicos verán ese gran incremento, el cual a su vez traerá mejores salarios. Otra carrera **prometedora** en el campo de la salud que también sigue la tendencia de servicio a domicilio es la de terapeuta ocupacional. ■

Vocabulario activo:

Hablando de negocios y finanzas

Cognados

las artes gráficas
asesorar
la corporación
las finanzas

la iniciativa
las relaciones públicas
el salario

Familia de palabras

Verbos	*Sustantivos*
cualificar	la cualificación
despedir (*to lay off, to fire*)	la despedida
diseñar (*to design*)	el/la diseñador/a
publicar	la publicidad
	la publicación
renunciar (*to quit*)	la renuncia
solicitar (un trabajo / un puesto)	el/la solicitante
[*to apply for (a job*)]	la solicitud

Sustantivos

el anuncio clasificado   *classified ad*
el/la aspirante   *applicant*
la bolsa   *stock market*
la búsqueda   *search*
la consultoría   *consulting*
la contabilidad   *accounting*
la debilidad   *weakness*
el desempleo   *unemployment*
la empresa   *business*
el/la empresario/a   *manager, businessman/woman*
la entrevista   *interview*
la fortaleza   *strength*
la fuerza de trabajo   *work force*

la habilidad   *skill*
el horario de trabajo   *work schedule*
el ingreso   *income*
la licenciatura   *college degree*
el mercadeo   *marketing*
el mercado   *market*
la meta   *goal*
el negocio   *business*
el soporte técnico   *technical support*
el sueldo   *salary*
el tiempo completo   *full-time*
el tiempo parcial   *part-time*
las ventas   *sales*
el/la webjefe/a   *webmaster*

Verbos

adjuntar   *to attach (a document)*
elegir (i, i)   *to elect, to choose*
escribir a máquina   *to type*
hacerse   *to become*
jubilarse   *to retire*
llenar una solicitud   *to fill out an application*

mandar / enviar   *to send*
navegar (por Internet)   *to surf (the Internet)*
permanecer   *to remain*
suplir   *to supply*
tender a (ie)   *to tend to*

Adjetivos y expresiones útiles

calificado/a   *qualified*
a corto plazo   *short-term*
a largo plazo   *long-term*

exitoso/a   *successful*
prometedor/a   *promising*

Vocabulario básico: Ver las páginas 354–355 en el Apéndice A.

Actividades

Actividad 1: Consejos. Todo el mundo te da consejos sobre el mundo de negocios. Completa las frases con una palabra de la lista.

hacerse	tiempo parcial	llenar una solicitud	bolsa
elegir	iniciativa	renunciar	jubilarse

1. Necesitas _____ antes de una entrevista.
2. Es importante _____ una carrera que te guste.
3. Es bueno ahorrar dinero antes de _____ y mudarse a la Florida.
4. Para salir adelante en un nuevo trabajo, es buena idea tomar _____.
5. Hay que trabajar mucho para _____ rico.
6. Es mejor _____ un trabajo que no te guste y buscar otro mejor.
7. Si quieres trabajar en Wall Street, necesitas aprender mucho de la _____.
8. Es posible tener un trabajo de _____ mientras estudias para ganar un poco de dinero.

Actividad 2: Términos tecnológicos. Sabemos que la revolución tecnológica ha tenido impacto en el idioma español. A veces la gente inventa vocabulario en "Spanglish" para expresar sus ideas. Aquí hay una lista de algunos términos. Encuentra la traducción correcta al español en la lista de vocabulario en la página 207.

1. printear
2. escapar
3. faxear
4. surfear
5. taipear
6. cliquear
7. imeiliar
8. atachear

Actividad 3: Discusión. En parejas, discutan estas preguntas basándose en la lectura.

1. Algunos trabajos ofrecen dinero, otros ofrecen satisfacción y hay otros que ofrecen los dos. Haz una lista de tres trabajos en cada categoría.
2. ¿Qué buscas tú en un trabajo? Haz una lista de tres cosas que son importantes para ti.
3. ¿Qué trabajos requieren conocimientos de la alta tecnología?
4. ¿Hay futuro para conocimientos de artes liberales? ¿Dónde?
5. Explica el aumento de trabajo en el sector salud.
6. ¿Qué trabajos podrían ser obsoletos en el futuro? ¿Por qué?
7. ¿Qué trabajo te interesa más a ti? ¿Por qué?
8. ¿Qué trabajo no te interesa? ¿Por qué?

Actividad 4: Mi hoja de vida. Necesitas escribir tu hoja de vida para una entrevista. Debes incluir la siguiente información:

Nombre
Dirección
Educación
Empleo (Incluye los títulos, las fechas y una descripción de tus responsabilidades)
Otras actividades (Organizaciones a las que perteneces como miembro, deportes, conocimiento de computadoras, idiomas, etc.)

Actividad 5: Cualidades. Haz una lista de cinco cosas que debes hacer para tener una entrevista exitosa. Compara tu lista con la de otro/a estudiante y, trabajando juntos, combínenlas para tener una lista maestra.

Ejemplo: mantener una actitud positiva, llegar a tiempo

Actividad 6: La entrevista. Aquí hay algunas preguntas comunes para una entrevista. En parejas, hagan el papel de solicitante y jefe para realizar una entrevista. Cada persona debe escoger cinco preguntas de la lista y crear dos preguntas originales. Después, cambien de papel y realicen otra entrevista.

1. ¿Cuáles son sus metas a corto y a largo plazo?
2. ¿Dónde se ve usted en cinco, diez y quince años?
3. ¿Por qué es usted la persona adecuada para este puesto?
4. ¿Cuáles son sus fortalezas?
5. ¿Cuáles son sus debilidades?
6. Describa una situación conflictiva del pasado y explíqueme cómo la manejó.
7. ¿Cuáles son sus mayores logros?
8. ¿Por qué quiere trabajar para esta empresa?
9. Describa una situación en la que tuvo éxito.
10. Dígame la cosa más importante que aprendió en la universidad.

Cultura | LOS NEGOCIOS HISPANOS

▲ Según el censo económico publicado en 2001 por la Oficina de Censos de los Estados Unidos, en 1997, los hispanos eran dueños de casi 1,2 millones de negocios personales en el país, sin contar las empresas relacionadas con la agricultura. Se estima que para el año 2005 el número de negocios hispanos puede llegar a unos 1,5 millones.

▲ Estas compañías constituyen el 5,8 por ciento de todos los negocios del país, les dan empleo a más de 1,3 millones de personas y generan entradas por casi 200 mil millones de dólares. La mayor parte de estas empresas son comerciales y de servicios.

▲ El estado de California es el que tiene la mayor concentración de negocios hispanos, con casi un 50 por ciento de los negocios de minorías. Le siguen Texas y la Florida en segundo y tercer lugar respectivamente.

▲ Los hispanos son el grupo étnico de más rápido crecimiento en los Estados Unidos y se estima que para el año 2050, los hispanos constituirán casi el 25 por ciento de la población total del país.

▲ Los hispanos tienen un poder adquisitivo importante en el comercio del país. Según estadísticas recogidas por diversas entidades comerciales, el poder adquisitivo de los hispanos ha crecido más rápidamente que el del resto de la población estadounidense.

▲ La mayoría de las empresas hispanas emplean diversas tecnologías en sus actividades comerciales. El comercio electrónico constituye actualmente un elemento importante en muchas de ellas.

Discusión en grupos Hagan una descripción de un negocio hispano que conozcan. Puede ser un negocio establecido en la ciudad donde ustedes viven o un negocio en Internet. Expliquen qué tipo de negocio es, qué produce, qué vende o qué tipo de servicios presta a la comunidad.

LENGUA

Imperfect subjunctive

Equipo de oficina

> Pero...¡yo quería un monitor que **fuera** grande!

> ¡Ojalá **pudiéramos** instalar todo hoy!

> Te dije que **pidieras** la impresora al mismo tiempo.

> Yo la pedí y esperaba que nos **dieran** buen servicio. Es muy raro que se equivoquen.

Enfoque: Imperfecto del subjuntivo (pasado del subjuntivo)

The highlighted forms show the use of the imperfect subjunctive. What are the infinitives of these verbs? These forms are similar to another indicative tense that you know. Can you determine what tense these forms are based on? Read the information in **Lo esencial** to check your answers.

LO ESENCIAL

The imperfect subjunctive of regular and irregular verbs is based on the *third person plural* of the **preterite** tense. To form it, drop the **-ron** ending and add the following endings:

Verbo	Conjugación
trabajar	trabajara, trabajaras, trabajara, trabajáramos, trabajarais, trabajaran
tener	tuviera, tuvieras, tuviera, tuviéramos, tuvierais, tuvieran
pedir	pidiera, pidieras, pidiera, pidiéramos, pidierais, pidieran

Note that there is one set of verb endings throughout the entire conjugation of verbs in the imperfect subjunctive and that there are accents on all **nosotros** forms.

Alternative endings for the imperfect subjunctive are **-se, -ses, -se, -semos, -seis, -sen.**

EL USO   The use of the imperfect subjunctive is similar to the use of the present subjunctive, but in a past context.

❶ The subjunctive is used with noun clauses that express:

● Requests, wishes, and desires

Present subjunctive	Imperfect subjunctive (past)
Quiero que **vengas** mañana.	Quería que **vinieras** mañana.
Te aconsejo que **uses** un ratón ergonómico para tu computadora.	Te aconsejé que **usaras** un ratón ergonómico para tu computadora.

● Emotions

Present subjunctive	Imperfect subjunctive (past)
¡Me impresiona que **sepas** tanto sobre computadoras!	¡Me impresionó que **supieras** tanto sobre computadoras!

● Doubt and uncertainty

Present subjunctive	Imperfect subjunctive (past)
Dudo que **puedas** ir a la entrevista en Los Ángeles.	Dudaba que **pudieras** ir a la entrevista en Los Ángeles.

❷ The subjunctive is used with adjective clauses that describe unknown people or things.

Present subjunctive	Imperfect subjunctive (past)
Necesito una impresora que **imprima** muy rápidamente.	Necesitaba una impresora que **imprimiera** muy rápidamente.

❸ The subjunctive is always used with these adverbial conjunctions: **a fin de que, a menos que, antes (de) que, con tal (de) que, en caso (de) que, para que,** and **sin que.**

Present subjunctive	Imperfect subjunctive (past)
Éstas son las instrucciones para que ellos **archiven** los documentos.	Éstas eran las instrucciones para que ellos **archivaran** los documentos.
Voy a comprar el disco duro con tal de que **sea** bueno.	Iba a comprar el disco duro con tal de que **fuera** bueno.

④ Use the imperfect subjunctive to soften a request or advice, or to express a wish.

A With the verbs **deber, poder,** and **querer,** the imperfect subjunctive is used to soften a request.

No **debieras** dejar encendida la computadora cuando no la usas. | *You should not leave your computer on when you are not using it.*

Quisiera trabajar con las nuevas tecnologías. | *I would very much like to work with new technologies.*

¿**Pudieras** prestarme tu computadora? | *Would you be so kind as to lend me your computer?*

B With **ojalá** the imperfect subjunctive is used to express an improbable wish.

¡Ojalá me **pagaran** un salario mejor! | *I wish they paid me a better salary!*

Actividades

Actividad 1: Chismes de una oficina. Durante el almuerzo, los empleados de una compañía conversan sobre las cosas que sucedieron allí por la mañana. Completa las oraciones con el imperfecto del subjuntivo de los verbos entre paréntesis.

1. Le rogué al jefe que me ———— (permitir) usar la nueva computadora.
2. Nos sorprendió que ellos nos ———— (enviar) el documento con tantos errores.
3. Al personal le gustó que el nuevo gerente ———— (tener) tan buenas calificaciones.
4. Nadie se imaginaba que los muebles de oficina ———— (ser) tan caros.
5. El electricista arregló el problema eléctrico antes de que ———— (ocasionar) más daños.
6. Los ejecutivos no recomendaron que la junta ———— (firmar) el contrato.
7. A ninguno de los empleados le gustó que el director ———— (renunciar) su puesto.
8. Iba a comprar el equipo con tal de que la compañía me ———— (dar) un buen precio.

Actividad 2: Tareas. Te despidieron de una oficina donde trabajabas con muchas computadoras. Para describir tu pasado allí, cambia las oraciones al pasado poniendo el verbo principal en el pretérito y el otro en el imperfecto del subjuntivo.

Ejemplo: **Pido** un monitor que **tenga** buenos controles.
Pedí un monitor que *tuviera* buenos controles.

1. Me **piden** que **use** equipo ergonómico.
2. Nos **dicen** que **contratemos** a un diseñador gráfico para el sitio web.
3. La nueva contadora nos **aconseja** que **revisemos** los salarios.
4. **Es** necesario que **busquemos** un editor de páginas web.
5. Nos **gusta** que **haya** muchas visitas a nuestro negocio en la Red.
6. **Compramos** el nuevo equipo antes de que **llegue** el nuevo jefe.
7. La supervisora nos **pide** que **reorganicemos** los horarios de trabajo.
8. Nos **asombra** que **haya** tanto interés por el nuevo puesto de programador.
9. Me **alegro** que nuestro jefe nos **diga** la verdad sobre nuestra compañía.

Actividad 3: Problemas de trabajo. Trabajas en una compañía donde los empleados tienen muchos problemas con las condiciones de trabajo. Estos empleados te han escogido como su líder y te han dado una lista de deseos que quieren que tú le informes al jefe de la compañía. Han escrito los deseos en el presente. Cambia los verbos en negrilla a las formas de cortesía usando el imperfecto del subjuntivo.

1. **Queremos** revisar nuestro horario de trabajo.
2. **Debemos** tener más de veinte minutos para el almuerzo.
3. ¿**Puede** usted poner más dinero en el presupuesto para los beneficios, sobre todo para los de salud?
4. Usted no **debe** estar siempre de vacaciones cuando tenemos problemas.
5. Como no nos han subido el sueldo en diez años, **queremos** un aumento.
6. ¿**Quiere** usted reunirse con nosotros?
7. Ojalá **escuche** bien nuestros deseos.

Actividad 4: Buenos y malos empleos. Piensa en tu mejor y tu peor experiencia de trabajo. Usando las siguientes expresiones y el imperfecto del subjuntivo, descríbelas. Comparte tus experiencias en grupos de tres estudiantes.

Sugerencias: era necesario, no creía, no pensaba, dudaba, mi jefe (no) quería, era bueno, era malo, ojalá, (no) me gustaba.

> **Ejemplo:** *En mi mejor trabajo, era bueno que pudiera trabajar con los niños en el verano.*
> *En mi peor trabajo, era necesario que yo le llevara café a mi jefe todos los días.*

Special uses of definite articles

El negocio

Enfoque: Usos especiales de los artículos definidos

Are the highlighted nouns used in a general or in a specific sense; i.e., do they refer to a general category or to a specific item? The address form **señor** is a special case and the definite article is used here. When is the definite article omitted before the address form **señor**? Read the section **Lo esencial** to check your answers.

LO ESENCIAL

The definite articles in Spanish are **el**, **la**, **los**, and **las**. Contractions occur between **a** + **el** = **al** and **de** + **el** = **del**.

Note: The article **el** is used before a singular feminine noun starting with a stressed **a-** or **ha-**. The noun continues to be feminine.

el agua fría	*the cold water*
el águila hermosa	*the lovely eagle*
el hacha afilada	*the sharp axe*

When these nouns change to the plural, the feminine plural definite article is used.

las águilas hermosas	*the lovely eagles*
las hachas afiladas	*the sharp axes*

Exception: The word **arte** is masculine in the singular form and feminine in the plural form.

el arte moderno	*modern art*
las bellas artes	*fine art*

EL USO

1 **With the subject of a sentence**

The definite article is generally used in Spanish with a noun that is the subject of a sentence.

Hoy, **las** computadoras son esenciales.	*Today computers are essential.*
Me gustan **los** negocios.	*I like business.*
El amor es importante.	*Love is important.*

2 **With the direct object of a sentence**

As in English, the definite article is used with specific direct objects and is omitted with generalized ones.

Generalized direct object	Specific direct object
Leyeron **artículos** sobre el mundo de negocios.	Escribí **el artículo** sobre la pobreza que publicaron en *Vanidades*.
Gastaron **dinero** en el negocio.	Gasté todo **el dinero** de mi amiga en el negocio.

3 **With *ser***

The article is omitted with **ser** when describing people or things that belong to a general category; for example, when a person or thing is described as belonging to a certain profession or group. The article is used when referring to a specific person or thing.

General category using *ser*	Specific reference using *ser*
Ana es **médica**.	Ana es **la médica** de la familia.
Ellos son **ricos**.	Ellos son **los ricos**, no nosotros.

④ With days of the week and dates

A No article is used when you wish to tell what day it is.

Hoy es viernes. *Today is Friday.*

B To describe something you do *on* a particular day or habitually on certain days of the week, use the definite article.

Conocimos a la secretaria **el** lunes. *We met the secretary on Monday.*
Envío las cartas **los** martes. *I mail the letters on Tuesdays.*

C Use the definite article + the date + **de** + the month to express dates.

El 12 de enero es mi cumpleaños. *January twelfth is my birthday.*

⑤ With time

Use the plural of the article unless you are talking about one o'clock. *At* in these expressions is **a.**

Salgo a **las** dos y media. *I'm leaving at two thirty.*
Son **las** ocho menos diez. *It is ten minutes to eight.*
La fiesta es a **la** una y media. *The party is at one thirty.*

⑥ With titles, but not with direct address

Addressing someone with a title	Talking about someone with a title
Señor Díaz, pase por favor.	**El señor** Díaz es el presidente de la compañía.
Le toca hablar a usted, **profesora** Rojas.	Le toca hablar a **la profesora** Rojas.
¿Puede darme una cita, **doctor** Gárate?	**El doctor** Gárate me dio una cita.

⑦ With languages

The definite article is often used with languages except after the preposition **en** and the verbs **hablar, aprender, comprender, enseñar, escribir, leer,** and **saber.**

El japonés es una lengua bonita.
BUT: Ella habla **japonés.**

⑧ With certain countries and place names. The use of the definite article varies with many of these countries.

la Argentina	**la** India
el Brasil	**el** Japón
el Canadá	**el** Paraguay
el Ecuador	**el** Perú
los Estados Unidos	**la** República Dominicana
la Florida	**el** Uruguay

❾ With parts of the body and articles of clothing

Spanish uses the definite article with body parts and clothing while English uses possessive adjectives.

Me duele **la** cabeza.   *My head hurts.*
Enrique se puso **la** chaqueta.   *Enrique put on his jacket.*

Actividades

Actividad 5: Las profesiones. En esta descripción de una empresa, completa las oraciones con el artículo definido cuando sea necesario.

En nuestra compañía tenemos _____ (1) ingenieros y _____ (2) programadores. En _____ (3) departamento de contabilidad, hay también _____ (4) contadores. Todos _____ (5) profesionales de nuestra compañía son excelentes. _____ (6) señor Suárez es _____ (7) director de contabilidad y ha estado con _____ (8) compañía durante diez años. En _____ (9) departamento de programación, _____ (10) directora es _____ (11) doctora Meneces. Ella ha trabajado para nosotros por mucho tiempo.

Actividad 6: Las paredes oyen. Trabajas para la compañía Nexored. Tu oficina está al lado de la de tu jefe. Un día él habla por teléfono con una voz muy alta y por casualidad escuchas parte de la conversación. Determina si el artículo definido es necesario o no.

1. Tenemos que hacer _____ pedido de papel mañana mismo.
2. Es necesario conseguir _____ direcciones de nuestros socios.
3. Si tengo _____ información sobre ese caso, puedo resolverlo pronto.
4. _____ equipo de computación está muy anticuado.
5. Necesitamos _____ especialistas que hablen _____ francés.
6. No tenemos _____ dinero para _____ renovaciones que quieren.
7. Hoy tenemos todos _____ artículos rebajados.
8. Mañana vienen _____ representantes que invitamos.

Actividad 7: Descripciones. Escoge a una persona real que tenga un trabajo interesante. Describe lo siguiente sobre el trabajo de la persona. Después, en grupos, léanse sus descripciones y decidan quién tiene el trabajo más interesante. ¿Por qué?

1. nombre
2. profesión
3. cualidades más importantes
4. qué hace normalmente durante los días de la semana
5. horario de un día
6. su título en la compañía
7. qué estudió para obtener el trabajo
8. qué le gusta de su trabajo

Perfect tenses (subjunctive)

La impresora

Rolando

Esmeralda

ROLANDO: Es increíble que la impresora **se haya dañado** de nuevo.

ESMERALDA: La compramos usada, pero no creo que eso haya sido la causa.

ROLANDO: ¡Ojalá **hubieras comprado** una nueva!

ESMERALDA: Sí, pero no creía que eso hubiera ayudado mucho.

Enfoque: El subjuntivo de los tiempos perfectos

The two highlighted forms are perfect tenses in the subjunctive. The first one is the present perfect subjunctive and the other one is the past perfect subjunctive. There are two more examples. Find them. Which sentences express contrary-to-fact situations? What pattern do you notice in the conjugation of the imperfect subjunctive forms? Read the section **Lo esencial** to check your answers and learn about additional uses.

LO ESENCIAL

❶ The present perfect subjunctive is formed with the present subjunctive of **haber** and the past participle of the main verb.

haber + past participle
haya
hayas
haya   hablado / comido / vivido
hayamos
hayáis
hayan

❷ The past perfect subjunctive (pluperfect subjunctive) is formed with the imperfect subjunctive of **haber** and the past participle of the main verb.

haber + past participle	
hubiera	
hubieras	
hubiera	hablado / comido / vivido
hubiéramos	
hubierais	
hubieran	

Note: The alternative forms **hubiese, hubieses, hubiese, hubiésemos, hubieseis, hubiesen** are used in Spain and in some parts of Latin America.

EL USO ❶ The present perfect subjunctive is used to refer to an action that happened in the recent past, before the action described in the main clause. The verb in the main clause is usually in the present indicative.

Siento mucho que no **hayas venido**.	*I am very sorry that you haven't come.*
Ellos no creen que **hayas aprendido** español.	*They don't believe you have learned Spanish.*

❷ The past perfect subjunctive (pluperfect subjunctive) is used when the past action described by the dependent clause occurred before another past action that is described by the main clause.

Esperaba que **hubieras hecho** un feliz viaje.	*I hoped you had had a good trip.*
Fue bueno que **hubieras conocido** a Luisa.	*It was good that you had met Luisa.*

Actividades

Actividad 8: El viaje. Hace dos semanas tu compañero de trabajo hizo un viaje a Europa para sus vacaciones. Antes de su viaje le diste varios consejos. Ahora, dos semanas después, al regresar tu colega, le haces las mismas preguntas sobre el viaje que acaba de hacer.

Ejemplo: Espero que **tengas** mucho éxito.
Espero que hayas tenido mucho éxito.

1. Espero que **se cumplan** tus planes de visitar Madrid.
2. ¡Ojalá **aprendas** mucho español en tu viaje a España!
3. Confío en que tus padres **lleguen** bien.
4. Espero que no **tengas** problemas en tu viaje.
5. Espero que **consigas** entradas para el juego de fútbol.
6. ¡Ojalá **gane** tu equipo favorito!
7. Confío en que no **te enfermes** durante el viaje.
8. ¡Ojalá te **guste** mi restaurante favorito en Madrid!

Actividad 9: Casos. La compañía en la cual trabajabas tiene muchos problemas. En las siguientes oraciones, pon el verbo entre paréntesis en el pluscuamperfecto de subjuntivo (*past perfect subjunctive*) para describir por qué decidiste marcharte.

Ejemplo: *Dudaba que mi jefe me <u>hubiera dado</u> el aumento de sueldo.*

1. Yo esperaba que la compañía _____ (tener) más ganancias.
2. Ellos deseaban que yo no _____ (llegar) tarde a la reunión.
3. Yo no quería que nadie _____ (decir) nada sobre mi nuevo trabajo.
4. Era mejor que nosotros no _____ (comprar) equipo caro para la oficina.
5. No fue bueno que el chófer _____ (salir) tarde todos los días.
6. Sentí mucho que ustedes no nos _____ (visitar) durante las vacaciones.
7. No fue justo que las secretarias _____ (trabajar) sin pausa todos los días.
8. Fue importante que ellos no _____ (aumentar) el horario de trabajo.

LENGUA *cont. next page*

•·•*•·•**·•• RISAS Y REFLEXIONES ••*•··•*•

DICHOS

En parejas, lean los dichos en voz alta y den un ejemplo que ilustre el sentido de cada uno, según los temas del capítulo.

1. Poderoso caballero es don Dinero.
   Ejemplo: *El dinero tiene mucha importancia en la vida de una persona.*
2. No es oro todo lo que reluce.
3. El dinero es como el agua: un poco salva y mucho ahoga.

UNA COMIQUITA

Con otro/a estudiante, discutan las ideas y actitudes que expresa el artista.

UNA ADIVINANZA

¿Qué soy?

De nueve hijos que somos
El primero yo nací,
Y soy el menor de todos
¿Cómo puede ser así?

Adivinanza: El número 1

Actividad 10: Una compañía sin máquinas. Tú eres el/la nuevo/a jefe/a de una compañía. Tuviste unos problemas con la instalación de nuevas computadoras, pero eres muy optimista sobre el futuro de tu compañía. Cambia cada infinitivo al presente perfecto de subjuntivo o al pluscuamperfecto de subjuntivo, según el contexto.

Me preocupaba que mis empleados todavía no ———— (1. poder) comprar sus nuevas computadoras. Yo esperaba que la compañía lo ———— (2. hacer) antes de mi llegada. Pero, ya que recibimos el dinero, estoy alegre de que nosotros ———— (3. instalar) todos los sistemas nuevos en la oficina. Es dudoso que todos nosotros ———— (4. tener) tiempo de leer todas las instrucciones, pero la semana entrante vamos a tener unos seminarios para enseñarles todo. ¡Era bueno que mi secretario ———— (5. hablar) con el departamento de tecnología hace muchos meses para organizar el seminario! No creo que sea bueno pensar en lo que ———— (6. ocurrir) sino en lo que pueda ocurrir en el futuro.

Actividad 11: Preocupaciones. Todos se preocupan por el éxito en la vida. Completa las siguientes frases utilizando la forma del pluscuamperfecto (*past perfect*) o el presente perfecto del subjuntivo para conversar sobre tu vida cuando eras más joven y sobre tus deseos para el futuro. Luego, compara tu lista con la de otro/a estudiante.

> **Ejemplo:**   Mis maestros estaban contentos de que yo *hubiera decidido* ir a la universidad.
> Mis profesores están contentos que yo *haya decidido* asistir a la escuela graduada de derecho.

Cuando era más joven...

1. mi familia esperaba que yo ———— antes de graduarme del colegio.
2. mis amigos querían que yo ———— antes de salir para la universidad.
3. era bueno que yo ————.
4. era posible que yo ———— antes de cumplir 15 años.
5. no creía que yo ———— antes de cumplir 16 años.

Ahora...

6. mi familia espera que yo ———— antes del año 2015.
7. mis amigos quieren que yo ———— antes del año 2010.
8. es bueno que yo ya ————.
9. es posible que yo ———— antes de cumplir 30 años.
10. no creo que yo ———— antes de cumplir 50 años.

VIDEO

En los Estados Unidos las empresas están cada vez más interesadas en atraer la creciente y económicamente poderosa población hispana. Los estadounidenses se están dando cuenta de la importancia de ser bilingüe para poder comunicarse con esta numerosa población hispanohablante. Mayte Prida, la presidenta de una compañía productora de videos bilingües en los Estados Unidos, nos habla sobre su compañía y sobre la importancia del uso de Internet en sus actividades empresariales.

Previsión

 Actividad 1: Palabras productivas. Trabajando con otro/a estudiante, definan las siguientes palabras sobre la producción de videos bilingües.

1. programación
2. grabación / grabar
3. comercial
4. estación de televisión
5. idioma
6. producto

 Actividad 2: Experiencia tecnológica. En parejas, conversen sobre sus experiencias con Internet y con la tecnología en general. Utilicen las siguientes preguntas como guía.

1. ¿De qué manera has utilizado Internet en tus empleos? ¿y en tus estudios?
2. ¿Has comprado algo por Internet? Describe tu experiencia.
3. ¿Comprarías videos por Internet? Explica tus razones.
4. ¿Has enviado tus opiniones o quejas sobre algún producto por correo electrónico?
5. ¿Has pedido algo gratis por Internet?
6. ¿Cuáles son los cambios que has visto en Internet y en la tecnología?
7. ¿Qué importancia tiene la tecnología y la computación en la profesión que quieres ejercer?

Visión

Actividad 3: Verdadero o falso. Mientras miras el video, decide si las siguientes afirmaciones son verdaderas (**V**) o falsas (**F**).

_____ 1. En la empresa de Mayte Prida se producen programas exclusivamente para adultos.

_____ 2. Mayte Prida piensa que el trabajo de la empresa es rutinario.

_____ 3. En la empresa graban, editan, escriben libretos y filman programas y comerciales.

_____ 4. Todos los empleados de Mayte Prida son bilingües.

_____ 5. En los Estados Unidos no hay interés por programas bilingües.

_____ 6. Mayte Prida usa Internet para vender sus productos y también para recibir opiniones sobre sus programas.

_____ 7. Las escuelas estadounidenses piden videos gratis por Internet.

_____ 8. Mayte Prida cree que el uso de Internet es más caro que las llamadas de larga distancia.

_____ 9. Mayte Prida piensa que el Internet será útil para su empresa en el futuro.

Actividad 4: Yo soy la presidenta. Mientras miras el video, ponte en el lugar de Mayte Prida, presidenta de la compañía. En parejas, discutan lo que harían igual a o diferente de Mayte Prida. Miren el video más de una vez si es necesario.

Ejemplo: *Nos piden muchas cosas gratis a través de Internet.*
No les daría videos gratis a las escuelas porque...

Posvisión

Actividad 5: El Mundo de Mayte. Con un grupo de compañeros, presenten un drama, una canción u otro tipo de actividad para el programa del Mundo de Mayte. Recuerden que es un programa infantil bilingüe. Grábenlo y/o muéstrenlo en clase.

A R T E

Campesino, **Daniel Desiga (Estados Unidos)**

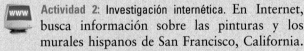

Actividad 1: El artista. Daniel Desiga, un artista de ascendencia mexicana, creó esta pintura en 1976. Se titula *Campesino* y se trata de la vida de los trabajadores mexicano-americanos que cultivan y cosechan las frutas y los vegetales en diferentes partes de los Estados Unidos. En parejas, estudien la pintura. Luego, contesten las preguntas.

1. ¿Qué está haciendo el hombre en el campo?
2. ¿Qué tiempo hace? ¿Cuál crees tú que es la estación del año?
3. ¿Qué hora es? ¿Cómo lo sabes? En tu opinión, ¿cuántas horas trabaja el hombre en el campo cada día?
4. ¿Cómo está vestido el campesino? ¿Por qué? Comenta la relación del cuerpo del campesino con respecto a la tierra y al cielo.
5. Describe los tonos y la composición que usa el pintor. ¿Cuál es el efecto en el/la observador/a?
6. ¿Por qué no podemos ver la cara del trabajador? ¿Qué otra razón posible hay?

7. ¿Es *Campesino* un buen título para la pintura? ¿Por qué? ¿Qué otro título puede tener? Explica.
8. ¿Qué piensas de la pintura?

Actividad 2: Investigación internética. En Internet, busca información sobre las pinturas y los murales hispanos de San Francisco, California. Luego, da una presentación oral en grupos sobre los temas representados, las formas, los colores, los símbolos, etcétera. Después, usando la información internética, escribe una composición corta narrando lo que está pasando en las escenas de dos de las obras.

Actividad 3: Campo y ciudad. Imagínense que tienen que mudarse mucho por sus trabajos. Describan los eventos que van a pintar en dos escenas de una pintura: una escena en una ciudad y otra en el campo. Describan su vida: familia, casa, lengua, trabajo, actividades, dificultades. Incluyan los placeres y los problemas de cada lugar.

Empiecen con la frase, *"Nos mudamos mucho..."*

LITERATURA

Prelectura

ANTICIPACIÓN

Actividad 1: Cuando tenías ocho años. Contesta las preguntas sobre tu vida cuando tenías ocho años. Luego, con otro/a estudiante, comenten y comparen sus respuestas.

1. ¿Cuántas personas había en tu familia cuando tenías ocho años? ¿Quiénes eran y cuántos años tenían?
2. ¿Cómo era tu casa o apartamento? ¿Qué muebles tenía? ¿Vivían ustedes en el campo o en la ciudad?
3. ¿De dónde eran tus abuelos? ¿tus padres? ¿y tú? ¿Eran tus abuelos y tus papás religiosos? ¿Asistías a servicios religiosos en una iglesia, un templo o en una mezquita (*mosque*)?
4. ¿Qué oficios o trabajos tenían tus padres o tíos? ¿Cómo iban al trabajo: en tren, en autobús o en coche?
5. ¿Quién pagaba las cuentas en tu familia? Y ahora, ¿cuáles son las diferentes categorías de tu presupuesto mensual? ¿En qué gastas más dinero?
6. ¿Te gustaba la escuela a esa edad? ¿Por qué? ¿Usabas computadoras entonces? ¿Y ahora?

ESTRATEGIA DE LECTURA

Usando una línea cronológica para contar una narración Al leer un cuento, es una buena idea enfocarte en algunos eventos clave y usar esa información para contar la narración en orden cronológico. Mientras lees el siguiente cuento, busca los eventos indicados en la línea cronológica (**1, 7, 11**) e indica en qué páginas ocurren.

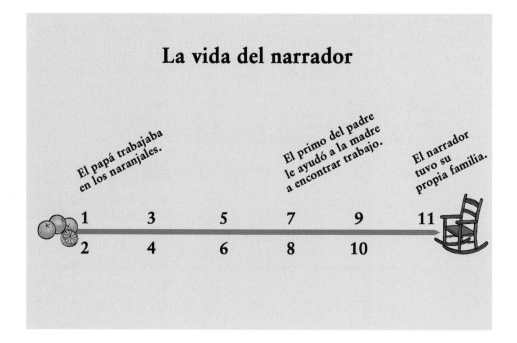

La vida del narrador

El papá trabajaba en los naranjales.

El primo del padre le ayudó a la madre a encontrar trabajo.

El narrador tuvo su propia familia.

1 3 5 7 9 11
2 4 6 8 10

Lectura

LA AUTORA: Angela McEwan-Alvarado nació en Los Ángeles. Se educó en universidades en México y en los Estados Unidos. Además de escritora, tuvo otras carreras, entre ellas secretaria bilingüe y editora. Este cuento "Naranjas" se trata de las dificultades familiares y socioeconómicas de una familia de inmigrantes mexicanos en California.

"Naranjas"

Desde que me acuerdo, las cajas° de naranjas eran parte de mi vida. Mi papá trabajaba cortando naranjas y mi mamá tenía un empleo en la empacadora, donde esos globos° dorados rodaban° sobre bandas para ser colocados en cajas de madera. En casa, esas mismas cajas burdas° nos servían de cómoda, bancos° y hasta lavamanos, sosteniendo una palangana° y un cántaro de esmalte descascarado°. Una caja con cortina se usaba para guardar las ollas.

    Cada caja tenía su etiqueta° con dibujos distintos. Esas etiquetas eran casi los únicos adornos que había en la habitación pequeña que nos servía de sala, dormitorio y cocina. Me gustaba trazar con el dedo los diseños—coloridos tantos diseños—me acuerdo que varios eran de flores—azahares°, por supuesto—y amapolas° y orquídeas, pero también había un gato negro y una caravela. El único inconveniente eran las astillas°. De vez en cuando se me metía una en la mano. Pero como dicen, "A caballo regalado, no se le miran los dientes"°.

    Mis papás llegaron de México a California siguiendo su propio sueño de El Dorado. Pero lo único dorado que encontramos eran las naranjas colgadas° entre abanicos° de hojas temblorosas en hectáreas y hectáreas de árboles verdes y perfumados. Ganábamos apenas lo suficiente para ajustar, y cuando yo nací el dinero era más escaso° aún, pero lograron seguir comiendo y yo pude ir a la escuela. Iba descalzo°, con una camisa remendada° y un pantalón recortado° de uno viejo de mi papá. El sol había acentuado el color de mi piel y los otros muchachos se reían de mí. Quería dejar de asistir, pero mi mamá me decía —Estudia, hijo, para que consigas un buen empleo, y no tengas que trabajar tan duro como tus papás.—Por eso, iba todos los días a luchar con el sueño y el aburrimiento mientras la maestra seguía su zumbido° monótono.

    En los veranos acompañaba a mi papá a trabajar en los naranjales. Eso me parecía más interesante que ir a la escuela. Ganaba quince centavos por cada caja que llenaba. Iba con una enorme bolsa de lona° colgada de una banda ancha para tener las manos libres, y subía por una escalerilla angosta° y tan alta que podía imaginarme pájaro. Todos usábamos sombreros de paja° de ala ancha° para protegernos del sol, y llevábamos un pañuelo para limpiar el sudor que salía como rocío° salado en la frente. Al cortar las naranjas se llenaba el aire del olor punzante del zumo°, porque había que cortarlas justo a la fruta sin dejar tallo°. Una vez nos tomaron una foto al lado de las naranjas recogidas. Eso fue un gran evento para mí. Me puse al lado de mi papá, inflándome los pulmones y echando los hombros para atrás°, con la esperanza de aparecer tan recio° como él, y di una sonrisa tiesa° a la cámara. Al regresar del trabajo, mi papá solía sentarme sobre sus hombros, y así caminaba a la casa riéndose y cantando.

boxes

spheres / rolled
rough / benches
wash basin
a peeling enamel pitcher
label

citrus blossoms
poppies
splinters
Don't look a gift horse in the mouth

hanging
fans

scarce
barefoot / mended / shortened

buzzing

canvas
narrow ladder
straw
wide brim
dew
juice
stem

sticking out my chest and throwing my shoulders back / robust / stiff

Mi mamá era delicada. Llegaba a casa de la empacadora, cansada y pálida, a preparar las tortillas y recalentar los frijoles; y todas las noches, recogiéndose en un abrigo de fe, rezaba el rosario ante un cuadro° de la Virgen de Zapopán.

    Yo tenía ocho años cuando nació mi hermana Ermenegilda. Pero ella sólo vivió año y medio. Dicen que se enfermó por una leche mala que le dieron cuando le quitaron el pecho°. Yo no sé, pero me acuerdo que estuvo enferma un día nada más, y al día siguiente se murió.

    Nuestras vidas hubieran seguido de la misma forma de siempre, pero vino un golpe inesperado. El dueño de la compañía vendió parte de los terrenos para un reparto de casas°, y por eso pensaba despedir a varios empleados. Todas las familias que habíamos vivido de las naranjas sufríamos, pero no había remedio. Mi mamá rezaba más y se puso más pálida, y mi papá dejó de cantar. Caminaba cabizbajo° y no me subía a los hombros.

    —Ay, si fuera carpintero podría conseguir trabajo en la construcción de esas casas—decía. Al fin se decidió ir a Los Ángeles donde tenía un primo, para ver si conseguía trabajo. Mi mamá sabía coser° y tal vez ella podría trabajar en una fábrica. Como no había dinero para comprarle un pasaje en el tren, mi papá decidió meterse a escondidas° en el tren de la madrugada. Una vez en Los Ángeles, seguramente conseguiría un empleo bien pagado. Entonces nos mandaría el pasaje para trasladarnos°.

    La mañana que se fue hubo mucha neblina. Nos dijo que no fuéramos a despedirle al tren para no atraer la atención. Metió un pedazo° de pan en la camisa y se puso un gorro. Después de besarnos a mi mamá y a mí, se fue caminando rápidamente y desapareció en la neblina.

    Mi mamá y yo nos quedamos sentados juntos en la oscuridad, temblando° de frío y de los nervios, y tensos por el esfuerzo de escuchar el primer silbido del tren. Cuando al fin oímos que el tren salía, mi mamá dijo—Bueno, ya se fue. Que vaya con Dios.

    No pudimos volver a dormir. Por primera vez me alisté° temprano para ir a la escuela.

    Como a las diez de la mañana me llamaron para que fuera a mi casa°. Estaba agradecido por la oportunidad de salir de la clase, pero tenía una sensación rara en el estómago y me bañaba un sudor helado° mientras corría. Cuando llegué jadeante° estaban varias vecinas en la casa y mi mamá lloraba sin cesar.

    —Se mató, se mató—gritaba entre sollozos°. Me arrimé a ella° mientras el cuarto y las caras de la gente daban vueltas alrededor de mí°. Ella me agarró como un náufrago a una madera°, pero siguió llorando.

    Allí estaba el cuerpo quebrado° de mi papá. Tenía la cara morada° y coágulos de sangre° en el pelo. No podía creer que ese hombre tan fuerte y alegre estuviera muerto. Por cuenta° había tratado de cruzar de un vagón a otro por los techos y a causa de la neblina no pudo ver bien el paraje°. O tal vez por la humedad se deslizó°. La cosa es que se cayó poco después de haberse subido. Un vecino que iba al trabajo lo encontró al lado de la vía°, ya muerto.

    Los que habían trabajado con él en los naranjales hicieron una colecta, y con los pocos centavos que podían dar reunieron lo suficiente para pagarnos el pasaje en el tren. Después del entierro°, mi mamá empacó en dos bultos° los escasos bienes° que teníamos y fuimos a Los Ángeles. Fue un cambio decisivo en nuestras vidas, más aún, porque íbamos solos, sin mi papá. Mientras el tren ganaba velocidad, soplé° un adiós final a los naranjos.

---

picture

when she stopped nursing

housing development

dejected

sew

secretly

move us

piece

trembling

I got ready

they called me to go home

icy

panting

sobs / I got close to her were spinning around me / She grabbed me like a shipwrecked sailor
broken / purple
blood clots
Apparently
open space
he slipped
track

burial / bags
few goods

blew

El primo de mi papá nos ayudó y mi mamá consiguió trabajo cosiendo en una fábrica de overoles. Yo empecé a vender periódicos después de la escuela. Hubiera dejado de ir del todo a la escuela para poder trabajar más horas, pero mi mamá insistió en que terminara la secundaria.

Eso pasó hace muchos años. Los naranjales de mi niñez han desaparecido. En el lugar donde alzaban° sus ramas° perfumadas hay casas, calles, tiendas y el constante vaivén° de la ciudad. Mi mamá se jubiló con una pensión pequeña, y yo trabajo en una oficina del estado. Ya tengo familia y gano lo suficiente para mantenerla. Tenemos muebles en vez de cajas, y mi mamá tiene una mecedora° donde sentarse a descansar. Ya ni existen aquellas cajas de madera, y las etiquetas que las adornaban se coleccionan ahora como una novedad°.

Pero cuando veo las pirámides de naranjas en el mercado, hay veces que veo esas cajas de antaño° y detrás de ellas está mi papá, sudando y sonriendo, estirándome° los brazos para subirme a sus hombros.

gathered / branches
rhythm

rocking chair

novelty

of long ago
stretching out to me

Poslectura

ASOCIACIONES

Actividad 2: Palabras relacionadas. Basándose en el cuento, indiquen las palabras asociadas. Luego, digan si son verbos, adjetivos o sustantivos.

1. dejar de	a. helado/a
2. empleo	b. gorro
3. frío/a	c. colecta
4. sombrero	d. cesar de
5. coleccionar	e. trabajo

Actividad 3: Ideas contrarias. Basándose en el cuento, ahora indiquen las palabras opuestas. Luego, usen cada una en una frase.

1. vivir	a. delicado/a
2. ancho/a	b. solos/as
3. bajar	c. morir
4. fuerte	d. angosto/a
5. juntos/as	e. subir

Actividad 4: Categorías. Con referencia al cuento, escribe las palabras asociadas con cada categoría. Luego, compara tu lista con la de otro/a estudiante. Sigue el modelo.

Ejemplo: la ropa: *camisa, pañuelo, sombrero*

1. los oficios/las profesiones
2. la ciudad
3. la casa

Actividad 5: Comprensión: La línea cronológica. Arreglen los eventos de la narración sobre la vida del narrador en el orden cronológico correcto (1–11). Ya tienen las respuestas para el 1, 7 y 11. Trabajen en parejas para repasar los eventos significativos del cuento.

> ____ El papá tuvo un accidente fatal.
> ____ Los naranjales desaparecieron.
> ____ La mamá empacaba naranjas.
> _1_ El papá trabajaba en los naranjales.
> ____ Un vecino encontró al padre muerto.
> ____ El narrador trabajaba en una oficina del estado.
> ____ Se murió Ermenegilda, la hermana del narrador.
> _11_ El narrador tuvo su propia familia.
> ____ La madre dejó de trabajar.
> ____ Una vez, tomaron una foto de los trabajadores.
> _7_ El primo del padre le ayudó a la madre del narrador a encontrar trabajo.

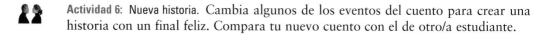

Actividad 6: Nueva historia. Cambia algunos de los eventos del cuento para crear una historia con un final feliz. Compara tu nuevo cuento con el de otro/a estudiante.

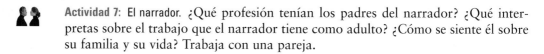

Actividad 7: El narrador. ¿Qué profesión tenían los padres del narrador? ¿Qué interpretas sobre el trabajo que el narrador tiene como adulto? ¿Cómo se siente él sobre su familia y su vida? Trabaja con una pareja.

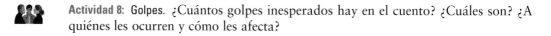

Actividad 8: Golpes. ¿Cuántos golpes inesperados hay en el cuento? ¿Cuáles son? ¿A quiénes les ocurren y cómo les afecta?

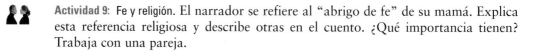

Actividad 9: Fe y religión. El narrador se refiere al "abrigo de fe" de su mamá. Explica esta referencia religiosa y describe otras en el cuento. ¿Qué importancia tienen? Trabaja con una pareja.

Actividad 10: Sueños... Los padres del narrador vinieron de México a California, siguiendo un sueño. Analicen el sueño original de ellos y lo que les pasa en el cuento. ¿Qué influencia tiene este sueño en el narrador?

Actividad 11: Temas. Hablen de estos temas que se desarrollan durante el cuento.

La pobreza: Hablen de la pobreza como protagonista en el cuento. ¿Qué impacto tiene? Comenten los diferentes oficios o carreras mencionados en el cuento.

La escuela: ¿Qué piensa el narrador de la escuela? ¿Qué siente en clase? ¿Por qué?

Los nombres: ¿Quién es el único personaje que tiene nombre en el cuento? ¿Por qué? ¿Qué significa?

La naturaleza: Describe el uso de la neblina y el sol como elementos clave en la narración del cuento.

La memoria: ¿Cuál es la importancia de la memoria en este cuento? Den ejemplos.

Actividad 12: Abuela, dime la historia de tu vida. Trabajando en parejas, inventen un diálogo entre una hija del narrador y la madre del narrador en Los Ángeles. ¿Qué preguntas le hace la chica de ocho años a su abuela sobre su pasado y cómo se las contesta la abuela?

 Actividad 13: Nuestra vida. Trabajando con algunos miembros de la clase, dramaticen una escena entre el narrador y sus padres en su casa. Incluyan en la conversación información sobre la familia, el trabajo en los naranjales, el dinero, la comida, el futuro, el clima, etc.

REFLEXIONES Y MÁS

Actividad 14: Sueños. Explica un sueño tuyo para el futuro. ¿Qué eventos, cosas y lugares te importan? ¿Cómo? Trabajen en parejas.

 Actividad 15: Recuerdos. Describe un recuerdo alegre de cuando tú eras niño/a o adolescente. ¿Qué pasó?¿Quién estaba contigo? ¿Qué pensabas y cómo te sentías? Trabajen en parejas.

Actividad 16: El narrador. Escribe una composición sobre uno de los siguientes temas. Explica las citas con referencia al cuento y a tu vida personal.

1. "A caballo regalado, no se le miran los dientes" dice el narrador. ¿Qué significa esta expresión con respecto al cuento? ¿Es bueno o malo este consejo? Da ejemplos de por qué sí o no.
2. "Estudia, hijo, para que consigas un buen empleo" le dice la mamá a su hijo. ¿Estás de acuerdo con esta filosofía? ¿Por qué? ¿Qué infieres tú sobre el trabajo que consiguió el narrador en Los Ángeles?

EXPANSIÓN

COMPRENSIÓN

Actividad 1: ¿Qué nos motiva? ¿Qué aspectos son más importantes para ti en un trabajo? Pon estos valores en orden de importancia para ti. Luego, escucha la información sobre los factores más importantes de un trabajo y pon el porcentaje de personas que respondieron a esta encuesta sociológica.

Orden	%	Valores
_____	_____	que la tarea desarrollada sea interesante
_____	_____	suficiente tiempo libre
_____	_____	estabilidad
_____	_____	flexibilidad de horarios
_____	_____	posibilidad de promoción
_____	_____	que no obligue a cambiar de residencia
_____	_____	ingresos altos

REDACCIÓN   La carta de solicitud

Actividad 2: Escríbela. La carta de solicitud es una carta escrita con la intención de obtener una entrevista para un trabajo deseado. Como muchas empresas reciben una cantidad enorme de solicitudes, es importante que la carta de solicitud sobresalga de las demás. Sigue estas etapas para escribir una carta de solicitud.

Etapa 1: *Identificar el puesto deseado*
Busca en los anuncios clasificados un trabajo que te interese. Al identificar el trabajo, haz una lista de todos los requisitos que pide el anuncio.

> **Ejemplo:**   Asistente de mercadeo
> * *tener maestría en administración de empresas*
> * *ser bien organizado/a*
> * *poder viajar mucho*
> * *hablar otro idioma*
> * *tener dos años de experiencia en mercadeo y publicidad*
> * *saber trabajar con computadoras*

Etapa 2: *Analizar tus cualificaciones*
Haz una lista de tus cualificaciones. Compara esta lista con la de la empresa y pon los requisitos en orden de importancia.

> **Ejemplo:**   Asistente de mercadeo
> * *tener maestría en administración de empresas*   1. Recibí mi maestría en 1999.
> * *ser bien organizado/a*   5. A veces soy organizado/a.
> * *poder viajar mucho*   4. Me encanta viajar.
> * *hablar otro idioma*   3. Hablo español, inglés y francés.
> * *tener dos años de experiencia en mercadeo y publicidad*   6. Sólo trabajé por un año.
> * *saber trabajar con computadoras*   2. Sé trabajar con html, QuarkXpress, Director, Freehand y otras aplicaciones. Tengo mi propio sitio web.

Etapa 3: *Identificar tus cualificaciones sobresalientes*
Identifica tus cualificaciones sobresalientes que quizás no aparezcan en la lista de arriba. Estas cualificaciones pueden atraer la atención de la persona que lea tu carta.

> **Ejemplo:**   *Trabajo tiempo parcial en el diseño de sitios web.*
> *Hice la publicidad para una compañía importante.*
> *etc...*

Etapa 4: *Organizar tus ideas*
Una carta de solicitud tiene tres partes importantes:

Introducción:
Menciona el trabajo que buscas, con título, o menciona el área que te interesa.
Describe dónde encontraste información del puesto (anuncios clasificados, recomendación de un/a profesor/a, etc.).

Experiencia:
Haz un resumen de tus cualificaciones más sobresalientes.

Despedida:
Pide una entrevista.
Dirige al lector a tu curriculum vitae (hoja de vida).
Dile cómo, dónde y cuándo puede comunicarse contigo.

Sigue el modelo de la carta.

```
                                              Tu nombre
                                              Dirección
                                                 Fecha

        Nombre del gerente
        Título
        Dirección

        Estimado/a señor/a:

        (Introducción) La presente es para pedir
        información de posibilidades de trabajo en su
        compañia. Soy...

        (Experiencia) Recibí mi título en ingenieria
        de MIT donde me especialicé en...

        (Despedida) Adjunto mi hoja de vida y tres
        cartas de referencia.

        Atentamente,

        (Nombre)
```

POR INTERNET Puedes encontrar mucha información sobre empresas y trabajos usando tu buscador favorito en Internet. Aquí hay algunas sugerencias para facilitar tu búsqueda.

Palabras clave: profesiones, oficios, anuncios clasificados, empresas hispanas, trabajo, bolsa de trabajo

For specific web pages to help you in your search, go to the *Reflejos* website: http://college.hmco.com/languages/spanish/students

Capítulo 9

SALUD Y BIENESTAR

TEMAS Y CONTEXTOS
Los efectos dañinos del estrés
La fuente de la juventud

CULTURA
La lucha contra el SIDA

LENGUA
Por / para
Si clauses
Subjunctive with adverbial clauses

ARTE
Curandera, Carmen Lomas Garza

LITERATURA
"La tortuga gigante", Horacio
Quiroga

El esquí rejuvenece el cuerpo y la mente.

Introducción al tema

Los efectos dañinos del estrés

Para la salud y bienestar es necesario reconocer una causa importante de las enfermedades: el estrés. La revista *Latina* nos ofrece una descripción de los efectos del estrés causados por la vida, el trabajo y otras circunstancias. También nos sugiere algunas maneras de combatir el estrés para vivir una vida más calmada y sana. Según *Latina*, al estrés lo llamaban la enfermedad de la década de los ochenta, pero según los expertos, esta condición se ha empeorado en el nuevo milenio.

Especialmente desde el 11 de septiembre, nuestros niveles de estrés han aumentado dramáticamente. Según un estudio realizado después de los ataques terroristas, un 44 por ciento de los adultos entrevistados dijeron sufrir fuertes síntomas de estrés y un 90 por ciento dice sufrir de uno o más síntomas. De no ser atendidas, las raíces del estrés—el miedo a lo desconocido y ese sentimiento que nuestra vida está fuera de control—pueden ocasionar más de 50 síntomas físicos y emocionales, entre ellos dolor de cabeza, insomnio, fatiga, aumento o pérdida de peso y mal humor.

El "American Institute of Stress" ofrece sugerencias para identificar y reducir el estrés: 1) hacer una lista de las cosas que nos estresan; 2) aprender a decir "No"; 3) encontrar tiempo para relajarse; 4) establecer metas que utilicen nuestros talentos al máximo; 5) tener una red de apoyo fuerte entre la familia, los amigos o compañeros/as de trabajo. También es eficaz hacer diferentes tipos de actividad física y ejercicios de respiración.

Actividades

Actividad 1: Enfermedad y estrés. Trabajando con otro/a estudiante, contesten las preguntas basadas en este artículo de la revista *Latina*.

1. ¿Es el estrés una enfermedad solamente de los 80? Explica.
2. ¿Qué efecto ha tenido el ataque terrorista del 11 de septiembre con respecto al estrés?
3. ¿Cuáles son las raíces del estrés?
4. Nombra tres síntomas físicos y emocionales ocasionados por el estrés.
5. Para reconocer y reducir el estrés, ¿qué recomienda el "American Institute of Stress"?
6. Resume el artículo en tus propias palabras.

Actividad 2: ¿Trabaja tu familia demasiado? Mientras escuchas, piensa en tu mamá, tu papá u otro miembro de tu familia y su trabajo. Escribe las palabras clave que faltan.

1. Llega al trabajo _____ que todos sus compañeros y siempre sale _____ de la hora establecida.
2. En las _____ _____ sólo habla del trabajo.
3. El único círculo de amistades que tiene es el del _____.
4. Se le dificulta _____ a situaciones no relacionadas con el trabajo.
5. Trabaja durante el _____ en vez de tomar un descanso.
6. Se aburre en las _____, reuniones o en días de descanso.
7. Trabaja durante las _____.
8. Todos los fines de semana, lleva trabajo a _____.
9. No duerme _____ porque se preocupa por el trabajo.
10. Pasa poco tiempo con la _____.

Actividad 3: Soluciones. En grupos de tres, nombren las profesiones representadas en el dibujo. Hagan una lista de las ventajas y las dificultades de cada trabajo. De todas estas profesiones, ¿cuál escogería cada uno de ustedes para tener satisfacción laboral y menos ansiedad? Expliquen las selecciones dando ejemplos. Discutan sus soluciones para disminuir el estrés en nuestras diversas vidas laborales y universitarias. Intercambien las ideas con otros grupos en presentaciones orales.

TEMAS Y CONTEXTOS

La fuente de la juventud

¡El ejercicio regular previene el deterioro circulatorio y la **disminución** de la **capacidad** física que usualmente ocurren al **envejecer**!

En otras palabras... ¡la fuente de la juventud ha sido encontrada!

Algunos efectos del ejercicio

Para que te decidas a llevar una vida activa, durante el resto de tu vida, te mencionaré algunos de los efectos que el ejercicio tendrá en ti.

- Un corazón más fuerte y más eficiente
- Mayor consumo máximo de **oxígeno**
- Mayor capacidad física
- Disminuye tu riesgo de **arterioesclerosis**
- Mejor circulación coronaria
- Baja **presión arterial en reposo** y en actividad
- Menor **pulso** en reposo y en actividad
- Menor **riesgo de cáncer**
- Control del **peso** y prevención de **la obesidad**
- Mejor control del azúcar
- Músculos más eficientes, fuertes y resistentes
- **Aumenta el calcio** de tus huesos y previene **la osteoporosis**
- Aumenta **la flexibilidad**
- Estabilidad emocional
- Respuesta positiva al **estrés** de tu vida diaria
- Aumenta el nivel de tu energía, física y mental
- Aumenta la velocidad de conducción en tus **nervios**
- Reflejos musculares más rápidos
- Aumenta tu función intelectual
- Aumentan los años que puedes esperar vivir
- Aumenta **la calidad** de tu vida

¿Y a mí qué?

Si eres joven, tal vez pienses que lo que te he dicho hoy no te afecta. Si es así, estás totalmente equivocado. Recuerda que la mejor medicina es la prevención. Si tú quieres llegar a viejo "joven", mejor que empieces desde ahora tu programa de ejercicio regular. Te aseguro que mejorará drásticamente tu calidad de vida y tu esperanza de vivirla gozando de buena salud hasta el momento de tu muerte.

Está demostrado: ¡El ejercicio *ejercita* y *rejuvenece* el cuerpo y la mente! ¡Cuídalos bien!

Principios para tu buena alimentación de cada día

- Come alimentos variados.
- Busca **el equilibrio** entre la comida que **ingieres** y tu actividad física, acumulando por lo menos 30 minutos de actividad diaria, la mayor parte de los días. Logra y mantén un peso saludable.
- Escoge una dieta con abundantes granos, vegetales y frutas. Aumenta los **carbohidratos complejos** a 50–60% de las calorías totales. Aumenta **la fibra** a 20–30 gramos por día.
- Escoge una dieta baja en grasa total, grasa saturada y colesterol.
- Escoge una dieta moderada en azúcares.
- Escoge una dieta moderada en sal y sodio.
- Si tomas bebidas alcohólicas, hazlo con moderación.

Vocabulario activo:

Hablando de la salud
y el bienestar

Cognados

el aerobismo	el equilibrio
el antihistamínico	el estrés
la apendicitis	la fibra
la artritis	la flexibilidad
la arterioesclerosis	hidratado/a
la bronquitis	el insomnio
el calcio	la mononucleosis
la calidad	el nervio
el cáncer	la obesidad
la capacidad	la osteoporosis
el carbohidrato	el oxígeno
la diabetes	el pulso

Familia de palabras

Verbos	*Sustantivos*
arriesgar (*to risk*)	el riesgo
aumentar (*to increase, to gain*)	el aumento
curar	la cura
	la curación
deprimir	la depresión
disminuir (*to decrease*)	la disminución
herir (ie, i) (*to wound*)	la herida
ingerir (ie, i)	la ingestión
marearse (*to get dizzy, to faint*)	el mareo
operar	la operación
sufrir (de)	el sufrimiento

Sustantivos

el ataque al corazón, el infarto *heart attack*	la mente *mind*
el calambre *cramp*	el moratón *bruise*
la cirugía *surgery*	la pereza, la flojera *laziness*
la curita *band-aid*	el peso *weight*
el dolor de cabeza *headache*	la presión arterial *blood pressure*
la enfermedad cardíaca *heart disease*	el pulmón *lung*
la fiebre *fever*	la quemadura *burn*
la influenza *flu*	el riñón *kidney*
la jaqueca *migraine*	el SIDA *AIDS*
	la tos *cough*

Verbos

adelgazar, bajar de peso *to lose weight*	recetar *to prescribe*
ejercitar *to exercise*	rejuvenecer *to rejuvenate*
envejecer *to grow old*	relajarse *to relax*
levantar pesas *to lift weights*	sentirse (ie, i) (bien / mal) *to feel (good / bad)*
mejorarse *to get better*	tomar(le) la presión arterial *to take (someone's) blood pressure*
padecer *to suffer from*	

Vocabulario básico: Ver las
páginas 355–356 en el
Apéndice A.

Adjetivos y expresiones útiles

complejo/a	*complex*	ronco/a	*hoarse*
en reposo	*at rest*	roto/a	*broken*
hinchado/a	*swollen*	torcido/a	*twisted*
irritado/a	*irritated*		

Actividades

Actividad 1: Enfermedades. Empareja la enfermedad con la descripción que hace una persona que la padece.

____ 1. el insomnio

____ 2. la bronquitis

____ 3. la artritis

____ 4. la apendicitis

____ 5. la enfermedad cardíaca

____ 6. la diabetes

____ 7. la depresión

____ 8. la influenza

a. Siempre estoy muy triste. No tengo ganas de salir con mis amigos ni dedicarme a mis estudios.

b. Me duele mucho el lado derecho del estómago. El dolor es peor cuando camino y me da náuseas.

c. Tengo mucha sed siempre y tengo que ir al baño con frecuencia. No tengo apetito y he adelgazado mucho. Es difícil despertarme.

d. Me duelen mucho el pecho y el brazo izquierdo. Tengo los pies hinchados y siempre estoy cansado.

e. Tengo una jaqueca horrible y me duele la garganta. Tengo escalofríos y una fiebre muy alta.

f. Me duelen las rodillas, los pies y las manos.

g. Tengo mucha tos y me duele respirar.

h. No puedo dormir.

Actividad 2: Remedios caseros.

Parte A: Cada cultura está repleta de remedios caseros. Trabajando en grupos, adivinen la enfermedad de la columna B que vaya con el remedio casero de la columna A y escriban su letra al lado del remedio.

A	*B*
____ 1. comer sopa de pollo	a. una infección
____ 2. tomar té de yerbabuena (*spearmint*)	b. la tos
____ 3. comer ajo	c. un moratón
____ 4. ponerle pedazos de pepino (*cucumber*)	d. los ojos irritados
____ 5. poner una cebolla cortada en tu mesita de noche	e. pequeñas quemaduras
____ 6. ponerle un pedazo de papa cruda	f. la gripe
____ 7. beber leche con miel y ajo	g. dolor de estómago
____ 8. poner una hoja de repollo (*cabbage*)	h. el catarro

Answers: 1. h, 2. g, 3. a, 4. d, 5. b, 6. e, 7. f, 8. c

Parte B: Discutan las preguntas siguientes.

1. ¿Conoces algunos remedios caseros? ¿Cuáles son?
2. ¿Crees que estos remedios ayudan? ¿Cuáles crees que son mejores?
3. ¿Crees que se debe confiar en la medicina moderna o en la medicina alternativa?
4. ¿Has usado alguna forma de medicina tradicional o alternativa? ¿Cuál?
5. ¿Los médicos modernos deben investigar otras formas de curación a través de las hierbas (*herbs*)?
6. ¿El seguro de salud debe pagar por otros remedios como la acupuntura o la quiropráctica? ¿Por qué sí o no?

Actividad 3: De colores. Algunas personas creen que los colores pueden ayudar a aliviar ciertos problemas médicos. Trabaja con otro/a estudiante para adivinar de la lista de colores, el color que corresponde a la descripción. Luego, discutan sus respuestas.

azul	púrpura	índigo (azul oscuro)
verde	rojo	amarillo y anaranjado

1. Estimula la circulación sanguínea.
2. Es estimulante y ayuda en los problemas del hígado o el intestino.
3. Es un color analgésico y calma todo tipo de dolores.
4. Es un color frío, sedante y antibiótico.
5. Ayuda a aliviar enfermedades de los riñones y pulmones.
6. Es eficaz con problemas respiratorios.

Answers: 1. rojo, 2. amarillo y anaranjado, 3. verde, 4. azul, 5. púrpura, 6. índigo

Actividad 4: Problemas, síntomas y tratamientos. ¿Cuáles son los síntomas y qué tratamientos recomiendas para estos problemas médicos? Incluye recomendaciones de medicina, dieta y actividad física. Trabajen en parejas.

Problema	Síntoma	Tratamiento
1. la gripe		
2. la depresión		
3. la mononucleosis		
4. un brazo roto		
5. un tobillo hinchado		
6. alergia a los gatos		

Cultura | LA LUCHA CONTRA EL SIDA

La Organización de las Naciones Unidas para la lucha contra el SIDA, la ONUSIDA, se formó en 1996 con la colaboración de varias agencias internacionales de la ONU. La misión principal de esta organización es dirigir y reforzar las acciones encaminadas a prevenir la transmisión del VIH, el virus de la inmunodeficiencia humana, y el de ayudar a los individuos que ya sufren del SIDA, síndrome de inmunodeficiencia adquirida.

Las áreas de prioridad de ONUSIDA son las siguientes:

Programa conjunto de las Naciones Unidas para VIH/SIDA

ONUSIDA

UNICEF · UNDP · UNFPA · UNDCP
ILO·UNESCO·WHO·WORLD BANK

- Ayudar a los jóvenes con campañas de educación y de prevención.
- Dar apoyo a las comunidades de personas más vulnerables.
- Ayudar a las madres en peligro de contagio.
- Establecer buenos estándares internacionales para cuidar a los enfermos de SIDA.
- Apoyar el desarrollo de una vacuna contra el SIDA.
- Llevar a cabo campañas especiales para las regiones más afectadas.

No se tienen cifras exactas sobre el número de enfermos de VIH o de SIDA en el mundo, pero se calcula que en el año 2002, había entre 40 y 45 millones de niños, mujeres y hombres enfermos. Tampoco se tienen cálculos exactos sobre defunciones de personas afectadas por el virus, pero se estima que por ejemplo, durante el año 2000, murieron unos cuatro millones de personas menores de 49 años.

En todos los países hispanos se llevan a cabo numerosas campañas para combatir el SIDA. Se han celebrado varias Conferencias Panamericanas de SIDA durante los últimos años. A ellas han asistido cientos de médicos, científicos, funcionarios de salud, especialistas de diversas disciplinas sociales, activistas comunitarios y personas que viven con VIH o SIDA en Latinoamérica, Canadá y los Estados Unidos. Durante estas conferencias, se ha llegado a acuerdos importantes sobre el tratamiento de los enfermos. Asimismo se ha logrado que en la mayor parte de los países hispanos, los enfermos de VIH y de SIDA sean tratados gratuitamente por los sistemas nacionales de salud.

Discusión en grupos ¿Crees que es una ventaja que la lucha contra el SIDA sea internacional? ¿Por qué sí o por qué no? ¿Qué audiencias deben tener las campañas nacionales e internacionales? ¿Por qué? ¿Qué tipo de información deben incluir las campañas contra el SIDA?

LENGUA

Por / para

Para mejorar la salud

> **Para** estar bien de salud yo siempre paso **por** el gimnasio cuando camino **por** la ciudad. **Para** mí es la mejor estrategia **para** evitar enfermedades.

> Yo compré este libro **por** diez dólares **para** aprender más sobre la medicina popular.

> **Para** mañana habré corrido 26 millas. ¡Gracias **por** las recomendaciones de mi entrenador! Ahora estoy lista **para** el maratón.

Enfoque: Por y para

Look at the various instances of **por** and **para** in the situations above. Explain why you would use one of these prepositions and not the other in each situation. For more examples, see **Lo esencial** and **El uso**.

LO ESENCIAL

These two prepositions mean *for* in English, but each one of them has its own specific uses. The examples in **El uso** illustrate the main uses of **por** and **para**.

EL USO   ❶   **Por**

A   **Por** indicates the *reason* or motivation for an action. It answers the questions *why?*, *because of whom?*, or *because of what?* It may also refer to an action done *on behalf of* someone.

¿**Por** qué comes tantos dulces?	*Why do you eat so many candies?*
Lucho **por** bajar de peso.	*I strive to lose weight.*
Lo hice **por** ti.	*I did it for you (on your behalf).*

B   **Por** indicates that someone does something *in someone else's place.*

Ayer trabajé **por** Félix porque él estaba enfermo.	*Yesterday, I worked in place of Félix because he was ill.*

C   **Por** describes motion; it corresponds to the English *around*, *along*, *by*, or *through*.

Ayer pasé **por** tu casa.	*Yesterday I stopped by your house.*
Los paquetes llegaron **por** avión.	*The packages arrived by plane.*
Viajé **por** Europa el año pasado.	*I traveled around Europe last year.*
Estuve mirando el desfile **por** la ventana.	*I saw the parade through the window.*

D   It expresses *exchange* of one thing for another, including money in exchange for merchandise.

Compré un libro **por** cinco euros.	*I bought a book for 5 euros.*
Te cambio este disco compacto de jazz **por** tu disco compacto de bailes aeróbicos.	*I'll exchange this jazz music CD for your aerobics CD.*

E   Por expresses duration of time (*during, for*).

Hice ejercicios físicos **por** tres horas en el gimnasio.	*I exercised for three hours at the gym.*

F   Common expressions with **por** include the following.

por ahora	*for now*	**por lo general**	*generally*
por allí / por ahí	*around there*	**por lo menos**	*at least*
por aquí	*around here*	**por lo tanto**	*therefore*
por casualidad	*by chance*	**por lo visto**	*apparently*
por completo	*completely*	**por poco**	*almost*
por ejemplo	*for example*	**por si acaso**	*just in case*
por eso	*for that reason, therefore*	**por suerte**	*fortunately*
		por supuesto	*of course*
por fin	*finally*		

② Para

A Para indicates what you want to achieve or the purpose of an action or an
object. It answers the question *for what?* and corresponds in English to *for, to,*
and *in order to.*

Mi computadora es sólo **para** escribir.	*My computer is only for writing.*
Nos entrenamos **para** los Juegos Olímpicos.	*We are training for the Olympic Games.*
Este dinero es **para** tu medicina.	*This money is for your medicine.*
La silla de ruedas es **para** los pacientes.	*The wheelchair is for patients.*

B Para indicates the final recipient of an action. It answers the question *"for whom?"*

Esta medicina es **para** ti; tómala.	*This medicine is for you; take it.*

C Para describes destination; it answers the questions *"(to) where are you headed?"*

Vamos **para** la sala de emergencias.	*We are headed for the emergency room.*

D It expresses deadlines or time limits (*by, for*).

La receta debe estar lista **para** mañana.	*The prescription should be ready by tomorrow.*

E Para indicates *"to be about to do something"* when used in the expression **estar
para** + *infinitive.*

No puedo hablar contigo ahora porque **estoy para** salir en este mismo momento.	*I can't talk to you now because I am about to leave at this very moment.*

F Para signals a comparison.

Para dueño de un hospital, él sabe muy poco sobre la medicina.	*For a hospital owner, he knows very little about medicine.*

Actividades

Actividad 1: ¿Motivo o propósito? Completa estas oraciones con la versión correcta de
por o para.

1. En este momento estoy _____ salir.
2. Estos discos que compré son todos _____ mi hermano pequeño. Es su cumpleaños.
3. Las entradas son _____ el lunes.
4. Vamos a hacer una gira deportista _____ toda España.
5. Todos los días salimos a las 7:00 de la mañana _____ nuestro trabajo en el Hospital General.
6. Lila es una persona que nunca hace nada _____ sus amigos.
7. Me gusta bailar salsa _____ el ritmo que tiene.
8. El famoso cirujano plástico estará en Miami _____ dos semanas.
9. Ella estuvo mal toda la noche _____ la fiebre, pero ahora está mejor.
10. Yo corría mucho _____ adelgazar y estar en forma _____ el concurso.
11. Anoche no pude dormir _____ el dolor de estómago que tenía.
12. Salí de casa hace una hora _____ no llegar tarde a la cita.

Actividad 2: Consejos. Estás en una conferencia sobre cómo tener una vida sana y tu profesor da unos consejos fundamentales para tener buena salud. Completa cada oración con **por** o con **para**.

_____ (1) estar bien es necesario usar el tiempo en actividades saludables. _____ (2) ejemplo, deben pasar _____ (3) la oficina de su médico particular una vez _____ (4) año _____ (5) un examen físico _____ (6) descubrir cualquier problema médico que puedan tener. Es importante tomar las medicinas apropiadas _____ (7) sus enfermedades. No se olviden de que los médicos están listos _____ (8) ayudarlos. A veces cobran mucho dinero _____ (9) una operación o consulta, pero _____ (10) eso tenemos el seguro médico. Vale la pena mantenerse en forma _____ (11) evitar problemas causados _____ (12) negligencia o estrés en sus vidas.

Actividad 3: Por supuesto. Lee el texto sobre la experiencia que tuvo Ofelia el verano pasado. Completa cada oración con **por** o con **para**.

Un día, el verano pasado, pasé _____ (1) la casa de mi amigo Nicolás, un estudiante de medicina, y me encontré con él. Me dijo que iba _____ (2) el hospital _____ (3) ayudar con una operación importante de corazón. Nicolás estudia libros sobre medicina cardíaca _____ (4) dos horas todos los días y me invitó a asistir a la operación como observadora. Dije que sí y seguimos caminando _____ (5) la calle principal hasta que llegamos al hospital. Entramos _____ (6) la puerta de los médicos, no _____ (7) la entrada principal. Allí estaban los otros médicos muy ocupados preparándose _____ (8) la operación. Nicolás me presentó y después me senté a mirar la operación desde una sala especial con ventana. "¡Atención!", dijo el cirujano principal, "estamos ya _____ (9) comenzar". _____ (10) fin, cuando todos estaban listos, empezó la operación. _____ (11) mí fue una experiencia muy interesante aunque casi me enfermé _____ (12) la sangre que vi.

Actividad 4: Expresiones. Completa estas oraciones con una de las expresiones de la lista siguiente.

por si acaso	por lo general	por fin
por poco	por eso	por lo visto

1. ¡_____ llegas! ¡Mira qué tarde es!
2. Ayer, _____ casi se chocaron dos autos, pero afortunadamente, pudieron parar a tiempo.
3. Me levanto a las ocho, _____.
4. Mi novia llega mañana, _____ no vengo a clases.
5. No hay nadie en esta oficina... ¡_____ todos están de vacaciones!
6. Siempre es bueno tener un plan alternativo, ¡_____!

Actividad 5: Buenos consejos. Usando **por** y **para**, crea una guía para una persona que sufre de algún problema de salud y/o que ha tenido un accidente. Incluye la siguiente información. Comparte tu guía con otro/a estudiante.

1. para quién es la guía
2. para evitar/curar qué tipo de problema de salud
3. por qué necesitan seguir los consejos de la guía
4. por cuánto tiempo tienen que usar la guía

Si clauses

Miedo al agua

Enfoque: Las cláusulas con *si*

With a combination of indicative and subjunctive, Spanish makes it very clear which facts are probable, which are uncertain, and which are unlikely or impossible situations. Look at the examples and see which verbal times are related to possible facts and which are related to uncertain ones. You will find that there is a clear pattern here. What is it? Read the information in **Lo esencial** and **El uso** to check your answers.

LO ESENCIAL

❶ *Si* clauses with the indicative

Type of condition	*Si* clause	Main clause
Real or probable conditions	Present indicative: Si **termino** la tarea, Si no **tengo** dinero,	Present indicative or future: **voy** al cine. no **saldré**.

2 *Si* clauses with the subjunctive

Type of condition	*Si* clause	Main clause
Hypothetical conditions	Imperfect subjunctive: Si **terminara** la tarea, Si **tuviera** dinero,	Conditional: **iría** al cine. **compraría** ropa atlética.
Contrary-to-fact situations	Past perfect (pluperfect) subjunctive: Si **hubiera terminado**, Si **hubiera tenido** dinero,	Conditional perfect: **habría ido** al cine. **habría comprado** ropa atlética.

Note that these sentences can begin with either the **si** clause or the main clause.

EL USO   **1** *Si* clauses to express real or probable conditions

The indicative is used in **si** clauses to express conditions that are real or very probable. In these cases, the dependent clause (the **si** clause) uses the present indicative and the main clause is either in the present indicative or the future. The use of the present indicative in both clauses may also express habit.

Si **me enfermo, voy** al médico inmediatamente.	*If I get sick, I go (I usually go) to the doctor immediately.*
Si **me enfermo, iré** al médico inmediatamente.	*If I get sick, I will go to the doctor immediately.*

2 *Si* clauses to express hypothetical conditions

To say what will happen under certain conditions (which may or may not occur), use the imperfect subjunctive in the **si** clause and the conditional in the main clause.

Si me **diera** pulmonía, **iría** a ver el médico.	*If I came down with pneumonia, I would go to the doctor.*
Estarías en buenas condiciones físicas si te **alimentaras** mejor.	*You would be in good physical condition if you ate better.*

3 *Si* clauses to express contrary-to-fact situations

When an event cannot occur because the occasion for its possible occurrence has already happened, we are talking about contrary-to-fact situations. In these cases, use the past perfect (pluperfect) subjunctive (see Chapter 8, pg. 218) in the **si** clause and the conditional perfect in the main clause.

No te **habría dado** pulmonía si **hubieras ido** al médico a tiempo.	*You would not have had pneumonia if you had gone to the doctor in time.*
Si tú no **hubieras tenido** el accidente, no **habrías pasado** tanto tiempo en el hospital.	*If you hadn't had the accident, you wouldn't have spent so much time in the hospital.*

4   *Como si*

Como si, meaning *as if*, is followed by either the imperfect subjunctive or the past (pluperfect) subjunctive, depending on the meaning of the clause.

Ella canta **como si** no **sufriera** de cáncer de los pulmones.	*She sings as if she weren't suffering from lung cancer.*
Ellos corrían **como si hubieran visto** un monstruo.	*They were running as if they had seen a monster.*
Juanita come **como si** no **hubiera comido** por tres semanas.	*Juanita eats as if she hadn't eaten for three weeks.*

Actividades

Actividad 6: Por si acaso... ¿Que harás en estas situaciones algún día en el futuro? Completa las oraciones siguientes de una manera creativa. Sigue el ejemplo.

> **Ejemplo:**   Si me duele la espalda...
> Si me duele la espalda, *me acostaré para descansar.*

1. Si me da fiebre...
2. Si tengo jaqueca...
3. Si llamo la ambulancia y no contestan...
4. Si no tengo seguro médico...
5. Si tengo tos...
6. Si no hago mucho ejercicio...
7. Si no duermo por una semana...
8. Si tengo catarro...

Actividad 7: Si no fuera por eso. Estas oraciones describen una condición posible pero tu vida tiene muchas incertidumbres. Transforma los verbos para convertir las oraciones en oraciones hipotéticas. Sigue el ejemplo.

> **Ejemplo:**   Si tengo un buen trabajo, ganaré mucho dinero.
> *Si tuviera un buen trabajo, ganaría mucho dinero.*

1. Si yo le escribo a mi doctora, ella me contestará.
2. Nos iremos de vacaciones a un spa si hace buen tiempo.
3. Haré ejercicio si voy al gimnasio.
4. Si él puede, bajará su presión arterial.
5. Ella correrá en el parque si no tiene que trabajar.
6. Si levantamos pesas, seremos más fuertes.
7. Si mi tío se mejora, saldrá del hospital mañana.
8. Si hacemos aerobismo, tendremos más energía.
9. Si me relajo mucho, yo me sentiré mejor.
10. Si tengo escalofríos, mareos y una fiebre muy alta, iré al hospital.

Actividad 8: Suposiciones. Trabajando con otro/a estudiante, primero cambien los verbos en negrilla al imperfecto del subjuntivo y luego completen las siguientes oraciones de una manera lógica.

1. Si **aumentar** el precio del seguro médico...
2. Si **desaparecer** la gripe...

3. Si todos los médicos **renunciar**...
4. Si no **haber** bancos...
5. Si nosotros no **tener** antibióticos...
6. Si **haber** clones humanos...
7. Si no **haber** enfermedades...
8. Si el SIDA no **existir**...
9. Si tu abuela **estar** en una silla de ruedas...
10. Si **haber** ántrax en tu escuela...

Actividad 9: Imposibles. Hay muchas cosas que tú y otras personas hubieran podido hacer, pero que por alguna razón no ha sido posible. Construye oraciones hipotéticas con la siguiente información.

> **Ejemplo:** No estudié medicina y por eso no soy médico.
> *Si hubiera estudiado medicina, habría sido médico.*

1. No tengo módem y por eso no navego por Internet.
2. No puedo terminar el informe porque no sé escribir en la computadora.
3. No tenemos dinero y por eso no viajamos de vacaciones.
4. No me siento bien y por eso no trabajo.
5. Elisa no estudia español y por eso no viaja a España.
6. No hay televisión en casa y por eso no veo las noticias.
7. No pagué las deudas y por eso no tengo casa.
8. No estudié para el examen y por eso tengo malas notas.

Actividad 10: Apariencias. Tenías unos amigos muy orgullosos. Para describirlos pon los verbos en negrilla en la forma correcta del imperfecto o el pluscuamperfecto del subjuntivo.

1. Luisa nadaba como si **ser** profesional.
2. Roberto gastaba dinero como si **ganarse** la lotería.
3. Patricia estudiaba como si **estar** muy motivada.
4. María pronunciaba el español como si **nacer** en Latinoamérica.
5. Paco caminaba como si **tener** artritis.

Actividad 11: De acuerdo. Trabajen en grupos. La mitad del grupo escribe una condición original con la cláusula si usando el imperfecto del subjuntivo. La otra mitad del grupo escribe el posible resultado usando el condicional. Túrnense para combinar la condición y el resultado. Algunas combinaciones serán lógicas y otras serán muy cómicas. Usen temas que tengan que ver con la alimentación y la salud.

> **Ejemplo:** Persona 1 escribe y lee: *Si yo hiciera más ejercicio...*
> Persona 2 escribe y lee: *...yo tendría menos problemas de salud.*

Subjunctive with adverbial clauses

No estar enfermo

Para que su esposa no **tuviera** tanto estrés, el Sr. Estrada decidió trabajar en casa.

Cuando hay mucho estrés en nuestras vidas es necesario hacer ciertas cosas antes de que nos **enfermemos**. Tan pronto como nos **llegue** la primera tos o el primer estornudo deberemos empezar a vigilarnos. Cuando **comemos** bien y nos relajamos normalmente, no nos enfermamos, aunque a veces esto nos **pasa** sin ninguna explicación. Son el trabajo y el estrés los que nos debilitan hasta que nos **enfermamos**. A menos que **suframos** de una enfermedad grave o una condición crónica, es posible vivir una vida sana.

Enfoque: El subjuntivo con cláusulas adverbiales

There are seven highlighted verbs in dependent clauses. Identify the tense and mood of each of these verbs. These dependent clauses are introduced by adverbs. What are they? What do you notice about the tense and mood of the verbs in the caption? Read the information in **Lo esencial** and **El uso** to check your answers.

LO ESENCIAL

The subjunctive is used in sentences that include certain adverbial expressions of time, place, and mood (intent, purpose, or condition).

① Expressions that always require the subjunctive

A Time

antes (de) que	*before*
en caso de que	*in case, in the event that*

B Mood (intent, purpose, or condition)

a menos (de) que	*unless*	para que	*so that*
a fin (de) que	*in order that*	sin que	*without*
con tal (de) que	*provided that*		

② Expressions that can take either the subjunctive or the indicative, depending on the meaning intended

A Time

cuando	*when*	hasta que	*until*
después (de) que	*after*	tan pronto como	*as soon as*
en cuanto	*as soon as*		

B Place

donde	*where*

C Special cases

aunque

aunque + *indicative*	*even though* + present (*when*)
aunque + *subjunctive*	*even if* + present / past (*whenever*)

mientras

mientras + *indicative*	*while*
mientras + *subjunctive*	*as long as* (condition)

③ Expressions that are followed by an infinitive when there is no change of subject

antes de	para
después de	sin

EL USO   **①** Adverbial expressions of time or mood

The subjunctive is always used with **antes (de) que, en caso de que, a menos (de) que, a fin (de) que, con tal (de) que, para que,** and **sin que.**

If the verb in the main clause is in the present indicative or the future tense, then a present form of the subjunctive is used in the dependent clause. If the verb in the main clause is in a past tense, then a past form of the subjunctive is used in the dependent clause. Note that a sentence can begin with either the main clause or the dependent clause.

Mi abuelo no sobrevivirá **a menos que tenga** un trasplante de hígado.	*My grandfather will not survive unless he has a liver transplant.*
Voy a tomar dos aspirinas **antes de que** mi dolor de cabeza se **convierta** en jaqueca.	*I am going to take two aspirins before my headache turns into a migraine.*
Para que no me **enfermara** de la gripe, el médico me puso una inyección.	*So that I wouldn't get the flu, the doctor gave me an injection.*

2 Adverbial expressions of time

The use of the indicative or the subjunctive depends on whether the action expressed by the main verb is habitual—present or past—or is in the undecided future.

A Habitual actions

When the action is habitual, the indicative is used in the dependent clause.

Cuando Felicia **va** al gimnasio se **mantiene** en forma.	*When Felicia goes to the gym she stays in shape.*
Podemos beber agua cuando **está** limpia.	*We can drink water when it is pure.*

B Future actions

When the action hasn't happened yet, the subjunctive is used in the dependent clause to express uncertainty about whether or not it will actually occur. Note that the main verb is in the future.

Cuando Felicia **vaya** al gimnasio se **mantendrá** en forma.	*When Felicia goes to the gym (whenever that may be) she will stay in shape.*
Podremos beber agua cuando **esté** limpia.	*We will be able to drink water when it is pure (we don't know when or if it will be).*

C Past actions

When the action has already happened, a past indicative tense is used in the dependent clause.

Cuando Felicia **iba** al gimnasio se **mantenía** en forma.	*When Felicia used to go to the gym she stayed in shape.*
No **podíamos** beber el agua cuando no **estaba** limpia.	*We couldn't drink water when it wasn't pure.*

D Commands

Commands may refer to future actions that someone is asked to do or not do. In these cases, the subjunctive is used.

Cuando Felicia **vaya** al gimnasio, ¡**avísame**! Yo quiero ir también.	*When Felicia goes to the gym, let me know! I want to go too.*
Cuando el agua **esté** limpia, **bébela**.	*When the water is pure (whenever), drink it.*

Actividades

Actividad 12: No te enfermes Usa el indicativo, el subjuntivo o el infinitivo de los verbos entre paréntesis para completar el siguiente párrafo sobre las actividades de Roberta, una enfermera en la universidad.

Todos los días cuando yo _____ (1. ir) a la enfermería de la universidad no me _____ (2. gustar) ver a tantos estudiantes enfermos. Pero en caso de que tú _____ (3. necesitar) un médico te diré lo que debes hacer. Primero, tan pronto como _____ (4. sentirse) mal debes llamar la oficina de tu médico para pedir una cita. Hasta que él _____ (5. poder) verte debes cuidarte mucho y descansar sin _____ (6. dejar) de estudiar o trabajar. En caso de que tú _____ (7. estar) muy enfermo, debes ir directamente a la sala de emergencia para que ellos te _____ (8. dar) un examen físico. Es un fastidio enorme estar enfermo. Es mejor mantenerte en forma y comer bien antes de que tú _____ (9. enfermarse) y _____ (10. tener) que ir al hospital.

Actividad 13: Así es. Acabas de escuchar unas conversaciones en la cafetería de un hospital. Llena los espacios con el indicativo (presente, pretérito, imperfecto), el subjuntivo (presente, imperfecto) o el infinitivo de los verbos entre paréntesis para completar el informe de lo que oíste.

1. Cuando la enfermera _____ (llegar) a la cama del paciente, ella sonrió.
2. Cuando el doctor Solano _____ (terminar) la operación todos los médicos del hospital celebrarán.
3. Ellos salieron de la sala de recuperación cuando todos _____ (estar) listos.
4. La doctora Medina no quiso salir del hospital sin _____ (visitar) a todos sus pacientes.
5. Queríamos limitar el consumo de grasas para que nuestra abuela no _____ (sufrir) un ataque al corazón.
6. No usaremos la medicina a menos que (ser) _____ fresca.
7. Tomo muchas vitaminas para _____ (estar) bien de salud en el invierno.
8. Antes de que mi primo _____ (ir) al hospital, mi tía habló con la médica.
9. No podremos salir del hospital a menos que el doctor lo _____ (permitir).
10. Los médicos se lavan las manos antes de _____ (hacer) cirugía.

Actividad 14: El momento preciso. Haz una lista de las cosas que hiciste, las que siempre haces o las que vas a hacer si tienes la oportunidad de hacerlas. Crea oraciones completas según tu experiencia. Sigue el ejemplo.

> **Ejemplo:** terminar mi tarea / trabajar
> *En cuanto terminé mi tarea, empecé a trabajar.* OR
> *Generalmente en cuanto termino mi tarea, empiezo a trabajar.* OR
> *En cuanto termine mi tarea, empezaré a trabajar.*

1. enviar mi currículo a varios lugares / esperar una respuesta rápida
2. recibir mi sueldo / sentirse muy contento/a
3. conocer a la pareja perfecta / casarse
4. tener una familia propia / comprar una casa
5. cumplir treinta años / hacer una gran celebración
6. tener muchos nietos / estar muy viejo/a
7. hacer ejercicio / sentirse bien
8. estar enfermo/a / visitar al médico

Actividad 15: Mi salud. Completa las siguientes frases usando verbos en el subjuntivo o el indicativo. Después inventa dos frases originales usando cláusulas adverbiales.

1. Voy al gimnasio a menos que...
2. No me sentiré bien hasta que no...
3. Siempre tengo náuseas cuando...
4. Me relajaré tan pronto como...
5. No estoy deprimido/a después de que...
6. Tomé una aspirina para que...
7. Estaré enfermo/a a menos que...

•·•·•·•·• RISAS Y REFLEXIONES •·•·•·•·•

 DICHOS

En parejas, lean los dichos en voz alta, y den un ejemplo que ilustre el sentido de cada uno, según los temas del capítulo.

1. Eres lo que comes.
   Ejemplo: *Nuestros cuerpos son tan fuertes o tan débiles como los alimentos que comemos.*
2. Mente sana en cuerpo sano.
3. Nunca digas de esta agua no beberé.

 UNA COMIQUITA

Con otro/a estudiante, discutan las ideas y actitudes que expresa el artista.

UNA ADIVINANZA

¿Qué es?

Blanca por dentro,
verde por fuera;
si quieres saber,
espera.

Adivinanza: Una pera

VIDEO

Tres jóvenes mexicanos que estudian para carreras en comercio internacional, diseño de interiores y enfermería nos informan sobre las causas del estrés en su vida y las soluciones que han encontrado. Igualmente, nos dicen sus opiniones sobre cómo la sociedad puede ayudar a los jóvenes a combatir el estrés.

Previsión

Actividad 1: Causas del estrés. De los siguientes problemas, escoge los tres que causan mayor estrés para la juventud de hoy. Luego comparte tu lista con otros compañeros de clase y explica tus selecciones.

las enfermedades
las notas
los proyectos escolares
el alcohol
las drogas y los cigarrillos
la vida social y los amigos
el medio ambiente
la política

Actividad 2: Consejos. Usa la lista de problemas de la actividad anterior y sugiere una solución o un consejo para evitar el estrés en cada caso.

Visión

Actividad 3: Problemas. Mientras miras el video, indica si los estudiantes mencionan las siguientes causas del estrés.

	Sí	No
1. manejo del tiempo en la escuela		
2. los proyectos de la escuela		
3. hacer las cosas al último momento		
4. demasiadas actividades		
5. no tener trabajo		
6. problemas de dinero		
7. sacar buenas notas		
8. muchas fiestas		

Actividad 4: Soluciones. Mientras miras el video de nuevo, indica si los estudiantes mencionan las siguentes soluciones para el problema del estrés.

	Sí	No
1. hacer yoga		
2. tener empleo seguro al terminar la escuela		
3. recibir apoyo familiar		
4. hacer ejercicios		
5. el buen manejo del tiempo		
6. alimentación bien balanceada		
7. no preocuparse tanto de sacar buenas notas		
8. dormir		
9. tomar mucha agua		
10. tener confianza en uno mismo		
11. controlar la respiración		
12. estudiar con tiempo		

Posvisión

Actividad 5: En común. ¿Qué tienes en común con los estudiantes del video? Usa la lista de la actividad 3 para comparar el papel del estrés en tu vida con el de los estudiantes de San Antonio. Comparte tus ideas con otro/a estudiante.

Actividad 6: Causas del estrés. Haz una lista de problemas que te causan estrés y que no son mencionados en el video. Luego, en parejas, intercambien sus listas y dense consejos y soluciones.

A R T E

Curandera, **Carmen Lomas Garza (Estados Unidos)**

Actividad 1: La artista La artista mexicanoamericana Carmen Lomas Garza ha escrito microhistorias de su niñez acompañadas por obras de arte que describen aspectos de la vida hispana en el sur de Texas. Esta pintura se titula *Curandera* y se trata de una mujer curandera que está tratando a una muchacha enferma. En parejas, estudien la pintura y luego contesten las preguntas.

1. ¿Cuántos años tendrán las dos mujeres? ¿Qué relación tendrán? ¿Quién crees tú que es el chico?
2. ¿Qué le pasa a la mujer joven? ¿Por qué está en la cama? ¿Qué hay en la mesita de noche que está al lado de la cama?
3. ¿De dónde pueden ser las ramas que tiene la señora mayor en la mano? ¿Qué está haciendo con las ramas? ¿Qué hay en el suelo delante de la cama?
4. ¿Qué símbolos religiosos hay en la pintura?
5. ¿Qué ropa parece que alguien ha cosido (*sewn*)? ¿Dónde está?
6. Describe a las personas que están en las tres fotografías. ¿Quiénes pueden ser?

7. ¿De qué año serán el radio, la cama y la lámpara?
8. ¿Cuáles son los temas de esta pintura? ¿Qué opinas de esta obra de arte?

Actividad 2: Investigación internética. En Internet, busca información sobre el arte contemporáneo de la Argentina y el Uruguay. Luego, da una presentación oral comparando el contenido, las formas, los colores, los símbolos, etc. que usa un/a artista de cada país. Después, usando la información internética, categoriza las obras de arte según los temas de salud, familia, amigos, comunidad, naturaleza, juegos, comida y religión.

Actividad 3: ¡Enfermedades y curas! Trabajando en grupos, planeen un dibujo que represente una enfermedad que esté afectando a su país, región o ciudad. Describan a las personas afectadas, los tratamientos importantes o las curas posibles y los temas que representarían en su pintura.

Empiecen con la frase, *"En nuestra comunidad, la peor enfermedad es..."*

LITERATURA

Prelectura

ANTICIPACIÓN

Actividad 1: Nuestros cuerpos, nuestras vidas. Trabajando con otro/a estudiante, contesten las preguntas sobre la vida, la salud y los animales.

1. Describe cómo eres física, emocional, espiritual y personalmente.
2. ¿Cuáles son las diferentes actividades físicas que haces normalmente? ¿Cuándo? ¿Dónde prefieres hacer ejercicio, en un gimnasio o al aire libre?
3. ¿Cuánta agua bebes cada día? ¿Qué enfermedades son causadas por el exceso de bebidas alcohólicas, de comida, del uso de cigarrillos?
4. Cuando estás enfermo/a, ¿qué haces para curarte? Da ejemplos de enfermedades poco serias y unas enfermedades más graves.
5. ¿Cuáles son las enfermedades que sufren los animales? ¿Qué medidas son necesarias para prevenir las enfermedades graves en los animales?
6. En tu opinión, ¿cuál fue la peor enfermedad del siglo XX: el cáncer, el SIDA, la diabetes, la depresión, la alta presión arterial, la enfermedad de Alzheimer? Explica.

ESTRATEGIA DE LECTURA

Usando palabras conectivas para comprender una historia Al leer una narración, una buena manera de pasar de acción a acción es enfocar tu atención en las palabras conectivas. El autor de la fábula que vas a leer ha usado las palabras conectivas de la siguiente lista. Estúdialas para ayudarte a leer con más facilidad la fábula de este capítulo.

un día	*one day*	días y días	*for days and days*
después	*afterwards*		
otra vez	*again*	cuando	*when*
todos los días	*every day*	semana tras semana	*week after week*
al poco rato	*after a while*	un par de horas	*a few hours*
entonces	*then*	por fin	*finally*
en seguida	*right away*		

Actividad 2: Esopo y yo. Usando algunas de las palabras conectivas de la lista de arriba, cuéntale a otro/a estudiante brevemente una de las fábulas famosas del gran fabulista Esopo: 1) la liebre (*hare*) y la tortuga; 2) el ratón de la ciudad y el ratón del campo; 3) el zorro (*fox*) y el cuervo (*crow*). Si prefieres, cuéntale una anécdota sobre un animal que conozcas.

Lectura

EL AUTOR: Horacio Quiroga (1878–1937) es un autor uruguayo de poesía, dramas y novelas. Es muy conocido por sus narraciones cortas y ha escrito muchas obras en que figuran de una manera importante la naturaleza latinoamericana y la fantasía. Una *fábula* es una de las formas más antiguas de contar una historia. Tiene el propósito de enseñar o divertir a los lectores. Generalmente enseña una moraleja. Con frecuencia, los autores usan animales con personalidades muy similares a los seres humanos. Al leer la fábula aquí, presta atención a las palabras conectivas.

"La tortuga° gigante"

turtle

Había una vez un hombre que vivía en Buenos Aires, y estaba muy contento porque era un hombre sano trabajador. Pero un día se enfermó, y los médicos le dijeron que solamente yéndose al campo podría curarse. Un amigo suyo, que era director del Zoológico, le dijo un día:

—Usted es amigo mío, y es un hombre bueno y trabajador. Por eso quiero que se vaya a vivir al monte, a hacer mucho ejercicio al aire libre para curarse.

El hombre enfermo aceptó, y se fue a vivir al monte. Hacía allá mucho calor, y eso le hacía bien. Vivía solo en el bosque, y él mismo se cocinaba. Comía pájaros y bichos° del monte, que cazaba° con la escopeta°, y después comía frutas. Dormía bajo los árboles.

creatures / hunted / shotgun

El hombre tenía otra vez buen color, estaba fuerte y tenía apetito. Vio a la orilla° de una gran laguna un tigre enorme que quería comer una tortuga. Al ver al hombre el tigre lanzó un rugido espantoso° y se lanzó de un salto° sobre él. Pero el cazador°, que tenía una gran puntería°, le apuntó entre los dos ojos, y le rompió la cabeza.

shore

frightening roar / leapt

hunter/ aim

—Ahora—se dijo el hombre—voy a comer una carne muy rica.

Pero cuando se acercó a la tortuga, vio que estaba ya herida, y tenía la cabeza casi separada del cuello. A pesar del hambre que sentía, el hombre tuvo lástima de° la pobre tortuga que era inmensa, tan alta como una silla, y pesaba como un hombre.

pitied

El hombre la curaba todos los días, y después le daba golpecitos° con la mano sobre el lomo°.

little pats

back

La tortuga sanó por fin. Pero entonces fue el hombre quien se enfermó.
Tuvo fiebre y le dolía todo el cuerpo.

—Voy a morir—dijo el hombre. Estoy solo, ya no puedo levantarme más, y no
tengo quien me dé agua. Voy a morir aquí de hambre y de sed.

Y al poco rato la fiebre subió más aún, y perdió el conocimiento°. Pero la
tortuga lo había oído, y entendió lo que el cazador decía.   *consciousness*

Y ella pensó entonces:

—El hombre no me comió la otra vez, aunque tenía mucha hambre, y me
curó. Yo lo voy a curar a él ahora.

Fue entonces a la laguna, y le dio de beber al hombre, que ya se moría de
sed. Se puso° a buscar en seguida raíces° ricas y yuyitos tiernos°, que le llevó al   *began / roots / tender weeds*
hombre para que comiera.

El cazador comió asi días y días sin saber quién le daba la comida, y un día
recobró el conocimiento. Miró a todos lados, y vio que estaba solo, pues allí no
había más que él y la tortuga, que era un animal. Y dijo otra vez en voz alta:

—Estoy solo en el bosque, la fiebre va a volver de nuevo, y voy a morir.

La tortuga se dijo:

—Si queda aquí en el monte se va a morir, porque no hay remedios, y tengo
que llevarlo a Buenos Aires.

La tortuga cortó enredaderas° finas y fuertes, que son como piolas°, acostó°   *trailing vines / cords / placed*
con mucho cuidado al hombre encima de su lomo, y lo sujetó bien con las
enredaderas para que no se cayese°.   *would not fall*

La tortuga, cargada así, caminó, caminó y caminó de día y de noche.
Atravesó° montes, campos, cruzó y nadó ríos y atravesó pantanos° en que que-   *crossed / marshes*
daba casi enterrada°, siempre con el hombre moribundo° encima. Después de   *buried / dying*
ocho o diez horas de caminar se detenía°.   *stopped*

A veces tenía que caminar al sol; y como era verano, el cazador tenía tanta
fiebre que se moría de sed. Gritaba: ¡agua!, ¡agua! a cada rato. Y cada vez la
tortuga tenía que darle de beber.

Así anduvo días y días, semana tras semana. Cada vez estaban más cerca de
Buenos Aires, pero también cada día la tortuga se iba debilitando, cada día tenía
menos fuerza, aunque ella no se quejaba. La tortuga no había comido desde
hacía una semana para llegar más pronto. No tenía más fuerza para nada.

Cuando cayó del todo la noche, vio una luz lejana en el horizonte. Y estaba
ya en Buenos Aires, y la tortuga no lo sabía. Iba a morir cuando estaba ya al fin
de su heroico viaje.

Pero un ratón°de la ciudad—posiblemente el ratoncito Pérez[1]—encontró a   *mouse*
los dos viajeros moribundos.

—¡Qué tortuga!—dijo el ratón. Nunca he visto una tortuga tan grande. Y
eso qué llevas en el lomo, ¿qué es? ¿Es leña°?   *firewood*

—No—le respondió con tristeza la tortuga. Es un hombre.—¿Y adónde vas
con ese hombre?—añadió curioso el ratón.—Voy...voy... Quería ir a Buenos
Aires—respondió la pobre tortuga en una voz tan baja que apenas° se oía. Pero   *hardly*
vamos a morir aquí porque nunca llegaré...

—¡Ah, zonza°, zonza!—dijo riendo el ratoncito. ¡Nunca vi una tortuga más   *silly*
zonza! ¡Sí ya has llegado a Buenos Aires! Esa luz que ves allí es Buenos Aires.

---

[1]El ratoncito Pérez es el que les trae a las personas las buenas cosas durante la noche. Se puede
considerar el equivalente de la "Tooth Fairy" en los Estados Unidos.

Al oír esto, la tortuga se sintió con una fuerza inmensa porque aún tenía tiempo de salvar al cazador. Y cuando era de madrugada todavía, el director del Jardín Zoológico vio llegar a una tortuga embarrada° y sumamente flaca°, que traía acostado en su lomo a un hombre que se estaba muriendo. El director reconoció a su amigo, y él mismo fue corriendo a buscar remedios, con los que el cazador se curó en seguida.

muddy / skinny

Cuando el cazador supo cómo lo había salvado la tortuga, cómo había hecho un viaje de trescientas leguas para que tomara remedios, no quiso separarse más de ella. Y como él no podía tenerla en su casa, que era muy chica, el director del Zoológico se comprometió° a tenerla en el Jardín, y a cuidarla como si fuera su propia hija.

agreed

Y así pasó. La tortuga, feliz y contenta, con el cariño que le tienen, pasea por todo el Jardín, y es la misma gran tortuga que vemos todos los días comiendo el pastito° alrededor de las jaulas de los monos°.

grass / monkey cages

El cazador la va a ver todas las tardes y ella conoce desde lejos a su amigo, por los pasos°. Pasan un par de horas juntos, y ella no quiere nunca que él se vaya sin que le dé una palma de cariño en el lomo.

footsteps

Poslectura

ASOCIACIONES

Actividad 3: Palabras relacionadas. Basándose en la fábula, indiquen las palabras asociadas. Luego, digan si son verbos, adjetivos o sustantivos.

1. tener hambre   a. árboles
2. hombre   b. tener apetito
3. sano/a   c. andar
4. caminar   d. cazador
5. bosque   e. sanar

Actividad 4: Ideas contrarias. Basándose en la fábula, ahora indiquen las palabras opuestas. Luego, usen cada una en una frase.

1. enfermarse   a. chico/a
2. inmenso/a   b. curarse
3. fuerte   c. raíces
4. carne   d. sano/a
5. enfermo/a   e. débil

Actividad 5: Categorías. Con referencia a la fábula, escribe las palabras asociadas con cada categoría. Luego, compara tu lista con la de otro/a estudiante. Sigue el modelo.

Ejemplo: la enfermedad: *fiebre, moribundo, curarse*

1. el agua
2. verbos de movimiento
3. la comida

Actividad 6: Comprensión. En parejas, contesten las siguientes preguntas.

El cazador, el tigre y la tortuga

1. ¿Dónde vivía el hombre? ¿En qué país?
2. Según los médicos, ¿cómo podría curarse?
3. Describe cómo vivía el hombre en el monte. ¿Qué usaba para cazar?
4. ¿Qué pasó con el tigre?
5. ¿En qué condición encontró el hombre a la tortuga? ¿Por qué no se la comió el cazador? Entonces, ¿cómo sanó la tortuga?

La enfermedad del cazador

6. ¿De qué tipo de enfermedad sufría el cazador? ¿Qué dijo el cazador que nos indica su miedo?
7. ¿Qué piensa la tortuga con respecto al cazador? Entonces, ¿qué le dio de beber y de comer para curarlo?
8. La tortuga se dio cuenta de que tenía que llevar al cazador a Buenos Aires. ¿Por qué? Describe su método de cargar al cazador y su viaje.

El heroísmo de la tortuga

9. ¿Qué le pasó a la tortuga un día? ¿Qué vio en la distancia?
10. ¿En dónde estaba la tortuga sin saberlo?
11. ¿Con quién se encontraron la tortuga y el cazador? ¿Qué le informó el ratón a la tortuga? ¿Qué pensaba de ella?
12. ¿Cómo pasaban todas las tardes la tortuga y el cazador al final de la fábula?

Actividad 7: La fábula. ¿Cuál es la moraleja de esta fábula? ¿Es creíble? ¿Por qué? ¿Cómo interpretas el título de esta fábula con respecto a las acciones?

Actividad 8: El lenguaje. Discutan el uso del presente, el imperfecto y el pretérito en la fábula. ¿Cómo influencia la acción en distintas partes de la fábula? Den ejemplos.

Actividad 9: Personajes y más. Comenta los siguientes temas.

1. Comenta la importancia de la naturaleza en la fábula. ¿Qué función tiene? Da ejemplos.
2. El cazador tiene miedo de estar solo y morir en el bosque. ¿Cómo reaccionas a sus sentimientos?
3. Describe los pensamientos y sentimientos de la tortuga. ¿Qué piensas de ella?
4. Hay dos momentos en que el cazador toca el lomo de la tortuga. ¿Cuándo ocurren y qué significación tienen?

Actividad 10: ¿Qué pasa al final? En grupos, comparen esta fábula con otra que conozcan con un final triste. ¿Cómo son similares y diferentes?

Actividad 11: ¡Actos heroicos! En parejas, inventen un diálogo entre el cazador y la tortuga veinte años más tarde sobre lo que ha pasado en sus vidas.

Actividad 12: Todo el mundo gana. Vuelve a escribir la fábula, cambiando la historia para que haya otro animal incluido y para que el tigre viva también. Cuenta la nueva acción y explica la moraleja. Recuerda inventar un título.

Actividad 13: Mis miedos. ¿Dónde y cuándo has estado solo/a y con miedo? ¿Cómo te ha afectado?

Actividad 14: Amor a los animales. ¿Qué gesto de cariño usas tú con los animales? Si le pudieras dar a un animal un premio por heroísmo, ¿a cuál se lo darías y por qué?

Actividad 15: La tortuga y tú. ¿Cuántos años viven las tortugas gigantes? ¿Cuántos años quieres vivir? ¿Cuántas décadas crees que vas a vivir? ¿Por qué?

EXPANSIÓN

COMPRENSIÓN

Actividad 1: A escuchar. "¿Cuánta agua debes tomar?" Escucha este artículo y escribe las palabras que le faltan a este párrafo.

Se dice que lo ideal es tomar _____ _____ _____ _____ al día para mantenerte _____, pero a muchas personas les cuesta _____ llegar a esa meta. En realidad existen _____ _____, además del agua, que pueden cubrir la "cuota" de fluidos que necesita _____ _____ y no sólo eso, sino que de _____ _____ también se toma gran parte del agua que necesitas, en especial de _____ _____ _____. Lo que debes evitar es _____ _____ de bebidas que contienen cafeína como _____, _____ y otros líquidos, porque actúan como diuréticos provocando que tu cuerpo pierda _____. Por otro lado, _____ _____ a base de hierbas, _____ y _____ _____ son recomendables pues te mantienen hidratada. Si eres _____ o practicas _____ con cierta regularidad, los requerimientos de agua aumentan y son de aproximadamente _____ _____ al día.

REDACCIÓN

Averiguar información y analizarla

Actividad 2: El reportaje. Eres responsable de hacer un reportaje que presenta el nivel de salud y de bienestar entre los alumnos de tu universidad. Sigue estas etapas para hacer tu reportaje.

Etapa 1: *Determinar el enfoque*
Selecciona uno de estos enfoques para tu encuesta.

1. la dieta
2. los remedios caseros
3. las enfermedades
4. el ejercicio

Etapa 2: *Crear la encuesta*
Escribe cinco preguntas para tu encuesta. Ten cuidado de no usar preguntas "cerradas" con "Sí" o "No" como respuestas.

> **Ejemplo:** *Describe tu dieta semanal. ¿Qué comes? ¿Dónde? ¿Cuál es tu comida favorita?*

Etapa 3: *Realizar la encuesta*
Entrevista a cinco personas y apunta sus respuestas.

Etapa 4: *Hacer el reportaje*

Escribe un resumen de los resultados de tu encuesta en forma de reportaje. Para hacer el reportaje vas a tener que analizar la información que recibiste. Aquí hay algunas palabras y expresiones útiles.

estar de acuerdo	*to agree*
Estos datos nos indican que...	*This data shows us that . . .*
la mayoría (de)	*the majority (of)*
más / menos de (número)	*more / fewer than (a certain number)*
nadie	*no one*
ni... ni	*neither . . . nor*
Para resumir...	*To summarize . . .*
por ciento	*percent*
todos	*everyone*

POR INTERNET

Puedes encontrar mucha información sobre salud y bienestar usando tu buscador favorito en Internet. Aquí hay unas sugerencias para facilitar tu búsqueda.

Palabras clave: salud, bienestar, ejercicio, remedios caseros, medicina

For specific web pages to help you in your search, go to the *Reflejos* website: http://college.hmco.com/languages/spanish/students

Capítulo 10

CREENCIAS Y TRADICIONES

TEMAS Y CONTEXTOS
Mitos del mundo hispano
La santería

CULTURA
La Pachamama

LENGUA
Sequence of tenses
Relative pronouns
Infinitives and present participles
(gerundios)

ARTE
Fiesta del bautizo, Josefa Sulbarán

LITERATURA
"El dios de las moscas",
Marco Denevi

Una tradición guatemalteca:
El día de los muertos

INTRODUCCIÓN AL TEMA

Mitos del mundo hispano

El Dorado

Este mítico lugar, lleno de oro, piedras preciosas e incalculables riquezas, fue un atractivo irresistible para muchos de los exploradores del Nuevo Mundo. Aún hoy, persiste la creencia de que en el fondo del lago Guatavita, en Colombia, se encuentra ese gran tesoro y muchos han sugerido secar el lago para buscarlo. Se dice que en Guatavita se celebraba una ceremonia en la que el emperador de esa región se bañaba allí cubierto de oro, mientras sus súbditos lanzaban al agua objetos preciosos.

El mito de las Amazonas

El río Amazonas se conocía desde principios del siglo XV, cuando Vicente Yáñez Pinzón lo denominó Río Santa María de la Mar Dulce. Se llamó después Río Grande por su tamaño y también Marañón, nombre que todavía tiene en el Perú. En 1541, llegó a la región la expedición de Francisco de Orellana, quien luchó contra una comunidad indígena de la zona, entre la que había mujeres guerreras. Este hecho revivió el antiguo mito griego sobre la existencia de pueblos de mujeres guerreras en Europa: las Amazonas.

Las sirenas del mar

En España y en la Europa del siglo XVI, el mito de las sirenas permanecía vivo cuando Cristóbal Colón emprendió sus viajes hacia el oeste. Uno de los temores de los marineros en esa época era el peligro de que los engañaran las bellas sirenas con sus cantos y los llevaran a la muerte. En enero de 1493, Colón y sus marineros vieron por primera vez a tres manatíes cerca de las costas de lo que hoy es la República Dominicana y los confundieron con sirenas. Se asombraron mucho al descubrir que "las sirenas no son tan hermosas como las pintan y en realidad, tienen cara de hombre".

Actividades

Actividad 1: Mitos.

Parte A: Basándote en la descripción de los tres mitos, contesta las siguientes preguntas.

El Dorado

1. Según la leyenda, ¿dónde se encuentra el tesoro de El Dorado?
2. ¿Cómo llegaron hasta allí tantas riquezas?
3. ¿Qué métodos se han propuesto para buscarlas?

El mito de las Amazonas

4. ¿Cuándo se originó este mito?
5. ¿Quiénes eran las Amazonas? ¿Qué hacían y dónde vivían?
6. ¿Por qué pensó Orellana en ese mito cuando estaba en la región del Río Grande?

Las sirenas del mar

7. ¿Qué son las sirenas? ¿Dónde vivían, según los marineros?
8. ¿Por qué creían los marineros que eran peligrosas?
9. ¿Encontraron sirenas los marineros españoles?

Parte B: En parejas, describan un mito similar a uno de estos tres. Preséntenselo a la clase.

Actividad 2: La tradición oral. Los proverbios o refranes son pequeñas cápsulas de sabiduría que reflejan los valores y las tradiciones de un pueblo. Mientras escuchas el diálogo entre una abuela y su nieta, señala en la lista los proverbios que oigas.

____　1. El que parte y comparte se queda con la mejor parte.
____　2. Más vale tarde que nunca.
____　3. Barriga llena, corazón contento.
____　4. En boca cerrada, no entran moscas.
____　5. Del dicho al hecho, hay mucho trecho (*distance*).
____　6. Al que madruga, Dios le ayuda.
____　7. Querer es poder.
____　8. De tal palo, tal astilla.
____　9. El que pierde la mañana, pierde el día y el que pierde la juventud, pierde la vida.
____　10. Haz el bien y no mires a quién.
____　11. Una onza de alegría vale más que una onza de oro.
____　12. Ojos que no ven, corazón que no siente.

Actividad 3: Mi filosofía. Trabajando con otro/a estudiante, interpreten seis proverbios de la actividad 2. Explíquenlos con sus propias palabras. Si hay palabras que no comprenden, búsquenlas en el diccionario.

Actividad 4: En mi país. En grupos, escriban tres proverbios que conozcan en inglés y expliquen en español qué significan. ¿Qué nos enseñan sobre la vida?

TEMAS Y CONTEXTOS

La santería

La santería se origina en el oeste de África, en la región conocida actualmente como Nigeria y Benin. Es la religión tradicional del pueblo yoruba. Los europeos llevaron a muchos esclavos yorubas a las costas de Cuba, Brasil, Haití, Trinidad y Puerto Rico, entre otros sitios. Pero junto con los esclavos que trajeron para vender a una vida de miseria, algo más se trajo: su **alma** y su religión.

Los yorubas eran y son un pueblo muy civilizado con una rica cultura y un sentido muy profundo de la ética. Creen en un dios, conocido como Olorún u Olodumare. Olorún es la fuente de la energía espiritual de la que se compone el universo, todo lo vivo y todas las cosas materiales.

Olorún interactúa con el mundo y la humanidad a través de **emisarios**. Estos emisarios se llaman orishas. Los orishas gobiernan cada una de las fuerzas de la naturaleza, y cada aspecto de la vida humana. Podemos acudir a ellos, pues es sabido que ellos acuden en ayuda de sus **seguidores,** guiándoles a una mejor vida material, así como también una mejor vida **espiritual.**

La comunicación entre los orishas y los humanos se logra a través de ritos, **rezos, adivinación** y **ofrendas.** Canciones, ritmos y posesiones por trance son también otros medios a través de los cuales interactúan con los orishas.

En el Nuevo Mundo, los orishas y la mayor parte de su religión fue **oculta-da** detrás de una **fachada** de **catolicismo,** a través de la cual los orishas fueron representados por varios santos católicos. Los dueños de esclavos ignoraban que *lightning* los esclavos en realidad le estaban rezando a Shango, el Señor del Relámpago°, el fuego y la danza. Así fue cómo la religión llegó a ser conocida como "santería".

La santería se ha hecho famosa por su **"magia".** Esta magia se basa en el conocimiento de los **misterios** u orishas, y cómo interactuar con ellos para mejorar sus vidas, buscando la ayuda de los orishas.

seized Aunque los yorubas fueron arrebatados° de sus hogares en África y escla-vizados en el Nuevo Mundo, sus orishas, su religión y sus poderes nunca pudie-*chained down* ron ser encadenados°, y la religión ha **sobrevivido** hasta el presente.

Vocabulario activo:

Hablando de creencias y tradiciones

Cognados

el altar
el amuleto
la astrología
el catolicismo
el cristianismo
el demonio
el espíritu
espiritual
el fenómeno
la fertilidad
el horóscopo
el islam
el judaísmo
el misterio
la superstición
el templo
el zodíaco

Familia de palabras

Verbos	*Sustantivos*
asustar (*to scare*)	el susto
bromear (*to joke, to kid*)	la broma
burlarse (de) (*to make fun [of]*)	la burla
desfilar (*to march in a parade*)	el desfile
disfrazarse (*to dress up in a costume*)	el disfraz
embrujar (*to bewitch*)	el/la brujo/a
	la brujería
engañar (*to deceive*)	el engaño
enterrar (ie) (*to bury*)	el entierro
quejarse (de) (*to complain [about]*)	la queja
rezar (*to pray*)	el rezo

Sustantivos

la adivinación   *prediction*
el alma (*f.*)   *soul*
el bautismo   *baptism*
el cielo   *heaven, sky*
el/la creyente   *believer*
el cura, el sacerdote   *priest*
el desengaño   *disillusionment*
el diablo   *devil*
el emisario   *messenger*
la fachada   *façade*
el fantasma   *ghost*

Vocabulario básico: Ver la página 356 en el Apéndice A.

la iglesia   *church*
el infierno   *hell*
la magia   *magic*
el/la mago/a   *magician*
el más allá   *hereafter*
la mezquita   *mosque*
el mito   *myth*
la monja   *nun*
la ofrenda   *offering*
el/la pastor/a   *minister, preacher (shepherd)*
la pesadilla   *nightmare*
el/la rabino/a   *rabbi*
el/la seguidor/a   *follower*

Verbos

alabar   *to praise*
alejar(se) (de)   *to put farther away, to move away (from)*
aplacar a los dioses   *to placate the gods*
atrever(se)   *to dare*
compartir   *to share*
convertirse (ie, i) en   *to turn into*
darse cuenta de   *to realize*
enterarse (de)   *to find out (about)*
ocultar   *to hide*
sobrevivir   *to survive*

Adjetivos

chistoso/a   *funny*
escondido/a   *hidden*
extraño/a   *strange*
malévolo/a   *malicious*

Actividades

Actividad 1: A discutir. En grupos, discutan estas preguntas acerca de la lectura en la página 267.

1. ¿En qué se basa la magia de la santería?
2. ¿Cuáles son algunos lugares dónde se practica la santería hoy día?
3. ¿Quién es el dios principal?
4. ¿Cómo sobrevivió la religión de la santería? ¿Qué tuvieron que hacer los esclavos para aplacar a los europeos católicos?
5. Compara la santería con otras religiones que conoces. ¿Qué tienen en común? ¿Cómo son diferentes?
6. ¿Crees que el mundo es un lugar mágico? Explica tu respuesta.
7. ¿Cuál es el papel de la religión en el mundo?

Actividad 2: Definiciones. Escoge la palabra que corresponde a cada definición.

| fertilidad | pesadilla | infierno | judaísmo | enterrar |
| horóscopo | cristianismo | amuleto | ocultar | islam |

1. Objeto pequeño que se lleva para alejar el mal o propiciar el bien
2. La capacidad de reproducirse
3. La religión de Mahoma
4. La religión que sigue la ley de Moisés, el hebraísmo
5. Consiste en doce signos, casas o constelaciones que recorre el sol en su curso anual
6. Poner debajo de la tierra
7. La religión que profesa la fe de Cristo
8. Lugar destinado para castigo eterno de los que mueren en pecado mortal
9. Esconder algo, tapar, disfrazar la verdad
10. Sueño angustioso que da miedo

Actividad 3: Supersticiones. Lean estas supersticiones y en grupos discutan sus significados. ¿Cuáles son iguales a supersticiones que conoces tú? ¿Cuáles son diferentes? Después añadan dos supersticiones más que conozcan y compártanlas con los demás grupos.

1. Si se le para una mosca en la nariz, recibirá una carta.
2. Cuando sueñe un sábado, todo se le cumplirá.
3. A las personas que les suda (*sweat*) la nariz son muy celosas.
4. Las manchas (*stains*) blancas en medio de las uñas (*fingernails*) representan las mentiras que se han dicho.
5. El día de su matrimonio, las novias deben llevar puesto algo azul, algo prestado y algo regalado.
6. Si sueña que se está casando y se ve vestida de novia, esto significa muerte.
7. Cuando se caen un tenedor y un cuchillo al mismo tiempo significa que pronto habrá boda en la casa.
8. El que pasa por debajo de una escalera, nunca se casará.
9. Cuando se siente picazón (*itch*) en la palma de la mano derecha, eso significa que pronto recibirá dinero.
10. Mariposas negras volando dentro de una casa anuncian la muerte.
11. Para evitar visitas no deseadas se debe colocar una escoba (*broom*) detrás de la puerta.
12. La ruptura de un espejo es símbolo de siete años de mala suerte.
13. Abrir sombrillas dentro de una casa o apartamento, trae mala suerte.

Actividad 4: Los horóscopos.

A. Algunos dicen que la fecha en que uno nace predice cómo será la persona y explica, en parte, su personalidad. Aquí hay algunas características generales de los individuos de cada signo del zodíaco. En parejas, lean sobre sus signos para ver si les representan bien o no. Agreguen dos características positivas y dos negativas más que les describan a ustedes. (Usen la forma masculina o femenina apropiada del adjetivo.)

B. Escribe el horóscopo de tu pareja para hoy tomando en cuenta las características de su signo.

Signo	Fechas	Características positivas	Características negativas
Aries	(21 de marzo al 19 de abril)	abierto, sincero, amistoso	impaciente, agresivo, individualista
Tauro	(20 de abril al 20 de mayo)	paciente, tranquilo, confiado	obstinado, posesivo, celoso
Géminis	(21 de mayo al 21 de junio)	comunicativo, ágil, despierto	inconstante, superficial, chismoso
Cáncer	(22 de junio al 22 de julio)	confiable, cariñoso, persistente	irritable, inestable, malhumorado
Leo	(23 de julio al 22 de agosto)	noble, brillante, amable	orgulloso, egocéntrico, autoritario
Virgo	(23 de agosto al 22 de septiembre)	inteligente, trabajador, honesto	crítico, desconfiado, hipocondríaco
Libra	(23 de septiembre al 22 de octubre)	equilibrado, conciliador, pacífico	perezoso, indeciso, vanidoso
Escorpio	(23 de octubre al 21 de noviembre)	reservado, intuitivo, confiable	destructivo, ama las fiestas, vengativo
Sagitario	(22 de noviembre al 21 de diciembre)	diplomático, humanitario, sincero	exagerado, impaciente, egocéntrico
Capricornio	(22 de diciembre al 19 de enero)	inteligente, paciente, perseverante	pesimista, depresivo, melancólico
Acuario	(20 de enero al 18 de febrero)	idealista, progresista, altruista	rebelde, excéntrico, desconfiado
Piscis	(19 de febrero al 20 de marzo)	intuitivo, adaptable, dócil	influenciable, confuso, engañoso

Cultura | LA PACHAMAMA

En las culturas aymará y quechua, en lo que hoy es Bolivia, Ecuador, Perú y el norte de Argentina, se honra a la Pachamama, la Madre Tierra. Ella es el principio y el fin de todos los seres.

En Bolivia se hace una ofrenda a la Pachamama antes de construir una vivienda. En esta ceremonia, se prepara un pequeño altar con comidas, bebidas y miniaturas de objetos valiosos. Este altar se entierra para asegurar la felicidad de los dueños de la vivienda. En Ecuador, los shamanes le rinden homenaje a la Pachamama con incienso o con una pequeña hoguera para pedir su aprobación.

En Argentina, en el pequeño pueblo de Amaicha del Valle, la fiesta de la Pachamama se celebra todos los años. Una de las tradiciones más conocidas en esta fiesta argentina es la de cortarles un pedacito de oreja a algunas cabras. Los pequeños pedacitos se guardan en una bolsita y ésta se entierra con la esperanza de que la Pachamama ayude a multiplicar los animales y les dé prosperidad a sus dueños.

La Pachamama es una madre benévola, pero cuando se comete algo en su contra, su ira puede ser fatal. La Pachamama permite la caza de animales solamente para la alimentación. A la Pachamama no le gusta que la gente tale sus árboles ni que se contaminen sus campos. Si alguna de estas cosas sucede, la Pachamama puede castigar a los culpables con las peores calamidades, como terremotos, sequías, inundaciones, la pérdida de las cosechas y aún de la vida. La única manera de evitar la ira de la Pachamama es vivir en armonía con ella y rendirle el respeto que merece.

Discusión en grupos ¿Qué función creen ustedes que tenía este mito en las antiguas sociedades mencionadas? ¿Qué papel creen que tiene hoy? ¿Existe alguna creencia o mito similar en las culturas que ustedes conocen? ¿Siguen ustedes alguna tradición familiar o tienen alguna costumbre personal para pedir que les vaya bien en los exámenes, en un viaje o al emprender una tarea difícil?

LENGUA

Sequence of tenses

Una excursión maravillosa

MAMÁ: Adelina, es una lástima que todavía no **hayas visitado** el Perú, donde nacieron tus abuelos y bisabuelos.

ADELINA: Le dije a Carmelo que **incluyéramos** al Perú en nuestra excursión a Suramérica el año pasado pero él prefirió que nos **quedáramos** más tiempo en Río para celebrar el Carnaval.

MAMÁ: Claro, dile que te **acompañe** allí este año. Lo pasarán muy bien.

ADELINA: Por supuesto, le pediré que **vayamos** a Machu Picchu en tren y que después **visitemos** a nuestra familia.

MAMÁ: ¡Será una excursión maravillosa!

Enfoque: La secuencia de los tiempos verbales

The six highlighted verbs are in the subjunctive. Find their main verbs and compare their tenses. What sequences of tenses do you observe? Read the information in **Lo esencial** and **El uso** to check your answers.

LO ESENCIAL

❶ When the sentence structure and meaning in Spanish require the use of the subjunctive, the tense of the subjunctive verb must be coordinated with the tense of the main verb.

2 For sentences that express actions in a present or future time frame, use this sequence of tenses.

Main clause verb: Indicative	Dependent clause verb: Subjunctive
Present Present perfect Future Future perfect Command	Present subjunctive (*for a future or simultaneous action or state*) *or* Present perfect subjunctive (*for a prior action or state*)

3 For sentences that express actions in a past time frame, use this sequence of tenses.

Main clause verb: Indicative	Dependent clause verb: Subjunctive
Preterite Imperfect Pluperfect (past perfect) Conditional Conditional perfect	Imperfect subjunctive (*for a future or simultaneous action or state with relationship to the verb in main clause*) *or* Pluperfect (past perfect) subjunctive (*for a prior action or state*)

EL USO **1** **Present-to-future time frame**

The present subjunctive in a subordinate clause expresses implied future actions.

Esperamos que **tengas** un buen viaje.	*We hope you have a good trip.*
Me **han pedido** que **asista** a la conferencia sobre las tradiciones mayas.	*They have asked me to attend the lecture about Mayan traditions.*
Pídeles que te **lleven** a la fiesta.	*Ask them to take you to the party.*

2 **Present-to-past time frame**

The present perfect subjunctive in a subordinate clause refers to a prior event.

Esperamos que **hayas tenido** un buen viaje.	*We hope you have had a good trip.*

3 **Past-to-past time frame**

The imperfect or pluperfect (past perfect) subjunctive is used to refer to past events.

Nos **gustó** mucho que nos **escribieras**.	*We were very pleased that you wrote to us.*
En la ciudad, **habían permitido** que la gente **fumara**.	*In the city, they had permitted the people to smoke.*
¿Preferirías que **hubiéramos visitado** las ruinas aztecas?	*Would you prefer that we had visited the Aztec ruins?*

Actividades

Actividad 1: La suerte. El horóscopo de hoy trae muchas recomendaciones para tu signo del zodíaco. Elige la frase correcta para completar las predicciones.

1. Mañana, es preferible que no _____ a ninguna parte. Te traerá mala suerte.
   a. salieras   b. hayas salido   c. salgas   d. saldrías

2. Hoy es un buen día para pedir favores. Pídeles a tus amigos que te _____ dinero.
   a. prestan   b. presten   c. prestaran   d. hubieran prestado

3. No pensabas que tu amigo _____ tantos problemas. Debes prestarle ayuda.
   a. tendría   b. tuviera   c. tenga   d. tiene

4. El año pasado, no pudiste hacer un viaje especial por no tener dinero. Este año podrás hacerlo cuando _____ dinero. Pon atención a la oportunidad.
   a. tuvieras   b. habrías tenido   c. tengas   d. has tenido

5. Esperas que tu suerte _____, pero eso no sucederá pronto.
   a. cambie   b. cambia   c. ha cambiado   d. cambiara

6. Ha sido posible que la universidad te _____ una beca. Busca más información hoy.
   a. da   b. daba   c. diera   d. dé

7. Tú crees que no hay nadie que te _____, pero no es cierto. Tu amor está muy cerca.
   a. quiere   b. quisiera   c. quiere   d. quiera

8. Es ridículo que _____ todo lo que el horóscopo te dice.
   a. creyeras   b. crees   c. creas   d. hubieras creído

Actividad 2: Las ceremonias y tradiciones. Estudias varios ritos religiosos y supersticiones en una de tus clases. Completa las oraciones siguientes, combinando las frases de la columna A con las de la columna B en una forma lógica.

A	B
_____ 1. En el pasado, la gente hacía ofrendas para que	a. el sacerdote pudiera hablar con los dioses.
_____ 2. Espero que mi nuevo amuleto	b. todos vayan al cementerio.
_____ 3. En muchas religiones está prohibido que	c. se aplacaran los dioses.
_____ 4. Los incas adoraban el dios sol para que	d. tuvieran buenas cosechas.
_____ 5. La gente lava las tumbas para el Día de los Muertos antes de que	e. me traiga buena suerte.
_____ 6. Los aztecas construyeron pirámides muy grandes para que	f. la gente fume o beba alcohol.

Actividad 3: En todos los tiempos. Trabajando en parejas, completen las frases con sus propias opiniones, creencias y tradiciones. Decidan el tiempo del verbo de acuerdo a la primera frase.

1. Es posible que de acuerdo a mis creencias yo...
2. Cuando era niño/a, yo no creía que...
3. Era malo que mi horóscopo...
4. Me voy a casar cuando...
5. Yo esperaría que mis hijos...
6. Mis padres esperan que...
7. Dile a los creyentes de las supersticiones que...
8. Durante mi niñez yo había jurado que...
9. Es bueno que los creyentes de la santería...
10. Mi abuela llevaba un amuleto para que...

Relative pronouns

Una celebración familiar

Enfoque: Los pronombres relativos

The highlighted words are relative pronouns. Which are used for things and which are used for people? Even though the two relative pronouns used for people are different, they share a preposition. Why? Read the **Lo esencial** and **El uso** sections to check your answers.

LO ESENCIAL

① A relative pronoun replaces a person or a thing (subject, direct object, or indirect object) in a dependent adjective (relative) clause. The relative pronoun refers back to the antecedent (the person or thing referred to). In this example, **los chicos** is the antecedent.

Los chicos juegan. Los chicos son pequeños.
Los chicos **que** juegan son pequeños.

② Common relative pronouns in Spanish are as follows.

que	The most common relative pronoun. It is used to refer to both people and things.
quien/es, cual/es	These relative pronouns change to reflect the number of the antecedent/s. **Cual/es** refers to both people and things, while **quien/es** refers only to people.
(el/la/los/las) que, (el/la/los/las) cual/es	These relative pronouns can be used with a definite article.
cuyo/a/os/as	These possessive relative pronouns change to reflect the gender and number of the things being possessed. They function as an adjective.
lo que, lo cual	These neuter relative pronouns refer to an indefinite antecedent or a previously mentioned idea.

③ Relative pronouns are sometimes omitted in English sentences with two verbs but never in Spanish.

Me encantó el libro **que** escribiste sobre los mayas.

I loved the book (that) you wrote about the Mayas.

④ Relative pronouns can introduce an antecedent in either restrictive or nonrestrictive clauses. A restrictive clause contains information that is essential for the meaning of the sentence and is not set off by commas. A nonrestrictive clause contains nonessential information and is set off by commas.

Mis primas **que** viven en Miami vienen a Boston para mi cumpleaños.

My cousins who live in Miami are coming to Boston for my birthday. (Only those cousins who live in Miami are coming for my birthday, i.e., not the cousins who live elsewhere.)

Mis primas, **que/quienes** viven en Miami, vienen a Boston para mi cumpleaños.

My cousins, who live in Miami, are coming to Boston for my birthday. (All of my cousins live in Miami, and they are all coming for my birthday.)

El uso

① As subject

A The relative pronoun **que** can refer to a person or a thing that is the subject of the dependent clause. It can be used in both restrictive and nonrestrictive clauses.

La mujer **que** me llamó ayer es mi tía Juana.	*The woman who called me yesterday is my Aunt Juana.*
La santería es una religión **que** tuvo su origen en África.	*Santería is a religion that had its origin in Africa.*

B **Quien/es** refers only to people and can only be used as the subject of a nonrestrictive clause. It cannot be used as a subject of a restrictive clause. Instead, you must use **que**.

Mi tía Juana, **quien** me llamó ayer, vive en México.	*My aunt Juana, who called me yesterday, lives in Mexico.*

② As direct objects (*that, who, whom*)

Las personas **que** vimos ayer ganaron un premio.	*The people whom we saw yesterday won a prize.*
Antonio Banderas y Penélope Cruz, **a quienes** vimos ayer, son de España.	*Antonio Banderas and Penelope Cruz, whom we saw yesterday, are from Spain.*
El museo, **el cual** visitamos ayer, tiene una exhibición maya.	*The museum, the one we visited yesterday, has a Mayan exhibit.*

③ As indirect objects (*to/for/from whom*)

Ella es la chica **a la que** (**a quien, a la cual**) regalamos el libro sobre las supersticiones.	*She is the girl to whom we gave the book about superstitions.*
Mi padrino, **a quien** (**al que, al cual**) le debo todo, me invitó a su fiesta de aniversario.	*My godfather, to whom I owe everything, invited me to his anniversary party.*

④ Referring to objects of prepositions

Los profesores, **de los que** (**de quienes, de los cuales**) hablamos ayer, están aquí hoy.	*The professors, about whom we spoke yesterday, are here today.*
Mi madre nunca dejará de creer en los milagros **en los que** (**en los cuales**) tiene mucha fe.	*My mother will never stop believing in miracles in which she has a lot of faith.*

Note: Unlike informal English, a sentence or clause cannot end with a preposition in Spanish.

Informal English: The person *who* I spoke *with* yesterday is my professor.
Formal English: The person *with whom* I spoke yesterday is my professor.
Spanish: La persona **con quien** hablé ayer es mi profesor.

5 **Talking about concepts**

When the antecedent is a *concept* the neuter relative pronoun **lo que** (*what, that*) is used.

Me gustó todo **lo que** vi durante la visita a Madrid.	*I liked everything (that) I saw during my visit in Madrid.*
La novela policíaca es **lo que** me interesa en la literatura.	*The detective novel is what interests me in literature.*

6 **Referring to complete sentences**

When the antecedent is a *complete clause*, the neuter relative pronouns **lo que** or **lo cual** (*which*) can be used.

Recibí muchos regalos en mi cumpleaños, **lo cual** (**lo que**) me gustó muchísimo.	*I got many presents on my birthday, which I enjoyed immensely.*
Nadie me dijo la verdad, **lo cual** (**lo que**) me entristeció mucho.	*Nobody told me the truth, which made me very sad.*

7 **Expressing ownership**

Cuyo, cuya, cuyos, and **cuyas** are relative possessive pronouns used to express possession by another person. They are used mainly in written Spanish. Note that these pronouns take the number and gender of the noun that follows.

La santería es una religión **cuyo** origen es africano.	*Santería is a religion whose origin is African.*
El Día de los Muertos es un día **cuyas** ceremonias son increíbles.	*The Day of the Dead is a day whose ceremonies are incredible.*

Actividades

Actividad 4: El altar de muertos. Tus amigos quieren aprender más sobre el Día de los Muertos pero no tienen mucho tiempo. Combina las dos oraciones en una sola oración usando el pronombre relativo entre paréntesis en vez de las palabras en negrilla. Sigue el ejemplo.

Ejemplo: Para el Día de los Muertos se hace un altar. En **el altar** se colocan diversos objetos. (el que)
Para el Día de los Muertos se hace un altar en el que se colocan diversos objetos.

1. En el altar no puede faltar el agua. **El agua** es el símbolo de la vida. (que)
2. Los mexicanos ponen sal en el altar de muertos. Sin **la sal**, el altar queda incompleto. (la que)
3. En el altar, los niños ponen platos deliciosos. **Estos platos** les gustaban a los familiares muertos. (que)
4. Para los aztecas, la vida estaba vinculada con la muerte. **La muerte** también era vida. (que)
5. El Día de los Muertos es una celebración mexicana. **Esta celebración** se realiza cada año en noviembre. (que)
6. Los estudiantes tienen que escribir una composición. **La composición** debe ser sobre las tradiciones mexicanas. (que)
7. Mi mamá me habló sobre mis abuelos mexicanos. Ella los quería mucho **a ellos**. (a quienes)

Actividad 5: ¿De quién es? Has viajado a México recientemente y quieres hablarnos de varios aspectos de tu experiencia. Completa las oraciones con la forma correcta del pronombre posesivo **cuyo/a/s.** Sigue el ejemplo.

> **Ejemplo:**   La casa, *cuyas* ventanas daban al sur, estaba situada junto al mar.

1. En el periódico sale todos los días un horóscopo, _____ recomendaciones leo con interés.
2. El chico en la película mexicana que acabo de ver, _____ bromas me encantan, está disfrazado de pastor.
3. México es una ciudad _____ museo de arqueología es famoso.
4. Hay muchos pueblos _____ creencias pasan de generación en generación.
5. La Virgen de Guadalupe, _____ imagen está en todas las iglesias mexicanas, es la patrona de América.
6. La madre _____ hijos no creen en el futuro, saldrá mañana para pedirle consejos a un brujo sobre sus hijos.

Actividad 6: La Virgen de Guadalupe. Tus amigos quieren saber más sobre la religión en México. En parejas, completen la leyenda de la Virgen de Guadalupe, patrona de México, con los pronombres relativos necesarios.

El 12 de diciembre es el día en el (1. cuyo / que) se celebra la fiesta de la Virgen de Guadalupe en México. Cuenta la leyenda que la Virgen se le apareció al indio Juan Diego (2. lo que / que) caminaba por el cerro de Tepeyac, en las afueras de la ciudad de México. Según Juan Diego, la Virgen era una joven (3. que / quienes) tenía un bello vestido y estaba rodeada de luz.

   La Virgen le pidió ayuda a Juan Diego para que se construyera un templo en ese sitio, (4. lo cual / con quien) él cumplió hablando con el obispo Zumárraga. Sin embargo, nadie le creyó, y Juan Diego se lo informó a la Virgen, (5. con quien / con que) habló. Mientras tanto, el tío de Juan Diego, (6. la cual / el que) estaba muy enfermo, recibió la visita de la Virgen, (7. quien / lo que) lo curó, y le rogó que hablara también él con el obispo Zumárraga. Tampoco fue esto (8. lo que / la que) convenció al obispo, (9. quien / cual) le pidió a Juan Diego nuevas pruebas de que decía la verdad.

   Juan Diego, (10. lo que / que) ya había perdido las esperanzas con el obispo, le pidió ayuda a la Virgen, (11. la cual / quienes) le dijo que fuera al cerro de Tepeyac para recoger las flores que había allí. Juan Diego lo hizo y le llevó al obispo las flores, (12. los que / las que) dejó caer a sus pies. Esta fue la prueba (13. que / quien) convenció al obispo Zumárraga y pronto empezó a construirse el templo en el cerro de Tepeyac. Este es el templo (14. que / quien) existe hoy en honor a la Virgen de Guadalupe.

Infinitives and present participles (*gerundios*)

Supersticiones

Laura y Gabo no se dieron cuenta de nada cuando iban **pasando** debajo de la escalera.

Tampoco vieron el gato negro que andaba atravesando su camino. Mirarse el uno al otro era más importante.

No se sorprendieron del accidente, ¡pero el perro salió corriendo!

Ganarse la lotería fue un final feliz para una pareja sin supersticiones.

Enfoque: Infinitivos y gerundios

One of the two highlighted forms is a present participle and the other is an infinitive. The present participle is modifying a verb. Find the other two present participles in the text. With which verbs do they appear? The infinitive functions as a noun and is the subject of the sentence. There is another infinitive with the same function. Which is it? Read the sections **Lo esencial** and **El uso** to check your answers.

LO ESENCIAL

1 The infinitive is the -**ar**, -**er**, or -**ir** form of the verb and is the form of the verb listed in dictionaries and in your vocabulary lists.

-**ar**   habl**ar**
-**er**   com**er**
-ir   viv**ir**

2 The present participle (*el gerundio*) is the -**ando**, -**iendo** form of the verb, which we have already seen in conjunction with the progressive forms. (Review these forms in **Capítulo 7.**)

-**ar** verbs	hablar	habl**ando**
-**er** / -**ir** verbs	comer	com**iendo**
	vivir	viv**iendo**
i to **y** (when the -**er** / -**ir** verb stem ends in a vowel)	leer	le**yendo**
	construir	constru**yendo**
stem-changing -**ir** verbs (**e** to **i**; **o** to **u**)	pedir	p**i**diendo
	dormir	d**u**rmiendo

EL USO

1 The infinitive can be used:

A with a conjugated verb

Quiero conocer otros lugares y tradiciones.
I want to know about other places and traditions.
Pensamos ir de vacaciones.
We intend to go on vacation.
Debemos superar nuestras debilidades.
We should overcome our weaknesses.

B after a preposition

Al empezar la ceremonia, la gente se emocionó.
Upon beginning the ceremony, the people became emotional.
No como mucho por la noche **para evitar** pesadillas.
I don't eat a lot at night in order to avoid nightmares.
Los adivinos **acaban de predecir** un terremoto.
The fortune-tellers have just predicted an earthquake.

C as a noun

Es prohibido **fumar** en el edificio.
Smoking is prohibited in the building.
Comer demasiado no es saludable.
Eating too much is not good for your health.

Ver es **creer**.
Seeing is believing.

② The present participle can be used:

A as part of a progressive form with **estar** or other verbs, such as **andar, llevar, ir, seguir, venir, mantenerse,** or **salir,** where these verbs are used to intensify the meaning of the ongoing action.

Laura **está averiguando** en este momento si su amiga **sigue viviendo** en Colorado.	*At this moment Laura is finding out if her friend is still living in Colorado.*
Ángela **anda creyendo** que Pamela es una bruja buena.	*Angela goes around believing that Pamela is a good witch.*

B as an adverb that modifies a verb. This is sometimes translated as *by + -ing.*

La gente pasa las tardes **esperando** el desfile de las fiestas de independencia.	*People spend their afternoons waiting for the Independence Day parade.*
Trabajando mucho, logró comprar un buen coche.	*By working a lot, he managed to buy a new car.*

Actividades

Actividad 7: Mejorando las cosas. Usando las palabras a continuación, crea preguntas para que otro/a estudiante las conteste usando el gerundio del verbo entre paréntesis. Sigue el ejemplo.

Ejemplo: ser más chistoso/a (contar chistes)
¿Cómo puedo ser más chistoso?
Tú puedes ser más chistoso contando chistes.

1. llamar la atención de alguien (hacer señas)
2. asustar a alguien (mostrarle una calavera)
3. celebrar el Día de los Muertos (hacer un altar)
4. ser mago (estudiar magia)
5. adivinar la suerte (leer las cartas)
6. ir al cielo (ser bueno/a)
7. hacer bromas (tener buen sentido del humor)
8. ver fantasmas (tener fantasía)

Actividad 8: En el parque de diversiones. Tu primo favorito tiene tres años y vas a llevarlo a un parque de diversiones. Completa el texto siguiente con la forma correcta del gerundio o del infinitivo de los verbos entre paréntesis.

Cuando era pequeño, me gustaba mucho _____ (1. ir) al parque de diversiones. _____ (2. Estar) allí era la aventura más interesante de los fines de semana. Yo siempre salía _____ (3. correr) de la casa cuando íbamos para el parque y llegaba allí _____ (4. gritar) de alegría. Lo primero que hacía era _____ (5. entrar) en la Casa Embrujada, en la que había una multitud de cosas horribles. Yo disfrutaba de todo, algunas veces _____ (6. reírse) y otras veces _____ (7. llorar) del miedo. Era muy difícil caminar por los corredores y _____ (8. evitar) los obstáculos y las calaveras que salían continuamente. No tengo malos recuerdos de esa época ni me dan pesadillas. Todavía me encanta _____ (9. visitar) los parques de diversiones y en especial, las casas embrujadas.

Actividad 9: **Cada uno a su manera.** Acabas de ganar un puesto como reportero/a para el periódico de tu pueblo. Necesitas escribir un informe sobre la celebración de Halloween en tu pueblo. Crea cinco oraciones completas describiendo la fiesta con verbos de la lista. Usa el gerundio y sigue el ejemplo.

Ejemplo: *La chica salió llorando del cementerio porque su hermano le hizo una broma.*

llorar	quejarse	disfrazarse
asustar	gritar	pedir
burlarse	correr	reírse

RISAS Y REFLEXIONES

DICHOS

En parejas, lean los dichos en voz alta, y den un ejemplo que ilustre el sentido de cada uno, según los temas del capítulo.

1. El que esté libre de pecados, que tire la primera piedra.
   Ejemplo: *Todo el mundo comete pecados. Nadie debe acusar a otra persona sin mirarse a sí mismo/a.*
2. Al que madruga, Dios lo ayuda.
3. Dios propone; el hombre dispone.

UNA COMIQUITA

Con otro/a estudiante, discutan las ideas y actitudes que expresa el artista.

UNA ADIVINANZA

¿Qué es?

Qué será, qué será,
Cuanto más se alarga
Más se acorta.

Adivinanza: La vida

 VIDEO

Una de las tradiciones mexicanas más conocidas es el Día de los Muertos. Esta celebración es el resultado de la mezcla de creencias y tradiciones indígenas, africanas y españolas. Tiene raíces aztecas, españolas y católicas. Es una fiesta religiosa y pagana que combina el miedo con la burla hacia la muerte. En este segmento, el profesor Horacio Torres Castillo habla sobre el significado, el origen y la importancia del Día de los Muertos para la cultura mexicana.

Previsión

Actividad 1: Creencias y tradiciones. Piensa en algunas creencias que existen sobre la muerte en tu cultura o en tu religión. Haz una lista de las tradiciones que están relacionadas con estas creencias. Luego, comparte tus pensamientos con tus compañeros de clase.

Actividad 2: Interpretaciones. Trabajando con otro/a estudiante, comenten las siguientes ideas mencionadas en el video.

1. De hecho, la vida y la muerte son una dualidad. La muerte es también vida.
2. No puede faltar ni el agua ni la sal—el agua y la sal como elementos naturales y símbolos de vida.
3. El amarillo rojizo es el color de la luz, símbolo de la vida, la muerte y el renacimiento.
4. Los pueblos que son de culturas tradicionales (no olvidan su pasado), necesariamente tienen que llegar a (ser) una civilización culta.

Visión

Actividad 3: De acuerdo con el profesor. Escoge la palabra o frase que mejor complete las siguientes oraciones de acuerdo con lo que ves y escuchas en el video.

1. El Día de los Muertos es una tradición de la religión azteca y del sincretismo _____.
   a. católico   b. protestante   c. hindú
2. El Día de los Muertos se celebra el mes de _____.
   a. enero   b. noviembre   c. diciembre
3. Es indispensable en el altar la presencia de mole, tamales y _____.
   a. frijoles   b. tortillas   c. arroz
4. El cempoaxotli quiere decir _____.
   a. flor de veinte flores   b. amarillo rojizo   c. vida y muerte
5. El mundo contemporáneo no fundado en lo ancestral _____.
   a. es menos profundo   b. es más culto   c. acabará con fama y gloria

Actividad 4: En el altar. Mientras miras el video, indica si los siguientes elementos siempre deben estar en el altar del Día de los Muertos. Escribe las razones que da el profesor para su presencia en el altar.

	Sí / Razón	No
agua		
joyas		
sal		
mole		
vestidos		
tortillas		
libros		
comida que le gustaba al difunto		

Posvisión

Actividad 5: Mi altar. Imagina que eres mexicano/a. Al morir, tus parientes y amigos van a crear un altar en tu memoria. Haz una lista de cinco objetos que quieres que incluyan y escribe las razones por las cuales estos objetos son importantes para ti. Haz un dibujo para mostrar tu altar a la clase.

Actividad 6: De generación a generación. En el video, se menciona la importancia de mantener las creencias y tradiciones de una generación a otra. Describe una creencia o tradición de tu familia que quieres transmitir a la próxima generación. Haz una breve presentación de esta tradición. Incluye los siguientes datos.

- origen
- descripción
- forma en que la sigue tu familia
- manera en que la vas a seguir con tus hijos/sobrinos/etc.
- por qué tiene importancia para ti

A R T E

***Fiesta del bautizo*, Josefa Sulbarán (Venezuela)**

Actividad 1: La artista. La artista venozolana Josefa Sulbarán nació en 1923 y empezó a pintar en 1958. Su especialización en "arte campesino" se caracteriza por temas rurales inspirados por la zona en que ella vivió en la parte occidental de Venezuela. En parejas, estudien la pintura que se titula *Fiesta del bautizo.* Luego, contesten estas preguntas.

1. Describe la escena. ¿Qué es un bautizo? ¿De dónde vienen las personas y adónde van? ¿Qué tipo de transporte usan?
2. Hay muchos animales en la pintura. Nombra a cuatro y di dónde están.
3. ¿Cómo está vestida la gente? ¿Por qué lleva sombrero? ¿Y qué más protege a la señora que lleva al bebé? ¿Son de la misma familia?
4. Caracteriza el paisaje. ¿Qué hora será?
5. ¿Qué tipo de edificios hay en la pintura? ¿Qué hace la muchacha cerca del perro? ¿Qué instrumentos tienen los tres hombres en el porche? ¿Por qué?
6. Relaciona esta obra de arte con el tema de la religión.
7. ¿Qué opinas de esta pintura?

Actividad 2: Investigación internética. En Internet, busca información sobre el arte religioso de Latinoamérica. Luego, da una presentación oral comparando dos obras de arte con referencia al contenido, a las formas, a los colores y a los símbolos.

Actividad 3: El mundo multi-religioso. Imagínate un cartel que represente las diferentes manifestaciones religiosas de los grupos culturales de tu país. Describe las escenas y los temas que tendría. Empieza con la frase, *"En mi país hay diferentes tradiciones religiosas..."*

LITERATURA

Prelectura

A N T I C I P A C I Ó N

Actividad 1: Creencias y supersticiones. En parejas, contesten las preguntas siguientes.

1. ¿Te gustan los insectos? ¿Por qué? ¿Qué insectos te daban miedo cuando eras niño/a? Explica.
2. Compara los siguientes insectos: la abeja (*bee*), la cucaracha, la mariposa, el mosquito, la mosca y la pulga (*flea*). ¿Cuáles son las características buenas y malas de ellos?
3. ¿Cómo defines la fe? Describe tres símbolos religiosos y su significado.
4. ¿Dónde en el mundo internacional hay conflictos religiosos? Descríbelos.
5. ¿Crees en los milagros? Explica con ejemplos.
6. ¿Cuál es la diferencia entre una creencia y una superstición?
7. ¿Eres supersticioso/a? ¿Y los miembros de tu familia? ¿Tu mejor amigo/a? ¿Cómo?
8. ¿Crees en un poder superior? ¿Cómo funciona la espiritualidad en tu vida? ¿Qué importancia tiene?

E S T R A T E G I A
D E L E C T U R A

Usando la repetición, sinónimos o palabras similares para dar énfasis a los temas narrativos Algunos autores usan repeticiones, sinónimos o palabras similares para dar énfasis a sus temas. Al leer el cuento que sigue, haz una lista de las repeticiones que incorpora el autor en su narración sobre el dios de las moscas.

Repeticiones	Sinónimos

 ## Lectura

EL AUTOR: Marco Denevi es un autor argentino que nació en Buenos Aires en 1922. Fue un periodista que se oponía al régimen político de su país. Ha escrito cuentos, novelas y dramas. En esta fábula, "El dios de las moscas," la obra plantea cuestiones morales y éticas de una manera brillante. La sátira social es una característica muy importante de sus fábulas.

"El dios de las moscas"

Las moscas imaginaron a su dios. Era otra mosca. El dios de las moscas era una mosca, ya verde, ya negra y dorada, ya rosa ya blanca, ya purpúrea, una mosca inverosímil, una mosca bellísima, una mosca monstruosa, una mosca terrible, una mosca vieja, pero siempre una mosca. Algunos aumentaban su tamaño° hasta volverla enorme como un buey°, otros la ideaban tan microscópica que no se la veía. En algunas religiones carecía de alas° ("Vuela," sostenían°, "pero no necesita alas"), en otras tenía infinitas alas. Aquí disponía de antenas como cuernos°, allá los ojos le comían toda la cabeza. Para unos zumbaba° constantemente, para otros era muda pero se hacía entender lo mismo. Y para todos, cuando las moscas morían, las conducía en un vuelo arrebatado° hasta el paraíso. Y el paraíso era un trozo de carroña°, hediondo° y putrefacto, que las almas de las moscas muertas devoraban por toda la eternidad y que no se consumía nunca, pues aquella celestial bazofia° continuamente renacía y se renovaba bajo el enjambre° de las moscas. De las buenas. Porque también había moscas malas y para éstas había un infierno. El infierno de las moscas condenadas era un sitio sin excrementos, sin desperdicios,° sin basura, sin nada de nada, un sitio limpio y reluciente° y para colmo° iluminado por una luz deslumbradora,° es decir, un lugar abominable.

size / ox

lacked wings / they maintained

horns / buzzed

wild

piece of carrion / foul-smelling

muck

cluster

waste

shining / to top it off

dazzling

Poslectura

Actividad 2: Palabras relacionadas. Basándose en el relato, indiquen las palabras asociadas. Luego, digan si cada una es verbo, adjetivo o sustantivo.

1. infinito/a
2. devoraba
3. luz
4. desperdicios
5. abominable

a. terrible
b. excrementos
c. reluciente
d. eternidad
e. se consumía

Actividad 3: Ideas contrarias. Basándose en la fábula, ahora indiquen las palabras opuestas. Luego, usen cada una en una frase.

1. limpio/a
2. infierno
3. renacer
4. microscópico/a
5. monstruoso/a

a. enorme
b. putrefacto/a
c. bellísimo/a
d. paraíso
e. morir

Actividad 4: Categorías. Con referencia a la fábula, escribe las palabras asociadas con cada categoría. Luego, compara tu lista con la de otro/a estudiante. Sigue el ejemplo.

Ejemplo: los colores: *verde, negro/a, dorado/a*

1. otros colores
2. la religión
3. las características negativas

Actividad 5: Comprensión. En parejas, contesten las preguntas sobre la fábula.

1. ¿Quién era el dios de las moscas?
2. ¿De qué colores imaginaron las moscas a su dios?
3. ¿Qué otras posibles características (adjetivos) tenía su dios?
4. ¿Qué les pasaba cuando morían las moscas?

Actividad 6: Mosca, mosca, ¿cómo eres? Antes de hacer esta actividad, refiérete a la lista que escribiste en la página 288. Indica si cada palabra da un énfasis positivo o negativo a los temas del relato. Compara tu lista con otro/a estudiante.

Actividad 7: Dios mosca. ¿Cómo es una mosca? En general, ¿qué piensa la gente de las moscas? ¿Y tú? ¿Por qué crees que Denevi utiliza la mosca para esta fábula? ¿Cuál es el efecto de la repetición de la palabra "mosca" en la narración? Trabajen en parejas.

Actividad 8: Tono. Trabajando en parejas, caractericen el tono del relato. Comenten los elementos satíricos en el relato. ¿Cuáles son los efectos en el/la lector/a?

 Actividad 9: Preguntas sobre la fábula. Con otro/a estudiante, contesten las siguientes preguntas sobre el cuento.

1. ¿Qué otro insecto podría haber usado el autor en esta fábula? ¿Con qué efectos? Explica.
2. ¿Qué piensas de este relato con respecto a los temas y al estilo literario?
3. ¿Cómo interpretas tú las descripciones del paraíso y del infierno en la narración? ¿Crees tú en ellos?
4. ¿Cómo es el final de la fábula? ¿Qué impacto tiene en el/la lector/a? ¿Qué sería "un lugar abominable" para ti?

 Actividad 10: Después de la tierra... En parejas, inventen un diálogo entre tú y tu abuelo/a (o tío/a) sobre la muerte y la vida después de la muerte en la tierra. ¿Cómo es su conversación? Incluyan elementos positivos y negativos.

 Actividad 11: Entrevista religiosa. Trabajando en grupos, dramaticen una escena en que el dios de las moscas entrevista a un mosquito y a una cucaracha que quisieran ser el próximo dios. ¿Qué preguntas les hace la mosca? ¿Qué respuestas ofrecen el mosquito y la cucaracha para convencer a la mosca de sus cualidades superiores? Recuerden usar repeticiones, sinónimos y palabras similares para dar énfasis.

REFLEXIONES Y MÁS

Actividad 12: Mi fábula. Dibuja un insecto o animal para una fábula original. Preséntale tu obra de arte a la clase.

 Actividad 13: Superstición y espiritualidad. Trabajando en grupos, contesten y discutan las siguientes preguntas.

1. ¿Cuál es la diferencia entre la religión y la superstición? ¿Que superstición te impresiona mucho y por qué?
2. ¿Qué valores espirituales vas a enseñar a tus hijos, a tus sobrinos o a otros jóvenes?
3. En tu opinión, ¿es Dios hombre o mujer? ¿Cómo lo sabes?

Actividad 14: Mis creencias. Escribe una composición de tres párrafos sobre uno de los siguientes temas. Incluye definiciones y ejemplos.

1. La religión y la espiritualidad en tu vida cuando eras pequeño/a, y ahora. Da definiciones y ejemplos.
2. El papel de la religión en el futuro. Explícalo con respecto a tu vida personal o con referencia a la siguiente cita del relato de Denevi: "Las moscas imaginaron a su dios". ¿Cómo imaginas a tu dios?

EXPANSIÓN

COMPRENSIÓN

Actividad 1: Los mayas de hoy. Escucha la presentación sobre los mayas y escribe V si la frase es verdadera o F si la frase es falsa. Si es falsa, corrígela.

——— 1. El maya de hoy vive en Centroamérica.
——— 2. Campeche, Chiapas y Belice son estados mexicanos.
——— 3. Hoy día hay entre 4 y 7 millones de personas mayas.
——— 4. Los conquistadores llegaron hace 500 años.
——— 5. Los mayas no pudieron conservar sus tradiciones religiosas.
——— 6. Los mayas practican una forma de catolicismo combinado con antiguos rituales.
——— 7. Ellos hacen ofrendas de comida y refrescos.
——— 8. La celebración del santo patrón dura más de un mes.
——— 9. Hay música y procesiones durante esta celebración.
——— 10. Algunos mayas honran al dios sol para asegurar una buena cosecha.

REDACCIÓN

Una descripción

Actividad 2: Un recuerdo personal. Los acontecimientos de nuestra niñez son importantes, especialmente las celebraciones religiosas, sociales, étnicas o personales. Una descripción de un recuerdo personal es especialmente efectiva si tienes una fotografía para acompañar tu descripción. Para convertir tus recuerdos en un cuento interesante, sigue estas etapas.

Etapa 1: *Escoger el momento*
Busca en tu álbum una fotografía inolvidable de una celebración importante. Asegúrate de que haya muchas personas en la foto y mucho ambiente (*atmosphere*).

Etapa 2: *Describir el momento*
Usa estas preguntas para describir el día en que ocurrió la celebración.

1. ¿Qué día era? ¿Qué estación? ¿Qué tiempo hacía?
2. ¿Cuántos años tenías?

3. ¿Cuántas personas había en la celebración? ¿Quiénes eran?
4. ¿Por qué era importante ese día?

Etapa 3: *Describir la foto*

Escribe una lista de las personas y cosas en la foto. Incluye tanta información como sea posible.

> **Ejemplos:** *La mujer que lleva el traje verde es la madre del novio. El hombre en el traje elegante es su padre. La novia está muy hermosa hoy. Su vestido blanco es muy elegante y largo. Sus flores también son blancas y hermosas. La abuela en la silla de ruedas está muy contenta de ver a su nieta tan feliz. La sobrina de la novia lleva un vestido rosado y está al lado de la abuela. Había mucha gente en la boda.*

Etapa 4: *Escribir los detalles*

Escribe los detalles importantes de este día en orden cronológico.

Antes de la boda, me bañé y me puse el vestido nuevo que mi madre me había comprado.
Llamé a Rosalinda, la novia, para asegurarme de que no estaba nerviosa.
Salimos de la casa a las tres de la tarde.
Mi madre, padre, hermano mayor y yo subimos al coche para salir, pero el coche tenía una llanta pinchada (flat tire)...

Etapa 5: *Escribir el ensayo*

Con toda la información que apuntaste, escribe un ensayo de tres párrafos.

> **Primer párrafo**   Establece la escena.
> **Segundo párrafo**   Describe los detalles importantes.
> **Tercer párrafo**   Presenta la conclusión.

POR INTERNET

Puedes encontrar mucha información sobre creencias y tradiciones usando tu buscador favorito en Internet. Aquí hay unas sugerencias para facilitar tu búsqueda.

Palabras clave: religiones, supersticiones, espiritualidad, astrología, santería

For specific web pages to help you in your search, go to the *Reflejos* website: http://college.hmco.com/languages/spanish/students

Capítulo 11

ARTE Y LITERATURA

TEMAS Y CONTEXTOS
Ganadores hispanos del Premio Nobel de literatura siglo XX
Tres artistas: Frida Kahlo, Fernando Botero y Salvador Dalí

CULTURA
Don Quijote de la Mancha

LENGUA
Hacer in time expressions
Se to express accidental or unplanned occurrences

ARTE
Las meninas, Diego Velázquez

LITERATURA
"Garabatos", Pedro Juan Soto

Pablo Picasso, Violin and Glass on a Table, 1913

INTRODUCCIÓN AL TEMA

Ganadores hispanos del Premio Nobel de literatura siglo XX

1904

José de Echegaray
1833–1916, España
Su obra dramática revivió las grandes tradiciones del teatro español.

1922

Jacinto Benavente
1866–1954, España
Su obra continuó las ilustres tradiciones del teatro español.

1945

Gabriela Mistral
1889–1957, Chile
Su poesía simboliza las aspiraciones de toda América Latina.

1956

Juan Ramón Jiménez
1881–1958, España
Su poesía constituye un ejemplo de la pureza artística en español.

1967

Miguel Ángel Asturias
1899–1974, Guatemala
Su obra está ligada a las tradiciones de la población indígena de América Latina.

1971

Pablo Neruda
1904–1973, Chile
Su poesía le da vida al destino y a los sueños de un continente entero.

1977	1982	1989	1990

Vicente Aleixandre 1898–1984, España Su obra poética representa la renovación de la poesía española entre las dos guerras mundiales.	Gabriel García Márquez 1928– , Colombia Sus novelas y cuentos reflejan la vida y los conflictos de un continente, a través de un mundo imaginario de fantasía y realidad.	Camilo José Cela y Trulock 1916–2002, España Su obra, llena de compasión, desafía nuestras ideas sobre la vulnerabilidad del hombre.	Octavio Paz 1914–1998, México Su obra se destaca por su estilo apasionado, sus amplias perspectivas, su inteligencia y su integridad humanista.

Actividades

Actividad 1: Grandes escritores. Estudia la tabla sobre los escritores de habla española que ganaron el Premio Nobel de literatura en el siglo XX y contesta las siguientes preguntas.

1. ¿Qué reflejan las novelas y los cuentos de García Márquez?
2. ¿Cómo es el estilo de la obra de Octavio Paz?
3. ¿Cómo contribuyeron a la literatura española Benavente y Echegaray?
4. ¿De quién es la poesía que refleja el destino de los pueblos americanos?
5. ¿Cuál fue el tema de muchas de las obras de Miguel Ángel Asturias?
6. La renovación de la poesía española le debe mucho a este poeta. ¿Quién es?

 Actividad 2: Personajes del siglo XX. Escucha el relato sobre los Premios Nobel hispanos en disciplinas diferentes de la literatura. Mientras escuchas, relaciona las personas listadas en la columna A con los países de la columna B. México figura dos veces.

A	B
____ 1. Santiago Ramón y Cajal	a. Argentina
____ 2. Oscar Arias Sánchez	b. México
____ 3. Carlos Saavedra	c. Guatemala
____ 4. Rigoberta Menchú Tum	d. Costa Rica
____ 5. Mario Molina	e. México
____ 6. Alfonso García Robles	f. España

  Actividad 3: Reflexión. En grupos, hagan una lista de los ganadores del Premio Nobel de literatura de los Estados Unidos. Busquen información sobre estas personas en Internet, de dónde eran o son y si su obra es de prosa o poesía.

TEMAS Y CONTEXTOS

Tres artistas

FRIDA KAHLO

Frida Kahlo (1907–1954) comenzó a pintar en 1925 durante la convalecencia después de un accidente que le causó limitaciones físicas permanentes. En el curso de su vida tuvo más de treinta operaciones médicas y muchas de sus cerca de doscientas **obras** están relacionadas directamente con sus experiencias del dolor físico. Son también una crónica de sus relaciones turbulentas con Diego Rivera.

Kahlo se casó con Diego Rivera en 1929. Los dos pertenecían al partido comunista y tenían interés apasionado por las culturas indígenas de México. Rivera **alentaba** a Kahlo en el trabajo, la **ensalzaba** como auténtica, pura y primitiva, y le enfatizaba los aspectos indígenas de su herencia. En este período, el "mexicanismo", la aceptación fervorosa de la historia y cultura prehispánicas de México, expandió la idea de las raíces nativas.

En vida, Kahlo no gozó de la misma aceptación que los grandes pintores del muralismo mexicano, Rivera, Orozco y Siqueiros. La situación, sin embargo, ha cambiado en los últimos veinte años, y hoy en día su obra intensamente **autobiográfica** tiene el mismo **valor crítico** y monetario, si no más, que la de sus contemporáneos.

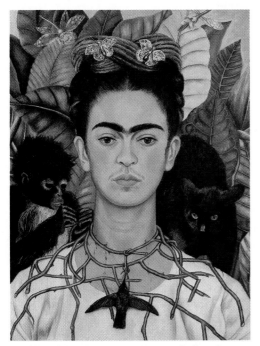

Frida Kahlo. *Autorretrato con Collar de Espinas y Colibrí*, 1940. *Oil on Masonite*

FERNANDO BOTERO

Fernando Botero (1932–): Pintor, dibujante y escultor colombiano, en cuya obra la monumentalidad, el humor, la ironía y la **ingenuidad** se combinan con un admirable **dominio** del **oficio** y gran talento.

En principio sus obras **revelan** cierta admiración por el muralismo mexicano y la pintura del **renacimiento** italiano. Más tarde estas influencias van desapareciendo a favor de un personalísimo estilo, en el que las figuras engordan y se deforman hasta cubrir en buena parte el **lienzo**.

Fernando Botero. *Joachim Jean Aberbach y su familia*, 1970. Óleo sobre lienzo. 92 x 77 cm.

La misma voluptuosidad e ingenuidad que caracterizan su pintura, se encuentra en su escultura; en su mayor parte **se trata de** figuras y animales de tamaños grandiosos y **desproporcionados** de gran singularidad, realizados en bronce y mármol. El tratamiento exagerado en sus proporciones de la figura humana es hoy una de las características **inconfundibles** de su obra.

SALVADOR DALÍ

Salvador Dalí (1904–1989) es un pintor surrealista español que nació en Figueras, Gerona, el 11 de mayo de 1904. En 1921 ingresó en la Escuela de Bellas Artes de San Fernando (Madrid), de donde fue expulsado en 1926. En esa época vivió en la Residencia de Estudiantes de Madrid, donde se relacionó con Federico García Lorca, Luis Buñuel, Rafael Alberti, José Moreno Villa y otros artistas. En 1929, instalado en París, donde conoció a Pablo Picasso, se adhirió al surrealismo, aunque los miembros principales del movimiento expulsarían finalmente a Dalí por sus tendencias políticas derechistas.

La producción de Dalí de este período se basa en su método "paranoico-crítico", inspirado en buena parte en las teorías de Freud: representación de los sueños con objetos **cotidianos** en formas sorprendentes.

La técnica pictórica de Dalí se caracteriza por un dibujo meticuloso, un **detalle** casi fotográfico en el tratamiento de los elementos, con un **colorido** muy brillante y **luminoso**. Dalí **realizó** varias películas surrealistas en colaboración con Buñuel, libros ilustrados, diseños de joyería así como escenografías y vestuarios teatrales. También escribió libros autobiográficos como *La vida secreta de Salvador Dalí* (1942) y *Diario de un genio* (1965).

Salvador Dalí. *La persistencia de la memoria,* 1931. Óleo sobre tela. 24 x 33 cm.

Vocabulario activo:

Hablando del arte

Cognados

abstracto/a	la fantasía
autobiográfico/a	la ingenuidad
desproporcionado/a	neutro/a
el detalle	la textura

Familia de palabras

Verbos	*Sustantivos*
crear	la creación
criticar	el/la crítico/a
	la crítica
imaginar	la imagen
realizar (*to achieve*)	la realización

Vocabulario básico: Ver la página 356 en el Apéndice A.

Sustantivos

la acuarela   *watercolor*
el barro   *clay*
el colorido   *coloring, coloration*
el dominio   *dominance*
la fuente de inspiración   *source of
  inspiration*
el lienzo   *canvas*
la naturaleza muerta   *still life*
la obra   *work of art*

la obra maestra   *masterpiece*
el oficio   *craft*
el óleo   *oil (painting)*
el paisaje   *landscape*
el renacimiento   *renaissance*
la sátira   *satire*
la sombra   *shadow*
el valor   *value*

Verbos

alentar (ie)   *to inspire, to encourage*
encargarle (a alguien)   *to commission (someone)*
ensalzar   *to praise*
revelar   *to reveal, to develop (photographs)*
tratarse (de)   *to deal (with)*

Adjetivos y expresiones útiles

a mano   *by hand*
cotidiano/a   *daily, everyday*
inconfundible   *unmistakable*

luminoso/a   *luminescent*
sombrío/a   *somber*

Actividades

Actividad 1: Los artistas. Lee las frases e identifica si la información pertenece a Dalí, Botero o Kahlo.

_____ 1. Sus figuras engordan y cubren la mayor parte del lienzo.
_____ 2. Es pintor surrealista.
_____ 3. Se casó con un muralista famoso.
_____ 4. Es de España.
_____ 5. Pinta, dibuja y hace esculturas.
_____ 6. Nació en 1907.
_____ 7. Es de México.
_____ 8. Es colombiano.
_____ 9. Sus obras reflejan su dolor físico.
_____ 10. También realizó películas, libros y joyería.

Actividad 2: Examinando el arte. Trabajen en grupos. Miren las obras de arte de Kahlo, Botero y Dalí y contesten las preguntas.

1. Describe la escena de cada obra de arte.
2. ¿Qué colores predominan en cada una?
3. ¿Qué emoción evoca cada obra?
4. ¿Qué diferencias hay en el estilo artístico de cada obra? ¿Qué elementos tienen en común?
5. En la pintura de Kahlo, ¿qué simbolizan los animales? ¿el collar de espinas? ¿el colibrí?
6. En la pintura de Botero, ¿cómo es cada miembro de la familia? ¿Dónde está la familia? ¿Qué hacen allí?
7. En la pintura de Dalí, ¿qué significan los relojes blandos (*soft*)? ¿Qué otros elementos se destacan a la vista?
8. ¿Cuál de las tres pinturas te gusta más? ¿Por qué?

Actividad 3: **Tus gustos artísticos.** Trabajando en parejas, discutan las preguntas a continuación.

1. ¿Tienes talento artístico? ¿Tenías talento artístico cuando eras niño/a?
2. ¿Has intentado crear una forma de arte? ¿Qué medio te gusta más? ¿Por qué?
3. ¿Tienes un cuadro, escultura, cartel, pintura o artesanía en tu casa que te guste mucho? ¿Por qué? Descríbelo.
4. ¿Tienes un/a artista favorito/a? ¿Quién es? Describe la razón por la cual te gusta esta persona.
5. El arte surrealista se basa en la representación de los sueños. ¿Has tenido un sueño que te gustaría representar artísticamente? Describe el sueño y el arte que lo represente mejor.

Actividad 4: **A investigar.** Haz una investigación por Internet o en la biblioteca sobre otro/a artista hispano/a. Escoge una obra de arte suya que te guste. Puede ser pintura, escultura, fotografía u otro tipo de arte. Escribe una descripción de la obra.

Cultura | DON QUIJOTE DE LA MANCHA

débiles de las injusticias, los peligros y toda clase de males. Don Quijote de la Mancha, el personaje principal, es un caballero manchego de mediana edad, quien ha gastado todo su dinero en comprar libros de caballerías. Estas novelas de aventura lo entusiasman tanto, que llega un momento en el que ya no distingue la fantasía de la realidad, y decide salir en busca de aventuras para defender a los débiles. La novela de Cervantes está compuesta de episodios que narran las aventuras de Don Quijote y de su ayudante, el escudero Sancho Panza. El diálogo entre ellos y los personajes que aparecen a lo largo del libro son un estudio de la naturaleza humana, lleno de humor y de sabiduría.

La primera parte de esta obra, escrita por Miguel de Cervantes, fue publicada en 1605 con el nombre de *El ingenioso hidalgo Don Quijote de la Mancha*. La segunda parte fue publicada en 1615. *Don Quijote*, una de las grandes obras de la literatura universal, pertenece al género de las novelas de caballerías, las cuales eran muy populares en España en el siglo XV. Estas novelas narraban las aventuras de los caballeros andantes (*knights errant*) que iban por el mundo luchando solos contra malhechores y monstruos, y defendiendo a los

Discusión en grupos En grupos de tres, elijan uno de estos tres temas para presentar en clase. Lo pueden investigar por Internet o en la biblioteca. Nota: El nombre de la obra en inglés se escribe *Don Quixote*.

1. La descripción de la apariencia física de Don Quijote y de Sancho Panza.
2. La descripción de una de las aventuras de Don Quijote y Sancho Panza.
3. Expliquen qué era un caballero andante español en el siglo XV.

LENGUA

Hacer in time expressions

Encuentro artístico

Enfoque: *Hacer* en expresiones de tiempo

In the dialog, there are five examples of the verb **hacer** in time expressions. What tenses does **hacer** appear in? What is the tense of each accompanying verb? What other word accompanies **hacer**? Which of them refer to past actions and which of them refer to the present? Read the information in **Lo esencial** and **El uso** to check your answers.

LO ESENCIAL

1. **Hace** + period of time + *present indicative* *Present indicative* + **desde hace** + period of time	expresses how long an action or event has been going on.
2. **Hace** + period of time + *preterite*	expresses how long ago a past action occurred.
3. **Hacía** + period of time + *imperfect indicative* *Imperfect indicative* + **desde hacía** + period of time	expresses how long a past action had been going on before it was ended by another event (the later event is either implied or expressed in the preterite).

EL USO   **①** **Hace** + *present indicative* expresses how long an action has been going on.

Question	
¿Cuánto (tiempo) hace que + *present indicative*? ¿Cuánto tiempo hace que estudias pintura? **¿Desde cuándo** + *present indicative*? ¿Desde cuándo estudias pintura?	*How long have you studied / been studying painting?*
Answer	
Hace + *time expression* + **que** + *present indicative* Hace tres años que estudio pintura. *Present indicative* + **desde hace** + *time expression* Estudio pintura desde hace tres años.	*I have studied / been studying painting for three years.*

② **Hace** + *preterite* expresses how long ago a past action occurred.

Question	
¿Cuánto (tiempo) hace que + *preterite*? ¿Cuánto tiempo hace que empezaste a pintar?	*How long ago did you start painting?*
Answer	
Hace + *time expression* + **que** + *preterite*. Hace tres años que empecé a pintar. *Preterite* + **hace** + *time expression* Empecé a pintar hace tres años.	*I started painting three years ago.*

③ **Hacía** + *imperfect indicative* expresses how long a past action had been going on before it was ended by another event.

Question	
¿Cuánto (tiempo) hacía que + *imperfect indicative* + *second event in the preterite*? ¿Cuánto tiempo hacía que pintabas cuando te dieron el premio?	*How long had you been painting when they gave you the award?*
Answer	
Hacía + *time expression* + **que** + *imperfect* + *second event in the preterite* Hacía dos años que pintaba cuando me dieron el premio. *Imperfect* + **desde hacía** + *time expression* +*second event in the preterite* Pintaba desde hacía dos años cuando me dieron el premio.	*I had been painting for two years when I received the award.*

4 **Negative expressions**

When used with **no**, **hacer** expressions have a slightly different meaning.

Hace un año que **no** voy a una
    exposición de arte.
No voy a una exposición de arte
    desde hace un año.

*I haven't been to an art exhibit for a
year.*

Actividades

Actividad 1: El tiempo vuela. Trabajando con otro/a estudiante, hablen sobre sus estudios universitarios. Sigan el ejemplo.

Ejemplo: llegar a esta ciudad
¿Cuánto tiempo hace que llegaste a esta ciudad?
Llegué a esta ciudad hace dos años.

1. empezar los estudios universitarios
2. comenzar a estudiar español
3. no salir con tus amigos
4. escribir tu mejor composición de español
5. no limpiar tu casa
6. hacer ejercicio
7. invitar a tus amigos al cine
8. presentar un examen de español

Actividad 2: Hace algún tiempo. Estás en una clase de literatura. Mira la tabla sobre los ganadores hispanohablantes de los Premios Nobel de literatura en las páginas 295–296 y contesta las siguientes preguntas.

1. ¿Cuánto tiempo hace que Gabriel García Márquez ganó el Premio Nobel?
2. Cuando Pablo Neruda ganó el Premio Nobel, ¿cuántos años hacía que otro escritor de habla hispana había ganado el Premio Nobel de literatura?
3. ¿Cuánto tiempo hace que los escritores hispanohablantes empezaron a ganar el Premio Nobel de literatura?
4. ¿Cuánto tiempo hace que un autor hispano no gana el Premio Nobel de literatura?
5. ¿Cuánto tiempo hace que murió Octavio Paz?
6. ¿Cuánto tiempo hace que Jacinto Benavente ganó el Premio Nobel?

Actividad 3: Hechos que hicieron historia. Trabajando en parejas, háganse preguntas sobre los eventos en la siguiente tabla. Sigan el ejemplo.

Ejemplo: *¿Cuánto tiempo hace que se hundió el Titanic?*
Hace 92 años que se hundió.

Mes y fecha	Año	Evento
12 de octubre	1492	Cristóbal Colón llegó a Santo Domingo.
13 de agosto	1521	Hernán Cortés se apoderó de la ciudad de México.
26 de mayo	1737	La Virgen de Guadalupe fue proclamada patrona de México.
15 de febrero	1762	Empezó a funcionar el correo postal en México.
14 de abril	1912	Se hundió el Titanic. Desde entonces ha sido una leyenda.
26 de junio	1945	México firmó la Carta de la Organización de las Naciones Unidas como miembro fundador.
11 de septiembre	1973	Murió el presidente chileno Salvador Allende durante un golpe de estado. Empezó la dictadura de Augusto Pinochet.
5 de julio	1997	Los restos de Che Guevara fueron encontrados en Bolivia. No se sabía nada de ellos desde que murió el 8 de octubre de 1967.

Actividad 4: Eventos importantes. Haz una lista de cinco eventos importantes en que has participado. Luego conversa con otro/a estudiante para contarle cuánto tiempo hace que la haces o la hiciste.

Se to express accidental or unplanned occurrences

En la subasta

Enfoque: *Se* para eventos accidentales o imprevistos

The highlighted forms describe unplanned or accidental events. Which pronoun is present in all of them? Which pronouns point to the people experiencing the events? Look at the verbs describing the events themselves: Are they singular or plural? What are the subjects of these verbs? Read the **Lo esencial** and **El uso** sections to check your answers.

LO ESENCIAL Se for accidental or unplanned occurrences

Optional noun or pronoun	*se*	Indirect object pronoun	Verb + subject
a mí		**me**	ocurre una idea excelente.
a ti		**te**	olvidó cerrar las puertas.
a él, a ella, a usted, a Rosa		**le**	manchó la ropa con salsa.
a nosotros/as	se	**nos**	ha quedado el libro en casa.
a vosotros/as		**os**	cayeron las llaves.
a ellos, a ellas, a ustedes, a Rosa y a Sergio		**les**	murió la mascota.

EL USO

❶ Invariable *se*

The pronoun **se** is invariable. It is used together with the indirect object pronouns shown above to describe an accidental or involuntary occurrence that happens to the person, people, or things involved.

❷ Common verbs

The following verbs are commonly used in this construction.

acabar	morir
caer	ocurrir
confundir	olvidar
dañar	perder
descomponer	pinchar
enfermar	quedar
hacer tarde	romper

❸ Optional noun or pronoun

The indirect object can be repeated as a form of **a** + *noun or pronoun* to emphasize or clarify the person(s) experiencing the event or action. Notice that with plural objects, the **a** is repeated before each object.

A Jorge y **a Luisa** se **les** perdió su equipaje.　　*Jorge and Luisa lost their baggage.*

A Ricardo y **a mí** se **nos** olvidó ir a la subasta.　　*Ricardo and I forgot to go to the auction.*

Actividades

Actividad 5: Catástrofes en serie. Completa el relato de lo que les pasó a estas personas en una exposición de arte. Usa los verbos indicados en el pretérito para expresar los eventos inesperados.

> **Ejemplo:** No colgamos los cuadros porque *se nos acabaron* (acabar) los clavos.

1. A algunos artistas _____ (perder) los cuadros durante el transporte.
2. El primer día de la exposición, al museo _____ (acabar) los catálogos.
3. A nosotros no _____ (ocurrir) enviarle una invitación al director.
4. Tina no pidió las bebidas para la fiesta porque _____ (olvidar) hacerlo.
5. A mi vecina _____ (enfermar) la niña pequeña y no pudo asistir a la exposición.
6. A ti _____ (descomponer) la computadora y tuviste que escribir los precios a mano.
7. No pudimos comprar el cuadro que queríamos porque _____ (quedar) la tarjeta de crédito en casa.
8. Al asistente _____ (caer) un florero.
9. Liliana no llegó a tiempo porque al coche _____ (pinchar) una llanta.
10. Nosotros no fuimos a la exposición porque _____ (dañar) el coche en un accidente.

Actividad 6: Sucesos inesperados. A ustedes les ocurrieron muchas cosas frustrantes recientemente. Usen las expresiones indicadas para expresar su frustración. Trabajen en parejas haciéndose preguntas. Sigan el ejemplo y túrnense con las frases.

> **Ejemplo:** Tuve que llevar el auto al mecánico. (dañar el sistema eléctrico)
> —*¿Por qué tuviste que llevar tu auto al mecánico?*
> —*Porque se le dañó el sistema eléctrico al auto.*

1. Esta mañana perdí el autobús. (olvidar poner el despertador)
2. No pude conversar con mis amigos. (dañar el teléfono)
3. No llegué a tiempo a la película y no la vi. (descomponer el coche)
4. No vi el telenoticiero anoche. (perder el horario de televisión)
5. No pude comer cereal con leche esta mañana. (caer los platos)
6. Fui a la librería, pero ellos no tenían los libros de español. (acabar todos los libros)
7. Anoche fue imposible navegar por Internet. (dañar la computadora)
8. El aire acondicionado no funcionó ayer en mi casa. (romper la máquina)
9. La compañía de electricidad me cortó la luz. (olvidar pagar la cuenta)
10. Mis amigos no me mandaron postales del extranjero. (perder mi nueva dirección)

Actividad 7: Disculpas. Trabajando con otro/a estudiante, inventen disculpas para estas situaciones.

> **Ejemplo:** Llegas tarde a clase hoy.
> *Lo siento, pero se me perdió el reloj.*

1. Cuando llegaste al cine, no tenías dinero para la entrada.
2. No tienes la tarea para la clase.

3. No fuiste a una fiesta/reunión importante.
4. No le has devuelto las cosas que te prestó tu amigo/a.
5. Rompiste una pieza de arte valiosa en una tienda.
6. No tienes las llaves de tu coche.
7. No puedes trabajar en computadora.
8. Hoy es el cumpleaños de tu mejor amigo y no le mandaste una tarjeta.

RISAS Y REFLEXIONES

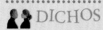 DICHOS

En parejas, lean los dichos en voz alta, y den un ejemplo que ilustre el sentido de cada uno, según los temas del capítulo.

1. Cada cabeza es un mundo.
   Ejemplo: *Toda persona tiene la capacidad para expresar mucha creatividad en la vida y en las artes.*
2. En gustos se rompen géneros.
3. La imaginación es el laboratorio en donde se fabrica todo a nuestro gusto.

UNA COMIQUITA

Con otro/a estudiante, discutan las ideas y actitudes que expresa el artista.

UNA ADIVINANZA

¿Qué soy?

Hojas tengo y no soy árbol,
Lomo tengo y no soy asno.

Adivinanza: Un libro

El arte tradicional, muchas veces llamado artesanía, está presente en todos los países latinoamericanos. La artesanía generalmente implica arte hecho a mano, no a máquina, utilizando destrezas manuales que se pasan de una generación a otra. Muchos tipos de artesanía en el mundo hispanoamericano tienen sus raíces en las culturas precolombinas. En este capítulo, vas a conocer a dos artesanos que fabrican artesanías típicas de sus países, Costa Rica y Ecuador.

Previsión

Actividad 1: Preconceptos. Mira las dos fotos y contesta las siguientes preguntas sobre lo que observas.

1. ¿Cuál de las dos artesanías crees que es típica de Costa Rica y cuál es típica del Ecuador?
2. ¿Qué nombre le darías a cada una de las artesanías?
3. ¿De qué material piensas que están hechas las artesanías?
4. ¿Para qué se usan las dos artesanías en las fotos?

Actividad 2: Entre gustos. Con otro/a estudiante, contesten las siguientes preguntas.

1. Si tuvieras que comprar una de las dos artesanías, ¿cuál comprarías?
2. ¿Cuáles son tus razones para comprarla?
3. ¿Qué uso le darías?

Ahora encuentren una pareja que haya escogido la artesanía opuesta y compartan sus ideas.

Visión

Actividad 3: ¿Carreta o tapiz? Mientras miras el video, decide si las siguientes afirmaciones se refieren a las carretas (**C**) o a los tapices (**T**).

_____ 1. Mis abuelos fueron españoles y fueron unos de los primeros en hacer esta artesanía.
_____ 2. Los hacemos para nuestro sustento, para el alimento de la familia.
_____ 3. Los diseños, toda la decoración la hacemos directamente sin patrón.
_____ 4. Usamos el torno.
_____ 5. Hoy día se usan para exhibirlas en un desfile.
_____ 6. Se demoran dos o tres días en hacer.
_____ 7. Para sacar los colores nosotros utilizamos vegetales.
_____ 8. Vendemos por todo el mundo.

Posvisión

Actividad 4: Detalles. En parejas, contesten las siguientes preguntas sobre el video.

Las carretas
1. ¿Desde qué edad pinta carretas el señor Chaverri?
2. ¿Qué edad tiene el señor Chaverri ahora?
3. ¿Cuántos años lleva pintando carretas el señor Chaverri?
4. ¿Quiénes usaban las carretas en el pasado?
5. ¿Quiénes usan las carretas ahora?
6. ¿Para qué usaban las carretas en el pasado?
7. ¿Para qué se usan ahora?
8. ¿De qué colores se pintaban las carretas en el pasado?
9. ¿De qué color se pintan ahora?

Los tapices
10. ¿Cómo se llama el mercado donde el señor Azarías Selga Chisa vende los tapices?
11. ¿A quiénes les vende los tapices en el mercado?
12. ¿De qué están hechos los tapices?
13. ¿Qué tipo de colorantes usan para fabricar los tapices?
14. ¿A qué países se exportan los tapices?

Actividad 5: Soy artesano/a. Dibuja un diseño para una carreta o para un tapiz. Escribe el significado de los diseños y de los colores. Preséntale tu dibujo a la clase.

Actividad 6: Recuerdos. Trae una artesanía típica de algún país que hayas visitado o que quieres visitar. Si no la tienes, puedes traer una foto que encuentres en Internet. En grupos compartan la información que tienen sobre la artesanía y cómo la artesanía refleja la cultura del país.

A | R | T | E

Las meninas, Diego Velázquez (España)

Actividad 1: El artista. El formidable artista español Diego Velázquez vivió entre los años 1599 y 1660. Pintó con un estilo realista, y el rey Felipe IV de España no solamente lo protegió como artista, sino que lo nombró diplomático. Creó retratos de la Familia Real y de otras personas españolas en su vida diaria. También pintó escenas religiosas. En parejas, estudien esta pintura de la Infanta Margarita y las meninas (*attendants*) que se titula *Las meninas.* Luego, contesten las preguntas.

1. Describe la escena. ¿Cuántas personas hay en total? ¿Cómo están vestidas? ¿En dónde podrían estar? ¿Qué otras cosas hay en el cuadro?
2. ¿Qué edad tiene la Infanta Margarita? ¿Y las meninas?
3. El artista se ha pintado a sí mismo en el cuadro. ¿Dónde está? ¿Cómo sabemos que es el pintor?
4. Comenta el uso de la luz y la sombra en el cuadro. ¿Qué efectos tienen?
5. ¿Te gustan los colores que Velázquez utiliza? ¿Por qué?
6. Compara el tamaño del perro en relación a las personas. ¿Qué función tiene el perro, en tu opinión?
7. Discute el impacto de tener cuadros dentro del cuadro.
8. ¿Cuáles son los temas de esta pintura? ¿Cómo te impresionan? Explica.

Actividad 2: Investigación internética. En Internet, busca información sobre los siguientes artistas de España: Francisco Goya, "El Greco" y Esteban Murillo. Organiza los cuadros en categorías. Luego, da una presentación oral en grupos sobre los temas que observes. Compara y contrasta a los artistas con referencia al contenido, a las formas, a los colores y a los símbolos que utilizan. Después, usando la información internética, escribe una descripción de una obra de cada artista para usar en una exposición sobre el arte hispánico.

Actividad 3: Familia inmortalizada. Imagínate un cartel que represente a la primera familia de tu país. ¿Quiénes estarían representados? Describe a los miembros de la familia, las edades, la ropa, las profesiones, los animales, etc. Empieza con la frase, "*Aquí hay un cuadro de la primera familia (el apellido de la familia)...*"

LITERATURA

Prelectura

ANTICIPACIÓN

Actividad 1: Arte y literatura. En parejas, contesten las preguntas a continuación.

1. ¿Qué tipo de arte te gusta más: la escultura, la pintura, el dibujo o la fotografía? ¿Por qué?
2. ¿Haces tú o algún miembro de tu familia obras de arte? ¿Cómo son?
3. Describe un objeto de artesanía que recuerdes de tu niñez. ¿Dónde estaba y cómo era?
4. ¿Cuál es tu museo de arte preferido? ¿En qué se especializa?
5. ¿Qué libro te ha influenciado mucho? ¿Cómo? Describe los temas de ese libro.
6. ¿A qué escritor/a admiras mucho? ¿Qué ha escrito? ¿En qué idioma y de qué país?
7. ¿Prefieres leer prosa o poesía? ¿Por qué? ¿Qué revistas o periódicos lees? ¿Qué lees por Internet?

ESTRATEGIA DE LECTURA

Reconociendo regionalismos Para leer con más facilidad, es útil reconocer formas lingüísticas regionales en las literaturas de diferentes áreas hispánicas. Aquí hay algunos regionalismos típicos del hablar puertorriqueño. Antes de leer el cuento puertorriqueño que sigue, estudia las palabras de la lista. Nota las características lingüísticas.

1 Se usa la **h** en vez de la **s** como en estos ejemplos.

Sustantivos	garabatoh	garabatos
	Dioh	Dios
	suciedadeh	suciedades
Verbos	piensah	piensas
	iráh	irás
	quiereh	quieres
Adjetivos	loh	los
	esoh	esos
	mismoh	mismos
Adverbio	máh	más

2 Se usa la **l** en vez de la **r** como en estos ejemplos.

Sustantivos	dolol	dolor
	velgüenza	vergüenza
Verbos	fijalse	fijarse
	pintal	pintar
	cael	caer
Adjetivo	muelto	muerto

3 Se omite la **d** en la terminación **-ado** y **-oda**.

echao	echado		dao	dado
condenao	condenado		toa	toda

4 Otros regionalismos para aprender.

uhté	usted	altihta	artista
pa	para	na	nada
prehtá	prestada	Niu Yol	Nueva York

Lectura

EL AUTOR: Pedro Juan Soto nació en Puerto Rico en 1928. Hizo sus estudios universitarios en la ciudad de Nueva York. También, sirvió en el ejército estado-unidense. En sus obras literarias, incluye temas socio-políticos y económicos. Se preocupa por las condiciones de la pobreza, la intervención política, la violencia y la falta de comunicación, entre otros temas. Este cuento viene de su libro *Spiks*.

"Garabatos°"

Scribblings

1.

El reloj marcaba las siete y él despertó por un instante. Ni su mujer estaba en la cama, ni sus hijos en la cama. Sepultó° la cabeza bajo la almohada para ensordecer° el escándalo° que venía desde la cocina. No volvió a abrir los ojos hasta las diez, obligado ahora por las sacudidas° de Graciela.

He buried
deafen / noise
shaking

Aclaró la vista estregando° los ojos chicos y removiendo las lagañas°, sólo   *rubbing / bleariness*
para distinguir el cuerpo ancho de su mujer plantado frente a la cama, en aque-
lla actitud desafiante°. Oyó la voz estentórea° de ella, que parecía brotar° direc-   *defiant / loud / burst*
tamente del ombligo°.   *navel*

—¡Qué! ¿Tú piensah seguil echao toa tu vida? Parece que la mala barriga°   *belly*
te ha dao a ti. Sin embalgo, yo calgo el muchacho.

Todavía él no la miraba a la cara. Fijaba la vista en el vientre hinchado°, en   *swollen belly (womb)*
la pelota de carne que crecía diaramente y que amenazaba romper el cinturón de
la bata°.   *robe*

—¡Acaba de lavantalte, condenao! ¿O quiereh que te eche agua?

Él vociferó° a las piernas abiertas y a los brazos en jarras°, al vientre ame-   *shouted / on her hips*
nazante, al rostro enojado:

—¡Me levanto cuando me salga de adentro y no cuando uhté mande!
¡Adiós! ¿Qué se cree uhté?

Retornó la cabeza a las sábanas, oliendo° las manchas° de brillantina en la   *smelling / stains*
almohada y el sudor pasmado° de la colcha.   *stale sweat*

A ella le dominó la masa inerte del hombre: la amenaza° latente en los bra-   *threat*
zos quietos, la semejanza° del cuerpo al de un lagartijo° enorme.   *similarity / lizard*

Ahogó los reproches en un morder de labios y caminó de nuevo hacia la
cocina, dejando atrás la habitación donde chisporreteaba°, sobre el ropero°, la   *sputtered / wardrobe*
vela ofrecida a San Lázaro. Dejando atrás la palma bendita del último Domingo
de Ramos° y las estampas religiosas que colgaban de la pared.   *Palm Sunday*

Era un sótano donde vivían. Pero aunque lo sostuviera° la miseria, era un   *supported*
techo sobre sus cabezas. Aunque sobre ese techo patearan° y barrieran otros   *stamped out*
inquilinos, aunque por las rendijas° lloviera basura, ella agradecía a sus santos   *grates*
tener dónde vivir. Pero Rosendo seguía sin empleo. Ni los santos lograban
emplearlo. Siempre en las nubes, atento más a su propio desvarío° que a su   *whim*
familia.

Sintió que iba a llorar. Ahora lloraba con tanta facilidad. Pensando: Dios
Santo si yo no hago más que parir° y parir como una perra y este hombre no se   *give birth*
preocupa por buscar trabajo porque prefiere que el gobierno nos mantenga por
correo mientras él se la pasa por ahí mirando a los cuatro vientos como Juan
Bobo y diciendo que quiere ser pintor.

Detuvo el llanto apretando los dientes, cerrando la salida de las quejas° que   *complaints*
pugnaban por hacerse grito. Devolviendo llanto y quejas al pozo° de los nervios,   *well*
donde aguardarían a que la histeria les abriera cauce° y les transformara en   *path*
insulto para el marido, o nalgada para los hijos, o plegaria° para la Virgen de   *supplication*
Socorro.

Se sentó a la mesa, viendo a sus hijos correr por la cocina. Pensando en el
árbol de Navidad que no tendrían y los juguetes que mañana habrían de
envidiarles a los demás niños. *Porque esta noche es Nochebuena° y mañana es*   *Christmas Eve*
Navidad.

—¡Ahora yo te dihparo y tú te caeh muelto!

Los niños jugaban bajo la mesa.

—Neneh, no hagan tanto ruido, bendito...

—¡Yo soy Chen Otry°!—dijo el mayor.   *Gene Autry*

—¡Y yo Palón Casidi°!   *Hopalong Cassidy*

—Neneh, que tengo dolol de cabeza, por Dioh...

—¡Tú non ereh Palón na! ¡Tú ereh el pillo° y yo te mato!   *bad guy*

—¡No! ¡Maaamiii!!

Graciela torció el cuerpo y metió la cabeza bajo la mesa para verlos forcejear°.

wrestle

—¡Muchachos, salgan de ahí! ¡Maldita sea mi vida!

—¡ROSENDO, ACABA DE LEVANTALTE!

Los chiquillos corrían nuevamente por la habitación: gritando y riendo uno, llorando otro.

—¡ROSENDO!

2.

Rosendo bebía el café sin hacer caso de los insultos de la mujer.

—¿Qué piensah hacer hoy, buhcal trabajo o seguil por ahí, de bodega° en bodega y de bar en bar, dibujando a esoh vagoh?

store

Él bebía el café del desayuno, mordiéndose los labios distraídamente, fumando entre sorbo y sorbo su último cigarrillo. Ella daba vueltas alrededor de la mesa pasándose la mano por encima del vientre para detener los movimientos del feto.

—Seguramente iráh a la teltulia de loh caricoritaoh a jugar alguna peseta prehtá, creyéndote que el maná va a cael del cielo hoy.

—Déjame quieto°, mujer...

Leave me alone

—Sí, siempre eh lo mihmo: ¡déjame quieto! Mañana eh Crihmah y esoh muchachoh se van a quedal sin jugueteh.

—El día de Reyeh en enero.

—A Niu Yol non vienen loh Reyeh. ¡A Niu Yol viene Santa Cloh!

—Bueno, cuando venga el que sea, ya veremoh.

—¡Ave María Purísima, qué padre! ¡Dioh mío! ¡No te preocupan na máh que tuh garabatoh! ¡El altihta! ¡Un hombre viejo como tú!

Se levantó de la mesa y fue al dormitorio, hastiado° de oír a la mujer. Miró por la única ventana. Toda la nieve caída tres días antes estaba sucia. Los automóviles habían aplastado y ennegrecido la del asfalto. La de la acera había sido hollada y orinada por hombres y perros. Los días eran más fríos ahora porque la nieve estaba allí, hostilmente presente, envilecida°, acomodada en la miseria. Desprovista° de toda la inocencia que trajo el primer día.

sick and tired

vilified
Stripped

Era una calle lóbrega° bajo un aire pesado°, en un día grandiosamente opaco.

gloomy / heavy

Rosendo se acercó al ropero para sacar de una gaveta° un envoltorio° de papeles. Sentándose en el alféizar°, comenzó a examinarlos. Allí estaban todas las bolsas del papel que él había recogido para romperlas y dibujar. Dibujaba de noche, mientras la mujer y los hijos dormían. Dibujaba de memoria los rostros borrachos, los rostros angustiados de la gente de Harlem: todo lo visto y compartido en sus andanzas del día.

drawer / bundle
window sill

Graciela decía que él estaba en la segunda infancia. Si él se ausentaba de la mujer quejumbrosa° y de los niños llorosos, explorando en la Babia° imprecisa de sus trazos de lápiz°, la mujer rezongaba° y se mofaba°.

complaining / absent-mindedness / pencil drawings / grumbled / sneered / sign

Mañana era Navidad y ella se preocupaba porque los niños no tendrían juguetes. No sabía que esta tarde él cobraría diez dólares por un rótulo° hecho ayer para el bar de la esquina. El guardaba esa sorpresa para Graciela. Como también guardaba la sorpresa del regalo para ella.

Para Graciela él pintaría un cuadro. Un cuadro que resumiría aquel vivir juntos, en medio de carencias° y frustraciones. Un cuadro con un parecido

deprivations

melancólico a aquellas fotografías tomadas en las fiestas personales de
Bayamón. Las fotografías del tiempo de noviazgo°, que formaban parte del   *engagement*
álbum de recuerdos de la familia. Ellas, ambos aparecían recostados° contra un   *leaning*
taburete° alto, en cuyo frente se leía "Nuestro Amor" o "Siempre Juntos".   *stool*
Detrás estaba el telón° con las palmeras y el mar y una luna de papel dorado.   *backdrop*

A Graciela le agradaría, seguramente, saber que en la memoria de él no
había muerto nada. Quizás después no se mofarían más de sus esfuerzos.

Por falta de materiales, tendría que hacerlo en una pared y con carbón°.   *charcoal*
Pero sería suyo, de sus manos, hecho para ella.

3.

A la caldera° del edificio iba a parar toda la madera vieja e inservible que el   *furnace*
superintendente traía de todos los pisos. De allí sacó Rosendo el carbón que
necesitaba. Luego anduvo por el sótano buscando una pared. En el dormitorio
no podía ser. Graciela no permitiría que él descolgara° sus estampas y sus   *take down*
ramos.

La cocina estaba demasiado resquebrajada° y mugrienta°.   *cracked / dirty*

—Si necesitan ir al cuarto de baño—dijo a su mujer, —aguántense° o usen   *hold it*
la escupidera°. Tengo que arreglar unoh tuboh.   *potty*

Cerró la puerta y limpió la pared de clavos° y telarañas°. Bosquejó su idea: *nails / cobwebs*
un hombre a caballo, desnudo y musculoso, que se inclinaba° para abrazar a   *leaned over*
una mujer desnuda también, envuelta en una melena° negra que servía de origen *mane*
a la noche.

Meticulosamente, pacientemente, retocó repetidas veces los rasgos que no le
satisfacían. Al cabo de unas horas, decidió salir a la calle a cobrar sus diez
dólares, a comprar un árbol de Navidad y juguetes para sus hijos. De paso,
traería tizas de colores del "candy store". Este cuadro tendría mar y palmeras y
luna. Y colores, muchos colores. Mañana era Navidad.

Graciela iba y venía por el sótano, corrigiendo a los hijos, guardando ropa
lavada, atendiendo a las hornillas encendidas°.   *lighted burners*

Él vistió su abrigo remendado°.   *patched*

—Voy a buhcal un árbol pa loh muchachoh. Don Pedro me debe dieh
pesoh.

Ella le sonrió, dando gracias a los santos por el milagro de los diez dólares.

4.

Regresó de noche al sótano, oloroso a° whisky y a cerveza. Los niños se   *smelling of*
habían dormido ya. Acomodó el árbol en un rincón de la cocina y rodeó el tronco con juguetes.

Comió el arroz con frituras°, sin tener hambre, pendiente más de lo que   *fritters*
haría luego. De rato en rato, miraba a Graciela, buscando en los labios de ella la
sonrisa que no llegaba.

Retiró la taza quebrada que contuvo el café, puso las tizas sobre la mesa, y
buscó en los bolsillos° el cigarrillo que no tenía.   *pockets*

—Esoh muñecoh loh borré.

Él olvidó el cigarrillo.

—¿Ahora te dio por pintal suciedadeh?

Él dejó caer la sonrisa en el abismo de su realidad.

—Ya ni velgüenza tieneh...

Su sangre su hizo agua fría.

—...obligando a tus hijoh a fijalse en porqueríah, en indecenciah... Loh borré y se acabó y no quiero que vuelva a sucedel.

Quiso abofetearla° pero los deseos se le paralizaron en algún punto del organismo, sin llegar a los brazos, sin hacerse furia descontrolada en los puños°.

Al incorporarse de la silla, sintió que todo él se vaciaba por los pies. Todo él había sido estrujado° por un trapo° de piso y las manos de ella le habían exprimido° fuera del mundo.

Fue al cuarto de baño. No quedaba nada suyo. Sólo los clavos torcidos° y mohorosos°, devueltos a su lugar. Sólo las arañas° vueltas a hilar.

Aquella pared no era más que la lápida° ancha y clara de sus sueños.

hit her

fists

wiped out / rag
squeezed

twisted
rusty / spiders
tombstone

Poslectura

ASOCIACIONES

Actividad 2: Palabras relacionadas. Basándose en el relato, indiquen las palabras asociadas. Luego, digan si cada una es verbo, adjetivo o sustantivo.

1. sucio/a	a. mugriento/a
2. llorar	b. grito
3. enojado/a	c. asfalto
4. ciudad	d. llanto
5. vocífero	e. furia

Actividad 3: Ideas contrarias. Basándose en la narración, ahora indiquen las palabras opuestas. Luego, usen cada una en una frase.

1. riendo	a. realidad
2. opaco/a	b. claro/a
3. sueño	c. limpio/a
4. sucio/a	d. vestido/a
5. desnudo/a	e. llorando

Actividad 4: Categorías. Con referencia al relato, escribe las palabras asociadas con cada categoría. Luego, compara tu lista con la de otro/a estudiante. Sigue el modelo.

Ejemplo: la religión: *palma bendita, santos, Dios, milagro*

1. el arte	3. la naturaleza
2. los muebles	4. el cuerpo

ENFOQUES
LITERARIOS

Actividad 5: Comprensión. Contesta las preguntas sobre el relato con una pareja.

1. Cuando Graciela despertó a Rosendo con sacudidas, ¿qué hora era?
2. ¿Por qué tiene el cuerpo ancho Graciela?
3. ¿Cómo se siente Graciela?
4. ¿Qué hacía Rosendo con el papel que recogía en las bolsas?
5. ¿En qué parte del edificio estaba el apartamento? ¿En qué ciudad? Describe las condiciones fuera del apartamento.
6. ¿Qué objetos religiosos había en el apartamento?
7. ¿Cuántos hijos tenían Rosendo y Graciela? ¿Qué estaban haciendo?

8. ¿Cuáles eran las fechas de la acción de la narración?
9. ¿Qué pensaba Graciela sobre el árbol de Navidad y los regalos?
10. Según su esposa, ¿qué hacía Rosendo todos los días?
11. ¿Qué vio Rosendo cuando miraba por la única ventana?
12. ¿Qué dibujó él y cuándo?
13. ¿Qué sorpresas guardaba Rosendo para su esposa?
14. ¿Qué compró Rosendo para los niños?
15. Cuando Rosendo llegó a casa, ¿qué descubrió? ¿Cómo se sintió?

Actividad 6: Temas del cuento. Habla de las siguientes preguntas y temas con otro/a estudiante.

1. ¿Cómo son Rosendo y Graciela? Analiza su relación matrimonial. ¿Qué le importa a cada uno? Caracteriza su posible futuro.
2. Habla de las dificultades para Rosendo y su familia de vivir en la ciudad de asfalto comparadas con vivir en la isla caribeña de Puerto Rico.
3. Habla del papel de la memoria en el cuento.
4. Describe los elementos de la obra de arte que dibujó Rosendo para Graciela. ¿Qué te parece su concepto artístico? ¿Qué cambios harías tú en cuanto al contenido y forma para una persona querida?
5. Señala las referencias a Puerto Rico en el cuento. ¿Para qué sirven?
6. Graciela rechaza el regalo de Rosendo. ¿Por qué? ¿Cómo se siente ella? Si recibes tú un regalo que no te gusta de un ser querido, ¿qué haces?
7. Describe las referencias a la religión en el relato.

Actividad 7: Rosendo, dime... En parejas, inventen un diálogo entre tú y Rosendo sobre lo que ha pasado durante la Nochebuena y la Navidad. ¿Qué le preguntas sobre su familia, sus condiciones socioeconómicas, su arte y su futuro? ¿Qué te dice él a ti?

Actividad 8: Memorias, memorias... Trabajando en grupos, dramaticen una escena en que tres hijos de Rosendo y Graciela son adultos y recuerdan una buena Navidad tres años después del episodio de los garabatos. ¿Qué recuerdan?

REFLEXIONES Y MÁS

Actividad 9: Una ventana. El apartamento tiene solamente una ventana. ¿Qué quisieras ver si tuvieras solamente una ventana en tu casa?

Actividad 10: Gran arte. En tu opinión, ¿cuáles son tres artistas importantes del siglo XX? ¿De dónde son? ¿Qué temas expresan en su arte? Trabajen en grupos.

Actividad 11: En mi casa. ¿Qué tipo de arte comprarías para tu casa? ¿En qué cuartos lo pondrías? Compartan sus ideas en grupos.

Actividad 12: Entrevista. Imagínate que puedes entrevistar a un/a artista o escritor/a famoso/a. ¿Quién sería y qué le preguntarías? Trabajando con otro/a estudiante, inventen un diálogo para presentar en la clase.

Actividad 13: ¡Qué días de fiesta! Basándote en la siguiente cita del cuento, escribe una narración de una página cambiando el final del cuento para que termine felizmente: "Nuestro Amor" o "Siempre Juntos."

EXPANSIÓN

Actividad 1: Isabel Allende. Escucha la información sobre esta famosa autora y contesta las preguntas.

1. ¿Dónde nació Isabel Allende?
2. ¿Cuál era la profesión de su padre?
3. ¿Dónde empezó a trabajar para las Naciones Unidas?
4. ¿Qué trabajos hacía antes?
5. ¿Cómo se llama la novela que escribió cuando estaba en exilio?
6. ¿Quién es Bille August?
7. ¿Qué novela escribió en 1987?
8. ¿Qué hizo en 1995?
9. ¿Por qué es importante Isabel Allende?

Una biografía

Actividad 2: Una biografía. Cuando pensamos en artistas y autores es importante analizar a la persona junto con su forma de arte. Siempre hay experiencias e influencias que afectan en la mayor parte su creatividad. Para escribir una breve biografía, sigue estas etapas para organizarla.

Etapa 1: *Escoger a la persona*
Decide qué artista o autor/a hispano/a te interesa. (No escojas a nadie presentado en este capítulo.) Aquí hay una lista de posibles candidatos.

Joan Miró	Diego Rodríguez de Silva y Velázquez
Sandra Cisneros	Francisco José de Goya y Lucientes
Laura Esquivel	Diego Rivera
Gabriel García Márquez	José Clemente Orozco
Octavio Paz	David Alfaro Siqueiros
Pablo Neruda	Antoni Gaudí y Cornet
Gabriela Mistral	Pablo Picasso
Rufino Tamayo	María Izquierdo

Etapa 2: *A investigar*
Al escoger a la persona para tu biografía, es importante leer por lo menos tres o cuatro fuentes de información. Es mejor leer la información en español, pero también hay buena información disponible en inglés. Si la lees en inglés, ten cuidado con la tendencia de traducir directamente de los artículos. Al leer los artículos, es buena idea anotar tus comentarios para incorporar la información deseada en tu biografía.

Etapa 3: *A organizar*
Haz un bosquejo (*outline*) de tu ensayo. Incluye la siguiente información.

- detalles históricos (nacionalidad, fechas, cosas importantes de su niñez, escuelas donde estudiaba, influencias importantes)
- su visión artística (describe su estilo de arte o de escritura)
- descripción de algunas obras importantes o sobresalientes
- la importancia de su trabajo
- la razón por la cual te gusta esta persona

Etapa 4: *A escribir*
Con toda la información que apuntaste, escribe el ensayo.

POR INTERNET

Puedes encontrar mucha información sobre arte y literatura usando tu buscador favorito en Internet. Aquí hay unas sugerencias para facilitar tu búsqueda.

Palabras clave: artistas hispanos, museos, (artista o escritor por nombre), arte (surrealista, realista, impresionista, cubista, etc.), arte (mexicano, español, colombiano, etc.), bellas artes

For specific web pages to help you in your search, go to the *Reflejos* website: http://college.hmco.com/languages/spanish/students

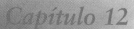

SOCIEDAD

Y POLÍTICA

Carlos Menen, el ex-presidente de
la Argentina

Capítulo 12   321

INTRODUCCIÓN AL TEMA

Políticos famosos

¿A cuántos políticos reconoces? Identifica la descripción que corresponde a cada foto.

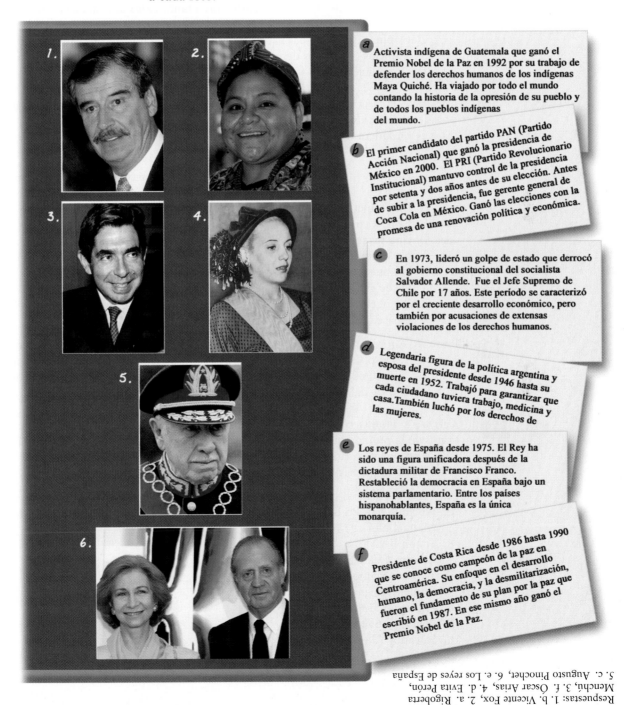

a Activista indígena de Guatemala que ganó el Premio Nobel de la Paz en 1992 por su trabajo de defender los derechos humanos de los indígenas Maya Quiché. Ha viajado por todo el mundo contando la historia de la opresión de su pueblo y de todos los pueblos indígenas del mundo.

b El primer candidato del partido PAN (Partido Acción Nacional) que ganó la presidencia de México en 2000. El PRI (Partido Revolucionario Institucional) mantuvo control de la presidencia por setenta y dos años antes de su elección. Antes de subir a la presidencia, fue gerente general de Coca Cola en México. Ganó las elecciones con la promesa de una renovación política y económica.

c En 1973, lideró un golpe de estado que derrocó al gobierno constitucional del socialista Salvador Allende. Fue el Jefe Supremo de Chile por 17 años. Este período se caracterizó por el creciente desarrollo económico, pero también por acusaciones de extensas violaciones de los derechos humanos.

d Legendaria figura de la política argentina y esposa del presidente desde 1946 hasta su muerte en 1952. Trabajó para garantizar que cada ciudadano tuviera trabajo, medicina y casa. También luchó por los derechos de las mujeres.

e Los reyes de España desde 1975. El Rey ha sido una figura unificadora después de la dictadura militar de Francisco Franco. Restableció la democracia en España bajo un sistema parlamentario. Entre los países hispanohablantes, España es la única monarquía.

f Presidente de Costa Rica desde 1986 hasta 1990 que se conoce como campeón de la paz en Centroamérica. Su enfoque en el desarrollo humano, la democracia, y la desmilitarización, fueron el fundamento de su plan por la paz que escribió en 1987. En ese mismo año ganó el Premio Nobel de la Paz.

Respuestas: 1. b. Vicente Fox, 2. a. Rigoberta Menchú, 3. f. Óscar Arias, 4. d. Evita Perón, 5. c. Augusto Pinochet, 6. e. Los reyes de España

Actividades

Actividad 1: Figuras políticas. Lee las descripciones de los políticos en la introducción y contesta las preguntas.

1. ¿Quiénes te impresionan como figuras positivas? ¿negativas? ¿ambas?
2. Compara a Augusto Pinochet con Óscar Arias. ¿Qué tienen en común? ¿Qué diferencias notas?
3. Compara a Evita Perón con Rigoberta Menchú. ¿Qué tienen en común? ¿Qué diferencias notas?
4. ¿Por qué crees que el rey Juan Carlos tuvo tanto éxito al restablecer una democracia en España?
5. ¿Qué opinas que debe pasar con los políticos que cometieron delitos económicos o abusos contra los derechos humanos en sus países? ¿Deben ser juzgados? ¿Por quién?

Actividad 2: El poder ejecutivo mexicano. Muchos países tienen ciertos requisitos para ser presidente del país. Escucha los requisitos necesarios en México y escribe **V** si la frase es verdadera o **F** si la frase es falsa. Si es falsa, corrígela.

Parte A:
____ 1. La Constitución estadounidense fue el único antecedente del sistema mexicano.
____ 2. Una mujer no puede ser presidente.
____ 3. Es necesario ser ciudadano mexicano.
____ 4. Una persona puede ser presidente si tiene veinticinco años.
____ 5. No es importante que la persona viva en México si es ciudadana.
____ 6. No puede ser miembro de ningún culto religioso.
____ 7. Puede estar en servicio activo en el ejército.
____ 8. No puede trabajar como secretario de la Suprema Corte de Justicia mientras sea candidato para presidente.

Parte B: Ahora, trabajando con otro/a estudiante, comparen sus respuestas de la parte A. Después comparen los requisitos para presidente de México con los de los EE.UU. ¿Qué tienen en común? ¿Qué diferencias notan? ¿Deben agregar otros requisitos? ¿Cuáles?

Actividad 3: Investigación. En grupos de tres, escojan a una de estas figuras importantes de la política hispana. Busquen en Internet información en español sobre su vida personal y su política. Comparen la información y preparen una breve presentación oral para la clase.

1. Pancho Villa
2. Noemí Sanín Posada
3. Manuel Noriega
4. Simón Bolívar
5. Ernesto Che Guevara
6. Violeta Chamorro
7. Daniel Ortega
8. Francisco Franco
9. Policarpa Salavarrieta
10. Salvador Allende

TEMAS Y CONTEXTOS

Problemas sociales

Problemas principales

Se ha dicho que el desempleo es la trampa mortal del **capitalismo** y, sin duda, en América Latina esto parece cierto pues, desde hace más de veinte años, se ha mantenido como el principal problema de la región. El promedio de desempleo en América Latina está en un 9%, frente al 6% de hace una década.

El segundo problema es la corrupción, que deforma el sistema económico y está relacionada con el desempleo. La gente califica como tercer problema, en el mismo nivel, la baja calidad de la educación y la delincuencia.

Está, pues, por construirse un modelo latinoamericano que elimine el desempleo y la corrupción, y sea capaz de brindar **seguridad**, educación y salud de calidad.

La criminalidad

La delincuencia ha venido sorprendiendo a la sociedad moderna, especialmente a la latinoamericana, por los inmensos **recursos** económicos, tecnológicos y organizativos que movilizan las llamadas industrias del **narcotráfico** y el **secuestro**. Esto se expresa en el alto porcentaje de personas (11%) que considera que ese es el principal problema de su país.

La delincuencia en Puerto Rico, México, Colombia y Argentina se concentra en un narcotráfico fuerte, alimentado por problemas sociales que hacen que la delincuencia se constituya en una amenaza diaria y real para el ciudadano del común.

PROBLEMAS SOCIALES

	Porcentaje
Desempleo	41
Corrupción administrativa	22
Baja calidad de la educación	11
Delincuencia	11
Baja calidad de los servicios de salud	8
Contaminación del medio ambiente	4
Falta de apoyo internacional	2

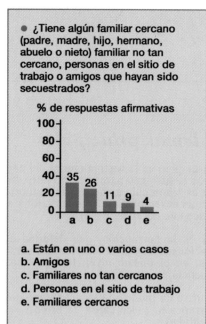

● ¿Tiene algún familiar cercano (padre, madre, hijo, hermano, abuelo o nieto) familiar no tan cercano, personas en el sitio de trabajo o amigos que hayan sido secuestrados?

% de respuestas afirmativas

a. Están en uno o varios casos
b. Amigos
c. Familiares no tan cercanos
d. Personas en el sitio de trabajo
e. Familiares cercanos

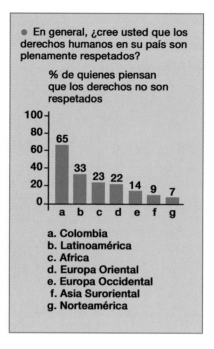

● En general, ¿cree usted que los derechos humanos en su país son plenamente respetados?

% de quienes piensan que los derechos no son respetados

a. Colombia
b. Latinoamérica
c. Africa
d. Europa Oriental
e. Europa Occidental
f. Asia Suroriental
g. Norteamérica

Vocabulario activo:

Hablando de problemas sociales

Cognados

el/la activista	independiente
las autoridades	la justicia
el/la candidato/a	el líder
el capitalismo	la monarquía
corrupto/a	el narcotráfico
la crueldad	la opresión
el/la delincuente	el político / la mujer política
la delincuencia	la presidencia
democrático/a	el/la presidente (la presidenta)
el/la dictador/a	el/la prisionero/a
la dictadura	el privilegio
discriminatorio/a	el/la revolucionario/a
la (in)eficiencia	la tiranía
la elección	la víctima
el escándalo	la violencia doméstica
la (in)estabilidad	

Familia de palabras

Verbos	*Sustantivos*
abusar	el abuso
acusar	la acusación
	el/la acusado/a

Vocabulario básico: Ver la página 356 en el Apéndice A.

asaltar	el asalto
aterrorizar	el terrorismo
	el/la terrorista
castigar (*to punish*)	el castigo
censurar	la censura
chantajear (*to blackmail*)	el chantaje
	el/la chantajista
corromper	la corrupción
democratizar	la democracia
	el/la demócrata
discriminar	la discriminación
espiar	el/la espía
	el espionaje
independizarse	la independencia
influir	la influencia
liberar	la libertad
prohibir	la prohibición
proteger	la protección
secuestrar (*to kidnap, to hijack*)	el secuestro
sobornar (*to bribe*)	el soborno
violar (*to rape*)	la violación

Sustantivos

el asunto político / económico   *political / economic issue*
la campaña electoral   *political campaign*
el cargo   *position, post*
el delito   *crime, criminal act* (*other than murder*)
los derechos humanos   *human rights*
la (des)igualdad   (*in*)*equality*
el desempleo   *unemployment*
el/la ladrón/ladrona   *thief*
el maltrato infantil / de la mujer   *child / woman abuse*
la pena de muerte   *death penalty*
el recurso   *resource*
la seguridad   *security, safety*
la tasa delictiva   *crime rate*

Verbos

apoyar   *to support*
atrapar   *to catch, to capture*
cometer un crimen (una infracción, un delito)   *to commit a crime*
denunciar   *to accuse*
derrocar   *to overthrow*
estar preso/a   *to be under arrest*
poner una multa   *to fine*
soltar (ue)   *to loosen, to release*

Actividades

Actividad 1: Definiciones. Escribe en español una definición de estas palabras. Luego, en grupos, lean sus definiciones fuera de orden para identificar la palabra que corresponda a cada definición.

1. la corrupción
2. chantajear
3. el terrorismo
4. la delincuencia
5. la seguridad
6. el narcotráfico
7. el secuestro
8. el desempleo
9. el dictador
10. el soborno
11. el delito
12. la víctima

Actividad 2: Opiniones. En grupos, discutan sus opiniones sobre estas preguntas.

1. ¿Cuál es el problema más grave de nuestra sociedad? ¿Es igual o diferente del problema más grave en Latinoamérica?
2. En tu opinión, ¿está el desempleo entre tus preocupaciones para el futuro?
3. ¿Cuáles son algunas razones del desempleo nacional?
4. ¿Consideras la corrupción administrativa un problema en nuestra sociedad? ¿Por qué?
5. ¿Es la corrupción más prevalente en ciertas sociedades que en otras? ¿Por qué?
6. ¿Has oído de una persona que haya sido secuestrada? ¿Cuáles son algunas razones por las que existe el secuestro?
7. ¿Crees que la calidad de la educación en nuestra sociedad es buena, mala o regular? ¿Hay partes del país donde la calidad es más baja? ¿más alta? ¿Por qué?
8. Explica algunas posibles razones del alto nivel de narcotráfico. ¿En qué lugares es prevalente?
9. En los Estados Unidos ¿crees que los derechos humanos son respetados? Explica.
10. ¿Piensas que las leyes ambientales son suficientemente fuertes? ¿Por qué?

Actividad 3: Un plan para el futuro. Eres candidato/a para un puesto político en tu pueblo y tienes una entrevista con el/la locutor/a del noticiero local. En esta entrevista, tienes que presentar tu plan de seguridad al público. En parejas, preparen la entrevista.

Actividad 4: Causa y efecto. Selecciona uno de los problemas sociales previamente mencionados y haz una lista de las posibles causas. Luego, haz una búsqueda por Internet o en la biblioteca para comparar tus opiniones con las de los expertos. Finalmente, escribe un ensayo de tres o cuatro párrafos para resumir tu argumento.

Cultura | EL CAMINO DE LA PAZ

Para los países hispanoamericanos, el siglo XIX fue un siglo de luchas para conseguir la independencia de España. El último país en conseguirla fue Cuba en 1898. Durante el siglo XX, estos países sufrieron una gran transformación política, pues su tarea principal en esa época fue la de delimitar sus territorios, establecerse como repúblicas y estabilizar sus gobiernos. Sin embargo, esta tarea no fue fácil y la mayoría de estas nuevas naciones pasaron por períodos de conflictos armados y de dictaduras militares. A finales del siglo XX, casi todas estas naciones tenían ya establecidos gobiernos democráticos elegidos por el pueblo.

Esto no significa, sin embargo, que los problemas hayan terminado. Por el contrario, en este momento, la atención de los sistemas políticos se centra en crear las condiciones necesarias para brindarles a sus ciudadanos mejores condiciones de vida. Para lograrlo, es necesario que la economía sea estable, que los sistemas de bienestar social beneficien a todos los ciudadanos para que éstos tengan salud, educación y techo para vivir dignamente. La paz no puede lograrse sin que exista justicia social y se cierre la gran brecha que separa a los que tienen recursos y a los que no los tienen. Estas diferencias sociales han llevado al resurgimiento de conflictos armados en varios países como Perú, México y Colombia, en los cuales las guerrillas continúan luchando, muchas veces con grandes pérdidas humanas entre la población civil, un gran número de refugiados internos y de emigrantes hacia el exterior. La solución al problema de la violencia y la desigualdad económica requiere la participación activa de todos los habitantes de la región, de sus gobiernos y de la comunidad internacional.

Discusión en grupos   En grupos de tres, estudien uno de estos grupos armados en Internet o en la biblioteca: FARC, ELN y AUC en Colombia; Sendero Luminoso en Perú; Tupamaros en Uruguay; el EZLN y el EPR en México; el ESLN en Nicaragua; ETA en España; la URNG en Guatemala, y el grupo guerrillero de Ernesto "Che" Guevara en Cuba y Bolivia. Expliquen cuál es el nombre completo del grupo elegido, sus objetivos y su principal actividad política.

LENGUA

The past participle as adjective

La visita del político

ESTELA: ¿Por qué viaja el gobernador en una limosina **cubierta**?

ADALICIA: Para su protección. ¿No recuerdas cuándo intentaron asesinarlo?

ESTELA: ¡Ah, claro! Y para estar protegido, no viaja en un coche **abierto**.

ADALICIA: Pero, ¿no es peligroso viajar con las ventanas abiertas?

ESTELA: Por eso está acompañado por la policía.

ADALICIA: Así puede estar bien **protegido**. Y los ciudadanos están **entusiasmados** con la visita.

Enfoque: Usos del participio pasado

There are seven past participles in this dialog. Four are highlighted. What are the other three? What do you notice about their endings? Are the participles always accompanied by a verb? What verb is often used with these participles? Read the information in **Lo esencial** and **El uso** to check your answers.

LO ESENCIAL

❶ Regular / Irregular past participles

See **Capítulo 7,** pages 183–184 to review the formation of past participles.

❷ Verbs derived from a verb with an irregular past participle will have the same irregularity as the original verb.

cubrir	cubierto	des**cubrir**	descubierto
escribir	escrito	des**cribir**	descrito
poner	puesto	(des)com**poner**	(des)compuesto
volver	vuelto	de**volver**	devuelto

③ When the stem of an **-er** or **-ir** verb ends in **-a, -e,** or **-o,** the past participle carries a written accent: **caído, leído, oído.** If the stem ends in **-u,** the past participle does NOT have an accent: **destruido.**

EL USO ① *Estar* + Past participle

The past participle can be used with **estar** to express the result of an action. When used this way, it functions as an adjective and must agree with the subject of the sentence in number and gender.

El acuerdo de paz **está aprobado.** *The peace treaty is approved.*
Las sesiones del Congreso **están** *Congressional sessions are open.*
  abiertas.

② **The past participle as adjective**

The past participle can also be used directly as an adjective. Often, this form is a reduced form of a sentence with **estar.**

Estar + past participle	Past participle as adjective
Las personas en nuestro país **están** muy bien **educadas.**	En nuestro país hay personas muy bien **educadas.**
Necesitamos personal que **esté especializado** en la política.	Necesitamos personal **especializado** en la política.

③ **Past participle in adverbial phrases**

Past participles can introduce adverbial phrases that express reason or time. The participle functions as an adjective and agrees in gender and number with the noun it modifies. These phrases are more common in written Spanish and formal speech than in everyday language.

Terminada la reunión, los representantes firmaron los acuerdos.
Once the meeting was finished, the representatives signed the agreements.

Dadas las circunstancias, es mejor hablar con un abogado.
Given the circumstances, it is better to speak with a lawyer.

④ **Special past participles**

Some verbs have two past participle forms, one that is used normally as part of the verb in the perfect tense and one that is used normally as an adjective.

	Perfect tense	Adjective
corromper	No han **corrompido** al candidato.	El candidato no está **corrupto.**
despertar	El niño no se ha **despertado.**	El niño no está **despierto.**
elegir	Han **elegido** a la presidenta.	La presidenta **electa** habló al público.
freír	He **freído** las tortillas.	Me gustan las tortillas **fritas.**
imprimir	He **imprimido** la carta.	La carta está **impresa.**
liberar	El gobierno ha **liberado** al prisionero.	El prisionero está **libre.**
soltar	Han **soltado** el perro.	El perro está **suelto.**

Actividades

Actividad 1: Campaña electoral. Imagina que eres voluntario/a en la campaña de tu candidato/a favorito/a para el senado. Verifica tu lista de cosas por hacer y confirma lo que has hecho, escribiendo el participio pasado correspondiente en la columna derecha. Sigue el ejemplo.

Ejemplo: contactar al candidato   El candidato ya está *contactado*.

Asuntos por atender

1. organizar la agenda de reuniones para el mes próximo
2. confirmar el horario para el debate de televisión
3. imprimir el programa para el viaje dentro de dos semanas
4. hacer unas citas con el Ministro de Asuntos Exteriores
5. resolver el problema de sonido del video publicitario

Asuntos atendidos

La agenda ya está _____.

El horario ya está _____.

El programa ya está _____.

Las citas ya están _____.

El problema ya está _____.

Actividad 2: Las noticias. Trabajas para un periódico y tienes que cambiar estas frases a titulares para una serie de artículos que vas a publicar sobre lo que está pasando en el mundo. Usa los participios como adjetivos. Sigue el ejemplo.

Ejemplo: Han encarcelado a los narcotraficantes.
¡Narcotraficantes encarcelados!

1. Han castigado a los delincuentes.
2. Han corrompido al presidente de la organización.
3. Han liberado a los prisioneros políticos.
4. Han eliminado la monarquía.
5. Han reducido el número de asaltos.
6. Han sobornado al policía.
7. Han imprimido la carta al presidente.
8. Han chantajeado al senador.

Actividad 3: Mensaje al público. En este artículo del periódico de tu escuela, se hace un resumen de las actividades que se realizaron durante las elecciones estudiantiles. Completa las frases con la forma correcta del participio perfecto.

Ejemplo: (dar) el gran interés del público, retransmitiremos el video del evento.
Dado el gran interés del público, retransmitiremos el video del evento.

1. (elegir) la representante, todos aplaudieron.
2. (realizar) las elecciones, la escuela se preparó para celebrar.
3. (hacer) la comida y (freír) las tortillas para la cena, se inició la celebración.
4. (resolver) el problema de transporte, todos regresaron a sus casas.

Actividad 4: Describiendo el mundo. Trabajando con otro/a estudiante, usen los verbos del vocabulario de este capítulo como adjetivos para describir cinco situaciones problemáticas que ves en el mundo.

Ejemplo: *Las mujeres abusadas deben recibir ayuda del gobierno.*

Passive forms

Elección presidencial

DOLORES: ¿Sabes si el discurso **fue escrito** por el presidente?
DAVID: Sí, yo creo que el presidente escribe todos sus discursos.
DOLORES: Es muy bueno que la ceremonia **sea transmitida** por televisión.
DAVID: Sí, generalmente, **se transmiten** los programas políticos por la noche.

Enfoque: Formas pasivas

In this conversation, there are three passive sentences and one active sentence. The passive forms are highlighted. What do they have in common? How do they differ? Two of the passive forms use past participles. What do you notice about the past participles? What words do these past participles agree with? Read **Lo esencial** and **El uso** to check your answers.

LO ESENCIAL

1 Passive sentences with *ser*

Subject	Verb	Past participle	Agent
Any subject	ser	+ *past participle* (The past participle takes the number and gender of the subject.)	**por** + ag*ent of action*
Amaranta	fue / ha sido / había sido	elegida presidenta	**por** la junta.

② Sentences with *se*

	Verb	Subject	Agent
Se	verb (third person singular or plural)	singular or plural noun	Agent is not specified.
Se	venden	drogas.	

③ Sentences with third person plural

Subject / agent	Verb	Direct or indirect object
The agent is not specified. In English, we often use "they."	verb (third person plural)	direct or indirect object
	Establecen Establecieron Establecerán	nuevas leyes.

EL USO   **①** Stress the action and not the agent

A passive form stresses the action and not the person / people who performed the action (the agent). The passive voice is formed with **ser** + *past participle*. Use **por** + *agent* to specify who did the action.

Active sentence	El ladrón **robó** el banco.
Passive sentence	El banco **fue robado.**
Passive sentence with agent	El banco **fue robado por** el ladrón.

② Use *se* + verb to announce services or events.

Constructions with **se** are much more commonly used in Spanish to express passive actions. However, in this construction, the agent is not specified.

Se solicita un presidente. (We don't know who needs a president.)   *President needed.*

Aquí **se habla** español. (We don't know who specifically speaks Spanish.)   *Spanish is spoken here.*

③ Use sentences with the third person plural to talk about generalized actions.

When talking about actions where it is not important who did the actions in question, use the third person plural.

Me **atendieron** muy bien en la farmacia.   *They took good care of me at the pharmacy.*

Nos **dieron** vacunas contra la gripe.   *They gave us flu vaccines.*

Actividades

Actividad 5: Hechos y gentes. Completa estas oraciones sobre la política hispana con la forma correcta del participio pasado.

1. Vicente Fox fue _____ (elegir) presidente mexicano en 2001.
2. Evita Perón era _____ (llamar) la benefactora de la gente pobre en la Argentina.
3. Óscar Arias fue _____ (honrar) con el Premio Nobel de la Paz.
4. Los derechos de los pueblos indígenas han sido _____ (defender) por Rigoberta Menchú.
5. Salvador Allende fue _____ (derrocar) por un golpe militar en Chile.
6. La democracia española fue _____ (restablecer) en España por el rey Juan Carlos.

Actividad 6: Jefe de seguridad. Imagina que eres parte del cuerpo de seguridad de un diplomático famoso. Un día, hay una emergencia. Completa el informe siguiente con el pretérito del verbo **ser** y el participio pasado correspondiente al verbo entre paréntesis.

Un hombre sospechoso _____ (1. ver) por mi compañero y yo a las 9 de la mañana. La información _____ (2. comunicar) por nosotros inmediatamente a la policía secreto. Las medidas de emergencia _____ (3. implementar) urgentemente. El diplomático _____ (4. llevar) a un lugar secreto para su seguridad. Finalmente, el hombre sospechoso _____ (5. apresar) por la policía y el viaje del diplomático _____ (6. continuar) sin otros incidentes.

Actividad 7: Acontecimientos. Trabajas para el periódico de tu pueblo. Transforma estas noticias periodísticas usando la voz pasiva. Utiliza el mismo tiempo del verbo que aparece en la oración. Escribe cada frase de tres maneras. Sigue el ejemplo.

> **Ejemplo:** La prensa mexicana publica las noticias electorales.
> *Publican las noticias electorales.*
> *Se publican las noticias electorales.*
> *Las noticias electorales son publicadas por la prensa mexicana.*

1. Los sindicatos estudian la política laboral del gobierno.
2. El Congreso no aprobó la nueva reforma agraria.
3. La policía identificó a los culpables del robo bancario.
4. La Comisión Laboral analizó las causas del desempleo.
5. El Banco Nacional pronostica una recesión económica.
6. La comunidad mundial condenó los actos de terrorismo en Nueva York.
7. La comunidad celebró las elecciones sin incidentes.
8. Los ciudadanos respetan la Constitución del país.

Actividad 8: Juego de sabiduría. En grupos de cuatro, hagan una lista de ocho preguntas en la voz pasiva sobre hechos históricos y políticos importantes del mundo. Usando sus preguntas, pregúntenle a otro grupo las ocho preguntas. El grupo que responde a la mayor cantidad de preguntas correctamente gana el juego de sabiduría.

> **Ejemplo:** *¿Quién fue acusado de violaciones contra los derechos humanos en Chile?*
> *Augusto Pinochet fue acusado de violaciones contra los derechos humanos en Chile.*

Actividad 9: Nota histórica. Te han pedido que escribas una corta reseña histórica para el periódico de tu escuela sobre un monumento histórico o un sitio turístico famoso. Usa las estructuras pasivas en el texto. Incluye la fundación del sitio, quién visita el sitio, para qué se usa y por quién/es, etc.

RISAS Y REFLEXIONES

DICHOS

En parejas, lean los dichos en voz alta, y den un ejemplo que ilustre el sentido de cada uno, según los temas del capítulo.

1. El mundo es un pañuelo.
   Ejemplo: *Con todos los medios de comunicación hoy en día, la gente puede comunicarse fácilmente y saber lo que pasa en otros lugares del mundo.*
2. Para aprender, nunca es tarde.
3. En la guerra y en el amor, todo se vale.

UNA COMIQUITA

Con otro/a estudiante, discutan las ideas y actitudes que expresa el artista.

UNA ADIVINANZA

¿Qué soy?

Existo
cuando estoy preso,
Pero en libertad
me muero.

Adivinanza: Un secreto

VIDEO

Las siguientes personas opinan sobre problemas importantes que existen para los hispanohablantes de España y las Américas. Entre los problemas y desafíos que mencionan hay muchos que son universales y afectan a los habitantes de todos los países.

Previsión

 Actividad 1: Problemazos. ¿Cuáles de los siguientes problemas son los más graves? Trabajando con otro/a estudiante, pongan la lista en orden de gravedad (1 = el menos grave; 10 = el más grave). Luego, piensen en algunas soluciones para los dos problemas de mayor gravedad. Compartan sus opiniones con otros estudiantes.

Problema	Gravedad (1–10)	Soluciones
la drogadicción		
el alcoholismo		
el suicidio		
el crimen		
la falta de entendimiento de parte de los adultos		
la falta de empleo		
el SIDA		
el hambre		
la diferencia entre las clases sociales		
la intolerancia		

 Actividad 2: Más problemas. Ahora, en parejas, hagan una lista de problemas particulares que tienen los jóvenes y los adultos de su país / ciudad. Mencionen unos problemas que sean diferentes de los de la lista anterior. Compartan sus ideas con las de sus compañeros de clase.

Visión

Actividad 3: Para cada problema hay una solución. Mientras miras el video haz una lista de los problemas que mencionan las personas y las soluciones que ofrecen. Luego vuelve a mirar el video para añadir las soluciones a la tabla. Puedes mirar el video hasta que tengas toda la información.

Persona	Problemas	Soluciones
Persona 1		
Persona 2		
Persona 3		
Persona 4		
Persona 5		
Persona 6		
Persona 7		

Actividad 4: ¿De quién es el problema? Usando la información de la tabla anterior, analiza las opiniones de los entrevistados usando las siguientes preguntas como guía. Trabajen en parejas.

1. Compara las opiniones de los jóvenes y de los mayores. ¿Qué diferencias notas en los problemas y las soluciones que ofrecen los dos grupos?
2. Compara los problemas que son gubernamentales con los que son individuales. Discute si la responsabilidad de cada solución es de los individuos o es del gobierno.
3. Haz una lista de otras soluciones a los problemas mencionados. Distingue si estas soluciones son soluciones individuales o gubernamentales.

Posvisión

Actividad 5: Problemas locales. Haz una lista de cinco problemas de tu universidad en este momento. Después, con otro/a estudiante discutan uno de los problemas y sus posibles soluciones.

A | R | T | E |

Esperanza compartida, **Paul Botello (Estados Unidos)**

Actividad 1: El artista. El talentoso artista hispano Paul Botello nació en 1961. Cuando tenía ocho años, empezó su carrera artística ayudándole a su hermano David a pintar murales en Los Ángeles. Su arte mural se caracteriza por temas sociales como la inmigración, la educación, la justicia y la comunidad. Este mural de 1995 se titula *Esperanza compartida* y es una instalación en la escuela primaria Esperanza que tiene estudiantes inmigrantes de Centroamérica en Los Ángeles. El mural tiene dos paneles, uno en cada lado de la escuela. En parejas, estudien este mural de dos paneles. Luego, contesten las preguntas.

1. En el panel a la izquierda, el arco iris nos dirige a una señora con una antorcha. ¿A quién puede representar ella? ¿Qué hace?
2. ¿Qué objetos tienen los diferentes chicos centroamericanos en el mural y qué simbolizan?
3. En el panel a la derecha, compara la figura de los brazos cerrados con la mujer de la antorcha. ¿Qué referencias a las civilizaciones antiguas observas aquí? ¿Y a la religión?
4. ¿Qué objetos tienen los chicos de este panel y qué simbolizan?
5. Comenta el uso de colores en los dos paneles. ¿Qué impacto tienen?

6. Examina el tema de los derechos humanos en esta obra de arte. ¿Por qué se titula "Esperanza compartida"?

Actividad 2: Investigación internética. En Internet, busca información sobre otros murales de Paul Botello, en particular *The Greatest Love* y *The Wall that Speaks, Sings and Shouts.* Luego, da una presentación oral en grupos sobre los temas que observes. Compara y contrasta el contenido, las formas, los colores, los símbolos, etc. Después, usando la información internética, escribe una descripción de cada mural.

Actividad 3: Nuestra sociedad. Imagínate un mural con paneles que representen temas de la sociedad de hoy en día de tu país. Puedes analizar: dimensiones socioeconómicas, asuntos de guerra y paz, temas de política, enfermedades graves, adicciones serias, conflictos religiosos, etc. ¿Quiénes son los personajes principales? ¿Qué problemas tienen y cuáles son posibles soluciones? Empieza con la frase "*Aquí hay un mural de dos paneles sobre (el tema)...*"

LITERATURA

Prelectura

ANTICIPACIÓN

Actividad 1: Anticipación. En parejas, contesten las siguientes preguntas.

1. ¿Dónde pasabas los veranos cuando eras niño/a? ¿Qué actividades hacías y con quién/es?
2. Describe las diferentes clases sociales de tu comunidad hoy en día. ¿Cómo se comparan estas divisiones sociales con las del mundo global?
3. Si pudieras tomar la identidad de otra persona, ¿quién y cómo serías? ¿Por qué?
4. ¿Cómo funciona el dinero en tu vida? Da ejemplos.

ESTRATEGIA DE LECTURA

Leyendo diálogos dramáticos   Para leer drama, es importante notar la diferencia entre narración y diálogo. En un cuento o novela, con frecuencia la acción es narrada con fluidez en primera o tercera persona. En un drama, es esencial enfocarse en el intercambio de discursos entre diferentes personajes. El/la lector/a puede comparar el proceso a un juego de tenis en que la acción y temática se revelan a través de rápidos cambios, con 1) preguntas, 2) comentarios y 3) reacciones entre los personajes. Es efectivo anticipar los cambios de personajes y el tipo de intercambios. Una manera de enfocarse bien en los diálogos es leerlos en voz alta.

 ## Lectura

EL AUTOR: El dramaturgo Sergio Vodanovic nació en 1926 en Yugoslavia de madre chilena. Además de ser escritor, es abogado, profesor y periodista. Sus obras dramáticas están llenas de ironía, sátira y humor, y se caracterizan por la crítica social en que el autor cuestiona los valores tradicionales. En la obra *El delantal blanco* el escritor presenta los conflictos entre las clases sociales y ciertos aspectos de la hipocresía humana.

"El delantal° blanco"

uniform

Personajes: LA SEÑORA; LA EMPLEADA; DOS JÓVENES; LA JOVENCITA; EL CABALLERO DISTINGUIDO

La playa.
Al fondo, una carpa°. canvas tent
Frente a ella, sentadas a su sombra, LA SEÑORA *y* LA EMPLEADA.
LA SEÑORA *está en traje de baño y, sobre él, usa un blusón de toalla° blanca que* terrycloth robe
le cubre hasta las caderas. Su tez° está tostada por un largo veraneo. LA EMPLEA- skin, complexion
DA *viste su uniforme blanco.* LA SEÑORA *es una mujer de treinta años, pelo claro,*
rostro° atrayente aunque algo duro. LA EMPLEADA *tiene veinte años, tez blanca,* cara
pelo negro, rostro plácido y agradable.

LA SEÑORA: (*Gritando hacia su pequeño hijo, a quien no ve y que se supone está*
a la orilla del mar, justamente, al borde del escenario.) ¡Alvarito! ¡Alvarito! ¡No
le tire arena a la niñita! ¡Métase al agua! Está rica... ¡Alvarito, no! ¡No le desha-
ga el castillo a la niñita! Juegue con ella... Sí, mi hijito... juegue...
LA EMPLEADA: Es tan peleador...
LA SEÑORA: Salió al padre... Es inútil corregirlo. Tiene una personalidad domi-
nante que le viene de su padre, de su abuelo, de su abuela... ¡sobre todo de su
abuela!
LA EMPLEADA: ¿Vendrá el caballero° mañana? el marido
LA SEÑORA: (*Se encoge de hombros con desgana°.*) ¡No sé! Ya estamos en marzo, reluctance
todas mis amigas han regresado y Álvaro me tiene todavía aburriéndome en la
playa. Él dice que quiere que el niño aproveche las vacaciones, pero para mí que
es él quien está aprovechando. (*Se saca el blusón y se tiende a tomar sol.*) ¡Sol!
¡Sol! Tres meses tomando sol. Estoy intoxicada de sol. (*Mirando inspectiva-*
mente a LA EMPLEADA.) ¿Qué haces tú para no quemarte°? burn
LA EMPLEADA: He salido tan poco de la casa...
LA SEÑORA: ¿Y qué querías? Viniste a trabajar, no a veranear. Estás recibiendo
sueldo°, ¿no? salary
LA EMPLEADA: Sí, señora. Yo sólo contestaba su pregunta...

LA SEÑORA *permanece tendida recibiendo el sol.* LA EMPLEADA *saca de una bolsa*
una revista de historietas fotografiadas y principia° a leer. begins

LA SEÑORA: ¿Qué haces?
LA EMPLEADA: Leo esta revista.
LA SEÑORA: ¿La compraste tú?
LA EMPLEADA: Sí, señora.
LA SEÑORA: No se te paga tan mal, entonces, si puedes comprarte tus revistas
¿eh?

LA EMPLEADA *no contesta y vuelve a mirar la revista.*

LA SEÑORA: ¡Claro! Tú leyendo y que Alvarito reviente, que se ahogue°... drown
LA EMPLEADA: Pero si está jugando con la niñita...
LA SEÑORA: Si te traje a la playa es para que vigilaras a Alvarito y no para que te
pusieras a leer.

LA EMPLEADA deja la revista y se incorpora para ir dónde está Alvarito.

LA SEÑORA: ¡No! Lo puedes vigilar desde aquí. Quédate a mi lado, pero observa al niño. ¿Sabes? Me gusta venir contigo a la playa.

LA EMPLEADA: ¿Por qué?

LA SEÑORA: Bueno... no sé... Será por lo mismo que me gusta venir en el auto, aunque la casa está a dos cuadras. Me gusta que vean el auto. Todos los días, hay alguien que se para al lado de él y lo mira y comenta. No cualquiera tiene un auto como el de nosotros... Claro, tú no te das cuenta de la diferencia. Estás demasiado acostumbrada a lo bueno... Dime... ¿Cómo es tu casa?

LA EMPLEADA: Yo no tengo casa.

LA SEÑORA: No habrás nacido empleada, supongo. Tienes que haberte criado° en alguna parte, debes haber tenido padres... ¿Eres del campo?
°*You must have grown up*

LA EMPLEADA: Sí.

LA SEÑORA: Y tuviste ganas de conocer la ciudad, ¿ah?

LA EMPLEADA: No. Me gustaba allá.

LA SEÑORA: ¿Por qué te viniste, entonces?

LA EMPLEADA: Tenía que trabajar.

LA SEÑORA: No me vengas con ese cuento. Conozco la vida de los inquilinos en el campo. Lo pasan bien. Les regalan una cuadra para que cultiven. Tienen alimentos gratis y hasta les sobra para vender. Algunos tienen hasta sus vaquitas°... ¿Tus padres tenían vacas?
°*calves*

LA EMPLEADA: Sí, señora. Una.

LA SEÑORA: ¿Ves? ¿Qué más quieren? ¡Alvarito! ¡No se meta tan allá que puede venir una ola°! ¿Qué edad tienes?
°*wave*

LA EMPLEADA: ¿Yo?

LA SEÑORA: A ti te estoy hablando. No estoy loca para hablar sola.

LA EMPLEADA: Ando en los veintiuno...

LA SEÑORA: ¡Veintiuno! A los veintiuno yo me casé. ¿No has pensado en casarte?

LA EMPLEADA baja la vista y no contesta.

LA SEÑORA: ¡Las cosas que se me ocurren preguntar! ¿Para qué querrías casarte? En la casa tienes de todo: comida, una buena pieza°, delantales limpios... Y si te casaras... ¿Qué es lo que tendrías? Te llenarías de chiquillos, no más.
°*a nice room*

LA EMPLEADA: (*Como para sí.*) Me gustaría casarme...

LA SEÑORA: ¡Tonterías! Cosas que se te ocurren por leer historias de amor en las revistas baratas... Acuérdate de esto: Los príncipes azules ya no existen. No es el color lo que importa, sino el bolsillo. Cuando mis padres no me aceptaban un pololo° porque no tenía plata°, yo me indignaba, pero llegó Álvaro con sus industrias y sus fundos y no quedaron contentos hasta que lo casaron conmigo. A mí no me gustaba porque era gordo y tenía la costumbre de sorberse los mocos°, pero después en el matrimonio, uno se acostumbra a todo. Y llega a la conclusión que todo da lo mismo, salvo la plata. Sin la plata no somos nada. Yo tengo plata, tú no tienes. Ésa es toda la diferencia entre nosotras. ¿No te parece?
°*novio / dinero*
°*to sniffle*

LA EMPLEADA: Sí, pero...

LA SEÑORA: ¡Ah! Lo crees, ¿eh? Pero es mentira. Hay algo que es más importante que la plata: la clase. Eso no se compra. Se tiene o no se tiene. Yo sí la tengo. Y podría vivir en una pocilga° y todos se darían cuenta de que soy alguien. No una cualquiera. Alguien. Te das cuenta, ¿verdad?
°*pigpen*

LA EMPLEADA: Sí, señora.

LA SEÑORA: A ver... Pásame esa revista. (*LA EMPLEADA lo hace. LA SEÑORA la hojea. Mira algo y lanza una carcajada.*) ¿Y esto lees tú?

LA EMPLEADA: Me entretengo, señora.

LA SEÑORA: ¡Qué ridículo! ¡Qué ridículo! Mira este roto vestido de smoking. Cualquiera se da cuenta que está tan incómodo en él como un hipopótamo con faja°... (*Vuelve a mirar en la revista.*) ¡Y es el conde de Lamarquina! ¡El conde de Lamarquina! A ver... ¿Qué es lo que dice el conde? (*Leyendo.*) "Hija mía, no permitiré jamás que te cases con Roberto. Él es un plebeyo. Recuerda que por nuestras venas corre sangre azul." ¿Y ésta es la hija del conde?   *girdle*

LA EMPLEADA: Sí. Se llama María. Es una niña sencilla y buena. Está enamorada de Roberto, que es el jardinero del castillo. El conde no lo permite. Pero... ¿sabe? Yo creo que todo va a terminar bien. Porque en el número anterior Roberto le dijo a María que no había conocido a sus padres y cuando no se conoce a los padres, es seguro que ellos son gente rica y aristócrata que perdieron al niño de chico o lo secuestraron°...   *kidnapped*

LA SEÑORA: ¿Y tú crees todo eso?

LA EMPLEADA: Es bonito, señora.

LA SEÑORA: ¿Qué es tan bonito?

LA EMPLEADA: Que lleguen a pasar cosas así. Que un día cualquiera, uno sepa que es otra persona, que en vez de ser pobre, se es rica, que en vez de ser nadie se es alguien, así como dice usted...

LA SEÑORA: Pero no te das cuenta que no puede ser... Mira a la hija... ¿Me has visto a mí alguna vez usando unos aros° así? ¿Has visto a alguna de mis amigas con una cosa tan espantosa? ¿Y el peinado? Es detestable. ¿No te das cuenta que una mujer así no puede ser aristócrata?... ¿A ver? Sale fotografiado aquí el jardinero...   *earrings*

LA EMPLEADA: Sí. En los cuadros del final. (*Le muestra en la revista. LA SEÑORA ríe encantada.*)

LA SEÑORA: ¿Y éste crees tú que puede ser un hijo de aristócrata? ¿Con esa nariz? ¿Con ese pelo? Mira... Imagínate que mañana me rapten° a Alvarito. ¿Crees tú que va a dejar por eso de tener su aire de distinción?   *kidnap*

LA EMPLEADA: ¡Mire, señora! Alvarito le botó el castillo de arena a la niñita de una patada.

LA SEÑORA: ¿Ves? Tiene cuatro años y ya sabe lo que es mandar, lo que es no importarle los demás. Eso, no se aprende. Viene en la sangre.

LA EMPLEADA: (*Incorporándose.*) Voy a ir a buscarlo.

LA SEÑORA: Déjalo. Se está divirtiendo.

LA EMPLEADA se desabrocha el primer botón de su delantal y hace un gesto en el que muestra estar acalorada.

LA SEÑORA: ¿Tienes calor?

LA EMPLEADA: El sol está picando fuerte.

LA SEÑORA: ¿No tienes traje de baño?

LA EMPLEADA: No.

LA SEÑORA: ¿No te has puesto nunca traje de baño?

LA EMPLEADA: ¡Ah, sí!

LA SEÑORA: ¿Cuándo?

LA EMPLEADA: Antes de emplearme. A veces, los domingos, hacíamos excursiones a la playa en el camión del tío de una amiga.

LA SEÑORA: ¿Y se bañaban?

LA EMPLEADA: En la playa grande de Cartagena. Arrendábamos° trajes de baño y pasábamos todo el día en la playa. Llevábamos de comer y...   *We rented*

LA SEÑORA: (*Divertida.*) ¿Arrendaban trajes de baño?

LA EMPLEADA: Sí. Hay una señora que arrienda en la misma playa.

LA SEÑORA: Una vez con Álvaro, nos detuvimos en Cartagena a echar bencina° al   *gas*
auto y miramos a la playa. ¡Era tan graciosa! ¡Y esos trajes de baño arrendados! Unos eran tan grandes que hacían bolsas por todos los lados y otros quedaban tan chicos que las mujeres andaban con el traste afuera. ¿De cuáles arrendabas tú? ¿De los grandes o de los chicos?

LA EMPLEADA mira al suelo taimada.

LA SEÑORA: Debe ser curioso... Mirar el mundo desde un traje de baño arrendado o envuelta en un vestido barato... o con uniforme de empleada como el que usas tú... Algo parecido le debe suceder a esta gente que se fotografía para estas historietas: se ponen smoking o un traje de baile y debe ser diferente la forma cómo miran a los demás, cómo se sienten ellos mismos... Cuando yo me puse mi primer par de medias, el mundo entero cambió para mí. Los demás eran diferentes; yo era diferente y el único cambio efectivo era que tenía puesto un par de medias... Dime... ¿Cómo se ve el mundo cuando se está vestida con un delantal blanco?

LA EMPLEADA: (*Tímidamente.*) Igual. La arena tiene el mismo color... las nubes son iguales... Supongo.

LA SEÑORA: Pero no... Es diferente. Mira. Yo con este traje de baño, con este blusón de toalla, tendida sobre la arena, sé que estoy en "mi lugar", que esto me pertenece... En cambio tú, vestida como empleada sabes que la playa no es tu lugar, que eres diferente... Y eso, eso te debe hacer ver todo distinto.

LA EMPLEADA: No sé.

LA SEÑORA: Mira. Se me ha ocurrido algo. Préstame tu delantal.

LA EMPLEADA: ¿Cómo?

LA SEÑORA: Préstame tu delantal.

LA EMPLEADA: Pero... ¿Para qué?

LA SEÑORA: Quiero ver cómo se ve el mundo, qué apariencia tiene la playa cuando se la ve encerrada en un delantal de empleada.

LA EMPLEADA: ¿Ahora?

LA SEÑORA: Sí, ahora.

LA EMPLEADA: Pero es que... No tengo un vestido debajo.

LA SEÑORA: (*Tirándole el blusón.*) Toma... Ponte esto.

LA EMPLEADA: Voy a quedar en calzones°...   *underwear*

LA SEÑORA: Es lo suficientemente largo como para cubrirte. Y en todo caso vas a mostrar menos que lo que mostrabas con los trajes de baño que arrendabas en Cartagena. (*Se levanta y obliga a levantarse a LA EMPLEADA.*) Ya. Métete en la carpa° y cámbiate. (*Prácticamente obliga a LA EMPLEADA a entrar a la carpa y*   *tent*
luego lanza al interior de ella el blusón de toalla. Se dirige al primer plano y le habla a su hijo.)

LA SEÑORA: Alvarito, métase un poco al agua. Mójese las patitas° siquiera... No   *Get your feet wet* sea tan de rulo°... ¡Eso es! ¿Ves que es rica el agüita? (*Se vuelve hacia la carpa y habla hacia dentro de ella.*) ¿Estás lista? (*Entra a la carpa.*)

Don't be afraid of the water.

Después de un instante, sale LA EMPLEADA *vestida con el blusón de toalla. Se ha prendido el pelo hacia atrás y su aspecto ya difiere algo de la tímida muchacha que conocemos. Con delicadeza se tiende de bruces sobre la arena. Sale* LA SEÑORA *abotonándose aún su delantal blanco. Se va a sentar delante de* LA EMPLEADA, *pero vuelve un poco más atrás.*

LA SEÑORA: No. Adelante no. Una empleada en la playa se sienta siempre un poco más atrás que su patrona. (*Se sienta sobre sus pantorrillas° y mira, divertida, en todas direcciones.*)

calves

LA EMPLEADA *cambia de postura con displicencia.* LA SEÑORA *toma la revista de* LA EMPLEADA *y principia a leerla. Al principio, hay una sonrisa irónica en sus labios que desaparece luego al interesarse por la lectura. Al leer mueve los labios.* LA EMPLEADA, *con naturalidad, toma de la bolsa de playa de* LA SEÑORA *un frasco de aceite bronceador y principia a extenderlo con lentitud por sus piernas.* LA SEÑORA *la ve. Intenta una reacción reprobatoria, pero queda desconcertada.*

LA SEÑORA: ¿Qué haces?

LA EMPLEADA *no contesta.* LA SEÑORA *opta por seguir la lectura, vigilando de vez en vez con la vista lo que hace* LA EMPLEADA. *Ésta ahora se ha sentado y se mira detenidamente las uñas.*

LA SEÑORA: ¿Por qué te miras las uñas?
LA EMPLEADA: Tengo que arreglármelas.
LA SEÑORA: Nunca te había visto antes mirarte las uñas.
LA EMPLEADA: No se me había ocurrido.

LA SEÑORA: Este delantal acalora.

LA EMPLEADA: Son los mejores y los más durables.

LA SEÑORA: Lo sé. Yo los compré.

LA EMPLEADA: Le queda bien.

LA SEÑORA: (*Divertida.*) Y tú no te ves nada de mal con esa tenida°. (*Se ríe.*)   *outfit*
Cualquiera se equivocaría. Más de un jovencito te podría hacer la corte°...   *would court you*
¡Sería como para contarlo!

LA EMPLEADA: Alvarito se está metiendo muy adentro. Vaya a vigilarlo.

LA SEÑORA: (*Se levanta inmediatamente y se adelanta.*) ¡Alvarito! ¡Alvarito! No
se vaya tan adentro... Puede venir una ola. (*Recapacita de pronto y se vuelve
desconcertada hacia* LA EMPLEADA.)

LA SEÑORA: ¿Por qué no fuiste tú?

LA EMPLEADA: ¿Adónde?

LA SEÑORA: ¿Por qué me dijiste que yo fuera a vigilar a Alvarito?

LA EMPLEADA: (*Con naturalidad.*) Ud. lleva el delantal blanco.

LA SEÑORA: Te gusta el juego, ¿ah?

*Una pelota de goma, impulsado por un niño que juega cerca, ha caído a los pies
de* LA EMPLEADA. *Ella la mira y no hace ningún movimiento. Luego mira a* LA
SEÑORA. *Ésta, instintivamente, se dirige a la pelota y la tira en la dirección en
que vino.* LA EMPLEADA *busca en la bolsa de playa de* LA SEÑORA *y se pone sus
anteojos para el sol.*

LA SEÑORA: (*Molesta.*) ¿Quién te ha autorizado para que uses mis anteojos?

LA EMPLEADA: ¿Cómo se ve la playa vestida con un delantal blanco?

LA SEÑORA: Es gracioso. ¿Y tú? ¿Cómo ves la playa ahora?

LA EMPLEADA: Es gracioso.

LA SEÑORA: (*Molesta.*) ¿Dónde está la gracia?

LA EMPLEADA: En que no hay diferencia.

LA SEÑORA: ¿Cómo?

LA EMPLEADA: Ud. con el delantal blanco es la empleada; yo con este blusón y
los anteojos oscuros soy la señora.

LA SEÑORA: ¿Cómo?... ¿Cómo te atreves a decir eso?

LA EMPLEADA: ¿Se habría molestado en recoger la pelota si no estuviese vestida
de empleada?

LA SEÑORA: Estamos jugando.

LA EMPLEADA: ¿Cuándo?

LA SEÑORA: Ahora.

LA EMPLEADA: ¿Y antes?

LA SEÑORA: ¿Antes?

LA EMPLEADA: Sí. Cuando yo estaba vestida de empleada...

LA SEÑORA: Eso no es juego. Es la realidad.

LA EMPLEADA: ¿Por qué?

LA SEÑORA: Porque sí.

LA EMPLEADA: Un juego... un juego más largo... como el "paco-ladrón°" A unos   *cops and robbers*
les corresponde ser "pacos", a otros "ladrones".

LA SEÑORA: (*Indignada.*) ¡Ud. se está insolentando!

LA EMPLEADA: ¡No me grites! ¡La insolente eres tú!

LA SEÑORA: ¿Qué significa eso? ¿Ud. me está tuteando°?   *calling me* tú (*and not* Ud.)

LA EMPLEADA: ¿Y acaso tú no me tratas de tú?

LA SEÑORA: ¿Yo?

LA EMPLEADA: Sí.

LA SEÑORA: ¡Basta ya! ¡Se acabó este juego!

LA EMPLEADA: ¡A mí me gusta!

LA SEÑORA: ¡Se acabó! (*Se acerca violentamente a* LA EMPLEADA.)

LA EMPLEADA: (*Firme.*) ¡Retírese!

LA SEÑORA se detiene sorprendida.

LA SEÑORA: ¿Te has vuelto loca?

LA EMPLEADA: Me he vuelto señora.

LA SEÑORA: Te puedo despedir en cualquier momento.

LA EMPLEADA explota en grandes carcajadas, como si lo que hubiera oído fuera el chiste más gracioso que jamás ha escuchado.

LA SEÑORA: ¿Pero de qué te ríes?

LA EMPLEADA: (*Sin dejar de reír.*) ¡Es tan ridículo!

LA SEÑORA: ¿Qué? ¿Qué es tan ridículo?

LA EMPLEADA: Que me despida... ¡Vestida así! ¿Dónde se ha visto a una emplea-da despedir a su patrona?

LA SEÑORA: ¡Sácate esos anteojos! ¡Sácate el blusón! ¡Son míos!

LA EMPLEADA: ¡Vaya a ver al niño!

LA SEÑORA: Se acabó el juego no, te he dicho. O me devuelves mis cosas o te las saco.

LA EMPLEADA: ¡Cuidado! No estamos solas en la playa.

LA SEÑORA: ¿Y qué hay con eso? ¿Crees que por estar vestida con un uniforme blanco no van a reconocer quién es la empleada y quién la señora?

LA EMPLEADA: (*Serena.*) No me levante la voz.

LA SEÑORA exasperada se lanza sobre LA EMPLEADA y trata de sacarle el blusón a viva fuerza.

LA SEÑORA: (*Mientras forcejea.*) ¡China! ¡Y te voy a enseñar quién soy! ¿Qué te has creído? ¡Te voy a meter presa!

Un grupo de bañistas han acudido al ver la riña. DOS JÓVENES, UNA MUCHACHA Y UN SEÑOR de edad madura y de apariencia muy distinguida. Antes que puedan intervenir LA EMPLEADA ya ha dominado la situación manteniendo bien sujeta a LA SEÑORA contra la arena. Ésta sigue gritando ad libitum expresiones como: "rota cochina"..."ya te las vas a ver con mi marido"..."te voy a mandar presa"..."esto es el colmo", etc., etc.

UN JOVEN: ¿Qué sucede?

EL OTRO JOVEN: ¿Es un ataque?

LA JOVENCITA: Se volvió loca.

UN JOVEN: Puede que sea efecto de una insolación°. *sunstroke*

EL OTRO JOVEN: ¿Podemos ayudarla?

LA EMPLEADA: Sí. Por favor. Llévensela. Hay una posta° por aquí cerca...   *first-aid station*

EL OTRO JOVEN: Yo soy estudiante de medicina. Le pondremos una inyección
para que se duerma por un buen tiempo.

LA SEÑORA: ¡Imbéciles! ¡Yo soy la patrona! Me llamo Patricia Hurtado, mi marido es Álvaro Jiménez, el político...

LA JOVENCITA: (*Riéndose.*) Cree ser la señora.

UN JOVEN: Está loca.

EL OTRO JOVEN: Un ataque de histeria.

UN JOVEN: Llevémosla.

LA EMPLEADA: Yo no los acompaño... Tengo que cuidar a mi hijito... Está ahí,
bañándose...

LA SEÑORA: ¡Es una mentirosa! ¡Nos cambiamos de vestido sólo por jugar! ¡Ni
siquiera tiene traje de baño! ¡Debajo del blusón está en calzones! ¡Mírenla!

EL OTRO JOVEN: (*Haciéndole un gesto AL JOVEN.*) ¡Vamos! Tú la tomas por los
pies y yo por los brazos.

LA JOVENCITA: ¡Qué risa! ¡Dice que está en calzones!

Los DOS JÓVENES *toman a* LA SEÑORA *y se la llevan, mientras ésta se resiste y
sigue gritando.*

LA SEÑORA: ¡Suéltenme! ¡Yo no estoy loca! ¡Es ella! ¡Llamen a Alvarito! ¡Él me
reconocerá!

Mutis° de los DOS JÓVENES *llevando en peso° a* LA SEÑORA. LA EMPLEADA *se*   *exit / dragging*
tiende sobre la arena, como si nada hubiera sucedido, aprontándose° para un   *getting ready*
prolongado baño de sol.

EL CABALLERO DISTINGUIDO: ¿Está Ud. bien, señora? ¿Puedo serle útil en algo?

LA EMPLEADA: (*Mira inspectivamente al* SEÑOR DISTINGUIDO *y sonríe con amabili-
dad.*) Gracias. Estoy bien.

EL CABALLERO DISTINGUIDO: Es el símbolo de nuestro tiempo. Nadie parece darse cuenta, pero a cada rato, en cada momento sucede algo así.

LA EMPLEADA: ¿Qué?

EL CABALLERO DISTINGUIDO: La subversión del orden establecido. Los viejos quieren ser jóvenes; los jóvenes quieren ser viejos; los pobres quieren ser ricos y los ricos quieren ser pobres. Sí, señora. Asómbrese Ud°. También hay ricos que quieren ser pobres. Mi nuera va todas las tardes a tejer con mujeres de poblaciones callampas°. ¡Y le gusta hacerlo! (*Transición.*) ¿Hace mucho tiempo que está con Ud.? *You'd be amazed* / *urban slums*

LA EMPLEADA: ¿Quién?

EL CABALLERO DISTINGUIDO: (*Haciendo un gesto hacia la dirección en que se llevaron a LA SEÑORA.*) Su empleada.

LA EMPLEADA: (*Dudando. Haciendo memoria.*) Poco más de un año.

EL CABALLERO DISTINGUIDO: ¡Y así le paga a Ud.! ¡Queriéndose hacer pasar por una señora! ¡Como si no se reconociera a primera vista quién es quién! (*Transición.*) ¿Sabe Ud. por qué suceden estas cosas?

LA EMPLEADA: ¿Por qué?

EL CABALLERO DISTINGUIDO: (*Con aire misterioso.*) El comunismo...

LA EMPLEADA: ¡Ah!

EL CABALLERO DISTINGUIDO: (*Tranquilizador.*) Pero no nos inquietemos°. El orden está restablecido. Al final, siempre el orden se restablece... Es un hecho... Sobre eso no hay discusión... (*Transición.*) Ahora, con permiso, señora. Voy a hacer mi footing diario. Es muy conveniente a mi edad. Para la circulación ¿sabe? Y Ud. quede tranquila. El sol es el mejor sedante. (*Ceremoniosamente.*) A sus órdenes, señora. (*Inicia el mutis. Se vuelve.*) Y no sea muy dura con su empleada, después que se haya tranquilizado... Después de todo... Tal vez tengamos algo de culpa° nosotros mismos... ¿Quién puede decirlo? (*EL CABALLERO DISTINGUIDO hace mutis.*) *let's not worry* / *blame*

LA EMPLEADA *cambia de posición. Se tiende de espaldas para recibir el sol en la cara. De pronto se acuerda de Alvarito. Mira hacia dónde él está.*

LA EMPLEADA: ¡Alvarito! ¡Cuidado con sentarse en esa roca! Se puede hacer una nana° en el pie... Eso es, corra por la arenita... Eso es, mi hijito... (*Y mientras LA EMPLEADA mira con ternura° y delectación maternal cómo Alvarito juega a la orilla del mar se cierra lentamente el Telón.*) *boo-boo* / *tenderly*

Poslectura

A S O C I A C I O N E S

Actividad 2: Palabras relacionadas. Basándose en el drama, indiquen las palabras asociadas. Luego, digan si cada una es verbo, adjetivo o sustantivo.

1. empleada
2. verano
3. mentira
4. gracia
5. (son)reírse

a. veranear
b. mentirosa
c. (son)risa
d. emplearse
e. gracioso/a

Actividad 3: Ideas contrarias. Basándose en el drama, ahora indiquen las palabras opuestas. Luego, usen cada una en una frase.

1. delante   a. sereno/a
2. aburrirse   b. patrona
3. venir   c. atrás
4. loco/a   d. salir
5. empleada   e. entretenerse

Actividad 4: Categorías. Con referencia al drama, escribe las palabras asociadas con cada categoría. Luego, compara tu lista con la de otro/a estudiante. Sigue el ejemplo.

> **Ejemplo:**   la ropa: *blusón, delantal, traje de baño, calzones*

1. la playa
2. las categorías sociales
3. el cuerpo

**ENFOQUES
LITERARIOS**

Actividad 5: Comprensión. En parejas, contesten las preguntas sobre el drama.

1. ¿Dónde transcurre la acción del drama? ¿Qué tiempo hace? ¿Cuál es la doble función de la carpa en el drama?
2. ¿Quiénes son los personajes femeninos principales y cómo son?
3. ¿Qué hacen los niños? ¿Qué conflicto tienen?
4. ¿Cómo están vestidas las dos mujeres? ¿Dónde se sientan? ¿Cuántos años tienen ellas?
5. ¿Por qué conduce la señora a la playa?
6. ¿Qué está leyendo la empleada? ¿De qué se trata? ¿Qué piensan sobre el matrimonio ella y la señora?
7. ¿En qué juego participan la empleada y la señora? ¿Por qué? Describe a los otros personajes: el caballero distinguido y los jóvenes. ¿Cómo interpretan la situación?
8. ¿Cómo termina el drama?

Actividad 6: Dos voces, dos vidas. Trabajando con otro/a estudiante, caractericen el contraste en el estilo de hablar de las dos mujeres. Lean en voz alta una escena dialogada entre ellas y señalen 1) las preguntas 2) los comentarios y 3) las reacciones que usa el autor.

Actividad 7: Preguntas sobre el drama. Habla con un/a compañero/a de clase para contestar las siguientes preguntas.

1. ¿Qué crees tú que significa el auto para la señora y la revista para la empleada?
2. ¿Qué inferimos sobre la clase social de las dos mujeres? ¿Qué actitud tiene la empleada hacia la señora al empezar y al terminar el drama?
3. ¿Cómo se manifiesta el poder en diferentes episodios del drama?
4. Comenta las referencias políticas. ¿Qué ironías indica el discurso del caballero distinguido sobre "la subversión del orden establecido"?

Actividad 8: Día memorable. En parejas, inventen un diálogo en que quince años más tarde, Alvarito y la niña del castillo de arena hablan de lo que pasó ese día en la playa entre la empleada y la señora. ¿Qué hacen los niños ahora y cómo es su relación con la empleada y la señora?

Actividad 9: El nuevo orden... Trabajando en grupos, dramaticen una nueva escena para el drama. Los personajes son el esposo de la señora, el caballero distinguido y los dos jóvenes. Ellos hablan de lo que pasó a la señora y a la empleada. Dramaticen elementos de juego y realidad desde su perspectiva.

R E F L E X I O N E S
Y   M Á S

Actividad 10: Identidades. ¿Con quién te gustaría cambiar de identidad? Cuáles serían los beneficios y los peligros? Discútanlos en grupos.

 Actividad 11: Conflictos. Definan los conflictos de clase en su universidad. ¿Cómo los podrían solucionar?

 Actividad 12: Escena. El drama tiene lugar en la playa. Inventa otro lugar posible para la acción. ¿Qué pasaría? En parejas, dramaticen una escena para la clase.

 Actividad 13: Telenovelita. ¿Qué revistas populares leen ustedes? Cuenten una historieta de amor de una telenovela u otro programa de televisión que conozcan.

Actividad 14: Lo importante de la vida. Escribe una composición de tres párrafos indicando tus ideas y tu punto de vista sobre una de las siguientes citas de la señora. Incluye ejemplos concretos para tus argumentos.

1. "Hay algo más importante que la plata: la clase".
2. "No es el color que importa; es el bolsillo".

EXPANSIÓN

C O M P R E N S I Ó N

 Actividad 1: Los niños viven lo que aprenden. Se dice que todo el pueblo es responsable por la crianza de los niños. Escucha este poema que habla de las consecuencias de criar mal y también los beneficios de criar bien a los niños del mundo. Combina las frases según el poema. Después, escribe tres líneas nuevas.

Los niños viven lo que aprenden. —Anónimo

1. _____ Si un niño vive criticado...
2. _____ Si un niño vive con hostilidad...
3. _____ Si un niño vive avergonzado...
4. _____ Si un niño vive con tolerancia...
5. _____ Si un niño vive con estímulo...
6. _____ Si un niño vive apreciado...
7. _____ Si un niño vive con equidad...

8. _____ Si un niño vive con seguridad...
9. _____ Si un niño vive con aprobación...
10. _____ Si un niño vive con aceptación y amistad...

a. aprende a tener fe.
b. aprende a confiar.
c. aprende a ser justo.
d. aprende a condenar.
e. aprende a quererse.
f. aprende a ser tolerante.
g. aprende a hallar amor en el mundo.
h. aprende a sentirse culpable.
i. aprende a apreciar.
j. aprende a pelear.

11. Si un niño vive _____.
12. Si un niño vive _____.
13. Si un niño vive _____.

REDACCIÓN   Un reportaje periodístico

Actividad 2: Un reportaje periodístico. Un buen reportaje periodístico tiene un formato especial. Es importante mantener el interés del lector y a la vez presentar información de una manera objetiva. Sigue las etapas siguientes para escribir un reportaje periodístico sobre un problema social actual.

Etapa 1: *Escoger el tema*
Escoge un problema social que te interesa.

> **Ejemplos:** la delincuencia juvenil, el desempleo, el maltrato infantil, el maltrato de la mujer, el secuestro, el terrorismo

Etapa 2: *Crear un titular*
En los reportajes periodísticos el titular es a veces más importante que el artículo. Si el titular no atrae la atención ni el interés del lector, es probable que éste no vaya a leer el artículo. Aquí hay algunos ejemplos de titulares encontrados en periódicos actuales.

> **Diez preguntas y respuestas sobre la crisis económica**
>
> **La amenaza de la guerra bacteriológica**
>
> **Protestas en toda España contra los malos tratos a mujeres**
>
> **'Linterna mágica' contra el terrorismo**

Etapa 3: *Encontrar las fuentes de información*
Para escribir un buen reportaje periodístico es importante investigar el tema usando revistas, periódicos, sitios web (ver **Por Internet**) u otras fuentes de información.

Etapa 4: *Organizar el reportaje*
La organización típica de un reportaje incluye por lo menos tres párrafos.

> **Primer párrafo**   *Introducción*: Es un breve resumen del reportaje que incluye el tema, quiénes participaron, el lugar dónde ocurrió, cómo ocurrió, cuándo ocurrió y, si es posible contestar, por qué ocurrió.

Segundo párrafo   *Detalles*: Incluye un desarrollo más amplio con opiniones de expertos, fuentes de información, datos.

Tercer párrafo   *Conclusión*: Puede incluir las ideas principales del artículo, tus ideas principales sobre el tema, o preguntas para el futuro o de cómo se podría resolver ese problema.

POR INTERNET

Puedes encontrar mucha información sobre problemas sociales usando tu buscador favorito en Internet. Aquí hay unas sugerencias para facilitar tu búsqueda. Recuerda buscar información en español para facilitar el uso de vocabulario.

Palabras clave: crimen, delincuencia, maltrato de la mujer, problemas sociales, desempleo

For specific web pages to help you in your search, go to the *Reflejos* website: http://college.hmco.com/languages/spanish/students

APÉNDICE A

Vocabulario básico

Capítulo 1

Hablando de deportes y pasatiempos

el/la aficionado/a *fan*
el baile *dance*
el balón *ball*
el básquetbol, el baloncesto *basketball*
el bate *bat (sports)*
el béisbol *baseball*
el boxeo *boxing*
caminar *to walk*
la caminata *walking*
la cancha *court*
el casco *helmet*
el ciclismo *biking*
el cine *movie theater*
el/la deportista *sports person*
la entrada, el billete, el boleto *ticket*
el espectador *spectator*
el esquí *skiing*
el estadio *stadium*
el fútbol *soccer*
el fútbol americano *football*
ganar *to win*
el gimnasio *gymnasium*
el golf *golf*
gozar *to enjoy*
la grasa *fat*
el guante *glove*
el hockey *hockey*
el jai alai *jai alai*
el/la jugador/a *player*
leer *to read*
la natación *swimming*
el palo *club (sports equipment)*
el partido *game, match*
patear *to kick*
el patinaje (sobre hielo) *ice skating*
patinar *to skate*
los patines *skates*
la pelota *ball*
perder (ie) *to lose*
la pista *rink (ice skating / hockey), track*
la raqueta *racket*
el tenis *tennis*
el uniforme *uniform*
el volibol (vólibol) *volleyball*

Capítulo 2

Hablando de los hispanos en los Estados Unidos

a partir de *starting from*
común *common*
el encuentro *encounter*
étnico/a *ethnic*
la identidad *identity*
la mayoría *majority*
la minoría *minority*
la población *population*
el pueblo *town, village; people*
el territorio *territory*
unir *to unite*

Capítulo 3

Hablando de amor y amistad

el/la abuelo/a *grandfather / grandmother*
la adolescencia *adolescence*
el/la adulto/a *adult*
el ama de casa (f.) *housewife*
el/la amigo/a *friend*
el/la bebé *baby boy / girl*
el/la bisabuelo/a *great-grandfather / great-grandmother*
el/la chico/a *child / young person*
el/la cuñado/a *brother-in-law / sister-in-law*
la edad adulta *adulthood*
enamorarse *to fall in love*
la esposa *wife*
el esposo, el marido *husband*
estar casado/a *to be married*
estar divorciado/a *to be divorced*
estar enamorado/a *to be in love*
estar separado/a *to be separated*
la familia *family*
el/la hermanastro/a *stepbrother / stepsister*
el/la hermano/a *brother / sister*
el/la hijastro/a *stepson / stepdaughter*
el/la hijo/a *son / daughter*
la madrastra *stepmother*
la madre *mother*
el/la muchacho/a *boy / girl*
nacer *to be born*
el/la nieto/a *grandson / granddaughter*
la niñez *childhood*
el/la niño/a *baby / toddler / child*
la nuera *daughter-in-law*
el padrastro *stepfather*
el padre *father*
los padres *parents*
el/la pariente *family member, relative*
el/la primo/a *cousin*
ser mayor *to be older*
ser menor *to be younger*
ser soltero/a *to be single*
el/la sobrino/a *nephew / niece*
el/la suegro/a *father-in-law / mother-in-law*
el/la tío/a *uncle / aunt*
el vecindario *neighborhood*
el/la vecino/a *neighbor*
el yerno *son-in-law*

Capítulo 4

Hablando de música y baile

aparecer *to appear*
los audífonos *headphones*
bailar *to dance*
el/la bailarín/-ina *dancer*
el bajo *bass (instrument)*
el clarinete *clarinet*
el concierto *concert*
el conjunto *musical group, band*
el disco compacto *compact disc*
la flauta *flute*
gritar *to scream, to yell*
el grupo *group*
la guitarra *guitar*
el instrumento *instrument*
la música *music*
el piano *piano*
producir *to produce*
el saxofón *saxophone*
tener éxito *to be successful*

tocar (un instrumento)   *to play (an instrument)*
el trombón   *trombone*
la trompeta   *trumpet*
el violín   *violin*

Usando el subjuntivo

aconsejar   *to advise*
alegrarse de   *to be happy*
decir   *to tell (someone to do something)*
desear   *to wish; to want*
dudar   *to doubt*
es bueno   *it is good*
es crucial   *it is crucial*
es de esperar   *it is to be hoped*
es dudoso   *it is doubtful*
es esencial   *it is essential*
es extraño   *it is strange*
es fantástico   *it is fantastic*
es importante   *it is important*
es imposible   *it is impossible*
es lamentable   *it is regrettable*
es malo   *it is bad*
es maravilloso   *it is marvelous*
es mejor   *it is better*
es necesario   *it is necessary*
es peor   *it is worse*
es posible   *it is possible*
es preciso   *it is necessary*
es preferible   *it is preferable*
es probable   *it is probable*
es ridículo   *it is ridiculous*
es sorprendente   *it is surprising*
es terrible   *it is terrible*
es trascendental   *it is extremely important*
es una lástima   *it is a shame*
es una suerte   *it is lucky*
es urgente   *it is urgent*
esperar   *to expect; to hope*
estar contento/a (de)   *to be happy*
exigir   *to demand*
insistir (en)   *to insist*
lamentar   *to lament, to regret, to be sorry*
mandar   *to give orders*
necesitar   *to need*
negar (ie)   *to deny*
no creer   *to not believe*
no es cierto   *it's not true*
no es evidente   *it's not evident*
no es seguro   *it's not sure*
no es verdad   *it's not true*

no está claro   *it's not clear*
no estar seguro/a   *to be unsure*
no pensar   *to not think*
ordenar   *to give orders*
pedir (i)   *to ask for, to request*
permitir   *to give permission*
preferir (ie)   *to prefer*
querer (ie)   *to want*
quizás / tal vez   *perhaps*
recomendar (ie)   *to recommend*
rogar (ue)   *to beg, to plead*
sentir (ie)   *to be sorry, to lament, to regret*
sugerir (ie)   *to suggest*
temer   *to fear, to be afraid*
tener miedo   *to be afraid*

Capítulo 5

Hablando de la comida y la cocina

¡A sus órdenes!   *At your service!*
el aceite de oliva   *olive oil*
el agua (*f.*)   *water*
el alimento   *food*
el almuerzo   *lunch*
añadir   *to add*
asado/a   *roasted, broiled*
la batidora   *mixer*
la bebida   *drink*
el bistec   *steak*
el bizcocho, el pastel *cake*
blando/a   *tender*
el café   *coffee*
la cafetera   *coffee pot*
calentar (ie)   *to heat*
caliente   *hot (temperature)*
la caloría   *calorie*
el/la camarero/a   *waiter / waitress*
la cantidad   *quantity*
la cebolla   *onion*
la cena   *dinner*
cenar   *to have dinner*
la cerveza   *beer*
el chocolate   *chocolate*
la chuleta de cerdo   *pork chop*
cocinar   *to cook*
el/la cocinero/a   *cook, chef*
la comida   *food; meal*
el congelador   *freezer*
consumir   *to consume, to eat*
la copa   *wine glass*
cortado/a   *cut*
cortar   *to cut*
la cuchara   *tablespoon*

la cucharada   *tablespoonful*
la cucharadita   *teaspoonful*
la cucharita   *teaspoon*
el cuchillo   *knife*
la cuenta   *check, bill*
La cuenta, por favor.   *The check, please.*
dejar   *to leave behind*
depender de   *to depend on*
desayunar   *to have breakfast*
el desayuno   *breakfast*
la dieta   *diet*
disfrutar   *to enjoy*
dulce   *sweet*
la ensalada   *salad*
la entrada   *entrée*
el entremés   *appetizer*
Estoy muerto/a de hambre.   *I'm starving, famished.*
la estufa   *stove*
físico/a   *physical*
el fregadero   *sink*
freír (i, i)   *to fry*
la fresa   *strawberry*
el frijol   *bean*
frito/a   *fried, toasted*
la fruta   *fruit*
fuerte   *heavy, filling (meal)*
el gabinete   *cabinet*
la galleta   *cookie, cracker*
la gamba (*Sp.*), el camarón   (*L. Am.*) *shrimp*
el grano   *grain*
las grasa   *fats*
el hambre (*f.*)   *hunger*
la hamburguesa   *hamburger*
el helado   *ice cream*
hervir (ie, i)   *to boil*
el horno   *oven*
el huevo   *egg*
la langosta   *lobster*
el lavaplatos   *dishwasher*
la leche   *milk*
la lechuga   *lettuce*
la legumbre   *vegetable*
la libra   *pound*
la licuadora   *blender*
ligero/a   *light*
el maíz   *corn*
la manzana   *apple*
el marisco   *shellfish*
Me gustaría (pedir)...   *I would like (to order . . .)*
el menú, la carta   *menu*

mezclar   *to mix*
el microondas, el micro   *microwave*
la naranja   *orange*
nutritivo/a   *nutritious*
la olla   *pot*
el pan   *bread*
la patata (*Sp.*), la papa (*L. Am.*)
   potato
el pedido   *order*
el pepino   *cucumber*
la pera   *pear*
el pescado   *fish*
picado/a   *chopped*
picante   *hot, spicy*
la pimienta   *black pepper*
el pimiento verde   *green pepper*
la piña   *pineapple*
el plátano, la banana   *banana*
el platillo   *small plate, saucer*
el plato   *plate*
el pollo   *chicken*
la porción   *portion*
el postre   *dessert*
preparado/a   *prepared*
el procesador de comidas   *food
   processor*
el producto lácteo   *dairy product*
la propina   *tip*
¿Qué desean comer/beber?   *What do
   you want to eat/drink?*
¿Qué nos recomienda?   *What do you
   recommend?*
el queso   *cheese*
Quisiera (pedir)...   *I would like (to
   order)* . . .
la rebanada   *slice*
rebanado/a   *sliced*
el refresco   *soft drink*
el/la refrigerador/a   *refrigerator*
rico/a   *rich, delicious*
sabroso/a   *delicious, tasty*
la sal   *salt*
sano/a   *healthy*
la sartén   *frying pan*
seco/a   *dry*
el servicio   *service*
la servilleta   *napkin*
la sopa   *soup*
suave   *soft*
la tapa (*Sp.*), el aperitivo   *appetizer*
la taza   *cup*
el té   *tea*
el tenedor   *fork*
tener apetito   *to have an appetite*

¡Tengo mucha hambre!   *I am very
   hungry!*
el tomate   *tomato*
la tostada   *fried corn tortilla*
la tostadora   *toaster*
la uva   *grape*
la vainilla   *vanilla*
el vaso   *glass*
la verdura   *vegetable*
el vino (tinto/blanco)   *red/white wine*
la zanahoria   *carrot*
el zumo (*Sp.*), el jugo   *juice*

Capítulo 6

Hablando del medio ambiente y de la ecología

apagar   *to turn off*
armonioso/a   *harmonious*
bajar / subir el volumen   *to turn
   down / turn up the volume*
la basura   *garbage*
el bombillo   *lightbulb*
la botella   *bottle*
el combustible   *fuel*
el comportamiento   *behavior*
las consecuencias   *consequences*
el consumo   *consumption*
contaminar   *to contaminate, to pollute*
desechado/a   *discarded*
el deterioro   *deteroration*
la energía   *energy*
ecológico/a   *ecological*
escaso/a   *scarce*
la especie   *species*
la existencia   *existence*
explotar   *to exploit*
el medio ambiente   *environment*
la naturaleza   *nature*
la pila   *pile*
el planeta   *planet*
el recurso hidroeléctrico natural
   natural hydroelectric source
la responsabilidad   *responsibility*
reusar   *to reuse*
salvar   *to save*
la tecnología   *technology*

Capítulo 7

Hablando de culturas y civilizaciones

el/la arqueólogo/a   *archaeologist*
el/la astrónomo/a   *astronomer*

decaer   *to decline*
el/la descendiente   *descendent*
distinguirse   *to be distinguished*
la exploración   *exploration*
fundar   *to found*
hábil   *skillful*
habitar   *to inhabit*
el imperio   *empire*
imponente   *imposing*
la investigación   *research*
jeroglífico/a   *hieroglyphic*
lingüístico/a   *linguistic*
la pérdida   *loss*
pertenecer   *to belong*
poblar (ue)   *to inhabit*
el siglo   *century*
el/la tejedor/a   *weaver*
el templo   *temple*

Capítulo 8

Hablando de negocios y finanzas

el/la abogado/a   *attorney, lawyer*
abrir   *to open (a document)*
acceder a Internet   *to access the
   Internet*
el/la actor/actriz   *actor*
el/la administrador/a de hogar
   household manager
el/la agente de viajes   *travel agent*
almacenar   *to store*
el aparato   *apparatus*
la aplicación   *application*
apuntar   *to point at (with a cursor)*
archivar, guardar   *to save (a
   document)*
el archivo   *computer file*
el/la arquitecto/a   *architect*
el/la artista   *artist*
la ayuda   *help*
el/la bombero/a   *fire fighter*
el botón   *button*
el/la carpintero/a   *carpenter*
la carrera   *career*
el/la cartero/a   *mail carrier*
el CD ROM   *CD ROM*
cerrar (ie)   *to close (a document)*
el/la chofer, chófer   *chauffeur, driver*
el/la científico/a   *scientist*
el/la cocinero/a   *cook, chef*
colgar (ue)   *to hang (up)*
el comercio   *commerce*
compacto/a   *compact*
la compañía   *company*

el/la consejero/a *counselor*
el/la contador/a *accountant*
contestar *to answer*
la contraseña *password*
el control remoto *remote control*
copiar *to copy*
el correo electrónico *e-mail*
el/la criado/a *servant, maid*
el/la dentista *dentist*
desempeñar *to perform*
el directorio *directory*
el disco duro *hard drive*
disponible *available*
el/la doctor/a *doctor*
el documento *document*
el/la dueño/a *owner*
el/la ecologista *ecologist*
el/la editor/a *editor*
el/la ejecutivo/a *executive*
el/la electricista *electrician*
el/la empleado/a *employee*
en línea *on line*
el/la enfermero/a *nurse*
enviar, mandar *to send*
el/la escritor/a *writer*
el/la escultor/a *sculptor*
la evaluación *evaluation*
el/la farmacéutico/a *pharmacist*
el fax *fax*
el/la fotógrafo/a *photographer*
la función *function*
el/la gerente *manager*
el/la hombre/mujer de negocios
    businessman / business woman
el ícono *icon*
la impresora *printer*
imprimir *to print*
inalámbrico/a *cordless*
el/la ingeniero/a *engineer*
el/la jardinero/a *gardener*
el/la maestro/a *teacher*
el/la mecánico/a *mechanic*
el/la médico/a *doctor*
el mensaje *message*
el modem *modem*
mover (ue) *to move*
multimedia *multi-media*
el/la músico/a *musician*
el ordenador *computer (Sp.)*
la pantalla *screen*
el parlante *speaker*
el/la peluquero/a *hair stylist*
el/la periodista *journalist*
el/la piloto/a *pilot*
el/la pintor/a *painter*

el/la plomero/a *plumber*
portátil *portable*
prender, encender (ie) *to turn on*
presionar, hacer clic, pulsar, oprimir
    *to click with the mouse; to push a
    button*
el programa *program*
el/la programador/a de computadores
    computer programmer
el/la psicólogo/a *psychologist*
el/la químico/a *chemist*
el ratón *mouse*
la realidad virtual *virtual reality*
el/la recepcionista *receptionist*
recibir *to receive*
la Red, el/la Internet *(Internet)
    network*
el/la reportero/a *reporter*
la responsabilidad *responsibility*
el/la secretario/a *secretary*
el/la supervisor/a *supervisor*
el teclado *keyboard*
el/la trabajador/a *worker*
el trabajo, el puesto *work, position*
el/la vendedor/a *salesperson*
el/la veterinario/a *veterinarian*
el/la zapatero/a *cobbler, person who
    makes or repairs shoes*

Capítulo 9

Hablando de la salud y el bienestar

aliviarse *to get better*
analizar *to analyze*
el antibiótico *antibiotic*
la aspirina *aspirin*
averiguar *to find out*
la boca *mouth*
el brazo *arm*
la cabeza *head*
la cara *face*
el cerebro *brain*
conservarse *to keep oneself*
el consultorio médico *doctor's office*
el corazón *heart*
el cuerpo *body*
dañar *to harm*
el dedo *finger*
el dedo del pie *toe*
diariamente *daily*
el diente *tooth*
doler (ue) *to hurt*
enfermarse *to get sick*
la enfermedad *illness*

la espalda *back*
el esqueleto *skeleton*
estar embarazada *to be pregnant*
estar mareado/a *to be dizzy*
estar resfriado/a *to have a cold*
el estómago *stomach*
estornudar *to sneeze*
el examen físico *physical exam*
la fractura *fracture*
fracturado/a *fractured*
la garganta *throat*
el grano *grain*
hacer una cita *to make an
    appointment*
el hueso *bone*
la infección *infection*
la inflamación *inflammation*
la inyección *injection*
el jarabe *syrup*
la lengua *tongue*
la mano *hand*
mantenerse en forma *to stay in
    shape*
el músculo *muscle*
la nariz *nose*
el oído *inner ear*
el ojo *eye*
la oreja *ear*
el/la paciente *patient*
el pecho *chest*
el pie *foot*
la pierna *leg*
la píldora, la pastilla *pill*
la prueba *test, exam*
la radiografía *X-ray*
la receta *prescription*
respirar *to breathe*
la rodilla *knee*
romper(se) (el brazo) *to break (one's
    arm)*
la sala de emergencia *emergency
    room*
la salud *health*
sangrar *to bleed*
la sangre *blood*
sano/a *healthy*
sedentario/a *sedentary*
ser alérgico/a a..., tener alergia a... *to
    be allergic to . . .*
el síntoma *symptom*
el soroche *altitude sickness*
tener buena/mala salud *to be in
    good/bad health*
tener catarro/resfrío *to have a cold*
tener dolor *to have pain*

tener escalofríos   *to shiver, have a chill*
tener gripe   *to have the flu*
tener náuseas   *to be nauseous*
el tobillo   *ankle*
torcerse (ue)   *to twist*
toser   *to cough*
la vacuna   *vaccine*
la venda   *bandage*
vendar   *to bandage*
vomitar   *to vomit*
el yeso   *cast*

Capítulo 10

Hablando de creencias y tradiciones

acabar de (+ inf.)   *to have just (done something)*
adorar   *to adore*
aplacar   *to please, to placate*
auténtico/a   *authentic*
la catástrofe   *catastrophe*
la celebración   *celebration*
celebrar   *to celebrate*
la ceremonia   *ceremony*
conmemorar   *to commemorate*
convivir   *to live with*
el dios   *god*
entretenido/a   *entertaining*
el espectáculo   *spectacle*
la estatua   *statue*
el evento   *event*
la exhibición   *exhibition*
el fenómeno   *phenomenon*
la fertilidad   *fertility*
festejar   *to celebrate*
el festival   *festival*
la fiesta   *party*
el folclor   *folklore*
folclórico/a   *folkloric*
los fuegos artificiales   *fireworks*
el hecho   *event*
histórico/a   *historic*
el homenaje   *homage*
honrar   *to honor*
el mal   *evil*
la máscara   *mask*
la muerte   *death*
el mural   *mural*
el nacimiento   *birth*
participar   *to participate*
poderoso/a   *powerful*
el propósito   *purpose*

público/a   *public*
la religión   *religion*
religioso/a   *religious*
el rito   *ritual*
el sacrificio   *sacrifice*
el símbolo   *symbol*
la tradición   *tradition*

Capítulo 11

Hablando de arte

el adorno   *adornment*
la arcilla, el barro   *clay*
la arquitectura   *architecture*
el arte (clásico / contemporáneo / moderno / abstracto)   *(classic / contemporary / modern / abstract) art*
la artesanía   *craft*
el/la artesano/a   *artisan*
el/la artista   *artist*
el autorretrato   *self-portrait*
el bosquejo   *sketch*
el bronce   *bronze*
la cámara   *camera*
la cerámica   *ceramics*
el/la ceramista   *potter*
claro/a   *light*
el/la coleccionista   *collector*
los colores primarios / secundarios   *primary / secondary colors*
el contraste   *contrast*
el cuadro   *painting*
el detalle   *detail*
el/la dibujante   *sketcher*
dibujar   *to draw*
el dibujo   *drawing*
la dimensión   *dimension*
dorado/a   *golden*
en blanco y negro   *black and white*
en color/es   *(in) color*
el/la escultor/a   *sculptor*
la escultura   *sculpture*
fabricar   *to make*
la figura   *figure*
la forma   *form*
la fotografía   *photograph, photography*
el/la fotógrafo/a   *photographer*
la ilustración   *illustration*
el marco   *frame*
el mármol   *marble*
el/la modelo   *model*

el mosaico   *mosaic*
oscuro/a   *dark*
la paleta   *palette*
la pieza   *piece*
el pincel   *brush*
pintado/a a mano   *hand-painted*
pintar   *to paint*
el/la pintor/a   *painter*
la pintura   *painting*
la réplica   *replica*
el retrato   *portrait*
sacar / tomar fotos   *to take photos*
la vasija   *pot, container*

Capítulo 12

Hablando de la política y de problemas sociales

el acto delictivo   *delinquent act*
la adicción   *addiction*
el/la adolescente   *adolescent*
la angustia   *worry*
el arma (f.)   *weapon*
arrestar   *to arrest*
asesinar   *to assassinate, to murder*
el asesinato   *assassination, murder*
el/la asesino/a   *murderer*
la cárcel, la prisión   *prison*
el crimen   *crime (typically used for murder)*
el/la criminal   *criminal*
la drogadicción   *drug addiction*
el embarazo   *pregnancy*
encarcelar   *to imprison*
enfrentar   *to confront*
estar desesperado/a   *to be desperate*
fracasar   *to fail*
la guerra   *war*
libre   *free*
el lío   *problem*
matar   *to kill*
el/la policía   *police officer*
la política   *politics*
el programa social   *social program*
el robo   *robbery*
la solución   *solution*
tener remedio   *to have a solution*
la terapia   *therapy*
el/la trabajador/a social   *social worker*
el tráfico de drogas   *drug trafficking*
triunfar   *to succeed*

APÉNDICE B

Verbos

REGULAR VERBS—SIMPLE TENSES

Infinitive		Indicative					Subjunctive		Commands	
		Present	Imperfect	Preterite	Future	Conditional	Present	Imperfect*	Affirmative	Negative
hablar	yo	hablo	hablaba	hablé	hablaré	hablaría	hable	hablara	—	—
	tú	hablas	hablabas	hablaste	hablarás	hablarías	hables	hablaras	habla	no hables
	él, ella, Ud.	habla	hablaba	habló	hablará	hablaría	hable	hablara	hable (Ud.)	no hable (Ud.)
	nosotros/as	hablamos	hablábamos	hablamos	hablaremos	hablaríamos	hablemos	habláramos	hablemos	no hablemos
	vosotros/as	habláis	hablabais	hablasteis	hablaréis	hablaríais	habléis	hablarais	hablad	no habléis
	ellos/as, Uds.	hablan	hablaban	hablaron	hablarán	hablarían	hablen	hablaran	hablen (Uds.)	no hablen (Uds.)
comer	yo	como	comía	comí	comeré	comería	coma	comiera	—	—
	tú	comes	comías	comiste	comerás	comerías	comas	comieras	come	no comas
	él, ella, Ud.	come	comía	comió	comerá	comería	coma	comiera	coma (Ud.)	no coma (Ud.)
	nosotros/as	comemos	comíamos	comimos	comeremos	comeríamos	comamos	comiéramos	comamos	no comamos
	vosotros/as	coméis	comíais	comisteis	comeréis	comeríais	comáis	comierais	comed	no comáis
	ellos/as, Uds.	comen	comían	comieron	comerán	comerían	coman	comieran	coman (Uds.)	no coman (Uds.)
vivir	yo	vivo	vivía	viví	viviré	viviría	viva	viviera	—	—
	tú	vives	vivías	viviste	vivirás	vivirías	vivas	vivieras	vive	no vivas
	él, ella, Ud.	vive	vivía	vivió	vivirá	viviría	viva	viviera	viva (Ud.)	no viva (Ud.)
	nosotros/as	vivimos	vivíamos	vivimos	viviremos	viviríamos	vivamos	viviéramos	vivamos	no vivamos
	vosotros/as	vivís	vivíais	vivisteis	viviréis	viviríais	viváis	vivierais	vivid	no viváis
	ellos/as, Uds.	viven	vivían	vivieron	vivirán	vivirían	vivan	vivieran	vivan (Uds.)	no vivan (Uds.)

*Equivalent form for regular and irregular verbs: hablase, hablases, hablase, hablásemos, hablaseis, hablasen; comiese, comieses, comiese, comiésemos, comieseis, comiesen; viviese, vivieses, viviese, viviésemos, vivieseis, viviesen.

REGULAR VERBS—COMPOUND TENSES

	Indicative							Subjunctive			
Present Perfect		Past Perfect		Preterite Perfect		Future Perfect		Conditional Perfect		Present Perfect		Past Perfect	
he	hablado	había	hablado	hube	hablado	habré	hablado	habría	hablado	haya	hablado	hubiera	hablado
has	comido	habías	comido	hubiste	comido	habrás	comido	habrías	comido	hayas	comido	hubieras	comido
ha	vivido	había	vivido	hubo	vivido	habrá	vivido	habría	vivido	haya	vivido	hubiera	vivido
hemos		habíamos		hubimos		habremos		habríamos		hayamos		hubiéramos	
habéis		habíais		hubisteis		habréis		habríais		hayáis		hubierais	
han		habían		hubieron		habrán		habrían		hayan		hubieran	

VERBS WITH SPELLING CHANGES

	Ending	Verb	Verb Forms With Spelling Change	Similar Verbs
1	-car c > qu	buscar *to look for*	• *Preterite:* busqué • *Present Subjunctive:* busque, busques, busque, busquemos, busquéis, busquen	comunicar *(to communicate)*, explicar *(to explain)*, indicar *(to indicate)*, pescar *(to fish)*, sacar *(to take out)*, tocar *(to play)*
2	-cer or -cir c > z	vencer *to win*	• *Present Indicative:* venzo • *Present Subjunctive:* venza, venzas, venza, venzamos, venzáis, venzan	convencer *(to convince)*, torcer *(to twist)*
3	-eer i > y	leer *to read*	• *Preterite:* leyó, leyeron • *Imperfect Subjunctive:* leyera, leyeras, leyera, leyéramos, leyerais, leyeran • *Present Participle:* leyendo	creer *(to believe)*, poseer *(to own)*
4	-gar g > gu	llegar *to arrive*	• *Preterite:* llegué • *Present Subjunctive:* llegue, llegues, llegue, lleguemos, lleguéis, lleguen	colgar *(to hang)*, jugar *(to play)*, navegar *(to navigate)*, negar *(to deny)*, pagar *(to pay)*, rogar *(to beg)*
5	-ger or -gir g > j	escoger *to choose*	• *Present Indicative:* escojo • *Present Subjunctive:* escoja, escojas, escoja, escojamos, escojáis, escojan	corregir *(to correct)*, dirigir *(to direct)*, elegir *(to elect)*, proteger *(to protect)*, recoger *(to gather)*
6	-guar gu > gü	averiguar *to find out*	• *Preterite:* averigüé • *Present Subjunctive:* averigüe, averigües, averigüe, averigüemos, averigüéis, averigüen	enaguar *(to drench)* conseguir, distinguir, perseguir
7	-uir i > y	huir *to flee*	• *Present Indicative:* huyo, huyes, huye, huyen • *Preterite:* huyó, huyeron • *Present Subjunctive:* huya, huyas, huya, huyamos, huyáis, huyan • *Imperfect Subjunctive:* huyera, huyeras, huyera, huyéramos, huyerais, huyeran • *Present Participle:* huyendo	concluir *(to conclude)*, construir *(to build)*, contribuir *(to contribute)*, destruir *(to destroy)*, distribuir *(to distribute)*, excluir *(to exclude)*, influir *(to influence)*, instruir *(to instruct)*, substituir *(to substitute)*
8	-zar z > c	abrazar *to embrace*	• *Preterite:* abracé • *Present Subjunctive:* abrace, abraces, abrace, abracemos, abracéis, abracen	alcanzar *(to reach)*, almorzar *(to have lunch)*, comenzar *(to begin)*, empezar *(to begin)*, gozar *(to enjoy)*, rezar *(to pray)*

STEM-CHANGING -AR AND -ER VERBS

-ar Verbs	Subject	Indicative Present	Subjunctive Present	Commands Affirmative	Commands Negative	Similar Verbs
e > ie pensar *(to think)*	yo	pienso	piense	—	—	atravesar *(to go through)*, cerrar *(to close)*, despertarse *(to wake up)*, empezar *(to start)*, negar *(to deny)*, nevar *(to snow)*, sentarse *(to sit down)*
	tú	piensas	pienses	piensa	no pienses	
	él, ella, Ud.	piensa	piense	piense	no piense	
	nosotros/as	pensamos	pensemos	pensemos	no pensemos	
	vosotros/as	pensáis	penséis	pensad	no penséis	
	ellos/as, Uds.	piensan	piensen	piensen	no piensen	
o > ue contar *(to count, to tell)*	yo	cuento	cuente	—	—	acordarse *(to remember)*, acostarse *(to go to bed)*, almorzar *(to have lunch)*, colgar *(to hang)*, costar *(to cost)*, demostrar *(to demonstrate, to show)*, encontrar *(to find)*, mostrar *(to show)*, probar *(to prove; to taste)*, recordar *(to remember)*
	tú	cuentas	cuentes	cuenta	no cuentes	
	él, ella, Ud.	cuenta	cuente	cuente	no cuente	
	nosotros/as	contamos	contemos	contemos	no contemos	
	vosotros/as	contáis	contéis	contad	no contéis	
	ellos/as, Uds.	cuentan	cuenten	cuenten	no cuenten	

-er Verbs	Subject	Indicative Present	Subjunctive Present	Commands Affirmative	Commands Negative	Other -er Stem-changing Verbs
e > ie entender *(to understand)*	yo	entiendo	entienda			encender *(to light, to turn on)*, extender *(to stretch)*, perder *(to loose)*
	tú	entiendes	entiendas	entiende	no entiendas	
	él, ella, Ud.	entiende	entienda	entienda	no entienda	
	nosotros/as	entendemos	entendamos	entendamos	no entendamos	
	vosotros/as	entendéis	entendáis	entended	no entendáis	
	ellos/as, Uds.	entienden	entiendan	entiendan	no entiendan	
o > ue volver *(to return)*	yo	vuelvo	vuelva			llover *(to rain)*, mover *(to move)*, torcer *(to twist)*
	tú	vuelves	vuelvas	vuelve	no vuelvas	
	él, ella, Ud.	vuelve	vuelva	vuelva	no vuelva	
	nosotros/as	volvemos	volvamos	volvamos	no volvamos	
	vosotros/as	volvéis	volváis	volved	no volváis	
	ellos/as, Uds.	vuelven	vuelvan	vuelvan	no vuelvan	

STEM-CHANGING -IR VERBS

e > ie / e > i

sentir (*to feel*)

Present Participle: sintiendo

Subject	Indicative		Subjunctive		Commands	
	Present	Preterite	Present	Imperfect	Affirmative	Negative
yo	siento	sentí	sienta	sintiera		
tú	sientes	sentiste	sientas	sintieras	siente	no sientas
él, ella, Ud.	siente	sintió	sienta	sintiera	sienta (Ud.)	no sienta (Ud.)
nosotros/as	sentimos	sentimos	sintamos	sintiéramos	sintamos	no sintamos
vosotros/as	sentís	sentisteis	sintáis	sintierais	sentid	no sintáis
ellos/as, Uds.	sienten	sintieron	sientan	sintieran	sientan (Uds.)	no sientan (Uds.)

Similar Verbs: advertir (*to warn*), arrepentirse (*to repent*), consentir (*to consent; to pamper*), convertir(se) (*to turn into*), divertir(se) (*to amuse oneself*), herir (*to wound*), mentir (*to lie*), preferir (*to prefer*), referir (*to refer*), sugerir (*to suggest*)

e > i

pedir (*to ask for, to request*)

Present Participle: pidiendo

Subject	Indicative		Subjunctive		Commands	
	Present	Preterite	Present	Imperfect	Affirmative	Negative
yo	pido	pedí	pida	pidiera		
tú	pides	pediste	pidas	pidieras	pide	no pidas
él, ella, Ud.	pide	pidió	pida	pidiera	pida (Ud.)	no pida (Ud.)
nosotros/as	pedimos	pedimos	pidamos	pidiéramos	pidamos	no pidamos
vosotros/as	pedís	pedisteis	pidáis	pidierais	pedid	no pidáis
ellos/as, Uds.	piden	pidieron	pidan	pidieran	pidan (Uds.)	no pidan (Uds.)

Similar Verbs: competir (*to compete*), despedirse (*to say good-bye*), elegir (*to choose*), impedir (*to prevent*), perseguir (*to follow*), repetir (*to repeat*), seguir (*to follow*), servir (*to serve*), vestir[se] (*to dress [to get dressed]*)

o > ue / o > u

dormir (*to sleep*)

Present Participle: durmiendo

Subject	Indicative		Subjunctive		Commands	
	Present	Preterite	Present	Imperfect	Affirmative	Negative
yo	duermo	dormí	duerma	durmiera		
tú	duermes	dormiste	duermas	durmieras	duerme	no duermas
él, ella, Ud.	duerme	durmió	duerma	durmiera	duerma (Ud.)	no duerma (Ud.)
nosotros/as	dormimos	dormimos	durmamos	durmiéramos	durmamos	no durmamos
vosotros/as	dormís	dormisteis	durmáis	durmierais	dormid	no durmáis
ellos/as, Uds.	duermen	durmieron	duerman	durmieran	duerman (Uds.)	no duerman (Uds.)

Similar Verbs: morir (*to die*)

VERBS THAT NEED A WRITTEN ACCENT

Ending	Verb	Change	Similar Verbs
-eír	sonreír *(to smile)*	• *Present indicative:* sonrío, sonríes, sonríe, sonreímos, sonreís, sonríen • *Present subjunctive:* sonría, sonrías, sonría, sonriamos, sonriáis, sonrían	freír *(to fry)*, reír *(to laugh)*
-iar	enviar *(to send)*	• *Present Indicative:* envío, envías, envía, enviamos, enviáis, envían • *Present Subjunctive:* envíe, envíes, envíe, enviemos, enviéis, envíen	ampliar *(to expand)*, criar *(to raise)*, desviar *(to divert)*, guiar *(to guide)*, variar *(to change)*
-uar	continuar *(to continue)*	• *Present Indicative:* continúo, continúas, continúa, continuamos, continuáis, continúan • *Present Subjunctive:* continúe, continúes, continúe, continuemos, continuéis, continúen	acentuar *(to accentuate)*, graduarse *(to graduate)*, situar *(to place, to put)*

IRREGULAR VERBS

	Indicative					Subjunctive		Commands	
	Present	Imperfect	Preterite	Future	Conditional	Present	Imperfect	Affirmative	Negative
andar *(to walk, to go)* andando andado	ando	andaba	anduve	andaré	andaría	ande	anduviera		
	andas	andabas	anduviste	andarás	andarías	andes	anduvieras	anda	no andes
	anda	andaba	anduvo	andará	andaría	ande	anduviera	ande	no ande
	andamos	andábamos	anduvimos	andaremos	andaríamos	andemos	anduviéramos	andemos	no andemos
	andáis	andabais	anduvisteis	andaréis	andaríais	andéis	anduvierais	andad	no andéis
	andan	andaban	anduvieron	andarán	andarían	anden	anduvieran	anden	no anden
caber *(to fit)* cabiendo cabido	quepo	cabía	cupe	cabré	cabría	quepa	cupiera		
	cabes	cabías	cupiste	cabrás	cabrías	quepas	cupieras	cabe	no quepas
	cabe	cabía	cupo	cabrá	cabría	quepa	cupiera	quepa	no quepa
	cabemos	cabíamos	cupimos	cabremos	cabríamos	quepamos	cupiéramos	quepamos	no quepamos
	cabéis	cabíais	cupisteis	cabréis	cabríais	quepáis	cupierais	cabed	no quepáis
	caben	cabían	cupieron	cabrán	cabrían	quepan	cupieran	quepan	no quepan
caer *(to fall)* cayendo caído	caigo	caía	caí	caeré	caería	caiga	cayera		
	caes	caías	caíste	caerás	caerías	caigas	cayeras	cae	no caigas
	cae	caía	cayó	caerá	caería	caiga	cayera	caiga	no caiga
	caemos	caíamos	caímos	caeremos	caeríamos	caigamos	cayéramos	caigamos	no caigamos
	caéis	caíais	caísteis	caeréis	caeríais	caigáis	cayerais	caed	no caigáis
	caen	caían	cayeron	caerán	caerían	caigan	cayeran	caigan	no caigan
dar *(to give)* dando dado	doy	daba	di	daré	daría	dé	diera		
	das	dabas	diste	darás	darías	des	dieras	da	no des
	da	daba	dio	dará	daría	dé	diera	dé	no dé
	damos	dábamos	dimos	daremos	daríamos	demos	diéramos	demos	no demos
	dais	dabais	disteis	daréis	daríais	deis	dierais	dad	no deis
	dan	daban	dieron	darán	darían	den	dieran	den	no den

Infinitive	Indicative					Subjunctive		Commands	
	Present	Imperfect	Preterite	Future	Conditional	Present	Imperfect	Affirmative	Negative
decir (to tell, to say) diciendo dicho	digo dices dice decimos decís dicen	decía decías decía decíamos decíais decían	dije dijiste dijo dijimos dijisteis dijeron	diré dirás dirá diremos diréis dirán	diría dirías diría diríamos diríais dirían	diga digas diga digamos digáis digan	dijera dijeras dijera dijéramos dijerais dijeran	di diga digamos decid digan	no digas no diga no digamos no digáis no digan
estar (to be) estando estado	estoy estás está estamos estáis están	estaba estabas estaba estábamos estabais estaban	estuve estuviste estuvo estuvimos estuvisteis estuvieron	estaré estarás estará estaremos estaréis estarán	estaría estarías estaría estaríamos estaríais estarían	esté estés esté estemos estéis estén	estuviera estuvieras estuviera estuviéramos estuvierais estuvieran	está esté estemos estad estén	no estés no esté no estemos no estéis no estén
haber (to have) habiendo habido	he has ha hemos habéis han	había habías había habíamos habíais habían	hube hubiste hubo hubimos hubisteis hubieron	habré habrás habrá habremos habréis habrán	habría habrías habría habríamos habríais habrían	haya hayas haya hayamos hayáis hayan	hubiera hubieras hubiera hubiéramos hubierais hubieran	*Not used*	
hacer (to make, to do) haciendo hecho	hago haces hace hacemos hacéis hacen	hacía hacías hacía hacíamos hacíais hacían	hice hiciste hizo hicimos hicisteis hicieron	haré harás hará haremos haréis harán	haría harías haría haríamos haríais harían	haga hagas haga hagamos hagáis hagan	hiciera hicieras hiciera hiciéramos hicierais hicieran	haz haga hagamos haced hagan	no hagas no haga no hagamos no hagáis no hagan
ir (to go) yendo ido	voy vas va vamos vais van	iba ibas iba íbamos ibais iban	fui fuiste fue fuimos fuisteis fueron	iré irás irá iremos iréis irán	iría irías iría iríamos iríais irían	vaya vayas vaya vayamos vayáis vayan	fuera fueras fuera fuéramos fuerais fueran	ve vaya vamos id vayan	no vayas no vaya no vayamos no vayáis no vayan
jugar (to play) jugando jugado	juego juegas juega jugamos jugáis juegan	jugaba jugabas jugaba jugábamos jugabais jugaban	jugué jugaste jugó jugamos jugasteis jugaron	jugaré jugarás jugará jugaremos jugaréis jugarán	jugaría jugarías jugaría jugaríamos jugaríais jugarían	juegue juegues juegue juguemos juguéis jueguen	jugara jugaras jugara jugáramos jugarais jugaran	juega juegue juguemos jugad jueguen	no juegues no juegue no juguemos no juguéis no jueguen

	Indicative					Subjunctive		Commands	
	Present	Imperfect	Preterite	Future	Conditional	Present	Imperfect	Affirmative	Negative
oír *(to hear)* **oyendo** oído	oigo	oía	oí	oiré	oiría	oiga	oyera		
	oyes	oías	oíste	oirás	oirías	oigas	oyeras	oye	no oigas
	oye	oía	oyó	oirá	oiría	oiga	oyera	oiga	no oiga
	oímos	oíamos	oímos	oiremos	oiríamos	oigamos	oyéramos	oigamos	no oigamos
	oís	oíais	oísteis	oiréis	oiríais	oigáis	oyerais	oíd	no oigáis
	oyen	oían	oyeron	oirán	oirían	oigan	oyeran	oigan	no oigan
oler *(to smell)* oliendo olido	huelo	olía	olí	oleré	olería	huela	oliera		
	hueles	olías	oliste	olerás	olerías	huelas	olieras	huele	no huelas
	huele	olía	olió	olerá	olería	huela	oliera	huela	no huela
	olemos	olíamos	olimos	oleremos	oleríamos	olamos	oliéramos	olamos	no olamos
	oléis	olíais	olisteis	oleréis	oleríais	oláis	olierais	oled	no oláis
	huelen	olían	olieron	olerán	olerían	huelan	olieran	huelan	no huelan
poder *(to be able)* **pudiendo** podido	puedo	podía	pude	podré	podría	pueda	pudiera		
	puedes	podías	pudiste	podrás	podrías	puedas	pudieras	puede	no puedas
	puede	podía	pudo	podrá	podría	pueda	pudiera	pueda	no pueda
	podemos	podíamos	pudimos	podremos	podríamos	podamos	pudiéramos	podamos	no podamos
	podéis	podíais	pudisteis	podréis	podríais	podáis	pudierais	poded	no podáis
	pueden	podían	pudieron	podrán	podrían	puedan	pudieran	puedan	no puedan
poner *(to put)* poniendo **puesto**	pongo	ponía	puse	pondré	pondría	ponga	pusiera		
	pones	ponías	pusiste	pondrás	pondrías	pongas	pusieras	pon	no pongas
	pone	ponía	puso	pondrá	pondría	ponga	pusiera	ponga	no ponga
	ponemos	poníamos	pusimos	pondremos	pondríamos	pongamos	pusiéramos	pongamos	no pongamos
	ponéis	poníais	pusisteis	pondréis	pondríais	pongáis	pusierais	poned	no pongáis
	ponen	ponían	pusieron	pondrán	pondrían	pongan	pusieran	pongan	no pongan
producir *(to produce)* produciendo producido	**produzco**	producía	produje	produciré	produciría	produzca	produjera		
	produces	producías	produjiste	producirás	producirías	produzcas	produjeras	produce	no produzcas
	produce	producía	produjo	producirá	produciría	produzca	produjera	produzca	no produzca
	producimos	producíamos	produjimos	produciremos	produciríamos	produzcamos	produjéramos	produzcamos	no produzcamos
	producís	producíais	produjisteis	produciréis	produciríais	produzcáis	produjerais	producid	no produzcáis
	producen	producían	produjeron	producirán	producirían	produzcan	produjeran	produzcan	no produzcan
querer *(to want)* queriendo querido	quiero	quería	quise	querré	querría	quiera	quisiera		
	quieres	querías	quisiste	querrás	querrías	quieras	quisieras	quiere	no quieras
	quiere	quería	quiso	querrá	querría	quiera	quisiera	quiera	no quiera
	queremos	queríamos	quisimos	querremos	querríamos	queramos	quisiéramos	queramos	no queramos
	queréis	queríais	quisisteis	querréis	querríais	queráis	quisierais	quered	no queráis
	quieren	querían	quisieron	querrán	querrían	quieran	quisieran	quieran	no quieran

	Indicative					Subjunctive		Commands	
	Present	Imperfect	Preterite	Future	Conditional	Present	Imperfect	Affirmative	Negative
saber (*to know*) sabiendo sabido	sé sabes sabe sabemos sabéis saben	sabía sabías sabía sabíamos sabíais sabían	supe supiste supo supimos supisteis supieron	sabré sabrás sabrá sabremos sabréis sabrán	sabría sabrías sabría sabríamos sabríais sabrían	sepa sepas sepa sepamos sepáis sepan	supiera supieras supiera supiéramos supierais supieran	sabe sepa sepamos sabed sepan	no sepas no sepa no sepamos no sepáis no sepan
salir (*to leave*) saliendo salido	salgo sales sale salimos salís salen	salía salías salía salíamos salíais salían	salí saliste salió salimos salisteis salieron	saldré saldrás saldrá saldremos saldréis saldrán	saldría saldrías saldría saldríamos saldríais saldrían	salga salgas salga salgamos salgáis salgan	saliera salieras saliera saliéramos salierais salieran	sal salga salgamos salid salgan	no salgas no salga no salgamos no salgáis no salgan
ser (*to be*) siendo sido	soy eres es somos sois son	era eras era éramos erais eran	fui fuiste fue fuimos fuisteis fueron	seré serás será seremos seréis serán	sería serías sería seríamos seríais serían	sea seas sea seamos seáis sean	fuera fueras fuera fuéramos fuerais fueran	sé sea seamos sed sean	no seas no sea no seamos no seáis no sean
sonreír (*to smile*) sonriendo sonreído	sonrío sonríes sonríe sonreímos sonreís sonríen	sonreía sonreías sonreía sonreíamos sonreíais sonreían	sonreí sonreíste sonrió sonreímos sonreísteis sonrieron	sonreiré sonreirás sonreirá sonreiremos sonreiréis sonreirán	sonreiría sonreirías sonreiría sonreiríamos sonreiríais sonreirían	sonría sonrías sonría sonriamos sonriáis sonrían	sonriera sonrieras sonriera sonriéramos sonrierais sonrieran	sonríe sonría sonriamos sonreíd sonrían	no sonrías no sonría no sonriamos no sonriáis no sonrían
tener (*to have*) teniendo tenido	tengo tienes tiene tenemos tenéis tienen	tenía tenías tenía teníamos teníais tenían	tuve tuviste tuvo tuvimos tuvisteis tuvieron	tendré tendrás tendrá tendremos tendréis tendrán	tendría tendrías tendría tendríamos tendríais tendrían	tenga tengas tenga tengamos tengáis tengan	tuviera tuvieras tuviera tuviéramos tuvierais tuvieran	ten tenga tengamos tened tengan	no tengas no tenga no tengamos no tengáis no tengan
traer (*to bring*) trayendo traído	traigo traes trae traemos traéis traen	traía traías traía traíamos traíais traían	traje trajiste trajo trajimos trajisteis trajeron	traeré traerás traerá traeremos traeréis traerán	traería traerías traería traeríamos traeríais traerían	traiga traigas traiga traigamos traigáis traigan	trajera trajeras trajera trajéramos trajerais trajeran	trae traiga traigamos traed traigan	no traigas no traiga no traigamos no traigáis no traigan

	Indicative						Subjunctive		Commands	
	Present	Imperfect	Preterite	Future	Conditional		Present	Imperfect	Affirmative	Negative
valer	**valgo**	valía	valí	**valdré**	**valdría**		**valga**	valiera	vale	no **valgas**
(*to be worth*)	vales	valías	valiste	**valdrás**	**valdrías**		**valgas**	valieras	**valga**	no **valga**
valiendo	vale	valía	valió	**valdrá**	**valdría**		**valga**	valiera	**valgamos**	no **valgamos**
valido	valemos	valíamos	valimos	**valdremos**	**valdríamos**		**valgamos**	valiéramos	valed	no **valgáis**
	valéis	valíais	valisteis	**valdréis**	**valdríais**		**valgáis**	valierais	**valgan**	no **valgan**
	valen	valían	valieron	**valdrán**	**valdrían**		**valgan**	valieran		
venir	**vengo**	venía	**vine**	**vendré**	**vendría**		**venga**	**viniera**	**ven**	no **vengas**
(*to come*)	**vienes**	venías	**viniste**	**vendrás**	**vendrías**		**vengas**	**vinieras**	**venga**	no **venga**
viniendo	**viene**	venía	**vino**	**vendrá**	**vendría**		**venga**	**viniera**	**vengamos**	no **vengamos**
venido	venimos	veníamos	**vinimos**	**vendremos**	**vendríamos**		**vengamos**	**viniéramos**	venid	no **vengáis**
	venís	veníais	**vinisteis**	**vendréis**	**vendríais**		**vengáis**	**vinierais**	**vengan**	no **vengan**
	vienen	venían	**vinieron**	**vendrán**	**vendrían**		**vengan**	**vinieran**		
ver	**veo**	**veía**	vi	veré	vería		**vea**	viera	ve	no **veas**
(*to see*)	ves	**veías**	viste	verás	verías		**veas**	vieras	**vea**	no **vea**
viendo	ve	**veía**	vio	verá	vería		**vea**	viera	**veamos**	no **veamos**
visto	vemos	**veíamos**	vimos	veremos	veríamos		**veamos**	viéramos	ved	no **veáis**
	veis	**veíais**	visteis	veréis	veríais		**veáis**	vierais	**vean**	no **vean**
	ven	**veían**	vieron	verán	verían		**vean**	vieran		

APÉNDICE C

Términos literarios

argumento una historia narrada en el orden en que ocurren los acontecimientos en una obra. En el ensayo es el razonamiento empleado para probar una proposición.

clímax el punto culminante de la acción en una obra en prosa o poesía

comedia una obra teatral divertida, que generalmente tiene un final feliz

cuento un género literario; una narración corta de ficción

desenlace la clarificación o la solución de las complicaciones del punto decisivo de la trama en una obra literaria

drama una obra cuyo argumento puede ser trágico o cómico; una representación de dialogación escénica ante el público

elegía una composición lírica de un asunto triste o fúnebre; lamento

ensayo un género literario; la reunión de unas reflexiones en prosa sobre un tema específico de carácter analítico, teórico o interpretativo

escena el intercambio entre los mismos personajes durante una parte de la acción

estribillo verso que se repite a intervalos o al final de cada estrofa

estrofa un grupo de versos que forman un conjunto y que siguen ciertas reglas de unidad estructural de un poema

estructura en una obra literaria, el armazón que sostiene un conjunto

fábula una ficción corta en prosa o verso que generalmente tiene una lección o moraleja. Con frecuencia, los animales figuran como personajes.

fondo el contenido o mensaje de una obra. El fondo consiste en los pensamientos y los sentimientos dentro de una obra.

forma el estilo de una obra literaria que se relaciona con la estructura externa alrededor del fondo. Figuran el uso de las palabras, las frases, las imágenes y los tropos.

género la manera de clasificar una obra literaria en categorías. La novela, el cuento, el ensayo, la poesía y el drama son los principales géneros literarios.

leyenda una composición literaria, generalmente poética, de relato maravilloso o fabuloso

metáfora tropo que consiste en trasladar el significado de una palabra en un sentido que no le corresponde. Resulta una comparación tácita.

métrica ciencia relacionada a la medida del verso

mito relato inventado por las personas de todas las épocas para expresar o simbolizar los hechos heroicos de la vida humana. Puede basarse en un acontecimiento real.

novela un género literario; una obra de ficción extensiva escrita en prosa narrando episodios ficticiosos de la vida

oda composición lírica de diversos metros que generalmente trata de variedad temática con lenguaje y tono elevados y entusiastas

parodia tratamiento burlesco de una obra seria

personificación atribución de cualidades, características o acciones humanas a otras criaturas, objetos o ideas abstractas

poema obra en verso

poesía género literario que se escribe en verso y que se conforma a las reglas de versificación, con lenguaje relacionado al tema elegido por el/la poeta. Hay diferentes clases de poesía: lírica, épica, didáctica.

protagonista personaje prinipcial en una obra literaria

rima semejanza o igualdad entre los sonidos finales de las palabras en que terminan dos o más versos, a partir de la última vocal acentuada

a. la rima asonante en que los sonidos vocálicos de las últimas palabras son iguales a partir de la última vocal tónica

b. la rima consonante en que los últimos sonidos, vocales y consonantes, son iguales a partir de la última vocal tónica

sátira obra que pretende criticar algo o ponerlo en ridículo

símil una comparación breve o larga de una cosa con otra para indicar una idea más vital de una de ellas

teatro un género literario escrito en escenas para ser representado ante el público. Las obras de teatro pueden ser comedias o tragedias.

tema la idea principal o mensaje de un texto literario

tono en la obra literaria, la actitud del/de la escritor/a hacia lo narrado

tragedia una obra teatral seria, que generalmente tiene un final grave

verso unidad de palabra/s o línea/s que componen un poema y que obedecen a ciertas reglas de medida y cadencia

voz en la obra literaria en prosa o poesía, la persona que narra la acción

APÉNDICE D

Así se dice en español

Inglés	Español
to appear (*seem*)	parecer
to appear (*show up / become visible*)	aparecer
to ask (*inquire / ask a question*)	preguntar
to ask about (*someone / something*)	preguntar por
to ask for (*request*)	pedir
to attend (*a class*)	asistir a
to attend to (*something / someone*)	atender
to be excited (*emotional*)	estar emocionado/a
to be in love with	estar enamorado/a de
to do something again	volver a + *infinitive*
to get off (*a mode of transportation*)	bajarse de
to have a good time	divertirse, pasarlo bien
to leave (*a person*)	dejar a
to leave (*a place*)	salir de
to leave (*something behind*)	dejar
to look at	mirar
to look for	buscar
to make good / bad grades	sacar buenas / malas notas
to make money (*earn*)	ganar dinero
to make up one's mind	decidirse
to meet (*at a gathering*)	reunirse con
to meet (*become acquainted*)	conocer
to move (*about / shake*)	mover
to move (*change residence*)	mudarse
to put on (*clothes*)	ponerse
to put on / turn on (*an apparatus*)	encender
to put up with (*tolerate*)	aguantar, soportar
to realize (*a goal*)	realizar
to realize (*become aware of*)	darse cuenta de
to return (*something*)	devolver
to return (*come back*)	volver, regresar
to run into	encontrarse con
to succeed	tener éxito
to support	apoyar
to take (*medicine / a drink / a mode of transportation*)	tomar
to take (*someone or something somewhere*)	llevar
to think about (*have in mind*)	pensar en
to think of (*have an opinion of*)	pensar de
to try (*to do something*)	intentar + *infinitive*, tratar de + *infinitive*
to try (*taste food*)	probar
to try on (*clothes*)	probarse
to wait for	esperar

VOCABULARIO ESPAÑOL-INGLÉS

This Spanish-English vocabulary contains all active vocabulary words from each chapter's **Vocabulario activo**, as well as all entries from Appendix A (**Vocabulario básico**), glossed words from readings in the **Cultura** and **Lectura** sections, and high-frequency words that appear in grammar explanations. A number following an entry indicates active vocabulary by chapter of first appearance. Exact cognates (**el cáncer, el kárate, solar,** etc.) may not be listed. Nouns are listed with their corresponding definite article; exceptions to regular rules of gender are indicated by *m.* (masculine) or *f.* (feminine). Verb stem changes are given in parentheses following the verb: **pensar (ie).** The symbol ~ is used to represent the key word in a sublisted idiom or phrase; for example, under the key word **abstracto, el arte ~ = el arte abstracto.**

A

a   to, at
   ~ **escondidas**   in secret
   ~ **fin de que** (+ *subjunctive*)   in order that
   ~ **fuego lento**   on a low heat 5
   ~ **la derecha**   to the right
   ~ **la izquierda**   to the left
   ~ **la vez**   at the same time 2
   ~ **mano**   by hand 11
   ~ **menos que** (+ *subjunctive*)   unless
   ~ **menudo**   sometimes
   ~ **partir de**   starting from
   ¡~ **sus órdenes!**   At your service!
   ~ **través de**   through, by means of 2
el abanico   fan
abierto (*past part. of* **abrir**)   opened
abofetear   to hit, smack
el/la abogado/a   attorney, lawyer
abrazar   to embrace, to hug 3
   ~**se**   to hug one another
el abrazo   hug 3
abrir   to open
abstracto/a   abstract 11
   el arte ~   abstract art
el/la abuelo/a   grandfather / grandmother
abusar   to abuse 12
el abuso   abuse 12
acabar   to run out, be used up
   ~ **de** (+ *inf.*)   to have just (*done something*)
acampar   to camp 1
acariciar   to caress 3
acaso: por si ~   just in case
acceder a Internet   to access the Internet
el aceite de oliva   olive oil
la aceituna   olive 5
acelerado/a   acclerated 6
aceptar   to accept 2
ácido/a   sour 5
aconsejar   to advise 3
acostar (ue)   to put to bed
   ~**se (ue)**   to go to be
el/la activista   (political) activist 12
activo/a   active 1

el acto delictivo   delinquent act
el actor   actor
la actriz   actor
la acuarela   watercolor 11
la acusación   accusation 12
el/la acusado/a   accused person 12
acusar   to accuse 12
adelgazar   to lose weight 9
la adicción   addiction
la adivinación   prediction 10
la adivinanza   fortune, prediction, guess 7
adivinar   to guess, to predict 7
el/la adivino/a   fortune-teller 7
adjuntar   to attach 8
el/la administrador/a de hogar   household manager
la adolescencia   adolescence
el/la adolescente   adolescent
adoptar   to adopt 3
adorar   to adore
el adorno   adornment
la aduana   customs 2
el/la adulto/a   adult
el adversario   adversary, opponent 1
advertir (ie, i)   to advise; to warn
el aerobismo   aerobic exercise 9
afeitarse   to shave
el/la aficionado/a   fan
agarrar   to grab
el/la agente de viajes   travel agent
agradecer   to be thankful, to appreciate 2
agregar   to add 5
agridulce   sweet and sour 5
agrio/a   sour 5
el agua (*f.*)   water
el aguacate   avocado 5
aguantar   to put up with, to tolerate 6
aguardar   to wait for (*something*)
agudizarse   to sharpen, become clearer
ahí: por ~   around there
ahogarse   to drown
ahora   now
   por ~   for the time being, for now
ahorrar   to save (*money, resources*) 2
el ajedrez   chess 1

el ajo   garlic 5
   un diente de ~   clove of garlic 5
al (**a** + **el**)   to the
   ~ **lado de**   beside, next to
   ~ **mismo tiempo**   at the same time 2
el ala (*f.*)   brim (*of a hat*); wing
alabar   to praise 10
alcanzar   to reach 7
   ~ (+ *inf.*)   to be able to (*do something*)
alegrarse de   to be happy
alejar(se) (de)   to put farther away, to move away (from) 10
alentar (ie)   to inspire 11
alergia: tener ~ a...   to be allergic to . . .
alérgico/a: ser ~ a   to be allergic to
el alféizar   window sill
algo   something
alguien   someone, anyone
algún, alguno/a   some, any
el alimento   food
alistarse   to get ready
aliviarse   to get better
allí: por ~   around there
el alma (*f.*)   soul 10
almacenar   to store
la almeja   clam 5
la almohada   pillow
almorzar (ue)   to have lunch
el almuerzo   lunch
el alpinismo   mountain climbing 1
alrededor de   around
la altura   height
el aluminio   aluminum 6
alzar   to be gathered up
el ama de casa (*f.*)   house wife, homemaker
amar   to love 2
   ~**se**   to love one another
amargo/a   bitter 5
ambiental   environmental 6
ambiente: el medio ~   environment
la amenaza   threat 6
amenazar   to threaten 6
el/la amigo/a   friend
la amistad   friendship 3

amistoso/a friendly 3
el amor love 2
amoroso/a lovingly 3
el amuleto amulet 10
amuñonado/a bent, twisted
analizar to analyze
ancho/a broad, wide
andaluz/a Andalucian, from Andalucía
andar to walk; to go around
la anémona sea anemone
angosto/a narrow
la angustia worry
antaño: de ~ of long ago
ante before, in front of, in the presence of
antes de before
  ~ que (+ *subjunctive*) before
el antibiótico antibiotic
el antihistamínico antihistamine 9
los anuncios clasificados classified ads 8
añadir to add
apagar to turn off
el aparato apparatus
aparecer to appear
apenas hardly
el aperitivo appetizer 5
apetecer to crave, to be appetizing 5
apetito: tener ~ to have an appetite
el apio celery 5
  un tallo de ~ stalk of celery 5
aplacar to please, to placate 10
aplaudir to applaud 1
el aplauso applause 1
la aplicación application
el apogeo height, apogee 7
apostar (ue) to bet
apoyar to support 12
el apoyo support, protection 3
apreciar to appreciate 3
aprender to learn
aprontarse to get ready
apuntar to point at
aquel/aquella that (*far away*)
aquél/aquélla (*demonstrative pron.*) that one (over there)
aquellos/aquellas those (*far away*)
aquéllos/aquéllas (*demonstrative pron.*) those (*over there*)
aquí: por ~ around here
la araña spider
el/la árbitro/a umpire 1
archivar to save (*a document*)
el archivo computer file
la arcilla clay
arco: el tiro con ~ archery 1
la arena sand
el arma (*f.*) weapon
la armonía harmony 4
armonioso/a harmonious
el aro hoop earring

el/la arqueólogo/a archaeologist
el/la arquitecto/a architect
la arquitectura architecture
arrancar to pull out
arrebatado/a wild, frantic
el arrecife coral reef 6
arrendar (ie) to rent
arrepentirse (ie, i) to repent, to be sorry 3
arrestar to arrest
arrimarse a to get close to
el arte (*m.*) art
  ~ abstracto abstract art
  ~ clásico classic art
  ~ contemporáneo contemporary art
  ~ moderno modern art
la arterioesclerosis arteriosclerosis 9
las artes (*f.*) the arts
  ~ gráficas graphic arts 8
la artesanía craft
el/la artesano/a artisan
el/la artista artist
la artritis arthritis 9
asado/a roasted, broiled
asaltar to assault 12
el asalto assault 12
la ascendencia heritage 2
asesinar to assassinate, to murder
el asesinato assassination, murder
el/la asesino/a murderer
asesorar to assess 8
la asimilación assimilation 2
asimilarse to assimilate 2
asimismo likewise
asombrarse to be amazed
el/la aspirante applicant 8
la aspirina aspirin
la astrología astrology 10
astronómico/a astronomical 7
el/la astrónomo/a astronomer
el asunto issue 12
  el ~ económico economic issue 12
  el ~ político political issue 12
asustar to scare 10
el ataque al corazón heart attack 9
atención: prestar ~ to pay attention 3
aterrorizar to terrorize, to commit terrorism 12
el/la atleta athlete 1
la atmósfera atmosphere 6
atmosférico/a atmospheric 6
atrapar to catch, to capture 12
atravesar (ie) to cross, travel across
atrever(se) to dare 10
los audífonos headphones
aumentar to increase, to gain 9
el aumento increase, gain 9
aún no not yet
aunque even if, even though
auténtico/a authentic

autobiográfico/a autobiographical 11
el automovilismo deportivo motor racing 1
las autoridades the authorities 12
el autorretrato self-portrait
averiguar to find out
la ayuda help
ayudarse to help one another
el azafrán saffron 5
el azahar citrus blossom

B

la babia absent-mindedness
bailar to dance
el/la bailarín/-ina dancer
el baile dance
bajar: ~ de peso to lose weight 9
  ~ el volumen to turn down the volume
el bajo bass (*instrument*)
bajo beneath, under
la balada balad 4
el balón ball
el baloncesto basketball
el balonmano handball 1
el banco bench
la banqueta sidewalk
la barriga belly
el barro clay 11
el básquetbol basketball
la basura garbage
la bata robe
el bate bat (*sports*)
la batería drum set 4
la batidora mixer
el bautismo baptism 10
la bazofia muck
el/la bebé baby boy / girl
la bebida drink
el béisbol baseball
la bencina gasoline
la bendición blessing
el beneficio benefit 2
besar(se) to kiss (one another)
el bicho creature
la bicicleta de montaña mountain bike 1
los bienes belongings
el bienestar well-being 6
bilingüe bilingual 2
el billete ticket
el/la bisabuelo/a great-grandfather / great-grandmother
el bistec steak
el bizcocho cake
el blanco target
blanco: en ~ y negro black and white
  el vino ~ white wine
blando/a tender
el blusón robe; smock
bobachón/ona easy-going

la boca   mouth
la bodega   corner store, wine cellar
el boleto   ticket
la bolsa   stock market 8
el bolsillo   pocket
el/la bombero/a   fire fighter
el bombillo   light bulb
la bondad   goodness 3
borronear   to scribble
el bosque   forest 6
el bosquejo   sketch
botar   to throw away, to throw out 6
la botella   bottle
el botón   button
el boxeo   boxing
el brazo   arm
brindar   to offer 4
la broma   joke 10
bromear   to kid, to joke 10
el bronce   bronze
la bronquitis   bronchitis 9
brotar   to spring out; to burst out (of)
la brujería   witchery, witchcraft 10
el/la brujo/a   warlock/witch 10
brusco/a   rough 1
bucear   to scuba dive 1
el buceo   scuba diving 1
¡Buen provecho!   Enjoy!, Bon appétit! 5
bueno: es ~   it is good
el buey   ox
el bulto   bag, bundle
burdo/a   rough, coarse
la burla   mocking, kidding 10
burlarse (de)   to make fun of 10
buscar   to look for
la búsqueda   search 8

C
el caballero   gentleman
   el ~ andante   knight errant
caber   to fit
la cabeza   head
   el dolor de ~   headache 9
cabizbajo/a   dejected
el cacahuate/cacahuete   peanut 5
la cacerola   casserole 5
la cadena   chain
caer   to fall
   ~ bien   to like (someone)
   ~ mal   to dislike (someone)
   ~se   to fall down
el café   coffee
la cafetera   coffee pot
caído (past part. of caer)   fallen
la caja   box 5
el calambre   cramp 9
el calcio   calcium 9
la caldera   furnace
el caldo   broth 5
el calendario   calendar 7

calentar (ie)   to heat
la calidad   quality 9
caliente   hot (temperature)
calificado/a   qualified 8
las callampas   slums
callar   to be silent
la calle   street
la caloría   calorie
los calzones   underwear, panties
la cámara   camera
el/la camarero/a   waiter / waitress
el camarón   shrimp (L. Am.)
caminar   to walk
la caminata   walking
el camión   bus (Mexico)
la campana   bell
la campaña electoral   political campaign
   12
el campo   sports field 1
la canasta   basket 1
la cancha   court
la canción   song 4
el/la candidato/a   candidate 12
el/la cantante   singer 4
cantar   to sing 4
el cántaro   pitcher
el/la cantautor/a   singer-songwriter 4
el cante   singing
la cantidad   quantity
el canto   singing 4
la capa del ozono   ozone layer 6
la capacidad   capacity 9
el capitalismo   capitalism 12
la cara   face
el carácter   character, personality 3
el carbohidrato   carbohydrate 9
el carbón   charcoal
la cárcel   prison
el cardo   thistle
carecer de   to lack
las carencias   lack, deprivation
el cargo   position, post 12
las caricaturas   cartoons
la caricia   caress 3
el cariño   compassion 3
la carne   meat
la caroña   carrion
la carpa   canvas tent
el/la carpintero/a   carpenter
la carrera   career
la carta   menu
las cartas   playing cards 1
el/la cartero/a   mail carrier
el cartón   cardboard 6
la casa   house, home
casado/a   married
   los recién casados   newlyweds 3
el casamiento   marriage, matrimony 3
casarse (con)   to get married (to) 3
el casco   helmet

caso: en ~ (de) que (+ subjunctive)   in the
   event that, in case
las castañuelas   castanets 4
castigar   to punish 12
el castigo   punishment 12
casualidad: por ~   by chance
catarro: tener ~   to have a cold
la catástrofe   catastrophe
el catolicismo   Catholicism 10
el cauce   river path
   abrir ~   to open the floodgates
el cazador   hunter
cazar   to hunt
la cazuela   casserole dish (usually made of
   clay) 5
el CD ROM   CD ROM
la cebolla   onion
la celebración   celebration
celebrar   to celebrate
los celos   jealousy 3
   tener ~   to be jealous 3
la cena   dinner
cenar   to have dinner
la ceniza   ash 6
la censura   censorship 12
censurar   to censor 12
la central nuclear   nuclear plant 6
el centro nuclear   nuclear plant 6
cepillarse   to brush
la cerámica   ceramics
el/la ceramista   potter
cerca (adv.)   close, nearby
   ~ de   near, close to
cercano/a   close 2
el cerebro   brain
la ceremonia   ceremony
cerrar (ie)   to close
la cerveza   beer
el chantaje   blackmail 12
chantajear   to blackmail 12
el/la chantajista   blackmailer 12
el charango   charango (musical
   instrument) 4
el/la chicano/a   Mexican-American 2
el chícharo   pea 5
el/la chico/a   boy, girl
chico/a (adj.)   small
el chisme   piece of gossip 3
chismear   to gossip 3
chisporretear   to sputter
chistoso/a   funny 10
el chocolate   chocolate
el/la chofer (also chófer)   chauffeur, driver
la chuleta de cerdo   pork chop
chuparse: para ~ los dedos   finger-licking
   good 5
el ciclismo   biking
el cielo   heaven, sky 10
el/la científico/a   scientist
cierto: no es ~   it is not true

el cine   movie theater
la cirugía   surgery 9
cita   appointment
   hacer una ~   to make an appointment
la ciudadanía   citizenry, citizenship 2
el/la ciudadano/a   citizen 2
el clarinete   clarinet
claro/a   light (*in color*)
   no está claro   it's not clear
clásico: el arte ~   classic art
las claves   claves (*musical instrument*) 4
el clavo   nail
el coágulo de sangre   blot clot
cocer (ue)   to cook 5
cocido/a: medio ~   partially cooked 5
la cocina   kitchen
cocinar   to cook
el/la cocinero/a   cook, chef
el códice   manuscript, codex 7
el/la coleccionista   collector
colgar (ue)   to hang; to hang up (*the phone*)
colindante a   adjacent to
colmo: para ~   to top it all off
colocar   to put 5
la colonia   neighborhood
color: en ~   (in) color
los colores   colors
   en ~   (in) color
   los ~ primarios   primary colors
   los ~ secundarios   secondary colors
el colorido   coloring, coloration 11
el combustible   fuel
el/la comentarista   sportscaster 1
comenzar (ie)   to start, begin
comer   to eat
el comercio   commerce
cometer   to commit (*a crime*) 12
la comida   food; meal
comidas: el procesador de ~   food
   processor
como si   as if
compacto/a   compact
la compañía   company
compartir   to share 10
competir (i, i)   to compete
complejo/a   complex 9
completo: por ~   completely
componer   to compose 4
el comportamiento   behavior
comprender   to understand, comprehend
comprometerse   to get engaged; to agree,
   come to an agreement
compuesto (*past part. of* componer)
   composed
común   common
con   with
   ~ tal (de) que (+ *subjunctive*)   provided
      that
el concierto   concert
concluir   to conclude

conducir   to conduct (*an orchestra*) 4; to
   drive
confesar (ie)   to confess
la confianza   confidence; trust 3
confundir   to confuse
las congas   conga drums 4
congelado/a   frozen 5
el congelador   freezer
el conjunto   musical group, band
conmemorar   to commemorate
conmigo   with me
conocer   to know, be familiar or acquaint-
   ed with
el conocimiento   knowledge 7;
   consciousness
la conquista   conquest 7
conquistar   to conquer 7
la consecuencia   consequence
conseguir (i, i)   to obtain, get 2
el/la consejero/a   counselor
el consejo   advice 3
la conservación   conservation 6
conservar   to conserve 6
conservarse   to keep oneself
consolar (ue)   to console 3
la construcción   construction 7
el/la constructor/a   builder 7
construir   to build 7
la consultoría   consulting 8
el consultorio médico   doctor's office
consumir   to consume, to eat
el consumo   consumption
la contabilidad   accounting 8
el/la contador/a   accountant
la contaminación   contamination,
   pollution 6
contaminar   to contaminate, to pollute 6
contar (ue)   to tell 2
   ~ con   to rely on 3
contemporáneo: el arte ~   contemporary
   art
contento/a   happy
contestar   to answer
contigo   with you (tú)
continuar   to continue
contra   against
el contrabajo   bass 4
el/la contrabandista   smuggler 2
la contraseña   password
el contraste   contrast
el control remoto   remote control
convertirse en (ie, i)   to turn into 10
convivir   to live with
la copa   wine glass; tree top
copiar   to copy
el corazón   heart
   el ataque al ~   heart attack 9
el coro   chorus 4
la corporación   corporation 8
corregir (i, i)   to correct

el correo electrónico   e-mail
correr   to run
el corro   circle, round formation
corromper   to corrupt 12
corrompido (*past part. of* corromper)
   corrupted
la corrupción   corruption 12
corrupto/a   corrupt 12
cortado/a   cut
cortar   to cut
corte: hacer la ~   to court (*someone*)
coser   to sew
costar (ue)   to cost
cotidiano/a   daily, everyday 11
el/la coyote   *person who takes an undocumented immigrant over the border in
   exchange for money* 2
la creación   creation 11
el/la creador/a   creator 7
crear   to create 7
crecer   to grow
creer   to believe
el/la creyente   believer 10
el/la criado/a   servant, maid
criar   to raise (*children*) 2
   ~se   to grow up
el crimen   crime (*typically used to refer to
   murder*) 12
el/la criminal   criminal
el cristianismo   Christianity 10
la crítica   criticism; critique 11
criticar   to criticize; to critique 11
crucial: es ~   it is crucial
la crueldad   cruelty 12
la cruz   cross
cruzar   to cross
la cuadra   city block
el cuadro   painting
cual: el ~   (*relative pron.*) the one that,
   who
   la ~   (*relative pron.*) the one that, who
   lo ~   (*neuter relative pron.*) what,
      which (*refers to a previously stated
      idea or concept*)
cuales: las ~   (*relative pron.*) the ones
   that, who
   los ~   (*relative pron.*) the ones that,
      who
la cualificación   qualification 8
cualificar   to qualify 8
cuando   when
   de vez en ~   from time to time 2
cuanto: en ~   as soon as
cubierto (*past part. of* cubrir)   covered
cubrir   to cover
la cuchara   tablespoon
la cucharada   tablespoonful
la cucharadita   teaspoonful
la cucharita   teaspoon
el cuchillo   knife

el cuello   neck
la cuenta   check, bill
  darse ~ de   to realize 10
  La ~, por favor.   The check, please.
  por ~   apparently
el cuento   story 2
la cuerda   chord 4
el cuerno   horn (*of an animal*)
el cuero   leather 7
el cuerpo   body
el cuidado   care 3
cuidar(se)   to take care of (oneself) 3
la culebra   snake
la culpa   blame
la cultivación   cultivation, raising of
  crops 7
cultivar   to cultivate, to raise crops 7
el cultivo   cultivation; crop 7
la cumbia   cumbia (*type of song and
  dance*) 4
la cumbre   summit, pinnacle 7
cumplido/a   sincere
la cuna   cradle
el/la cuñado/a   brother-in-law / sister-in-
  law
el cura   priest 10; la cura   cure 9
la curación   curing 9
el/la curandero/a   healer 7
curar   to heal, to cure 9
la curita   band-aid 9
cuyo/a   whose

D

las damas   checkers 1
  las ~ chinas   Chinese checkers 1
dañar   to harm, damage
dañino/a   harmful 6
dar   to give
  ~ asco   to disgust
  ~ igual   to be all the same
  ~ la lata   to annoy
  ~le realce   to highlight
  ~se cuenta de   to realize 10
los dardos   darts 1
el/la danzante   dancer
de   from, of
debajo de   under, below
deber + *inf.*   ought to, should
la debilidad   weakness 8
debilitarse   to weaken, become weak
decaer   to decline
decir   to say; to tell (*someone to do something*)
la dedicación   dedication 1
dedicarse a   to dedicate oneself (*to a pur-
  suit*) 1
el dedo   finger
  ~ del pie   toe
  para chuparse los dedos   finger-licking
  good 5

deforestar   to deforest, to overcut the forest 6
la deidad   deity 7
dejar   to leave 2
  ~ de (hacer algo)   to stop, discontinue
  (*doing something*) 2
  ~ quieto/a   to leave (*someone*) alone
del (de + el)   from/of the
el delantal   maid's uniform, apron
delante de   in front of
la delincuencia   delinquency 12
el/la delincuente   delinquent 12
el delito   crime, criminal act (*other than
  murder*) 12
la democracia   democracy 12
el/la demócrata   democrat 12
democratizar   to democratize, make dem-
  ocratic 12
el demonio   demon 10
el/la dentista   dentist
dentro de   inside of
denunciar   to accuse 12
depender   to depend
los deportes extremos   extreme sports 1
el/la deportista   sports person
deportivo/a   sport, sporting, sports related 1
la depresión   depression 9
deprimir   to depress 9
derecha: a la ~   to the right
los derechos humanos   human rights 12
el derrame de petróleo   oil spill 6
derrocar   to overthrow 12
desafiante   defiant, challenging
desaparecer   to disappear 6
la desaparición   disappearance 6
desarrollar   to develop 1
el desarrollo   development 1
desayunar   to have breakfast
el desayuno   breakfast
descalzo/a   barefoot
descascarado/a   peeling (*e.g., paint*)
el/la descendiente   descendent
descolgar (ue)   to take down (*e.g., a picture*)
descomponer   to break, break down
descompuesto (*past part. of*
  descomponer)   broken, broken down
la desconfianza   distrust 3
describir   to describe
descrito (*past part. of* describir)   described
descubierto (*past part. of* descubrir)   dis-
  covered
descubrir   to discover
desde   from, since
desear   to wish; to want
desechable   disposable 6
desechado/a   discarded
desechar   to dispose of 6
los desechos   rubbish, junk 6
desempeñar   to perform

~ un papel   to play a role 3
el desempleo   unemployment 8
desgana: con ~   unwillingly, reluctantly
el desengaño   disillusionment 10
desesperado/a   desperate
desfilar   to march in a parade 10
el desfile   parade 10
la desigualdad   inequality 12
la desintegración   disintegration 6
desintegrarse   to disintegrate 6
deslizarse   to slip
deslumbrador/a   dazzling
desmayarse   to faint
la despedida   layoff, firing (*of an
  employee*) 8
despedir (i, i)   to lay off, to fire 8
despedirse (i, i)   to say goodbye 2
desperdiciar   to waste 6
el desperdicio   waste, waste product 6
los desperdicios   waste, garbage
despertado (*past part. of* despertar)
  awakened
despertar (ie)   to wake (someone) up
  ~se (ie)   to wake up
despierto/a   awake
despreciar   to not value, to scorn 3
el desprecio   scorn 3
desproporcionado/a   disproportional 11
desprovisto/a de   stripped of
después   (*adv.*) after
  ~ de   after
  ~ (de) que   after
destacar   to feature, highlight 4
destrozar   to destroy 3
la destrucción   destruction 6
destruir   to destroy 6
el desvarío   whim
desvestirse (i, i)   to get undressed
el detalle   detail 11
detenerse   to stop (*in one's tracks*)
el deterioro   deteroration
detrás de   behind
devolver (ue)   to return, give back
devuelto (*past part. of* devolver)   returned
el diablo   devil 10
diariamente   daily
el/la dibujante   sketch artist
dibujar   to draw
el dibujo   drawing
dicho (*past part. of* decir)   said, told
el/la dictador/a   dictator 12
la dictadura   dictatorship 12
el diente   tooth
diestro/a   skillful, cunning 1
la dieta   diet
la dignidad   dignity 2
la dimensión   dimension
el/la dios/a
  god / goddess 7
el directorio   directory

dirigir   to direct 7
disco: el ~ compacto   compact disc
   el ~ duro   hard drive
la discriminación   discrimination 12
discriminar   to discriminate 12
discriminatorio/a   discriminatory 12
el/la diseñador/a   designer 8
diseñar   to design 8
el disfraz   costume 10
disfrazarse   to dress up in a costume 10
disfrutar   to enjoy
la disminución   decrease 9
disminuir   to decrease 9
disponible   available
distinguirse   to be distinguished
distribuir   to distribute
divertido/a   fun 1
divertir (i, i)   to amuse
   ~se (i, i)   to have fun, enjoy oneself
divorciado/a   divorced
divorciarse   to get divorced 3
la docena   dozen 5
el/la doctor/a   doctor
el documento   document
doler (ue)   to hurt, ache
dolor: el ~ de cabeza   headache 9
   tener ~   to have pain
el Domingo de Ramos   Palm Sunday
el dominio   dominance 11
donde   where
dorado/a   golden
dorar   to brown 5
dormir (ue, u)   to sleep
   ~se (ue, u)   to fall asleep
la drogadicción   drug addiction
ducharse   to take a shower
dudar   to doubt
dudoso: es ~   it is doubtful
el/la dueño/a   owner
dulce   sweet
durante   during
durar   to last

E
echar   to throw away, to throw out 6
   ~ a perder   to spoil 5
   ~ de menos   to miss (*someone, some-
      thing*) 2
   ~ los hombros para atrás   to throw
      one's shoulders back
   ~se a (+ *inf.*)   to begin to (*do some-
      thing*)
ecológico/a   ecological
el/la ecologista   ecologist
la edad adulta   adulthood
el/la editor/a   editor
el efecto invernadero   greenhouse effect 6
eficaz   efficient 1
la eficiencia   efficiency 12
el/la ejecutivo/a   executive

ejemplo: por ~   for example
ejercitar   to exercise 9
el   the
   ~ que   (*relative pron.*) the one that,
      who
   ~ cual   (*relative pron.*) the one that,
      who
él   (*subject pron.*) he, it (*m.*); (*preposition-
      al pron.*) him, it (*m.*)
la elaboración   manufacture 7
elaborar   to manufacture 7
la elección   election 12
electo/a   elected
el/la electricista   electrician
elegido (*past part. of* elegir)   elected
elegir (i, i)   to elect
ella   (*subject pron.*) she, it (*f.*); (*preposi-
      tional pron.*) her, it (*f.*)
ellas   (*subject pron.*) they (*f.*); (*preposi-
      tional pron.*) them (*f.*)
ellos   (*subject pron.*) they (*m.*); (*preposi-
      tional pron.*) them (*m.*)
embarazada   pregnant
el embarazo   pregnancy
embarrado/a   muddy, covered with mud
embrujar   to bewitch 10
emergencia: la sala de ~   emergency
      room
el/la emigrante   emigrant 2
emigrar   to emigrate 2
el emisario   messenger 10
la emisión   emission 6
emitir   to emit, to give off 6
emocionante   exciting 1
la empanada   turnover 5
el emperador   emperor 7
empezar (ie)   to start, begin
el/la empleado/a   employee
la empresa   business 8
el/la empresario/a   manager, businessper-
      son 8
en   in; on; at
   ~ blanco y negro   (in) black and white
   ~ color/es   (in) color
   ~ cuanto   as soon as
   ~ línea   on line
   ~ lugar de   instead of
   ~ vez de   instead of
enamorado/a   in love
enamorarse (de)   to fall in love (with)
encantar   to love, like something very
      much
encarcelar   to imprison
encargarle (a alguien)   to commission
      (someone) 11
encender (ie)   to turn on (*a light, machine,
      etc.*) 6
encendido/a   lit
encima de   above, on top of
encontrar (ue)   to find

el encuentro   encounter
la energía   energy
enfadarse   to become angry 3
enfermarse   to get sick
la enfermedad   illness
   la ~ cardíaca   heart disease 9
el/la enfermero/a   nurse
enfrentar   to confront
enfrente de   in front of; opposite,
      facing
engañar   to deceive 10
el engaño   deceit 10
el enjambre   cluster
enojado/a   angry
enojar   to anger, annoy
   ~se   to get angry, become annoyed 3
las enredaderas   trailing vines
enredarse   to get tangled up
enrojecido/a   reddened, red in color
enrollar   to roll up
la ensalada   salad
ensalzar   to praise 11
enseñar   to teach; to show
ensordecer   to deafen; to deaden (*a noise*)
entender (ie)   to understand
enterarse de   to find out about 10
enterrado/a   buried
enterrar (ie)   to bury 10
el entierro   burial 10
entonces   then
la entrada   ticket; entrée
entre   between, among
el entremés   appetizer
el entrenamiento   training 1
entrenarse   to train (*for a sport*) 1
entretenido/a   entertaining
la entrevista   interview 8
entusiasmar   to excite
envejecer   to grow old 9
envejecido/a   ancient
enviar   to send 8
la envidia   envy 3
envilecido/a   vilified
el envoltorio   bundle
el equilibrio   equilibrium 9
el equipo   team; equipment 1
la escala   ladder
escalar   to climb (mountains) 1
la escalerilla   small ladder, stepladder
escalofríos: tener ~   to shiver, have a
      chill
el escándalo   scandal 12; noise, carrying
      on
el escape del auto   car exhaust 6
escaso/a   scarce
el/la esclavo/a   slave 7
escoger   to choose, select
escondido/a   hidden 10
escondidas: a ~   in secret
la escopeta   shotgun

escribir to write
　~ **a máquina** to type 8
　~**se** to write to one another
escrito (*past part. of* **escribir**) written
el/la escritor/a writer
la escritura writing 7
el/la escultor/a sculptor
la escultura sculpture
la escupidera Spitoon/potty (*child's toilet*)
ese/esa that
ése/ésa (*demonstrative pron.*) that one
esencial: es ~ it is essential
el esmalte enamel
eso (*demonstrative pron.*) that (matter, idea)
　por ~ for that reason, therefore
esos/esas those
ésos/ésas (*demonstrative pron.*) those (ones)
la espada sword
la espalda back
espantoso/a frightening
la especia spice 5
la especie species
el espectáculo show 4; spectacle
el espectador spectator
esperar to expect; to hope 2
　es de ~ it is to be hoped
la esperanza hope 2
el/la espía spy 12
espiar to spy (on) 12
la espina thorn
el espionaje espionage 12
el espíritu spirit 10
espiritual spiritual 10
la esposa wife
el esposo husband
el esqueleto skeleton
el esquí skiing 1
　el ~ acuático water skiing 1
　el ~ alpino downhill skiing 1
　el ~ de fondo cross-country skiing 1
la estabilidad stability 12
establecerse to establish oneself 2
el estadio stadium
estallar to explode
estar to be; to be located
　~ **aburrido/a** to be bored
　~ **bonito/a** to look pretty
　~ **bueno/a** to be fresh (*food*); to taste good
　~ **casado/a** to be married
　~ **contento/a** (de) to be happy
　~ **desesperado/a** to be desperate
　~ **divorciado/a** to be divorced
　~ **embarazada** to be pregnant
　~ **en su punto** to be ready 5
　~ **enamorado/a** to be in love
　~ **guapo/a** to look handsome

~ **harto/a** (de) to be fed up (with) 2
~ **listo/a** to be ready
~ **malo/a** to be sick; to be spoiled (*food*); to be out of service (*machine*)
~ **mareado/a** to be dizzy
~ **muerto/a de hambre** to be starving, famished
~ **para** (+ *inf.*) to be about to (*do something*)
~ **resfriado/a** to have a cold
(**no**) ~ **seguro/a** to be (un)sure
~ **separado/a** to be separated
~ **vivo/a** to be alive
la estatua statue
este/esta this
éste/ésta (*demonstrative pron.*) this one
la estela monument, stela
estentóreo/a loud, booming
estirar to stretch out
esto (*demonstrative pron.*) this (matter, idea)
el estómago stomach
estornudar to sneeze
estos/estas these
éstos/éstas (*demonstrative pron.*) these (ones)
estregar to rub
el estrés stress 9
estrujar to wipe (clean)
la estufa stove
la etiqueta label
étnico/a ethnic
la evaluación evaluation
el evento event
evitar to avoid 5
el examen físico physical exam
la exhibición exhibition
exigir to demand
exiliar to exile 2
el exilio exile 2
la existencia existence
éxito: tener ~ to be successful
exitoso/a successful 8
explicar to explain
la exploración exploration
explotar to exploit
extender(se) (ie) to extend 7
la extinción extinction 6
extinguirse to extinguish; to go extinct 6
el/la extranjero/a stranger, foreigner 2
extranjero: en el ~ abroad 2
extrañar to miss (*someone, something*) 2
extraño/a strange 10
　es ~ it is strange

F
la fábrica factory 2
fabricar to make
la fachada façade 10

la faja girdle
fallecer to fail; to die 3
falta: hacerle ~ (a alguien, algo) to miss (someone, something), to lack 2
faltar to lack
la fama fame 4
la familia family
　la ~ extendida extended family 3
　la ~ nuclear nuclear family 3
la fantasía fantasy 11
el fantasma (*m.*) ghost 10
fantástico: es ~ it is fantastic
el/la farmacéutico/a pharmacist
fascinar to fascinate
fastidiar to bother
el fax fax
el fenómeno phenomenon 10
la fertilidad fertility 10
festejar to celebrate
el festival festival
la fibra fiber 9
la fidelidad faithfulness 3
el fideo noodle 5
la fiebre fever 9
fiel faithful 3
la fiesta party
la figura figure
la fila row
fin: por ~ finally, at last
finalmente finally, lastly
las finanzas finance 8
físico/a physical
flaco/a skinny
el flamenco flamenco (*type of music and dance*) 4
flaquito/a very skinny
la flauta flute
la flecha arrow
la flexibilidad flexibility 9
la flojera laziness 9
la flor flower
el foco light, lamp
el folclor folklore
folclórico/a folkloric
el fondo back (*of a room*)
forcejear to wrestle
forjado/a forged
la forma form
la fortaleza strength 8
la fotografía photograph, photography
el/la fotógrafo/a photographer
fotos: sacar ~ to take photos
fracasar to fail
la fractura fracture
fracturado/a fractured
el frasco jar 5
frecuencia: con ~ frequently
el fregadero sink
freído (*past part. of* **freír**) fried

freír (i, i) to fry
frente a in front of; opposite, facing
la fresa strawberry
fresco/a fresh 5
el frijol bean
frito/a fried, toasted
la fritura fritter
la frontera border 2
frustrar to frustrate
la fruta fruit
fuego: a ~ lento on a low heat 5
los fuegos artificiales fireworks
fuente: la ~ de inspiración source of inspiration 11
  las fuentes renovables de energía renewable energy sources 6
fuera de outside of
fuerte heavy, filling (*meal*)
la fuerza strength 1
  la ~ de trabajo work force 8
la función function
fundar to found
el fútbol soccer
  el ~ americano football

G

el gabinete cabinet
el gajo section (*e.g., of an orange*)
la galleta cookie, cracker
la gamba shrimp (*Sp.*)
el/la ganador/a winner 1
ganar to win 1; to gain (*weight*); to earn
los garabatos scribblings, doodles
la garganta throat
gastar to spend (*money*); to waste (*time*) 2
la gaveta drawer
la generación generation 2
general: por lo ~ in general
generalmente generally 2
el género genre 4
el/la gerente manager
el gerundio present participle
el gimnasio gymnasium
la gira tour 4
el globo balloon; sphere
el gol goal (*in sports*) 1
el golf golf
golpear to hit 1
el golpecito light pat
gozar to enjoy
la grabación recording 4
grabado/a etched
la grabadora recorder 4
grabar to record 4
la granada pomegranate
el grano seed (*of fruit*); grain
grasa: perder (ie) ~ to lose weight 1
las grasas fats

grasoso/a greasy
gripe: tener ~ to have the flu
gritar to yell, scream 1
el grupo group
el guante glove
guardar to save (*a document*)
la guerra war
el guisante pea 5
guisar to stew 5
la guitarra guitar
gustar to like, to please, be pleasing to
gustaría: Me ~ (pedir)... I would like (to order) . . .

H

haber (*auxiliary verb*) to have
había (*from* **haber**) there was/there were
hábil skillful
la habilidad skill 8
el/la habitante inhabitant 7
habitar to inhabit
hablar to speak
habrá (*from* **haber**) there will be
hacer to make; to do
  ~ clic to click (*with the mouse*)
  ~ la corte to court (*someone*)
  ~ ruido to make noise 6
  ~ tarde to delay, make (*someone or something*) late
  ~ una cita to make an appointment
  ~le falta (a alguien, algo) to miss (someone, something), to lack 2
  ~se to become 8
el hacha (*f.*) hatchet, ax
hacia toward(s)
hallarse to find oneself (*in a certain place*) 2
el hambre (*f.*) hunger
  tener (mucha) ~ to be (very) hungry
la hamburguesa hamburger
harto/a: estar ~ (de) to be fed up (with) 2
hasta until
  ~ luego see you later
  ~ que until
hastiado/a fed up, sick and tired
hay (*from* **haber**) there is, there are
  ~ que + *inf.* one must (*do something*)
el hecho event
hecho (*past part. of* **hacer**) made, done
hediondo/a foul-smelling, fetid
el helado ice cream
helado/a cold 5; icy
heredar to inherit 3
la herencia inheritance; heritage 3
la herida wound 9
herir (ie, i) to wound 9
el/la hermanastro/a stepbrother / stepsister

el/la hermano/a brother / sister
hervir (ie, i) to boil
hidroeléctricos: los recursos ~ naturales natural hydroelectric sources
el/la hijastro/a stepson / stepdaughter
el/la hijo/a son / daughter
hinchado/a swollen 9
hipotecado/a mortgaged
histórico/a historic
el hockey hockey
la hoja leaf 5
  la ~ de laurel bay leaf 5
el hombre de negocios businessman
hombros: echar los ~ para atrás to throw one's shoulders back
el homenaje homage
honrar to honor
el horario de trabajo work schedule 8
la hornilla burner (*on a stove*)
el horno oven
el horóscopo horoscope 10
hubo (*from* **haber**) there was/there were
el hueco space, break
el hueso bone
el huevo egg
huir to flee, run away from
los humos irritantes smog 6

I

el icono icon
la identidad identity
la igualdad equality 12
la ilustración illustration
la imagen image 11
imaginar to imagine 11
impedir (i, i) to stop, impede
el imperio empire
imperioso/a urgent
implacable relentless
imponente imposing
importante: es ~ it is important
importar to be important, to matter
imposible: es ~ it is impossible
impreso/a printed
la impresora printer
imprimido (*past part. of* **imprimir**) printed
imprimir to print
inalámbrico/a cordless
inalcanzable unattainable 6
inclinarse to lean over, bend forward
incluir to include
inconfundible unmistakable 11
la independencia independence 12
independiente independent 12
independizarse (de) to become independent (of *or* from) 3
el/la indocumentado/a undocumented immigrant 2

los indumentarios   clothes, outfit
la ineficiencia   inefficiency 12
la inestabilidad   instability 12
el infarto   heart attack 9
la infección   infection
la infidelidad   unfaithfulness 3
infiel   unfaithful 3
el infierno   hell 10
la inflamación   inflammation
la influencia   influence 12
la influenza   flu 9
influir   to influence 12
la infracción   crime 12
el/la ingeniero/a   engineer 7
la ingenuidad   ingenuity 11
ingerir (ie, i)   to ingest 9
la ingestión   ingestion 9
el ingreso   income 8
la iniciativa   initiative 8
el/la inmigrante   immigrant 2
inmigrar   to immigrate 2
inquietarse   to worry
insistir (en)   to insist (on)
la insolación   sunstroke
el insomnio   insomnia 9
el instrumento   instrument
interesar   to interest
la interpretación   performance 4
interpretar   to interpret, perform (*a piece of music, a role, etc.*) 4
el/la intérprete   performer 4
íntimo/a   close (*i.e., friends*), intimate 3
inválido/a   physically challenged
inventar   to invent 7
invernadero: el efecto ~   greenhouse effect 6
la investigación   research
la inyección   injection
ir   to go
  ~ a + *inf.*   to be going to (*do something*)
  ~se   to leave, go away
irritado/a   irritated 9
irritar   to irritate
izquierda: a la ~   to the left

J

jadeante   panting
el jai alai   jai alai
jamás   never
la jaqueca   headache 9
el jarabe   syrup
el/la jardinero/a   gardener
jarras: en ~   akimbo
la jaula   cage
la jerarquía   hierarchy 7
jerarquizar   to rank, to create a hierarchy 7
jeroglífico/a   hieroglyphic
jondo/a   emotional, dramatic

el jonrón   home run 1
el/la joven   young person, youth
jubilarse   to retire 8
el judaísmo   Judaism 10
el juego   game 1
  el ~ de mesa   board game 1
  el ~ de pelota   ball game 1
la jugada   play, move (*in a board game*) 1
el/la jugador/a   player 1
jugar (ue)   to play (*a sport or game*) 1
el jugo   juice
junto/a   together 3
junto a   next to, alongside of
la justicia   justice 12

K

el kilo   kilogram 5

L

la   (*direct object pron.*) her, it (*f.*), you (*f.*); (*def. article*) the
  ~ cual   (*relative pron.*) the one that, who
  ~ que   (*relative pron.*) the one that, who
labrado/a   sculpted
lácteos: los productos ~   dairy products
lado: al ~ de   beside, next to
ladrar   to bark
el ladrón / la ladrona   thief 12
las lagañas   bleariness
el lagartijo   lizard
el lago   lake
lamentable: es ~   it is regrettable
lamentar   to lament, to regret, to be sorry
la lana   wool 7
la langosta   lobster
el/la lanzador/a   pitcher 1
lanzar   to throw, to pitch 1
la lápida   tombstone
las   (*direct object pron.*) them, you (*f.*); (*def. article*) the
  ~ cuales   (*relative pron.*) the ones that, who
  ~ que   (*relative pron.*) the ones that, who
lástima: es (una) ~   it is a shame
  tener ~ de   to pity
lastimar(se)   to injure (oneself) 1
la lata   can 5
  dar la ~   to annoy
laurel: la hoja de ~   bay leaf 5
el lavaplatos   dishwasher
lavarse   to wash oneself
los lazos familiares   family ties 3
le   (*indirect object pron.*) to/for him, her, you, it
la leche   milk
la lechuga   lettuce

leer   to read
la legalización   legalizing, legalization 2
legalizar   to legalize 2
las legumbres   vegetables
leído (*past part. of* leer)   read
lejano/a   far 2
lejos de   far from
la lengua   tongue
la leña   firewood
les   (*indirect object pron.*) to/for them, you
la letra   lyrics, letter 4
levantar   to raise, lift
  ~ pesas   to lift weights 9
  ~se   to get up
liberar   to liberate 12
la libertad   liberty 12
la libra   pound
librar   to liberate 12
libre   free
el libro   book
la licenciatura   college degree 8
la licuadora   blender
el líder   leader 12
el lienzo   canvas 11
la liga   league 1
ligero/a   light
limpiar   to clean
lingüístico/a   linguistic
el lío   problem
el litro   liter 5
llamar   to call
  ~se   to be called, named
el llanto   weeping, crying
llegar   to arrive
llenar (una solicitud)   to fill out (an application) 8
llevar   to take; to carry; to wear
  ~ en peso (a alguien)   to drag (someone) off
  ~se bien / mal   to get along well / poorly 3
la lluvia ácida   acid rain 6
lo   (*direct object pron.*) him, it (*m.*), you (*m.*)
  ~ cual   (*neuter relative pron.*) what, which (*refers to a previously stated idea or concept*)
  ~ que   (*neuter relative pron.*) what, which (*refers to a previously stated idea or concept*)
lóbrego/a   gloomy
lograr   to achieve 1
el logro   achievement 2
el lomo   back (*of an animal*)
la lona   canvas
los   (*direct object pron.*) them, you (*m.*); (*def. article*) the
  ~ cuales   (*relative pron.*) the ones that, who
  ~ que   (*relative pron.*) the ones that, who

la lucha   fight, struggle 7
  la ~ libre   wrestling 1
luchar   to fight 7
lucir   to wear
luego   later
lugar: en ~ de   instead of
luminoso/a   luminescent 11

M

la madera   wood 6
la madrastra   stepmother
la madre   mother
la madreselva   honeysuckle
la madrugada   dawn, early morning
el/la maestro/a   teacher
  la obra maestra   masterpiece 11
la magia   magic 10
el/la mago/a   magician 10
el maíz   corn
malcriar   to spoil, pamper 3
los males   evil
malévolo/a   malicious 10
malherido/a   gravely wounded
malo: es ~   it is bad
el maltrato   abuse 12
  el ~ de mujer   woman abuse 12
  el ~ infantil   child abuse 12
el manantial   spring (*water*)
la mancha   stain
mandar   to give orders; to send 8
manosear   to touch, handle
el maní   peanut 5
la mano   hand
  a ~   by hand 11
mantener   to maintain 1
mantenerse en forma   to stay in shape
la manzana   apple
maquillarse   to put on make up
máquina: escribir a ~   to type 8
la maraña   thicket
maravilloso: es ~   it is marvelous
el marco   frame
mareado/a   dizzy
marearse   to get dizzy 9
el mareo   dizziness 9
el mariachi   member of a mariachi band 4
el marido   husband
marinar   to marinate 5
el marisco   shellfish
el mármol   mable
más   more
  ~ . . . que   more . . . than
  ~ de (+ *number*)   more than (*number*)
el más allá   hereafter 10
la máscara   mask
matar   to kill
materno/a   maternal 3
el mayombé   Afro-Cuban religion
mayor   older, greater
la mayoría   majority

me   (*reflexive pron.*) myself ; (*direct object pron.*) me; (*indirect object pron.*) to/for me
  ~ gustaría (pedir)...   I would like (to order) . . .
el/la mecánico/a   mechanic
la mecedora   rocking chair
mecer   to rock (*a cradle*)
el/la médico/a   doctor
el medio ambiente   environment
medio cocido/a   partially cooked 5
medir (i, i)   to measure 5
el mejillón   mussel 5
mejor: es ~   it is better
mejorarse   to get better 9
la melena   mane
la melodía   melody 4
menor   younger
menos   less
  a ~ que (+ *subjuncitve*)   unless
  por lo ~   al least
el mensaje   message
la mente   mind 9
mentir (ie, i)   to lie
el menú   menu
menudo : a ~   sometimes
el mercadeo   marketing 8
el mercado   market 8
el merengue   merengue (*type of music and dance*) 4
la meta   goal 8
meter   to get in (*i.e., make a basket, score a goal, etc.*) 1
mezclar   to mix
mí   (*prepositional pron.*) me
el micro   microwave
el micrófono   microphone 4
el microondas   microwave
miedo: tener ~ de   to be afraid of
mientras   while
la migra   immigration police 2
la minoría   minority
mismo/a   same
  al mismo tiempo   at the same time 2
  por sí mismo/a   for oneself 3
el misterio   mystery 10
el mito   myth 10
el/la modelo   model
el modem   modem
moderno: el arte ~   modern art
mofarse   to sneer
mohoroso/a   rusty
mojarse   to wet, get wet
molestar   to bother
la monarquía   monarchy 12
la monja   nun 10
el mono   monkey
monocorde   monotonous
morado/a   purple
el moratón   bruise 9

morder (ue)   to bite
moribundo/a   dying, half dead
morir (ue, u)   to die
el mosaico   mosaic
la mostaza   mustard
mover (ue)   to move
el/la muchacho/a   boy / girl
muerta: la naturaleza ~   still life 11
muerto (*past part. of* morir)   died
la muerte   death
  la pena de ~   death penalty 12
muerto/a de hambre   starving, famished
mugriento/a   filthy
mujer: el abuso de ~   woman abuse 12
  la ~ de negocios   businesswoman
  la ~ política   (female) politician 12
la multa   fine, (traffic) ticket 12
  poner una ~   to fine 12
multimedia   multimedia
la muñeca   wrist
el mural   mural
el músculo   muscle
la música   music
el/la músico/a   musician
la mutis   exit (*characters, from the stage*)

N

nacer   to be born 2
el nacimiento   birth
nada   nothing
nadie   no one, not anyone
los naipes   playing cards 1
la nana   boo-boo, minor injury
la naranja   orange
el narcotráfico   drug trafficking 12
la nariz   nose
la natación   swimming
la naturaleza   nature
  la ~ muerta   still life (*painting*) 11
el náufrago   shipwrecked person
náuseas: tener ~   to be nauseous
navegar (por Internet)   to surf (the Internet) 8
necesario: es ~   it is necessary
necesitar   to need
negar (ie)   to deny
el negocio   business 8
negocios: el/la hombre/mujer de ~   businessman / businesswoman
el/la nene   child
el nervio   nerve 9
neutro/a   neutral 11
la nevada   snowfall
ni . . . ni   neither . . . nor
el nido   nest
el/la nieto/a   grandson / granddaughter
ningún, ninguno/a   none, not any
la niñera   nanny 3
la niñez   childhood
el/la niño/a   baby / toddler / child

no no, not

la Nochebuena Christmas Eve

nocivo/a harmful 6

nombrar to name 3

el nombre name 3

nos (*reflexive pron.*) ourselves; (*direct object pron.*) us; (*indirect object pron.*) to/for us

nosotros/as (*subject pron.*) we; (*prepositional pron.*) us

la novedad novelty

la novia girlfriend; bride 3

el noviazgo courtship 3; period of engagement (*before marriage*)

el novio boyfriend; groom 3

la nuera daughter-in-law

nuevo/a new

la nuez nut 5

nunca never

nutritivo/a nutritious

O

o . . . o either . . . or

la obesidad obesity 9

la obra work 7

la ~ maestra masterpiece 11

el ocio leisure, free time 1

ocultar to hide 10

ocupar to occupy 7

ocurrir to happen, occur

el oficio craft 11

la ofrenda offering 10

el oído inner ear

oído (*past part. of* **oír**) heard

oír to hear

el ojo eye

la ola wave

el óleo oil paint 11

oler to smell

la olla pot

oloroso/a a smelling of

olvidar to forget 2

el ombligo navel, belly button

la operación operation 9

operar to operate 9

la opresión oppression 12

oprimir to push (*a button*)

el ordenador computer (*Sp.*)

ordenar to give orders

la oreja ear

el orgullo pride

orgulloso/a proud 2

la orilla shore

la orquesta orchestra 4

la ortiga nettle

os (*reflexive pron.*) yourselves (*fam. pl.*); (*direct object pron.*) you; (*indirect object pron.*) to/for you

oscuro/a dark

P

el/la paciente patient

el paco-ladrón (game of) cops and robbers

padecer to suffer from 9

el padrastro stepfather

el padre father

los padres parents

pagar to pay, pay for

el paisaje landscape 11

la paja straw

el pájaro bird

la palangana wash basin

la paleta palette

el palo club (*sports equipment*); pole, stick

el pan bread

la pantalla screen (*TV, movie, etc.*)

el pantano marsh

la pantorilla calf (*lower part of leg*)

la papa potato (*L. Am.*)

papel: desempeñar un ~ to play a role 3

para for; in order to; by (*a certain time*);

~ chuparse los dedos finger-licking good 5

~ colmo to top it all off

~ que (+ *subjuncitve*) so that

el paracaidismo parachuting 1

el paraje open space, expanse

parapente: hacer ~ to hang-glide 1

pararse to stand around

parecer to appear, seem

la pareja pair, couple; partner 3

el/la pariente family member, relative

parir to give birth

el parlante speaker (*computer, stereo, etc.*)

participar to participate

el partido game, match

pasmado/a stale, old, musty (*e.g., a smell*)

el paso footstep

el pastel cake

la pastilla pill

el pastito grass

el/la pastor/a minister, preacher (*literally, shepherd*) 10

la pata paw, foot (*of an animal*)

la patata potato (*Sp.*)

patear to kick

paterno/a paternal 3

el patinaje skating

el ~ en línea in-line skating 1

el ~ sobre hielo ice skating

patinar to skate

los patines skates

la patria homeland 2

el pecho chest

quitarle el ~ to stop nursing (*a baby*)

la pechuga breast 5

el pedazo piece 5

el pedido order

pedir (i, i) to ask for, to request; to order

peinarse to comb (one's hair)

pelar to peel 5

el peldaño step (of a stairway)

pelear to fight 3

~se to fight with one another

el peligro danger 6

la pelota ball

el/la peluquero/a hair stylist

la pena de muerte death penalty 12

penoso/a distressed

pensar (ie) en to think about 3

peor: es ~ it is worse

el pepinillo pickle

el pepino cucumber

la pera pear

la percusión percussion (*drums, etc.*) 4

perder (ie) to lose

echar a ~ to spoil 5

~ grasa to lose weight 1

la pérdida loss

el perejil parsley 5

la pereza laziness 9

el/la periodista journalist

perjudicar to harm 6

permanecer to remain 8

permitir to give permission

pero but, however

pertenecer to belong

la pesadilla nightmare 10

pesado/a heavy

las pesas weights (*exercise equipment*) 9

el pescado fish

el peso weight 9

bajar de ~ to lose weight 9

el petróleo oil 6

el derrame de ~ oil spill 6

el pez fish

el piano piano

picado/a chopped

picante hot, spicy

picar to chop 5

el pie foot

la piedra stone

la pierna leg

la pieza piece; room

la pila pile

la píldora pill

el pillo bad guy

el/la piloto/a pilot

la pimienta (black) pepper

el pimiento verde green pepper

el pincel brush

pintado/a a mano hand-painted

pintar to paint

el/la pintor/a painter

la pintura painting

la piña pineapple

la **piola** cord
la **pirámide** pyramid 7
la **pista** rink (*for ice skating, hockey, etc.*); track
el **planeta** planet
la **plata** (*slang*) money
el **plátano** banana
el **platillo** small plate, saucer
el **plato** plate
plazo: de corto ~ short-term 8
  de largo ~ long-term 8
la **plegaria** supplication
el/la **plomero/a** plumber
el **plomo** lead 6
la **población** population
poblar (ue) to inhabit
la **pobreza** poverty 2
la **pocilga** pigpen
el **poder** power 7
poder (ue) to be able, can
poderoso/a powerful
el/la **policía** police officer
la **política** politics
el/la **político/a** politician 12
el **pollo** chicken
el **pololo** boyfriend
poner to put, place
  ~ **una multa** to fine 12
  ~**se (la ropa)** to put on (clothes)
  ~**se a** (+ *inf.*) to begin to (*do something*)
por for; because; on behalf of; in place of; around, past, through; by; in exchange for; per
  ~ **ahí** around there
  ~ **ahora** for the time being
  ~ **allí** around there
  ~ **aquí** around here
  ~ **casualidad** by chance
  ~ **completo** completely
  ~ **cuenta** apparently
  ~ **ejemplo** for example
  ~ **eso** for that reason, therefore
  ~ **favor** please
  ~ **fin** finally
  ~ **lo general** in general
  ~ **lo menos** al least
  ~ **lo tanto** therefore
  ~ **lo visto** apparently
  ~ **poco** almost
  ~ **si acaso** just in case
  ~ **sí mismo/a** for oneself 3
  ~ **suerte** by luck
  ~ **supuesto** of course
  ~ **último** lastly
la **porción** portion
el **pordiosero** beggar
portátil portable
poseer to possess, own
posible: es ~ it is possible

la **posta** first-aid station
el **postre** dessert
potable drinkable (*water*) 6
el **pozo** well (*for water*)
practicar to practice
preciso: es ~ it is necessary
preferible: es ~ it is preferable
preferir (ie, i) to prefer
preguntar to ask
el **premio** prize 4
prender to turn on (*a light, machine, etc.*) 6
preocupar to worry
  ~**se (por)** to worry (about)
preparado/a prepared
la **preservación** preservation 6
preservar to preserve 6
la **presidencia** presidency 12
la **presidenta** president 12
el/la **presidente** president 12
presión: la ~ **arterial** blood pressure 9
  tomarle la ~ to take (one's) blood pressure 9
presionar to push (*a button*)
prestar atención to pay attention 3
la **prevención** prevention 6
prevenir to prevent 6
primarios: los colores ~ primary colors
primero first
el/la **primo/a** cousin
principiar a to begin to
la **prisión** prison
el/la **prisionero/a** prisoner 12
el **privilegio** privilege 12
probable: es ~ it is probable
el **procesador de comidas** food processor
producir to produce
los **productos lácteos** dairy products
el **programa** program
  el ~ **social** social program
el/la **programador/a de computadores** computer programmer
la **prohibición** prohibition 12
prohibir to forbid, to prohibit 12
prometedor/a promising 8
pronto: tan ~ **como** as soon as
la **propina** tip
el **propósito** purpose
la **protección** protection 6
proteger to protect 6
provenir de to come from, to arise from 6
la **prueba** test, exam
el/la **psicólogo/a** psychologist
publicar to publish 8
la **publicidad** publicity; publishing 8
público/a public
el **pueblo** town, village; people
el **puesto** work, position, job 8
puesto (*past part. of* **poner**) put, placed, set

el **pulmón** lung 9
pulposo/a fleshy
pulsar to push/press (*a button*); to click (*with the mouse*)
el **pulso** pulse 9
la **puntería** aim
el **punto** point 1
  estar en su ~ to be ready 5
el **puño** fist
la **purificación** purification 6
purificar to purify 6

Q

que (*conjunction*) that; (*relative pron.*) that, who, whom
la **quebrada** stream
quebrado/a broken
quedar to be left over; to remain
la **queja** complaint 10
quejarse (de) to complain (about) 10
quejumbroso/a complaining, nagging
la **quemadura** burn 9
quemarse to get burned 5; to get a sunburn
querer (ie) to want; to love
el **queso** cheese
quien (*pl.* **quienes**) who, whom
quieto/a: dejar (a alguien) ~ to leave (*someone*) alone
el/la **químico/a** chemist
quisiera (*form of* **querer**) I would like
  ~ **pedir . . .** I would like to order . . .
quitar: ~**le el pecho** to stop nursing (*a baby*)
  ~**se (la ropa)** to take off (clothes)
quizás perhaps

R

el/la **rabino/a** rabbi 10
radiactivo/a radioactive 6
la **radiografía** X-ray
la **raíz** root 2
la **raja** slice 5
rallar to shred 5
la **rama** branch (*of a tree*)
la **ramita** sprig 5
raptar to kidnap
la **raqueta** racket
raspar to scrape, scratch 4
el **ratón** mouse
realce: darle ~ to highlight
la **realidad virtual** virtual reality
la **realización** achievement, accomplishment 11
realizar to achieve 11
realizarse to become true 2
la **rebanada** slice
rebanado/a sliced
recargado/a planted

recargar to recharge 6
el/la recepcionista receptionist
la receta prescription (*for medicine*); recipe 5
recetar to prescribe 9
rechazar to reject 2
el rechazo rejection 2
recibir to receive
reciclado/a recycled 6
la reciedumbre strength, fortitude
los recién casados newlyweds 3
recio/a robust
el recipiente container 5
recoger to pick up; to gather
recomendar (ie) to recommend
reconocer to recognize 4
el reconocimiento recognition 4
recordar (ue) to remember 2
recortado/a shortened (*e.g., trousers*)
recostado/a leaning
el recuerdo memory, remembrance 2
el recurso resource 12
    los recursos hidroeléctricos naturales natural hydroelectric sources
la Red Internet, network
la reducción reduction 6
reducir to reduce 6
reemplazar to replace 6
el reemplazo replacement 6
el refectorio dining hall (*in school*)
el refresco soft drink
el/la refrigerador/a refrigerator
regar (ie) to water (*plants*)
la regla rule 1
reír to laugh
rejuvenecer to rejuvenate 9
las relaciones públicas public relations 8
relajante relaxing 1
relajarse to relax 9
el relámpago lightning
la religión religion
religioso/a religious
el reloj clock, watch
reluciente shining
el remedio solution, remedy 2
    tener ~ to have a solution
remendado/a mended, stitched
el remo rowing 1
remojar to soak 5
remolino: el ~ de gente a crowd of people
el renacimiento renaissance 11
las rendijas bars (*on a window*)
la renuncia resignation, quitting (*a job*) 8
renunciar to resign, to quit 8
la reparación repair, repair work 6
reparar to repair 6
repetir (i, i) to repeat
la réplica replica

el/la reportero/a reporter
reposo: en ~ at rest 9
rescatar to rescue 6
el rescate rescue 6
resfriado/a: estar ~ to have a cold
resfrío: tener ~ to have a cold
el/la residente resident 2
residir to reside 2
resolver to resolve
respetar to respect 3
    ~se to respect one another
el respeto respect 3
respirar to breathe
la responsabilidad responsibility
    la ~ ecológica ecological responsibility
resquebrajado/a cracked
restringir to restrict 6
resuelto (*past part. of* **resolver**) resolved
retirado/a behind
retrasar to delay, postpone
el retrato portrait
reunir to reunite 2
reusar to reuse
revelar to reveal, to develop (*photography*) 11
el/la revolucionario/a revolutionary, one who supports a revolution 12
revolver (ue) to stir 5
rezar to pray 10
el rezo prayer 10
rezongar to grumble
rico/a rich, delicious
ridículo: es ~ it is ridiculous
riesgar to risk 9
el riesgo risk 9
el rinconcito small corner
el riñón kidney 9
la riqueza wealth 2
rítmico/a rhythmic 4
el ritmo rhythm 4
el rito ritual
el robo robbery
el rocío dew
rodar (ue) to roll
la rodilla knee
rogar (ue) to beg, to plead
romper to break
    ~ con to break up with 3
romperse to break (*an arm, a leg, etc.*)
ronco/a hoarse 9
el ropero wardrobe, closet
el rostro face
roto (*past part. of* **romper**) broken;
roto/a (*adj.*) broken 9
el rótulo sign
el rugido roar
el ruido noise 6
las ruinas ruins 7
rulo: ser tan de ~ to be afraid

S

saber to know (*facts*)
    ~ a to taste like 5
sabio/a wise 3
el sabor flavor 5
saborear to taste 5
sabroso/a delicious, tasty
sacar to take, take out; to get (*a grade*)
    ~ fotos to take photos
el sacerdote priest 7
el sacrificio sacrifice
las sacudidas shaking (*as to awaken someone*)
sacudir to touch
la sal salt
la sala de emergencia emergency room
salado/a salty 5
el salario salary 8
salir to leave; to go out
el/la salsero/a salsa music singer 4
la salud health
    tener buena ~ to be in good health
    tener mala ~ to be in bad health
salvar to save
sangrar to bleed
la sangre blood
sano/a healthy
la sartén frying pan
la sátira satire 11
el saxofón saxophone
se (*reflexive pron.*) himself, herself, yourself, themselves, yourselves; (*indirect object pron. replaces* **le** *when followed by direct object* **lo/la/los/las**)
seco/a dry
el/la secretario/a secretary
secuestrar to kidnap; to hijack 12
el secuestro kidnapping, hijacking 12
secundarios: los colores ~ secondary colors
la seda silk
sedentario/a sedentary
seguida often 2
el/la seguidor/a follower 10
seguir (i, i) to follow
según according to
la seguridad security, safety 12
seguro/a: (no) estar ~ to be (un)sure
    no es seguro it's not certain
la selva tropical rain forest 6
sembrado/a scattered
la semejanza similarity
la semilla seed 5
sentarse (ie) to sit down, be seated
el sentimiento feeling 3
sentir (ie, i) to be sorry, to lament, to regret
sentirse (ie, i) to feel 9
    ~ bien/mal to feel good/bad 9

separado/a separated
separarse to become separated (*in a marriage*) 3
sepultar to bury
ser to be
  ~ **aburrido/a** to be boring
  ~ **bonito/a** to be pretty
  ~ **bueno/a** to be good
  ~ **divertido/a** to be funny, enjoyable
  ~ **guapo/a** to be handsome, good-looking
  ~ **listo/a** to be clever, bright
  ~ **malo/a** to be bad, evil (*people*); to be of bad quality (*things*)
  ~ **vivo/a** to be lively, outgoing
el servicio service
la servilleta napkin
servir (i, i) to serve
si if
  como ~ as if
sí yes
el SIDA AIDS 9
siempre always
el siglo century
silbar to hiss, to whistle
el símbolo symbol
simultáneamente simultaneously, at the same time 2
sin without
  ~ **que** (+ *subjunctive*) without
sino rather, on the contrary
  ~ **que** (+ *verb clause*) but rather
el síntoma symptom
sobornar to bribe 12
el soborno bribery 12
sobre about; on; above
la sobrepoblación overpopulation 6
sobrepoblar (ue) to overpopulate 6
sobresaliente outstanding 1
sobrevivir to survive 10
el/la sobrino/a nephew / niece
soler (ue) to be used to, to be accustomed to 2
el/la solicitante job applicant 8
solicitar to apply for 8
la solicitud application 8
  llenar una ~ to fill out an application 8
la solidaridad unity, solidarity 3
el sollozo sob
soltado (*past part. of* **soltar**) let go, released
soltar (ue) to loosen; to release 12
soltero/a single, unmarried
la solución solution
la sombra shadow 11
el sombrero hat
sombrío/a somber 11
el son son (*type of music*) 4
sonarse (ue) to blow one's nose
el/la sonero/a son music singer 4

sonreír (i, i) to smile
soñar (ue) con to dream about 3
soñoliento/a sleepy
la sopa soup
soplar to blow
el soporte técnico technical support 8
sorberse los mocos to sniffle
el soroche altitude sickness
sorprendente: es ~ it is surprising
sorprender to surprise
soso/a bland 5
sospechar to suspect 3
sostener to maintain
suave soft
subir to climb
  ~ **el volumen** to turn up the volume
substituir to substitute
el sudor sweat
el/la suegro/a father-in-law / mother-in-law
el sueldo salary 8
suelto/a freed, let go, loose
la suerte luck
  es una ~ it is lucky
  por ~ by luck
  una ~ **de apellidos** a whole list of last names
el sufrimiento suffering 9
sufrir (de) to suffer (from) 9
sugerir (ie, i) to suggest
sumo: a lo ~ at the most
superar to overcome 2
el/la supervisor/a supervisor
suplir to supply 8
supuesto: por ~ of course
el susto fright 10

T
el taburete stool
tal vez perhaps
talar to cut down (*trees in a forest*) 6
el tallo flower stem
el tamaño size
también also, too
el tambor drum 4
tampoco neither
tan: ~ **. . . como** as . . . as
  ~ **pronto como** as soon as
tanto/a as much; **tantos/as** as many; **tanto/a/os/as . . . como** as much/many as
la tapa appetizer (*Sp.*)
la tasa delictiva crime rate 12
la taza cup
te (*reflexive pron.*) yourself; (*direct object pron.*) you; (*indirect object pron.*) to/for you
el té tea
el teclado keyboard
la tecnología technology

el/la tejedor/a weaver
la telaraña spider web, cobweb
el telón backdrop
temblar (ie) to tremble
temer que to fear, to be afraid of
temible fearful 6
el templo temple
temprano early
tender (ie) a to tend to 8
el tenedor fork
tener to have
  ~ **alergia a...** to be allergic to . . .
  ~ **apetito** to have an appetite
  ~ **buena salud** to be in good health
  ~ **catarro** to have a cold
  ~ **celos** to be jealous 3
  ~ **dolor** to have pain
  ~ **escalofríos** to shiver, have a chill
  ~ **éxito** to be successful
  ~ **gripe** to have the flu
  ~ **(mucha) hambre** to be (very) hungry
  ~ **látima de** to pity
  ~ **mala salud** to be in bad health
  ~ **miedo de** to be afraid of
  ~ **náuseas** to be nauseous
  ~ **remedio** to have a solution
  ~ **resfrío** to have a cold
la tenida outfit
el tenis tennis
la terapia therapy
la ternura tenderness
terrible: es ~ it is terrible
el territorio territory
la tez skin, complexion
ti (*prepositional pron.*) you
el tiempo time; weather
  al mismo ~ at the same time 2
  el ~ **completo** full-time 8
  el ~ **parcial** part-time 8
tierno/a tender
la tierra land, earth 2
tieso/a stiff
tinto: el vino ~ red wine
el/la tío/a uncle / aunt
la tiranía tyranny 12
tirar to throw out 6; to spill
el tiro con arco archery 1
la toalla terrycloth
el tobillo ankle
tocar to play (*an instrument*)
todavía no not yet
todo el tiempo all the time
todos los días every day
tomar
  ~ **fotos** to take photos
  ~ **por sentado/a** to take for granted 3
tomarle la presión to take (one's) blood pressure 9
el tomate tomato

torcerse (ue) to twist
torcido/a twisted 9
la tortuga tortoise, turtle
la tos cough 9
toser to cough
la tostada fried corn tortilla
la tostadora toaster
el/la trabajador/a worker
  el/la ~ social social worker
trabajar to work
el trabajo work, job 8
  la fuerza de ~ work force 8
  el horario de ~ work schedule 8
la tradición tradition
traducir to translate
traer to bring (along)
el tráfico de drogas drug trafficking
transcendental: es ~ it is extremely
  important
el trapo rag
trasladar(se) to move (*residence*) 2
través: a ~ de through, by means of 2
el trazo (de lápiz) (pencil) drawing
treparse en to climb onto
triunfar to succeed
el trombón trombone
la trompeta trumpet
el/la trotador/a runner, jogger
el trozo piece 5
tú (*subject pron.*) you
tutear to call someone **tú** (*instead of* **Ud.**)

U
ultravioleta: las radiaciones ~ UV rays
el uniforme uniform
unir to unite
la urbanización residential development
urgente: es ~ it is urgent
usted (Ud.) (*subject pron.*) you (*form.*);
  (*prepositional pron.*) you
ustedes (Uds.) (*subject pron.*) you (*pl., m.*
  or f.)

las uvas grapes

V
la vacuna vaccine
la vainilla vanilla
el vaivén rhythm
valer to be worth
la vaquita calf
la vasija pot, container
el vaso glass
el vecindario neighborhood
el/la vecino/a neighbor
el venado deer
vencer to conquer 7
la venda bandage
vendar to bandage
el/la vendedor/a salesperson
vender to sell
vengarse to take revenge
venir to come
las ventas sales 8
ver to see
verdad: no es ~ it is not true
las verduras vegetables
vertiginoso/a dizzy
las vestiduras clothes
vestir (i, i) to dress
  ~se (i, i) to get dressed
el/la veterinario/a veterinarian
la vez time (*in a series*)
  a la ~ at the same time 2
  de ~ en cuando from time to time 2
  en ~ de instead of
  tal ~ perhaps
la vía track (*of a train*)
la víctima victim (*male or female*) 12
el videojuego video game 1
el vidrio glass
el vientre belly; womb
el vino wine
  el ~ blanco white wine
  el ~ tinto red wine

la violación rape; violation 12
violar to rape 12
la violencia violence 12
  la ~ doméstica domestic violence,
  spouse abuse 12
el violín violin
virtual: la realidad ~ virtual reality
visto (*past part. of* **ver**) seen
el/la viudo/a widower / widow 3
vivir to live
vociferar to shout
el volibol (or vólibol) volleyball
el volumen volume
  bajar el ~ to turn down the
  volume
  subir el ~ to turn up the volume
volver (ue) to come back, return
vomitar to vomit
vosotros/as (*subject pron.*) you
  (*pl. fam.*); (*prepositional pron.*)
  you
la voz voice 4
vuelto (*past part. of* **volver**) returned

W
el/la webjefe/a webmaster 8

Y
la yerba grass
el yerno son-in-law
el yeso cast
yo (*subject pron.*) I
el yuyito small weed

Z
la zanahoria carrot
el/la zapatero/a cobbler, person who
  makes or repairs shoes
zonzo/a silly, foolish
zumbar to buzz
el zumbido buzzing
el zumo (*Sp.*) juice

ÍNDICE

PERMISSIONS AND CREDITS

The authors and editors wish to thank the following persons and publishers for permission to include the works or excerpts mentioned.

Text

Chapter 1: p. 18: From Patricia Van Rhijn, *La Quisicosa: Adivinanzas Tradicionales Para Ninos.* Reprinted by permission of the author.

Chapter 2: p IE 7: "*Americanos, como los Olmos*", Giselle Balido, from *Cristina la revista*, Ano 8, no. 11, pp. 36–7, copyright © by Editorial Televisa; p. 49: "Corrido del Immigrante" from *Mexican Voices, American Dreams: An Oral History of Mexican Immigration to the United States*, Marilyn Davis, ed. Copyright © by Marilyn Davis. Reprinted by permission of Henry Hold and Company, LLC; p. 50: "Verse I" "Verses XXXIX" by Jose Marti are reprinted with permission from the publisher of *Versos Sencillos/Simple Verses* (Houston: Arte Publico Press–University of Houston, 1997); p. 50: "Declaracion" from *Viente Anos de Literatura Cubano Americana* (1994) by Uva Clavijo. Reprinted by permission of Bilingual Press, Arizona State University, Tempe, AZ.; p. 51: "Aqui Estoy Yo Ahora" by Ema Sepulveda is reprinted with permission from the publisher of *Death to Silence/Muerte al Silencio* (Houston: Arte Publico Press–University of Houston, 1997); p. 52: "Mexico", Text Copyright © 1997 by Alma Flor Ada. Used by permission of HarperCollins publishers; p. 52: "Orgullo", Text Copyright © 1997 by Alma Flor Ada. Used by permission of HarperCollins publishers; p. 52: Reprinted with permission of the publisher, Children's Book Press, San Francisco, CA. www.childrensbookpress.org. From *Laughing Tomatoes and Other Spring Poems/Jitomates Risuenos y otros poemas de primavera.* Copyright © 1997 by Francisco X. Alarcon.

Chapter 3: p. IE 8: http://www.yupimsn.com/amor/consultorio/index.cfm; p. 60: Torres, Doris. *Imagen*, Diciembre 1997, pp. 55–56, 58, "El Valor de la Amistad." Casiano Communications Inc.; p. 75: From Patricia Van Rhijn, *La Quisicosa: Adivinanzas Tradicionales Para Ninos.* Reprinted by permission of the author; p. 80: Reprinted by permission of Elena Poniatowska.

Chapter 4: p. 88: From http://americasalsa.com/lamusica.html, "Una Historia de la Musica Salsa" by Alberto Bonne; p. 109: From Federico Garcia Lorca, Seymour Resnick, ed. *Nine Centuries of Spanish Literature (dual-language).* Reprinted by permission of Dover Publications, Inc.; p. 110: Permission granted by Herederos de Nicolas Guillen.

Chapter 5: p. IE 9: http://www.heureka.fi; p. 118: www.enespanol.com; entrate@enespanol.com; p. 132: From Patricia Van Rhijn, *La Quisicosa: Adivinanzas Tradicionales Para Ninos.* Reprinted by permission of the author; p. 137: From *La Casa en Mango Street.* Copyright © 1984 by Sandra Cisneros. Published by Vintage Espanol, a division of Random House Inc. Translation copyright © 1994 by Elena Poniatowska. Reprinted with permission of the Susan Bergholz Literary Services, New York. All rights reserved.

Chapter 6: p. 144: http://www.infodisc.es/ecos21; p. 148: From Papelera Peninsular. Madrid, Spain; p. 159: From Patricia Van Rhijn, *La Quisicosa: Adivinanzas Tradicionales Para Ninos.* Reprinted by permission of the author; p. 164: "Alegria" and "Tristeza" from *Sorrow, A Bilingual Poetry Edition* (Curbstone Press, 1999) by Claribel Alegria, English translation by Carolyn Forche. Reprinted by permission of Curbstone Press. Distributed by Consortium; p. 164: "Arbolito Flores Amarillas", From *Pichka Harawikuna: Five Quecha Poets: An Anthology*, ed. by Julio Norega Bernuy, Translated by Maureen Ahern, Copyright 1998 by Latin American Literary Review Press. Reprinted by permission of the publisher; p. 165: "Incinerario", From *Pichka Harawikuna: Five Quecha Poets: An Anthology*, ed. by Julio Norega Bernuy, Translated by Maureen Ahern, Copyright 1998 by Latin American Literary Review Press. Reprinted by permission of the publisher; p. 165: "Vete ya, senor", From *Pichka Harawikuna: Five Quecha Poets: An Anthology*, ed. by Julio Norega Bernuy, Translated by Maureen Ahern, Copyright 1998 by Latin American Literary Review Press. Reprinted by permission of the publisher; p. 166: "XI", by Antonio Mochado, as appeared in Arturo Ramoneda, *Antologia de la Literatura Espanola del Siglo XX.* Copyright © 1988.

Chapter 7: p. 196: "Tortuga" by R. Cariman in *Pictograficas Poeticas.* Reprinted by permission of Editorial Cuarto Propio Serie Poesia; p. 196: "Piedras Labradas" by Victor Montejo from *Sculpted Stones* (Curbstone Press, 1995). Reprinted with permission of Curbstone Press. Distributed by Consortium; p. 198: "Alturas de Machu Pichu," by Pablo Neruda (*Pablo Neruda: Selected Poems*, ed. Nathaniel Tarn), © Pablo Neruda. Reprinted with permission; p. 198: From *Toward the Splendid City* by Marjorie Agosin. Reprinted by permission of Bilingual Press, Arizona State University, Tempe, AZ.

Chapter 8: p. IE 10: Source: American Airlines *Nexos* Enero-Marzo 2002; p. 206: http://www.hsf.net; p. 219: From Patricia Van Rhijn, *La Quisicosa: Adivinanzas Tradicionales Para Ninos.* Reprinted by permission of the author.

Chapter 9: p. IE 11: Adapted from *Elle en espanol*, Ano 6, No. 3, Marzo 1999, pp. 106–107; p. 233: From "Los Efectos Daninos del Estres" by Linda Villarosa in *Latina magazine.* Marzo 2003, Vol. 6, No. 8, p. 74, 92. Reprinted by permission of Linda Villarosa.; p. 233: From http://www.pananet.com/ websalud.web7.htm. Reprinted by permission of Ana Palau, M.D.; p. 235: From http://www.pananet.com/ websalud.web7.htm. Reprinted by permission of Ana Palau, M.D.; p. 252: From Patricia Van Rhijn, *La Quisicosa: Adivinanzas Tradicionales Para Ninos.* Reprinted by permission of the author.

Chapter 10: p. 267: From http://www.seanet.com/~efunmoyiwa/ ssanteria.html. Reprinted by permission of Baba Eyiogbe; p. 284: From Patricia Van Rhijn, *La Quisicosa: Adivinanzas Tradicionales Para Ninos.* Reprinted by permission of the author.

Chapter 11: p. IE 12: http://www.familia.cl; p. 297: http://www.sramarketing.com; pp. 297–298: www.familia.cl;

Mar Caribe

Barranquilla
Cartagena
Maracaibo
Caracas
La Guaira
San Carlos
Ciudad Bolívar

TRINIDAD Y
TOBAGO
Puerto España

OCÉANO
ATLÁNTICO

VENEZUELA

Medellín
Zipaquirá
Bogotá
Cali
COLOMBIA
Popayán
San Agustín
Otavalo
Pichincha
Santo Domingo
de los Colorados
Quito
ECUADOR
Chimborazo
Guayaquil
Iquitos

Río Orinoco

Salto Ángel

GUYANA

Georgetown
Paramaribo
Cayena

SURINAM

GUAYANA
FRANCESA

Ecuador

Río Negro

Río Amazonas

Manaos

Belén

CORDILLERA DE LOS ANDES

Sipán
Trujillo

PERÚ

Callao
Lima
Machu Picchu
Cuzco
Lago
Titicaca
Puno
La Paz
Cochabamba
Arequipa
Tiahuanaco
Arica
Sucre
BOLIVIA
Potosí
Iquique

Río Madeira

BRASIL

Recife

Brasilia

Salvador

Bello
Horizonte

Río Paraguay

Antofagasta

Trópico de Capricornio

Salta

Filadelfia
PARAGUAY
Asunción

San Miguel
de Tucumán

Resistencia

San Pablo
Santos

Río de Janeiro

Puerto Iguazú

Río Paraná

Puerto Alegre

OCÉANO
PACÍFICO

CHILE

Córdoba
Aconcagua
Mendoza
Viña del Mar
Valparaíso
Santiago
Rosario
Buenos Aires
La Plata

URUGUAY
Montevideo
Punta del Este

Río de la Plata

Concepción

ARGENTINA

Mar del Plata

Río Colorado

Bahía Blanca

CORDILLERA DE LOS ANDES

Bariloche
Puerto Montt

PATAGONIA

Estrecho de
Magallanes
Islas
Malvinas

Punta Arenas
TIERRA
DEL FUEGO

Cabo de Hornos

ISLAS GALÁPAGOS

San
Salvador
Ecuador

Santa Cruz
San Cristóbal
Isabela

ECUADOR

Quito
Guayaquil

América del Sur

| 0 | 250 | 500 Km. |
| 0 | 250 | 500 Mi. |